Sproken en vertellingen

Hans Christian Andersen

Vertaller:
Simon Jacob Andriessen

Hans Christian Andersen (1805 - 1875) was een Deens schrijver en dichter, het bekendst om zijn sprookjes. Hans Christian Andersen werd geboren en groeide op in Odense, in grootte de derde stad van Denemarken. Zijn vader was schoenmaker en overleed toen Hans Christian jaar oud was. In zijn vroege jeugd speelde hij graag met zijn poppenkast. Hij wilde graag acteur worden, maar werd niet aangenomen bij de koninklijke theaterschool. Zijn opleiding kreeg hij aan een school voor armen, totdat hij op -jarige leeftijd via vrienden een beurs kreeg voor een goede school. Op deze laatste school werd hij veel gepest door leraren en leerlingen. Andersen stond bekend als een verlegen en stil persoon, niet goed in de omgang met anderen. Daarom wordt gezegd dat het lelijke eendje een autobiografisch sprookje is; hierin wordt een lelijk eendje een mooie zwaan, zo ook in het echte leven van Andersen: de 'zwakkeling' wordt een beroemd schrijver.

Andersens Sproken

en vertellingen

Het leelijke jonge eendje.

Het was heerlijk buiten op het land. 't Was zomer, het koren was rijp, het hooi stond op de groene weiden aan oppers, en de ooievaar liep op zijn lange, roode pooten en praatte Egyptisch; want deze taal had hij van zijn moeder geleerd. Rondom de korenvelden en de weiden waren uitgestrekte bosschen, en midden in de bosschen diepe meren. Ja, het was werkelijk heerlijk daar buiten op het land! Door den glans der zon beschenen, stond daar een oud kasteel, dat door een diepe gracht omgeven was, en van den muur tot aan het water groeide dicht kreupelhout. Te midden hiervan zat in haar nest een eend, die haar jongen moest uitbroeden; maar het begon haar bijna te vervelen, zoo lang duurde het, eer de jongen uitkwamen; daarbij kreeg zij zelden bezoek, want de andere eenden zwommen liever in de gracht rond, dan dat zij eens uit het water kwamen om met haar te praten.

Eindelijk ging het eene ei na het andere open. Een gepiep deed zich hooren, en al de dooren van de eieren waren levend geworden en staken de kopjes uit de schalen.

«Vlug wat, vlug!» zeide zij; en nu haastten zich al de kleine eendjes, wat zij konden, en zij kwamen uit de eieren te voorschijn en keken naar alle kanten onder de groene bladeren; en de moeder liet ze kijken, zooveel als zij maar wilden; want groen is goed voor de oogen.

«Wat is de wereld toch groot!» zeiden al de jongen; want nu hadden zij heel wat meer plaats dan in het ei.

«Denk je, dat dit de heele wereld is?» zei de moeder. «Die strekt zich nog ver aan den anderen kant van het geboomte uit, tot aan den tuin van den pastoor; maar daar ben ik nog nooit geweest.—Je bent toch allemaal wel bij elkaar?» vervolgde zij en stond op. «Neen ik heb ze nog niet allemaal; het grootste ei ligt daar nog; hoe lang zal het nog wel duren, eer dat uitkomt? Nu begint het mij haast te vervelen!» en zij ging er weer op zitten.

«Wel zoo, hoe gaat het?» vroeg een oude eend, die haar eens een bezoek kwam brengen.

«Het duurt geducht lang met dat eene ei,» zei de eend, die er nu weer op zat; «het wil maar niet opengaan; maar kijk eens naar de anderen: zijn dat niet de liefste eendjes, die je ooit van je leven gezien hebt? Zij lijken allemaal precies op hun vader; maar die ondeugd komt mij niet eens bezoeken.»

«Laat mij het ei, dat niet wil opengaan, eens zien!» zei de oude eend. «Geloof mij, het is een kalkoenenei! Ik ben ook eens zoo beetgenomen en had toen heel wat werk met mijn jongen, want zij waren bang voor het water! Ik kon ze er maar niet in krijgen; hoe ik ook kwakte, het hielp mij niemendal!—Laat mij het ei eens zien! Ja, dat is een kalkoenenei! Laat dat maar liggen, en leer je andere kinderen liever zwemmen!»

«Ik zal er toch nog een beetje op blijven zitten,» antwoordde de eend; «ik heb er nu al zoo lang op gezeten, en dus kan ik er nog wel een paar dagen op zitten!»

«Je moet het zelf weten,» hernam de oude eend en ging weg.

Eindelijk ging het groote ei open. «Piep, piep!» zei het jong en kroop er uit. Het was een groot en leelijk beest! De eend bekeek het eens. «Wat is dat een verschrikkelijk groot eendje,» dacht zij; «geen van de anderen ziet er zoo uit. Zou het misschien een kalkoensch kuikentje zijn? Nu, daar zullen we wel gauw achter komen; in het water moet het, al zou ik het er ook zelf induwen.»

Den volgenden dag was het mooi, heerlijk weer; de zon scheen op alle groene bladeren. De moeder der eendjes ging met haar heele familie naar de gracht toe. Plof! daar sprong zij in het water. «Kwak, kwak!» zeide zij, en het eene eendje na het andere plofte er nu ook in; het water spatte hun om den kop, en zij doken even onder, maar kwamen al spoedig weer boven en zwommen uitmuntend; hun pooten gingen van zelf, en allen waren zij in het water; zelfs het leelijke, grauwe eendje zwom mee.

«Neen, het is geen kalkoen,» dacht de oude eend; «kijk eens, hoe ferm hij met zijn pooten slaat en hoe recht hij zich weet te houden! 't Is mijn eigen kind! Eigenlijk is hij toch nog zoo leelijk niet, als men hem maar eens goed bekijkt! Kwak, kwak! Gaat maar met mij mee, dan zal ik je in de groote wereld brengen en je in de eendenkooi voorstellen: maar zorgt, dat je dicht in mijn nabijheid blijft, en neemt je voor de kat in acht!»

En zoo begaven zij zich naar de eendenkooi. Daarbinnen was een verschrikkelijk rumoer; want daar waren twee families, die elkaar het bezit van een palingkop betwistten, en eindelijk kreeg de kat dien toch.

«Kijk, zoo gaat het nu in de wereld!» zei de moeder der eendjes, en zij stak haar snavel al uit, want zij wilde den palingkop ook wel hebben. «Gebruikt je pooten nu!» vervolgde zij. «Houdt je fatsoen en maakt een buiging voor de oude eend, die je daar ziet: dat is de voornaamste van alle; zij is van Spaansche afkomst, daarom is zij zoo dik; en, zie je wel, zij heeft een rood lapje om haar poot; dat is iets heel moois en de grootste onderscheiding, die een eend te beurt kan vallen; dat beteekent, dat men haar niet kwijt wil raken en dat zij door dieren en menschen erkend moet worden. Wacht eens! Zet je pooten niet zoo binnenwaarts! een welopgevoed eendje zet zijn pooten buitenwaarts, evenals vader en moeder doen. Ziet eens! Zoo! Buigt je hals nu en zegt: Kwak!»

En dat deden zij; maar de andere eenden in de rondte bekeken ze en zeiden tegen elkaar: «Kijk eens! Nu moeten wij nog het aanhangsel krijgen, alsof wij al niet talrijk genoeg waren! En foei! wat ziet dat eene eendje er uit! Dat willen wij hier niet hebben!» En terstond vloog er een oude eend naar het arme beest toe en beet het in den nek.

«Wil je dat nu wel eens laten?» zei de moeder. «Het doet immers niemand kwaad!»

«Dat is wel mogelijk, maar het is te groot en ziet er zoo vreemd uit,» zei de andere eend, «en daarom moet het eens een pikje hebben.»

«Het zijn lieve kinderen die de moeder heeft,» zei de oude eend met het lapje om den poot, «zij zijn allemaal mooi, behalve dat eene; dat is mislukt; ik zou wel willen, dal je dat eens wat anders kondt maken.»

«Dat gaat immers niet,» zei de moeder van het eendje; «het is wel niet mooi, maar het heeft een goed hart en zwemt even flink als al de anderen, ja, ik moet zeggen, nog beter. Ik denk wel, dat het goed zal opgroeien en mettertijd wat kleiner worden. Het heeft te lang in het ei gezeten, en daardoor is het wat mismaakt geworden!» Dit zeggende, pakte zij het beet en streek zijn veeren glad. «Bovendien is het een woerd,» zeide zij; «en daarom doet het er zoo veel niet toe. Ik denk, dat het wel krachtig zal worden; het weet zich ten minste nu al goed te verweren.»

«De andere eendjes zien er allerliefst uit,» zei de oude eend; «doe maar, alsof je thuis waart, en als je een palingkop vindt, dan kun je dien wel aan mij brengen.»

En zoo waren zij er dan zoo goed als thuis.

Maar het arme eendje, dat het laatst uit het ei gekomen was en er zoo leelijk uitzag, werd gebeten, gestooten en voor den gek gehouden, en dat zoowel door de eenden als door de kippen. «Het is te groot!» zeiden allen, en de kalkoensche haan, die met sporen ter wereld gekomen was en daarom dacht, dat hij keizer was, blies zich op als een schip met volle zeilen en kwam op hem af; toen klokte hij en werd zijn kop vuurrood. Het arme eendje wist niet, hoe het zich zou wenden of keeren; het was treurig, omdat het er leelijk uitzag en door al de anderen bespot werd.

Zoo ging het den eersten dag, en later werd het al erger en erger. Het arme eendje werd door allen geplaagd; zelfs zijn zusters waren kwaad op hem en zeiden steeds: «Mocht de kat je maar beetpakken, jou leelijk schepsel!» En de moeder zeide: «Ik wou, dat je maar ver hier vandaan waart!» De eenden beten het, en de kippen pikten het, en de meid, die de beesten eten moest geven, schopte het.

Nu liep het weg en vloog over de schutting. De vogeltjes in het geboomte vlogen daardoor verschrikt op. «Dat komt, omdat ik zoo leelijk ben,» dacht het eendje, kneep de oogen even dicht en liep toen weer voort. Zoo kwam het aan het groote moeras, waar de wilde eenden woonden. Hier lag het den geheelen nacht; het was vermoeid en verdrietig.

Tegen den morgen vlogen de wilde eenden op en bekeken haar nieuwen kameraad eens. «Wat ben jij er voor een?» vroegen zij, en het eendje wendde zich naar alle kanten en groette zoo goed het kon.

«Je bent verschrikkelijk leelijk!» zeiden de wilde eenden; «maar dat kan ons niet schelen, als je maar niet met iemand van onze familie trouwt!»—Het arme beest! Het dacht er waarlijk niet aan te trouwen; als het maar de vergunning kon krijgen, om in het riet te liggen en wat moeraswater te drinken.

Zoo lag het twee heele dagen; toen kwamen er twee wilde ganzen of, liever gezegd, genten naar hem toe; het was nog niet lang geleden, dat zij uit het ei gekropen waren, en daarom waren zij zoo overmoedig.

«Hoor eens, kameraad!» zeiden zij; «je bent zoo leelijk, dat je goed bij ons past. Wil je met ons meegaan en trekvogel worden? Hier dichtbij in een ander moeras zijn eenige aardige wilde ganzen, allemaal dames, die evenals jij «kwak!» kunnen zeggen. Je kunt je fortuin daar wel maken, hoe leelijk je ook wezen moogt.»

«Piefpafpoef!» klonk het juist, en de beide wilde genten vielen dood in het riet neer, en het water werd bloedrood gekleurd.—«Piefpafpoef!» klonk het weer, en nu vlogen er geheele scharen wilde ganzen uit het riet op. En toen deed zich andermaal een knal hooren. Er werd een groote jacht gehouden; de jagers lagen rondom het moeras; ja, eenigen zaten boven in de takken der boomen, die zich ver over het riet uitstrekten. De blauwe damp trok in dikke wolken in de boomen en ver over het water heen; de jachthonden gingen het moeras in. Plof, plof! het riet boog zich naar alle kanten heen. Dat was een schrik voor het arme eendje. Het draaide zijn kop om, om hem onder de vleugels te steken; maar op hetzelfde oogenblik stond er een vreeselijk groote hond dicht bij het eendje; de tong hing hem uit den bek, en zijn oogen schoten vlammen; hij strekte zijn snoet juist naar het eendje uit, liet het zijn scherpe landen zien en.... Plof! plof! ging het weer, zonder dat hij het beetpakte.

«Goddank!» zei het eendje met een zucht; «ik ben zoo leelijk, dat de hond mij zelfs niet wil bijten.»

En zoo bleef het roerloos liggen, terwijl de hagel door het riet snorde en er schot op schot knalde.

Eerst laat op den dag werd het stil; maar het arme eendje durfde nog niet opstaan; het wachtte nog verscheidene uren, voordat het omkeek, en toen snelde het uit het moeras weg, zoo vlug als het maar kon. Het liep over veld en weide; maar er woei zulk een hevige storm, dat het werk had om op zijn pooten te blijven staan.

Tegen den avond bereikte het een kleine, armoedige boerenhut; deze was zoo bouwvallig, dat zij zelf niet wist, naar welken kant zij zou vallen, en daarom bleef zij maar staan. De storm gierde zoo verschrikkelijk om het eendje heen, dat het moest gaan zitten, om niet omver te waaien. Nu bemerkte het, dat de deur uit het eene scharnier geraakt was en zoo scheef hing, dat het door de reet in de kamer kon sluipen, en dit deed het dan ook.

Hier woonde een oude vrouw met haar kater en haar kip. En de kater, dien zij haar zoontje noemde, kon een hoogen rug zetten en spinnen; hij gaf zelfs vonken van zich, maar dan moest men zijn haar den verkeerden kant opstrijken. De kip had korte, lage pooten, en daarom werd zij juffrouw Kortbeen genoemd; zij legde heerlijke eieren, en de vrouw had haar zoo lief, alsof zij haar kind was.

's Morgens zag men het vreemde eendje dadelijk, en nu begon de kater te blazen en de kip te kakelen.

«Wat is er te doen?» zei de vrouw en keek in de rondte; maar zij had een slecht gezicht, en daarom dacht zij, dat het eendje een vette eend was, die verdwaald was geraakt. «Dat is een goede vangst!» zeide zij. «Nu kan ik eendeneieren krijgen. Als het maar geen woerd is! Dat zullen wij eens probeeren!»

En zoo werd het eendje voor drie weken op de proef aangenomen; maar er kwamen geen eieren. En de kater was heer in huis, en de kip was er zoo goed als vrouw, en altijd zeiden zij: «Wij en de wereld!» Want zij dachten, dat zij de helft waren, en verreweg de beste helft. Het eendje gaf als zijn meening te kennen, dat het toch ook wel eens anders zou kunnen zijn; maar dat kon de kip niet velen.

«Kun je eieren leggen?» vroeg zij.

«Neen.»

«Welnu, wil je dan wel eens zwijgen?»

En de kater zei: «Kun je een hoogen rug zetten en spinnen en maken, dat er vonken uit je lijf komen?»

«Neen.»

«Dan mag je ook geen meening hebben, als verstandige lieden met elkaar spreken.»

En het eendje zat in den hoek en voelde zich diep ongelukkig; daar drong de zonneschijn in het huisje door; het kreeg zulk een lust om in het water te zwemmen, dat het zich niet kon weerhouden, dit tegen de kip te zeggen.

«Wat is dat voor een dwaze inval!» zei deze. «Je hebt niets uit te voeren, en daarom verzin je allerlei dwaasheden. Leg eieren of spin, en maak je anders uit de voeten!»

«Maar het is zoo prettig, in het water te zwemmen,» zei het eendje, «zoo prettig, het boven zijn kop te laten uitspatten en op den grond te duiken.»

«Nu, dat is ook een heel plezier!» zei de kip. «Je bent zeker niet goed bij je verstand! Vraag er den kater maar eens naar,—die is het verstandigste schepsel, dat ik ken,—of hij er van houdt, in het water te zwemmen of onder te duiken? Ik wil niet van mij zelf spreken.—Vraag het zelf maar aan onze meesteres, de oude vrouw; wijzer dan zij is niemand op de wereld! Denk je misschien, dat zij plezier heeft om te zwemmen en het water boven haar hoofd uit te laten spatten?»

«Je begrijpt mij niet!» zei het eendje.

«Begrijpen wij je niet? Wie zou je dan kunnen begrijpen? Je zult toch wel niet wijzer willen zijn dan de kater en de vrouw,—van mij zelf wil ik niet spreken! Heb maar niet zooveel noten op je zang, en wees dankbaar voor al het goede, dat men je bewezen heeft. Ben je niet in een warme kamer gekomen en heb je niet een gezelschap, waarvan je nog wat kunt leeren? Maar er is geen huis met je te houden, en het is alles behalve plezierig, met jou om te gaan. Je kunt mij gerust gelooven! Ik meen het goed met je. Ik zeg je de waarheid, al vind je dit ook niet prettig, en daaraan kan men zien, wie zijn ware vrienden zijn. Doe je best maar om eieren te leggen of te spinnen of vonken uit je lijf te laten komen.»

«Ik denk, dat ik de wijde wereld maar in zal gaan!» zei het eendje.

«Ja, doe dat maar!» liet de kip hierop volgen.

En zoo ging het eendje dan heen; het zwom in het water, het dook met zijn kopje onder, maar door alle dieren werd het om zijn leelijkheid met minachting bejegend.

Nu kwam de herfst; de bladeren in het bosch werden geel en bruin; de wind rukte ze af, zoodat zij in de rondte dansten, en boven in de lucht was het snerpend koud; de wolken zaten vol hagel en sneeuw; en op de heg zat een raaf en deed haar klagend gekras hooren. Het arme eendje had het al heel slecht! Op zekeren avond, juist toen de zon in haar pracht onderging, kwam er een heele troep groote vogels uit het bosch, het eendje had er nooit zulke mooie gezien; zij waren spierwit en hadden lange, buigzame halzen: het waren zwanen. Zij lieten een eigenaardig geluid hooren, spreidden hun prachtige, lange vleugels uit en trokken uit de koude streken naar warmere landen. Zij stegen zoo hoog, zoo hoog, dat het het leelijke jonge eendje wonderlijk te moede werd. Het draaide zich als een tol in het water rond, strekte zijn kop hoog in de lucht naar de zwanen uit en gaf zulk een luiden en zonderlingen schreeuw, dat het er zelf van schrikte. O, het kon die mooie, gelukkige vogels niet vergeten; en zoodra deze niet meer te zien waren, dook het onder tot op den grond en toen het weer boven kwam, was het als buiten zich zelf. Het arme beest wist niet, hoe die vogels heetten, ook niet, waar zij naar toe vlogen; maar toch liep het er hoog mee, zooals het nog nooit ergens mee gedaan had. Het benijdde ze volstrekt niet. Hoe zou het hem ook in de gedachten komen, te wenschen, zelf zoo mooi te zijn? Het zou al blij geweest zijn als de eenden hem maar in haar midden geduld hadden,—dat arme, leelijke beest!

Het werd winter. Het was koud, snerpend koud. Het eendje moest in het water rondzwemmen om te maken, dat dit niet heelemaal dichtvroor; maar met iederen nacht werd het gat, waarin het zwom, al kleiner en kleiner. Het vroor, dat het kraakte; het eendje moest voortdurend zijn pooten gebruiken, opdat het gat niet geheel dicht zou gaan. Eindelijk werd het moede, bleef doodstil liggen en vroor in het ijs vast.

's Morgens vroeg kwam er een boer voorbij. Toen hij het eendje zag, ging hij er heen, trapte het ijs met zijn klomp aan stukken en bracht het dier naar zijn vrouw toe. Daar kwam het weer bij.

De kinderen wilden met hem spelen; maar het eendje dacht, dat zij hem kwaad wilden doen en vloog in zijn angst juist in het melkvat, zoodat de melk overal in de kamer rondspatte. De vrouw sloeg de handen in elkaar, waarop het eerst in het botervat en toen in de meelton vloog. Wat zag het er nu uit! De vrouw schreeuwde en sloeg met de tang naar het arme beest; de kinderen liepen elkaar omver, om het eendje te pakken; zij lachten en schreeuwden!—'t Was gelukkig, dat de deur openstond en dat het tusschen de takken in de versch gevallen sneeuw kon sluipen. Daar bleef het geheel uitgeput liggen.

Maar al den nood en de ellende, welke het eendje in dien strengen winter moest doorstaan, te vertellen, zou te akelig zijn.

Het lag in het moeras tusschen het riet, toen de zon weer warm begon te schijnen. De leeuweriken zongen. Het was lente geworden.

Nu kon het eendje op eens zijn vleugels uitslaan; deze klapten luider dan vroeger en droegen hem krachtig van daar; en voordat het beest het recht wist, bevond het zich in een grooten tuin, waarin de vlierboomen geurden en hun lange, groene takken tot in het water neerbogen. O, hier was het zoo schoon, zoo heerlijk! En uit het geboomte kwamen eensklaps drie prachtige witte zwanen te voorschijn: zij klapten met hun vleugels en zwommen fier in het water. Het eendje kende die prachtige beesten en werd door een eigenaardige treurigheid aangegrepen.

«Ik zal naar hen toe vliegen, naar die koninklijke vogels! Maar zij zullen mij dooden, omdat ik, die zoo leelijk ben, mij in hun nabijheid durf wagen. Maar dat doet er niet toe! 't Is beter, door hen gedood, dan door de eenden gebeten, door de kippen gepikt, door de meid, die aan de kippen eten geeft, geschopt te worden en in den winter gebrek te lijden!»

En het snelde naar het water, plofte er in en zwom naar de prachtige zwanen toe; deze zagen hem en kwamen met klappende vleugels op hem af.

«Doodt mij maar!» zei het arme beest, boog zijn kop voorover en verwachtte niets anders dan den dood.—Maar wat zag het nu in het heldere water? Het zag daarin zijn eigen beeltenis, niet meer die van een loggen, grauwen, leelijken vogel, maar van een zwaan.

Het doet er niet toe, door een eend uitgebroed te worden, als men maar uit een zwanenei gekomen is!

Het gevoelde zich nu verheugd over al den nood en de ontberingen, die het doorgestaan had. Nu erkende het eerst recht zijn geluk en de heerlijkheid, die hem omringde.—En de zwanen zwommen om hem heen en streelden hem met hun snavels.

Eenige kinderen kwamen den tuin inloopen; ze gooiden brood en gerst in het water, en het kleinste riep: «Daar is een nieuwe zwaan!» En de andere kinderen jubelden mee:

«Ja, er is een nieuwe bijgekomen!» En zij klapten in de handen en dansten in de rondte, liepen naar hun ouders toe, en er werd brood en koek in het water geworpen, en zij zeiden allemaal: «Die nieuwe is nog de mooiste! Hij is zoo jong en ziet er zoo prachtig uit!» En de andere zwanen bogen zich voor hem.

Nu gevoelde het zich geheel beschaamd en stak zijn kop onder zijn vleugels; het wist zelf niet, hoe het zich zou houden; het was overgelukkig, maar volstrekt niet trotsch. Het dacht er aan, hoe het vervolgd en bespot was, en hoorde nu allen zeggen, dat het de mooiste van al die mooie vogels was. Zelfs de vlierboom boog zich met zijn takken tot hem in het water neer, en de zon scheen warm en liefelijk! Nu klapte hij met zijn vleugels, richtte zijn slanken hals op en jubelde van ganscher harte:

«Zooveel geluk had ik mij niet kunnen voorstellen, toen ik nog een leelijk eendje was!»

De oude straatlantaarn.

Hebt ge ooit de geschiedenis van de oude straatlantaarn gehoord? Zoo heel plezierig is zij wel niet, maar toch laat zij zich wel eens een enkele maal lezen.

't Was een brave, oude straatlantaarn, die vele, vele jaren achtereen dienst gedaan had, maar nu voor den post, dien zij zoo lang bekleed had, ongeschikt geacht werd. De laatste avond, dien zij op den paal zou doorbrengen om de straat te verlichten, was daar. Het was haar te moede als een balletdanseres, die voor de laatste maal danst en weet, dat zij den volgenden dag vergeten op haar zolderkamertje zal zitten. De lantaarn zag geducht tegen den volgenden dag op; want zij wist, dat zij dan voor het eerst van haar leven op het stadhuis zou komen en door den burgemeester en den gemeenteraad bezichtigd worden, die zouden beslissen, of zij nog tot verdere diensten bruikbaar was of niet.

Daar zou dan bepaald worden, of zij in 't vervolg haar licht voor de bewoners van een der voorsteden zou laten schijnen, dan wel naar de een of andere fabriek op het platteland verbannen worden; misschien ook zou zij wel regelrecht naar een ijzergieterij gaan, om in een anderen vorm te worden gegoten. In dat geval kon er wel is waar alles van haar komen; maar de gedachte dat zij niet wist, of zij er dan de herinnering nog van zou behouden, dat zij een maal een straatlantaarn geweest was, pijnigde haar. Maar hoe het ook met haar mocht afloopen, zooveel was zeker, dat zij van den lantaarnopsteker en diens vrouw, die haar bijna als een lid der familie beschouwden, gescheiden zou worden.

Toen de lantaarn voor het eerst op den paal gezet werd, was de lantaarnopsteker nog een jeugdig, krachtig man. Ja, dat was al een heelen tijd geleden, dat zij lantaarn en hij lantaarnopsteker werd. Zijn vrouw was toen nog een beetje trotsch. Alleen wanneer zij 's avonds voorbijkwam, verwaardigde zij de lantaarn met een blik, maar overdag nooit. Doch in de laatste jaren, toen zij alle drie, de lantaarnopsteker, zijn vrouw en de lantaarn, oud geworden waren, had de oude vrouw haar verzorgd, geschuurd en van olie voorzien. 't Waren beiden doodeerlijke menschen; nooit hadden zij de lantaarn ook maar een enkelen droppel olie te kort gedaan.

't Was de laatste avond, die zij op straat doorbracht, en den volgenden dag moest zij naar het stadhuis toe: dat waren twee sombere gedachten! Geen wonder, dat zij niet heel helder brandde. Maar ook vele andere gedachten bestormden haar. Aan hoevelen had zij haar licht geschonken, hoeveel had zij gezien, misschien wel evenveel als de burgemeester en de gemeenteraad! Maar deze gedachten hield zij voor zich, want het was een brave, eerlijke, oude lantaarn, die niemand ooit kwaad deed en wel het minst aan de haar gestelde overheid. Allerlei dingen kwamen haar in de gedachten, en bij tijd en wijle flikkerde haar vlam daardoor even op. Zij had in zulke oogenblikken een gevoel, dat men zich ook harer zou herinneren.

«Daar was indertijd dat knappe jonge mensch,—het is al vele jaren geleden,—deze hield een briefje op rose papier in de hand. Het was zoo keurig geschreven, en wel door een dameshand. Tweemaal las hij het en kuste het en keek naar mij op met oogen, die duidelijk schenen te zeggen: «Ik ben de gelukkigste van alle stervelingen!» Alleen hij en ik wisten, wat er in dien eersten brief van zijn geliefde geschreven stond.—Ja, ook nog een ander paar oogen herinner ik mij. Wat kunnen onze gedachten toch snel van het eene op het andere springen! Hier in de straat had er een begrafenis plaats; een jeugdige, schoone vrouw lag in de lijkkoets in de kist, die met bloemen en kransen bedekt was; de vele fakkels verduisterden mijn licht. Langs de huizen stonden de menschen dicht op elkaar gedrongen; zij sloten zich allen bij den lijkstoet aan. Maar toen de fakkels uit mijn gezicht verdwenen waren en ik eens in de rondte keek, stond er nog iemand tegen mijn paal aan te leunen en weende. Nimmer zal ik die oogen, waarin zooveel treurigheid te lezen stond en die naar mij opkeken, vergeten!» Deze en dergelijke gedachten bestormden de oude lantaarn, die thans voor de laatste maal haar licht in de straat verspreidde.

De schildwacht, die van zijn post afgelost wordt, kent zijn opvolger ten minste en kan hem nog eenige woorden toefluisteren; maar de lantaarn kende haar plaatsvervangster niet, en zij zou haar toch zoo menigen nuttigen wenk omtrent mist en regen hebben kunnen geven; zij zou haar hebben kunnen zeggen, hoever de stralen der maan reikten, uit welken hoek de wind gewoonlijk woei, en zooveel andere dingen meer.

Op het brugje, dat over de goot lag, stonden drie personen, die zich aan de lantaarn wilden voorstellen; want zij verkeerden in den waan, dat deze den post zelf te begeven had. De eerste persoon was een haringkop, die in de duisternis insgelijks licht van zich kon geven. Hij beweerde, dat het heel wat olie zou uithalen, als hij op den lantaarnpaal geplaatst werd. De tweede was een stuk vermolmd hout, dat ook licht rondom zich verspreidt. Het was, zeide het, van een ouden stam afkomstig, eenmaal het sieraad van het bosch. De derde persoon was een glimwormpje; waar dit vandaan gekomen was, begreep de lantaarn niet, maar het was er, en licht geven kon het ook. Het vermolmde hout en de haringkop zwoeren echter bij alles, wat hun heilig was, dat het slechts op bepaalde tijden licht van zich gaf en dat het daarom volstrekt niet in aanmerking kon komen.

De oude lantaarn verklaarde, dat geen hunner voldoend licht gaf, om den post van straatlantaarn te bekleeden; maar dat wilde geen van drieën gelooven. Toen zij dan ook hoorden, dat de lantaarn den post niet zelf te begeven had, zeiden zij, dat dit hun genoegen deed; want zij was al veel te oud en te afgeleefd, om een goede keuze te kunnen doen.

Op hetzelfde oogenblik kwam de wind van den hoek der straat aanbruisen en gierde door de luchtgaten der oude lantaarn. «Wat hoor ik daar?» zei hij tegen haar. «Gaat ge

11

morgen heen? Is dit de laatste avond, dien ik u hier aantref? Dan wil ik u tot afscheid toch nog wat geven. Ik blaas nu op zulk een wijze in uw hersenkast, dat ge u voortaan niet alleen alles, wat ge gehoord en gezien hebt, zult kunnen herinneren, maar dat het zoo helder in uw binnenste zal worden, dat ge alles, waarvan in uw tegenwoordigheid gelezen of verteld wordt, kunt zien.»

«O, dat is waarlijk veel, heel veel!» sprak de oude lantaarn. «Ik dank u wel hartelijk. Als ik maar niet in een anderen vorm gegoten wordt!»

«Dat zal nog zoo gauw niet gebeuren!» zei de wind. «Nu blaas ik u de herinnering in; als ge meer andere geschenken van dien aard krijgt, dan kunt ge nog een gelukkigen ouden dag hebben.»

«Als ik maar niet in een anderen vorm gegoten word!» zei de lantaarn weer. «Of zal ik dan ook mijn geheugen behouden?»

«Oude lantaarn, wees toch verstandig!» hernam de wind.

Op dit oogenblik kwam de maan van achter de wolken te voorschijn.

«Wat geeft gij?» vroeg de wind.

«Ik geef niets,» antwoordde zij. «Ik ben immers aan het afnemen, en de lantarens hebben mij nooit verlicht, maar wel heb ik omgekeerd de lantarens verlicht.» En met deze woorden verschool de maan zich weer achter de wolken, om verder aandringen te voorkomen.

Nu viel er een droppel op de lantaarn neer. Deze droppel zeide, dat hij uit de grauwe wolken kwam en ook een geschenk was, misschien wel het beste. «Ik doordring u zoozeer, dat ge de gave verkrijgt om in één nacht, als ge dit verlangt, in roest te veranderen en tot stof te worden.»

Dit scheen de lantaarn een slecht geschenk toe, en de wind dacht er evenzoo over. «Is er niemand meer, die wat te geven heeft?» blies hij zoo hard, als hij maar kon.

Nu viel er een heldere verschietende ster neer en liet een lange, vurige streep achter.

«Wat was dat?» riep de haringkop uit. «Viel daar niet een ster naar beneden? Ik geloof haast, dat zij op de lantaarn is neergekomen. Nu, als er zulke hooggeplaatste personen naar den post dingen, kunnen wij wel naar huis gaan.»

En dat deden zij ook alle drie. Maar de oude lantaarn gaf op eens een verwonderlijk helder licht van zich. «Dat is een heerlijk geschenk geweest!» zeide zij. «De prachtige sterren, waarin ik altijd zooveel schik gehad heb en die zulk een helderen glans rondom zich verspreiden, als ik nooit van mij heb kunnen geven, ofschoon ik er altijd mijn uiterste best toe heb gedaan, hebben mij, arme oude lantaarn, toch opgemerkt en mij een geschenk gezonden, waardoor alles, wat ik mij zelf herinner en wat ik zoo duidelijk zie, alsof het voor mij stond, ook door allen, die ik liefheb, gezien kan worden. En hierin ligt toch eerst het wezenlijke genot; want een vreugde, waarin men niet met anderen kan deelen, is toch maar een halve vreugde.»

«Dat doet uw hart eer aan!» zei de wind. «Maar ge weet zeker nog niet, dat daartoe waskaarsen noodig zijn. Als er geen waskaars in u opgestoken wordt, dan kan niemand der anderen iets in u zien. Daaraan hebben de sterren niet gedacht; zij meenen, dat alles, wat licht geeft, een waskaars in zich heeft. Maar ik ben nu moe en zal wat gaan liggen!»—En hij ging terstond liggen.

«Och hemel! Waskaarsen!» zei de lantaarn. «Die heb ik tot hiertoe niet gehad, en die zal ik in het vervolg ook wel niet krijgen. Als ik maar niet in een anderen vorm gegoten word!»

Den volgenden dag,—ja, den volgenden dag kunnen wij gerust overspringen,—maar den volgenden avond zat de lantaarn dood op haar gemak in een leuningstoel! En raad eens waar? Bij den ouden lantaarnopsteker. Deze had den burgemeester en den gemeenteraad om de gunst verzocht, uit hoofde van zijn langdurige en trouwe diensten de lantaarn te mogen behouden, die hij zelf op den dag, waarop hij zijn post had aanvaard, nu vier-en-twintig jaren geleden, voor 't eerst opgestoken had. Hij beschouwde haar als zijn kind, want hij had er geen ander; en de lantaarn werd hem ten geschenke gegeven.

Zoo zat zij daar dan in den leuningstoel, dicht bij de warme kachel. Het was, alsof zij grooter geworden was, want zij besloeg bijna den geheelen stoel.

De oude luidjes zaten aan hun avondmaal en wierpen vriendelijke blikken op de oude lantaarn, waarvoor zij gaarne een plaats aan de tafel zouden ingeruimd hebben.

Zij woonden wel is waar in een kelder, die twee el diep onder den grond was; men moest een steenen gang door om er in te komen; maar van binnen zag het er toch recht gezellig uit, en het was er warm; want zij hadden tochtlatten om de deur gespijkerd. Alles zag er hier netjes en zindelijk uit, en er hingen gordijnen voor de bedstede en voor de kleine raampjes. Op de vensterbank stonden twee zonderlinge bloempotten, die de matroos Christiaan uit Oost- of West-Indië meegebracht had. Zij waren maar van grof aardewerk en stelden twee olifanten voor, die echter geen rug hadden; maar in plaats daarvan groeide er uit de aarde, waarmee zij gevuld waren, in den eenen het prachtigste bieslook: dat was de moestuin der oude luidjes: in den anderen een groote, bloeiende geranium: dat was hun bloemtuin. Aan den muur hing een groot, bontgekleurd schilderij, dat het congres van Weenen voorstelde. Op deze wijze hadden zij alle koningen en keizers op eens bij elkaar. Een klok, waaraan zware looden gewichten hingen, deed onophoudelijk: «Tik, tak!» en deze liep altijd voor, maar dat was beter, dachten de oude luidjes, dan dat zij naliep. Zij gebruikten hun avondmaal, en de oude straatlantaarn zat, zooals reeds gezegd is, in den leuningstoel dicht bij de kachel. Het kwam de lantaarn voor, alsof de geheele wereld omgedraaid was. Maar toen de oude lantaarnopsteker haar aankeek en er van sprak, wat zij beiden alzoo met elkaar doorleefd hadden, in regen en mist, in de heldere, korte zomernachten zoowel als in de lange winternachten, wanneer het sneeuwde, zoodat het hem goeddeed, als hij weer in zijn kelder kwam,—toen wist de lantaarn zich weer goed in alles te verplaatsen. Zij zag alles even duidelijk, alsof het nu nog gebeurde; ja, de wind had haar inwendig goed verlicht.

De oude luidjes waren zeer vlijtig en bedrijvig; geen uur werd er door hen in ledigheid doorgebracht. Des Zondags middags werd er het een of ander boek voor den dag gehaald, bij voorkeur een reisbeschrijving, en dan las de waardige grijsaard zijn vrouw voor, van Afrika, van de groote bosschen, van de olifanten, die daar in 't wild rondloopen, en dan luisterde de oude vrouw in gespannen aandacht naar hem en sloeg een heimelijken blik op de beide olifanten van aardewerk, die voor bloempotten dienden.

«Ik kan mij dat alles best voorstellen!» zeide zij. En de lantaarn wenschte dan van ganscher harte, dat er een waskaars voorhanden geweest was, die in haar kon opgestoken worden; dan zou de oude vrouw alles tot het kleinste toe nauwkeurig zoo hebben kunnen zien, als de lantaarn dit zag: de hooge boomen, de dicht in elkaar gegroeide takken, de naakte, zwarte menschen te paard en geheele troepen olifanten, die met hun plompe pooten riet en struiken vertrapten.

«Wat baten mij nu al mijn gaven, als ik geen waskaars vind?» zei de lantaarn met een zucht. «Zij hebben niets anders dan olie en vetkaarsen, en dat is niet voldoende!»

Op zekeren dag kwam er een heele boel eindjes waskaars in den kelder; de grootste eindjes werden gebrand, en de kleinere gebruikte de vrouw om er haar draden mee te wrijven. Er waren dus genoeg waskaarsen voorhanden; maar het kwam de beide oude luidjes niet in de gedachten, een klein eindje in de lantaarn te zetten.

«Daar sta ik nu met al mijn gaven,» dacht de lantaarn. «Ik heb alles in mij, maar kan er hen geen deelgenooten van maken; zij weten niet, dat ik de witte muren in de prachtigste tapijten kan veranderen, in de heerlijkste bosschen, in alles, wat zij maar kunnen wenschen.»

De lantaarn werd overigens netjes in orde gehouden en stond geschuurd in een hoek, waar zij iedereen in het oog viel. De menschen vonden wel is waar, dat het een onnut meubel was; maar daarom bekreunden de oudjes zich niet: zij hadden de lantaarn immers lief.

Op zekeren dag,—'t was de verjaardag van den ouden lantaarnopsteker, ging de oude vrouw glimlachend naar de lantaarn toe en zei: «Ik zal vandaag eens ter eere van mijn man illumineeren!» En de lantaarn knarste met haar blikken schoorsteentje en dacht: «Wacht! Eindelijk zal er toch een licht voor hen opgaan!»

Maar het bleef bij olie, en geen waskaars kwam er te voorschijn. Zij brandde den heelen avond door, doch zag nu maar al te goed in, dat het geschenk der sterren voor dit leven een doode schat zou blijven.

Daar had zij een droom,—en als men zulke gaven als zij bezit, dan is het geen kunst om te droomen! Het kwam haar voor, dat de oude luidjes gestorven waren en dat zij naar de ijzergieterij gebracht was, om in een anderen vorm gegoten te worden. Het was haar daarbij even bang te moede als indertijd, toen zij naar het stadhuis moest, om door den burgemeester en den gemeenteraad bekeken te worden. Maar ofschoon haar de macht verleend was, zich in roest en stof te veranderen, als zij dit wenschte, deed zij dit toch niet. Zij werd in den smeltoven geworpen en in een ijzeren kandelaar veranderd, zoo mooi, als men maar zou kunnen wenschen, om waskaarsen daarop te plaatsen. Zij had den vorm van een engel gekregen, die een grooten bloemruiker draagt; midden in den ruiker werd de waskaars geplaatst. De kandelaar kreeg zijn plaats op een groene schrijftafel; de kamer, waarin zij stond, zag er heel gezellig uit; er stonden vele boeken in, en de muren waren met mooie schilderijen behangen; zij behoorde een dichter toe. De kamer veranderde in dichte, donkere bosschen, in liefelijke weiden, in het scheepsverdek op de golven der zee, in den helderen hemel met al zijn sterren.

«Wat liggen er toch een menigte gaven in mij besloten!» zei de oude lantaarn, toen zij wakker werd. «Ik zou er bijna naar verlangen, in een anderen vorm gegoten te worden. Maar neen! Dat mag niet gebeuren, zoolang de oude luidjes leven. Zij hebben mij om mijns zelfs wil lief. Zij hebben mij geschuurd en mij olie gegeven. En ik heb het immers ook even goed, als het heele congres, in de beschouwing waarvan zij insgelijks genoegen vinden!»

Van dien tijd af genoot zij meer inwendige rust, en dat had de oude, brave straatlantaarn wel verdiend.

De ooievaars.

Op het laatste huis in een klein dorpje was een ooievaarsnest. Het wijfje van een ooievaar zat daarin bij haar vier jongen, die er hun kopjes met de spitse zwarte bekjes uitstaken; want deze waren nog niet rood geworden. Een klein eindje daar vandaan stond op de vorst van het dak, stram en stijf, het mannetje; hij had zijn eenen poot in de hoogte getrokken, om toch iets te doen te hebben, terwijl hij op schildwacht stond. Men zou gezegd hebben, dat hij van hout gemaakt was, zoo stil stond hij. «Het zal zeker wel heel deftig staan, dat mijn vrouw een schildwacht bij het nest heeft!» dacht hij. «Ze kunnen immers niet weten, dat ik haar man ben. Ze denken zeker, dat zij mij bevel gegeven heeft om hier te staan!» En hij ging voort met op één poot te staan.

Beneden op straat speelde een troep kinderen; en toen zij de ooievaars zagen, zong een der moedigste knapen, en later allen tegelijk, het oude liedje van de ooievaars. Maar zij zongen het slecht zoo, als hij het zich kon herinneren:

«Ooievaar! waar vlieg je heen!
Sta niet steeds op je eene been!
Kijk, je vrouw zit in het nest,
Waar zij op haar jongen past.
Het eene wordt gehangen,
Het andere wordt verschroeid,
Het derde doodgestoken,
Het vierde aan 't braadspit gloeit.»

«Hoor eens, wat die knapen daar zingen!» zeiden de jongen; «zij zingen, dat wij opgehangen en verbrand moeten worden!»

«Daar moet je je maar niet aan storen!» zei de moeder der ooievaars. «Luistert er maar niet naar, dan hindert het je niet!»

Maar de jongens gingen met zingen voort, en zij sliepten den ooievaar met hun vingers uit; doch één knaap, die Piet heette, zei dat het zonde was, die beesten zoo in het ootje te nemen, en hij wilde dan ook volstrekt niet meedoen. De moeder der ooievaars troostte hen door te zeggen: «Bekreunt je er maar niet om! Ziet maar eens, hoe bedaard je vader daar staat, en dat nog wel op één poot!»

«We zijn doodsbenauwd!» zeiden de jongen en trokken hun kopjes in het nest terug.

Den volgenden dag, toen de kinderen weer aan het spelen waren en de ooievaars zagen, zongen zij hun lied:

«Het eene wordt gehangen,
Het andre wordt verschroeid.»

16

«Zullen we dan toch opgehangen en verschroeid worden?» vroegen de jonge ooievaars.

«Wel zeker niet!» zei hun moeder. «Je moet leeren vliegen. Ik zal het je wel leeren! Dan gaan wij naar het land toe en leggen een bezoek bij de kikvorschen af; die buigen zich voor ons in het water en zingen: «Krok, krok, rekkekekkek!» En dan eten wij ze op. Dat zal een pret zijn!»

«En wat dan?» vroegen de jongen.

«Dan verzamelen zich al de ooievaars, die er in dit heele land zijn, en dan beginnen de herfstmanoeuvres; dan moet men goed kunnen vliegen; dat is van het uiterste belang. Want wie dan niet vliegen kan, wordt door den generaal met den snavel doodgestoken; past daarom goed op, dat je wat leert, als het exerceeren begint.»

«Dan worden we toch doodgestoken, zooals de jongens zeiden. En hoor eens! Daar zingen ze het weer!»

«Luistert naar mij en niet naar hen,» zei de moeder der ooievaars. «Na de groote manoeuvres vliegen wij naar de warme landen, ver hier vandaan, over bergen en bosschen. Naar Egypte vliegen wij toe, waar men driehoekige steenen huizen heeft, die in een punt uitloopen en tot boven de wolken reiken; zij worden piramiden genoemd en zijn ouder, dan een ooievaar zich wel kan voorstellen. Daar is een rivier, die buiten haar oevers treedt; dan wordt het geheele land tot slijk. Men loopt in het slijk en eet kikvorschen.»

«Zoo?» zeiden al de jongen.

«Ja, daar is het heerlijk! Men doet den heelen dag niets anders dan eten; en terwijl we het daar zoo goed hebben, is er in dit land geen enkel groen blad aan de boomen; dan is het hier zoo koud, dat de wolken stuk vriezen en in kleine, witte lapjes naar beneden vallen!» Het was de sneeuw, die zij bedoelde: maar zij wist het niet anders te verklaren.

«Vriezen die ondeugende jongens dan ook stuk?» vroegen de jonge ooievaars.

«Neen, stuk vriezen ze niet; maar ze zijn er dicht aan toe en moeten in de donkere kamer blijven zitten kniezen. Jelui kunt daarentegen in vreemde landen rondvliegen, waar men bloemen en warmen zonneschijn heeft.»

Nu was er al eenigen tijd verloopen; en de jongen waren zoo groot geworden, dat zij rechtop in het nest konden staan en ver in de rondte kijken; en de vader der ooievaars kwam alle dagen met heerlijke kikvorschen, kleine slangen en alle ooievaarslekkernijen, die hij maar kon vinden. O, wat was dat aardig, als hij hun allerlei kunstjes voordeed. Zijn kop boog hij heelemaal achterover tot op zijn staart, met zijn snavel klapperde hij, alsof het een rateltje was, en dan vertelde hij hun geschiedenisjes allemaal van het moeras.

«Hoort eens, nu moet je leeren vliegen!» zei de moeder der ooievaars op zekeren dag, en toen moesten al de vier jongen het nest uit en de dakvorst op. Och, wat waggelden zij, wat balanceerden zij met hun vleugels; en toch scheelde het niet veel, of zij waren naar beneden gevallen.

«Kijkt maar eens naar mij!» zei de moeder. «Zoo moet je je kop houden! Zoo moet je je pooten zetten. Een, twee! Een, twee! Dat is het, wat je in de wereld vooruit zal doen komen!» Daarop vloog zij een klein eindje, en de jongen deden een kleinen, onbeholpen sprong. Bom! daar lagen ze, want hun lichaam was nog niet lenig genoeg.

«Ik wil niet vliegen!» zei een der jongen en kroop weer in het nest; «het kan mij niet schelen, of ik naar de warme landen toe ga!»

«Wil je hier dan doodvriezen, als het winter wordt? Moeten de jongens dan komen om je op te hangen, te verbranden of dood te steken? Dan zal ik ze maar dadelijk roepen!»

«O neen!» zei de jonge ooievaar en huppelde toen weer over het dak, evenals de andere.

Op den derden dag konden zij al een beetje vliegen, en nu dachten zij, dat zij ook konden zweven en op de lucht drijven. Dat wilden zij, maar bom! daar duikelden zij; daarom moesten zij hun vleugels gauw weer in beweging brengen. Nu kwamen de jongens beneden op de straat en zongen hun lied:

«Ooievaar! waar vlieg je heen?»

«Zullen we niet naar beneden vliegen en hun de oogen uitpikken?» vroegen de jongen.

«Neen, doet dat niet!» zei de moeder. «Luistert maar naar mij, dat is veel meer van belang! Een, twee, drie! nu vliegen we rechts. Een, twee, drie! nu links om den schoorsteen heen!—Kijk, dat ging waarlijk al heel goed! De laatste slag met je pooten was zoo netjes en juist, dat je permissie krijgt, om morgen met mij naar het moeras te vliegen. Daar komen verscheidene deftige ooievaarsfamilies met haar kinderen bijeen; toont hun dan, dat de mijne de flinkste zijn en dat je je fatsoenlijk weet te gedragen; dat staat goed en geeft aanzien!»

«Maar moeten we dan geen wraak nemen op die ondeugende jongens?» vroegen de jonge ooievaars.

«Laat ze maar schreeuwen, zooveel als ze willen! Jelui vliegt toch naar de wolken op en komt in het land der piramiden, als zij kou moeten lijden en geen groen blad, geen zoeten appel hebben!»

«Ja, we zullen ons toch wreken!» fluisterden zij elkaar toe, en daarop werd er weer geëxerceerd.

Van al de jongens op straat was er geen erger op verzot, het spotlied te zingen, dan juist diegene, die er mee begonnen was, en dat was nog maar een heel kleine jongen; hij was zeker niet ouder dan zes jaar. De jonge ooievaars dachten wel is waar, dat hij honderd jaren telde, want hij was immers veel grooter dan hun moeder en hun vader, en wat wisten zij er van, hoe oud kinderen en groote menschen konden zijn! Al hun wraak zou op dezen jongen neerkomen: hij was het eerst begonnen, en hij bleef maar volhouden. De jonge ooievaars waren erg nijdig op hem, en toen zij grooter werden, konden zij hem nog minder uitstaan. Hun moeder moest hun eindelijk beloven, dat zij gewroken zouden worden, maar eerst op den laatsten dag van hun verblijf in dit land.

«We moeten eerst eens zien, hoe je je bij de groote manoeuvres zult houden! Gedraag je je slecht, zoodat de generaal je den snavel door de borst stoot, dan hebben de jongens immers gelijk, althans in een zeker opzicht. Laat ons nu eens zien!»

«Ja dat zult ge!» zeiden de jongen, en nu deden zij hun uiterste best; zij oefenden zich alle dagen en vlogen zoo netjes en zoo vlug, dat het een lust was om te zien.

Nu kwam de herfst. Al de ooievaars begonnen zich te verzamelen, om naar de warme landen te trekken, terwijl wij winter hadden. Dat waren de manoeuvres! Over bosschen en dorpen moesten ze, alleen om te zien, of ze wel goed konden vliegen; want het was immers een verre reis, die hun te wachten stond. De jonge ooievaars deden hun zaakjes zoo goed, dat zij: «Uitmuntend, met kikvorsch en slangen!» kregen. Dat was het allerbeste getuigenis, en denkikvorsch en de slangen konden zij opeten; en dat deden ze dan ook.

«Nu zullen we ons wreken!» zeiden zij.

«Wel zeker!» zei de moeder der ooievaars. «Wat ik er op bedacht heb, is het allerbeste. Ik weet waar de vijver is, waarin al de kleine menschenkinderen liggen, totdat de ooievaar komt en ze aan de ouders brengt. De lieve, kleine kinderen slapen en droomen zoo heerlijk, als zij later nimmer meer doen. Alle ouders willen graag zulk een klein kind hebben, en alle kinderen willen wel een zusje of een broertje hebben. Nu zullen we naar den vijver toe vliegen en een daarvan voor elk der kinderen halen, die dat leelijke lied niet gezongen en de ooievaars niet in het ootje genomen hebben.»

«Maar hij, die met zingen begonnen is, die ondeugende, leelijke jongen,» schreeuwden de jonge ooievaars, «wat moeten we met hem beginnen?»

«Er ligt in den vijver een klein, dood kind, dat zich dood gedroomd heeft; dat zullen we voor hem meenemen; dan zal hij schreien, omdat wij hem een klein, dood broertje gebracht hebben; maar dien goeden jongen,—hem ben je toch niet vergeten, hem, die zei, dat het zonde was, ons in het ootje te nemen?—hem zullen we zoowel een broertje als een zusje brengen. En daar de jongen Piet heet, moet jelui ook allemaal Piet genoemd worden!»

En het gebeurde, zooals zij zeide; en al de ooievaars werden Piet genoemd, en zoo heeten zij nog.

Zooals manlief doet, is het altijd goed.

Ik zal u eens een sprookje vertellen, dat ik hoorde, toen ik nog een kleine jongen was; telkens wanneer ik aan dit sprookje dacht, kwam het mij voor, alsof het gedurig mooier werd; want het gaat met sprookjes evenals met vele menschen,—zij worden met de jaren mooier.

Op het land zult ge toch zeker wel eens geweest zijn, ge zult dan ook wel eens zulk een heel oud boerenhuis met een stroodak gezien hebben. Mos en planten groeien er van zelf op het dak; een ooievaarsnest bevindt zich op de vorst daarvan,—de ooievaar behoort er zoo bij. De muren van het huis zijn scheef, de ramen laag, en slechts een enkel raam is zoo ingericht, dat het kan opengeschoven worden; de oven springt buiten den muur uit, evenals een kleine, dikke buik; de vlierboom hangt over de heining heen, en onder zijn takken, aan den voet der heining, is een vijver, waarin eenige eenden zwemmen. Een hond, die tegen elk en een ieder blaft, is er ook.

Zulk een boerenhuis stond er buiten op het land, en in dit huis woonden een paar oude lieden, een boer en zijn vrouw. Hoe weinig zij ook hadden, iets was daaronder toch, dat zij hadden kunnen missen,—en wel een paard, dat zich met het gras voedde, dat het aan den weg vond. De oude boer reed op dit paard naar de stad, dikwijls leenden zijn buren het ook van hem en bewezen daarvoor aan de oude lieden menigen wederdienst. Maar het raadzaamst zou het toch wel zijn, als zij dit paard verkochten of het tegen iets anders, dat hun meer van nut kon zijn, verruilden. Maar wat zou dit wel zijn?

«Dat zal jij het best weten, man!» zei zijn vrouw tegen hem. «Vandaag is het juist jaarmarkt, rijd naar de stad, geef het paard voor geld weg of doe er een goeden ruil voor: zooals jij doet, is het mij altijd goed. Rijd maar naar de jaarmarkt toe!»

Zij deed hem zijn das om, want daar had zij meer verstand van dan hij; zij maakte deze met een dubbelen strik vast: dat stond heel goed! Zij streek zijn hoed met haar hand op en gaf hem toen een hartelijken zoen. Daarop reed hij weg op het paard, dat moest verkocht of in ruil gegeven worden. Ja, de oude man heeft daar wel verstand van!

De zon scheen warm, geen wolkje was er aan den hemel te zien. Op den weg stoof het geducht; vele menschen, die de jaarmarkt wilden bezoeken, reden er te paard of in een rijtuig heen, of legden den weg te voet af. Nergens was eenige schaduw tegen de brandende stralen der zon.

Onder anderen ging er ook iemand dien weg langs, die een koe naar de markt dreef. De koe was zoo mooi, als een koe maar wezen kan. «Die geeft zeker ook goed melk!» dacht de boer; «dat zou een goede ruil zijn: de koe voor het paard!»

«Heidaar!» riep hij den man, die met de koe liep, toe; «weet je wat? Een paard, zou ik meenen, kost meer dan een koe; maar dat is mij om 't even; ik kan meer dienst, van een koe hebben, als je er lust in hebt, dan zullen wij ruilen!»

«Zeker wil ik dat!» zei de man met de koe, en nu ruilden zij.

Dat was alzoo afgedaan, en de boer had nu best weer kunnen terugkeeren; want hij had nu immers afgedaan, waarom het hem te doen was; maar daar hij zich eenmaal op de jaarmarkt gespitst had, wilde hij er ook naar toe, alleen maar om deze eens te zien, en daarom ging hij met zijn koe naar de stad.

Terwijl hij de koe meevoerde, liep hij verder, en na verloop van eenigen tijd kwam hij een man voorbij, die een schaap voor zich uitdreef. Het was een goed, vet schaap, en het had goede wol.

«Dat zou ik wel willen hebben,» dacht onze boer, «het zou bij ons volop gras vinden, en gedurende den winter konden wij het bij ons in de keuken nemen. Eigenlijk zou het verkieslijker zijn een schaap in plaats van een koe te hebben... Willen wij ruilen?» vroeg hij.

Daartoe was de man met het schaap terstond bereid, en de ruiling had plaats. Onze boer ging met het schaap langs den straatweg verder.

Al spoedig werd hij andermaal een man gewaar, die den straatweg langs kwam en een groote gans onder den arm droeg.

«Dat is een zwaar ding, dat je daar hebt; het heeft veeren en vet, dat het een lust is om te zien; het zou wel aardig zijn, als dat bij ons aan een touw bij het water liep. Dat zou net zoo iets voor mijn vrouw zijn; daarvoor kon zij allerlei afval opzamelen. Hoe dikwijls heeft zij niet gezegd: als wij maar eens een gans hadden! Nu kan zij er misschien een krijgen... en komaan! zij zal er een hebben... Willen wij ruilen? Ik geef je het schaap voor de gans en een bedankje op den koop toe.»

Daar had de ander niets tegen in te brengen, en zoo ruilden zij dan. Onze boer kreeg de gans.

Nu was hij reeds dicht bij de stad: het gedrang op den straatweg nam gedurig toe; menschen en vee verdrongen elkaar: zij liepen op den straatweg langs de heggen, ja, bij den slagboom kwamen zij zelfs op het aardappelveld van een daglooner, waar zijn eenige kip aan een touw rondliep, opdat zij niet van het gedrang zou schrikken, afdwalen en wegloopen. De kip had korte veeren in haar staart, zij knipte met haar eene oog en zag er zeer schrander uit. «Klok! Klok!» zei de kip. Wat zij daarbij dacht, weet ik niet te zeggen; maar toen onze boer haar te zien kreeg, dacht hij terstond: «Dat is de mooiste kip, die ik ooit gezien heb, zij is zelfs mooier dan de broedhen van dominee. Drommels! Die kip zou ik wel willen hebben! Een kip vindt altijd wel een graantje; zij kan zich bijna geheel zelf voeden; ik geloof, dat het een goede ruil zou zijn, als ik haar voor de gans kon krijgen... Willen we ruilen?» vroeg hij den daglooner.

«Ruilen?» herhaalde deze, «ja, dat zou niet kwaad zijn!» En zoo ruilden zij. De daglooner kreeg de gans en de boer kreeg de kip.

Zoo had hij al heel wat op de reis naar de stad afgedaan; warm was het ook, en hij was moede. Aan een slokje en aan een ontbijt had hij wel behoefte; al spoedig daarop bevond hij zich bij de herberg. Hij wilde juist naar binnen gaan, toen de huisknecht er uit kwam; zij ontmoetten elkaar op den drempel. De knecht droeg een gevulden zak.

«Wat heb je daar in dien zak zitten?» vroeg de boer,

«Verrotte appelen,» antwoordde de knecht, «een heelen zak vol, genoeg voor de varkens.»

«Dat is toch een al te groote verkwisting. Dat zou ik wel eens aan mijn vrouw willen laten zien. Verleden jaar heeft de oude boom bij het turfhok maar een enkelen appel opgeleverd; die werd afgeplukt en stond op de kast, totdat hij geheel bedierf en verrotte. «Dat is toch altijd iets,» zei mijn vrouw «Wat zou zij opkijken, als zij eens een heelen zak vol zag! Ja, dat zou ik haar wel eens gunnen!»

«Wat wil je voor den zak geven?» vroeg de knecht.

«Wat ik er voor geven wil? Ik geef mijn kip daarvoor in ruil,» en hij gaf de kip in ruil, kreeg de appelen en trad daarmee de gelagkamer binnen. Den zak zette hij voorzichtig, tegen de kachel aan en ging toen naar het buffet. Maar de kachel was warm, daaraan dacht hij niet.—Er waren vele gasten aanwezig: paardenkoopers, ossendrijvers en twee Engelschen, en die Engelschen waren zoo rijk, dat hun zakken met goudstukken opgevuld waren en er bijna van barstten;—en wedden, dat zij konden! Daar zult ge eens wat van hooren!

«Ss! Ss!»—Wat was dat bij de kachel?—De appelen begonnen te braden.

«Wat is dat toch?»

«Ja, zie je,» zei onze boer, en nu vertelde hij de heele geschiedenis van het paard, dat hij tegen een koe verruild had en zoo verder tot aan de appelen.

«Nu, dan zal je vrouw wel duchtig op je knorren, als je thuis komt. Daar zit wat voor je op!» zeiden de Engelschen.

«Wat? Knorren?» zei de boer. «Een zoen zal zij mij geven en zeggen: zooals manlief doet, is het altijd goed.»

«Willen wij eens wedden?» zeiden de Engelschen. «Om gemunt goud per ton van een centenaar of honderd pond?»

«Een zak is al voldoende,» antwoordde de boer. «Ik kan er slechts mijn zak met appelen tegen zetten.»

«Aangenomen.» En de weddingschap werd aangegaan.

Het rijtuig van den kastelein kwam voor, de Engelschen en de boer stapten er in; voorwaarts ging het, en al spoedig daarop hielden zij voor het huis van den boer stil.

«Goeden avond, vrouw!»

«Goeden avond, man!»

21

«De ruil is gedaan.»

«Ja, jij verstaat je zaken wel!» zei de vrouw, terwijl zij hem omhelsde en noch op den zak, noch op de vreemde gasten lette.

«Ik heb een koe voor het paard geruild»

«Goddank! Nu zullen we melk krijgen en boter en kaas op de tafel! Dat was een goede ruil!»

«Ja, maar de koe heb ik weer tegen een schaap ingeruild.»

«Wel, dat is des te beter!» antwoordde zijn vrouw, «je denkt ook altijd aan alles; voor een schaap hebben wij gras genoeg; schapenmelk en schapenkaas en wollen kousen en wollen rokken! Dat geeft de koe niet, zij verliest haar haren maar. Wat denk je ook aan alles!»

«Maar het schaap heb ik weer tegen een gans verruild.»

«Zullen wij dit jaar dan werkelijk eens een gebraden gans op tafel hebben, manlief? Je denkt er altijd aan, mij een plezier te doen. Wat is dat heerlijk! De gans kunnen we aan een touw vastzetten en haar nog vetter laten worden, voordat wij haar braden.»

«Maar de gans heb ik tegen een kip verruild!» zei haar man.

«Een kip! Dat was een goede ruil!» antwoordde zijn vrouw.

«De kip legt eieren, die broedt zij uit, dan krijgen wij kuikentjes en later een heelen troep kippen! Kijk, daar heb ik al zoo lang naar verlangd!»

«Ja, maar de kip gaf ik weer voor een zak vol rotte appelen weg!»

«Wat? Nu moet ik je eens een hartelijken zoen geven!» hernam de vrouw. «Mijn lieve, beste man! Ik zal je eens wat vertellen. Zie je, toen je van morgen pas weg waart, dacht ik er over na, hoe ik tegen, van avond eens wat lekkers voor je klaar zou maken. Toen dacht ik aan spekpannekoeken met appelen. De eieren had ik al, het spek ook, maar de appelen ontbraken mij nog. Zoo ging ik dan naar meesters vrouw toe; zij heeft appelen, dat weet ik; maar meesters vrouw is gierig, al weet zij zich ook nog zoo mooi voor te doen. Ik verzocht haar, mij wat appelen te leenen. «Leenen?» gaf zij ten antwoord. «Geen enkele appel groeit er in onzen tuin, niet eens een rotte; zoo een kan ik je niet eens leenen, beste vrouw!» Maar nu kan ik haar wel tien, ja een heelen zak vol leenen. Dat doet mij plezier, dat is om mij dood te lachen!»—En daarbij zoende zij hem, dat het klapte.

«Dat bevalt mij!» riepen de Engelschen als uit één mond. «Altijd minder en toch altijd vroolijk. Dat is het geld wel waard!»

En nu betaalden zij een centenaar gouden munten aan den boer, die niet beknord, maar gezoend werd.

Ja, dat vindt altijd zijn loon, als de vrouw het inziet en het ook altijd zegt, dat de man het het beste weet en dat al wat hij doet, goed is.

Zie, dat is mijn geschiedenis. Ik heb haar reeds als kind gehoord, en nu hebt gij haar ook gehoord en weet het nu: «Zooals manlief doet, is het altijd goed!»

De groote Klaas en de kleine Klaas.

In zeker dorp woonden twee menschen, die beiden denzelfden naam hadden. Beiden heetten Klaas, maar de een bezat vier paarden en de ander maar een enkel paard. Om ze nu van elkaar te kunnen onderscheiden, noemde men hem, die vier paarden had, den grooten Klaas, en hem die maar één paard had, den kleinen Klaas. Nu willen we eens hooren, hoe het met beiden ging; want het is een ware geschiedenis.

De heele week door moest de kleine Klaas voor den grooten Klaas ploegen en hem zijn eenig paard leenen; dan hielp de groote Klaas hem weer met al zijn vier, doch slechts eenmaal in de week, en dat was des Zondags. Jongens! wat klapte de kleine Klaas dan met zijn zweep boven al de vijf paarden; zij waren immers op dien eenen dag zoo goed als de zijne. De zon scheen heerlijk, en al de klokken in den kerktoren luidden; de menschen hadden hun beste kleeren aangetrokken en gingen met hun gezangboek onder den arm naar de kerk, om den dominee te hooren preeken; zij zagen den kleinen Klaas, die met vijf paarden ploegde, en deze was zoo in zijn schik, dat hij al door weer met zijn zweep klapte en riep: «Voort, mijn paardjes!»

«Zoo moet je niet spreken,» zei de groote Klaas; «het eene paard is immers maar van jou.»

Maar toen er weer iemand voorbijkwam, vergat de kleine Klaas, dat hij dit niet mocht zeggen, en riep: «Voort, mijn paardjes!»

«Hoor eens! Nu moet ik je verzoeken, het niet meer te zeggen!» zei de groote Klaas weer, «want als je het nog eenmaal zegt, dan geef ik je paard een slag voor den kop, dat het dood neervalt; dan is het met hem gedaan!»

«Ik zal het waarlijk niet meer zeggen!» hernam de kleine Klaas. Maar toen er al spoedig daarop weer menschen voorbijkwamen en hem toeknikten, werd hij blijde en dacht, dat het toch wel heel deftig moest staan, dat hij zoo vijf paarden had, om zijn land te beploegen; nu klapte hij andermaal met zijn zweep en zei: «Voort, mijn paardjes»

«Ik zal je dat wel afleeren!» zei de groote Klaas en nam een knuppel en sloeg het eenige paard van den kleinen Klaas daarmee zoo duchtig voor den kop, dat het omviel en terstond dood was.

«Ach, nu heb ik geen paard meer!» zei de kleine Klaas en begon te weenen. Daarop stroopte hij het paard de huid af en liet deze goed in den wind drogen, stopte haar toen in een zak, dien hij op den schouder nam, en begaf zich naar de stad om zijn paardenhuid te verkoopen.

Hij had een verren tocht af te leggen, hij moest een groot, donker bosch door, en nu werd het een verschrikkelijk slecht weer; hij raakte heelemaal verdwaald, en voordat hij weer op den rechten weg kwam, was het avond en te ver om de stad nog te bereiken of voor den nacht naar huis terug te keeren.

Vlak aan den weg stond een groote boerenplaats; de buitenluiken voor de ramen waren gesloten; maar het licht kon daaroverheen toch naar buiten schijnen. «Daar zal men mij wel willen vergunnen, den nacht door te brengen,» dacht de kleine Klaas en ging er naar toe, om aan te kloppen.

De boerin deed de deur open; maar toen zij hoorde, wat hij wilde, zeide zij, dat hij maar zijns weegs moest gaan; haar man was niet thuis, en zij wilde aan iemand, die haar wildvreemd was, geen onderkomen verschaffen.

«Nu, dan moet ik maar buiten blijven liggen,» zei de kleine Klaas, en de boerin deed hem de deur voor den neus dicht.

Dicht daarbij stond een groote hooiberg, en tusschen deze en het huis een kleine schuur, die met een plat stroodak bedekt was.

«Daar boven kan ik wel liggen!» dacht de kleine Klaas, toen hij het dak zag. «Dat is immers een heerlijk bed. De ooievaar zal wel niet naar beneden vliegen en mij in mijn beenen bijten!» Want op het dak stond een levende ooievaar, die daar zijn nest had.

Nu klom de kleine Klaas boven op de schuur, waar hij zich neerlegde en zich al heen en weer wentelde, om toch recht gemakkelijk te liggen. De houten luiken voor de ramen waren niet heelemaal tot boven aan toe, en zoo kon hij juist in de kamer zien.

Daar stond een groote tafel gedekt, met wijn en gebraden vleesch en een heerlijken visch er op; de boerin en de koster zaten aan tafel, maar niemand anders; zij schonk hem in, en hij stak zijn vork in de visch, want dit was zijn lievelingskost.

«Kon ik daar ook maar wat van krijgen!» dacht de kleine Klaas en strekte zijn hoofd naar het raam uit. Och! welk een heerlijken koek zag hij op tafel staan! Stellig was het daar feest!

Nu hoorde hij iemand op den straatweg aankomen en naar het huis toe rijden; dat was de man der boerin, die naar huis terugkeerde.

Die man was goed genoeg; maar hij had de verwonderlijke eigenschap, dat hij geen koster kon uitstaan; als hij een koster in het oog kreeg, dan werd hij razend. Dat was ook de reden, waarom de koster naar zijn vrouw toe gegaan was, om haar een bezoek te brengen, daar hij wist, dat haar man niet thuis was; en de goede vrouw zette hem daarom het heerlijkste eten voor, dat zij maar had. Toen zij den man echter hoorden aankomen, verschrikten zij, en de vrouw verzocht den koster, in een groote leege kist te kruipen. Dat deed hij; want hij wist immers, dat de arme man het niet kon verdragen, een koster te zien. De vrouw verborg in aller ijl het heerlijke eten en den wijn in haar oven; want als haar man dit te zien gekregen had, dan zou hij zeker gevraagd hebben, wat dit moest beteekenen.

«Och, och!» zei de kleine Klaas boven op zijn schuur, toen hij het eten zag verdwijnen.

«Is er iemand daarboven?» vroeg de boer en keek naar den kleinen Klaas op. «Waarom lig je daar? Ga liever met mij mee in huis!»

Nu vertelde de kleine Klaas, hoe hij verdwaald geraakt was, en vroeg, of hij hier gedurende den nacht mocht blijven.

«Wel zeker!» zei de boer, «maar wij moeten eerst wat te eten hebben.»

De vrouw ontving beiden zeer vriendelijk, dekte de tafel en zette hun een grooten schotel met gort voor. De boer had honger en at met den meesten smaak; maar de kleine Klaas kon zich niet weerhouden, aan het heerlijke gebraden vleesch, den visch en den koek te denken, die, zooals hij wist, in den oven stonden.

Onder de tafel, aan zijn voeten, had hij den zak met de paardehuid er in neergelegd; want wij weten immers, dat hij zich ter wille daarvan op weg begeven had, om deze in de stad te verkoopen. De gort wilde hem maar niet smaken, en daarom trapte hij op zijn zak, en de droge huid in den zak maakte nu een knarsend geluid.

«Stil!» zei de kleine Klaas tegen zijn zak, maar te gelijker tijd trapte hij er weer op, en nu knarste het er nog luider dan te voren in.

«Wat heb je toch in je zak zitten?» vroeg de boer nu.

«O, dat is een toovenaar!» zei de kleine Klaas. «Hij zegt, dat wij geen gort behoeven te eten; want dat hij den heelen oven vol gebraden vleesch, visch en koek getooverd heeft.»

«Wat weerga!» zei de boer en deed nu den oven dadelijk open, waarin hij al de heerlijke, lekkere spijzen zag staan, die zijn vrouw daarin weggestopt had, maar die, zooals hij nu geloofde, de toovenaar in den zak voor hen getooverd had. De vrouw dorst niets zeggen, maar zette de spijzen terstond op de tafel neer, en zoo aten beiden van den visch, van het gebraden vleesch en van den koek. Nu trapte de kleine Klaas weer op zijn zak, zoodat de huid knarste.

«Wat zegt hij nu weer?» vroeg de boer.

«Hij zegt,» antwoordde de kleine Klaas, «dat hij ook drie flesschen wijn voor ons getooverd heeft, en dat zij daar in den hoek bij den oven staan!» Nu moest de vrouw den wijn, dien zij verborgen had, voor den dag krijgen, en de boer dronk en werd zeer vroolijk! Zulk een toovenaar, als de kleine Klaas in den zak had, zou hij wel graag gehad hebben.

«Kan hij den duivel ook te voorschijn brengen?» vroeg de boer. «Ik zou hem wel eens willen zien!»

«Ja,» zei de kleine Klaas, mijn toovenaar kan alles, wat ik verlang. Niet waar?» vroeg hij en trapte op den zak, zoodat hij knarste. «Hoor je wel? Hij zegt ja. Maar de duivel ziet er heel leelijk uit; je zult hem zeker liever niet willen zien!»

«O, ik ben volstrekt niet bang. Hoe zou hij er wel uitzien?»

«Hij zal zich precies als een koster voordoen.»

«Foei!» zei de boer, «dat is leelijk! Je moet weten, dat ik het niet kan uitstaan, een koster te zien. Maar dat doet er niet toe; ik weet immers, dat het de duivel is; dus zal ik er mij wel in schikken! Nu heb ik moed! Maar hij mag niet te dicht bij mij komen.»

«Nu, ik zal het aan mijn toovenaar vragen,» zei de kleine Klaas, trapte op den zak en hield er zijn oor aan.

«Wat zegt hij?»

«Hij zegt, dat je de kist maar moet opendoen, die daar in den hoek staat; dan zal je den duivel zien, zooals hij daarin op zijn hurken zit; maar je moet het deksel vasthouden, want anders mocht hij eens ontsnappen.»

«Wil je mij helpen om het vast te houden?» vroeg de boer en ging naar de kist toe, waarin zijn vrouw den werkelijken koster verborgen had, die daarin zat en zich doodelijk ongerust maakte.

De boer deed het deksel eventjes open en keek in de kist.

«Foei!» schreeuwde hij en deinsde terug. «Ja, nu heb ik hem gezien: hij zag er precies uit als onze koster. Dat was verschrikkelijk!»

Daarop moest er gedronken worden, en zoo dronken zij dan tot laat in den nacht.

«Dien toovenaar moet je mij verkoopen,» zei de boer. «Vraag daarvoor al wat je maar wilt. Ja, ik geef je er op staanden voet een schepel vol geld voor!»

«Neen, dat kan ik niet,» zei de kleine Klaas. «Bedenk toch, hoeveel nut ik van dezen toovenaar kan hebben.»

«Och, ik zou hem toch graag willen hebben,» vervolgde de boer en ging voort met smeeken.

«Welnu,» zei de kleine Klaas eindelijk, «daar je zoo goed geweest bent, mij van nacht een onderkomen te verschaffen, zal ik het maar doen. Je kunt den toovenaar voor een schepel vol geld krijgen.»

«Dat zul je hebben,» zei de boer. «Doch die kist daar moet je maar meenemen: ik wil haar geen uur langer in huis houden; men kan het nooit weten: misschien zit hij er nog wel in.»

De kleine Klaas gaf den boer zijn zak met de paardehuid er in en kreeg daarvoor een schepel vol geld. De boer gaf hem zelfs nog een kar, om het geld en de kist daarop mee te nemen.

«Vaarwel!» zei de kleine Klaas en reed met zijn geld en de groote kist, waarin de koster nog zat, weg.

Aan den anderen kant van het bosch was een breede, diepe rivier; het water stroomde daarin met zooveel snelheid, dat men tenauwernood tegen den stroom in kon zwemmen; men had er een groote, nieuwe brug overheen gelegd; de kleine Klaas bleef op het midden daarvan staan en zei overluid, opdat de koster het zou kunnen hooren:

«Wat moet ik nu met die lompe kist beginnen? Zij is zoo zwaar, alsof er steenen in zaten! Ik word er maar moe van, haar verder voort te rijden; ik zal haar in de rivier werpen; drijft zij naar mijn huis toe, dan is het goed, en doet zij dit niet, dan komt het er ook niet op aan.»

Nu pakte hij de kist met zijn eene hand beet en tilde haar een weinig op, alsof hij haar in het water wilde gooien.

«Och, doe dat niet!» riep de koster uit de kist. «Laat mij er eerst uit.»

«Hu!» zei de kleine Klaas en hield zich, alsof hij bang was. «Hij zit er nog in! Dan moet ik hem gezwind in de rivier werpen, om hem te verdrinken.»

«O neen, neen!» riep de koster. «Ik zal je een geheel schepel vol geld geven, als je er mij uitlaat.»

«Zoo, dat is wat anders!» zei de kleine Klaas en deed de kist open. De koster kroop er gauw uit, stiet de leege kist in het water en ging naar zijn huis, waar de kleine Klaas een schepel vol geld kreeg. Hij had er al een van den boer gekregen, en zoo had hij dan nu zijn heele kar vol geld.

«Nu, het paard heb ik goed betaald gekregen!» zei hij bij zich zelf, toen hij te huis in zijn kamer al het geld op een hoop uitschudde. «Dat zal den grooten Klaas ergeren, als hij verneemt, hoe rijk ik door mijn ééne paard geworden ben; maar ik wil het hem toch niet met ronde woorden zeggen!»

Nu zond hij een jongen naar den grooten Klaas toe, om van hem een schepelmaat te leenen.

«Wat zou hij daarmee toch willen doen?» dacht de groote Klaas en smeerde teer op den bodem daarvan, opdat er van hetgeen er in gemeten werd, iets aan zou blijven hangen. En dat gebeurde ook; want toen hij de schepelmaat terugkreeg, hingen er drie nieuwe zilverstukken aan.

«Wat is dat?» zei de groote Klaas en liep dadelijk naar den kleinen Klaas toe. «Waar heb je al dat geld toch vandaan gekregen?»

«O, dat is voor mijn paardenhuid; die heb ik gisteravond verkocht.»

«Dat is waarlijk goed betaald!» zei de groote Klaas, liep gezwind naar huis, nam een bijl, gaf aan al zijn vier paarden een slag voor den kop, stroopte hun de huid af en reed met deze huiden naar de stad toe.

«Huiden, huiden! Wie wil er huiden koopen?» riep hij door de straten.

Alle schoenmakers en leerlooiers kwamen aanloopen en vroegen, wat hij er voor moest hebben.

«Een schepel vol geld voor elke huid,» zei de groote Klaas.

«Ben je niet wijs?» riepen allen uit. «Denk je, dat we het geld zoo maar bij schepels hebben?»

«Huiden, huiden! Wie wil er huiden koopen?» riep hij weer, en aan al degenen, die hem vroegen, wat de huiden moesten kosten, gaf hij ten antwoord: «Een schepel vol geld!»

«Hij wil ons beetnemen!» zeiden allen; daarop namen de schoenmakers hun spanriemen en de leerlooiers hun schootsvellen, en gaven den grooten Klaas daarmee een duchtig pak slaag.

«Huiden, huiden!» voegden zij hem op een spottenden toon toe; «ja, wij zullen je huid looien, zoodat het bloed er bij neerloopt. De stad uit met hem!» riepen zij, en de groote Klaas moest zich zoo hard wegmaken, als hij maar kon; want zulk een pak slaag had hij nog nooit van zijn leven gehad.

«Nu!» zeide hij, toen hij thuis kwam, «dat zal ik den kleinen Klaas betaald zetten! Ik zal hem daarvoor doodslaan.»

In het huis van den kleinen Klaas was zijn grootmoeder gestorven. Zij was wel is waar heel lastig en slecht voor hem geweest; maar hij was toch diep bedroefd en nam de doode vrouw op en legde haar in zijn warme bed, om te zien of zij niet tot het leven zou terugkeeren. Daar moest zij den heelen nacht liggen; hij zelf zou in den hoek gaan zitten en op een stoel slapen; dat had hij wel meer gedaan.

Toen hij daar nu in den nacht zat, ging de deur open, en nu trad de groote Klaas met zijn bijl binnen. Hij wist wel, waar het ledekant van den kleinen Klaas stond, ging daar regelrecht naar toe en sloeg diens grootmoeder voor het hoofd, daar hij dacht, dat het de kleine Klaas was.

«Ziezoo!» zeide hij. «Nu zal je mij niet meer beethebben!» Daarop keerde hij naar zijn huis terug.

«Dat is toch een slechte kerel!» dacht de kleine Klaas. «Hij wilde mij doodslaan. Het was maar gelukkig, dat grootmoeder al dood was; anders zou hij haar van het leven beroofd hebben!»

Nu trok hij zijn grootmoeder haar Zondagsche kleeren aan, leende van zijn buurman een paard, spande dit voor den wagen en zette zijn grootmoeder op de achterste bank, zoodat zij er niet kon uitvallen, als hij reed; en zoo reden zij weg en gingen het bosch door. Toen nu de zon opging, kwamen zij aan een groote herberg; daar hield de kleine Klaas stil en ging er in, om wat te gebruiken.

De waard had zeer veel geld; hij was een heel goedhartig man, maar erg oploopend.

«Goeden morgen!» zei hij tegen den kleinen Klaas. «Je bent er van morgen al vroeg op uitgegaan!»

«Ja,» zei de kleine Klaas; «ik moet met mijn grootmoeder naar de stad toe; zij zit op den wagen, en ik kan haar niet in huis brengen. Wil je haar niet een glas wijn geven? Maar je moet heel luid spreken, want zij kan niet goed hooren!»

«Ja, dat zal ik doen!» zei de waard en schonk een groot glas wijn in, waarmee hij naar de doode grootmoeder toe ging, die rechtop in den wagen gezet was.

«Hier is een glas wijn van uw kleinzoon!» zei de waard. Maar de doode vrouw sprak geen enkel woord en bleef roerloos zitten.

«Hoor je mij niet?» riep de waard nu zoo hard als hij maar kon; «hier is een glas wijn van uw kleinzoon!»

Nog eenmaal riep hij hetzelfde, en toen nog eenmaal; maar daar zij zich volstrekt niet verroerde, werd hij boos en wierp haar het glas in het gezicht, zoodat de wijn haar over den neus liep en zij achterover in den wagen viel; want zij was maar los overeind gezet en niet vastgebonden.

«Wat heb je daar gedaan?» riep de kleine Klaas, snelde de deur uit en pakte den waard bij den kraag beet. «Je hebt mijn grootmoeder gedood! Kijk maar eens! Er zit een groot gat in haar voorhoofd!»

«O, dat is ongelukkig!» riep de waard en sloeg zich met de handen voor het hoofd. «Dat komt alles van mijn opvliegendheid! Beste kleine Klaas! ik zal je een schepel vol geld geven en je grootmoeder laten begraven, alsof het mijn eigen was; maar zwijg er dan ook over, want anders wordt mij het hoofd afgeslagen, en dat zou ik niet heel plezierig vinden!»

Zoo kreeg de kleine Klaas een schepel vol geld, en de waard begroef de grootmoeder, alsof het zijn eigen geweest was.

Toen nu de kleine Klaas weer met het vele geld thuis kwam, zond hij zijn jongen dadelijk naar den grooten Klaas toe, om hem te verzoeken, hem een schepelmaat te leenen.

«Wat is dat?» zei de groote Klaas. «Heb ik hem niet doodgeslagen? Dat moet ik toch zelf eens gaan zien!» En zoo ging hij zelf met de schepelmaat naar den kleinen Klaas.

«Waar heb je toch al dat geld vandaan gekregen?» vroeg hij en zette groote oogen op, toen hij alles zag, wat er nog bijgekomen was.

«Je hebt mijn grootmoeder doodgeslagen, maar mij niet!» zei de kleine Klaas; «die heb ik nu verkocht en er een schepel vol geld voor gekregen.»

«Dat is waarlijk goed betaald,» zei de groote Klaas en snelde naar huis toe, nam een bijl en sloeg zijn grootmoeder dadelijk dood, zette haar op zijn wagen, reed haar naar de stad, waar de apotheker woonde, en vroeg hem, of hij ook een lijk wilde koopen.

«Wie is het, en hoe kom je er aan?» vroeg de apotheker.

«Het is mijn grootmoeder!» zei de groote Klaas. «Ik heb haar doodgeslagen, om er een schepel vol geld voor te krijgen!»

«God beware ons!» riep de apotheker uit. «Je spreekt wartaal. Zeg zulke dingen toch niet, anders kon het je je hoofd wel eens kosten!»—En nu vertelde hij hem omstandig, wat voor een goddelooze daad hij begaan had, en wat voor een slecht mensch hij was, en dat hij er voor gestraft moest worden; toen verschrikte de groote Klaas zoozeer, dat hij uit de apotheek op den wagen sprong, duchtig op de paarden lossloeg en naar huis reed. Maar de apotheker en al de menschen dachten, dat hij krankzinnig was, en daarom lieten zij hem rijden, waarheen hij wilde.

«Daar zul je voor boeten!» zei de groote Klaas, toen hij buiten op den straatweg was. «Ja, dat zal ik je betaald zetten, kleine Klaas!» Toen nam hij, zoodra hij thuis kwam, den grootsten zak, dien hij maar vinden kon, ging naar den kleinen Klaas toe en zei: «Nu heb je mij al weer beetgehad! Eerst heb ik mijn paarden doodgeslagen en toen mijn grootmoeder! Dat is allemaal jouw schuld, maar je zult mij niet meer beethebben!» Dit zeggende, pakte hij den kleinen Klaas om zijn lijf beet en stak hem in zijn zak, nam dezen op zijn rug en riep hem toe: «Nu ga ik met je weg en verdrink je!»

Het was een verre weg, dien hij af te leggen had, voordat hij bij de rivier kwam, en de kleine Klaas was niet zoo gemakkelijk te dragen. De weg liep vlak voorbij de kerk, het orgel speelde en de menschen zongen zoo mooi! Nu zette de groote Klaas zijn zak met den kleinen Klaas er in dicht bij de kerkdeur neer en dacht, dat het niet kwaad zou zijn, de kerk in te gaan en een psalm aan te hooren, voordat hij verder ging. De kleine Klaas kon er immers niet uit komen, en al de menschen waren in de kerk: zoo ging hij er dan in.

«Och hemel, och hemel!» zuchtte de kleine Klaas in den zak en draaide en keerde zich al; maar het was hem niet mogelijk, het touw los te krijgen. Nu kwam er een stokoude veehoeder aan met sneeuwwit haar en een grooten stok in de hand; hij dreef een groote kudde koeien en stieren voor zich uit; deze liepen tegen den zak aan, waarin de kleine Klaas zat, zoodat hij omver viel.

«Och, och!» zuchtte de kleine Klaas. «Ik ben nog zoo jong en moet nu al naar den hemel toe!»

«En ik, ongelukkige!» zei de veehoeder, «ik ben al zoo oud en kan er nog maar niet in komen.»

«Doe den zak open!» riep de kleine Klaas, «kruip er in mijn plaats in, dan kom je oogenblikkelijk in den hemel!»

«O, dat wil ik met alle plezier doen,» zei de veehoeder en maakte den zak open, waar de kleine Klaas nu dadelijk uitkroop.

«Wil je nu ook op het vee passen?» vroeg de grijsaard en kroop in plaats van den kleinen Klaas in den zak, waarna deze hem dichtbond en met al de koeien en stieren zijns weegs ging.

Al spoedig daarop kwam de groote Klaas uit de kerk en nam zijn zak weer op den rug, ofschoon het hem toescheen, alsof deze lichter geworden was; want de oude veehoeder was maar half zoo zwaar als de kleine Klaas. «Wat is hij nu toch gemakkelijk te dragen! Dat komt zeker, omdat ik een psalm gehoord heb.» Zoo ging hij dan naar de rivier toe, die diep en breed was, wierp er den zak met den ouden veehoeder in en riep hem achterna, want hij dacht immers, dat de kleine Klaas er in zat: «Blijf daar nu maar liggen! Nu zul je mij niet meer beet hebben!»

Daarop ging hij naar huis; maar toen hij bij den kruisweg kwam, ontmoette hij den kleinen Klaas, die zijn vee voortdreef.

«Wat is dat?» zei de groote Klaas. «Heb ik je niet verdronken?»

«Ja,» zei de kleine Klaas. «Je hebt mij immers een klein half uurtje geleden in de rivier geworpen.»

«Maar hoe ben je aan dat prachtige vee gekomen?» vroeg de groote Klaas.

«Dat is watervee!» zei de kleine Klaas. «Ik zal je de heele geschiedenis vertellen; maar eerst moet ik je er wel voor bedanken, dat je mij verdronken hebt, want nu ben ik er boven op, nu ben ik waarlijk rijk!—Wat was het mij bang te moede, toen ik in den zak zat! De wind floot mij om de ooren, toen je mij van de brug naar beneden in het koude water gooide. Ik zonk dadelijk naar den grond, maar ik stiet mij niet, want daar beneden groeit het mooiste, zachtste gras. Daar kwam ik op terecht, en terstond ging de zak open; het bekoorlijkste meisje in sneeuwwitte kleederen en met een groenen krans om het natte haar nam mij bij de hand en zei: «Ben je daar, kleine Klaas? Daar heb je vooreerst eenig vee! Een mijl verder op den weg staat nog een heele kudde, die ik je wil geven!»—Nu zag ik, dat de rivier een grooten straatweg voor de bewoners van het water vormde. Onder op den grond liepen en reden zij juist van de zee af en het land in tot daar, waar de rivier eindigde. Daar was het vol bloemen en frisch gras; de visschen, die in het water zwommen, schoten mij voorbij de ooren, evenals hier de vogels in de lucht. Wat waren er daar mooie menschen, en wat was daar voor vee, dat in grachten en in slooten graasde!»

«Maar waarom ben je dadelijk weer naar boven gekomen?» vroeg de groote Klaas. «Dat zou ik niet gedaan hebben, als het daar beneden zoo mooi is!»

«Ja,» zei de kleine Klaas, «dat is juist slim van mij gehandeld. Je hebt immers wel gehoord, dat ik je verteld heb, dat de zeemeermin tegen mij zei, dat er een mijl verder op den weg,—en met dien weg bedoelde zij natuurlijk de rivier, want zij kan nergens anders naar toe komen,—nog een heele kudde vee voor mij stond. Maar ik weet, wat voor krommingen de rivier maakt, nu eens hier, dan weer daar, dat is immers een verre omweg; neen, dan kan men het korter afdoen, als men hier aan land stapt en dwars over het veld weer naar de rivier toe loopt; daarbij haal ik immers bijna een halve mijl uit en kom spoediger bij mijn watervee!»

«O, je bent toch een gelukkig man!» zei de groote Klaas. «Zou je denken, dat ik ook watervee kreeg, als ik op den bodem der rivier kwam?»

«Ja, dat denk ik wel,» zei de kleine Klaas. «Maar ik kan je niet in den zak naar de rivier dragen; je bent mij te zwaar! Wil je er zelf naar toe loopen en in den zak kruipen, dan wil ik je er met alle plezier ingooien.»

«Heel graag!» zei de groote Klaas. «Maar wanneer ik geen watervee krijg, als ik beneden kom, geloof mij, dan zal ik je een duchtig pak slaag geven!»

«Och, maak het zoo erg niet!»

Nu begaven zij zich naar de rivier. Toen het vee, dat dorstig was, het water zag, liep het zoo hard als het kon naar het water om te drinken.

«Kijk maar eens, hoe het zich voortspoedt!» zei de kleine Klaas» «Het verlangt er al naar, om weer op den bodem der rivier te komen.»

«Komaan, help mij dan maar gauw!» zei de groote Klaas, «anders krijg je een pak slaag!» En zoo kroop hij in den grooten zak, die dwars over den rug van een stier gelegen had. «Doe er een steen in, anders vrees ik, dat ik niet naar beneden zal zinken,» zei de groote Klaas.

«Dat wil ik wel!» zei de kleine Klaas, en hij deed nog een grooten steen in den zak, bond er het touw stevig om heen en gaf er toen een duw aan. Plof! daar viel de groote Klaas in de rivier en zonk dadelijk naar den grond.

«Ik geloof, dat hij er het vee wel niet zal vinden!» zei de kleine Klaas en keerde toen naar huis terug met alles, wat hij had.

De vliegende koffer.

Er was eens een koopman, die zoo rijk was, dat hij de heele straat en bijna nog een klein straatje bovendien met zilvergeld kon plaveien; maar dat deed hij niet; want hij wist zijn geld wel anders te besteden. Als hij een dubbeltje uitgaf, dan kreeg hij een gulden terug; zulk een goed koopman was hij,—totdat hij stierf.

Zijn zoon kreeg nu al dit geld. Hij leefde er vroolijk van, hij ging alle avonden naar een gemaskerd bal, hij maakte vliegers van bankbiljetten en keilde over het meer met goudstukken in plaats van met steentjes. Op die wijze moest het geld wel gauw opraken, en dat gebeurde dan ook. Eindelijk bezat hij niet meer dan vier dubbeltjes en had geen andere kleeren dan een paar pantoffels en een oude kamerjapon. Nu bekommerden zijn vrienden zich niet meer om hem, daar zij toch niet samen op straat konden loopen; maar een hunner, die goedhartig van aard was, zond hem een ouden koffer met de opmerking: «Pak in!» Ja, dat was nu goed en wel, maar hij had niets om in te pakken; daarom ging hij zelf in den koffer zitten.

Dat was een zonderlinge koffer. Zoodra men op het slot drukte, kon de koffer vliegen. Hij drukte er op en, flap, daar vloog hij er mee door den schoorsteen heen, hoog boven de wolken, al verder en verder weg. Maar zoo dikwijls de bodem van den koffer een weinig kraakte, verkeerde hij in doodsangst, dat de koffer stuk zou gaan; want dan zou hij een duchtige buiteling gemaakt hebben.

Op deze wijze kwam hij in het land der Turken. Hij verborg den koffer in het bosch onder de dorre bladeren en ging toen de stad in. Dat kon hij heel goed doen; want bij de Turken liepen immers allen zooals hij: in een kamerjapon en met pantoffels aan. Daar ontmoette hij een min met een klein kind op den arm. «Hoor eens, Turksche min!» zei hij, «wat is dat voor een groot kasteel hier dicht bij de stad, waar de ramen zoo hoog boven den grond zijn?»

«Daar woont de dochter van den Sultan!» antwoordde zij. «Er is voorspeld, dat zij over een minnaar diep ongelukkig zou worden, en daarom mag niemand bij haar komen, als de Sultan en de Sultane er niet bij zijn.»

«Ik dank u wel!» zei de zoon van den koopman en ging naar het bosch, zette zich in zijn koffer neer, vloog op het dak en kroop door het raam bij de prinses binnen.

Zij lag op de sofa en sliep; zij was zoo schoon, dat de zoon van den koopman zich niet kon weerhouden, haar een kus te geven.

Nu werd zij wakker en ontstelde hevig; maar hij zeide, dat hij de god der Turken was, die door de lucht tot haar neergedaald was, en dat beviel haar.

Zij gingen zich naast elkander zitten, en hij vertelde haar geschiedenisjes van haar oogen: dat waren de heerlijkste, donkere meren, daar zwommen de gedachten als meerminnen in. En hij vertelde haar van haar voorhoofd: dat was een sneeuwberg met de prachtigste zalen en schilderijen.

Ja, dat waren mooie praatjes! Daarop vroeg hij om de hand der prinses, en zij zei dadelijk ja!

«Maar ge moet aanstaanden Zaterdag hier komen!» zeide zij. «Dan komen de Sultan en de Sultane bij mij op de thee. Zij zullen er trotsch op zijn, dat ik een god der Turken tot man krijg. Maar zorg, dat ge een heel mooi sprookje weet te vertellen; want daar houden mijn ouders bijzonder veel van. Mijn moeder wil het zedelijk en ernstig, en mijn vader grappig hebben, zoodat men er om kan lachen!»

«Ja, ik breng geen ander morgengeschenk dan een sprookje!» zeide hij, en zoo namen zij afscheid van elkaar. Maar de prinses gaf hem een sabel, die met goudstukken bezet was; deze kon hij gebruiken.

Nu vloog hij weg, kocht een nieuwe kamerjapon, ging toen in het bosch zitten en vervaardigde er een sprookje; dit moest tegen den Zaterdag klaar zijn, en dat is toch zulk een gemakkelijk werk niet.

Toen hij er mee klaar was, was het Zaterdag.

De Sultan, de Sultane en het geheele hof waren bij de prinses op de thee. Hij werd zeer goed ontvangen.

«Wilt ge ons niet eens een sprookje vertellen,» zei de Sultane, «een, dat diepzinnig en leerrijk is?»

«En waarover men toch ook eens kan lachen,» voegde de Sultan er bij.

«Jawel,» antwoordde hij en vertelde. En nu goed toegeluisterd!

Er was eens een doosje lucifers: deze waren zeer trotsch op hun aanzienlijke afkomst! Hun stamboom, namelijk de groote pijnboom, waarvan elk hunner een klein houtje was, had als een groote, oude boom in het bosch gestaan. De lucifers lagen nu in het midden tusschen een tondeldoos en een ouden, ijzeren pot, en allen vertelden van hun jeugd. «Ja, toen wij nog aan de groene takken vastzaten,» zeiden de lucifers, «toen hadden wij een plezierig leventje! Alle ochtenden en avonden kregen we diamanten thee, dat was de dauw, den heelen dag hadden we zonneschijn, als de zon scheen, en de kleine vogels moesten geschiedenisjes vertellen. Wij konden wel merken, dat wij ook rijk waren; want de overige boomen waren slechts in den zomer bekleed, maar onze familie had de middelen om zoowel in den zomer als in den winter groene kleeren te dragen. Maar daar kwam de houthakker: dat was de groote revolutie, en nu werd onze familie her- en derwaarts verspreid. De stamhouder kreeg een plaats als groote mast op een prachtig schip, dat de aarde kon omzeilen, als het wilde; de andere takken gingen naar andere plaatsen, en wij hebben nu de taak, voor de menschen licht te ontsteken. Daarom zijn wij, deftige lieden, hier in de keuken gekomen.»

«Mijn levensloop heeft zich op een andere wijze toegedragen!» zei de ijzeren pot, waarnaast de lucifers lagen. «Van den beginne af, sedert ik ter wereld kwam, is er in mij vele malen geschuurd en vele malen gekookt! Ik zorg voor het degelijke en ben de eerste hier in huis. Mijn eenige vreugde is, na het eten heel zindelijk en netjes op mijn plaats te staan en een verstandig gesprek met mijn kameraden te voeren. Maar met uitzondering van den emmer, die nu en dan eens op de stoep komt, blijven wij altijd tusschen onze vier muren. De eenige, die ons eens wat nieuwtjes kan vertellen, is de boodschappenmand, maar die spreekt erg oproerig over de regeering en over het volk; ja, onlangs was er zelfs een oude pot, die van schrik daarover neerviel en in stukken sprong. Die is liberaal, dat verzeker ik u!»

«Nu zegt ge te veel!» viel de tondeldoos in, en het staal sloeg tegen den vuursteen aan, zoodat de vonken in de rondte vlogen. «Willen we eens een vroolijken avond met elkaar hebben?»

«Ja, laat ons er eens over spreken, wie de voornaamste is!» zeiden de lucifers.

«Neen, ik houd er niets van, over mij zelf te spreken,» bracht de ijzeren pot hiertegen in. «Laat ons een algemeen gesprek voeren. Ik zal beginnen en een geschiedenis uit het dagelijksch leven vertellen, zoo iets, wat iedereen beleefd heeft, dan kan men er zich gemakkelijk in verplaatsen en heeft men er ook schik in. Aan de Oostzee bij de Deensche beuken...»

«Dat is een mooi begin,» zeiden al de borden. «Dat zal een geschiedenis worden, die ons bevalt.»

«Ja, daar bracht ik mijn jeugd in een stil gezin door; de meubelen werden gewreven, de vloer geschuurd, en om de veertien dagen werden er schoone gordijnen opgehangen!»

«Wat kunt ge toch boeiend vertellen!» zei de stoffer. «Men kan dadelijk wel hooren, dat iemand spreekt, die heel veel met dames in aanraking gekomen is; er straalt zoo iets beschaafds in door.»

«Ja, dat kan men terstond wel merken!» zei de emmer en deed van blijdschap een kleinen sprong, zoodat hij op den vloer viel.

En de ijzeren pot ging voort met vertellen, en het einde was even mooi als het begin.

Alle borden rammelden van blijdschap, en de stoffer haalde groene peterselie uit het zandhok en bekranste daarmee den ijzeren pot, want hij wist, dat de anderen zich daaraan zouden ergeren. «Als ik hem vandaag bekrans,» dacht hij, «dan bekranst hij mij morgen.»

«Nu zal ik eens dansen!» zei de tang en danste. Lieve hemel, wat kon zij haar eene been hoog optillen! Het overtrek van den ouden stoel daar in den hoek scheurde, toen het dit zag. «Zou ik nu ook bekranst worden?» dacht de tang, en werkelijk gebeurde dit.

«Dat is toch maar gepeupel!» dachten de lucifers.

Nu moest de theeketel zingen; maar deze zei, dat hij kou gevat had; hij kon niet zingen, als het niet in hem kookte. Doch dat was maar een voorwendsel; hij wilde niet zingen, als hij niet binnen bij de familie in de kamer stond.

In het kozijn lag een oude ganzepen, waarmee de meid placht te schrijven. Er was niets opmerkelijks aan haar, behalve dat zij wat al te diep in den inkt gedoopt was. Maar daarop was zij trotsch. «Als de theeketel niet wil zingen,» zeide zij, «dan moet hij het maar laten. Daar buiten hangt een nachtegaal in zijn kooi: die kan wel zingen. Die heeft wel is waar niets geleerd; maar dat zullen wij maar daar laten!»

«Ik vind het heel ongepast,» zei de waterketel,—deze was keukenzanger en een halve broeder van den theeketel,—«dat zulk een vreemde vogel gehoord moet worden! Is dat patriotsch? De boodschappenmand moet dit maar beslissen!»

«Ik erger mij maar!» zei de boodschappenmand; «ik erger mij inwendig zoozeer, als niemand zich kan voorstellen. Is dat een geschikte manier om den avond door te brengen? Zou het niet verstandiger zijn, het huis in orde te brengen? Ieder moest op zijn plaats gaan, dan zou ik het spel besturen. Dat zou wat anders worden!»

«Ja, laat ons eens pret maken!» riepen allen. Daar ging de deur open. De meid trad binnen, en nu stonden zij stil. Niemand gaf een enkel kikje. Maar er was geen enkele pot, die niet zou geweten hebben, wat hij kon doen en hoe deftig hij was. «Ja, als ik gewild had,» dacht iedereen, «dan had het een recht vroolijke avond kunnen worden!»

De meid nam de lucifers en maakte er het vuur mee aan. Lieve hemel, wat spreidden zij een vonken om zich heen en wat brandden zij lustig!

«Nu kan iedereen toch zien,» dachten zij, «dat wij de eersten zijn! Welk een glans hebben wij! Welk een licht!»

En dit zeggende, verbrandden zij.

«Dat was een prachtig sprookje!» zei de Sultane. «Ik voel mij geheel en al in de keuken bij de lucifers verplaatst. Nu zul je onze dochter hebben!»

«Ja,» voegde de Sultan er bij, «je zult onze dochter Maandag hebben.» Want zij zeiden «je» tegen hem, omdat hij metterhaast tot de familie zou behooren.

De bruiloft werd bepaald en de geheele stad den avond te voren geïllumineerd. Beschuit en krakelingen werden er onder het volk uitgestrooid; de straatjongens stonden op hun teenen, riepen «Hoera!» en floten op hun vingers. Het was buitengemeen prachtig.

«Nu zal ik ook wel iets ten beste dienen te geven!» dacht de zoon van den koopman. En zoo kocht hij dan vuurpijlen, zwermers en al het vuurwerk, dat men maar kan bedenken, legde dit in zijn koffer en vloog daarmee in de lucht.

Jongens! wat ging dat mooi, en wat gaf dat een knal!

Al de Turken sprongen daarbij in de hoogte, zoodat hun de pantoffels om de ooren vlogen: zulk een luchtverschijnsel hadden zij nog nooit gezien. Nu konden zij begrijpen, dat het de god der Turken zelf was, dien de prinses tot vrouw zou krijgen.

Zoodra de zoon van den koopman weer met zijn koffer beneden in het bosch kwam, dacht hij: «Ik zal de stad toch eens ingaan, om eens te hooren, hoe het afgeloopen is!» En het was natuurlijk, dat hij daarin lust had.

O, wat vertelden de menschen hem al niet! Iedereen, dien hij daarnaar vroeg, had het op zijn wijze gezien; maar mooi hadden allen het gevonden.

«Ik heb den god der Turken zelf gezien,» beweerde er een. «Hij had oogen als fonkelende sterren en een baard als golvend graan!»

«Hij vloog in een mantel van vuur!» zei een ander. «De bekoorlijkste engeltjes kwamen uit de plooien te voorschijn kijken!»

Ja, dat waren heerlijke dingen, die hij hoorde, en den volgenden dag zou hij bruiloft houden.

Nu keerde hij naar het bosch terug, om zich in zijn koffer neer te zetten,—maar waar was deze gebleven? De koffer was verbrand. Een vonk van het vuurwerk was er ingevallen, deze had vlam gevat, en nu lag de koffer in de asch. Hij kon niet meer vliegen, niet meer bij zijn verloofde komen.

Deze stond den geheelen dag op het platte dak en wachtte; zij wacht waarschijnlijk nog. Maar hij trekt de wereld door en vertelt sprookjes, maar deze zijn niet meer zoo grappig als dat, hetwelk hij van de lucifers vertelde.

Vijf uit één schil.

Er zaten vijf erwten in één schil; zij en de schil waren groen, daarom dachten zij, dat de heele wereld groen was,—en dat was niet meer dan natuurlijk! De schil groeide, en de erwten ook; zij maakten het zich zoo gemakkelijk mogelijk; zij zaten op een rijtje.—De zon scheen van buiten en koesterde de schil, de regen maakte haar helder en doorzichtig; het was er overdag licht en 's nachts donker in, zooals het wezen moet. De erwten werden, nu zij daar eenmaal zoo zaten, grooter en begonnen gedurig meer na te denken; want iets moesten zij toch doen.

«Moeten we hier nu eeuwig blijven zitten?» vroeg er een. «Als wij van het lange zitten maar niet stijf en stram worden! Ik zou toch wel zeggen, dat er buiten nog iets is; ik heb daar zoo'n zeker voorgevoel van.»

Weken verliepen er; de erwten werden geel en de schil werd geel.

«De heele wereld wordt geel!» zeiden zij, en daarin hadden ze gelijk.

Eensklaps voelden zij een ruk aan de schil; deze werd afgeplukt, raakte in menschenhanden, gleed in den zak van een buis en kwam in gezelschap van andere gevulde schillen. «Nu zal de schil wel gauw opengemaakt worden!» zeiden zij en wachtten daarop reeds.

«Ik zou wel eens willen weten, wie van ons het nu wel 't verst zal brengen,» zei de kleinste der vijf. «Ja, nu zal dit al spoedig uitkomen.»

«Er geschiede, wat er geschieden moet!» zei de grootste.

«Knap!»—daar ging de schil open, en nu rolden al de vijf er uit in den helderen zonneschijn. Daar lagen zij nu in de hand van een kind: een kleine jongen hield ze omklemd en zei, dat het mooie erwten voor zijn klakkebus waren, en terstond deed hij er een in en schoot er haar uit.

«Nu vlieg ik de wijde wereld in! Pak mij maar, als je kunt!» en met deze woorden vloog zij weg.

«Ik,» zei de tweede, «ik vlieg regelrecht in de zon; dat is een schil, die juist voor mij past!»

Weg was zij.

«Wij zullen ons te slapen leggen, waar wij te land komen,» zeiden de twee volgende, «maar wij zullen wel voortrollen!» Zij rolden dan ook voort en vielen op den grond, voordat zij in de klakkebus kwamen, maar er in kwamen zij toch. «Wij zullen het 't verst brengen!»

«Er geschiede, wat er geschieden moet!» zei de laatste, terwijl zij uit de klakkebus geschoten werd; zij vloog op een oud bloemenplankje voor het raam van een zolderkamertje in een reet, die met mos en aarde gevuld was; het mos sloot zich om haar samen,—daar lag zij, wel is waar gevangen, maar toch niet vergeten door den goeden God.

«Er geschiede, wat er geschieden moet!» zeide zij.

Daar op dat kleine zolderkamertje woonde een arme vrouw, die overdag uitging om te wasschen, schoon te maken en dergelijken arbeid te verrichten, want zij was sterk en ook vlijtig; maar zij bleef toch altijd arm. Te huis in het kamertje lag haar eenig dochtertje, een meisje van acht jaar, dat zeer fijn en teer was; sedert een jaar was zij bedlegerig, en het scheen, alsof zij niet kon leven of sterven.

«Ze gaat naar haar zusje toe!» zei de vrouw, «Ik heb slechts twee kinderen gehad, en het was geen lichte taak, voor beiden te zorgen; en de goede God deelde met mij en nam het eene tot zich; maar nu zou ik toch graag het andere, dat mij nog overgebleven is, willen behouden; maar God wil waarschijnlijk niet, dat zij van elkaar gescheiden blijven, en mijn zieke lieveling zal naar haar zusje daarboven gaan!»

Maar het zieke meisje bleef, waar het was; het lag den heelen dag geduldig en stil in haar bedje, terwijl haar moeder buitenshuis werkte om iets te verdienen.

Het was lente; en 's morgens in de vroegte, toen de vrouw juist naar haar werk wilde gaan, scheen de zon liefelijk en vriendelijk door het kleine raam en wierp haar stralen op den vloer, en het zieke meisje vestigde haar blik op de onderste ruit.

«Wat zou toch dat groen zijn, dat daar boven het raam komt uitkijken?—Het beweegt zich door den wind!»

Haar moeder ging naar het raam toe en schoof dit half open. «Wel,» riep zij uit, «dat is waarlijk een kleine erwt, die hier ontkiemd is en haar groene bladeren doet uitspruiten. Hoe zou zij toch wel hier in die reet gekomen zijn? Dat is een klein tuintje, waarmee je je vermaken kunt!»

Het ledekantje der kleine werd dichter aan het raam geschoven, opdat zij de ontkiemende erwt zou kunnen zien, en de moeder ging heen, om te werken.

«Moeder, ik geloof, dat ik weer gezond zal worden!» zei het zieke meisje 's avonds. «De zon heeft hier vandaag zoo liefelijk warm in mijn kamertje geschenen. De kleine erwt gedijt heerlijk, en ook ik zal zeker gedijen en opstaan en mij in den zonneschijn koesteren.»

«Dat geve God!» zei de moeder; maar zij geloofde niet, dat het zou gebeuren; doch het ontkiemende groen, dat aan het kind zulke blijde gedachten des levens ingeboezemd had, ondersteunde zij met een stokje, opdat het niet door den wind zou geknakt worden; zij bond een eindje touw aan de bloemenplank en aan het bovengedeelte van het raam vast, opdat de erwtenrank iets zou hebben, waarom zij zich heen kon slingeren, wanneer zij omhoogschoot: dat deed zij, en men kon zien, hoe zij met elken dag groeide.

«Waarlijk! Er komt een bloesem aan!» zei de vrouw op zekeren morgen, en nu herleefde ook in haar de hoop, dat haar ziek dochtertje zou herstellen; zij herinnerde zich, dat het kind in den laatsten tijd veel levendiger gesproken had, dat zij zich sedert verscheidene dagen 's morgens in haar bedje opgericht en daar gezeten had, en met een oog, stralend van geluk, den kleinen erwtentuin, die uit een enkele erwt voortgekomen was, bekeken had. Een week later bleef de zieke voor de eerste maal een geheel uur op. Gelukkig zat zij in den warmen zonneschijn; het raam was opgeschoven, en daarvoor stond een erwteplant in vollen bloei. Het meisje boog zich voorover en drukte een kus op de teere blaadjes. Deze dag was voor haar als 't ware een feestdag.

«De goede God zelf heeft haar geplant en laten gedijen, tot hoop en tot vreugde voor ons beiden!» zei de verheugde moeder en lachte den bloesem toe, alsof hij een goede engel Gods was.

Maar de andere erwten nu?—Ja, die, welke de wijde wereld ingevlogen was en gezegd had: «Pak mij maar, als je kunt,» viel in de dakgoot en raakte in een duivenmaag, en daar lag zij evenals Jonas in den buik van den walvisch. De twee luiaards brachten het even ver: ook zij werden door duiven opgegeten, en dus waren zij toch op eenigerlei wijze nuttig; maar de vierde, die naar de zon op wilde vliegen,—die viel in een riool en bleef daar dagen en weken lang in het morsige water liggen, en zwol geducht op.

«Ik word zoo mooi dik!» zei de erwt. «Ik zal nog barsten, en verder, geloof ik, heeft geen erwt het ooit gebracht of zal het immer brengen. Ik ben de merkwaardigste van de vijf uit de schil!»

En het riool was het met haar eens.

Maar het meisje stond daar voor het raam van het zolderkamertje met stralende oogen, met den blos der gezondheid op de wangen, en vouwde haar teere handjes boven den erwtenbloesem en dankte God daarvoor.

«Ik,» zeide het riool echter, «ik heb mijn erwt liever!»

De tondeldoos.

Er kwam een soldaat langs den straatweg aanmarcheeren: een, twee! een, twee! Hij had een ransel op den rug en een sabel op zij; want hij was in den oorlog geweest en wilde nu naar huis terug.

Daar ontmoette hij op den straatweg een oude heks. Deze zag er afzichtelijk uit; haar onderlip hing tot op haar borst neer. Zij zeide: «Goeden avond, soldaat! Wat heb je daar toch een mooie sabel en een grooten ransel! Je bent een flink soldaat! Daarom moet je zooveel geld hebben, als je maar wilt.»

«Ik dank je wel, oude heks!» zei de soldaat.

«Zie je dien grooten boom daar wel?» vroeg de heks en wees naar een boom, die dicht in hun nabijheid stond. «Hij is van binnen heelemaal hol. Je moet op den top daarvan klimmen, dan zie je een gat, waardoor je je kunt laten zakken en zoo onder in den boom komen. Ik zal je een touw om het lijf binden, dan kan ik je weer naar boven trekken, als je mij roept!»

«Wat moet ik daar, onder in den boom doen?» vroeg de soldaat.

«Geld halen!» antwoordde de heks. «Je moet weten, dat je, als je op den grond onder den boom komt, in een groot voorportaal bent; daar is het heel licht, want daar branden meer dan driehonderd lampen. Dan zie je drie deuren; je kunt die opendoen, want de sleutel steekt er in. Als je de eerste kamer ingaat, dan zie je midden op den vloer een groote kist staan; daar zit een hond op; deze heeft oogen, zoo groot als een paar theekopjes. Maar daaraan hoef je je niet te storen! Ik geef je mijn blauw geruit voorschoot; dat kan je op den vloer neerleggen; ga dan spoedig heen en neem den hond, zet hem op mijn voorschoot neer, doe de kist open en neem zooveel geld, als je maar wilt: er zit louter koper in. Wil je liever zilver hebben, dan moet je de volgende kamer binnentreden. Maar daar zit een hond, die oogen heeft, zoo groot als molenraderen. Laat je daardoor niet afschrikken! Zet hem op mijn voorschoot neer en neem van het geld! Wil je echter goud hebben, dan kun je dit ook krijgen, en wel zooveel, als je maar dragen kunt, als je de derde kamer ingaat. Maar de hond, die daar op de geldkist zit, heeft twee oogen, elk zoo groot als een toren. Geloof mij, het is een kwade hond! Doch vrees daarom maar niet! Zet hem maar op mijn voorschoot neer, dan doet hij je niets, en neem uit de kist zooveel goud, als je maar wilt!»

«Dat is zoo kwaad niet!» zei de soldaat. «Maar wat moet ik u geven, oude heks? Want voor niet zult ge het toch wel niet doen?»

«Jawel!» zei de heks. «Geen enkelen cent wil ik hebben! Alleen moet je voor mij een oude tondeldoos meenemen, die mijn grootmoeder vergeten heeft, toen zij de laatste maal beneden was.»

«Welnu, bind het touw dan maar om mijn lijf vast!» zei de soldaat.

«Hier is het,» zei de heks, «en hier is mijn blauw geruit voorschoot.»

Daarop klauterde de soldaat tegen den boom op, liet zich in het gat neerzakken en stond toen, zooals de heks gezegd had, beneden in het groote voorportaal, waarin de driehonderd lampen brandden.

Nu deed hij de eerste deur open. Foei! daar zat de hond met de oogen, zoo groot als theekopjes, en keek hem aan.

«Je bent een lief beest!» zei de soldaat, zette hem op het voorschoot der heks neer en nam zooveel koperstukken, als hij maar in zijn zakken kon bergen; deed de kist toen dicht, zette er den hond weer op neer en ging de andere kamer in. Juist zoo; daar zat de hond met de oogen, zoo groot als molenraderen.

«Je moest mij liever maar niet zoo strak aankijken!» zei de soldaat. «Want daar vermoei je je oogen maar noodeloos mee!»

En nu zette hij den hond op het voorschoot der heks neer. Maar toen hij al het zilvergeld in de kist zag, wierp hij al het kopergeld, dat hij had, weg en vulde zijn zakken en zijn ransel met zilver. Daarop ging hij in de derde kamer.—O, dat was verschrikkelijk! De hond daarin had werkelijk twee oogen, elk zoo groot als een toren, en deze draaiden in zijn kop als molenraderen.

«Goeden avond!» zei de soldaat en bracht de hand aan zijn muts, want zulk een hond had hij vroeger nooit gezien. Maar toen hij hem wat nauwkeuriger bekeken had, dacht hij: «Nu is het genoeg!» tilde hem op den grond en deed de kist open. Och! wat was daar een menigte goud! Hij kon daarvoor de geheele stad en al de tinnen soldaten, zweepen en hobbelpaarden in de heele wereld wel koopen. Ja, dat was nu eens een heele massa goud! Nu wierp de soldaat al het zilvergeld, waarmee hij zijn zakken en zijn ransel gevuld had, weg en nam daarvoor goud; ja, al zijn zakken, zijn ransel, zijn muts en zijn laarzen stopte hij daarmee vol, zoodat hij tenauwernood kon gaan. Nu had hij geld! Den hond zette hij op de kist neer, deed de deur dicht en riep toen door den boom naar boven;

«Trek mij nu maar in de hoogte, oude heks!»

«Heb je de tondeldoos meegebracht?» vroeg de heks.

«Wel drommels!» zei de soldaat, «die heb ik heelemaal vergeten!» En nu ging hij deze halen. De heks trok hem naar boven, en nu stond hij weer op den straatweg met zakken, laarzen, ransel en muts vol goud.

«Wat wilt ge met die tondeldoos doen?» vroeg de soldaat.

«Dat gaat je niets aan!» zei de heks. «Je hebt immers geld gekregen! Geef mij de tondeldoos maar!»

«Hoor eens!» zei de soldaat. «Wil je mij dadelijk zeggen, wat je daarmee wilt doen, of ik trek mijn sabel en sla je het hoofd af!»

«Neen!» zei de heks.

Terstond sloeg de soldaat haar het hoofd af. Daar lag zij nu! Hij echter bond al zijn goud in haar voorschoot, nam het als een pakje op zijn rug, stak de tondeldoos in zijn zak en begaf zich regelrecht naar de stad.

Dat was een prachtige stad! En in het grootste logement nam hij zijn intrek, verlangde de allerbeste kamers en zijn lievelingsspijzen; want nu was hij immers rijk, daar hij zoo veel geld had.

Aan den knecht, die zijn laarzen moest poetsen, kwam het wel is waar voor, dat het verschrikkelijk oude laarzen voor zulk een rijk heer waren; maar hij had ook nog geen nieuwe gekocht; den volgenden dag kreeg hij fatsoenlijke laarzen en prachtige kleeren. Nu was hij van een soldaat een deftig heer geworden, en de menschen vertelden hem van al de heerlijke dingen, die er in hun stad waren, en van hun koning, en wat voor een lieve prinses zijn dochter was.

«Waar kan men haar te zien krijgen?» vroeg de soldaat.

«Zij is in 't geheel niet te zien!» zeiden allen. »Zij woont in een groot, koperen kasteel, dat door vele muren en torens omgeven is! Niemand anders dan de koning mag bij haar uit- en ingaan; want er is voorspeld, dat zij met een gemeen soldaat zal trouwen, en dat kan de koning niet toestaan!»

«Ik zou haar toch wel eens willen zien!» dacht de soldaat; maar daartoe kon hij immers volstrekt geen vergunning krijgen.

Nu leefde hij recht vroolijk, ging naar den schouwburg, reed in den tuin van den koning en gaf de armen veel geld; en dat was heel braaf van hem; hij wist nog uit vroegeren tijd, hoe ongelukkig het is, geen cent te bezitten! Hij was nu rijk, had prachtige kleeren en kreeg zeer veel vrienden, die allemaal zeiden, dat hij een voortreffelijk mensch, een echt ridder was. En dat mocht de soldaat graag hooren. Maar daar hij alle dagen geld uitgaf en nooit iets ontving, hield hij eindelijk bijna niets meer over, en nu moest hij de mooie kamers, waarin hij gewoond had, verlaten, en boven op een klein kamertje onder het dak wonen, zijn laarzen zelf poetsen en ze met een stopnaald dichtnaaien. Geen van zijn vrienden kwam naar hem toe; want er waren te veel trappen op te klimmen.

41

Het was een donkere avond, en hij kon niet eens een kaars koopen. Maar het schoot hem te binnen, dat er nog een klein eindje kaars in de tondeldoos lag, die hij uit den hollen boom, waarin de heks hem had neergelaten, meegenomen had. Hij kreeg de tondeldoos en het eindje kaars voor den dag; maar juist toen hij vuur sloeg en de vonken uit de vuursteen vlogen, sprong de deur open, en nu stond de hond, die oogen zoo groot als een paar theekopjes had en dien hij onder den boom had gezien, voor hem en vroeg: «Wat is er van mijnheers dienst?»

«Wat is dat?» riep de soldaat uit. «Dat is wel een aardige tondeldoos, als ik zoo maar kan krijgen, wat ik hebben wil!—Bezorg mij wat geld!» zei hij tegen den hond, en in een wip was de hond weg en in een wip terug, en hield een grooten zak met geld in den bek.

Nu wist de soldaat, wat een heerlijke tondeldoos dit was! Sloeg hij eenmaal vuur, dan kwam de hond, die op de kist met kopergeld zat; sloeg hij tweemaal, dan kwam die, welke het zilvergeld had, en sloeg hij driemaal, dan kwam die, welke het goud bewaakte. Nu nam de soldaat zijn intrek weer in de mooie kamers beneden en vertoonde zich op nieuw in prachtige kleeren. Nu herkenden al zijn vrienden hem terstond en waren heel lief tegen hem.

Eens dacht hij: «Het is toch zonderling, dat men de prinses niet te zien kan krijgen. Zij moet heel mooi wezen, zeggen allen; maar wat baat dit, als zij altijd in het groote koperen kasteel met die vele torens moet zitten?—Zou ik haar dan niet te zien kunnen krijgen? Waar is mijn tondeldoos?» En nu sloeg hij vuur, en wip! daar kwam de hond met de oogen, zoo groot als theekopjes.

«Het is wel is waar midden in den nacht,» zei de soldaat, «maar ik zou de prinses toch wel eens graag een oogenblikje willen zien!»

De hond was dadelijk de deur uit, en voordat de soldaat er op verdacht was, kwam hij met de prinses terug. Zij zat en sliep op den rug van den hond en was zoo bekoorlijk, dat iedereen kon zien, dat het werkelijk een prinses was. De soldaat kon zich niet weerhouden, haar een kus te geven, want hij was door en door een soldaat.

Daarop liep de hond met de prinses weer terug. Maar toen het morgen werd en de koning en de koningin aan het ontbijt zaten, zei de prinses, dat zij 's nachts een zonderlingen droom van een hond en een soldaat had gehad; zij had op den hond gereden, en de soldaat had haar een kus gegeven.

«Dat zou nog al een mooie geschiedenis zijn!» zei de koning.

Nu zou een der oude hofdames den volgenden nacht bij het bed der prinses waken, om te zien, of het werkelijk een droom was, of wat het anders wezen zou.

De soldaat had een vurig verlangen om de prinses weer te zien, en zoo kwam dan de hond des nachts, haalde haar en liep zoo hard als hij maar kon. Maar de oude hofdame trok groote laarzen aan en liep hem even hard achterna. Toen zij nu zag, dat zij in een groot huis verdwenen, dacht zij: «Nu weet ik, waar het is!» en zette met een stuk krijt een kruisje op de deur. Daarop ging zij naar huis en ging te bed, en de hond kwam ook met de prinses terug. Maar toen hij zag, dat er op de deur van het huis, waar de soldaat woonde, een kruisje geteekend was, nam hij ook een stuk krijt en zette kruisjes op alle huisdeuren in de stad, en dat was slim bedacht: want nu kon de hofdame de deur niet vinden daar er op alle deuren kruisjes stonden.

's Morgens vroeg kwamen de koning en de koningin, de oude hofdame en al de officieren, om te zien, waar de prinses geweest was.

«Daar is het!» zei de koning, toen hij de eerste deur met een kruisje er op zag.

«Neen, daar is het, beste man!» zei de koningin, toen zij op de tweede deur insgelijks een kruisje zag staan.

«Maar daar staat er een op en ginds staat er ook een op!» zeiden allen; waarheen zij hun blikken ook wendden, overal stonden kruisjes op de deuren. Nu begrepen zij wel, dat al het zoeken hun niets zou baten.

Maar de koningin was een uiterst schrandere vrouw, die meer kon dan in een koets rijden. Zij nam haar groote gouden schaar sneed een lap zijde in stukken en naaide daarvan een klein zakje; dit vulde zij met fijn tarwemeel, bond het de prinses op den rug, en toen zij dit gedaan had, knipte zij een klein gaatje in het zakje, zoodat het meel den geheelen weg, dien de prinses nam, moest bestrooien.

In den nacht kwam nu de hond terug, nam de prinses op zijn rug en liep met haar naar den soldaat toe, die haar innig liefhad en graag een prins zou willen zijn, om haar tot vrouw te krijgen.

De hond merkte volstrekt niet, hoe het meel juist van het kasteel tot aan het raam van den soldaat, waar hij den muur met de prinses opliep, neergevallen was. Den volgenden morgen zagen de koning en de koningin nu wel, waar hun dochter geweest was, en nu namen zij den soldaat en zetten hem in de gevangenis.

Daar zat hij nu. Och! wat was het daar donker en vervelend! En zij zeiden tegen hem: «Morgen zal je opgehangen worden!» Dat te hooren was nu juist zoo heel plezierig niet, en zijn tondeldoos had hij in het logement gelaten. Des morgens kon hij door de tralies voor het kleine raampje zien, hoe het volk zich haastte, uit de stad te komen om hem te zien ophangen. Hij hoorde de trommels en zag de soldaten marcheeren. Alle menschen liepen de stad uit; daaronder bevond zich ook een schoenmakersjongen met een schootsvel voor en pantoffels aan; deze liep zoo hard, dat een van zijn pantoffels van zijn voet viel en vlak tegen den muur aanvloog waar de soldaat door de tralies zat te kijken.

«Heidaar, schoenmakersjongen! Je hoeft zoo veel haast niet te maken!» zei de soldaat tegen hem. «Het begint toch niet, voordat ik er ben! Maar als je naar het huis, waar ik gewoond heb, toe wilt loopen en mijn tondeldoos voor mij halen, dan zal ik je een goede fooi geven. Maar dan moet je ook zoo hard loopen, als je maar kunt.»

De schoenmakersjongen wilde graag een fooi verdienen en haalde de tondeldoos, gaf deze aan den soldaat en—ja, nu zullen we eens wat hooren!

Buiten de stad was een hooge galg opgericht, daaromheen stonden de soldaten en vele honderdduizenden menschen. De koning en de koningin zaten op een prachtigen troon tegenover de rechters en den geheelen raad.

De soldaat stond reeds boven op de ladder; maar toen zij hem den strop om den hals wilden doen, zeide hij, dat men immers altijd aan een armen zondaar, voordat hij zijn straf onderging, de vervulling van een onschuldigen wensch toestond. Hij zou zoo graag nog eens een pijp willen rooken; het zou toch de laatste pijp zijn, die hij hier op aarde rookte.

Dat wilde de koning hem dan ook niet weigeren, en zoo nam de soldaat zijn tondeldoos en sloeg vuur, een-, twee-, driemaal. En zie! daar stonden eensklaps al de honden, die met de oogen, zoo groot als theekopjes, die met de oogen, zoo groot als molenraderen, en die, waarvan ieder oog zoo groot als een toren was.

«Help mij nu, dat ik niet opgehangen word!» zei de soldaat. En nu vielen de honden op de rechters en den geheelen raad aan, pakten den een bij de beenen en den ander bij den neus en slingerden ze vele ellen hoog in de lucht, zoodat zij neervielen.

«Ik wil niet!» zei de koning, maar de grootste hond nam zoowel hem als de koningin en slingerde ze, evenals de anderen in de lucht; nu verschrikten de soldaten, en al het volk riep uit: «Beste soldaat! gij zult onze koning zijn en de mooie prinses hebben!»

Daarop zetten zij den soldaat in de koets van den koning, en de drie honden dansten voorop en riepen: «Hoera!» En de jongens floten op hun vingers, en de soldaten presenteerden het geweer. De prinses kwam uit het koperen kasteel en werd koningin, en dat beviel haar heel goed. De bruiloft duurde acht dagen, en de honden zaten mee aan tafel en zetten groote oogen op.

Het meisje, dat op het brood trapte.

De geschiedenis van het meisje, dat, om haar schoenen niet vuil te maken, op het brood trapte, en hoe slecht het met dit meisje afliep, is welbekend: zij is geschreven en zelfs gedrukt.

Inge heette dit meisje; zij was een arm kind, trotsch en hoogmoedig; er was een slechte grond in haar, zooals men zegt. Reeds als klein kind was het haar grootste plezier, vliegen te vangen, ze de vlerken uit te trekken en ze in kruipende dieren te veranderen. Later nam zij den meikever en den mestkever, stak deze aan een naald vast, schoof dan een groen blad of een klein stukje papier naar hun pootjes toe, en dan greep het arme diertje daarnaar en hield het vast, draaide en wendde het, om van de naald af te komen.

«Nu leest de meikever!» zeide Inge. «Kijk maar eens, hoe hij het blad omkeert.»

Met de jaren werd zij eer slechter dan beter; maar mooi was zij, en dat was haar ongeluk, anders was zij wel duchtiger beknord; geworden, dan nu het geval was.

«Ik denk, dat ik nog eens verdriet van je zal hebben,» zei haar eigen moeder. «Als kind heb je mij dikwijls op mijn japon getrapt, ik vrees, dat je mij later op het hart zult trappen.»

En dat deed zij ook.

Zij kreeg op een dorp een dienst bij deftige menschen, en deze beschouwden haar als hun eigen kind, en zoo ging zij ook gekleed; zij zag er lief uit, maar haar hoogmoed nam toe.

Toen zij daar zoo wat een jaar geweest was, zei haar mevrouw tegen haar: «Je moest je ouders toch eens gaan opzoeken, Inge!»

En Inge begaf zich op weg naar haar ouders, maar alleen om zich eens in haar geboorteplaats te vertoonen; daar moesten de menschen zien, hoe mooi zij geworden was; maar toen zij aan den ingang van het dorp kwam en de jonge knechts en meiden daar met elkaar zag staan en haar moeder ook daarbij, die op een steen zat uit te rusten, met een bosje rijshout, dat zij in het bosch gesprokkeld had, voor zich, toen keerde Inge om; zij schaamde er zich over, dat zij, die netjes gekleed was, zulk een vrouw in lompen, die hout in het bosch sprokkelde, tot moeder had. Zij had er volstrekt geen berouw over, dat zij teruggekeerd was.

Weer verliep er omstreeks een half jaar. «Je moest toch nog eens naar je dorp toe gaan en je ouders een bezoek brengen, Inge!» zei haar mevrouw. «Ik zal je een groot wittebrood geven; dan kan je dit voor hen meenemen; zij zullen er zeker blij mee zijn, dat zij je weerzien.»

Inge trok haar beste kleeren en haar nieuwe schoenen aan, tilde haar japon op en liep heel voorzichtig voort, opdat zij rein aan haar voeten zou blijven, en dat kon men haar niet kwalijk nemen! Maar toen zij daar kwam, waar de weg over het moeras loopt en waar slijk en modder was, wierp zij het brood op den grond en trapte daarop, om niet nat en vuil te worden; maar terwijl zij daar zoo stond, met den eenen voet op het brood en den anderen opgeheven, om verder te loopen, zonk het brood gedurig dieper met haar; zij verdween geheel en al, en slechts een groote modderpoel, die blaasjes deed opborrelen, bleef er te zien.

Dat is de geschiedenis.

Maar waar kwam Inge nu? Zij zonk in den moerasgrond en kwam beneden bij de moerasvrouw, die daar allerlei kwaad brouwt. De moerasvrouw is de tante der elfen, die bekend genoeg zijn, waarvan men liedjes heeft en die men afgeschilderd vindt; maar van de moerasvrouw weten de menschen alleen, dat, wanneer er in den zomer damp uit de weiden opstijgt, het de moerasvrouw is, die allerlei kwaad brouwt. In de brouwerij der moerasvrouw daalde Inge neer, en daar is het niet lang uit te houden.— De slijkkist is een pronkkamer, bij de brouwerij der moerasvrouw vergeleken! Ieder vat stinkt zoo geducht, dat men daarvan flauw valt, en dan staan de vaten dicht op elkaar gepakt, en als er hier en daar een kleine opening tusschen is, waar men door zou hebben kunnen dringen, dan is dit toch niet mogelijk door de natte padden en de dikke slangen, die zich hier letterlijk in elkaar verwarren. Hierin zonk Inge neer; al het walglijke, levende ontuig was zoo ijskoud, dat zij over al haar leden trilde, ja, dat zij gedurig meer van schrik verstijfde. Aan het brood bleef zij vasthangen, en het brood trok haar naar beneden, evenals het barnsteen een stroohalm aantrekt.

De moerasvrouw was te huis, de brouwerij kreeg overdag bezoek, zij werd bezichtigd door den duivel en zijn grootmoeder, en de grootmoeder van den duivel is een oude, zeer giftige vrouw, die nooit ledig is; zij rijdt nooit uit, om ergens een bezoek af te leggen, zonder haar handwerk mee te nemen, en dit had zij dan ook hier bij zich. Zij naaide leugenweefsels en haakte onbezonnen woorden, die op den grond gevallen waren, alles tot schade en verderf. Ja, die oude grootmoeder kon naaien, borduren en haken!

Zij zag Inge, hield haar brilleglas voor haar oog en keek het meisje nog eens aan. «Dat is een meisje, dat kundigheden bezit,» zeide zij, «en ik verzoek, de kleine, tot een herinnering aan mijn bezoek hier, mee te mogen nemen. Zij zal een geschikt standbeeld in de voorkamer van mijn kleinzoon zijn.»

En zij kreeg haar. Op deze wijze kwam Inge in de hel. Daar gaan de menschen niet altijd regelrecht naar toe, maar zij kunnen er ook langs omwegen inkomen, als zij daartoe de bekwaamheid bezitten.

Dat was een voorkamer zonder einde; men werd al duizelig, als men voor- of achterwaarts keek, en een menigte, die het versmachten nabij was, stond hier te wachten, totdat de poort der genade voor hen opengedaan zou worden. Zij moesten lang wachten. Groote, dikke, waggelende spinnen weefden een duizendjarig web over hun voeten, en dit spinneweb sneed als voetangels en boeide als koperen ketenen; bovendien kookte er nog een eeuwige onrust in iedere ziel, een onrust des jammers. De gierige stond daar en had den sleutel van zijn geldkist vergeten; de sleutel stak er in, dat wist hij. Maar het is te wijdloopig, al de soorten van pijnigingen en van jammer op te sommen, die daar ondergaan werden. Inge gevoelde een hevige pijn, terwijl zij daar als een standbeeld moest staan; want zij was van onderen aan het brood vastgekleefd.

«Dat heeft men er van, als men zijn voeten rein en helder wil houden!» zeide zij bij zich zelve. «Kijk eens, hoe zij mij aangapen!» Ja, werkelijk waren aller blikken op haar gevestigd;—hun booze lusten fonkelden hun uit de oogen en spraken zonder geluid te geven uit hun mond; zij waren verschrikkelijk om aan te zien.

«Mij aan te staren moet een genoegen zijn!» dacht Inge, «ik heb een lief gezicht en mooie kleeren aan!» En nu draaide zij haar oogen om, maar haar nek kon zij niet omdraaien, want deze was daarvoor te stijf. O, hoe morsig was zij in de brouwerij der moerasvrouw geworden: daaraan had zij niet gedacht. Haar kleeren waren met slijk bezoedeld, een slang had zich in haar lokken gehangen en slingerde langs haar rug neer, en uit iedere plooi van haar gewaad kwam een groote pad te voorschijn, die als een kortademige mops blafte. Dit was zeer onaangenaam. «Maar de anderen hier beneden zien er immers ook afschuwelijk uit!» zeide zij, en daarmee troostte zij zich.

Het ergste van alles was echter de vreeselijke honger, dien zij gevoelde. Was zij dan niet bij machte, voorover te bukken en een stuk van het brood, waarop zij stond, af te breken? Neen, haar rug was stijf, haar armen en handen waren verstijfd, haar geheele lichaam was als een steenen zuil, alleen haar oogen kon zij nog in haar hoofd omdraaien, naar alle kanten heen draaien, zoodat zij ook achter zich kon zien; dat was een leelijk gezicht. En toen kwamen er vliegen aan, die over haar oogen heen en weer kropen; zij knipte met haar oogen, maar de vliegen vlogen niet weg, want zij konden niet vliegen daar hun vlerken uitgetrokken waren; zij waren in kruipende dieren veranderd;—dat was een pijn; en daarbij kwam nog de honger, ja, eindelijk scheen het haar toe, alsof haar ingewanden zich zelf opaten, en zij werd van binnen erg leeg. «Als dat langer moet duren, dan houd ik het niet uit!» zeide zij, maar zij moest het wel uithouden.

Nu viel er een heete traan op haar hoofd neer, rolde over haar gezicht en hare borst tot op het brood, waarop zij stond, en er viel nog een traan, nog vele. Maar wie zou er wel over Inge weenen?—Zij had op aarde immers nog een moeder! De tranen der smart, die een moeder over haar kind stort, komen altijd bij het kind, maar ze verlossen niet, zij branden slechts en verergeren de pijn. Het was iets verschrikkelijks, zulk een onuitstaanbaren honger te hebben en niet aan het brood te kunnen komen, waarop zij toch met haar voeten stond. Zij had een gevoel, alsof haar binnenste zich zelf verteerd had, zij was als een dun riet, dat ieder geluid inzuigt; zij hoorde duidelijk alles, wat er op aarde over haar gesproken werd, en wat zij hoorde, was hard en wreed. Haar moeder weende wel is waar erg en was bedroefd over haar, maar zij zeide met dat al: «Hoogmoed komt voor den val! Dat is je ongeluk geweest, Inge! Je hebt je moeder heel veel verdriet aangedaan!»

Haar moeder en allen op aarde wisten van de zonde, die zij gepleegd had, wisten, dat zij op het brood had getrapt, dat zij in de diepte weggezonken en verdwenen was; de koeherder had dit van de helling bij den moerassigen weg gezien.

«Wat heb je je moeder toch een verdriet aangedaan», Inge!» zei haar moeder, «ja, ik had het wel gedacht!»

«O, was ik maar nooit geboren!» dacht zij daarbij; «dat zou veel beter voor mij geweest zijn. Maar wat baat het mij nu, dat mijn moeder weent?»

Zij hoorde, hoe de goede menschen, die haar als ouders verpleegd hadden, nu zeiden, dat zij een zondig kind was, dat zij de gaven Gods niet in waarde gehouden, maar daarop met voeten getreden had; de deur der genade zou eerst langzaam voor haar opengaan.

«Zij hadden mij moeten kastijden, zij hadden mijn grillen moeten uitroeien,» dacht Inge.

Zij hoorde, dat er een liedje op haar gemaakt werd, over het hoogmoedige meisje, dat op het brood trapte, opdat haar schoenen netjes zouden blijven, en dat men dit liedje overal in het land zong.

«Dat men daarom zoo veel kwaads moet hooren en zoo veel lijden!» dacht Inge. «De anderen moesten ook voor hun zonden gestraft worden! Ja, dan zou er zeker veel te straffen zijn!—Ach! wat word ik gepijnigd!»

Haar hart verhardde zich nog meer dan haar uiterlijk voorkomen.

«Hier beneden in dit gezelschap kan men niet beter worden! En ik wil ook niet beter worden! Kijk eens, hoe zij mij aangapen!»

Haar hart was vol toorn en boosheid ten opzichte van alle menschen.

«Nu hebben zij elkaar daarboven eindelijk eens wat te vertellen. Ach, wat word ik gepijnigd!»

Zij hoorde ook, hoe haar geschiedenis aan de kinderen verteld werd, en de kleinen noemden haar de goddelooze Inge,—zij was zoo leelijk, zeiden zij, zoo afschuwelijk, zij moest erg gepijnigd worden.

Gedurig kwamen er harde woorden over haar uit een kindermond.

48

Maar op zekeren dag, terwijl toorn en woede in het inwendige van haar holle lichaam knaagden en zij haar naam hoorde noemen en haar geschiedenis aan een onschuldig kind, een klein meisje, hoorde vertellen, merkte zij, dat de kleine in tranen uitbarstte bij het hooren van de geschiedenis der hooghartige, ijdele Inge.

«Maar komt Inge dan nooit meer naar boven?» vroeg het kleine meisje. En men antwoordde:

«Zij komt nooit meer naar boven.»

«Maar als zij nu eens om vergiffenis vroeg en beloofde, dat zij het nooit weer zou doen?»

«Dan wel; maar zij zal niet om vergiffenis vragen!» hernam men.

«Ik zou zoo graag willen, dat zij dit deed!» zei de kleine en was ontroostbaar. «Ik zal er mijn pop en mijn speelgoed voor geven, als zij maar naar boven mag komen. Het is te verschrikkelijk! Die arme Inge!»

Deze woorden drongen tot het hart van Inge door; zij deden haar goed; het was de eerste maal, dat iemand zei: «Die arme Inge!» en er niets omtrent haar gebreken bijvoegde, een klein, onschuldig kind weende om haar en vroeg genade voor haar; het werd haar daarbij zonderling te moede; zij zou nu zelf graag geweend hebben, maar zij vermocht dit niet, zij kon niet weenen, en dat was ook een kwelling.

Terwijl er jaren daar boven verliepen,—beneden was er geene afwisseling,— hoorde zij gedurig zeldzamer over zich spreken. Nu drong er op zekeren dag plotseling een zucht tot haar ooren door: «Inge, Inge! Wat heb je mij een verdriet aangedaan! Ik heb het wel gezegd!» Het was de laatste zucht van haar stervende moeder.

Somtijds hoorde zij haar naam door de menschen, waarbij zij vroeger gediend had, noemen, en het waren liefelijke woorden, als haar mevrouw zeide: «Zou ik je wel ooit weerzien, Inge? Men kan nooit weten, waar men nog eens zal komen!»

Maar Inge zag wel in, dat haar goede mevrouw nooit daar zou kunnen komen, waar zij was.

Er verliep wederom eenige tijd, een lange, bittere tijd.

Nu hoorde Inge nog eenmaal haar naam noemen en zag twee heldere sterren boven zich fonkelen; het waren twee vriendelijke oogen, die zich op aarde sloten. Er waren destijds al zoovele jaren verloopen, sedert het kleine meisje ontroostbaar was en over «de arme Inge» weende, dat het kind een oude vrouw geworden was, die God nu weer tot zich wilde roepen; en juist in deze ure, waarop de herinnering van haar geheele vroegere leven weer bij haar oprees, herinnerde zij zich ook, hoe zij eens als klein kind tranen gestort had bij het hooren van de geschiedenis van Inge. Dat uur en die indruk werden bij die oude vrouw in haar doodsuur weer zoo levendig, dat zij luide uitbarstte in de woorden: «Mijn God en Heer! Ook ik heb, evenals Inge, uw zegeningen vaak met voeten getreden en daarbij niet bedacht, dat ik iets verkeerds deed; ook ik heb vaak een hoogmoedige gezindheid gekoesterd,—doch Gij hebt mij in Uw genade niet laten zinken, maar mij staande gehouden! O, laat in mijn laatste ure niet van mij af!»

De oogen der oude vrouw sloten zich, en het oog harer ziel opende zich, om het verborgene te zien. Zij, in wier laatste gedachten Inge zoo levendig tegenwoordig geweest was, zij zag ook nu, hoe diep zij gezonken was, en bij den aanblik daarvan barstte de vrouw in tranen uit: In den hemel stond zij als een kind en weende om de arme Inge! En deze tranen en gebeden klonken als een echo in het holle, ledige hulsel, dat de geboeide, gefolterde ziel omsloot; de nooit gedachte liefde van boven overweldigde haar! Waarom werd haar dit wel vergund? De gepijnigde ziel verzamelde als 't ware in haar gedachten iedere daad, die zij op aarde verricht had, en zij, Inge, smolt in zulke tranen weg, als zij er vroeger nooit geweend had; bekommering over haar zelve vervulde haar, het was haar, alsof de poort der genade zich nimmer voor haar kon openen, en terwijl zij dit in haar verbrijzeling erkende, schoot er een straal in den afgrond tot haar neer, en wel met een kracht, die sterker was dan die van den zonnestraal, waardoor de sneeuwman, die de kinderen vervaardigd hebben, ontdooit; en veel sneller dan de sneeuwvlok smelt en tot een droppel wordt, die op de warme lippen van het kind neervalt, loste de versteende gestalte van Inge zich in damp op,—een vogeltje vloog met de snelheid van den bliksemstraal naar boven naar de menschenwereld op. Maar deze vogel was angstig en schuw voor alles, wat hem omgaf; hij schaamde zich over zich zelf, schaamde zich tegenover alle levende schepselen en trachtte zich ijlings te verbergen in een donker gat in een ouden, verweerden muur; daar zat hij neer, terwijl hij over zijn geheele lichaam beefde; hij kon geen geluid van zich geven, hij had geen stem; een geruimen tijd zat hij daar, voordat hij de heerlijkheid, die hem omgaf, kon zien; ja heerlijk was het! De lucht was frisch en zacht, de maan wierp haar helder schijnsel op de aarde; boomen en struiken wasemden geuren uit, en prachtig was het, waar hij zat; zijn veeren waren rein en fijn. O, wat was al het geschapene toch in liefde en heerlijkheid voortgebracht! Alles, wat er in het binnenste van den vogel omging, wilde zich in een lied lucht geven, maar de vogel vermocht dit niet; gaarne zou hij gezongen hebben, evenals in de lente de koekoek en de nachtegaal. Onze God, die zelfs het stille lofgezang van den worm hoort, hoorde ook hier het loflied, dat zich in gedachtenakkoorden verhief, evenals de psalm in het hart van David klonk, voordat deze zich in woorden en melodie kon uiten.

Weken lang stegen deze stille lofliederen op, zij moesten hoorbaar worden, zij moesten dit bij den eersten vleugelslag eener goede daad; zulk een goede daad moest er verricht worden!

Het kerstfeest naderde. De boer stak in de nabijheid van den muur een stok in den grond en bond daaraan een schoof haver vast, opdat de vogelen in de lucht ook een vroolijk Kerstfeest en een goeden maaltijd mochten hebben; dat was braaf, zoo is de deugdzame!

De zon ging op den Kerstmorgen op en bescheen de schoof, de kwinkeleerende vogels fladderden in menigte om den stok heen.

Daar klonk het ook uit het gat in den muur: «Piep, piep!» De zwellende gedachte werd een geluid, het zwakke piepen een geheele hymne, de gedachte van een goede daad ontwaakte, en de vogel kwam uit zijn schuilplaats te voorschijn; in den hemel wisten zij al, wat voor een vogel het was!

De winter was streng, de wateren waren dichtgevroren, de vogelen en de dieren des velds konden slechts weinig voedsel vinden. Onze kleine vogel vloog over den straatweg heen, en daar, in het spoor der sleden, vond hij ook nu en dan een graankorreltje, en op de pleisterplaatsen eenige broodkruimeltjes; hij zelf at er slechts weinige op, maar hij riep al de andere uitgehongerde musschen bij elkaar, opdat zij eenig voedsel zouden krijgen. Hij vloog de steden in, keek in de rondte, en waar een lieve hand op het kozijn brood voor de vogeltjes gestrooid had, at hij zelf maar een enkel kruimeltje en gaf al het andere aan de overige vogels.

In den loop van den winter had de vogel zooveel broodkruimeltjes verzameld en aan de andere vogels gegeven, dat zij te zamen opwogen tegen het geheele brood, waarop Inge getrapt had, opdat haar schoenen rein zouden blijven, en toen het laatste broodkruimeltje gevonden en goed besteed was, werden de grauwe vleugels van den vogel wit en spreidden zich wijd uit.

«Daar vliegt een zeezwaluw over het water heen!» zeiden de kinderen, die den witten vogel zagen; nu dook zij in het water onder, toen verhief zij zich in den helderen zonneschijn; zij schitterde; het was niet mogelijk om te zien, waar zij bleef,—zij zeiden, dat zij in de zon gevlogen was!

De bloemen van de kleine Ida.

«Mijn arme bloemen zijn heelemaal verwelkt!» zei de kleine Ida, «Wat waren zij gisteravond nog mooi, en nu laten ze al haar blaadjes slap hangen! Waarom doen zij dat?» vroeg zij aan den student, die op de canapé zat en van wien zij heel veel hield. Hij wist zulke aardige dingen te knippen: harten met kleine dametjes er in, die dansten, bloemen en groote kasteelen, waarvan men de deuren open kon doen; 't was een vroolijke student. «Waarom zien de bloemen er vandaag zoo verflenst uit?» vroeg zij hem andermaal en liet hem een ruiker zien, die geheel verlept was.

«Wil ik eens zeggen, wat haar mankeert?» antwoordde de student. «De bloemen zijn van nacht op het bal geweest, en daarom laten zij haar kopjes hangen.»

«Maar de bloemen kunnen immers niet dansen!» bracht de kleine Ida in het midden.

«Wel zeker,» hernam de student. «Als het donker wordt en wij gerust liggen te slapen, dan springen ze lustig in de rondte. Bijna alle avonden houden ze bal.»

«Kunnen er ook kinderen op dat bal komen?»

«Ja,» zei de student, «namelijk kleine madeliefjes en lelietjes der dalen.»

«Waar dansen die mooie bloemen?» vroeg de kleine Ida.

«Ben je niet dikwijls buiten de poort bij het groote kasteel geweest, waar de koning des zomers woont en waar die prachtige tuin met al die bloemen is? Je hebt de zwanen immers wel eens gezien, die naar je toe zwemmen, als je hun kruimeltjes brood wilt geven? Geloof mij, daar buiten is het een groot bal.»

«Gisteren ben ik met mama in dien tuin geweest,» zei Ida, «maar al de bladeren waren van de boomen, en er waren in 't geheel geen bloemen meer. Waar zijn ze toch gebleven? Van den zomer zag ik er zooveel!»

«Ze zijn binnen in 't kasteel,» hernam de student. «Je moet weten, dat de bloemen, zoodra de koning en al de hovelingen naar de stad terugkeeren, dadelijk uit den tuin wegloopen en naar het kasteel toe gaan, en daar maken ze dan pret. Dat moest je eens zien! De beide mooiste rozen zetten zich op den troon neer, en dan zijn ze koning en koningin; al de roode hanekammen scharen zich aan beide kanten daarvan: dat zijn de kamerheeren.—Dan komen al de andere mooie bloemen, en dan is het groot bal. De blauwe viooltjes stellen adelborsten voor; zij dansen met hyacinten en krokusjes, die zij jonge dames noemen; de tulpen en de groote tijgerleliën zijn oude dames, die zorg dragen, dat er goed gedanst wordt en dat alles geregeld in zijn werk gaat.»

«Maar,» vroeg de kleine Ida weer, «is er dan niemand, die de bloemen kwaad doet, omdat ze in het kasteel van den koning dansen?»

«Eigenlijk weet niemand daarvan af,» zei de student. «Somtijds wel is waar komt de oude slotbewaarder 's nachts wel eens met een grooten bos sleutels in de hand; maar zoodra de bloemen de sleutels hooren rammelen, houden zij zich stil en verschuilen zich achter de gordijnen, en steken het hoofd alleen er uit. Het ruikt hier naar bloemen,» zegt de oude slotbewaarder dan; «maar ik kan ze niet zien.»

«Dat is aardig!» zei de kleine Ida en klapte in haar handen. «Maar zou ik de bloemen ook niet kunnen zien?»

«Ja,» zei de student. «Denk er maar eens om, als je er weer voorbijkomt, dat je eens door het raam kijkt, dan zul je ze wel zien. Dat heb ik vandaag ook gedaan; er lag een lange gele lelie dood op haar gemak op de canapé uitgestrekt; dat was een hofdame.»

«Kunnen de bloemen uit den botanischen tuin daar ook komen? Kunnen die zoo ver loopen?»

«Wel zeker,» antwoordde de student, «want als ze willen, dan kunnen ze vliegen. Heb je die mooie kapelletjes wel niet eens gezien, roode, gele en witte? Zij zien er net als bloemen uit: dat zijn ze ook geweest. Zij zijn van den stengel af hoog in de lucht opgestegen en hebben daar met hun bladeren geklapwiekt, alsof het vleugeltjes waren, en zoo vlogen zij weg. En omdat zij dit zoo goed deden, kregen zij de vergunning, om ook overdag rond te vliegen en behoefden niet te huis en stil op den steel te zitten; en zoo werden de bladeren eindelijk tot werkelijke vleugels. Dat heb je zelf immers wel eens gezien. Het kan echter wel zijn, dat de bloemen uit den botanischen tuin nog nooit in het kasteel van den koning geweest zijn, of dat zij niet weten, dat het daar 's nachts zoo vroolijk toegaat. Daarom zal ik je eens wat zeggen! Hij zal er vreemd van staan te kijken, de professor in de botanie, die hier naast woont: je kent hem immers wel? Als je in zijn tuin komt, moet je aan een van de bloemen vertellen, dat er buiten op het kasteel een groot bal is; die vertelt het dan weer aan al de anderen over, en dan vliegen zij weg. Als de professor dan in den tuin komt, is er geen enkele bloem en zal hij niet kunnen begrijpen, waar zij gebleven zijn.»

«Maar hoe kan de eene bloem het aan de andere vertellen? De bloemen kunnen immers niet spreken!»

«Dat kunnen zij ook niet,» antwoordde de student, «maar dan geven zij elkaar wenken. Heb je niet dikwijls gezien, dat de bloemen, als er een beetje wind is, elkander toeknikken en al haar bladeren bewegen? Dat is voor haar even goed verstaanbaar, als wanneer wij met elkaar spreken.»

«Kan de professor die wenken dan begrijpen?» vroeg Ida.

«Wel zeker. Hij kwam op zekeren morgen in zijn tuin en zag een groote brandnetel staan, die met haar bladeren aan een mooien, rooden anjelier allerlei wenken gaf. Zij zeide: «Je ziet er zoo lief uit, en ik mag je graag lijden.» Maar zoo iets kan de professor niet dulden; hij sloeg de brandnetel terstond op haar bladeren, want dat zijn haar vingers; maar toen brandde hij zich, en sedert dien tijd waagt hij het niet, een brandnetel aan te raken.»

«Dat is aardig!» zei de kleine Ida en lachte.

«Hoe kan men een kind nu toch zoo iets in het hoofd brengen?» zei een deftig oud heer, die een bezoek was komen brengen en op de canapé zat. Hij mocht den student niet lijden en bromde altijd, als hij hem al die kluchtige, grappige dingen zag knippen: nu eens was het een man, die aan een galg hing en een hart in de hand hield, want het was een hartendief, dan weer een oude heks, die op een bezemstok reed en haar man op den neus had. Dat kon de oude man niet velen, en dan zei hij, evenals nu: «Hoe kan men een kind nu toch zoo iets in het hoofd brengen? Dat zijn immers de grootste dwaasheden!»

Maar de kleine Ida scheen het toch heel kluchtig te vinden, wat de student van haar bloemen vertelde, en zij dacht dikwijls daaraan. De bloemen lieten haar kopjes hangen; want zij waren vermoeid, daar zij den heelen nacht gedanst hadden: zij waren zeker ziek. Nu ging zij er mee naar haar ander speelgoed, dat op een lief klein tafeltje stond, en in de schuiflade lagen allerlei mooie dingen. In het poppenledekantje lag haar pop Sophie, die sliep; maar de kleine Ida zei tegen haar: «Je moet maar opstaan, Sophie, en het voor lief nemen, van nacht in de lade te liggen. De arme bloemen zijn ziek, en daarom moeten ze maar in jouw bedje liggen; misschien worden ze dan wel weer beter!» En dadelijk nam zij de pop uit haar ledekantje; maar deze zag er verdrietig uit en sprak geen enkel woord; want zij ergerde er zich over, dat zij haar bedje moest ruimen.

Toen legde de kleine Ida de bloemen in het poppenbedje, sloeg het dekentje er over heen en zei, dat zij nu maar heel stil moesten liggen; dan zou zij wat vlier zetten, en dan zouden zij wel weer beter worden en den volgenden dag kunnen opstaan. Zij deed de gordijnen van het kleine ledekantje dicht, opdat de zon ze niet in de oogen zou schijnen.

Den heelen avond kon zij niet nalaten, aan datgene te denken, wat de student haar verteld had. En toen zij nu zelf naar bed moest, kon zij zich niet weerhouden, eerst eens achter de gordijnen te kijken, die voor de ramen hingen, waar de prachtige bloemen van haar mama stonden, zoowel hyacinten als tulpen; en nu fluisterde zij zachtjes: «Ik weet wel, dat je van nacht naar het bal toe gaat.» Maar de bloemen deden, alsof zij niets verstonden en verroerden geen blaadje; doch de kleine Ida wist toch, wat zij wist.

Toen zij te bed gegaan was, bleef zij een heelen tijd wakker liggen en dacht er over, hoe aardig het toch moest wezen, de mooie bloemen in het kasteel van den koning te zien dansen. «Zouden mijn bloemen er werkelijk bij geweest zijn?» zeide zij bij zich zelf. Eindelijk viel zij in slaap; maar midden in den nacht werd zij weer wakker; zij had van de bloemen en van den student, dien de oude heer berispt had, gedroomd. Het was doodstil in de slaapkamer, waar Ida lag; het nachtlampje brandde op de tafel, en haar pa en ma sliepen.

«Zouden mijn bloemen nu nog in het ledekantje van Sophie liggen?» dacht zij bij zich zelve. «Wat zou ik dit graag eens willen weten!» Zij kwam eventjes overeind en keek naar de deur, die op een kier stond: daar lagen de bloemen en al haar speelgoed. Zij luisterde, en nu kwam het haar voor, alsof er binnen in de kamer op de piano gespeeld werd, maar heel zachtjes en zoo mooi, als zij het nog nooit gehoord had.

«Nu zijn al de bloemen zeker aan het dansen!» dacht zij. «Och! wat zou ik dat toch graag eens willen zien!» Maar zij waagde het niet, op te staan, want dan zou zij haar pa en ma licht wakker maken!

«Als ze maar eens hier in de slaapkamer wilden komen,» dacht zij. Maar de bloemen kwamen niet, en het spelen op de piano bleef voortduren; nu kon zij het niet langer uithouden, want het was al te mooi; zij stapte uit haar bedje, sloop zachtjes naar de deur toe en keek de kamer in. O, wat was dat prachtig, wat zij nu te zien kreeg.

Er brandde geen nachtlampje in het vertrek, maar toch was het er licht in; de maan scheen door het raam midden op den vloer; het was bijna zoo helder, alsof het dag was. Al de hyacinten en de tulpen stonden in twee lange rijen in de kamer; er waren er volstrekt geen meer voor het raam te zien; daar stonden slechts de leege potten. Op den vloer dansten al de bloemen zeer sierlijk in de rondte en hielden elkaar bij de lange groene bladeren vast. Maar voor de piano zat een groote, gele lelie, die de kleine Ida bepaald in den zomer gezien had: want zij herinnerde zich nog heel goed, dat de student gezegd had; «O, wat lijkt zij op juffrouw Lientje!» Doch toen werd hij door allen uitgelachen; maar nu kwam het de kleine Ida werkelijk ook voor, alsof de lange, gele bloem op dit meisje leek; en zij had ook dezelfde manieren bij het spelen; nu eens boog zij haar glimlachend, geel gezicht naar den eenen, dan weer naar den anderen kant en sloeg met haar hoofd de maat bij de heerlijke muziek. Niemand lette op de kleine Ida. Toen zag zij een groot blauw krokusje midden op de tafel springen, waarop het speelgoed stond, regelrecht naar het poppenledekantje toe gaan en de gordijnen op zij schuiven. Daar lagen de zieke bloemen, maar zij richtten zich dadelijk op en knikten het krokusje toe, dat zij ook wel mee wilden dansen. De oude notenkraker, welks onderlip afgebroken was, stond op en maakte een buiging voor de mooie bloemen; deze zagen er volstrekt niet ziek uit: zij sprongen van de tafel af, gingen naar de andere bloemen toe en hadden heel wat pret.

Het was, alsof er iets van de tafel naar beneden viel; Ida keek dien kant uit: het was een houten soldaat, die naar beneden sprong: het scheen, alsof hij ingelijks tot de bloemen behoorde. Hij zag er ook zeer keurig uit, en een kleine wassen pop, die juist zulk een hoed met een breeden rand op het hoofd had, als de oude heer droeg, zat boven op hem. De soldaat huppelde midden onder de bloemen en stampte geducht, want hij danste de mazurka; dien dans kenden de andere bloemen niet, omdat zij te licht waren en niet zoo konden stampen.

De wassen pop op den soldaat werd op eens groot en lang en riep luide: «Hoe kan men een kind nu toch zoo iets in het hoofd brengen? Dat zijn immers de grootste dwaasheden!» En nu geleek de wassen pop sprekend op den ouden heer met zijn breedgeranden hoed; zij zag er even geel en gemelijk uit. Maar de bloemen sloegen hem tegen de dunne beenen; en nu kromp hij weer ineen en werd een kleine wassen pop. Dat was heel kluchtig om aan te zien; de kleine Ida kon zich niet van lachen onthouden. De houten soldaat ging met dansen voort, en de oude heer moest meedansen; het baatte hem niets, hij mocht zich nu groot en lang maken of de kleine gele wassen pop met den grooten zwarten hoed blijven. Nu deden de andere bloemen een goed woordje voor hem, inzonderheid die, welke in het poppenledekantje gelegen hadden, en toen stelde de soldaat zich tevreden. Op hetzelfde oogenblik werd er luide binnen in de schuiflade geklopt, waarin Ida's pop Sophie bij veel ander speelgoed lag; de notenkraker liep tot aan den rand van de tafel, ging plat op zijn buik liggen en begon de lade een weinig uit te trekken. Nu stond Sophie op en keek verbaasd in de rondte. «Hier is zeker bal?» zei zij. «Waarom heeft niemand mij dit gezegd?»

«Wil je met mij dansen?» vroeg de notenkraker.

«Nu, je bent me nog al een mooie kerel om mee te dansen!» zeide zij en draaide hem den rug toe. Daarop zette zij zich op de schuiflade neer en dacht, dat er wel een van de bloemen zou komen, om haar ten dans uit te noodigen; maar er kwam er geen. Nu knikte zij eens; maar toch kwam er geen. De notenkraker danste nu alleen, en dat ging alles behalve slecht!

Daar geen van de bloemen Sophie scheen op te merken, liet zij zich van de schuiflade op den grond neervallen, zoodat het een geducht leven maakte. Al de bloemen kwamen nu naar haar toeloopen en vroegen, of zij zich niet bezeerd had, en zij waren allemaal heel vriendelijk jegens haar, vooral de bloemen, die in haar ledekantje gelegen hadden. Maar zij had zich niet bezeerd, en de bloemen van Ida waren dankbaar voor het lekkere bedje, en namen haar midden in de kamer, waar de maan in scheen, en dansten met haar; en al de andere bloemen vormden een kring om haar heen. Nu was Sophie blijde en zei, dat zij wel altijd in haar bedje mochten liggen; het kon haar volstrekt niet schelen, in de schuiflade te slapen.

Maar de bloemen zeiden: «Wij bedanken je hartelijk; maar we kunnen op deze wijze niet lang leven! Morgen zijn wij dood. Maar zeg tegen de kleine Ida, dat zij ons dan maar buiten in den tuin, waar de kanarievogel ligt, moet begraven; dan ontwaken wij in den zomer weer en worden veel mooier!»

«Neen, je moogt niet sterven!» zei Sophie en kuste de bloemen. Nu ging de kamerdeur open, en een menigte prachtige bloemen kwam dansend naar binnen. Ida kon maar niet begrijpen, waar zij vandaan gekomen waren; dat waren zeker allemaal bloemen uit het kasteel van den koning. Voorop liepen twee prachtige rozen, die gouden kronen op hadden; zij waren een koning en een koningin. Toen kwamen de violieren en de anjelieren, die naar alle kanten groetten. Zij hadden muziek bij zich: groote papavers en pioenen bliezen op erwtenschillen, zoodat zij heelemaal rood in haar gezicht werden. De blauwe druifhyacinten en de kleine witte sneeuwklokjes klingelden, alsof zij schellen bij zich hadden. Dat was een merkwaardige muziek! Verder kwamen er vele andere bloemen en dansten allemaal met elkaar: de blauwe viooltjes en de roode duizendschoonen, de madeliefjes en de lelietjes der dalen. Al de bloemen kusten elkaar; het was alleraardigst om aan te zien.

Eindelijk zeiden de bloemen elkander goeden nacht; toen sloop ook de kleine Ida naar haar bed en droomde van alles, wat zij gezien had.

Toen zij den volgenden morgen opstond, ging zij terstond naar de kleine tafel toe, om eens te zien, of de bloemen er nog waren. Zij schoof de gordijnen van het kleine ledekantje weg. Daar lagen ze allemaal verwelkt, veel meer dan den vorigen dag. Sophie lag in de schuiflade, waarin zij haar neergelegd had: zij zag er erg slaperig uit.

«Weet je niet, wat je tegen mij zeggen moet?» vroeg Ida. Maar Sophie zag er heel dom uit en sprak geen enkel woord.

«Je ziet er zoo boos uit,» zei Ida, «en toch hebben ze allemaal met je gedanst.»

Daarop nam zij een papieren doosje, waarop mooie vogels geteekend waren, deed dit open en legde er de doode bloemen in. «Dit zal je doodkist zijn,» zeide zij, «en als mijn neven hier komen, dan moeten zij mij helpen om je buiten in den tuin te begraven, opdat je in den zomer weer kunt groeien en mooier worden.»

Deze neven waren twee vroolijke knapen; zij heetten Jonas en Adolf; hun pa had hun twee nieuwe handbogen gegeven, en deze hadden zij meegebracht, om ze eens aan Ida te laten kijken. Ida vertelde hun van de arme bloemen, die gestorven waren, en toen kregen zij de vergunning om ze te begraven. De beide knapen liepen met de bogen op de schouders voorop, en de kleine Ida volgde met de doode bloemen in het mooie doosje. Buiten in den tuin werd er een klein graf gedolven; Ida gaf de bloemen eerst een kus en legde ze toen met het doosje in den kuil; Adolf en Jonas schoten met hun bogen over het graf; want geweren en kanonnen hadden ze niet.

De onwrikbare tinnen soldaat.

Er waren eens vijf-en-twintig tinnen soldaten. Dit waren allemaal broers, want ze waren uit één en denzelfden ouden tinnen lepel gemaakt. Zij hielden hun geweer in den arm en hun hoofd recht; en hun uniform was rood en blauw. Het eerste, wat zij in deze wereld hoorden, toen het deksel van de doos, waarin zij lagen, afgenomen werd, waren de woorden: «Tinnen soldaten!» Dat riep een kleine jongen en hij klapte in de handen; hij had ze gekregen, want het was zijn verjaardag, en hij stelde ze nu op de tafel op. De eene soldaat leek precies op den anderen, slechts één zag er een beetje anders uit: hij had maar één been, want hij was het laatst gegoten, en toen was er geen tin genoeg meer; maar toch stond hij even vast op zijn eene been, als de anderen op hun twee, en juist hij is het, wiens levensloop zoo merkwaardig werd.

Op de tafel, waarop zij opgesteld werden, stond nog veel meer ander speelgoed, maar dat, wat het meest in 't oog viel, was een aardig kasteel van bordpapier. Door de kleine ramen kon men in de zalen zien. Voor het kasteel stonden boompjes rondom een kleinen spiegel, die een vijver moest voorstellen. Zwanen van was zwommen daarop en spiegelden er zich in. Dat was alles heel lief, maar het liefste van alles was toch nog een kleine dame, die midden in de open deur van het kasteel stond; zij was ook van karton gesneden, maar zij had een japon van het witste katoen aan en een kleinen, smallen, blauwen band over den schouder, bij wijze van sjerp; in het midden daarvan prijkte een schitterende ster van klatergoud, die net zoo groot was als haar heele gezicht. De kleine dame strekte haar beide armen uit, want zij was een danseres; en dan lichtte zij haar eene been zoo hoog op, dat de tinnen soldaat niet wist waar het was, en dacht, dat zij, evenals hij, maar één been had.

«Dat zou een goede vrouw voor mij zijn!» dacht hij: «maar het is zoo'n deftige dame; zij woont op een kasteel; ik heb maar een doos, en daar wonen we met ons vijf-en-twintigen in; dat is geen plaats voor haar! Maar ik moet toch eens kennis met haar maken!»

Daarop legde hij zich, zoo lang als hij was, achter een snuifdoos neer, die op tafel stond; nu kon hij de kleine dame eens goed opnemen, die al door maar op één been bleef staan, zonder dat zij haar evenwicht verloor.

Toen het avond werd, kwamen al de andere tinnen soldaten in hun doos, en de menschen in huis gingen te bed. Nu begon het speelgoed allerlei spelletjes te doen. De tinnen soldaten rammelden in de doos; want zij zouden er ook wel bij willen zijn, maar zij konden het deksel niet oplichten. De notenkraker maakte allerlei kromme sprongen, en de griffel danste op de tafel; het was zulk een geweldig leven, dat de kanarievogel er wakker van werd en begon mee te spreken, en wel op rijm. De beide eenigen, die zich niet van hun plaats verroerden, waren de tinnen soldaat en de danseres; zij bleef onbeweeglijk op haar teenen staan en hield haar beide armen uitgestrekt; hij stond even onwrikbaar op zijn eene been; maar zijn oogen wendde hij geen oogenblik van haar af.

Nu sloeg de klok twaalf uur en flap! daar sprong het deksel van de snuifdoos af; doch er zat geen snuif in, maar een klein zwart kaboutermannetje.

«Tinnen soldaat!» zei het kaboutermannetje, «kijk toch niet naar datgene, wat je niets hoegenaamd aangaat!»

Maar de tinnen soldaat deed, alsof hij het niet hoorde.

«Ja, wacht maar tot morgen!» zei het kaboutermannetje.

Toen nu de volgende dag aanbrak en de kinderen opstonden, werd de tinnen soldaat voor het raam neergezet en, of het nu door het kaboutermannetje of door den tocht kwam, zooveel is zeker, dat het raam openvloog en de soldaat hals over kop van de derde verdieping naar beneden viel. Dat was een verschrikkelijke buiteling. Hij stak zijn eene been juist in de hoogte en bleef op zijn schako met de bajonet tusschen de straatsteenen steken.

De dienstmeid en de kleine jongen liepen dadelijk naar beneden om hem te zoeken; maar ofschoon zij bijna op hem trapten, toch zagen zij hem niet. Als de tinnen soldaat maar geroepen had: «Hier ben ik!» dan zouden zij hem wel gevonden hebben; maar hij achtte het ongepast, luid te schreeuwen, omdat hij in uniform was.

Nu begon het te regenen, al spoedig vielen de droppels dichter neer; eindelijk werd het een stortregen. Toen deze over was, kwamen er twee straatjongens voorbij.

«Kijk!» zei de een, «daar ligt een tinnen soldaat! Dien zullen we in het schuitje laten varen!»

Nu maakten zij van een stuk krant een schuitje, zetten den soldaat in het midden daarvan neer, en nu zeilde hij de straatgoot door; de beide jongens liepen er naast en klapten in hun handen. Lieve hemel! Wat gingen de golven in de goot hoog, en welk een stroom was daarin! Maar de regen had het water ook doen wassen. Het papieren schuitje schommelde op en neer, en nu en dan draaide het zoo gezwind om, dat de tinnen soldaat beefde; maar hij bleef onwrikbaar staan, vertrok zijn gezicht niet, hield zijn hoofd recht en zijn geweer in den arm. Eensklaps dreef het schuitje onder een lange brug, die over de goot lag, en nu werd het zoo donker, alsof hij in zijn doos was.

«Waar zou ik naar toe gaan?» dacht hij. «Ja, ja, daar is het kaboutermannetje de schuld van. Ach! zat die kleine dame maar bij mij in het schuitje, dan mocht het voor mijn part nog eens zoo donker zijn!»

Nu kwam er plotseling een groote waterrot, die onder de brug woonde.

«Heb je een pas?» vroeg de rot. «Geef je pas op!»

Maar de tinnen soldaat zweeg en hield zijn geweer nog vaster omklemd.

Het schuitje dreef verder, en de rot achtervolgde het. Hu! wat liet zij haar tanden zien, en hoe riep zij de houten spaanders en het stroo toe:

«Houdt hem vast, houdt hem vast! Hij heeft geen tol betaald! Hij heeft geen pas vertoond!»

Maar de stroom werd al sterker en sterker; de tinnen soldaat kon reeds daar, waar de brug ophield, het daglicht zien; maar hij hoorde ook een bruisend geluid, dat wel in staat was om een dapper man schrik aan te jagen. Begrijp eens! De goot liep daar, waar de brug eindigde, in een diepe gracht uit: dat was voor hem even gevaarlijk als voor ons, om op een bruisenden waterstroom voort te drijven.

Nu was hij er al zoo dicht bij, dat hij niet meer kon blijven staan. Het schuitje voer de goot uit: de arme tinnen soldaat hield zich zoo stijf, als hij maar kon; niemand zou van hem kunnen zeggen, dat hij ook maar met de oogen geknipt had. Het schuitje draaide een stuk of viermaal in de rondte en was tot aan den rand met water gevuld: het moest nu wel zinken! De tinnen soldaat stond tot aan zijn hals in het water, en al dieper en dieper zonk het schuitje, al meer en meer raakte het papier uit elkaar, nu sloeg het water over het hoofd van den soldaat heen. Thans dacht hij aan de kleine, bevallige danseres, die hij nimmer meer zou zien; en het klonk hem in de ooren:

«'t Is met u gedaan, soldaat!

De dood staat u te wachten!»

Nu raakte het papier geheel los, en de tinnen soldaat stortte naar beneden;—maar onmiddellijk werd hij door een grooten visch ingezwolgen.

O, wat was het donker in den buik van dien visch! Het was daar nog donkerder dan onder de brug, die over de goot lag; en dan was het daar erg benauwd. Maar de tinnen soldaat bleef onwrikbaar en lag, zoo lang als hij was, met zijn geweer in den arm.

De visch zwom heen en weer; hij maakte de verschrikkelijkste bewegingen; eindelijk werd hij doodstil; het werd weer licht, en een stem riep luide: «De tinnen soldaat!» De visch was gevangen, aan de markt gebracht, verkocht en in de keuken te land gekomen, waar de keukenmeid hem met een groot mes opensneed. Zij pakte den soldaat met haar beide vingers midden om zijn lijf beet en droeg hem naar de kamer, waar allen zulk een merkwaardig man wilden zien, die in de maag van een visch gezeten had; maar de tinnen soldaat was volstrekt niet trotsch. Zij zetten hem op de tafel neer en... o, hoe zonderling kan het toch in de wereld toegaan! De tinnen soldaat was in dezelfde kamer, waar hij vroeger geweest was; hij zag dezelfde kinderen, en hetzelfde speelgoed stond op de tafel: het prachtige kasteel met de kleine danseres. Zij stond nog op één been en hield het andere hoog in de lucht; zij was ook onwrikbaar. Dat trof den tinnen soldaat; het scheelde niet veel, of hij begon tin te weenen, maar dat paste niet. Hij keek haar aan, maar zij zeide niets.

Nu nam een der kleine jongens den soldaat en wierp hem in het vuur, zonder dat hij er eenige reden voor had; dat was zeker de schuld van het kaboutermannetje in de snuifdoos.

De tinnen soldaat stond daar helder verlicht en voelde een hitte, die verschrikkelijk was; maar of deze van het werkelijke vuur of de liefde kwam, dat wist hij niet. De kleuren waren heelemaal van hem afgegaan; of dat op reis gebeurd was, dan of het verdriet de schuld daarvan was, kon niemand zeggen. Hij keek de kleine dame aan, zij keek hem aan, en hij voelde, dat hij smolt; maar nog stond hij onwrikbaar met het geweer in den arm. Daar ging er eensklaps een deur open, de wind pakte de kleine danseres beet, en nu vloog zij als een luchtnimf in het vuur naar den tinnen soldaat toe, ging in de vlammen op, en weg was zij. Nu smolt de tinnen soldaat tot een klomp, en toen de meid den volgenden dag de asch wegnam, vond zij niets anders dan een klein tinnen hart. Van de danseres daarentegen was niets anders overgebleven dan de ster van klatergoud, die heelemaal zwart van de vlam geworden was.

De gouden schat.

De vrouw van den tamboer ging naar de kerk toe, zij zag daar het nieuwe altaar met geschilderde beelden en uitgesneden engelen; zij waren even mooi, die op het doek in kleuren, als de uit hout gesnedene, en deze waren nog bovendien geschilderd en verguld. Hun haar straalde van goud en zonneschijn, prachtig om aan te zien; maar Gods zonneschijn was toch nog prachtiger; deze scheen helderder, rooder door de donkere boomen, als de zon onderging. Hoe heerlijk is het, in Gods aangezicht te staren! Zij keek in de roode zon, en zij dacht daarover zoo ernstig na, en dacht aan den kleine, dien de ooievaar zou brengen; zij was daarbij zeer vroolijk en keek en keek, en wenschte, dat het kind dien zonneglans zou krijgen, of althans op een dier schitterende engelen op het altaar gelijken mocht.

En toen zij werkelijk het kleine kind in haar armen hield en het naar zijn vader ophief, toen zag het er uit als een der engelen in de kerk,—zijn haar was als goud; het schijnsel der ondergaande zon fonkelde daarin.

«Mijn gouden schat, mijn rijkdom, mijn zonneschijn!» riep de moeder uit en kuste de schitterende lokken; en het klonk als muziek en gezang in de kamer van den tamboer; er heerschten vreugde en geluk. De tamboer sloeg een roffel, een vroolijken roffel. En de trommel, de alarmtrom, die geslagen werd, als er brand was in de stad, zei: «Rood haar! De kleine heeft rood haar! Geloof het trommelvel en niet wat zijn moeder zegt! Rom, bom, bom! Rom, bom, bom!»

En de stad herhaalde wat de alarmtrom verteld had.

De knaap kwam in de kerk, hij werd gedoopt. Van zijn naam was niets te vertellen; hij werd Peter genoemd. De heele stad, ook de trommel noemde hem Peter, het tamboerszoontje met het roode haar; maar zijn moeder kuste zijn rood haar en noemde hem haar Gouden schat.

In den hollen weg, in de leemachtige helling, hadden velen hun naam ter herinnering ingekrast.

«Beroemdheid,» zei de tamboer, «dat is altijd iets!» en daarom kraste hij er ook zijn naam en dien van zijn zoontje in.

De zwaluwen kwamen; zij hadden op haar verre reis duurzamer schrift in de klippen en in de muren van de tempels in Hindostan ingehouwen gezien: groote daden van machtige koningen, onsterfelijke namen, zulke oude, dat niemand ze meer kon lezen of noemen.

Merkwaardig! Beroemdheid!

In den hollen weg bouwden de zwaluwen; zij boorden gaten in de steile helling, de plasregen en de stofregen brokkelden en spoelden de namen weg,—ook die van den tamboer en zijn zoontje.

«Peters naam zal toch wel anderhalf jaar blijven staan!» zei de vader.

«Gek!» dacht de alarmtrom; maar zij zei slechts: «Rom, bom, bom! Rom, bom, bom!»

Het was een jongen vol levenslust, de tamboerszoon met het roode haar. Hij had een liefelijke stem; hij kon zingen, en hij zong ook als de vogels in het bosch. Er was melodie en toch ook geen melodie in.

«Hij moet koorjongen worden,» zei zijn moeder, «in de kerk zingen en daar onder de mooie, vergulde engelen staan, die op hem gelijken!»

«Roodkop!» zeiden de menschen in de stad. De trommel hoorde dit van de buurvrouwen.

«Ga niet naar huis toe, Peter!» riepen de straatjongens. «Als je in het benedenhuis slaapt, dan is er brand op de bovenverdieping, en dan wordt de alarmtrom geroerd!»

«Neem jelui je maar voor de trommelstokken in acht!» zei Peter; en hoe klein hij ook was, toch snelde hij moedig op hen los en sloeg met zijn vuist den eerste den beste voor het lijf, zoodat de plager zijn beenen verloor, en de anderen namen de beenen met zich mee, hun eigen beenen namelijk.

De stadsmuziekmeester was heel deftig en voornaam; hij was de zoon van een koninklijken zilverpoetser; hij mocht Peter graag lijden, nam hem van tijd tot tijd met zich mee naar huis, gaf hem een viool en leerde hem daarop spelen; het was, alsof het den knaap in de vingers zat, hij wilde stadsmuziekmeester worden.

«Soldaat wil ik ook worden!» zei Peter, want hij was nog een kleine jongen, en het scheen hem het heerlijkste toe, wat er bestond, een geweer te kunnen dragen en zóó te kunnen loopen: «Een, twee! Een, twee!» en uniform en sabel te dragen.

«Leer maar naar het trommelvel verlangen, rom, bom, bom! Kom, kom!» zei de trommel.

«Ja, als hij tot den rang van generaal kon opklimmen,» zei zijn vader; «maar daarvoor moet het oorlog worden.»

«Dat verhoede God!» zei zijn moeder.

«Wij hebben niets te verliezen!» zei zijn vader.

«Wij kunnen onzen jongen toch wel verliezen!» zeide zij.

«Maar als hij nu eens als generaal terugkomt?» zei zijn vader.

«Zonder armen of beenen!» zei zijn moeder. «Neen, liever wil ik mijn gouden schat heel houden.»

«Rom, bom, bom!» De alarmtrom werd geroerd, alle trommels werden geroerd. Het was oorlog. De soldaten rukten op, en de zoon van den tamboer volgde: «Roodkop! Gouden schat!» Zijn moeder weende; zijn vader zag hem in gedachten «beroemd;» de stadsmuziekmeester beweerde, dat hij niet ten strijde moest trekken, maar zich bij de muziek in zijn vaderstad houden.

«Roodkop!» zeiden de soldaten, en Peter lachte; maar ook zei de een na den ander: «Vossekop!» Toen beet hij zich op de lippen en keek een anderen kant uit—de wijde wereld in; hij bekommerde zich om den scheldnaam niet.

Flink was de jongen, vroolijk van aard, goed van humeur; «en dat is de beste veldflesch,» zeiden zijn oude kameraden.

En menigen nacht moest hij in plasregen en stofregen, tot op zijn hemd doornat, onder den blooten hemel liggen, maar zijn goede luim begaf hem niet, de trommelstokken sloegen: «Rom, bom, bom! Allemaal op!» Ja, hij was zeker voor tamboer in de wieg gelegd.

De dag van den veldslag brak aan; de zon was nog niet opgegaan, en de morgen was aangebroken: de lucht was koud, het gevecht heet; er dreven nevelen aan de lucht, maar het was meer de kruitdamp. De kogels en de granaten vlogen over de hoofden en ook in de hoofden, in de borsten en de overige ledematen; maar voorwaarts ging het. De een na den ander zeeg bewusteloos neer met bloedende slapen, met een doodsbleek gezicht. De kleine tamboer had zijn gezonde kleur nog; hij had geen schade geleden; hij keek nog met een even vergenoegd gezicht den regimentshond achterna, die voor hem uitsprong, zóó vergenoegd, alsof alles maar een grap was en alsof de kogels slechts voor hem neervielen, om daarmee te spelen.

«Marsch! Voorwaarts! Marsch!» waren de kommandowoorden voor de trommels; en deze woorden beteekenden niet: «Terugwijken!» maar zij konden terugtrekken, en daarin kon veel verstand liggen; en nu werd er gezegd: «Terug!» en daar sloeg de kleine tamboer: «Marsch! Voorwaarts!» hij had het bevel zóó opgevat; de soldaten gehoorzaamden aan het trommelvel. Dat was een goede trommelslag en hij schonk hun, die reeds aan het wijken waren, de overwinning.

Lichamen en ledematen gingen er in den slag verloren. Granaten rukten het vleesch in bloedige stukken weg; granaten deden de hoopen stroo, werwaarts de gekwetsten zich voortgesleept hadden, om daar vele uren verlaten te liggen, verlaten misschien voor hun leven, in heldere vlammen opgaan.

Het geeft niets, daaraan te denken, en toch denkt men daaraan, zelfs ver van daar, in de vreedzame stad; ook de tamboer en zijn vrouw dachten daaraan; Peter was immers ten strijde getrokken.

«Nu ben ik het klagen moede!» zei de alarmtrom.

Weer begon er een dag, waarop er een gevecht zou geleverd worden; de zon was nog niet opgegaan, maar het was morgen. De tamboer en zijn vrouw sliepen, zij hadden over hun zoon gesproken; dat deden zij iederen avond; hij was immers op het slagveld—«in Gods hand.» En zijn vader droomde, dat de oorlog geëindigd was, dat de soldaten naar het vaderland teruggekeerd waren en dat Peter een zilveren kruis op de borst droeg; maar zijn moeder droomde, dat zij naar de kerk gegaan was en de geschilderde beelden en de uitgesnedene engelen met het vergulde haar gezien had; en haar eigen, teerbeminde zoon, de gouden schat haars harten, had midden onder de engelen gestaan en zoo heerlijk gezongen, als zeker slechts de engelen zingen kunnen, en had zich met hen in den zonneschijn verheven en zijn moeder zoo vol liefde toegeknikt.

«Mijn gouden schat!» riep zij uit en werd wakker. «Nu heeft God onze Heer hem tot zich genomen!» Zij vouwde haar handen, legde haar hoofd tegen het katoenen bedgordijn aan en weende.

«Waar rust hij nu onder die velen in het graf, dat zij voor de dooden gegraven hebben? Misschien wel in het diepe moeras! Niemand kent zijn graf! Er is geen woord Gods daar boven gelezen!»

En het «Onze Vader» kwam nauw hoorbaar over haar lippen; zij boog het hoofd voorover, zij was zoo moede, zij viel in slaap.

De dagen gingen voorbij, in het leven zoowel als in de droomen!

Het was avond; er stond een regenboog aan de lucht, die het bosch en het diepe moeras aanraakte.

Men zegt, en het is in het volksgeloof bewaard gebleven: waar de regenboog de aarde aanraakt, daar ligt een schat begraven, een gouden schat; en hier—lag er een; niemand, behalve zijn moeder, dacht aan den kleinen tamboer, en daarom droomde zij van hem.

De dagen gingen voorbij, in het leven zoowel als in de droomen!

Geen haar op zijn hoofd was er gekrenkt geworden.

«Rom, bom, bom! Rom, bom, bom! Dat is hij! Dat is hij!» zou de trommel gezegd en zijn moeder gezongen hebben, als zij dat gezien of gedroomd had.

Met gejuich en gezang, met groene zegekransen versierd, keerde men naar het vaderland terug, daar de oorlog geëindigd en de vrede gesloten was. De regimentshond liep vooruit en maakte allerlei kromme sprongen, om zich den weg als 't ware driemaal zoolang te maken, als hij was.

Weken verliepen er en de dagen tevens, en Peter trad de kamer van zijn ouders binnen; hij was zoo bruin als een wilde, zijn oogen keken fonkelend in de rondte, zijn gezicht straalde als zonneschijn. En zijn moeder klemde hem in haar armen; zij kuste hem op zijn mond, op zijn oogen, op zijn rood haar. Zij had haar jongen nu immers terug; hij droeg wel geen zilveren kruis op de borst, zooals zijn vader gedroomd had, maar hij had heele ledematen, wat zijn moeder niet gedroomd had. En dat was een vreugde; zij lachten en weenden. En Peter omhelsde de oude alarmtrom.

«Daar staat de oude trommel nog!» zei hij.

En zijn vader sloeg daarop een roffel.

«Het is bijna, alsof er hier een hevige brand was,» zei de alarmtrom. «Heldere dag! Vuur in het hart! Gouden schat!»

En nu? Ja, wat nu? Vraag het maar aan den stadsmuziekmeester.

«Peter groeit de trommel heelemaal boven 't hoofd,» zei hij; «Peter wordt grooter dan ik!» En hij was toch de zoon van een koninklijken zilverpoetser; maar alles, wat hij in een half menschenleven geleerd had, leerde Peter in een half jaar.

Er was iets vroolijks in hem, zoo iets innerlijk goedhartigs. Zijn oogen fonkelden en zijn haar was rood,—dat viel niet te ontkennen.

«Hij moet zijn haar laten verven!» zei de buurvrouw. «Dat is de dochter van den politie-commissaris uitstekend gelukt; en—zij raakte verloofd.»

«Maar het werd immers al spoedig daarop weer even groen als erwtensoep, en het moet telkens weer geverfd worden!»

«Zij weet zich te helpen,» zei de buurvrouw, «en dat kan Peter ook. Hij komt in de voornaamste huizen, zelfs in dat van den burgemeester, waar hij aan juffrouw Lotje les op de piano geeft.»

Spelen kon hij, ja, de prachtigste stukken, die nog op geen muziekblad geschreven waren, kon hij uit zijn hoofd spelen.

Hij speelde in heldere nachten en ook in donkere. Dat was niet om uit te houden, zei de buurvrouw, en de alarmtrom stemde daarmee in.

Hij speelde, zoodat zijn gedachten zich verhieven en er groote plannen voor de toekomst bij hem oprezen:

«Beroemdheid!»

En Lotje van den burgemeester zat voor de piano; haar fijne vingers dansten over de toetsen heen, zoodat het in Peters hart weerklank vond; het was, alsof hem dat al te veel werd, en dat gebeurde niet eenmaal, maar vele malen, en nu greep hij op zekeren dag de fijne vingers en de fraai gevormde hand en kuste haar, en keek haar in de groote bruine oogen; God weet, wat hij zeide, maar aan ons staat het vrij, er naar te raden. Lotje werd tot achter haar ooren rood en antwoordde geen enkel woord;—nu kwam er een vreemde in de kamer, de zoon van den staatsraad; deze had een hoog, blank voorhoofd en hield het hoofd trotsch omhoog. En Peter zat lang bij haar, en zij keek hem met vriendelijke blikken aan.

Toen hij 's avonds thuis gekomen was, sprak hij over de wijde wereld en over den schat, die er voor hem in zijn viool verborgen lag.

Beroemdheid!

«Rom, bom, bom! Rom, bom, bom!» zei de alarmtrom. «Nu is het met Peter over het dolle heen! Ik geloof, dat er brand in huis is.»

Den volgenden dag ging zijn moeder naar de markt toe.

«Wil ik je eens een nieuwtje vertellen, Peter!» zeide zij, toen zij terugkwam, «het is een goed nieuwtje! Lotje van den burgemeester is met den zoon van den staatsraad verloofd; het engagement is er gisteren doorgegaan.»

«Neen!» zei Peter en sprong van zijn stoel op. Maar zijn moeder zei: «Ja!» Zij wist het van de barbiersvrouw, wier man het uit den eigen mond van den burgemeester gehoord had.

En Peter werd zoo wit als een doek en viel op een stoel neer.

«Mijn hemel! Wat scheelt er aan?» vroeg zijn moeder.

«Al genoeg, al genoeg! Laat mij maar met rust!» zeide hij, en de tranen liepen hem over de wangen.

«Mijn lieve kind, mijn gouden schat!» riep zijn moeder uit en weende; maar de alarmtrom zong, niet uitwendig, maar inwendig:

««Lot is dood! Lot is dood!» Ja, nu is het lied uit!»

Het lied was niet uit; het had nog vele coupletten, lange coupletten, de allerschoonste, den gouden schat eens levens.

«Zij gedraagt zich als een gekkin!» zei de buurvrouw. «De heele wereld moet de brieven, die zij van haar gouden schat krijgt, lezen en ook nog hooren, wat de kranten van hem en van zijn viool zeggen. En geld zendt hij haar ook; dat kan zij heel goed gebruiken, nu zij weduwe is.»

«Hij speelt voor keizers en koningen.» zei de stadsmuziekmeester. «Mij is dit geluk nooit te beurt gevallen, maar hij is mijn leerling en vergeet zijn ouden leermeester niet.»

«Zijn vader droomde eens,» zei zijn moeder, «dat Peter met het zilveren kruis op de borst uit den oorlog teruggekeerd was; hij kreeg het in den oorlog niet, maar het is nog moeilijker het zoo te krijgen! Nu heeft hij het ridderkruis! Dit moest zijn vader eens beleefd hebben!»

«Beroemd!» zei de alarmtrom, en zijn vaderstad zei dit ook: de tamboerszoon, Peter met het roode haar, Peter, dien men als kleinen jongen op klompen had zien loopen, dien men als tamboer gekend had, en die bij het dansen speelde,—beroemd!

«Hij speelde bij ons, nog voordat hij voor koningen gespeeld heeft!» zei de vrouw van den burgemeester. «Destijds was hij op Lotje verliefd; hij keek altijd hoog op!

Mijn eigen man lachte er over, toen hij van die dwaasheid hoorde! Nu is Lotje de vrouw van den staatsraad!»

Er was een gouden schat in het hart en in de ziel van het arme kind gelegd, dat als kleine tamboer: «Marsch! Voorwaarts!» sloeg, den roffel der overwinning voor hen, die op het punt stonden om terug te wijken. Er lag een gouden schat in zijn borst,—de macht der tonen; het bruiste uit de viool, alsof er een geheel orgel in zat; men hoorde den slag van den lijster en de volle heldere stem van den mensch; daarom trok hij met verrukking door de harten en droeg zijn naam door het geheele land. Dat was een groote brand,—de brand der geestdrift.

«En dan ziet hij er ook zoo prachtig uit!» zeiden de jonge dames en ook de oude; ja, de alleroudste schafte zich een album voor beroemde haarlokken aan, alleen maar om een lok van dat weelderige, prachtige hoofdhaar, dezen schat, dezen gouden schat te kunnen vragen.

De zoon trad de armoedige kamer van den tamboer binnen, keurig gekleed als een prins, gelukkiger dan een koning. Zijn oogen waren zoo helder, zijn gezicht als zonneschijn. Hij hield zijn moeder in de armen; zij drukte hem een kus op den mond en weende zoo gelukkig, als men slechts van blijdschap kan weenen; en hij knikte ieder oud meubel in de kamer toe, de kast met de theekopjes en de bloemvaas; hij knikte de krib toe, waarin hij als kleine jongen geslapen had; maar hij haalde de oude alarmtrom te voorschijn, zette haar midden in de kamer neer en zei tegen zijn moeder:

«Vader zou vandaag een roffel geslagen hebben. Dat moet ik nu doen!»

En hij sloeg een duchtigen roffel op de trommel, en deze gevoelde zich daardoor zoozeer vereerd, dat zij haar eigen trommelvel scheurde.

«Hij heeft een heerlijken vuistslag!» zei de trommel. «Nu heb ik van hem voor altijd een herinnering! Ik denk wel, dat zijn moeder ook van blijdschap over haar gouden schat zal barsten.» Dat is de geschiedenis van den gouden schat.

De droom van den ouden eik.

In het bosch, hoog op den steilen oever, vlak bij de zeekust, stond een heel oude eik. Hij was driehonderd vijf-en-zestig jaren oud; maar die lange tijd was voor den boom niet meer dan even zoo vele dagen voor ons menschen zijn. Wij waken overdag, slapen 's nachts, en hebben dan onze droomen; met den boom gaat het anders; hij is drie jaargetijden achtereen wakker, eerst tegen den winter komt zijn slaap. De winter is zijn rusttijd, is zijn nacht na den langen dag, die lente, zomer en herfst heet.

Op menigen warmen zomerdag had het haft, dat kleine schepseltje, om zijn kroon heengedanst, geleefd, gezweefd en zich gelukkig gevoeld, en rustte een oogenblik in stille gelukzaligheid op een der groote, frissche eikebladen uit; dan zei de boom altijd: «Arme kleine! Slechts een enkelen dag duurt uw geheele leven! Wat is dat kort! Het is toch treurig!»

«Treurig?—Wat bedoelt ge daarmee?» vroeg het haft dan altijd. «Om mij heen is het immers zoo helder, zoo warm en zoo schoon; dat maakt mij vroolijk!»

«Maar slechts één dag,—dan is alles uit!»

«Uit!» herhaalde het haft. «Wat is uit? Zijt gij ook uit?»

«Neen, ik leef misschien duizenden van uw dagen, en mijn dag duurt geheele jaargetijden! Dat is zoo iets langs, dat ge het niet eens kunt uitrekenen!»

«Neen, dan begrijp ik u niet! Gij hebt duizenden van mijn dagen; maar ik heb duizenden van oogenblikken, waarin ik vroolijk en gelukkig kan zijn! Houdt dan al de heerlijkheid dezer wereld op, als ge sterft?»

«Neen,» zei de boom, «die duurt zeker veel langer, oneindig langer dan ik mij kan voorstellen.»

«Maar dan hebben wij immers precies even veel: wij rekenen alleen maar anders!»

Het haft danste en zweefde in de lucht, verheugde zich in zijn kunstige vlerkjes, in hun gaas en fluweel, verheugde zich in de warme lucht, die bezwangerd was met den heerlijken geur van het klaverveld en de rozen, van de vlier en de kamperfoelie, van het muskusplantje en de kroezemunt; de geur was zoo sterk, dat het haft er bijna door bedwelmd werd. De dag was lang en schoon, vol vreugde en genot, en als de zon ten ondergang neeg, gevoelde het haft zich altijd vermoeid van dat vroolijke zweven. De vlerkjes wilden het lichaampje niet meer dragen, en zachtjes en langzaam streek het neer op den zachten, golvenden grashalm, knikte met het kopje en sliep zacht en welgemoed in,—het was de dood.

«Arm, klein haft!» zei de eik, «dat was toch een al te kort leven.»

En op iederen zomerdag werd dezelfde dans, dezelfde toespraak, hetzelfde antwoord en hetzelfde inslapen herhaald; het werd herhaald door geheele geslachten van haften, en allen gevoelden zich gelukkig en even vroolijk.

De eik stond daar wakend op zijn lentemorgen, zijn zomermiddag en zijn herfstavond; met rasse schreden naderde zijn rusttijd, zijn nacht. De winter was ophanden.

Reeds zongen de stormen hun «Goeden nacht! Goeden nacht!» Hier viel een blad, daar viel een blad. «Wij rukken en schudden! Ga slapen, ga slapen! Wij zingen u in slaap, wij wiegen u in slaap, maar, niet waar, dat doet goed in de oude takken? Zij kraken daarbij van louter plezier! Slaap zacht, slaap zacht! Het is uw driehonderd en vijf-en-zestigste nacht; eigenlijk zijt ge toch maar een kijk-in-de-wereld! Slaap zacht! De wolk strooit sneeuw naar beneden, zij geeft een dek, dat zich warm over uw voet uitspreidt! Slaap zacht,—en aangename droomen!»

De eik stond daar, van zijn bladeren beroofd, om ter ruste te gaan gedurende den geheelen langen winter en menigen droom te droomen, altijd iets, wat hij zelf beleefd had, evenals het in de droomen der menschen gaat.

De groote boom was ook klein, ja, een eikel was eenmaal zijn wieg geweest; naar menschelijke berekening was hij nu al in zijn vierde eeuw; hij was de grootste en beste boom uit het bosch, met zijn kroon stak hij ver boven al de andere boomen uit, werd uit zee op een verren afstand gezien, en diende den zeelieden tot een baken; hij had er geen vermoeden van, dat zoovele oogen hem zochten. Hoog boven in zijn groene kroon bouwde de boschduif haar nest, en de koekoek deed zijn geroep daaruit hooren, en in den herfst, wanneer de bladeren er uitzagen, alsof zij geplette koperen plaatjes waren, kwamen de trekvogels en rustten daar, voordat zij over de zee wegvlogen; maar thans was het winter, de boom stond daar ontbladerd, en nu kon men goed zien, hoe krom en gebogen de takken van den stam uitliepen. Kraaien en raven kwamen aanvliegen en zetten er zich bij afwisseling op neer en spraken over de slechte tijden, die nu begonnen, en dat het in den winter heel moeilijk viel, voedsel te vinden.

69

Het was omstreeks het heilige Kerstfeest; toen droomde de boom zijn schoonsten droom.

De boom had blijkbaar een gevoel van den feestelijken tijd; het was hem, als hoorde hij de klokken van alle kerken in den omtrek luiden, en daarbij scheen het hem tevens een heerlijke zomerdag te zijn, zacht en warm. Frisch en groen spreidde hij zijn forsche kroon uit, de zonnestralen speelden tusschen bladeren en takken, de lucht was vervuld met den geur van kruiden en bloemen; bonte kapellen vlogen elkaar achterna; de haften dansten, alsof alles alleen daarom bestond, opdat zij zouden kunnen dansen en pret maken. Alles, wat de boom jaren achtereen beleefd had en wat er om hem heen gebeurd was, trok voorbij hem heen als in een plechtigen optocht. Hij zag de ridders en de edele vrouwen uit oude tijden te paard, met golvende vederbossen op den hoed en een valk op de hand, door het bosch rijden; de jachthoorn weerklonk en de honden blaften; hij zag vijandelijke krijgslieden in bonte kleeren met blanke wapenen, met spies en hellebaard, tenten opslaan en weer afbreken; het wachtvuur vlamde, en men zong en sliep onder de takken van den boom; hij zag minnende paren elkaar in stil geluk bij zijn stam in den maneschijn ontmoeten en hun namen, de beginletters, in den grauwachtig groenen bast snijden. Citers en harpen waren eenmaal,—ja, er lagen vele jaren tusschen beide,—door reizende vroolijke klanten aan de takken van den eik opgehangen, nu hingen zij daar weer, nu klonken zij weer met wonderbare tonen. De boschduiven kirden, als wilden zij vertellen, wat de boom daarbij gevoelde, en de koekoek riep hem toe, hoeveel zomerdagen hij nog te leven had.

Toen was het hem, als stroomde hem een nieuw leven tot diep in de kleinste wortelen en tot in de hoogste takjes, ja, tot in de bladeren. De boom gevoelde, dat hij zich daarbij uitrekte, ja, hij gevoelde het door middel van den wortel, hoe er ook onder in den grond leven en warmte was; hij voelde zijn kracht toenemen, hij wies al hooger en hooger, de stam schoot omhoog, er was geen stilstand, hij groeide gedurig meer en meer, de kroon werd voller, spreidde zich uit, verhief zich,—en al naardat de boom groeide, steeg zijn geluk, zijn zaligend verlangen om gedurig hooger te reiken, zelfs tot aan de schitterende, warme zon.

Reeds was hij hoog boven de wolken opgeschoten, die als donkere scharen van trekvogels of groote, witte zwanen onder hem voorttrokken.

Ieder blad van den boom had de gave des gezichts, als had het oogen om te zien; de sterren werden op den helderen dag zichtbaar, groot en fonkelend, elke daarvan fonkelde als een paar oogen, liefelijk en helder. Zij riepen hem bekende, vriendelijke oogen, oogen van kinderen, oogen van minnende paren, als deze elkaar onder den boom ontmoetten, in het geheugen terug.

Het was een verwonderlijk zalig oogenblik, zoo vol vreugde en blijdschap! En toch gevoelde de boom te midden van deze vreugde een verlangen, een onweerstaanbaar verlangen, dat alle andere boomen van het bosch daarbeneden, alle struiken, alle kruiden en bloemen zich ook met hem mochten kunnen verheffen, opdat ook zij dezen glans zouden kunnen zien, deze vreugde smaken. De groote majestueuze eik was in zijn heerlijkheid niet volkomen gelukkig, zonder hen allen, groot en klein, bij zich te hebben, en dit gevoel trilde door alle takken, alle bladeren, innig en krachtig als door een menschelijke borst.

De kroon van den boom wiegelde zich heen en weer, als zocht zij in dringend verlangen; zij staarde achterwaarts. Nu rook de boom den geur van het muskusplantje en al spoedig den nog sterkeren geur van de kamperfoelie en de viooltjes; het was hem als hoorde hij den koekoek hem antwoord geven.

Ja, door de wolken kwamen de groene toppen van het bosch te voorschijn, en onder zich zag de eik de andere boomen, hoe zij groeiden en zich verhieven. Struiken en kruiden schoten hoog op, enkele rukten zich met den wortel los en vlogen nog sneller naar boven. De berk was het vlugst; aan een witten bliksemstraal gelijk, schoot zijn slanke stam al zigzagsgewijze in de hoogte, de takken golfden als groen gaas om hem heen; al de gewassen uit het bosch, zelfs het bruingepluimde riet, groeiden mee, en de vogels volgden en zongen, en op den halm, die als een lang, groen zijden lint in de lucht fladderde, zat de sprinkhaan en speelde met den vleugel langs zijn scheenbeen; de meikevers bromden en gonsden, iedere vogel zong, zooals hij gebekt was; alles was zang en geklank en vreugde tot in den hemel.

«Maar dat kleine, blauwe bloempje bij het water, waar blijft dat?» riep de oude eik, «en het roode klokje en het madeliefje?»—Ja, de oude eik wilde ze alle om zich heen hebben.

«Wij zijn er! Wij zijn er!» zong en klonk het.

«Maar het mooie muskusplantje van den vorigen zomer,—en in het vorige jaar was hier toch een menigte meibloempjes!—de wilde-appelboom, die zoo mooi bloeide!—en al die pracht van het bosch, jaar in jaar uit!—leefde het nu maar, was het nu maar geboren, dan zou het er ook bij hebben kunnen zijn!»

«Wij zijn er bij! Wij zijn er!» zong en klonk het nog hooger; het was, alsof zij vooraangevlogen waren.

«O, dat is al te schoon, ongelooflijk schoon!» jubelde de oude eik. «Ik heb ze allemaal! Klein en groot! Niet een is er vergeten! Hoe is toch al die gelukzaligheid denkbaar! Hoe is zij mogelijk!»

«In den hemel van den eeuwigen God is zij mogelijk en denkbaar!» klonk het door de lucht.

De oude boom, die aldoor voortgroeide, gevoelde het, hoe zijn wortel zich uit den grond losrukte.

«Dat gaat goed zoo, dat is het allerbeste!» zei de boom; «nu houden mij geen banden meer terug! Ik kan nu opvliegen naar het allerhoogste licht en den allerhoogsten glans! En al mijn lieven zijn bij mij! Kleinen en grooten! Allen!»

Dat was de droom van den ouden eik; en terwijl hij zoo droomde, bruiste er een geweldige storm over land en zee heen,—op het heilige Kerstfeest. De zee stuwde haar golven tegen de kust aan; het kraakte in den boom,—hij werd met den wortel op den grond geworpen juist op het oogenblik, waarop hij droomde, dat zijn wortelen zich van de aarde losrukten.—Hij viel. Zijn driehonderd vijf-en-zestig jaren waren nu als één dag van het haft.

Op den morgen van den eersten Kerstdag, toen de zon opging, was de storm gaan liggen. Van alle kerktorens klonk feestelijk klokgelui, en uit iederen schoorsteen, zelfs uit den kleinste der nederigste hut, steeg de rook in blauwe wolken omhoog, evenals van het altaar de rook van het dankoffer bij het feest der Druïden. De zee kwam allengs tot bedaren, en aan boord van een groot schip, dat gedurende den nacht met het stormachtige weder gekampt en dit gelukkig doorgestaan had, werden nu alle vlaggen, als teeken der Kerstvreugde, geheschen.

«De boom is weg, de oude eik, ons baken op de kust!» spraken de zeelieden. «Hij is in dezen stormachtigen nacht gevallen! Wie zal hem kunnen vervangen?—Niemand vermag dit!»

Zulk een lijkrede, kort maar welgemeend, kreeg de boom, die op het sneeuwdek aan den oever der zee uitgestrekt lag; en over hem heen klonken de psalmtonen van het schip af, een lied van de Kerstvreugde en van de uiting der menschelijke gedachten bij het aanschouwen van de bestiering van den Albarmhartige:

«Zingt luid ten hemel, laat klinken uw tonen!
Het is vervuld: uw vorst zal 't loonen!
Juicht vroolijk over Gods genâ,
Halleluja, Halleluja!»

zoo klonk het oude gezang, en iedereen aan boord van het schip gevoelde zich op zijn wijze opgeheven door het lied en het gebed, evenals de oude eik zich opgeheven gevoelde in zijn laatsten, schoonsten droom in den Kerstnacht.

Zij deugde niet.

De burgemeester stond voor zijn open raam; hij was in zijn overhemd met manchetten en droeg een keurige doekspeld; hij was zeer glad geschoren, hetgeen hij zelf gedaan had, en toch had hij zich een klein sneetje toegebracht, maar daarop kleefde een stukje krant.

«Hoor eens, kleine!» riep hij.

En deze kleine was geen ander dan de zoon der arme waschvrouw, die juist het huis voorbijliep en zijn pet eerbiedig afnam; de klep daarvan was in het midden gebroken; de pet was er geheel op ingericht om in elkaar gerold en in den zak gestoken te worden. In zijn armoedige, maar zindelijke kleeren, met zware klompen aan de voeten, stond de knaap daar eerbiedig, alsof hij tegenover den koning zelf stond.

«Je bent een beste jongen,» zei de burgemeester. «Je bent een beleefde knaap. Je moeder is zeker in de rivier aan het wasschen; daar moet je stellig heen brengen, wat je in den zak hebt zitten. Wat zit er in?»

«Een half pintje,» zei de knaap op een fluisterenden toon.

«En van morgen heeft zij evenveel gekregen,» vervolgde de burgemeester.

«Neen, dat was gisteren!» antwoordde de knaap.

«Twee halve maken één heel!—Zij deugt niet! Het is treurig met zulk soort van menschen!—Zeg tegen je moeder, dat zij zich moest schamen! En word jij maar geen dronkaard; maar dat zal je wel worden! Arm kind! Ga maar heen!»

En de knaap ging verder; zijn pet bleef hij in de hand houden, en de wind speelde met zijn blonde lokken. Hij sloeg den hoek der straat om en kwam in het straatje, dat naar de rivier liep, waar zijn moeder druk met wasschen bezig was. Het water stroomde sterk, want de sluizen van den molen waren opengezet; het beddelaken dreef met den stroom mee. De waschvrouw had werk om het vast te houden.

«Het had niet veel gescheeld, of ik was zelf met den stroom meegesleept!» zeide zij. «Het is goed, dat je komt, want ik heb wel een hartsterking noodig! Zes uren sta ik hier al. Heb je wat voor mij?»

De knaap haalde de flesch te voorschijn, en zijn moeder zette haar aan den mond en nam er een fermen slok uit.

«Dat doet goed! Dat verwarmt! Dat is even goed als warm eten, en niet zoo duur! Drink ook eens, beste jongen! Je ziet er geducht bleek uit; je hebt het zeker koud in je dunne kleeren! Het is dan ook herfst. Foei! wat is het water koud! Als ik maar niet ziek word! Maar dat zal ik wel niet! Geef mij nog een slok en drink ook eens, maar slechts een klein slokje, want je moogt er niet aan wennen, mijn arme, goede jongen!»

En zij ging naar haar zoontje toe, terwijl het water haar uit de kleeren droop.

«Ik sta mij hier af te beulen; maar ik doe het graag, als ik je er maar eerlijk en rechtschapen doorheen breng, mijn beste jongen!»

Op dit oogenblik kwam er een oude vrouw aan, die er zeer armoedig uitzag; zij was aan haar eene been lam en droeg een lange, valsche lok over haar eene blinde oog: het oog moest door die lok bedekt worden, maar zij deed eigenlijk het gebrek nog meer uitkomen. Het was een vriendin van de waschvrouw; «de lamme Martha met de lok,» noemden de buren haar.

«Wat ben je daar weer in dat koude water aan het wasschen! Je hebt waarlijk wel noodig, dat je je een weinig verwarmt, en toch maken de booze tongen heel wat ophef van de slokjes, die je drinkt!»—En nu duurde het maar weinige oogenblikken, of al de woorden van den burgemeester waren aan de waschvrouw overgebracht; want Martha had alles gehoord, en zij had er zich over geërgerd, dat hij op zulk een wijze tegen het kind over diens eigen moeder en over de weinige droppeltjes sprak, die zij gebruikte, en wel omdat het juist op een dag gebeurde, waarop de burgemeester een groot gastmaal gaf, waarbij de wijn bij stroomen vloeide. «Fijne wijnen en koppige wijnen!» voegde zij er bij. «Maar dat noemt men geen drinken! Zij deugen wel, maar jij deugt niet!»

«Wel zoo! Heeft hij met je gesproken?» zei de waschvrouw tot haar jongen, en haar lippen trilden daarbij. «Je hebt een moeder, die niet deugt! Misschien heeft hij wel gelijk! Maar tegen het kind moest hij zoo iets niet zeggen! Uit dat huis is er al veel ellende over mij gekomen!»

«Je hebt daar immers gediend, toen de ouders van den burgemeester nog in leven waren en het huis bewoonden; dat is al vele jaren geleden! Sedert zijn er vele schepels zout gebruikt, en men moet dus wel dorst hebben,» en Martha glimlachte. «De burgemeester geeft vandaag een groot gastmaal; eigenlijk had het afgezegd moeten worden, maar het werd te laat, en het eten was ook al klaar. Ik heb het van den huisknecht gehoord. Zoo even is er een brief gekomen, dat zijn jongste broeder te Kopenhagen gestorven is!»

«Gestorven!» riep de waschvrouw uit en werd doodsbleek.

«Wel,» zeide Martha, «trek je je dat zoo erg aan? 't Is waar ook, je kendet hem nog van den tijd, toen je daar in huis diendet.»

«Is hij dood? Het was zulk een goed man! Er worden er niet veel zooals hij gevonden!» En de tranen biggelden haar langs de wangen. «O mijn God! het draait mij alles voor de oogen,—dat komt, omdat ik de flesch leeggedronken heb,—dat heb ik niet kunnen verdragen! Ik voel mij alles behalve wel!»

«Mijn hemel! Je bent werkelijk ziek,» zei de andere vrouw. «Het is te hopen, dat het maar weer gauw over zal zijn. Het zal het beste wezen, dat ik je naar huis breng.»

«Maar de wasch dan?»

«Ik zal wel voor de wasch zorgen. Komaan! geef mij maar een arm! De jongen kan wel hier blijven en oppassen, totdat ik terugkom, dan zal ik het overige wel wasschen: dat is immers maar een kleinigheid!»

En de knieën der waschvrouw knikten.

«Ik heb te lang in de koude gestaan; en sedert van morgen heb ik droog noch nat over mijn lippen gehad! De koorts brandt mij door de leden. O, mijn God! help mij om naar huis te gaan!—Mijn arm kind!»—Zij weende. Ook de knaap weende, en al spoedig daarop zat hij alleen aan de rivier bij de natte wasch. De beide vrouwen liepen slechts langzaam voort, de waschvrouw sleepend en waggelend; zij gingen het straatje door en kwamen het huis van den burgemeester voorbij, en vlak daarvoor viel zij op de straatsteenen neer. Er verzamelden zich verscheidene menschen om haar heen: de lamme Martha liep in het huis, om hulp in te roepen. De burgemeester en zijn gasten gingen naar het raam toe.

«Dat is de waschvrouw!» zei hij; «die heeft een beetje te diep in het glaasje gekeken; zij deugt niet! 't Is jammer van den aardigen jongen, dien zij heeft. Ik mag dat kereltje inderdaad graag lijden. Maar zijn moeder deugt niet!»

En de waschvrouw kwam weer bij, en men bracht haar in haar armzalige woning, waar zij te bed gelegd werd. De goede Martha maakte wat warm bier met boter en suiker klaar; dit middel, dacht zij, was het beste, en daarop begaf zij zich naar de rivier, waschte heel slecht, maar noemde het goed, en deed eigenlijk niets anders dan de natte wasch in de mand doen.

Tegen den avond zat zij in het armoedige kamertje bij de waschvrouw. Eenige gebakken aardappelen en een lekker vet stuk ham had de keukenmeid van den burgemeester haar voor de zieke gegeven; daaraan deden Martha en de knaap zich te goed; de zieke genoot van den heerlijken geur, deze was heel voedzaam, beweerde zij.

En de knaap werd te bed gebracht, in dezelfde bedstee, waarin zijn moeder lag; maar hij had zijn plaats aan haar voeten en dekte zich met een oude deken toe.

Met de waschvrouw ging het een weinig beter; het warme bier had haar versterkt, en de geur van het heerlijke eten had haar goedgedaan.

«Hartelijk dank!» zeide zij tegen Martha. «Ik zal je alles eens vertellen, als de kleine slaapt. Ik geloof, dat hij al in de rust is. Wat ziet hij er lief uit, zooals hij daar met gesloten oogen ligt! Hij weet niet, hoe het met zijn moeder gesteld is. God geve, dat hij dit nimmer te weten kome!—Ik diende bij de ouders van den burgemeester. Eens trof het zoo, dat de jongste der zoons, de student, te huis kwam; destijds was ik nog jong, een jolig meisje, maar eerbaar, dat mag ik voor het aangezicht Gods zeggen!» zei de waschvrouw. «De student was vroolijk en opgeruimd. Iedere droppel bloed aan hem was goed en rechtschapen; een beter mensch is er nooit op aarde geweest. Hij was zoon in huis, ik slechts meid; maar wij hadden elkander lief, doch in alle eer en deugd; een kus is toch geen zonde, als men elkaar waarlijk liefheeft. En hij zei het tegen zijn moeder, wie hij een afgodische liefde toedroeg! En hij was verstandig en liefderijk!— Hij vertrok en stak mij zijn gouden ring aan den vinger; en zoodra hij het huis uit was, riep mijn mevrouw mij binnen. Ernstig en toch liefderijk sprak zij tegen mij, alsof het God zelf was, die tegen mij sprak; zij deed mij den afstand gevoelen, die er tusschen hem en mij bestond.

««Nu let hij er slechts op, hoe aardig je er uitziet, maar je schoonheid zal vergaan! Je hebt niet zulk een opvoeding genoten als hij; je staat niet op denzelfden trap van ontwikkeling, en dat is een ongeluk. Ik acht den arme,» zeide zij, «bij God staat hij hooger aangeschreven dan menige rijke, maar hier op aarde moet men er zich voor wachten, in een verkeerd spoor te komen, als men voorwaarts rijdt; anders slaat het rijtuig omver, en je zult beiden omverslaan! Ik weet, dat een braaf man, een handwerksman, om je hand gevraagd heeft; ik bedoel Erich, den handschoenmaker; hij is weduwnaar en heeft geen kinderen, denk daar eens over na!»

«Ieder woord, dat zij sprak, sneed mij als een mes door het hart, maar de vrouw had gelijk! En dat drukte loodzwaar op mij!—Ik kuste haar hand en stortte bittere tranen, en weende nog meer, toen ik op mijn kamertje kwam en mij op mijn bed wierp. Het was een pijnlijke nacht, die er nu volgde. God weet, wat ik leed en streed. Op den daaraanvolgenden Zondag ging ik aan de tafel des Heeren, opdat het mij licht zou worden. Het was als een goddelijke beschikking: toen ik de kerk uittrad, kwam Erich mij tegen. En nu bleef er geen twijfel meer in mijn ziel over; wij pasten voor elkaar, wat rang en stand betreft, ja, hij was zelfs een welgesteld man; en ik ging dan ook naar hem toe, greep zijn hand en zei: «Heb je nog zin in mij?»—Ja, eeuwig en altijd!» zei hij.—«Wil je een meisje nemen, dat je acht en eert, maar niet liefheeft,—doch dat kan nog wel komen!»—«Dat zal wel komen!» zei hij, en daarop gaven wij elkaar de hand. Ik ging naar huis naar mijn mevrouw: den gouden ring, dien haar zoon mij gegeven had, droeg ik op mijn hart; ik kon hem overdag niet aan mijn vinger steken, maar deed dit alle avonden, voordat ik te bed ging. Ik kuste den ring, zoodat mijn lippen er van bloedden, en daarop gaf ik dien aan mijn mevrouw en zei tegen haar, dat ik in de volgende week met den handschoenmaker zou gaan trouwen. Toen omhelsde en kuste mijn mevrouw mij;—zij zeide niet, dat ik niet deugde, maar destijds was ik misschien wel beter, ofschoon ik nog niet zooveel ervaring omtrent de ellende, die er in de wereld bestaat, opgedaan had, als nu het geval is. Met Vrouwendag vierden wij de bruiloft; en in het eerste jaar ging het goed, we hadden een knecht en een leerling, en jij, Martha, diendet bij ons.»

«O, ge waart een lieve, goede huismoeder!» zei Martha, «nimmer zal ik vergeten, hoe goed gij en uw man voor mij geweest zijt!»

«Ja, dat waren destijds de goede jaren, toen je bij ons waart! Kinderen hadden we nog niet!—Den student zag ik niet meer!—Maar ja, ik zag hem toch nog eens, maar hij zag mij niet. Hij was hier bij gelegenheid van de begrafenis zijner moeder. Ik zag hem bij het graf staan; hij zag er doodsbleek uit en was diep bedroefd, maar dat was om zijn moeder; later, toen zijn vader stierf, was hij in vreemde landen en kwam niet weer hier. Hij is nooit getrouwd, dat weet ik; hij werd advocaat, geloof ik!—Mij had hij vergeten, en al had hij mij ook gezien, dan zou hij mij toch zeker niet herkend hebben, zooveel leelijker ben ik geworden. En dat is ook wel goed!»

Zij sprak over de dagen der beproeving en vertelde, hoe het ongeluk als 't ware boven haar losbarstte. «Wij bezaten,» zeide zij, «vijfhonderd daalders, en omdat er destijds in de straat een huis voor tweehonderd te koop was en het de moeite wel zou loonen, dit af te breken en een nieuw te bouwen, werd het gekocht. De metselaar en de timmerman maakten een begrooting, en het nieuwe gebouw zou duizend en twintig daalders kosten. Erich had krediet, het geld leende hij in de hoofdstad,—maar de schipper, die het zou overbrengen, leed schipbreuk, en het geld ging met hem verloren.

«Omstreeks dezen tijd bracht ik mijn lieven jongen, die daar slaapt, ter wereld. Mijn man kreeg een hevige langdurige ziekte, drie vierendeel jaars moest ik hem aan- en uitkleeden. Wij gingen gedurig meer achteruit, wij maakten schulden; alles wat wij hadden, ging verloren, en mijn man stierf eindelijk. Ik heb gewerkt, gestreden en geleden, ter wille van mijn kind; ik ben uit schoonmaken gegaan, ik heb voor de menschen gewasschen; maar ik mag het niet beter krijgen; zoo is Gods wil! Maar Hij zal mij wel tot zich nemen en ook mijn zoontje niet verlaten!»

Daarop viel zij in slaap.

Tegen den morgen voelde zij zich verkwikt en krachtig genoeg, zooals zij meende, om weer aan haar werk te gaan. Zij was weer aan het wasschen gegaan. Daar begon zij eensklaps te beven en viel in onmacht; krampachtig sloeg zij met de handen in de lucht, deed een enkelen stap en viel neer. Haar hoofd lag op het land, maar haar voeten in de rivier; haar klompen, die zij aangehouden had,—in elke daarvan zat een bosje stroo,—dreven met den stroom weg. Zoo vond Martha haar, toen zij haar koffie wilde brengen.

Ondertusschen was er iemand van den burgemeester naar haar huis gezonden met de boodschap, «dat zij eens dadelijk bij hem moest komen; want dat hij haar iets te zeggen had.» Het was te laat! Er werd een chirurgijn gehaald, om een aderlating te doen; de waschvrouw was dood.

«Zij heeft zich doodgedronken!» zei de burgemeester.

In den brief, die hem de tijding van den dood zijns broeders bracht, was de van het testament meegedeeld, en daarin stond, dat er zeshonderd daalders aan de weduwe van den handschoenmaker waren vermaakt, die vroeger bij zijn ouders gediend had. Zooals men dit het beste vond, moest het geld «bij grootere of kleinere gedeelten aan haar of aan haar kind uitbetaald worden.»

«Er heeft zoo wat een vrijage tusschen mijn broeder en haar bestaan,» zei de burgemeester. «Het is goed, dat zij maar dood is; de knaap krijgt nu alles, en ik zal hem bij brave menschen in den kost doen; er kan een flink handwerksman van hem groeien!»—En op deze woorden schonk God zijn zegen.

De burgemeester liet den knaap bij zich komen, beloofde, dat hij zich zijner zou aantrekken, en voegde er nog bij, hoe gelukkig het was, dat zijn moeder maar gestorven was: zij deugde niet.

Men bracht haar naar het kerkhof, naar het kerkhof der armen; Martha strooide zand op het graf en plantte er een klein rozeboompje op; de knaap stond naast haar.

«Mijn lieve moeder!» zei hij, terwijl de tranen hem langs de wangen biggelden. «Is het dan waar? Deugde zij niet?»

«Ja, zij deugde wel!» zei de oude meid en sloeg een blik ten hemel. «Ik weet het sedert vele jaren en sedert den laatsten nacht. Ik zeg je, dat zij wel deugde!» En God in den hemel zei het ook,—laat dan de wereld maar zeggen: «ZIJ DEUGDE NIET!»

De herderin en de schoorsteenveger.

Hebt ge wel eens een oude houten kast gezien, die heelemaal zwart van ouderdom geworden en met uitgesneden krullen en lofwerk versierd was? Zulk een stond er in zekere huiskamer: zij was van een overgrootmoeder geërfd en van boven tot beneden met uitgesneden rozen en tulpen bedckt. Daaraan had men de zonderlingste krullen, en uit deze kwamen kleine hertekoppen met horens te voorschijn. Midden op de kast stond een man uitgesneden; hij was belachelijk om aan te zien, en hij grijnsde ook, want lachen kon men het niet noemen; hij had bokspooten, kleine horens op het hoofd en een langen baard. De kinderen in de kamer noemden hem altijd den bokspoot-opper-en-onder-krijgsbevelhebber; dat was een lang woord, dat moeilijk uit te spreken was; en er zijn er niet velen, die dezen titel krijgen, maar hem uit te snijden, dat beteekende ook nog al wat. Doch nu was hij er immers! Altijd keek hij naar het tafeltje onder den spiegel, want daar stond een bekoorlijke, kleine herderin van porselein op. Haar schoenen waren verguld, haar japon was met een roode roos versierd, en verder had zij een gouden hoed en een herderstaf, zij was verwonderlijk schoon. Vlak bij haar stond een kleine schoorsteenveger, zoo zwart als roet, maar overigens ook van porselein; hij was zoo rein en fijn, als hij maar wezen kon; dat hij een schoorsteenveger was, was immers maar iets, dat hij voorstelde; de porseleinwerker had even goed een prins van hem kunnen maken, als hij dit gewild had!

Daar stond hij heel aardig met zijn ladder en met een gezicht, zoo wit en rood als dat van een meisje; dat was eigenlijk een fout, want het had toch wel wat zwart moeten zijn. Hij stond vlak bij de herderin; zij waren er beiden neergezet; en daar zij nu zoo dicht bij elkaar stonden, hadden zij zich met elkaar geëngageerd. Zij pasten immers juist bij elkander; het waren jongelieden, beiden van hetzelfde porselein en beiden even breekbaar.

Dicht bij hen stond nog een figuur; deze was driemaal zoo groot. Het was een oude Chinees, die kon knikken. Hij was ook van porselein en zeide, dat hij de grootvader der kleine herderin was; maar dat kon hij niet bewijzen. Hij beweerde, dat hij macht over haar had, en daarom had hij den bokspoot-opper-en-onder-krijgsbevelhebber, die de kleine herderin tot vrouw wilde hebben, toegeknikt.

«Dan krijg je een man,» zei de oude Chinees, «een man, die zooals ik bijna geloof, van mahoniehout is. Hij kan je tot bokspoot-opper-en-onder-krijgsbevelhebbersvrouw maken; hij heeft de heele kast vol zilvergoed, dat hij in geheime laden bewaart.»

«Ik wil de donkere kast niet in!» zei de kleine herderin. «Ik heb hooren zeggen, dat hij daarin wel elf porseleinen vrouwen heeft zitten.»

«Dan kan jij de twaalfde worden!» zei de Chinees. «In dezen nacht, zoodra het in de oude kast kraakt, moet je bruiloft houden, zoo waar als ik een Chinees ben!» En daarop knikte hij met het hoofd en viel in slaap.

Maar de kleine herderin weende en keek haar minnaar, den porseleinen schoorsteenveger, aan.

«Ik zou je wel willen verzoeken,» zeide zij, «de wijde wereld met mij in te gaan; want hier kunnen wij niet blijven!»

«Ik wil alles, wat jij wilt!» zei de kleine schoorsteenveger. «Laat ons dadelijk gaan! Ik denk wel, dat ik je door middel van mijn ambacht zal kunnen onderhouden.»

«Als wij eerst maar goed en wel van het tafeltje af waren!» antwoordde zij. «Ik word niet vroolijk, voordat wij de wijde wereld ingegaan zijn.»

En hij troostte haar en wees haar, hoe zij haar kleinen voet op de uitgesneden hoeken en het vergulde lofwerk aan den poot van het tafeltje moest neerzetten; zijn ladder nam hij ook te baat, en nu waren zij op den vloer. Maar toen zij naar de oude kast keken, heerschte daarin heel wat beweging; al de uitgesneden herten kwamen met hun koppen te voorschijn, richtten hun horens op en draaiden hun halzen om: de oude bokspoot-opper-en-onder-krijgsbevelhebber sprong hoog in de lucht en riep den ouden Chinees toe: «Daar loopen zij weg! Daar loopen zij weg!»

Nu verschrikten zij eenigszins en sprongen ijlings in het kastje van de vensterbank.

Hier lagen drie à vier spellen kaarten, die niet voltallig waren, en een klein poppentooneel, dat, zoo goed als het zich liet doen, opgebouwd was. Daarop werd komedie gespeeld, en al de dames, ruiten zoowel als harten, klaveren zoowel als schoppen, zaten op de eerste rij en verkoelden zich met haar tulpen; en achter haar stonden al de boeren en toonden, dat zij een hoofd hadden, zoowel boven als beneden, gelijk de speelkaarten dit hebben. De komedie handelde over twee personen, die elkaar niet mochten hebben, en de herderin stortte daarover tranen; want het was als haar eigen geschiedenis.

«Dat kan ik onmogelijk uithouden!» zeide zij. «Ik moet het kastje uit!»

Maar toen zij weer op den vloer kwamen en naar het tafeltje keken, was de oude Chinees wakker geworden en schudde met zijn geheele lichaam.

«Nu komt de oude Chinees!» schreeuwde de kleine herderin en viel op haar porseleinen knieën neer: zoo bedroefd was zij.

«Daar valt mij iets in!» zei de schoorsteenveger. «Willen wij in die groote vaas, die daar in den hoek staat, kruipen? Daar kunnen wij op rozen en lavendel liggen en hem zand in de oogen strooien, als hij komt.»

«Dat kan nergens toe dienen!» zeide zij. «Bovendien weet ik, dat de oude Chinees en de vaas met elkaar geëngageerd geweest zijn, en er blijft toch altijd nog eenige genegenheid bestaan, als men in zulk een betrekking tot elkaar gestaan heeft. Neen, er blijft niets anders over, dan de wijde wereld in te gaan.»

«Heb je waarlijk moed om de wijde wereld met mij in te gaan?» vroeg de schoorsteenveger. «Heb je wel bedacht, hoe groot deze is, en dat wij hier nimmer meer terug kunnen komen?»

«Dat heb ik!» zeide zij.

En de schoorsteenveger keek haar strak aan, en toen zeide hij: «Mijn weg gaat door den schoorsteen heen! Heb je werkelijk moed, met mij door de kachel, zoowel door de ijzeren kolom als door de pijp te kruipen? Dan komen wij in den schoorsteen, en daarin weet ik mij wel te bewegen! Wij klimmen zoo hoog, dat zij ons niet kunnen bereiken, en heel bovenaan komt men door een gat in de wijde wereld.»

En hij bracht haar naar het kacheldeurtje toe.

«Wat ziet het daar zwart uit!» zeide zij; maar ze ging toch met hem mee, zoowel door de kolom als door de pijp, waarin een stikdonkere nacht heerschte.

«Nu zijn wij in den schoorsteen!» zeide hij. «En zie! daarboven fonkelt de heerlijkste ster!»

En het was een werkelijke ster aan den hemel, die vlak op hen neer scheen, alsof zij hun den weg wilde wijzen. En zij klauterden en kropen; een ellendige weg was het, oneindig hoog; maar hij tilde haar op en hielp haar; hij hield haar vast en wees haar de beste plaatsen, waar zij haar kleine porseleinen voeten kon neerzetten; en zoo bereikten zij den schoorsteenrand, en daarop zetten zij zich neer; want zij waren geducht vermoeid; en dat was niet anders dan natuurlijk.

De hemel met al zijn sterren was hoog boven en al de daken der stad diep beneden hen. Zij zagen ver in de rondte, ver de wijde wereld in. De arme herderin had het zich nooit zoo voorgesteld; zij leunde met haar hoofd tegen haar schoorsteenveger aan, en toen weende zij zoo geducht, dat het goud van haar gordel afsprong.

«Dat is te veel!» zeide zij. «Dat kan ik niet verdragen! De wereld is al te groot! Was ik maar weer op het tafeltje onder den spiegel! Ik word nooit vroolijk, voordat ik daar weer ben! Nu ben ik je in de wereld gevolgd, nu kan je mij ook weer terugbrengen, als je mij werkelijk liefhebt.»

En de schoorsteenveger sprak verstandig met haar, sprak over den ouden Chinees en over den bokspoot-opper-en-onder-krijgsbevelhebber; maar zij snikte geweldig en kuste haar kleinen schoorsteenveger, zoodat hij wel niet anders kon, dan zich naar haar te schikken, ofschoon het dwaas was.

En zoo klauterden zij met vele bezwaren door den schoorsteen weer naar beneden en kropen door de pijp en de kolom. Toen stonden zij in de donkere kachel. Nu luisterden zij achter het deurtje, om te weten te komen, hoe het in de kamer gesteld was. Daar was het stil; zij keken naar binnen,—ach! daar lag de oude Chinees midden op den vloer. Hij was van het tafeltje naar beneden gevallen, toen hij hen achterna wilde, en lag nu in drie stukken op den grond: zijn geheele rug was er in één stuk afgegaan en zijn hoofd was in een hoek gerold. De bokspoot-opper-en-onder-krijgsbevelhebber stond, waar hij gestaan had, en dacht na.

«Dat is verschrikkelijk!» zei de kleine herderin. «Mijn oude grootvader is aan stukken gesprongen, en dat is onze schuld! Dat zal ik niet overleven!» En daarop wrong zij haar kleine handen.

«Hij kan nog wel gemaakt worden!» zei de schoorsteenveger; «hij kan nog wel gemaakt worden!—Maak maar niet zoo'n geweld! Als ze hem in den rug lijmen en hem een goeden spijker in den hals geven, dan zal hij zoo goed als nieuw zijn en kan ons nog heel wat onaangenaams zeggen.»

«Zou je dat denken?» zeide zij. En toen kropen zij weer op het tafeltje, waarop zij vroeger gestaan hadden.

«Zie, nu zijn wij zoo ver geweest!» zei de schoorsteenveger. «Wij hadden ons al die moeite wel kunnen besparen.»

«Als wij mijn ouden grootvader eerst maar weer heel hadden!» zei de herderin. «Zou dat erg duur zijn?»

En gemaakt werd hij. De familie liet hem in den rug lijmen; hij kreeg een goeden spijker door zijn hals; hij was zoo goed als nieuw; maar knikken kon hij niet meer.

«Je bent zeker hoogmoedig geworden, sedert je in stukken gesprongen bent,» zei de bokspoot-opper-en-onder-krijgsbevelhebber. «Mij dunkt, dat je volstrekt geen reden hadt, om zulk een gevaarlijken sprong te doen. Mag ik haar hebben of mag ik haar niet hebben?»

En de schoorsteenveger en de kleine herderin keken den ouden Chinees in angstige spanning aan; zij vreesden, dat hij zou knikken. Maar dat kon hij niet; en het kwam hem verschrikkelijk voor, aan een vreemde te vertellen, dat hij een spijker in zijn hals had zitten. En zoo bleven de porseleinen schoorsteenveger en de porseleinen herderin bij elkaar, en zij zegenden den spijker in den hals van den grootvader en hadden elkander lief, totdat zij in stukken braken.

De flesschehals.

In de nauwe, kromme straat tusschen andere huizen der armoede stond een bijzonder smal en hoog houten huis, waaraan de tijd zulke parten gespeeld had, dat bijna al de planken uit de voegen geweken waren. Het huis werd door arme lieden bewoond, en het armoedigst zag het er wel op het zolderkamertje uit, waar voor het eenige kleine raampje een oude vogelkooi in den zonneschijn hing, waarin niet eens een waterglaasje zat, maar slechts een omgekeerde, met water gevulde flesschehals met een kurk er op. Een oude juffrouw stond voor het raampje; zij had groene murik in de kooi gedaan, en een kleine vlasvink huppelde van het eene stokje op het andere heen en weer en zong en kwinkeleerde, dat het een lust was om te hooren.

«Ja, jij hebt goed zingen!» zei de flesschehals,—hij sprak dit wel niet op de wijze uit, zooals wij het kunnen doen; want spreken kan een flesschehals niet, maar hij dacht het zoo bij zich zelf, zonder zijn gedachten onder woorden te brengen, evenals wij menschen dit ook wel eens doen; «ja, jij hebt goed zingen, jij, die al je ledematen nog hebt. Je moest eens ondervinden, wat het zeggen wil, zijn ondergedeelte verloren, slechts een hals en een mond en bovendien een kurk daarin te hebben, zooals met mij het geval is, dan zou je zeker niet zoo zingen. Maar het is goed, dat er tochnog iemand is, die vergenoegd kan zijn! Ik heb geen reden om te zingen, en ik kan ook niet meer zingen. Ja, toen ik nog een heele flesch was, deed ik dit wel, als men mij met de kurk wreef: men noemde mij destijds de echte leeuwerik, de groote leeuwerik!—toen ik met de familie van den bontwerker op een buitenpartij was, en de dochter haar verlovingsfeest vierde,—ja, dat weet ik nog zoo goed, alsof het gisteren eerst gebeurd was! Ik heb veel beleefd, als ik dat zoo eens naga! Ik ben in het vuur en in het water, ik ben diep in de zwarte aarde en hooger in de lucht geweest, dan de meeste anderen, en nu zweef ik hier aan den buitenkant der vogelkooi in lucht en zonneschijn. O, het zou de moeite wel waard zijn, mijn geschiedenis te hooren; maar ik spreek daarover niet overluid, omdat ik het niet kan!»

En nu vertelde de flesschehals zijn geschiedenis, die merkwaardig genoeg was; hij vertelde haar zoo in zich zelf of dacht er over na; en de vogel zong vergenoegd zijn lied, en beneden op de straat was een gerij en geloop; iedereen dacht aan het zijne of dacht aan niets,—maar de flesschehals dacht. Hij dacht aan den vlammenden smeltoven in de fabriek, waar hij in het leven geblazen was; hij herinnerde zich nog, dat hij warm geweest was, dat hij in den blakerenden oven, waaruit hij zijn oorsprong had genomen, gekeken had en wel lust zou gehad hebben, om er dadelijk weer in te springen, maar dat hij zich daar van lieverlede, toen hij gedurig koeler werd, heel goed op zijn gemak gevoeld had, waar hij gekomen was. Hij had in het gelid gestaan met een geheel regiment broeders en zusters, die alle uit denzelfden oven gekomen waren, waarvan enkele als Champagneflesschen en andere als bierflesschen geblazen waren, en dat maakt een onderscheid! Later, buiten in de wereld, kan het wel eens gebeuren, dat een bierflesch de kostelijkste *Lacrymae Christi* bevat en een Champagneflesch met schoensmeer gevuld wordt, maar aan het model is het toch altijd te zien, waartoe men geboren is,—adel blijft adel, al heeft men ook schoensmeer in zijn lijf.

Al de flesschen werden ingepakt en onze flesch ook. Toen ter tijd dacht zij er niet aan, dat zij haar loopbaan als flesschehals zou eindigen en zich tot den rang van vogelglaasje verheffen, hetgeen toch altijd een eervolle taak is,—omdat men alsdan toch iets is! De flesch zag het daglicht eerst weer, toen zij met haar overige kameraden in den kelder van den wijnkooper uitgepakt en voor de eerste maal uitgespoeld werd,— dat was een wonderlijk gevoel. Daar lag zij nu ledig en zonder kurk! Het was haar zonderling te moede, er ontbrak haar iets, maar zij wist zelfs niet, wat dit was.— Eindelijk werd zij met goeden, heerlijken wijn gevuld, kreeg ook een kurk en werd dichtgeplakt: «Prima Qualiteit» werd er op haar geplakt; het was haar, alsof zij den eersten prijs bij het examen behaald had, maar de wijn was dan ook goed, en de flesch was goed. Als men jong is, is men dichter! Het zong en klonk in haar van dingen, die zij volstrekt niet kende: van de groene, zonnige bergen, waar de wijn groeit, waar vroolijke wijngaardeniers en wijngaardeniersters zingen en koozen en elkander kussen;—wel is het leven schoon! Van dit alles zong en klonk het in de flesch, evenals in de jonge dichters, die ook wel eens niet begrijpen, waarvan het in hen klinkt.

Op zekeren morgen werd zij gekocht;—de bontwerkersleerling moest een flesch van den besten wijn gaan halen. En nu werd zij in de etensmand naast ham, kaas en worst gestoken; de fijnste boter, het fijnste brood werd ook er in gedaan; de bontwerkersdochter pakte de mand zelf in, haar bruine oogen fonkelden daarbij, en om haar lippen speelde een glimlachje. Zij had fijne, blanke handen, en toch waren haar hals en haar boezem nog veel blanker, men kon het haar dadelijk wel aanzien, dat zij een der mooiste meisjes uit de stad was—en toch nog niet geëngageerd!

De etensmand stond op den schoot van het meisje, toen de familie naar het bosch reed; de flesschehals kwam tusschen de slippen van het witte servet te voorschijn kijken; op de kurk zat rood lak; de flesch keek het meisje vlak in 't gezicht; zij keek den jongen zeeman aan, die naast het meisje zat; deze was een vriend uit haar jeugd, de zoon van een portretschilder. Nog maar kort geleden had hij het examen als stuurman met goeden uitslag afgelegd, en den volgenden dag zou hij met een schip vertrekken, ver weg naar verre landen. Hierover was onder het inpakken der mand veel gesproken, en toen sprak juist de vroolijkheid niet uit de oogen en van de lippen der schoone bontwerkersdochter.

De jongelieden deden een wandeling in het groene bosch, zij spraken met elkander. En wat spraken zij? Ja, dat hoorde de flesch niet; want zij stond immers in de etensmand. Het duurde een geruimen tijd, voordat zij er uitgehaald werd, maar toen dit eindelijk gebeurde, waren er ook vroolijke dingen voorgevallen; allen lachten, ook de dochter van den bontwerker lachte, maar zij sprak minder dan te voren, en haar wangen gloeiden als twee roode rozen.

De vader van het meisje nam de volle flesch en den kurketrekker in handen.—O, het is zonderling, zoo voor de eerste maal opengetrokken te worden! De flesschehals had dit plechtige oogenblik later nooit kunnen vergeten; het had immers «flap!» in zijn binnenste gezegd, toen de kurk er afvloog, en hoe klokte het, toen de wijn in de glazen geschonken werd!

«Op de gezondheid van het jonge paar!» zei de oude vader, en ieder glas werd tot op den bodem leeggedronken, en de jonge zeeman kuste zijn aanstaande.

«Geluk en zegen!» zeiden de beide oudelui, vader en moeder, en de jonkman schonk de glazen nog eens vol. «Op je gelukkige thuiskomst en op de bruiloft vandaag over een jaar!» voegde de vader er bij, en toen de glazen leeggedronken waren, nam de jonge zeeman de flesch, hief haar omhoog en zei: «Je bent er op den schoonsten dag van mijn leven bij geweest, je zult nimmer meer een ander dienen!»

En hij slingerde haar hoog in de lucht. De bontwerkersdochter dacht er destijds niet aan, dat zij de flesch nog meermalen weer zou zien vliegen, en toch zou dit het geval zijn.—Zij viel juist in het dichte riet aan den oever van een klein meertje in het bosch neer,—de flesschehals herinnerde zich nog levendig, hoe hij daar een tijdlang gelegen had. «Ik gaf hun wijn en ze gaven mij water,—maar zoo is het ook goed!» Hij zag de verloofden en de vergenoegde ouders niet meer; maar hij hoorde nog lang, hoe zij juichten en zongen. Toen kwamen er eindelijk twee boerenjongens; zij keken tusschen het riet, zagen de flesch en namen haar mee; nu was zij goed bezorgd.

In het huis van den boschwachter was den vorigen dag de oudste broeder van deze jongens, een zeeman, gekomen, om afscheid te nemen. Hij zou een verre reis doen; zijn moeder was juist bezig, het een en ander in te pakken, dat hij op reis moest meenemen, en dat zijn vader 's avonds naar de stad zou brengen, om zijn zoon nog eenmaal te zien en hem den laatsten groet van zijn moeder over te brengen. Een fleschje met maagbitter was reeds ingepakt, en er was een pakje bijgelegd, toen de beide jongens met een grooter, steviger flesch, die zij gevonden hadden, de kamer binnentraden. In deze ging meer dan in het kleine fleschje, en het bitter was zoo goed, als de maag van streek was. Men schonk nu niet evenals vroeger, rooden wijn in de flesch; het waren bittere droppels, maar ook die zijn goed—voor de maag. De nieuwe groote en niet de kleine flesch zou mee; en zoo ging de flesch weer op reis. Zij kwam aan boord bij Peter Jensen, en wel aan boord van hetzelfde schip, waarmee de jonge stuurman zou vertrekken. Maar hij zag de flesch niet, en hij zou haar ook niet herkend of zelfs gedacht hebben: dat is dezelfde, waarmee wij onze verloving gevierd en al een dronk op de behouden terugkomst uitgebracht hebben.

Wel leverde zij nu geen wijn meer, maar zij bevatte toch iets in haar binnenste, dat even goed was; zij werd ook altijd, wanneer Peter Jensen haar te voorschijn kreeg, door zijn kameraden «de apotheker» genoemd; zij leverde de beste medicijn, daar zij de maag weer in orde bracht, en zij verleende haar hulp trouw, zoolang zij een droppel in zich had. Dat was een prettige tijd, en de flesch zong, als men er met de kurk overheen streek, zij heette de groote leeuwerik, «Peter Jensens leeuwerik.»

Verscheidene dagen en maanden verliepen er, zij stond reeds ledig in een hoek; nu gebeurde het,—of het op de heenreis dan wel op de terugreis was, wist de flesch niet precies op te geven, want zij was in 't geheel niet aan land geweest,—dat er een hevige storm opstak; hooge golven slingerden het schip her- en derwaarts. De groote mast brak; een golf sloeg een der planken in; de pompen brachten geen hulp meer, het was een stikdonkere nacht; het schip zonk,—maar op het laatste oogenblik schreef de jonge stuurman nog op een stukje papier: «In Christus' naam! Wij vergaan!» Hij schreef er den naam van zijn meisje, van zich zelf en van het schip op, stopte het papiertje in een leege flesch, die hem maar 't eerst in handen kwam, deed er de kurk stevig op en wierp de flesch in de onstuimige zee. Hij wist niet, dat het dezelfde flesch was, waaruit hem en haar eenmaal de beker der vreugde en der hoop gevuld was;—zij wiegelt zich nu op de golven met een groet en een doodstijding.

Het schip zonk, de bemanning verging; de flesch vloog voort als een vogel,—zij droeg immers een hart, een minnebrief in zich! En de zon ging op en zij ging onder,—het was aan de flesch te moede als ten tijde van haar ontstaan in den rooden gloeienden oven; zij gevoelde een verlangen, er weder in te vliegen.

Zij doorleefde een windstilte en ook nieuwe stormen; zij stiet echter tegen geen klip aan, werd door geen haai verzwolgen en dreef jaren en dagen rond, nu eens naar het Noorden, dan weer naar het Zuiden, al naar gelang de golven haar voortstuwden. Zij was overigens haar eigen heer en meester, maar daar kan men toch ook eindelijk wel eens genoeg van krijgen.

Het beschreven papiertje, het laatst vaarwel van den minnaar aan de geliefde, zou slechts rouw aanbrengen, wanneer het eenmaal in de rechte handen kwam; maar waar waren die handen, zoo blank en zacht, die indertijd op den dag der verloving den zakdoek op het frissche gras in het groene bosch uitspreidden?—Waar was de dochter van den bontwerker? Ja, waar was het land, waarin zij woonde, en welk land was wel het dichtst in de nabijheid? De flesch wist het niet; zij dreef en dreef en werd eindelijk ook het ronddrijven moede, omdat dit toch haar roeping niet was; maar zij dreef toch rond, totdat zij eindelijk land, vreemd land bereikte. Zij verstond geen woord van datgene, wat er hier gesproken werd; het was de taal niet, die zij vroeger had hooren spreken, en men mist veel, als men de taal niet verstaat.

De flesch werd opgevischt en van alle kanten bekeken; het papiertje, dat er in zat, werd gezien, er uitgenomen, gedraaid en gekeerd, maar de menschen verstonden niet, wat daar geschreven stond. Wel begrepen zij, dat de flesch over boord geworpen moest zijn, en dat er hiervan iets op het papiertje moest staan; maar wat stond er op geschreven? Dat was het wonderbare! En het briefje werd weer in de flesch gestoken en deze in een groote kast, in een groote kamer, in een groot huis neergezet.

Telkens als er vreemdelingen kwamen, werd het briefje er uit genomen, gewend en gedraaid, zoodat de letters, die slechts met potlood geschreven waren, allengs minder leesbaar werden; eindelijk kon niemand meer zien, dat het letters waren.—En nog een geheel jaar bleef de flesch in de kast staan, toen zette men haar op den grond neer, en stof en spinnewebben bedekten haar nu. Hoe dacht zij nu terug aan betere dagen, aan de tijden, toen zij in het frissche, groene bosch den rooden wijn verschaft had, toen zij op de golven der zee heen en weer schommelde, en een geheim, een brief, een afscheidszucht in zich had bevat.

Wel twintig jaren stond zij op den grond; zij zou daar nog langer hebben kunnen staan, als het huis niet verbouwd had moeten worden. Het dak werd er afgenomen, men zag de flesch staan en sprak over haar, maar zij verstond de taal niet; die leert men niet daardoor, dat men op den grond staat, zelfs in geen twintig jaren. «Als ik maar in de kamer gebleven was,» dacht zij, «dan zou ik haar toch wel geleerd hebben.»

Zij werd nu afgewasschen en uitgespoeld; dat was niet onnoodig; zij gevoelde zich helder en doorzichtig, zij was weer verjongd op haar ouden dag; maar het briefje, dat zij trouw in zich gedragen had,—dat was met het spoelen weggeraakt.

Men vulde de flesch met zaden, zij wist niet, wat dat eigenlijk was; men deed er een kurk op en pakte haar goed in; zij kreeg noch lamp noch lantaarn, laat staan dan zon en maan te zien, en iets moet men toch zien, als men op reis gaat, meende zij; maar zij zag niets, doch het gewichtigste deed zij,—zij reisde en kwam op de plaats harer bestemming aan en werd daar uitgepakt.

«Wat hebben ze zich daar in het buitenland een moeite met die flesch gegeven!» hoorde zij zeggen. «Zij zal toch wel gebroken zijn!»—Maar zij was niet gebroken. De flesch verstond ieder woord, dat er gesproken werd; het was de taal, die zij bij den smeltoven en bij den wijnkooper en in het bosch en op het schip gehoord had, de eenige, goede, oude taal, die zij kon verstaan; zij was in haar vaderland teruggekomen, en de taal was haar een welkomstgroet. Van blijdschap zou zij den menschen uit de handen gesprongen zijn; zij merkte het nauwelijks, dat men de kurk van haar aftrok, dat zij uitgestort en in den kelder gebracht werd, om daar neergezet en vergeten te worden. In het vaderland is het toch maar het beste, zij het ook in den kelder! Het kwam niet bij haar op, er over na te denken, hoe lang zij daar wel lag; zij lag er goed en zij lag er jaren lang; eindelijk kwamen er menschen die al de flesschen uit den kelder en ook de onze weghaalden.

Buiten in den tuin was een groot feest; brandende lampions en papieren lantarens hingen daar als bloemslingers. Het was een prachtige avond, het weer stil en helder; de sterren fonkelden, en het was nieuwe maan, eigenlijk zag men, als men goed toekeek, de heele ronde maan als een blauwachtigen bol, wat heel mooi leek.

Zelfs tot in de afgelegenste laantjes van den tuin strekte de illuminatie zich uit, althans in zooverre, dat men bij haar schijnsel daar den weg wel kon vinden. In de takken der heggen stonden flesschen, en in elke daarvan een brandende kaars. Hier bevond zich ook de flesch, die wij kennen, die, welke eenmaal als flesschehals, als vogelglaasje aan haar eind zou komen; het kwam haar hier alles prachtig voor, zij was immers weer in het groen, weer te midden van vreugde en feestelijkheden, zij hoorde gezang en muziek en krioelen van al die menschen door elkaar, vooral uit dat gedeelte van den tuin, waar de lampions hingen en de papieren lantarens haar kleurenpracht ten toon spreidden. Zoo stond zij wel is waar in een afgelegen laantje, maar juist dat had iets aangenaams; zij droeg haar licht en stond hier tot nut en genoegen, en zoo moet het wezen; in zulk een uur vergeet men twintig jaren, die men in een vergeten hoek heeft doorgebracht,—en het is goed, deze te vergeten.

Dicht langs haar heen liep een enkel paar, evenals indertijd het minnende paar in het bosch, evenals de stuurman en de bontwerkersdochter; het was de flesch te moede, alsof zij dat alles nog eens doorleefde! In den tuin liepen niet alleen de gasten maar ook menschen, die eens naar de illuminatie mochten kijken, en onder de laatstgenoemden bevond zich een oude juffrouw, die alleen op de wereld stond en geen bloedverwanten had. Zij dacht hetzelfde als de flesch, en dacht aan het groene bosch en aan een minnend paar, dat haar zeer na aan het hart lag, waaraan zij deel had, ja, waarvan zij een gedeelte was,—indertijd in het gelukkigste uur van haar leven, en dat uur vergeet men nimmer, al wordt men nog zoo oud.—Maar zij kende de flesch niet, en deze bemerkte ook de oude juffrouw niet; zoo loopt men elkaar in deze wereld voorbij,— totdat men weer met elkaar in aanraking komt, en dat gebeurde met deze twee, want zij waren nu immers beiden weer in dezelfde stad.

De flesch kwam uit den tuin nog eens bij den wijnkooper, werd weer met wijn gevuld en aan den luchtreiziger verkocht, die den volgenden Zondag met een luchtballon zou opstijgen.—Een groote menigte menschen had zich verzameld, om dat eens te zien; er was een militair muziekkorps geëngageerd, en er waren vele andere toebereidselen gemaakt. De flesch zag alles van uit een mand, waarin zij naast een levend konijntje lag, dat heelemaal verbluft was, omdat het wel wist, dat het mee naar boven moest, om dan door middel van een valscherm weer naar beneden gelaten te worden; de flesch wist echter niets, noch van het opstijgen, noch van het neerdalen; zij zag slechts, dat de ballon zich geducht opblies, gedurig grooter werd en zich, toen hij niet grooter kon worden, al begon te verheffen; de touwen, waarmee hij werd vastgehouden, werden doorgesneden, en hij zweefde met den luchtreiziger, de mand, de flesch en het konijntje naar boven, terwijl de muziek zich deed hooren en alle menschen hoera riepen.

«Dat is een wonderlijke reis, zoo de lucht in!» dacht de flesch, «dat is een nieuwe zeiltocht; maar hier boven zal men toch nergens tegen aan kunnen stooten.»

Duizenden menschen keken den ballon na, en de oude juffrouw keek er ook naar; zij stond voor het open raam van haar zolderkamertje, waaronder het kooitje met den kleinen vlasvink hing, dat destijds nog geen drinkglaasje had, maar zich met een theekopje moest vergenoegen. Voor het raam zelf stond een mirt in een pot, en dezen had zij een weinig op zij geschoven, opdat hij niet zou omvallen, want de oude juffrouw ging uit het raam liggen om het ook te zien, zij zag ook duidelijk den luchtreiziger in den ballon, en dat hij het konijntje met het valscherm naar beneden liet zakken, toen op het welzijn van alle menschen dronk en eindelijk de flesch hoog in de lucht slingerde;—zij dacht er niet aan, dat zij dezelfde flesch, haar en haar minnaar ter eere, op den dag der verloving in het groene bosch had zien vliegen.

De flesch had geen tijd om na te denken; want het kwam haar al te onverwacht, zoo plotseling op het toppunt haars levens te zijn. Torens en daken lagen diep, zeer diep beneden haar, en de menschen zagen er heel klein uit.

Nu daalde zij echter, maar op een geheel andere wijze dan het konijntje; de flesch maakte buitelingen in de lucht, zij voelde zich zoo jeugdig, zonder eenige band; zij was nog half vol wijn, maar dat bleef zij niet lang. Welk een reis! De zon bescheen de flesch, alle menschen keken haar na, de ballon was reeds ver weg, en al spoedig daarop was ook de flesch weg, zij viel op een der daken neer en daardoor brak zij, maar de stukken hadden nog zulk een vaart, dat zij niet konden blijven liggen; zij sprongen en rolden verder, totdat zij op de plaats neerkwamen en daar in nog kleinere stukken bleven liggen; alleen de flesschehals bleef heel, en deze was als met een diamant van de flesch afgesneden.

«Die zou prachtig voor een vogelglaasje zijn!» zeiden de menschen in het benedenhuis, maar zij hadden noch een vogeltje, noch een kooitje, en zich deze aan te schaffen, omdat zij nu den flesschehals hadden, die voor drinkglaasje te gebruiken was, was toch wel wat veel gevergd,—maar de oude juffrouw op het zolderkamertje, ja, die kon er misschien wel gebruik van maken,—en nu kwam de flesschehals bij haar boven, er werd een kurk ingestopt, en wat vroeger boven was, werd nu naar onderen gekeerd, zooals het heel dikwijls bij veranderingen gebeurt; er werd frisch water in gedaan, men hing hem aan het kooitje van het vogeltje op, dat zong en kwinkeleerde, dat het een lust was om te hooren.

«Ja, jij hebt goed zingen!» zei de flesschehals, en die was immers merkwaardig genoeg, die was immers in den ballon geweest,—meer wist men van zijn geschiedenis niet af. Nu hing hij daar als drinkglaasje, hoorde de menschen beneden op de straat mompelen, hoorde de woorden van de oude juffrouw binnen in de kamer; zij had bezoek van een oude vriendin gekregen; zij praatten met elkaar,—maar niet over den flesschehals, maar over den mirt, die voor het raam stond.

«Neen, je moet waarlijk geen daalder uitgeven voor een bruidskrans voor je dochter,» zei de oude juffrouw. «Je zult van mij een allerliefst ruikertje hebben! Zie je wel, hoe prachtig het boompje staat? Ja, dat is nog afkomstig van een stekje van den mirt, dien je mij op den dag na mijn verloving gaaft, waarvan ik mij zelf, als het jaar om was, een bruidskrans had moeten vlechten,—maar die dag kwam nooit! De oogen sloten zich, die mij in dit leven tot vreugde en ten zegen hadden moeten tegenstralen. Op den bodem der zee sluimert hij zacht, die trouwe vriend!—De mirt werd een oude boom, maar ik werd nog ouder, en toen de boom eindelijk begon weg te kwijnen, nam ik het laatste groene takje, stak dit in de aarde, en daarvan is nu een boompje gegroeid, en de mirt komt nu eindelijk toch nog op de bruiloft,—als bruidskrans voor je dochter.»

En tranen parelden er in de oogen van de oude juffrouw; zij sprak over den vriend van haar jeugd, over het verlovingsfeest in het bosch; allerlei gedachten kwamen er bij haar op, maar daaraan dacht zij toch niet, dat er zich vlak in haar nabijheid, voor het raam, nog een aandenken aan dien tijd bevond; de hals van de flesch, die een luiden knal gaf, toen de kurk er afvloog. Maar de flesschehals herkende ook haar niet meer, want hij hoorde niet naar datgene, wat zij sprak en vertelde,—omdat hij slechts aan haar dacht.

Het minnende paar.

Een drijftol en een bal lagen samen in een kast onder meer ander speelgoed. Op zekeren dag zei de drijftol tegen debal: «Willen we maar met elkaar trouwen, daar we toch in dezelfde kast bij elkaar liggen?» Doch de bal, die van marokijn gemaakt was en die even veel verbeelding had als een preutsch meisje, wilde daar geen antwoord op geven.

Den volgenden dag kwam de kleine jongen, aan wien al het speelgoed toebehoorde. Hij verfde den drijftol rood en geel en sloeg er een koperen spijkertje midden in. Dat stond dan al eens heel prachtig, als de tol in de rondte draaide!

«Kijk mij nu eens aan!» zei hij tegen de bal. «Wat zeg je nu wel van me? Willen we nu met elkaar trouwen? We passen net goed bij elkaar: jij springt en ik dans! Een gelukkiger paar dan wij zouden zijn, kan er niet gevonden worden.»

«Zou je dat denken?» vroeg de bal. «Dan weet je zeker niet, dat mijn vader en moeder marokijnleeren pantoffels geweest zijn en dat ik een kurk in mijn lijf heb zitten?»

«Maar ik ben van mahoniehout,» hernam de tol, «en de burgemeester heeft mij zelf gedraaid. Hij houdt er zelf een draaibank op na en heeft heel wat schik in mij gehad.»

«Kan ik daar zeker van zijn?» vroeg de bal.

«Nimmer moge de zweep meer op mij neerkomen, als het niet waar is!» antwoordde de drijftol.

«Je weet je zaak goed te bepleiten,» zei de bal. «Maar toch valt er niet aan een huwelijk tusschen ons te denken; want ik ben al zoo wat half en half met een spreeuw geëngageerd. Telkens als ik in de lucht vlieg, steekt hij den kop uit zijn nest en vraagt: «Wil je met mij trouwen?» En nu heb ik in mijn hart al «ja» gezegd, en dus is het net zoo goed, alsof ik hem het jawoord gegeven had; maar ik beloof je, dat ik je nooit zal vergeten!»

«Nu, dat geeft me ook wat!» zei de drijftol, en na dien tijd spraken zij geen woord meer tegen elkaar.

Na verloop van eenigen tijd werd de bal door den jongen uit de kast genomen. De drijftol zag, hoe zij hoog in de lucht vloog, evenals een vogel; eindelijk kon hij haar in 't geheel niet meer zien; telkens kwam zij weer terug, maar deed iederen keer een hoogen sprong, als zij op den grond neerkwam, en dit deed zij òf uit blijdschap òf omdat zij een kurk in haar lijf had. Maar den negenden keer bleef de bal weg en kwam niet meer terug; en de jongen zocht er overal naar, maar zij was en bleef weg.

«Ik weet wel, waar zij is!» zei de drijftol met een zucht. «Zij zit in het spreeuwennest en is met den spreeuw getrouwd.»

Hoe meer de drijftol hierover dacht, des te meer raakte hij op de bal verliefd; juist omdat hij haar niet kon krijgen, nam zijn liefde gedurig toe; dat zij een ander tot man genomen had, stak hem wel het meest, en de drijftol danste in de rondte en snorde, maar dacht toch aldoor aan de bal, die in zijn gedachten al mooier en mooier werd.

Zoo verliepen er eenige jaren,—en nu was het een oude liefde.

De drijftol was al niet jong meer! Maar daar werd hij op zekeren dag heelemaal verguld; nog nooit had hij er zoo prachtig uitgezien; hij was nu een vergulde drijftol en sprong, dat hij weer snorde. Ja, dat was de moeite waard, om te zien.

Maar eens sprong hij wat hoog, en—weg was hij!

Men zocht en zocht, tot zelfs in den kelder, maar hij was nergens te vinden.

Waar was hij dan?

Hij was in den vuilnisbak gesprongen, waarin allerlei dingen lagen: koolstronken, aardappelschillen en verrotte bladeren, die uit de goot naar beneden gekomen waren.

«'t Is een mooie plaats, voor mij om te liggen! Het verguldsel zal hier wel gauw van mij afgaan. Ach, onder welk gespuis ben ik aangeland!» Dit zeggende, keek hij naar een koolstronk en toen naar een zonderling, rond ding, dat veel van een rotten appel weghad;—doch het was geen appel, maar de oude bal, die vele jaren in de goot gelegen had en geheel met water doortrokken was.

«Goddank! Daar komt toch iemand, die in rang en stand met mij gelijkstaat en met wien ik eens een woordje kan wisselen!» zei de bal en keek naar den vergulden drijftol. «Ik ben eigenlijk van marokijnleer, ik ben door dameshanden genaaid en heb een kurk in mijn lijf: maar dat zal niemand mij zeker kunnen aanzien. Ik stond op het punt om met een spreeuw te trouwen, maar toen viel ik in de goot, en daarin heb ik vijf jaren gelegen en ben heelemaal met water doortrokken. Geloof mij, dat is een heele tijd voor een jong meisje!»

Maar de drijftol zei niets: hij dacht aan zijn oud lief, en hoe meer hij hoorde, des te duidelijker werd het hem, dat zij het was.

Daar kwam de meid om den vuilnisbak te leegen. De jongen stond er naar te kijken. «Hé! Daar ligt een vergulde tol!» riep zij uit.

En de drijftol kwam weer tot eer en aanzien, maar van de bal hoorde men niets meer. En de drijftol sprak nooit meer over zijn vroegere liefde; want die vergaat wel, als een minnares vijf jaren lang in een goot gelegen heeft en heelemaal met water doortrokken is; ja, men erkent haar niet meer, als men haar in een vuilnisbak ziet liggen.

Daar een drijftol en een bal hier te lande beide tot het mannelijke geslacht behooren en dus niet met elkaar kunnen trouwen, is de bal in dit sprookje van een heer in een dame gemetamorphoseerd.

De prinses op de erwt.

Er was eens een prins, die met een prinses wilde trouwen; maar het moest een echte prinses zijn. Nu reisde hij de heele wereld rond, om zoo eene te vinden, maar aan allen, die hij zag, ontbrak wat. Prinsessen waren er genoeg; maar of het echte prinsessen waren, kon hij niet te weten komen. Altijd was er iets, dat niet geheel in den haak was. Zoo kwam hij dan weer thuis en was treurig, want hij wilde toch zoo heel graag een echte prinses hebben.

Op zekeren avond kwam er een geducht onweer opzetten; het lichtte en donderde, de regen viel bij stroomen neer, het was een verschrikkelijk weer! Daar werd er op de stadspoort geklopt, en de oude koning ging er heen, om haar open te doen.

Het was een prinses, die buiten voor de poort stond. Maar lieve hemel! Wat zag zij er van den regen en van het verschrikkelijke weer uit! Het water droop haar uit het haar en de kleeren; het liep er bij de neuzen van haar schoenen in en bij de hakken weer uit. En toch zeide zij, dat zij een echte prinses was.

«Nu, dat zullen we wel eens te weten komen!» dacht de oude koningin. Maar zij zeide niets, ging naar de slaapkamer, lichtte alle bedden op en legde een erwt op de onderlagen van het ledekant neer; daarop nam zij twintig matrassen en legde deze op de erwt, en toen nog twintig donzen bedden op de matrassen.

Daar moest de prinses nu den heelen nacht op liggen. Den volgenden morgen vroeg men haar, hoe zij geslapen had.

«Verschrikkelijk slecht!» zei de prinses. «Ik heb bijna den heelen nacht geen oog dichtgedaan! De hemel mag weten, wat er in het bed geweest is! Ik heb op iets hards gelegen, zoodat ik er over mijn heele lijf bont en blauw uitzie! 't Is verschrikkelijk!»

Nu merkten zij, dat zij een echte prinses was, omdat zij door de twintig matrassen en de twintig donzen bedden heen de erwt gevoeld had. Zoo fijngevoelig kon niemand anders zijn dan een echte prinses.

Nu nam de prins haar tot vrouw; want nu wist hij, dat hij een echte prinses bezat, en de erwt kwam in het kabinet van zeldzaamheden, waarin zij nog te zien is, als niemand haar ten minste gestolen heeft.

Zie, dat is een ware geschiedenis!

Ole Luk-Oie.

Er is niemand op de wereld, die zooveel sprookjes kent, als Ole Luk-Oie.—Die heeft eerst slag van vertellen!

Tegen den avond, als de kinderen nog aan tafel of op hun stoeltje zitten, komt Ole Luk-Oie. Hij klimt zachtjes de trap op, want hij loopt op kousen: hij doet de deur heel zachtjes open en fuut! daar spuit hij de kinderen zoete melk in de oogen, en wel met een heel fijn straaltje, maar toch altijd genoeg, om te maken, dat zij de oogen niet kunnen openhouden en hem dus ook niet zien. Hij sluipt achter hen, blaast hun zachtjes in den nek, en daardoor wordt het hun zwaar in het hoofd. Maar het doet geen pijn, want Ole Luk-Oie meent het goed met de kinderen; hij wil alleen maar, dat zij stil zullen zijn, en dat zijn zij eerst, als men ze naar bed gebracht heeft; zij moeten stil zijn, opdat hij hun sprookjes kan vertellen.

Als de kinderen dan slapen, zet Ole Luk-Oie zich op hun bed neer. Hij is goed gekleed, zijn jas is van zijde, maar het valt onmogelijk te zeggen, van welke kleur zij is; want zij heeft een groenen, rooden en blauwen glans, al naardat hij zich draait. Onder iederen arm houdt hij een paraplu; de eene, met allerlei beelden er op, spant hij over de zoete kinderen uit, en dan droomen zij den heelen nacht de heerlijkste sprookjes; maar de andere paraplu, waarop niets hoegenaamd staat, spreidt hij boven de stoute kinderen uit, dan slapen zij en hebben 's morgens, als zij wakker worden, niet het minste gedroomd.

Nu zullen we eens hooren, hoe Ole Luk-Oie op iederen avond van een week bij een kleinen jongen, Hjalmar geheeten, kwam, en wat hij hem vertelde. Het zijn zeven verhaaltjes; want er zijn zeven dagen in de week.

Maandag.

«Hoor eens!» zei Ole Luk-Oie des avonds, toen hij Hjalmar naar bed gebracht had; «ik zal alles eens oppronken!» En nu werden al de bloemen in de bloempotten tot groote boomen, die hun lange takken onder de zoldering en langs de muren der kamer uitstrekten, zoodat de heele kamer er als een prachtig buitenverblijf uitzag; al de takken zaten vol bloemen, en iedere bloem was nog schooner dan een roos, gaf een liefelijken geur van zich, en als men ze wilde eten, dan smaakten zij overheerlijk. De vruchten fonkelden als goud, en er was koek, die vol rozijnen zat. Het was onvergelijkelijk schoon! Maar tegelijkertijd klonk er een verschrikkelijk gejammer uit de tafellade waarin de schoolboeken van Hjalmar lagen.

«Wat is dat toch?» vroeg Ole Luk-Oie en ging naar de tafel toe en schoof de lade open. Het was de rekenlei, waarop gekrast werd, want er was een verkeerd cijfer in de som gekomen, zoodat het niet veel scheelde, of zij viel geheel uit elkaar; de griffel huppelde en sprong tegen de lijst van de lei op, alsof het een kleine hond was, die aan de som wilde helpen; maar hij kon dit niet.—En toen jammerde het ook in het schrijfboek van Hjalmar. O, dat was vreeselijk om aan te hooren! Op iedere bladzijde stonden van boven naar beneden de groote letters, en naast iedere groote letter stond een kleine; dat was het voorbeeld; en naast deze stonden weer eenige letters, die er eveneens dachten uit te zien, en deze had Hjalmar geschreven; maar zij lagen bijna, alsof zij over de potloodlijnen, waarop zij moesten staan, gevallen waren.

«Zie, zoo moet je je houden!» zei het voorbeeld. «Kijk eens! Zoo in een schuinsche richting, met een fermen zwaai!»

«O, wij zouden het graag willen,» zeiden de letters van Hjalmar; «maar wij kunnen niet; wij zijn te zwak!»

«Dan moet je wat innemen!» zei Ole Luk-Oie.

«O neen!» riepen zij uit, en nu stonden zij zoo geregeld, dat het een lust was om te zien.

«Ja, nu kunnen wij geen sprookjes vertellen!» zei Ole Luk-Oie; «nu moet ik ze laten exerceeren! Een, twee! Een, twee!» en zoo liet hij de letters exerceeren; en zij stonden zoo mooi, als ze maar op een voorbeeld kunnen staan. Maar toen Ole Luk-Oie wegging en Hjalmar ze 's morgens bekeek, toen waren zij even gebrekkig en jammerlijk als vroeger.

Dinsdag.

Zoodra Hjalmar te bed gegaan was, raakte Ole Luk-Oie al de meubelen in de kamer met zijn kleinen tooverstaf aan, en nu begonnen zij te gelijk te praten, en spraken allemaal over zich zelf met uitzondering van het kwispedoor, dat daar zwijgend stond en er zich over ergerde, dat zij zoo ijdel konden zijn om slechts over zich zelf te spreken, slechts aan zich zelf te denken, en volstrekt geen notitie te nemen van dengene, die toch zoo bescheiden in den hoek stond en zich liet bespuwen.

Boven de latafel hing een groot schilderij in een vergulde lijst; dat was een landschap; men zag daarop hooge, oude boomen, bloemen in het gras en een breede rivier, die om het bosch heen vloeide, voorbij vele kasteelen, en ver weg in de woeste zee.

Ole Luk-Oie raakte het schilderij met zijn tooverstaf aan, en nu begonnen de vogels, die daarop afgebeeld stonden, te zingen, de boomtakken bewogen zich, en de wolken trokken weg; men kon haar schaduw over het landschap zien heenglijden.

Nu tilde Ole Luk-Oie den kleinen Hjalmar naar de lijst op en zette zijn voeten op het schilderij neer, vlak in het hooge gras; daar stond hij nu. De zon bescheen hem door de takken der boomen. Hij liep naar het water toe en ging in een kleine boot, die daar lag, zitten; deze was rood en wit geverfd, het zeil schitterde als zilver, en zes zwanen, alle met gouden kroontjes en een fonkelende blauwe ster op den kop, trokken de boot voorbij het groene bosch, waar de boomen van roovers en heksen en de bloemen van de liefelijke kleine elfen, en van datgene, wat de kapelletjes haar gezegd hadden, vertelden.

De prachtigste visschen, met schubben als zilver en goud, zwommen de boot achterna; nu en dan deden zij een sprong, zoodat het in het water plaste, en vogels, rood en blauw, klein en groot, vlogen in twee lange rijen achteraan; de muggen dansten en de meikevers gonsden. Zij wilden Hjalmar altemaal volgen, en ieder had een sprookje te vertellen.

Dat was een plezierig tochtje! Nu eens waren de bosschen dicht en donker, dan weer waren zij als de heerlijkste tuin vol zonneschijn en bloemen; daar stonden groote kasteelen van glas en van marmer: op de balkons stonden prinsessen, en dit waren allemaal kleine meisjes, die Hjalmar goed kende; hij had vroeger met haar gespeeld. Elk van dezen strekte de handen naar hem uit en hield hem het lekkerste hart van suiker voor, dat een koekenbakker ooit verkocht heeft; en Hjalmar, pakte elk suikerhart beet, terwijl hij voorbijvoer, en de prinses hield het goed vast, en zoo kreeg ieder een stuk: zij het kleinste en Hjalmar het grootste. Bij ieder kasteel stonden kleine prinsen op schildwacht; zij droegen gouden sabeltjes en lieten het rozijnen en tinnen soldaten regenen; men kon het hun wel aanzien, dat het echte prinsen waren.

Nu eens zeilde Hjalmar door bosschen, dan weer door groote zalen of midden door een stad; hij kwam ook door die, waarin de kindermeid woonde, die hem gedragen had, toen hij nog een heel klein kind was, en die altijd zoo goed voor hem geweest was; zij knikte hem toe en wenkte hem en zong het kleine vers, dat zij zelf gemaakt en aan Hjalmar gezonden had:

> Uw beeld, mijn Hjalmar, mij zoo lief,
> Zal nooit mijn hart ontglippen;
> Ik gaf u kussen zonder tal
> Op voorhoofd, mond en lippen.
> 'k Hoorde uit uw mond het eerste woord
> Mij staamlend tegenklinken.
> Vaarwel! Gods zegen hoede u steeds,
> Moog' immer voor u blinken!

En al de vogels zongen mee, de bloemen dansten op de stelen, en de oude boomen knikten, alsof Ole Luk-Oie hun ook sprookjes vertelde.

Woensdag.

O, wat stroomde de regen daar buiten neer! Hjalmar kon het in zijn slaap hooren; en toen Ole Luk-Oie een raam openschoof, stond het water tot aan het kozijn toe; het was daar buiten een heele zee, maar het prachtigste schip lag dicht bij het huis.

«Wil je meezeilen, kleine Hjalmar?» vroeg Ole Luk-Oie. «Dan kun je van nacht naar vreemde landen toe gaan en morgen weer hier zijn!»

Daar stond Hjalmar plotseling in zijn Zondagskleeren midden op het prachtige schip; terstond werd het weer mooi, en zij zeilden door de straten, kruisten om de kerk, en nu was alles een groote, woeste zee. Zij zeilden zoo lang, totdat er geen land meer te ontdekken was, en zij zagen een troep ooievaars; deze kwamen ook uit hun vaderland en wilden naar de warme landen toe; de eene ooievaar vloog altijd achter den anderen aan, en zij hadden al ver, heel ver gevlogen! Een hunner was zoo vermoeid, dat zijn vleugels hem tenauwernood meer vermochten te dragen; hij was de laatste in de rij, en al spoedig bleef hij een heel eind achter; eindelijk daalde hij met uitgespreide vleugels al dieper en dieper; hij deed nog een paar slagen met de vleugels, maar het hielp niets; nu raakte hij met zijn pooten het touwwerk van het schip aan, daarop gleed hij van het zeil af, en bom! daar stond hij op het verdek.

Nu nam de kajuitsjongen hem en zette hem in het kippenhok bij de kippen, eenden en kalkoensche hanen; de arme ooievaar stond verlegen in hun midden.

«Kijk dien eens aan!» zeiden al de kippen.

En de kalkoensche haan blies zich zoo dik op, als hij maar kon, en vroeg, wie hij was; de eenden snaterden, en de ooievaar vertelde van het warme Afrika, van de piramiden en van den struisvogel, die, als een wild paard, de woestijn doorliep; maar de eenden verstonden niet, wat hij vertelde, en toen zeiden zij tegen elkander: «Wij zijn het er immers allemaal over eens, dat hij dom is!»

«Ja, zeker is hij dom!» zei de kalkoensche haan, en toen klokte hij. Nu zweeg de ooievaar en dacht aan zijn Afrika.

«Dat zijn prachtige dunne pooten, die je hebt!» zei de kalkoensche haan. «Wat kost een el daarvan?»

«Skrat, skrat, skrat!» grijnsden al de eenden; maar de ooievaar deed, alsof hij het niet hoorde.

«Je kunt gerust meelachen,» zei de kalkoensche haan tegen hem; «want het was heel geestig gezegd. Of was het je misschien te hoog? Ach, hij is niet veelzijdig! Wij zullen onze aardigheden maar voor ons zelf houden!» En toen klokte hij, en de eenden snaterden. Het was verschrikkelijk, zoo'n plezier als zij hadden.

Maar Hjalmar ging naar het kippenhok toe, deed het deurtje daarvan open, riep den ooievaar, en nu huppelde hij naar hem toe op het verdek. Nu was hij immers uitgerust, en het was, alsof hij Hjalmar toeknikte om hem te bedanken. Daarop ontplooide hij zijn vleugels en vloog naar de warme landen; maar de kippen kakelden, de eenden snaterden, en de kalkoensche haan werd vuurrood aan zijn kop.

«Morgen zullen we soep van je koken!» zeide Hjalmar, en dit zeggende, werd hij wakker en lag in zijn bedje. Het was toch een zonderlinge reis, die Ole Luk-Oie hem dezen nacht had laten doen!

Donderdag.

«Weet je wat?» zei Ole Luk-Oie. «Word maar niet bang! Hier zul je een kleine muis zien!» En toen strekte hij zijn hand, waarin hij het lichte, aardige diertje hield, naar hem uit. «Zij is gekomen om je op de bruiloft te noodigen. Er zijn twee kleine muizen, die van nacht in het huwelijk willen treden. Zij wonen onder den vloer van je moeders provisiekamer: dat moet een mooie woning zijn!»

«Maar hoe kan ik door het kleine muizengat in den vloer kruipen?» vroeg Hjalmar.

«Laat dat maar aan mij over!» zei Ole Luk-Oie. «Ik zal je wel klein maken!» En nu raakte hij Hjalmar met zijn tooverstaf aan, waarop deze dadelijk al kleiner en kleiner werd. Eindelijk was hij geen vinger lang. «Nu kun je de kleeren van den tinnen soldaat wel leenen; ik denk, dat die je wel zullen passen, en het staat goed, een uniform aan te hebben, als men in gezelschap is.»

«Dat is ook zoo!» zei Hjalmar en was in een oogenblik als een tinnen soldaat gekleed.

«Wilt ge nu maar zoo goed zijn, in den vingerhoed van uw moeder te gaan zitten?» zei de kleine muis; «dan zal ik de eer hebben, u er naar toe te trekken.»

«Wilt gij u daarmee zelf belasten?» zeide Hjalmar, en zoo reden zij naar de muizenbruiloft.

Eerst kwamen zij onder den vloer in een lange gang, die echter niet hooger was, dan dat zij er juist met den vingerhoed doorheen konden komen, en de heele gang was met verrot hout geïllumineerd.

«Ruikt het hier niet heerlijk?» vroeg de muis, die hem voorttrok. «De heele gang is met zwoorden van spek besmeerd! Er kan niets geurigers zijn!»

Nu traden zij de bruiloftszaal binnen. Hier stonden aan de rechterhand al de kleine muizendames; dezen fluisterden en ginnegapten, alsof zij elkaar voor den gek hielden. Aan de linkerhand stonden al de muizenheeren en streken met hun poot langs hun snorbaard; midden in de zaal zag men het bruidspaar; dit stond in een uitgeholde korst kaas en kuste elkaar verschrikkelijk ten aanschouwe van allen, want zij waren immers met elkander verloofd en zouden aanstonds bruiloft houden.

Er kwamen gedurig meer vreemden; het scheelde niet veel, of de eene muis trapte de andere dood, en het bruidspaar had zich vlak voor de deur geplaatst, zoodat men er noch uit noch in kon komen. De heele kamer was evenals de gang met zwoorden van spek ingesmeerd; daarin bestond het geheele gastmaal: maar aan het dessert werd er een erwt vertoond, waarin een muis uit de familie den naam van het bruidspaar ingebeten had, namelijk de eerste letters. Dat was iets buitengewoons!

Al de muizen zeiden, dat het een vroolijke bruiloft was, en dat de gesprekken zeer onderhoudend waren geweest.

Daarop reed Hjalmar weer naar huis; hij was waarlijk in deftig gezelschap geweest; maar hij had zich ook erg moeten inkrimpen, zich klein maken en een tinnensoldatenuniform aantrekken.

Vrijdag.

«Het is ongeloofelijk, hoeveel oudere menschen er zijn, die mij zoo heel graag zouden willen hebben,» zeide Ole Luk-Oie. «Dat zijn inzonderheid diegenen, die het een of ander kwaad gedaan hebben. «Goede, kleine Ole!» zeggen zij tegen mij, «wij kunnen de oogen niet dichtdoen, en zoo liggen wij den heelen nacht en zien al onze booze daden, die als kleine leelijke kaboutermannetjes op den rand van het bed zitten en ons met heet water bespuiten; mocht gij maar komen en ze wegjagen, dan zouden wij gerust kunnen slapen.» Daarop slaken zij een diepen zucht. «Wij zouden er waarlijk graag voor betalen. Goeden nacht, Ole! het geld ligt in het kozijn!» Maar ik doe het niet voor geld!» zegt Ole Luk-Oie.

«Wat zullen we nu van nacht te zien krijgen?» vroeg Hjalmar.

«Ja, ik weet niet, of je van nacht wel weer lust hebt om naar een bruiloft toe te gaan; het is een heel ander soort van bruiloft dan die van gisteren. De groote pop van je zusje, die, welke er als man uitziet en Herman genoemd wordt, wil met pop Bertha in het huwelijk treden. Het is bovendien de verjaardag van de pop, en daarom zullen zij zeer veel geschenken krijgen!»

«Ja, daar weet ik alles van!» zeide Hjalmar. «Als de poppen nieuwe kleeren noodig hebben, dan laat mijn zusje ze altijd haar verjaardag vieren of bruiloft houden; dat is zeker al honderdmaal gebeurd!»

«Ja, maar van nacht is het de honderd eerste bruiloft, en als honderd een uit is, dan is alles voorbij! Daarom wordt deze ook zoo prachtig. Kijk maar eens!»

En Hjalmar keek naar de tafel. Daar stond het kleine bordpapieren huis met licht voor de ramen, en buiten daarvoor presenteerden alle tinnen soldaten het geweer. Het bruidspaar zat in gedachten verdiept, waarvoor het wel reden had, op den grond en leunde tegen den poot der tafel aan. Maar Ole Luk-Oie, die in den zwarten rok der grootmoeder gekleed was, trouwde ze. Toen de trouwplechtigheid afgeloopen was, hieven al de meubelen in de kamer het volgende mooie lied aan, dat door het potlood geschreven was:

> Hoog klink' ons lied, gelijk de wind,
> Voor 't bruidspaar, dat zich saam verbindt!

Zij pralen beiden, stijf en blind,
Van leer, dat men niet mooier vindt.
Hoera! al zijn ze doof en blind,
Wij zijn tot zingen thans gezind!

En nu kregen zij geschenken; maar zij hadden verzocht van alle eetwaren verschoond te blijven, want zij hadden genoeg aan hun liefde.

«Zullen wij nu een zomerwoning betrekken of op reis gaan?» vroeg de bruidegom. En nu werd de raad van de zwaluw, die veel gereisd had, en van de oude kip, die vijfmaal kuikentjes uitgebroed had, ingeroepen. De zwaluw vertelde van de heerlijke warme landen, waar de druiven zoo groot en zwaar waren, waar de lucht zoo zacht was en de bergen kleuren hadden, zooals men ze hier niet zag.

«Maar onze boerenkool hebben ze toch niet!» zei de kip. «Ik ben een heelen zomer lang met al mijn kuikentjes op het land geweest; daar was een zandgroeve, waarin wij konden rondloopen en krabbelen; en dan hadden wij den toegang tot een tuin met boerenkool! O, wat was die lekker! Ik kan mij niets schooners voorstellen!»

«Maar de eene koolstronk ziet er precies uit als de andere,» zei de zwaluw, «en dan is het hier dikwijls slecht weer.»

«Ja, daaraan is men gewend!» zei de kip.

«Maar hier is het koud en vriest het!»

«Dat is goed voor de kool!» zei de kip. «Overigens kunnen we het hier ook wel warm hebben! Hebben wij niet vier jaren geleden, een zomer gehad, die vijf weken lang duurde? Het was zoo heet, dat men haast geen adem kon halen! En dan hebben wij hier niet al die vergiftige dieren, die ze daar hebben! En wij hebben hier geen last van roovers. Het is een booswicht, die niet vindt, dat ons land het mooiste is. Hij verdient waarlijk niet, hier te zijn!» En toen weende de kip en vervolgde: «Ik heb ook gereisd. Ik heb twaalf mijlen ver in een mand gereden! Ik vind niet veel plezier in het reizen!»

«Ja, de kip is een verstandige vrouw!» zei pop Bertha. «Ik houd er niets van, bergen te beklimmen; want dat gaat maar op en dan weer neer. Neen, wij zullen naar de zandgroeve toe gaan en in den kooltuin rondwandelen!»

En daarbij bleef het.

Zaterdag.

«Krijg ik nu sprookjes te hooren?» vroeg de kleine Hjalmar, zoodra Ole Luk-Oie hem in slaap gemaakt had.

«Van avond hebben wij er geen tijd voor,» zei Ole Luk-Oie en spreidde zijn mooie paraplu over hem uit. «Bekijk deze Chineezen maar eens!» En de paraplu zag er uit, als een groote Chineesche schaal met blauwe boomen en smalle bruggen en met kleine Chineezen er op, die daar stonden en met het hoofd knikten. «Wij moeten de heele wereld tegen morgen mooi opgepronkt hebben,» zei Ole Luk-Oie, «het is dan immers een feestdag, het is Zondag. Ik wil naar de kerktorens toe om te zien, of de kleine kerkkaboutermannetjes de klokken wel polijsten, opdat zij mooi klinken. Ik wil naar buiten naar het veld en zien, of de winden het stof van gras en bladeren blazen; en wat nog het zwaarste werk is, ik zal al de sterren naar beneden halen, om ze op te poetsen.

Ik neem ze in mijn schort; maar eerst moet aan ieder een nommer gegeven worden, en de gaten, waarin zij daarboven zitten, moeten ook genommerd worden, opdat zij weer op de rechte plaats komen, anders zouden zij niet vastzitten, en dan zouden wij te veel vallende sterren krijgen, want dan zou de een na de andere naar beneden rollen.»

«Hoor eens! Weet je wat, mijnheer Ole Luk-Oie?» zei een oud portret, dat tegen den muur van het vertrek, waarin Hjalmar sliep, hing.

«Ik ben Hjalmars overgrootvader! Ik dank u, dat ge den jongen sprookjes vertelt; maar ge moet zijn begrippen niet verwarren. De sterren kunnen niet naar beneden genomen en opgepoetst worden! De sterren zijn wereldbollen, evenals onze aarde en juist dat is het goede dat er aan is.»

«Ik dank u wel, oude overgrootvader!» zei Ole Luk-Oie; «ik dank u wel! Gij zijt immers het hoofd der familie; maar ik ben toch ouder dan gij. Ik ben een oude heiden: Romeinen en Grieken noemden mij droomgod! Ik ben in de deftigste huizen geweest en kom er nog! Ik weet zoowel met geringen als met aanzienlijken om te gaan! Nu kunt gij vertellen.»—En daarop ging Ole Luk-Oie heen en nam zijn paraplu mee.

«Nu, nu! Het schijnt, dat men niet eens meer voor zijn gevoelen mag uitkomen!» bromde het oude portret.

Op dit oogenblik werd Hjalmar wakker.

Zondag.

«Goeden avond!» zei Ole Luk-Oie, en Hjalmar knikte hem toe en sprong toen weg en keerde het portret van zijn overgrootvader, dat tegen den muur hing, om, opdat het niet, evenals den vorigen nacht, zou meespreken.

«Nu moet ge sprookjes vertellen: van de vijf groene erwten, die in één schil woonden, van den hanepoot, die aan den kippepoot het hof maakte, en van de stopnaald, die zich verbeelde dat zij een naainaald was.»

«Men kan ook van het goede te veel krijgen!» zei Ole Luk-Oie. «Je weet immers wel, dat ik je het liefst wat laat zien! Ik zal je daarom mijn broeder eens laten kijken Deze heet ook Ole Luk-Oie, maar hij komt bij niemand meer dan eens, en wien hij bezoekt, dien neemt hij op zijn paard mee en vertelt hem sprookjes. Hij kent er maar twee; het eene is zoo prachtig schoon, als niemand op de wereld het zich kan voorstellen, en het andere is zoo leelijk en afschuwelijk, dat het niet om te beschrijven is!» Daarop tilde Ole Luk-Oie den kleinen Hjalmar naar het raam op en zei: «Daar zal je mijn broeder zien, den anderen Ole Luk-Oie! Ze noemen hem den dood! Zie je wel; hij ziet er volstrekt niet zoo leelijk uit als in de prentenboeken, waar hij maar een geraamte is! Neen, dat is zilveren borduursel, dat hij op zijn gewaad heeft, dat is de mooiste huzarenuniform; een mantel van zwart fluweel vliegt achter over het paard. Zie, hoe hij in galop rijdt!»

En Hjalmar zag, hoe deze Ole Luk-Oie wegreed en zoowel jonge als oude lieden op zijn paard nam. Eenigen zette hij voorop, anderen achterop, maar altijd vroeg hij eerst: «Hoe staat het met het aanteekeningboek?»—«Goed!» zeiden zij allemaal.—«Ja, laat mij het zelf eens zien!» zeide hij, en dan moest ieder hem het boek laten zien, en al diegenen, die «Zeer goed» en «Uitmuntend» hadden, zette hij voorop het paard, en dezen kregen het mooie sprookje te hooren, maar die, welke «Tamelijk» en

«Middelmatig» hadden, moesten achterop en kregen het leelijke sprookje te hooren, zij sidderden en weenden; zij wilden van het paard springen, maar konden het niet, want zij waren er dadelijk aan vastgegroeid.

Maar de dood is immers de prachtigste Ole Luk-Oie!» zei Hjalmar. «Voor hem ben ik niet bang!»

«Dat moet je ook niet zijn!» zei Ole Luk-Oie, «pas maar op, dat je een goed getuigenis krijgt.»

«Ja, dat is leerrijk!» mompelde het portret van den overgrootvader. «Het helpt toch wel eens, als men zijn meening zegt.»

En nu verklaarde hij zich tevreden.

Zie, dat is de geschiedenis van Ole Luk-Oie; nu moet hij u zelf van avond maar meer vertellen.

Ole de Oogensluiter.

Het oude huis.

In zekere straat stond een oud, overoud huis. Het was bijna driehonderd jaren oud; zoo stond er op den gevel te lezen, waarop het jaartal met tulpen en hopranken aangebracht was. Daar las men geheele verzen in den schrijftrant van den ouden tijd, en boven ieder raam was in het kozijn een gezicht uitgesneden, dat allerlei grimassen maakte. De eene verdieping stak een heel eind buiten de andere uit, en vlak onder het dak was een looden goot met een drakenkop. Het regenwater moest uit den bek komen, maar het liep uit den buik, want er was een lek in de pijp.

Al de andere huizen in de straat waren nog nieuw en mooi, met groote ruiten en gladde muren. Men kon het wel aan hen merken, dat zij niets met het oude huis te doen wilden hebben. Zij dachten misschien wel: «Hoe lang zal dat kavalje nog tot algemeene ergernis in de straat staan? De kroonlijst steekt zoo ver vooruit, dat niemand uit onze ramen kan zien, wat er aan den overkant voorvalt. De trap is zoo breed als die van een kasteel en zoo hoog, alsof zij naar een kerktoren voerde. Het ijzeren hek ziet er uit, als de ingang tot een familiegraf, en koperen knoppen staan er op,—het is waarlijk al te gek!»

Aan den overkant stonden ook nieuwe en nette huizen, en deze dachten er evenals de andere over; maar voor het raam van een daarvan zat een kleine jongen met frissche roode wangen en heldere blauwe kijkers, en dien beviel het oude huis bijzonder goed, zoowel bij zonne- als bij maneschijn. En als hij naar den muur aan den overkant keek, waar de kalk afgevallen was, dan zag hij er de zonderlingste beelden op, juist zooals de straat er vroeger uitgezien had, met bordessen, kroonlijsten en spitse gevels; hij kon soldaten zien met hellebaarden, en dakgoten, die als draken en griffioenen om het huis heenliepen.—Dat was nu juist zoo'n huis om naar te kijken, en daarin woonde een oud man, die een korte leeren broek droeg en een rok met groote koperen knoopen en een pruik, waarvan men wel kon zien, dat het een echte pruik was. Alle ochtenden kwam er een oud man bij hem, die den boel opknapte en boodschappen voor hem deed. Overigens woonde de grijsaard met zijn korte broek geheel alleen in het oude huis. Somtijds vertoonde hij zich voor de ramen en keek naar buiten, en dan knikte de kleine jongen hem toe, en dan knikte de grijsaard terug, en zoo raakten zij met elkaar bekend, en zoo werden zij vrienden, ofschoon zij elkaar nooit gesproken hadden. Maar dat was immers ook volstrekt niet noodig.

De kleine jongen hoorde zijn ouders zeggen: «De oude man daar aan den overkant heeft het heel goed, maar hij is alleen.»

Den volgenden Zondag wikkelde de kleine jongen iets in een stuk papier, ging daarmee voor de huisdeur staan en zei tegen den persoon, die de boodschappen voor den grijsaard deed: «Hoor eens! Wilt ge dit voor mij aan den ouden man aan den overkant geven? Ik heb twee tinnen soldaten; dit is er een van; hij moet dien hebben; want ik weet, dat hij heelemaal alleen is.»

En de oude oppasser zag er vergenoegd uit, knikte en bracht den tinnen soldaat naar het oude huis. Later werd er een boodschap naar den overkant gezonden, of de jongeheer ook lust had, zelf eens een bezoek te komen brengen. En daartoe gaven zijn ouders hem vergunning; en zoo kwam hij in het oude huis.

En de koperen knoppen op de leuning van het bordes blonken veel helderder dan anders: men zou haast gezegd hebben, dat zij om het verwachte bezoek geschuurd waren. En het was precies, alsof de uitgesnedene trompetters,—want op de deur waren trompetters uitgesneden, die in tulpen stonden,—uit al hun macht bliezen; hun wangen zagen er veel boller uit dan vroeger. Ja, zij bliezen: Ratata, ratata! De kleine jongen komt! Ratata, ratata!»—En toen ging de deur open. Het geheele voorhuis was met oude portretten behangen, met ridders in harnassen en vrouwen in zijden kleeren; en de harnassen rammelden en de zijden kleeren ruischten!—En toen kwam er een trap; deze liep eerst naar boven en dan weer een klein eindje naar beneden, en dan kwam men op een balkon, dat echter zeer bouwvallig was, met groote gaten en breede reten; hieruit kwam gras te voorschijn; want het geheele balkon, de binnenplaats en de muur waren met zoo veel groen begroeid, dat het er uitzag als een tuin; maar het was slechts een balkon. Hier stonden oude bloempotten, die gezichten en ezelsooren hadden; maar de bloemen groeiden, zooals het haar goeddacht. In den eenen pot hingen er aan alle kanten anjelieren over, namelijk de bladeren daarvan; en deze zeiden duidelijk verstaanbaar: «De lucht heeft ons gestreeld, de zon heeft ons gekust en ons tegen den Zondag een kleine bloem beloofd, een kleine bloem tegen den Zondag!»

En toen kwamen zij in een kamer, waar de muren met varkensleer behangen waren, en op het varkensleer waren gouden bloemen gedrukt.

«'t Verguldsel moge ras vergaan,
Het varkensleer blijft steeds bestaan!»

zeiden de muren.

En daar stonden stoelen met hooge ruggen, met snijwerk en met armen aan de beide kanten. «Ga zitten!» zeiden zij. «Och, wat kraakt het in mij! Nu zal ik zeker ook jicht krijgen, evenals de oude kast. Jicht in den rug! Foei!»

En toen kwam de kleine jongen in de kamer, waar de oude man zat.

«Dank voor den tinnen soldaat, mijn kleine vriend!» zei de oude man. «En dank daarvoor, dat je eens naar mij toe gekomen bent!»

«Dank, dank!» of «Knap, knap!» zeiden alle meubelen. Er waren er zoo vele, dat zij elkaar bijna in den weg stonden, om den kleinen jongen te zien.

En midden aan den muur hing een schilderij, een mooie dame, die er jeugdig en vroolijk uitzag, maar zoo gekleed was als in den ouden tijd, met poeder in het haar en met kleeren, die stijf uitstonden. Deze zeide noch «dank!» noch «knap!» maar keek met haar vriendelijke oogen op den kleinen jongen neer, die dadelijk aan den ouden man vroeg: «Waar hebt ge die vandaan?»

«Van den uitdrager,» zei de oude man. «Daar hangen altijd vele schilderijen, maar niemand kende ze of bekommerde er zich over, want ze zijn allemaal begraven. Maar vele jaren geleden heb ik haar gekend, en nu is zij al sedert een halve eeuw dood en weg!»

En onder het schilderij hing achter glas een ruiker verwelkte bloemen; deze waren zeker ook een halve eeuw oud, zoo zagen zij er ten minste uit. En de slinger der groote klok ging heen en weer, en de wijzers draaiden in de rondte, en alles in de kamer werd nog ouder; maar niemand merkte het.

«Ze zeggen thuis,» begon de kleine jongen, «dat ge altijd alleen zijt.»

«O,» zeide hij, «de oude gedachten met alles, wat zij met zich mee kunnen voeren, komen en bezoeken mij, en nu kom jij immers ook eens!—Het gaat heel goed met mij!»

En daarop nam hij van een plank tegen den muur een prentenboek; daarin stonden lange optochten, de wonderlijkste rijtuigen, zooals men ze heden ten dage niet meer ziet; soldaten als klaverenboer, en burgers met wapperende vaandels. De kleermakers hadden een vaandel met een schaar, die door twee leeuwen vastgehouden werd, en de schoenmakers een vaandel zonder laars, maar met een arend, die twee koppen had; want bij de schoenmakers moet alles zoo zijn, opdat zij kunnen zeggen: «Dat is een paar!»—Dat was eerst een mooi prentenboek!

De oude man ging naar de andere kamer, om wat ingelegde vruchten, appelen en noten te halen. Het was werkelijk heerlijk in het oude huis.

«Ik kan het hier niet uithouden!» zei de tinnen soldaat, die op de kist stond. «Het is hier veel te eenzaam en te somber. Och, als men het huiselijk leven eenmaal heeft leeren kennen, dan kan men aan het leven hier niet gewennen. Ik kan het niet uithouden! De dag duurt mij te lang, maar de avond nog langer; hier is het volstrekt niet zooals bij u aan den overkant, waar uw vader en moeder altijd vergenoegd met elkaar praten, en waar gij en de andere kinderen een oorverdoovend geraas maken. Och! wat is het bij den ouden man eenzaam! Denkt ge, dat hij zoenen krijgt? Denkt ge, dat hij vriendelijke blikken of een Kerstboom krijgt? Hij krijgt niets dan een graf.—Ik kan het hier niet uithouden.»

«Je moet het niet zoo van de sombere zijde beschouwen!» zei de kleine jongen. «Mij komt dat alles bijzonder prettig voor, en al de oude gedachten met datgene, wat zij met zich mee kunnen voeren, komen hier immers een bezoek brengen.»

«Ja, maar die zie ik niet en die ken ik niet!» zei de tinnen soldaat. «Ik kan het hier niet uithouden.»

«Dat moet je toch!» zei de kleine jongen.

De oude man kwam met het vergenoegdste gezicht en met de heerlijkste ingelegde vruchten en appelen en noten; nu dacht de knaap niet meer aan den tinnen soldaat.

Gelukkig en vergenoegd kwam de kleine jongen thuis; en er verliepen dagen en weken; er werd naar het oude huis toe en van het oude huis teruggeknikt; nu ging de kleine jongen weer naar den overkant.

De uitgesneden trompetters bliezen: «Ratata, ratata! Daar is de kleine jongen! Ratata, ratata!» De zwaarden en de wapenrustingen op de oude ridderportretten rammelden en de zijden kleeren ruischten; het varkensleer vertelde, en de oude stoelen hadden jicht in den rug. Dat was alles, evenals de eerste maal, want aan den overkant was de eene dag en het eene uur precies als de andere.

«Ik kan het hier niet langer uithouden!» zei de tinnen soldaat. «Ik heb tin gehuild. Het is hier te somber! Laat mij liever ten strijde trekken en armen en beenen verliezen! Dit is ten minste eens wat anders. Ik kan het hier niet uithouden!—Nu weet ik wat het wil zeggen, bezoek te krijgen van zijn oude gedachten en van alles, wat zij met zich mee kunnen voeren. Ik heb een bezoek van de mijne gehad, en ge kunt er zeker van zijn, dat dit op den langen duur niet plezierig is. Het heeft niet veel gescheeld, of ik was van de kist naar beneden gesprongen. Ik zag u allen in het huis aan den overkant zoo duidelijk, alsof ge werkelijk hier waart. Het was weer Zondagmorgen, wanneer gij, kinderen, allen voor de tafel stondt en den psalm zongt, zooals ge iederen morgen doet. Ge stondt met gevouwen handen, en uw vader en moeder waren even ernstig gestemd; daar ging de deur open, en uw kleine zusje Marie, die nog geen twee jaar oud is en altijd danst, als zij muziek of gezang hoort, van welken aard dit ook wezen moge, werd in de kamer neergezet.—Zij mocht wel is waar niet, maar zij begon toch te dansen; zij kon echter niet goed op haar dreef komen, want de tonen waren te lang uitgerekt, en daarom stond ze eerst op haar ene been en hield haar hoofd voorover; maar het ging niet. Ge bleeft allen heel ernstig, ofschoon ge werk hadt om u goed te houden; maar ik moest bij mij zelf lachen, en daarom viel ik van de tafel naar beneden en kreeg een bult, waarmee ik nog loop; want het was niet goed van mij, dat ik lachte. Maar dit alles, en alles wat ik verder beleefd heb, komt mij nu weer voor den geest, en dat zijn zeker de oude gedachten met alles, wat zij met zich meevoeren. Zeg mij eens, of ge des Zondags nog zingt? Vertel mij iets van Marie! En hoe gaat het met mijn kameraad, den anderen tinnen soldaat? Ja, die is zeker heel gelukkig!—Ik kan het hier niet meer uithouden!»

«Je bent present gegeven,» zei de knaap, «en je moet hier dus blijven. Zie je dat zelf niet in?»

En de oude man kwam met een kistje, waarin allerlei te zien was: blanketdoosjes en pommadefleschjes, oude kaarten, zoo groot en verguld, als men ze nu niet meer te zien krijgt. Er werden meer kastjes opengedaan, ook het klavier; daarin waren van binnen op het deksel landschappen geschilderd; maar het was schor, toen de oude man er op speelde; toen knikte hij tegen het portret, dat hij bij den uitdrager gekocht had, en de oogen van den ouden man fonkelden daarbij helder.

«Ik wil ten strijde trekken! Ik wil ten strijde trekken!» riep de tinnen soldaat zoo hard, als hij maar kon, en sprong op den vloer neer.

Waar was hij gebleven? De oude man zocht, de kleine jongen zocht: weg was hij en weg bleef hij. «Ik zal hem wel vinden,» zei de oude man; maar hij vond hem niet; de vloer was te open en vol gaten. De tinnen soldaat was door een reet gevallen; daar lag hij nu, als in een open graf.

De dag verliep, en de kleine jongen kwam thuis; en er verliepen verscheidene weken. De ruiten waren heelemaal bevroren, en de kleine jongen moest er op ademen, om een gat te maken, ten einde naar het oude huis te kunnen kijken. Er was sneeuw in alle hoeken gewaaid, en deze bedekte de heele trap, alsof er niemand in huis was. En er was ook niemand in huis: de oude man was gestorven!

's Avonds hield er een lijkkoets voor de deur stil, en daar zette men zijn doodkist in: hij zou buiten op het land in zijn familiegraf rusten. Daar werd hij nu naar toe gereden; maar niemand volgde zijn lijk; al zijn vrienden waren dood. De kleine jongen wierp de doodkist, toen deze voorbijreed, kushandjes toe.

Eenige dagen daarna werd er verkooping in het oude huis gehouden, en de kleine jongen keek uit zijn raam, hoe men de oude ridders en de oude dames, de bloempotten met de lange ooren, de stoelen en de oude kasten wegdroeg. Het eene ging hierheen, het andere daarheen; haar portret, dat van den uitdrager gekocht was, kwam weer bij den uitdrager te land, en daar bleef het hangen; want niemand bekommerde zich om het oude schilderij.

In het voorjaar brak men het huis af; het was een kavalje, zeiden de menschen. Men kon van de straat vlak in de kamer op het varkensleeren behangsel zien, dat aan stukken gesneden en van den muur afgehaald werd, en het groen van het balkon hing verwilderd om de balken, die met instorting bedreigd werden.—En nu werd er opruiming gehouden.

«Dat helpt!» zeiden de naburige huizen.

Er werd een prachtig huis gebouwd met groote ramen en witte, gladde muren; maar voor de plaats, waar het oude huis gestaan had, werd een klein tuintje aangelegd, en tegen den muur van den buurman klommen wilde wijngaardranken op, voor het tuintje kwam een groot ijzeren hek met een ijzeren deur; dat zag er deftig uit. De menschen bleven er voor staan en keken er doorheen. En de musschen zetten zich bij dozijnen op de wijngaardranken neer en praatten door elkaar, zoo hard als zij maar konden, doch niet over het oude huis, want dat konden zij zich niet meer herinneren; er waren al vele jaren verloopen,—zoo veel, dat de kleine jongen tot een man, ja, tot een degelijk man opgegroeid was, waarvan zijn ouders plezier hadden. Hij was pas getrouwd en had met zijn vrouw het huis betrokken, waarvoor het tuintje zich bevond; en hier stond hij nu naast haar, terwijl zij een veldbloem, die zij heel mooi vond, in een pot zette; zij plantte haar met haar kleine hand en drukte de aarde met haar vingers vast aan.—«Ai! Wat was dat?»—Zij prikte zich. Boven de weeke aarde stak een zeker puntig voorwerp uit.

Dat was—begrijp eens!—dat was de tinnen soldaat, dezelfde, die bij den ouden man verloren geraakt was, die een geruimen tijd tusschen timmerhout en puin rondgedwaald en nu reeds vele jaren in de aarde gelegen had.

De jonge vrouw veegde den soldaat eerst met een groen blad en toen met haar fijnen zakdoek af; deze gaf een heerlijken geur van zich! En het was den tinnen soldaat juist zoo te moede, alsof hij uit een bezwijming ontwaakte.

«Laat mij hem eens zien!» zei de jonge man, glimlachte en schudde daarop het hoofd. «Die kan het toch wel niet zijn; maar hij doet mij denken aan een geschiedenis met een tinnen soldaat, dien ik gehad heb, toen ik nog een kleine jongen was.» En daarop vertelde hij aan zijn vrouw van het oude huis en den ouden man, en van den tinnen soldaat, die hij hem toegezonden had, omdat hij zoo alleen was, zoodat de tranen de jonge vrouw in de oogen kwamen over het oude huis en den ouden man.

«Het is toch wel mogelijk, dat dit dezelfde tinnen soldaat is!» zeide zij. «Ik zal hem bewaren en denken aan hetgeen je mij verteld hebt; maar het graf van den ouden man moet je mij eens wijzen.»

«Ik weet niet, waar het is,» antwoordde hij, «en dat weet niemand. Al zijn vrienden waren dood; niemand plantte er bloemen op, en ik was destijds immers nog maar een kleine jongen!»

«Ach! Wat zal hij het hier eenzaam gehad hebben!» zeide zij.

«Ja, eenzaam!» zei de tinnen soldaat; «maar heerlijk is het, niet vergeten te worden!»

«Heerlijk!» riep een stem dicht in de nabijheid; maar niemand anders dan de tinnen soldaat zag, dat dit van een stuk van het varkensleeren behangsel kwam, dat nu zonder eenig verguldsel was. Het zag er uit als natte aarde; maar een overtuiging had het toch, en deze sprak het uit:

«'t Verguldsel moge ras vergaan,
Het varkensleer blijft steeds bestaan!»

Maar de tinnen soldaat geloofde dat niet.

De gelukkige familie.

Het grootste groene blad in Denemarken is zeker wel dat van het kliskruid; houdt men er een voor zijn lijf, dan is het als een schort, en legt men het op zijn hoofd, dan is het bij regenachtig weer bijna even goed als een paraplu, want het is buitengewoon groot! Nooit groeit een klis alleen; waar er een groeit, daar groeien er ook meer; het is een pracht om te zien! En al deze pracht is slakkenkost.

De groote, witte slakken, waarvan de deftige lui in oude dagen fricassée lieten klaarmaken en, als zij het gegeten hadden, zeiden: «Hé! wat smaakt dat!»—want zij geloofden nu eenmaal, dat het overheerlijk smaakte, zij leefden van klisbladeren. En daarom werd er kliskruid gezaaid.

Nu was er een oud ridderkasteel, waar men geen slakken meer at. De slakken waren uitgestorven, maar de klissen niet. Deze groeiden en groeiden in alle paden, op alle bedden; men kon ze niet meer keeren; het was een echt klissenbosch. Hier en daar stonden appel- of pruimeboomen, anders zou men zeker nooit op de gedachte gekomen zijn, dat het hier een tuin was. Alles was kliskruid, en daarin woonden de beide laatste stokoude slakken, een mannetje en een wijfje.

Zij wisten zelf niet, hoe oud zij waren; maar zij konden zich zeer goed herinneren, dat zij veel grooter in getal geweest waren, dat zij van een familie uit vreemde landen afstamden, en dat het bosch voor hen en de hunnen geplant was. Zij waren er nooit buiten geweest, maar het was hun bekend, dat er nog iets in de wereld was, dat het ridderkasteel heette; daar werd men gekookt, dan werd men zwart en op een zilveren schotel gelegd;—wat er later nog meer gebeurde, dat wisten zij niet. Hoe dat overigens is, wanneer men gekookt en op een zilveren schotel gelegd wordt, konden zij zich niet voorstellen, maar heerlijk moest het zijn, en vooral moest het heel deftig staan. Noch de meikever, noch de pad, noch de regenworm, die zij daarnaar vroegen, konden hun daaromtrent inlichtingen geven; want geen van hun soort was ooit gekookt of op een zilveren schotel gelegd.

De oude, witte slakken waren de voornaamsten in de wereld: dat wisten zij! Het bosch was er ter wille van hen, en het ridderkasteel ook, opdat zij gekookt en op een zilveren schotel gelegd zouden kunnen worden.

Zij leefden nu zeer ingetogen, en daar zij zelf kinderloos waren, hadden zij een kleine gemeene slak, een jongetje, tot zich genomen, dat zij als hun eigen kind opvoedden. Maar de kleine wilde niet groeien, want het was maar een gemeene slak; doch de oudjes, inzonderheid de pleegmoeder, meenden wel te merken, dat hij toch grooter werd. En zij verzocht den pleegvader, als hij dit niet kon zien, toch eens aan het kleine slakkehuisje te willen voelen; nu betastte hij dit en vond, dat zijn vrouw gelijk had.

Op zekeren, dag regende het geducht.

«Hoor eens, hoe het op de klisbladeren trommelt!» zei de pleegvader.

«Dat noem ik droppels!» zei de pleegmoeder. «Het loopt immers bij den steel neer! Je zult eens zien, dat het hier nat zal worden. Ik ben maar blij, dat wij onze goede huisjes hebben, en dat de kleine er ook een heeft! Er is toch werkelijk meer voor ons gedaan, dan voor alle andere schepselen; men kan het toch duidelijk zien, dat wij de hoogste plaats in de wereld bekleeden! Wij hebben van onze geboorte af huisjes, en het klissenbosch is ter wille van ons gezaaid! Ik zou wel eens willen weten hoe ver dit zich uitstrekt en wat er buiten ligt.»

«Daar is niets,» zei de pleegvader, «dat beter zou kunnen zijn, dan bij ons: ik heb volstrekt niets te wenschen.»

«Ja,» zei de pleegmoeder. «Ik zou wel naar het ridderkasteel gebracht, gekookt en op een zilveren schotel gelegd willen worden; dat is met al onze voorvaderen gebeurd, en je kunt gelooven: daar is een bedoeling bij.»

«Misschien is het ridderkasteel wel ingestort,» zei de pleegvader, «of is het klissenbosch er overheen gegroeid, zoodat de menschen er niet meer uit konden komen. En bovendien is daarbij toch ook geen haast. Maar je haast je altijd te veel, en de kleine begint dat ook al te doen. Kruipt hij niet reeds sedert drie dagen tegen den steel op? Ik krijg er waarlijk hoofdpijn van, als ik naar hem opkijk.»

«Je moet niet op hem knorren!» zei de pleegmoeder. «Hij kruipt immers heel voorzichtig; wij zullen zeker veel vreugde aan hem beleven; en wij oudjes hebben immers niets anders, waarvoor wij leven. Maar heb je er wel eens over nagedacht, waar wij een vrouw voor hem vandaan zullen krijgen! Denk je niet, dat er zich verder in het klissenbosch nog zulke van onze soort ophouden?»

«Zwarte slakken zullen daar wel zijn, denk ik,» zei de pleegvader, «zwarte slakken zonder huisje! Maar die zijn te gemeen en toch verbeelden zij zich heel wat. Maar wij zouden aan de mieren wel eens last kunnen geven om naar een vrouw voor hem uit te kijken; die loopen toch heen en weer, alsof zij heel wat zaken aan de hand hadden; die zullen zeker wel een vrouw voor onzen kleine weten.»

«Ik zou er wel een weten,» zeide een der mieren; «maar ik vrees, dat dit niet zal gaan, want het is een koningin.»

«Dat doet er niet toe!» zeiden de oudjes. «Heeft zij een huis?»

«Zij heeft een kasteel!» antwoordde de mier; «het mooiste mierenkasteel met zevenhonderd gangen.»

«Hartelijk bedankt!» zei de pleegmoeder. «Onze pleegzoon zal niet naar een mierennest toe. Als je niets beters weet, dan zullen we aan de muggen maar eens last geven, die vliegen overal rond in regen en zonneschijn, die kennen het klissenbosch van haver tot gort.»

«Wij weten een vrouw voor hem!» zeiden de muggen. «Honderd menschenstappen hier vandaan zit op een kruisbessenboom een kleine slak met een huisje; die woont heelemaal alleen en is oud genoeg om te trouwen. Het is maar honderd menschenstappen hier vandaan.»

«Ja, laat haar maar eens bij hem komen!» zeiden de oudjes. «Hij heeft een klissenbosch, zij maar een boom.»

En nu haalden zij het kleine dametje. Het duurde acht dagen voordat zij kwam; maar dat stond juist deftig, en daaraan kon men zien, dat zij van de rechte soort was.

Daarop hielden zij bruiloft. Zes glimwormpjes gaven licht, zoo goed als zij konden; overigens ging alles heel stil in zijn werk, want de oude slakken konden geen geraas en getier velen. Maar er werd een heerlijke toespraak door de pleegmoeder gehouden.

De pleegvader kon niet spreken: hij was te geroerd. Daarop gaven zij hun als erfenis het geheele klissenbosch en zeiden, wat zij altijd gezegd hadden: dat het het beste van de wereld was, en dat zij, als zij rechtschapen en eerbaar leefden en zich vermenigvuldigden, eenmaal benevens hun kinderen op het ridderkasteel zouden komen, en zwart gekookt en op een zilveren schotel gelegd worden. En nadat deze toespraak geëindigd was, kropen de oudjes in hun huisje en kwamen er nooit meer uit: zij sliepen. Het jonge slakkenpaar regeerde nu in het bosch en kreeg een talrijke nakomelingschap. Daar zij echter nooit gekookt op den zilveren schotel kwamen, maakten zij daaruit op, dat het ridderkasteel ingestort en dat alle menschen op de wereld uitgestorven waren. En daar niemand hen tegensprak, moest het immers wel waar zijn. De regen viel op de klissenbladeren neer, om voor hen trommelmuziek te maken, de zon scheen, om het klissenbosch voor hen te verven; en zij waren zeer gelukkig, en de heele familie was gelukkig, overgelukkig.

Twee juffers.

Hebt ge wel eens een juffer gezien?—dat is te zeggen, wat de straatmakers een juffer noemen, een ding, waarmee zij de straatsteenen vaststampen. Zulk een juffer is geheel en al van hout, onderaan breed en van ijzeren handen voorzien, bovenaan smal met een stok er door heen,—en dezen stok heeft de juffer voor armen.

In de schuur stonden twee zulke juffers; zij hadden haar plaats tusschen straathamers, handwagens en kruiwagens, en tot deze allen was het gerucht doorgedrongen, dat de juffers voortaan niet meer «juffers,» maar «straatstampers» zouden heeten, hetgeen in de straatmakerstaal de eenige en alleen juiste benaming is voor het ding, dat men in vroegere tijden altijd een juffer noemde.

De twee juffers in de bergplaats dachten er volstrekt niet aan, haar ouden naam zoo maar op te geven en zich «straatstampers» te laten noemen.

«Juffer is een menschennaam,» zeiden zij, «maar straatstamper is een ding, en wij laten ons niet zoo maar een ding noemen; dat zou een smaad voor ons zijn!»

«Mijn minnaar zou in staat zijn, het engagement te verbreken!» zei de jongste, die met een heiblok verloofd was; en een heiblok is een ding, dat groote palen in den grond drijft en dus in het grove datgene verricht, wat de juffer in het fijne doet. «Hij wil mij als juffer tot vrouw nemen, maar of hij dit zou doen, als ik een straatstamper werd, is de vraag nog, en daarom laat ik mij ook niet herdoopen.»

«En ik,» zei de oudste, «laat liever mijn beide armen afhouwen!»

De kruiwagen was echter van een ander gevoelen, en de kruiwagen was nog al iemand van beteekenis; hij beschouwde zich als het vierde gedeelte van een koets, omdat hij op één wiel liep.

«Ik moet u echter doen opmerken,» sprak deze, «dat juffer vrij alledaagsch en op verre na niet zoo deftig klinkt, als straatstamper of stempel, welke naam ook voorgesteld is, en waardoor ge b. v. in de klasse der cachetten zoudt treden, en denkt maar eens aan het groote staatscachet, waarmee men het staatszegel opdrukt en aan de wet eerst kracht verleent. Neen, als ik in uw plaats was, dan zou ik dat «juffer» maar opgeven.»

«Neen, dat nimmer! Daar ben ik te oud voor!» zei de oudste.

«Ge hebt waarschijnlijk nog nooit hooren spreken over het ding, dat men de «Europeesche noodzakelijkheid» noemt,» bracht de eerlijke wisse in het midden. «Men moet zich in tijd en omstandigheden weten te schikken, en is er eenmaal een wet uitgevaardigd, dat de juffers straatstampers moeten heeten, welnu, dan moeten zij ook straatstampers heeten, en dan helpt het niet, of men er al tegen moppert.»

«Neen,» zei de jongste, «dan zou ik mij, als er dan toch een verandering moet plaats hebben, nog liever jonkvrouw laten noemen: jonkvrouw klinkt toch nog altijd wat deftiger dan juffer!»

«Maar dan laat ik mij liever tot brandhout hakken!» zei de oudste juffer.

Eindelijk ging men aan het werk; de juffers reden, zij werden op den kruiwagen gelegd, dat was wel een goede behandeling, maar met dat al noemde men ze toch straatstampers.

«Juf...!» zeiden zij, terwijl zij de straatsteenen vaststampten. «Juf...!» En het scheelde niet veel, of zij hadden het geheele woord «juffer» uitgesproken, maar zij braken plotseling af en slikten de laatste lettergreep in, want na rijp beraad achtten zij het beneden haar waardigheid om er zich tegen te verzetten. Maar onder elkaar noemden zij zich altijd «juffer» en prezen den goeden, ouden tijd, toen men ieder ding bij zijn waren naam noemde en men juffer genoemd werd, als men juffer was; en dat bleven zij allebei; want het heiblok verbrak inderdaad het engagement met de jongste: hij wilde slechts een juffer tot vrouw hebben.

De wilde zwanen.

Ver van hier, daar, waarheen de zwaluwen vliegen, wanneer wij winter krijgen, woonde eens een koning. Deze had elf zonen en één dochter, Elize genaamd. De elf broeders waren prinsen. Zij gingen met de ster op de borst en de sabel op zijde naar school toe, zij schreven met diamanten griften op gouden leien en leerden even goed van buiten, als zij lazen; men kon dadelijk hooren, dat het prinsen waren. Hun zuster Elize zat op een klein bankje van spiegelglas en had een prentenboek, dat voor het halve koninkrijk gekocht was.

O, die kinderen hadden het zoo goed, als het maar kon; doch zoo zou het niet altijd blijven!

Hun vader, die koning over het geheele land was, trouwde met een booze koningin, die de arme kinderen volstrekt niet mocht lijden. Op den eersten dag konden zij dit al merken. Op het kasteel heerschte groote pracht, en nu speelden de kinderen, dat zij visite hadden; maar in plaats dat zij, evenals vroeger, zooveel koek en gebraden appels kregen, als er maar te vinden waren, gaf zij hun slechts zand in een theekopje en zeide, dat zij nu maar net moesten doen, alsof dit iets was.

In de daarop volgende week bracht zij de kleine Elize naar het platteland naar een boer en een boerin toe, en lang duurde het niet, of zij loog den koning zooveel van de arme prinsen voor, dat deze zich volstrekt niet meer om hen bekommerde.

«Vliegt de wijde wereld in en helpt u zelf!» zei de booze koningin. «Vliegt, evenals de groote vogels zonder stem!» Maar zij kon het toch niet zoo erg maken, als zij graag wilde; het werden elf prachtige wilde zwanen. Met een zonderling geschreeuw vlogen zij uit de ramen van het kasteel, over het park heen en het bosch in.

Het was nog vroeg in den morgen, toen zij daar voorbijkwamen, waar hun zuster Elize in de kamer van den boer lag te slapen. Hier zweefden zij boven het dak, draaiden met hun lange halzen heen en weer en sloegen toen met hun vleugels; maar niemand hoorde of zag het. Zij moesten weer verder, hoog naar de wolken op, de wijde wereld in; nu vlogen zij naar een groot, donker bosch, dat zich tot aan het strand der zee uitstrekte.

De arme, kleine Elize stond in de kamer van den boer en speelde met een groen blad: want ander speelgoed had zij niet. Zij stak een gat in dit blad, keek er doorheen naar de zon, en nu was het, alsof zij de heldere oogen van hare broeders zag; telkens wanneer de warme zonnestralen op haar wangen vielen, dacht zij aan al hun kussen.

De eene dag verliep evenals de andere. Als de wind door de groote rozenheggen buiten voor het huis gierde, dan fluisterde hij de rozen toe: «Wie kan schooner zijn dan gij?» Maar de rozen schudden het hoofd en zeiden: «Elize is schooner!» En als de oude vrouw des Zondags voor de deur zat en in haar gezangboek las, dan keerde de wind de bladeren om en zeide tegen het boek: «Wie kan vromer zijn dan gij?» En dan antwoordde het gezangboek: «Elize is vromer!» En het was de volle waarheid, wat de rozen en het gezangboek zeiden.

Toen zij vijftien jaar oud was, zou zij naar huis terugkeeren; maar toen de koningin zag, hoe schoon zij was, werd zij toornig op haar. Gaarne zou zij haar in een wilden zwaan veranderd hebben, evenals haar broeders; maar dat waagde zij niet dadelijk, omdat de koning zijn dochter wilde zien.

's Morgens vroeg ging de koningin in het bad, dat van marmer gebouwd en met zachte kussens en de prachtigste dekens versierd was; zij nam drie padden, kuste ze en zei tegen de eene: «Ga op het hoofd van Elize zitten, als zij in het bad komt, opdat zij even dom moge worden, als jij bent!»—«Zet je op haar voorhoofd neer,» zeide zij tegen de tweede, «opdat zij even leelijk moge worden, als jij bent, zoodat haar vader haar niet herkent!»—«Rust aan haar hart!» fluisterde zij de derde toe; «laat haar een boos karakter krijgen, opdat zij daarvan verdriet moge hebben!» Daarop zette zij de padden in het heldere water, dat terstond een groene kleur aannam, riep Elize, kleedde haar uit en liet haar in het water neerdalen. En terwijl Elize onder water dook, zette de eene pad zich in haar haar, de andere op haar voorhoofd en de derde op haar borst neer. Maar Elize scheen dit niet te bemerken; zoodra zij zich oprichtte, dreven er drie roode papavers op het water. Als de dieren niet vergiftig geweest waren en een kus van de heks gekregen hadden, dan zouden zij in roode rozen veranderd zijn. Maar bloemen werden zij toch, omdat zij op haar hoofd, haar voorhoofd en haar hart gezeten hadden.

Zij was te vroom en te onschuldig, dan dat de tooverij macht over haar zou kunnen hebben!

Toen de booze koningin dit zag, wreef zij Elize met het sap van een walnoot in, zoodat zij donkerbruin werd, bestreek haar schoon gelaat met een stinkende zalf en liet haar prachtig haar in de war raken. Het was onmogelijk, de schoone Elize nu te herkennen.

Toen haar vader haar zag, verschrikte hij en zeide, dat het zijn dochter niet was. Geen anderen dan de hond en de zwaluwen konden haar herkennen; maar dat waren arme dieren, die niets te zeggen hadden.

Nu weende de arme Elize en dacht aan haar elf broeders, die allemaal weg waren. Bedroefd sloop zij het kasteel uit en liep den geheelen dag over veld en moeras, totdat zij in het groote bosch kwam. Zij wist niet, waar zij naar toe zou gaan, maar gevoelde zich diep bedroefd en verlangde naar haar broers; dezen waren zeker ook, evenals zij, de wijde wereld ingejaagd; en nu wilde zij hen zoeken en vinden.

Slechts korten tijd was zij in het bosch geweest, toen de nacht aanbrak; zij wist nu weg noch steg meer; daarom ging zij op het zachte mos liggen, deed haar avondgebed en leunde met haar hoofd tegen een boomtronk aan. Er heerschte een diepe stilte; de lucht was zacht, en om haar heen in het gras en in het mos gaven honderden glimwormpjes, als een groen vuur, gloed van zich; toen zij een der takken zachtjes met haar hand aanraakte, vielen de lichtgevende insecten als verschietende sterren naast haar neer.

Den geheelen nacht droomde zij van haar broers; zij speelden weer als kinderen, schreven met de diamanten griften op de gouden leien en keken in het prachtige prentenboek, dat het halve koninkrijk gekost had. Maar op hun leien schreven zij niet, evenals vroeger, cijfers, maar de moedige daden, die zij volbracht, alles, wat zij ondervonden en gezien hadden; en in het prentenboek leefde alles; de vogels zongen en de menschen kwamen het boek uit en spraken met Elize en haar broers. Maar als dezen het blad omkeerden, sprongen zij er dadelijk weer in, opdat de prenten niet in de war zouden raken.

Toen zij wakker werd, stond de zon al hoog aan den hemel; Elize kon haar echter niet zien; want de hooge boomen spreidden hun takken dicht boven haar uit. Maar de stralen speelden daarboven als een gouden lint; er was een geur van het groen, en de vogels zetten zich bijna op haar schouders neer. Zij hoorde water plassen: dat waren groote bronnen, die alle in een meer uitliepen, met den heerlijksten zandgrond. Het was omringd door dichte struiken; maar op één plaats hadden de herten een groote opening gemaakt, en hier ging Elize naar het water toe. Dit was zoo helder, dat men, als de wind de takken en de struiken niet had aangeraakt, zoodat zij zich bewogen, zou gedacht hebben, dat zij op den bodem van het water afgeteekend waren; zoo duidelijk spiegelde ieder blad zich daarin af, zoowel dat, hetwelk door de zon beschenen werd, als dat, hetwelk in de schaduw was.

Zoodra Elize haar eigen gezicht zag, verschrikte zij, zoo bruin en leelijk was het; maar toen zij haar kleine hand nat maakte en daarmee over haar oogen en haar voorhoofd wreef, kwam haar blanke huid weer te voorschijn. Nu kleedde zij zich uit en daalde in het frissche water neer! Een schooner koningskind, dan zij was, werd er in de wereld niet gevonden!

Toen zij zich weer aangekleed en haar lange lokken gevlochten had, ging zij naar de springbron toe, dronk uit het holle van haar hand en liep het bosch dieper in, zonder zelf te weten waarheen. Zij dacht aan haar broeders, dacht aan den goeden God, die haar zeker niet zou verlaten. God liet de wilde appelen in het bosch groeien, om de hongerigen te verzadigen. Hij wees haar zulk een boom aan; de takken daarvan bogen zich onder den last der vruchten. Hier hield zij haar middagmaal, zette stutten onder de takken en ging toen het donkerste gedeelte van het bosch in. Daar was het zoo stil, dat zij haar eigen voetstappen hoorde, alsmede het ritselen van ieder dor blad, dat zich onder haar voet boog. Geen enkele vogel was er te zien, geen enkele zonnestraal kon door de groote, donkere takken heendringen; de hooge stammen stonden zoo dicht bij elkaar, dat het, wanneer zij voor zich uitkeek, den schijn had, alsof zij door een hek van balken omgeven was. O, hier heerschte een eenzaamheid, zooals zij vroeger nooit gekend had.

De nacht werd stikdonker; geen enkel glimwormpje gaf meer licht in het mos. Bedroefd legde zij zich ter neer om te slapen. Nu scheen het haar, alsof de takken der boomen boven haar ter zijde weken en de goede God met milde blikken op haar neerzag; en de kleine engelen keken boven Zijn hoofd en onder Zijn armen uit.

Toen zij 's morgens wakker werd, wist zij niet, of zij het gedroomd had, dan of het werkelijk zoo geweest was.

Zij deed eenige schreden voorwaarts. Nu ontmoette zij een oude vrouw met bessen in haar mand; de oude vrouw gaf haar daarvan wat. Elize vroeg haar, of zij niet elf prinsen door het bosch had zien rijden.

«Neen,» zei de oude vrouw; «maar ik heb gisteren elf zwanen, ieder met een gouden kroon op den kop, hier in de nabijheid over de rivier zien zwemmen.»

En zij bracht Elize een eindje verder tot aan een helling; aan den voet daarvan kronkelde zich een riviertje; de boomen op de oevers strekten hun lange, lommerrijke takken naar elkander uit, en waar zij, tengevolge van hun natuurlijken groei, niet aan elkander konden raken, daar waren de wortels uit den grond losgerukt en hingen, met de takken in elkaar gestrengeld, over het water heen.

Elize zei de oude vrouw vaarwel en liep langs het riviertje tot aan de plaats, waar dit naar den grooten, open oceaan vloeide.

De geheele heerlijke zee lag voor het jonge meisje, maar geen enkel zeil vertoonde zich daarop, geen enkel schip was er op te zien. Hoe zou zij nu verder komen? Zij bekeek de tallooze kleine steentjes, die er op het strand lagen: het water had ze allemaal rond gemaakt. Glas, ijzer, steenen, alles, wat daar aangespoeld was, had zijn vorm gekregen door het water, dat toch veel zachter dan haar fijne hand was. «Dat rolt onvermoeid voort, en zoo wordt het harde glad; ik zal ook zoo onvermoeid zijn. Dank voor uw les, gij heldere, rollende golven! Eenmaal, dat zegt mij mijn hart, zult ge mij naar mijn broeders toe brengen!»

Op het aangespoelde zeegras lagen elf witte zwaneveeren; zij bond ze bij elkaar. Er lagen waterdroppels op: of het dauwdroppels of tranen waren, kon niemand zien. Eenzaam was het daar aan het strand, maar zij gevoelde het niet; want de zee bood een eeuwige afwisseling aan, ja, meer in slechts weinige uren, dan de zoete landwateren in een jaar kunnen opleveren. Als er een groote, zwarte wolk kwam, dan was het, alsof de zee wilde zeggen: «Ik kan er ook donker uitzien,» en dan blies de wind en keerden de golven den witten kant naar buiten. Maar als de wolken rood schenen en de winden sliepen, dan was de zee als een rozeblad; nu eens werd zij groen, dan weer wit. Maar hoe stil zij ook was, aan den oever was toch altijd een zachte beweging; het water verhief zich slechts even, gelijk de borst van een slapend kind.

Toen de zon zou ondergaan, zag Elize elf witte zwanen met gouden kronen op hun koppen naar het land toe komen; zij vlogen vlak achter elkaar, zoodat ze een lang wit lint schenen. Nu klom Elize de helling op en verborg zich achter een kreupelboschje; de zwanen zetten zich dicht bij haar neer en sloegen met hun groote witte vleugels.

Zoodra de zon in het water verdwenen was, vielen de zwaneveeren plotseling af, en nu stonden daar elf schoone prinsen, de broeders van Elize. Zij gaf een luiden gil; ofschoon zij heel wat veranderd waren, wist zij toch, dat zij het waren, gevoelde zij, dat zij het zijn moesten. En zij vloog hun in de armen en noemde hen bij name; en de prinsen voelden zich hoogst gelukkig, toen zij hun kleine zuster zagen en herkenden ook haar, die nu groot en schoon was. Zij lachten en weenden, en al spoedig hadden zij begrepen, hoe slecht hun stiefmoeder voor hen allen geweest was.

«Wij broeders,» zei de oudste, «wij vliegen als wilde zwanen, zoolang de zon aan den hemel staat; zoodra zij ondergegaan is, krijgen wij onze menschelijke gedaante terug. Daarom moeten wij altijd oppassen, dat wij bij den ondergang der zon een rustplaats voor onze voeten hebben; want als wij op dien tijd naar de wolken opvliegen, dan moeten wij als menschen in de diepte neerstorten. Hier wonen wij niet; er ligt een even schoon land als dit aan gene zijde der zee. Maar de weg daarheen is ver: wij moeten over de groote zee heen, en er bevindt zich geen eiland op onzen weg, waar wij kunnen overnachten: alleen een kleine klip steekt er in het midden daarvan uit; deze is slechts zoo groot, dat wij, dicht naast elkander liggende, daarop kunnen slapen. Is de zee in hevige beweging, dan spat het water hoog boven ons uit; maar toch danken wij God voor die klip. Daar overnachten wij in onze menschelijke gedaante; zonder deze zouden wij ons lieve vaderland nimmer kunnen bezoeken, want twee van de langste dagen des jaars hebben wij voor onzen tocht noodig. Slechts eenmaal in het jaar is het ons vergund, een bezoek aan ons vaderland te brengen; elf dagen mogen wij hier blijven en over het groote bosch heenvliegen, vanwaar wij het kasteel waarin wij geboren zijn en waar onze vader woont, en de hooge kerktorens, waar onze moeder begraven is, kunnen zien. Hier komt het ons voor, alsof boomen en planten aan ons verwant waren; hier loopen de wilde paarden over de steppen heen, zooals wij dit in onze kindsheid gezien hebben; hier zingt de kolenbrander zijn oude liederen, waarop wij als kinderen dansten; hier is ons vaderland; hierheen gevoelen wij ons aangetrokken, en hier hebben wij u, o lieve, kleine zuster, gevonden! Twee dagen kunnen wij hier nog blijven, dan moeten wij over de zee naar een heerlijk land, dat ons vaderland echter niet is. Hoe zullen wij je daar naar toe brengen? Wij hebben geen schip en geen boot!»

«Op welke wijze kan ik je verlossen?» vroeg hun zuster. En zij spraken bijna den geheelen nacht met elkaar: zij sliepen slechts eenige uren.

Elize ontwaakte door het geklep der zwanevleugels, die over haar heen bruisten: haar broeders waren weer veranderd en vlogen in groote kringen en eindelijk ver weg; maar een hunner, de jongste, bleef achter; en de zwaan legde zijn kop in haar schoot en zij streelde zijn vleugels; den geheelen dag waren zij bij elkaar. Tegen den avond kwamen de anderen terug, en toen de zon ondergegaan was, stonden zij daar weer in hun natuurlijke gedaante.

«Morgen vliegen wij van hier weg en kunnen voor het einde van een geheel jaar niet terugkeeren. Maar wij kunnen je zoo niet verlaten. Heb je moed om mee te gaan? Ik ben sterk genoeg om je door het bosch te dragen. Zouden wij met ons allen niet zulke sterke vleugels hebben, om met je over de zee te vliegen?»

«Ja, neemt mij mee!» zei Elize.

Den heelen nacht waren zij bezig van buigzame wilgenschors en taaie biezen een net te vlechten, en dit werd groot en stevig. Op dit net legde Elize zich neer, en toen de zon te voorschijn kwam en haar broeders in wilde zwanen veranderd werden, pakten zij het net met hun snavels beet en vlogen met hun lieve zuster, die nog sliep, hoog naar de wolken op. De zonnestralen vielen vlak op haar gezicht, daarom ging een der zwanen boven haar hoofd vliegen, opdat zijn breede vleugels haar zouden beschutten.

Zij waren al ver van het land verwijderd, toen Elize wakker werd; zij dacht, dat zij nog droomde, zoo zonderling kwam het haar voor, hoog door de lucht over de zee gedragen te worden. Naast haar lag een tak met heerlijke, rijpe bessen en een bosje smakelijke wortelen; deze had de jongste der broeders voor haar verzameld en bij haar neergelegd. Zij glimlachte hem toe, want zij herkende hem; hij was het, die boven haar vloog en haar met zijn vleugels beschaduwde.

Zij waren zoo hoog, dat het grootste schip, dat zij onder zich zagen, een witte meeuw scheen te zijn, die op het water dreef. Een groote wolk stond achter hen; dat was een berg. En op dezen zag Elize haar eigene schaduw en die der elf zwanen; zoo reusachtig groot vlogen zij daar. Dat was een tooneel, prachtiger dan zij er vroeger ooit een gezien had. Maar toen de zon hooger steeg en de wolk verder achterbleef, verdween ook het zwevende schaduwbeeld.

Den geheelen dag vlogen zij voort, als een snorrende pijl door de lucht; maar het ging toch langzamer dan anders, want nu hadden zij hun zuster te dragen. Er was ruw weer ophanden; de avond viel; angstig zag Elize de zon al meer en meer dalen, en nog was de eenzame klip in zee niet te zien. Het kwam haar voor, alsof de zwanen krachtiger slagen met hun vleugels deden. Ach! zij was er de schuld van, dat zij niet vlug genoeg konden voortkomen. Als de zon ondergegaan was, dan moesten zij menschen worden, in de zee neerstorten en verdrinken. Nu zond zij uit het binnenste haars harten een gebed tot God op; maar nog zag zij geen klip. De zwarte wolk kwam naderbij; de wolken schenen een enkele, groote, dreigende massa te zijn, die er bijna als lood uitzag en al meer en meer voorwaarts dreef; bliksemstralen doorkliefden de lucht.

Nu was de zon juist aan den rand der zee. Het hart van Elize beefde; nu daalden de zwanen naar beneden, zoo snel, dat zij meende te vallen. Maar nu vlogen zij weer verder. De zon was half onder het water; nu zag zij eerst de kleine klip onder zich. Deze zag er niet grooter uit, dan of het een zeehond was, die met zijn kop boven het water uitstak. De zon daalde zeer snel; nu scheen zij nog slechts als een ster; daar raakte haar voet den vasten grond aan. De zon doofde uit, evenals de laatste vonk in brandend papier: arm in arm zag zij haar broeders om zich heen staan; maar meer plaats dan juist voor dezen en voor haar was er ook niet. De golven sloegen tegen de klip aan en spatten als een stofregen over haar heen; de lucht stond als in vuur, en de eene donderslag na den anderen ratelde; maar zuster en broeders grepen elkaar bij de hand en zongen psalmen, waaruit zij troost en moed putten.

Toen het den volgenden morgen begon te schemeren, was de lucht helder en stil; zoodra de zon opging, vlogen de zwanen met Elize van het eiland weg. De golven gingen nog hoog; het had, terwijl zij zoo hoog in de lucht waren, den schijn, alsof het witte schuim op de zwartachtig groene zee millioenen zwanen waren, die op het water zwommen.

Toen de zon hooger steeg, zag Elize voor zich, half in de lucht drijvend, een bergachtig land met schitterende ijsmassa's op de rotsen; en in het midden daarvan verhief zich een kasteel van wel een mijl lang, met de eene kolossale zuilengang boven de andere; beneden golfden palmbosschen en prachtige bloemen. Zij vroeg, of dit het land was, waar zij naar toe wilden; maar de zwanen schudden met hun kop, want datgene, wat zij zag, was het heerlijke, aldoor afwisselende wolkenkasteel der Fata Morgana; daarin konden zij geen menschen brengen. Elize staarde het aan; daar stortten bergen, bosschen en kasteel ineen, en twintig trotsche kerken, alle aan elkaar gelijk, met hooge torens en spitsboogvensters stonden voor hen. Zij meende een orgel te hooren spelen, maar het was de zee, die zij hoorde. Nu was zij zeer dicht bij de kerken, en eensklaps werden deze tot een geheele vloot, die onder haar voortzeilde; maar toen zij naar beneden keek, waren het slechts nevelen, die over het water heen dreven. Zoo had zij een voortdurende afwisseling voor oogen, totdat zij eindelijk het werkelijke land zag, waar zij naar toe wilden; daar verhieven zich de heerlijkste blauwe bergen met cederbosschen, steden en kasteelen. Lang voordat de zon onderging, zat zij op de rotsen voor een groote grot, die met fijne groene slingerplanten begroeid was; het zag er uit, alsof het geweven tapijten waren.

«Nu zullen we eens zien, wat je hier van nacht droomt!» zei de jongste broer en wees haar haar slaapkamer.

«Moge de Hemel geven, dat ik droom, hoe ik je kan verlossen!» zeide zij. En deze gedachte hield haar geheel en al bezig; zij bad innig tot God om Zijn hulp; ja, zelfs in den slaap ging zij met bidden voort. Daar kwam het haar voor, alsof zij hoog in de lucht vloog, naar het wolkenkasteel der Fata Morgana; en de toovergodin kwam haar te gemoet, schoon en van licht stralende; en toch geleek zij precies op de oude vrouw, die haar in het bosch bessen gegeven en haar van de zwanen met gouden kronen op den kop verteld had.

«Uw broeders kunnen verlost worden,» zeide zij; «maar bezit ge moed en volharding? Wel is het water zachter dan uw fijne handen, maar toch rondt het de

115

steenen af; doch het voelt de smarten niet, die uw vingers zullen voelen; het heeft geen hart en lijdt den angst en de kwelling niet, die gij zult moeten doorstaan. Ziet ge die brandnetel, die ik in mijn hand houd? Van die zelfde soort groeien er verscheidene rondom de grot, waarin ge slaapt; alleen die daar en die, welke op de graven van het kerkhof groeien, zijn bruikbaar: let daar wel op! Die moet ge plukken, ofschoon zij uw hand vol blaren zullen branden. Braak deze brandnetels met uw voeten, dan krijgt ge vlas; daarvan moet ge elf hemden met lange mouwen vlechten en naaien; werp deze over de elf zwanen heen, dan is de betoovering geweken. Maar bedenk wel, dat ge van het oogenblik, waarop ge met dezen arbeid begint, totdat deze voltooid is, al mochten er ook jaren mee verloopen, niet moogt spreken; het eerste woord, dat ge spreekt, dringt als een doodende dolk in de harten van uw broeders door! Aan uw tong hangt hun leven! Neem dat alles wel ter harte!»

En zij raakte met haar hand tegelijkertijd de brandnetel aan; deze was als een brandend vuur; Elize werd er wakker van. Het was klaarlichte dag, en dicht bij de plaats, waar zij geslapen had, lag een brandnetel evenals die, welke zij in den droom gezien had. Nu viel zij op haar knieën, dankte God en ging de grot uit, om een begin met haren arbeid te maken.

Met haar fijne handen greep zij in de leelijke brandnetels; deze waren als vuur; zij brandden groote blaren op haar handen en armen: maar gaarne wilde zij dit lijden doorstaan, als zij er haar geliefde broeders maar door kon verlossen. Zij braakte iedere brandnetel met haar bloote voeten en vlocht het groene vlas.

Toen de zon ondergegaan was, kwamen haar broeders en verschrikten, toen zij merkten, dat zij stom was; zij dachten, dat dit een nieuwe betoovering van hun booze stiefmoeder was. Maar toen zij haar handen zagen, begrepen zij, wat zij om hunnentwil deed. De jongste broeder weende; en waar zijn tranen vielen, daar voelde zij geen pijn meer; daar verdwenen de brandende blaren.

Den heelen nacht bracht zij met haar arbeid door; want zij had geen rust, voordat zij haar broeders verlost had. Den volgenden dag, terwijl de zwanen weg waren, zal zij in haar eenzaamheid; maar nog nooit was de tijd haar zoo gauw voorbijgegaan als thans. Één hemd was reeds klaar, nu begon zij aan het tweede.

Eensklaps weerklonk er een jachthoorn tusschen de bergen; zij werd door vrees aangegrepen. Het geschal kwam gedurig naderbij; zij hoorde honden blaffen; verschrikt vluchtte zij in de grot, bond de brandnetels, die zij verzameld en gebraakt had, in een bosje samen en zette zich daarop neer.

Terstond kwam er een groote hond uit de kloof te voorschijn, en al spoedig daarop weer een, en nog een; zij blaften luide, liepen terug en kwamen andermaal weer. Het duurde slechts weinige minuten, en nu stonden al de jagers voor de grot, en de schoonste van hen was de koning des lands. Hij ging naar Elize toe; nooit had hij een schooner meisje gezien.

«Hoe zijt ge hier zoo gekomen, beste meid?» vroeg hij. Elize schudde met het hoofd: zij mocht immers niet spreken; het gold de verlossing en het leven van haar broers. En zij verborg haar handen onder haar schort, opdat de koning niet zou zien, wat zij moest lijden.

«Ga met mij mee!» zeide hij. «Hier kunt ge niet blijven. Als ge even goed zijt als schoon, dan zal ik u in zijde en fluweel kleeden, een gouden kroon op uw hoofd zetten, en dan zult ge in mijn prachtigste kasteel wonen en heerschen!»—Daarop tilde hij haar

116

op zijn paard. Zij weende en wrong zich de handen; maar de koning zei: «Ik wil slechts uw geluk. Eenmaal zult ge mij daarvoor danken.» Met deze woorden reed hij door het gebergte heen en zette haar voor zich op het paard neer, en de jagers reden achter hen.

Toen de zon onderging, lag de schoone koningstad met kerken en koepels voor hen. En de koning bracht haar in het kasteel, waar groote fonteinen in de marmeren zalen sprongen, en waar schilderijen aan de muren prijkten. Maar zij had daarvoor geen oogen: zij weende en treurde slechts. Gewillig liet zij zich door de vrouwen koninklijke kleeren aandoen, paarlen in de haren vlechten en fijne handschoenen over haar verbrande vingers aantrekken.

Toen zij daar in al haar pracht stond, was zij verblindend schoon, zoodat het hof diep voor haar boog. En de koning verkoos haar tot zijn bruid, ofschoon de aartsbisschop het hoofd schudde en fluisterde, dat het schoone meisje uit het bosch zeker een heks was: zij verblindde de oogen des konings en maakte zijn hart verdwaasd.

Maar de koning luisterde daar niet naar, liet de muziek weerklinken, de kostelijkste gerechten opdragen en de bekoorlijkste meisjes om haar heen dansen. En zij werd door geurende tuinen in prachtige zalen gebracht, maar geen enkel glimlachje kwam er op haar lippen of uit haar oogen: als een beeld der treurigheid stond zij daar. Nu deed de koning een kleine kamer daarnaast open, waar zij zou slapen; deze was met kostbare groene tapijten versierd en geleek op de grot, waarin zij geweest was; op den vloer lag een bosje vlas, dat zij uit de brandnetels vervaardigd had, en onder een gordijn hing het hemd, dat geheel gereed was. Dit alles had een der jagers als een curiositeit meegenomen.

«Hier kunt ge u in uw vroegere woonplaats terugdroomen!» zei de koning. «Hier is de arbeid, die u daar bezighield; thans, midden in al uw pracht, zal het u een genoegen zijn, aan dien tijd terug te denken.»

Toen Elize zag, wat haar zoo na aan het hart lag, speelde er een glimlach om haar lippen en keerde het bloed naar haar wangen terug. Zij dacht aan de verlossing van haar broeders, kuste den koning de hand, en hij drukte haar aan zijn hart en liet door al de kerkklokken het bruiloftsfeest verkondigen. Het schoone, stomme meisje uit het bosch werd de koningin van het land.

Nu fluisterde de aartsbisschop booze woorden in de ooren van den koning, maar deze drongen niet tot zijn hart door. De bruiloft zou plaats hebben; de aartsbisschop zelf moest haar de kroon op het hoofd zetten, en hij drukte met kwaadwilligheid den nauwen diadeem vast op haar voorhoofd, zoodat het haar pijn deed. Maar een heviger pijn gevoelde zij in haar hart: de smart over haar broeders. Zij voelde het lichamelijk lijden niet. Haar mond was stom; een enkel woord zou immers aan haar broeders het leven kosten; maar in haar oogen verried zich innige liefde jegens den goeden, schoonen koning, die alles deed om haar genoegen te geven. Van ganscher harte kreeg zij hem van dag tot dag meer lief. O, mocht zij haar hart slechts voor hem kunnen uitstorten en hem haar lijden klagen! Doch stom moest zij zijn, stom moest zij haar werk volbrengen. Daarom sloop zij des nachts van zijn zijde weg, ging naar de kleine kamer, die evenals de grot ingericht was, en maakte het eene hemd na het andere gereed. Maar toen zij aan het zevende zou beginnen; had zij geen vlas meer.

Zij wist, dat de brandnetels, die zij moest hebben, op het kerkhof groeiden; maar deze moest zij zelf plukken. Hoe zou zij daar naar toe kunnen gaan?

117

«O, wat is de pijn in mijn vingers bij de foltering, die mijn hart doorstaat!» dacht zij. «Ik moet het wagen! Het zal mij stellig aan hulp niet ontbreken!» Met een angst, alsof het een booze daad was, die zij in den zin had, sloop zij in den nachtelijken maneschijn naar den tuin en liep door de lanen en door de eenzame straten naar het kerkhof. Daar zag zij op een der grootste grafsteenen een troep heksen zitten. Deze leelijke heksen trokken haar lompen uit, alsof zij zich wilden baden, en daarop dolven zij met haar lange, magere vingers de versche graven op, haalden er met duivelsche begeerigheid de lijken uit en aten van hun vleesch. Elize moest er op een kleinen afstand voorbij, en zij vestigden haar booze blikken op haar; maar zij bad in stilte, verzamelde de brandnetels en bracht ze naar het kasteel toe.

Slechts een enkel mensch had haar gezien, en wel de aartsbisschop; hij was wakker, wanneer de anderen sliepen. Nu had hij toch gelijk, dat het met de koningin niet was, zooals het wezen moest; zij was een heks, daarom had zij den koning en het volk verblind.

In den biechtstoel zeide hij tegen den koning, wat hij gezien had en wat hij vreesde. En toen de harde woorden van zijn lippen vloeiden, schudden de heiligenbeelden met hun hoofden, alsof zij wilden zeggen: «Het is zoo niet! Elize is onschuldig!» Maar de aartsbisschop gaf er een andere uitlegging aan; hij dacht, dat zij tegen haar getuigden, en dat zij om haar zonde het hoofd schudden. Nu biggelden den koning twee tranen langs de wangen; hij ging naar huis met twijfel in zijn hart en hield zich 's nachts, alsof hij sliep. Maar er kwam geen geruste slaap in zijn oogen: hij merkte, dat Elize opstond. Iederen nacht herhaalde zij dit, en telkens achtervolgde hij haar stilletjes en zag, hoe zij in haar kamer verdween.

Van dag tot dag werd zijn voorkomen somberder; Elize zag dit, maar begreep niet, hoe het kwam; het maakte haar echter ongerust, en wat leed zij niet in haar hart voor haar broeders! Op het koninklijk fluweel en purper vloeiden haar heete tranen; deze lagen daar als fonkelende diamanten en allen, die deze schitterende pracht zagen, wenschten koningin te zijn. Intusschen was zij al spoedig met haar arbeid gereed; slechts één hemd ontbrak er nog aan; maar vlas had zij ook niet meer en geen enkele brandnetel. Nog eenmaal, en wel voor den laatsten keer, moest zij daarom naar het kerkhof, om eenige handenvol te plukken. Zij dacht met angst aan dezen eenzamen tocht en aan de verschrikkelijke heksen; maar haar wil stond vast, alsmede haar vertrouwen op den Heer.

Elize ging er heen; maar de koning en de aartsbisschop volgden haar. Zij zagen haar het hek van het kerkhof doorgaan, en toen zij daar dichter bij kwamen, zaten de heksen op den grafsteen, evenals Elize ze gezien had; en de koning wendde zich af, want hij meende ook haar daar te zien, wier hoofd nog dien zelfden avond aan zijn borst gerust had.

«Het volk moet haar vonnissen!» zeide hij. En het volk veroordeelde haar tot den dood op den brandstapel.

Uit de prachtige koninklijke zalen werd zij naar een donkeren, vochtigen kerker overgebracht, waar de wind door de tralies heenfloot; in plaats van fluweel en zijde gaf men haar het bosje brandnetels, dat zij verzameld had: daar kon zij haar hoofd op neerleggen: de harde, brandende hemden, die zij vervaardigd had, zouden haar dekens zijn. Maar men had haar niets kunnen geven, wat haar aangenamer was; zij vatte haar werk weer op en bad tot God. Buiten zongen de jongens spotliederen op haar; niemand troostte haar met een vriendelijk woord.

Daar klapten er tegen den avond dicht voor het getraliede raam zwanevleugels; dat was de jongste der broeders. Hij had zijn zuster gevonden; en zij snikte luid van vreugde, ofschoon zij wist, dat de nacht, die aanstaande was, waarschijnlijk de laatste zou zijn, dien zij te leven had. Maar nu was het werk ook bijna geëindigd, en haar broeders waren hier.

De aartsbisschop kwam nu, om in haar laatste uren bij haar te zijn: dat had hij den koning beloofd. Maar zij schudde het hoofd en smeekte met blikken en gebaren, dat hij heen zou gaan. Dezen nacht moest zij haar arbeid immers voltooien, anders was alles vruchteloos, alles: smart, tranen en slapelooze nachten. De aartsbisschop verwijderde zich, terwijl hij haar toornige woorden toevoegde; maar de arme Elize wist, dat zij onschuldig was en ging met haar werk voort.

De kleine muizen liepen over den vloer; zij sleepten brandnetels naar haar toe, om toch ook wat te helpen; en de lijster zette zich voor het raam neer en zong den heelen nacht zoo vroolijk, als zij maar kon, opdat Elize den moed niet zou verliezen.

Het was nog schemerachtig; eerst na verloop van een uur ging de zon op. En daar stonden de elf broeders voor de poort van het kasteel en verlangden tot den koning toegelaten te worden. Dat kon niet gebeuren, werd hun ten antwoord gegeven; het was immers nog nacht: de koning sliep en mocht niet wakker gemaakt worden. Zij smeekten en dreigden, de wacht kwam, ja, zelfs de koning ging naar buiten en vroeg, wat dat moest beteekenen? Daar ging de zon op, en nu waren er geen broeders te zien; maar boven het kasteel vlogen er elf wilde zwanen.

Het geheele volk stroomde de stadspoort uit: het wilde de heks zien verbranden. Een oud paard trok de kar, waarop zij zat, voort; men had haar een kiel van grof zaklinnen aangetrokken; haar prachtig haar hing verward om haar hoofd; haar wangen waren doodsbleek, haar lippen bewogen zich zachtjes, terwijl haar vingers het groene vlas vlochten. Zelfs op haar doodsweg hield zij niet met het begonnen werk op; de tien hemden lagen aan haar voeten, aan het elfde werkte zij nog. Het gepeupel bespotte haar.

«Kijk die leelijke heks eens! Geen gezangboek heeft zij in de hand; neen, met haar afschuwelijke tooverij zit zij daar! Scheurt haar in duizend stukken!»

En zij snelden allen op haar los en wilden de hemden verscheuren, toen er elf wilde zwanen kwamen aanvliegen, die zich rondom haar op de kar neerzetten en met hun groote vleugels klapten. Nu week de menigte verschrikt op zijde.

119

«Dat is een teeken van den hemel! Zij is zeker onschuldig!» fluisterden velen. Maar zij waagden het niet, dit overluid te zeggen.

Nu greep de beul haar bij de hand, waarop zij de elf hemden haastig over de zwanen heenwierp. En onmiddellijk stonden daar elf schoone prinsen. Maar de jongste had een zwanevleugel in plaats van zijn eenen arm, want er ontbrak een mouw aan zijn hemd: deze had zij niet klaargekregen.

«Nu mag ik spreken!» zeide zij. «Ik ben onschuldig!»

En het volk, dat zag, wat er gebeurd was, boog zich voor haar als voor een heilige; maar zij zonk levenloos in de armen van haar broeders: zoozeer hadden overspanning, angst en smart haar aangegrepen.

«Ja, onschuldig is zij,» zei de oudste broeder, en nu vertelde hij alles, wat er gebeurd was. En terwijl hij sprak, verspreidde zich een geur, als van millioenen rozen, want ieder stuk brandhout van den brandstapel had wortelen geschoten en kreeg takken; er stond daar een geurende heg, hoog en groot, met roode rozen; bovenaan prijkte een bloem, wit en schitterend; deze fonkelde als een ster. De koning plukte haar af en stak haar op de borst van Elize: nu ontwaakte zij met vrede en gelukzaligheid in het hart.

En alle kerkklokken luidden van zelf, en de vogels kwamen bij groote scharen aan. Het werd een bruidsstoet naar het kasteel terug zooals geen koning nog ooit gezien had!

Het madeliefje.

Luister nu eens!

Buiten op het land, dicht aan den weg, stond een aardig huisje. Ge hebt het zeker zelf wel eens gezien. Daarvoor is een kleine tuin met bloemen en een heining, die geverfd is; dicht daarbij aan den kant van de gracht, te midden van het mooiste groene gras, groeide een klein madeliefje; de zon bescheen het even warm en heerlijk als de groote, mooie, prachtige bloemen in den tuin, en daarom groeide het van uur tot uur.

Op zekeren morgen stond het met zijn kleine, sneeuwwitte blaadjes, die als stralen rondom de gele zon in het midden zaten, geheel ontloken. Het dacht er niet aan, dat niemand het daar in het gras zag, en dat het een arm, veracht bloempje was; neen, het was zeer vergenoegd, het wendde zich naar de warme zon toe, keek er naar op en luisterde naar den leeuwerik, die in de lucht zong.

Het kleine madeliefje was zoo gelukkig, alsof het een groote feestdag was, en het was toch maar een Maandag. Al de kinderen waren naar school toe. Terwijl dezen op hun banken zaten en leerden, zat het madeliefje op zijn kleinen, groenen stengel en leerde ook van de warme zon en van alles in den omtrek, hoe goed God is; en het beviel het bloempje goed, dat de kleine leeuwerik alles, wat het in stilte gevoelde, zoo duidelijk en schoon zong. En het madeliefje keek met een soort van eerbied naar den gelukkigen vogel, die kon zingen en vliegen, maar was er niet bedroefd over, dat het dit zelf niet kon. «Ik zie en hoor immers!» dacht het; «de zon beschijnt mij en de wind kust mij! O, hoe rijk ben ik toch begiftigd!»

In den tuin stonden vele stijve, deftige bloemen; hoe minder geur zij van zich gaven, des te meer pronkten zij. De pioenen bliezen zich op, om grooter dan een roos te zijn; maar in de grootte zit het hem niet! De tulpen hadden de allerschoonste kleuren, en dat wisten zij wel en hielden zich zoo recht als een kaars, opdat men ze beter zou kunnen zien. Zij letten niet op het kleine madeliefje daar buiten; maar dit keek des te meer naar hen en dacht: «Wat zijn zij toch rijk en schoon! Ja, de prachtige vogel vliegt zeker naar hen toe en brengt hun een bezoek! Goddank dat ik er zoo dicht bij sta, dan heb ik toch ook wat aan die pracht!» En terwijl het dit dacht, «Kieviet!» daar kwam de leeuwerik aanvliegen, maar niet naar de pioenen en de tulpen toe,—neen, hij zette zich op het gras bij het arme madeliefje neer. Dit verschrikte zoo, dat het niet wist, wat het er van moest denken.

De kleine vogel danste rondom het lieve bloempje heen en zong: «O, wat is dat gras toch zacht! En zie eens, welk een lief bloempje met goud in het hart en zilver op zijn kleed!» Het gele stipje in het madeliefje zag er immers als goud uit, en de blaadjes rondom waren zilverwit.

Hoe gelukkig het kleine madeliefje was,—neen, dat kan niemand zich voorstellen! De vogel kuste het met zijn snavel, zong er voor en vloog toen weer in de blauwe lucht op. Het duurde zeker wel een kwartier, voordat het madeliefje weer wat tot zich zelf gekomen was. Half beschaamd en toch innerlijk verheugd, keek het naar de andere bloemen in den tuin; zij hadden immers de eer en het geluk, dat hem weervaren was, gezien; zij moesten immers begrijpen, welk een blijdschap dit voor hem was. Maar de tulpen stonden nog eens zoo stijf als vroeger, en toen zetten zij een lang gezicht en werden vuurrood, want zij hadden er zich over geërgerd. De pioenen waren knorrig; het was goed, dat zij niet konden spreken, anders had het madeliefje zeker een hatelijkheid moeten aanhooren. De arme kleine bloem kon wel zien, dat zij niet in een goede luim waren, en dat deed haar van harte leed. Op hetzelfde oogenblik kwam er een meisje met een groot, scherp en blinkend mes in den tuin; zij liep naar de tulpen toe en sneed de eene na de andere af. «Och!» zeide het madeliefje met een zucht: «dat is toch verschrikkelijk: nu is het met hen gedaan!» Daarop ging het meisje met de tulpen weg. Het madeliefje was er blij om, dat het buiten in het gras stond en een klein bloempje was, het gevoelde zich zeer dankbaar, en toen de zon onderging, vouwde het zijn blaadjes dicht, viel in slaap en droomde den heelen nacht van de zon en van den kleinen vogel.

Den volgenden morgen, toen het bloempje al zijn witte blaadjes weer als kleine armen naar de lucht en het licht uitstrekte, herkende het de stem van den vogel; maar het klonk treurig, wat hij zong. Ja, de arme leeuwerik had daar wel reden voor; hij was gevangen en zat in een kooi, dicht bij het open raam. Hij bezong het vrije en gelukkige rondvliegen, zong van het jonge, groene koren op het veld en van de heerlijke tochten, die hij op zijn vleugels hoog in de lucht kon doen. De arme leeuwerik was niet opgewekt; hij zat daar in een kooi gevangen.

Het kleine madeliefje wilde hem graag helpen. Maar hoe zou het dit doen? Ja, daar was moeilijk iets op te bedenken. Het bloempje vergat heelemaal, hoe schoon alles in den omtrek stond, hoe warm de zon scheen en hoe prachtig wit zijn blaadjes er uitzagen. Ach, het kon aan niets anders denken dan aan den gevangen vogel, voor wien het volstrekt niets kon doen.

121

Op dit zelfde oogenblik kwamen er twee kleine jongens uit den tuin; de een hield een mes in de hand, groot en scherp, evenals dat hetwelk het meisje had, om de tulpen af te snijden. Zij gingen naar het kleine madeliefje toe, dat maar niet kon begrijpen, wat zij wilden.

«Hier kunnen we een heerlijke graszode voor den leeuwerik uitsnijden!» zei het eene jongetje en begon toen om het madeliefje heen een vierhoek te snijden, zoodat het midden in de graszode bleef staan.

«Pluk het bloempje af!» zei het andere jongetje, en het madeliefje beefde van angst; want afgeplukt te worden stond immers gelijk met het leven te verliezen; en nu wilde het nog veel te graag leven, daar het met de graszode naar den gevangen leeuwerik in de kooi toe moest.

«Neen, laat het staan!» zei het andere jongetje; «het is zoo'n lief bloempje!» En zoo bleef het dan staan en kwam in de kooi van den leeuwerik.

Maar de arme vogel klaagde luid over het verlies van zijn vrijheid en sloeg met zijn vlerken tegen het ijzerdraad van de kooi; het kleine madeliefje kon niet spreken, geen vertroostend woord zeggen, hoe graag het ook wilde. Zoo verliep de voormiddag.

«Hier is geen water,» zei de gevangen leeuwerik. «Ze zijn allemaal uitgegaan en hebben vergeten, mij te drinken te geven. Mijn keel is droog en brandend! Er is vuur en ijs in mij, en de lucht is zwaar! Ach, ik moet sterven, scheiden van den warmen zonneschijn, van het frissche groen, van al de heerlijkheid, die God geschapen heeft!» En toen boorde hij met zijn snavel in de koele graszode, om zich daardoor een weinig te verfrisschen! Daar viel zijn blik op het madeliefje, en de vogel knikte het toe, kuste het met den snavel en zei: «Gij moet hier binnen ook verdrogen, arme, kleine bloem! U en het kleine plekje groene gras heeft men mij gegeven in ruil voor de geheele wereld, die ik daar buiten had! Ieder grashalmpje moet mij een groene boom, elk van uw witte bladeren een geurige bloem zijn! Ach, ge herinnert er mij slechts aan, hoeveel ik verloren heb.»

«Kon ik hem maar wat troosten!» dacht het madeliefje; maar het kon geen blad bewegen; doch de geur, die de teere blaadjes van zich gaven, was veel sterker, dan men anders bij dit bloempje vindt; dat merkte de vogel ook, en ofschoon hij van dorst versmachtte en in zijn smart de groene grashalmpjes afrukte, raakte hij het bloempje toch niet aan.

Het werd avond, en nog kwam er niemand, om den armen vogel een droppel water te brengen; nu strekte hij zijn lieve vlerkjes uit en schudde er krampachtig mee; zijn gezang was een weemoedig piep-piep; zijn klein kopje boog zich langzaam naar het bloempje toe, en het hart van den vogel brak van gebrek en heimwee. Nu kon het bloempje niet, evenals den vorigen avond, zijn blaadjes samenvouwen en slapen, het hing ziek en treurig op den grond neer.

Eerst den volgenden morgen kwamen de jongetjes, en toen zij den dooden vogel zagen, weenden zij bittere tranen en groeven een aardig grafje, dat met bloembladeren versierd werd. Het lijk van den vogel kwam in een mooi rood doosje; koninklijk zou hij begraven worden, de arme vogel! Toen hij leefde en zong, vergaten ze hem, lieten hem in de kooi zitten en gebrek lijden; nu werd hij geëerd en werden er tranen om hem gestort.

Maar de graszode met het madeliefje werd in het stof van den straatweg geworpen. Niemand dacht aan de bloem, die het meest voor den kleinen vogel gevoeld had en die hem zoo graag had willen troosten!

De geschiedenis van een moeder.

Een moeder zat bij de wieg van haar kind: zij was diep bedroefd en vreesde, dat het zou sterven. Zijn gezichtje was bleek en zijn oogjes waren gesloten. Het kind haalde zwaar en somtijds zoo diep adem, alsof het zuchtte, en de moeder keek nog treuriger naar het arme wicht.

Eensklaps werd er op de deur geklopt, en nu trad er een arm, oud man binnen, die in een groot paardedek gewikkeld was; want daarin blijft men warm, en dat had hij wel noodig; het was immers een koude winter. Buiten was alles met ijs en sneeuw bedekt, en de wind blies zoo scherp, dat hij in het gezicht sneed.

Daar de oude man van de koude trilde en het kind een oogenblik sliep, verliet de moeder de wieg even en zette bier in een kleinen pot op het vuur, om het voor hem te warmen. De oude man zette er zich bij neer en wiegde het kind, en de moeder ging op een ouden stoel naast hem zitten, keek naar haar ziek kind, dat zoo diep adem haalde, en greep zijn handje vast.

«Niet waar, ge denkt toch ook, dat ik het wel zal behouden?» vroeg zij. «De goede God zal het mij niet ontnemen!»

De oude man—het was de Dood—knikte zoo zonderling, dat het even goed ja als neen kon beteekenen. Maar de moeder sloeg haar oogen neer, en tranen biggelden langs haar wangen. Het hoofd werd haar zwaar; in drie dagen en drie nachten had zij geen oog geloken; en nu viel zij in slaap, doch haar slaap duurde niet langer dan een minuut; toen stond zij op en beefde van de kou. «Wat is dat?» riep zij uit en keek naar alle kanten rond. Maar de oude man was weg, en haar kind was weg: hij had het meegenomen. In de hoek van de kamer maakte de oude klok een zonderling geluid; het zware looden gewicht kwam op den vloer neer—plomp!—daar stond de klok stil.

De arme moeder snelde het huis uit en riep om haar kind.

Buiten, midden in de sneeuw, zat een man in een lang, zwart gewaad, en zei: «De Dood is bij u in de kamer geweest; ik heb hem met uw kind zien wegsnellen; hij loopt sneller dan de wind en brengt nooit terug, wat hij weggenomen heeft.»

«Zeg mij maar, welken weg hij ingeslagen is!» zei de moeder. «Zeg mij den weg, en ik zal dien wel vinden.»

«Ik weet dien,» zei de man in het zwarte gewaad; «maar voordat ik u dit zeg, moet ge eerst al de liedjes voor mij zingen, die ge voor uw kind gezongen hebt. Ik mag zulke liedjes graag; ik heb ze vroeger wel meer gehoord; ik ben de nacht en heb uw tranen gezien, toen gij ze zongt.»

«Ik zal ze allemaal zingen!» zei de moeder. «Maar houd mij niet op, opdat ik hem kan inhalen, opdat ik mijn kind moge wedervinden!»

Maar de nacht zat stil en stom. Nu wrong de moeder zich de handen, zong en weende. En er vloeiden vele liedjes van haar lippen, maar nog meer tranen uit haar oogen. Toen zei de nacht: «Loop het donkere dennenwoud in; daar heb ik den dood met het kind naar toe zien gaan.»

In het dichtst van het woud bevond zich een kruisweg, en zij wist niet, welke richting zij nu moest inslaan. Er stond daar een doornstruik: deze had bladeren noch bloemen; maar het was dan ook in den barren wintertijd, en er hingen ijskegels aan de takken.

«Hebt ge den Dood met mijn kind zien voorbijgaan?» vroeg zij.

«Ja!» zei de doornstruik; «maar ik zeg u niet, welken weg hij ingeslagen is, als gij mij niet vooraf aan uw boezem wilt verwarmen! Ik vries hier dood, ik word tot louter ijs!»

124

En zij drukte den doornstruik vast aan haar borst, opdat hij heelemaal zou kunnen ontdooien. De doornen drongen in haar vleesch door, en haar bloed vloeide in groote droppels. Maar de doornstruik kreeg nieuwe, groene bladeren en droeg bloesems in den winternacht; zoo warm is het aan het hart van een bedroefde moeder! De doornstruik zei haar daarop, welken weg zij moest inslaan.

Nu kwam zij aan een groot meer, waarop geen enkel schip of schuitje te zien was. Het meer was niet genoeg dichtgevroren, om haar te dragen, en ook niet open en ondiep genoeg, om doorwaad te kunnen worden,—en toch moest zij er overheen, als zij haar kind wilde vinden. Nu ging zij op haar knieën liggen, om het meer leeg te drinken; maar dat was immers onmogelijk voor een mensch. Doch de bedroefde moeder dacht, dat er misschien een wonder zou kunnen gebeuren.

«Neen, dat zal nooit gaan!» zei het meer. «Laat ons beiden liever zien, of wij het met elkaar eens kunnen worden. Ik houd er van, parels te verzamelen, en uw oogen zijn twee van de schoonste, die ik ooit gezien heb: wilt gij ze in mij uitweenen, dan zal ik u naar de groote broeikas brengen, waarin de Dood woont en bloemen en boomen verpleegt; elk van deze is een menschenleven.»

«O, wat zou ik niet willen geven, om bij mijn kind te komen,» zei de moeder, die reeds zooveel tranen gestort had. Zij weende nog meer, en haar oogen vielen op den bodem van het meer en werden twee kostbare parels. Maar het meer hief haar in de hoogte alsof zij op een schommel zat, en in een oogenblik vloog zij op den tegenovergestelden oever, waar een mijlenlang, wonderbaar huis stond. Men wist niet, of het een berg met bosschen en grotten, dan of het getimmerd was. Maar de arme moeder kon het niet zien: zij had haar oogen immers uitgeweend.

«Waar kan ik den Dood vinden, die met mijn kind is weggegaan?» vroeg zij.

«Hij is hier nog niet aangekomen!» zei een oude, grijze vrouw, die daar rondliep en op de broeikas van den Dood moest passen. «Hoe hebt ge den weg hier heen gevonden, en wie heeft u geholpen?»

«De goede God heeft mij geholpen,» antwoordde zij. «Hij is barmhartig, en dat zult gij ook zijn. Waar kan ik mijn kind vinden?»

«Ik ken het niet,» zei de oude vrouw, «en gij kunt immers niet zien!—Vele bloemen en boomen zijn er in dezen nacht verwelkt: de Dood zal wel spoedig komen om ze te verplanten.

«Ge weet immers wel, dat ieder mensch zijn levensboom of zijn levensbloem heeft. Zij zien er als andere gewassen uit, maar hun harten kloppen. Kinderharten kunnen ook kloppen! Let daarop, misschien herkent ge het kloppen van het hart van uw kind. Maar wat geeft ge mij, als ik u zeg, wat ge nog meer moet doen?»

«Ik heb niets te geven,» zei de bedroefde moeder. «Maar ik wil voor u tot aan het einde der wereld gaan.»

«Daar heb ik niets te doen,» zei de oude vrouw, «maar ge kunt mij uw lang, zwart haar geven; ge weet zelf zeker wel, dat het mooi is; het bevalt mij! Ge kunt mijn wit haar daarvoor krijgen; dat is toch altijd iets!»

«Verlangt ge anders niets?» vroeg zij. «Dat geef ik u met alle genoegen!» En zij gaf haar haar mooie haar en kreeg in plaats daarvan het sneeuwwitte der oude vrouw.

Daarop gingen zij in de groote broeikas van den Dood, waar bloemen en boomen wonderbaar door elkaar groeiden. Daar stonden fijne hyacinten onder glazen klokken, en groote, stevige pioenen. Daar groeiden waterplanten, waarvan enkele er frisch, andere kwijnend uitzagen, waterslangen lagen daarop neer, en zwarte kreeften klemden zich aan den stengel vast. Daar stonden prachtige palmen, eiken en platanen, peterselie en bloeiende tijm. Alle boomen en bloemen hadden hun namen; zij waren elk een menschenleven; de menschen leefden nog, sommigen in China, anderen in Groenland, in één woord, in alle deelen der wereld. Daar stonden groote boomen in kleine potten, zoodat zij het er bekrompen in hadden, en het niet veel scheelde, of zij deden de potten barsten; er was daar ook menige kleine zwakke bloem in een vetten grond, met mos er omheen en zorgvuldig gekoesterd en verpleegd. Maar de bedroefde moeder boog zich over alle kleinere planten heen, zij hoorde in elke een menschenhart kloppen; en uit millioenen herkende zij dat van haar kind.

«Daar is het!» riep zij en strekte haar hand over een klein krokusje uit, dat ziek naar één kant overhing.

«Raak de bloem niet aan!» zei de oude vrouw. «Maar blijf hier staan, en als de Dood komt,—ik verwacht hem ieder oogenblik,—laat hem dan de plant niet uittrekken en dreig hem, dat gij in dat geval hetzelfde met de overige bloemen zult doen: dan wordt hij bang! Hij moet bij God daarvoor instaan; er mag er geen uitgetrokken worden, voordat Hij er vergunning toe geeft.»

Daar suisde het eensklaps ijskoud door de zaal, en de blinde moeder voelde, dat het de Dood was, die nu kwam.

«Hoe hebt ge den weg hier naar toe kunnen vinden?» vroeg hij. «Hoe hebt ge hier vlugger naar toe kunnen loopen dan ik?»

«Ik ben een moeder!» antwoordde zij.

De Dood strekte zijn lange hand naar de kleine, fijne bloem uit; maar zij hield er haar handen overheen, hield haar vast omsloten, en nogtans vol zorgvuldigheid, dat zij geen van de bladeren aanraakte. Nu blies de Dood op haar handen, en zij voelde dat dit kouder was dan de koude wind; nu vielen haar handen slap neer.

«Tegen mij kunt ge toch niets uitrichten!» zei de Dood.

«Maar God kan dit wel!» gaf zij hem hierop ten antwoord.

«Ik doe slechts, wat Hij wil!» zei de Dood. «Ik ben Zijn tuinman. Ik neem al Zijn bloemen en boomen en verplant ze in den grooten tuin van het Paradijs, in het onbekende land. Hoe ze daar groeien en hoe het daar is, dat mag ik u niet zeggen!»

«Geef mij mijn kind terug!» zei de moeder en weende en smeekte. Eensklaps greep zij met haar handen twee mooie bloemen stevig vast en riep den Dood toe: «Ik trek al uw bloemen uit, want ik ben wanhopig!»

«Raak ze niet aan!» zei de Dood. «Ge zegt, dat ge zoo ongelukkig zijt, en wilt ge nu een andere moeder even ongelukkig maken?»

«Een andere moeder?» zei de ongelukkige vrouw en liet de beide bloemen dadelijk los.

«Daar hebt ge uw oogen,» zei de Dood. «Ik heb ze uit het meer opgevischt; zij fonkelden zoo helder; ik wist niet, dat het de uwe waren. Neem ze terug, zij zijn nu nog helderder dan vroeger; en kijk dan eens in den diepen put hiernaast naar beneden. Ik zal de namen der bloemen, die ge wildet uittrekken, noemen, en dan zult ge zien, wat ge hebt willen vernietigen en te gronde richten!»

En zij keek in den put neer: en het was een gelukzaligheid, te zien, hoe de eene een zegen voor de wereld werd, zij zag het leven der andere, dat uit zorgen en nood, jammer en ellende bestond.

«Beide is Gods wil!» zei de Dood.

«Welke van deze is de bloem des ongeluks en welke de gezegende?» vroeg zij.

«Dat zeg ik u niet,» antwoordde de Dood; «maar dit zult ge van mij vernemen, dat een der bloemen die van uw eigen kind is. Het was het lot van uw eigen kind, dat ge zaagt, de toekomst van uw eigen kind!»

Nu gaf de moeder een luiden gil van schrik. «Welke van deze is die van mijn kind? Zeg mij dit! Bevrijd het onschuldige kind! Verlos mijn kind van alle ellende! Draag het liever weg! Draag het in Gods koninkrijk! Vergeet mijn tranen, vergeet mijn smeeken en alles, wat ik gedaan heb!»

«Ik begrijp u niet,» zei de Dood. «Wilt ge uw kind terug hebben, of moet ik daarmee naar die plaats gaan, welke gij niet kent?»

Nu wrong de moeder zich de handen, viel op haar knieën en bad tot God: «Verhoor mij niet, als ik in strijd met Uw wil bid, die altijd het beste is! Verhoor mij niet! Verhoor mij niet!»

Zij liet haar hoofd op haar borst zakken.

En de Dood ging met haar kind naar het onbekende land.

Uitstel is geen afstel.

Er stond ergens een oud ridderkasteel, dat door een breede gracht omgeven was, waarover een ophaalbrug lag, die echter slechts zelden neergelaten werd; want niet alle bezoekers zijn goede menschen. Onder het afdak waren schietgaten aangebracht, om daardoor te schieten, kokend water, ja, gesmolten lood op den vijand neer te gieten, als hij te dicht in de nabijheid mocht komen. Binnen in het huis waren de kamers zeer hoog, hetgeen goed te stade kwam bij den velen rook, die er van het haardvuur opsteeg, waarop groote, vochtige houtblokken lagen te smeulen. Aan den muur hingen portretten van geharnaste mannen en trotsche vrouwen in zware kleeren; de forsche van allen liep hier levend rond; zij werd Meta Mogens genoemd; zij was de vrouw des huizes, haar behoorde het ridderkasteel toe.

Tegen den avond kwamen er roovers; zij sloegen drie van haar onderhoorigen dood, ook den kettinghond sloegen zij dood, en daarop legden zij vrouw Meta met den hondeketting aan het hondenhok vast, terwijl zij zich zelf in de zaal te goed deden, den wijn en het goede bier uit haar kelder leegdronken.

Vrouw Meta was aan den hondeketting vastgelegd; zij kon niet eens blaffen.

Maar zie! Daar sloop de bediende van een der roovers zachtjes naderbij; hij mocht niet gezien worden, anders zouden zij hem doodgeslagen hebben.

«Vrouw Meta Mogens!» zei de knecht; «weet ge nog wel, hoe mijn vader tijdens het leven van uw man op het houten paard moest rijden?—Gij deedt een goed woord voor hem, maar dit leidde tot niets; hij moest zoo lang rijden, totdat zijn ledematen verminkt waren; maar gij sloopt naar hem toe, evenals ik nu naar u toesluip; gij schooft zelfs een kleinen steen onder elk van zijn voeten, opdat zij daarop zouden steunen. Niemand zag het, of zij deden alsof zij niet niet zagen, want gij waart immers de jonge genadige vrouw. Dat heeft mijn vader mij verteld, en dat heb ik onthouden en niet vergeten! Nu wil ik u verlossen, vrouw Meta Mogens!»

Daarop haalden zij de paarden uit den stal en reden te midden van regen en wind weg en kregen hulp bij vrienden.

«Dat is een rijke vergelding voor een kleinen dienst, dien ik aan uw vader bewezen heb!» zei Meta Mogens.

«Uitstel is geen afstel!» gaf de knecht hierop ten antwoord.

De roovers werden opgehangen.

Er stond ergens een oud ridderkasteel, en het staat er nog; het is niet dat van Meta Mogens, het behoort aan een ander adellijk geslacht toe.

Wij verplaatsen ons in den tegenwoordigen tijd. De zon beschijnt de vergulde torenspitsen; kleine eilandjes, waarop bloemen bloeien, liggen als ruikers op het water, en de wilde zwanen zwemmen er om heen. In den tuin groeien rozen, de vrouw des huizes is zelf het fijnste rozeblad, het straalt in vreugde, in de vreugde van goede daden, doch niet in de wijde wereld, maar van binnen in het hart; wat daar bewaard is, dat is niet vergeten—uitstel is geen afstel!

Nu begeeft zij zich van het heerenhuis naar een kleine boerenhut op het land. Daarin woont een arm meisje, dat lam is; het raam in het kamertje ziet op het noorden uit, de zon komt hier niet in; het meisje heeft slechts het gezicht op een klein stukje land, dat door een hooge heg omgeven is. Maar heden is het zonneschijn; de warme, heerlijke zon van onzen goeden God is binnen in het kamertje; zij komt uit het zuiden door het nieuwe raam heen, daar waar vroeger slechts een muur was.

Het lamme meisje zit in den warmen zonneschijn, ziet bosch en meer, de wereld is zoo groot, zoo wonderlijk schoon geworden en wel door een enkel woord van de vriendelijke vrouw van het heerenhuis.

«Het woord was zoo gemakkelijk, de daad zoo gering!» zeide zij; «de vreugde, die zij mij verschaften, was oneindig groot en rijk in zegen!»

En daarom volbrengt zij zoo menige goede daad, denkt aan allen in de arme huizen en in de rijke huizen, waar er maar bedroefden zijn. Het is verborgen en bewaard, maar de goede God vergeet het niet; uitstel is geen afstel!

Er stond ergens een oud huis; het was in de groote stad met haar druk en levendig verkeer. Het had kamers en zalen; maar deze betreden wij niet; wij blijven in de keuken, en daarin is het warm en licht, rein en zindelijk; het kopergoed blinkt, de tafel is als gladgewreven, de gootsteen is als een versch geschuurde lardeerplank, en dat alles heeft dat ééne dienstmeisje gedaan en toch nog tijd genoeg overgehouden om zich aan te kleeden, alsof zij naar de kerk wilde gaan. Zij draagt een strik op haar muts, een zwarten strik, dat wijst op rouw. Maar zij heeft over niemand rouw te dragen, noch over vader, noch over moeder, noch over bloedverwanten, noch over vrienden; het is een arm meisje. Eenmaal was zij verloofd, verloofd met een armen jongeling; zij hadden elkaar innig lief. Op zekeren dag kwam hij bij haar en zei:

«Wij bezitten beiden niets op de wereld! Een rijke weduwe heeft hartelijke woorden tegen mij gesproken; zij wil mij tot welstand brengen; maar jij ligt in mijn hart begraven. Wat zou je mij raden?»

«Datgene, waarvan je denkt, dat het tot je geluk zal strekken!» zei het meisje. «Wees maar goed en liefderijk voor haar; doch laat mij je dit zeggen, dat wij elkaar van het uur af, waarop wij van elkander scheiden, niet meer mogen zien.»

En er verliepen jaren. Daar ontmoet haar vroegere vriend en minnaar haar op de straat; hij zag er ziek en ellendig uit; nu kan zij niet nalaten, hem te vragen. «Hoe gaat het met je?»

«Rijk en goed in alle opzichten!» zeide hij. «Mijn vrouw is braaf en goed, maar jij ligt in mijn hart begraven. Ik heb mijn strijd gestreden, hij is spoedig volstreden! Wij zien elkaar nu niet weer dan bij God.»

Een week is er verloopen; dien morgen stond het in de krant te lezen, dat hij gestorven was; daarom draagt het meisje een rouwkleed! Haar minnaar was gestorven en heeft een vrouw en drie stiefkinderen nagelaten, zooals er te lezen staat.

De zwarte strik wijst op rouw, het gezicht van het meisje wijst er nog in hoogere mate op; in het hart is deze bewaard en wordt nimmer vergeten! Uitstel is geen afstel!

Zie, dat zijn de drie geschiedenissen, drie bladeren aan één steel. Wenscht ge nog meer klaverbladeren? In het boekje des harten liggen er vele: uitstel is geen afstel!

Een oude en barbaarsche militaire straf.

De tuin van het Paradijs.

Daar was eens een koningszoon; niemand had zooveel mooie boeken, als hij; alles wat er op deze wereld gebeurd is, kon hij daarin lezen en de afbeelding daarvan in prachtige koperplaten zien. Met ieder volk en met ieder land kon hij daardoor kennis maken; maar waar de tuin van het Paradijs te vinden was, daar stond geen woord van in; en deze juistwas het, waaraan hij het meest dacht.

Zijn grootmoeder had hem, toen hij nog klein was, maar toch spoedig naar school zou gaan, verteld, dat iedere bloem in den tuin van dit Paradijs de lekkerste koek en de meeldraden de fijnste wijn waren; op de eene bloem stond geschiedenis, op de andere aardrijkskunde, op de derde rekenkunde; men behoefde maar koek te eten, dan kende men zijn les; hoe meer men er van at, des te meer geschiedenis en aardrijkskunde en rekenkunde leerde men.

Dat geloofde hij toen ter tijd. Maar reeds toen hij een grootere jongen werd, meer leerde en verstandiger werd, begreep hij wel, dat er een heel andere heerlijkheid in den tuis van het Paradijs te vinden moest zijn.

«O, waarom plukte Eva toch van den boom der kennis? Waarom at Adam van de verboden vrucht? Als ik in hun plaats was geweest, dan zou ik dit niet gedaan hebben! Nooit zou de zonde dan in de wereld gekomen zijn!»

Dat zei hij destijds, en dat zei hij nog, toen hij zeventien jaar oud was. De tuin van het Paradijs vervulde hem geheel en al.

Op zekeren dag ging hij het bosch alleen in, want dat was zijn grootste plezier.

De avond brak aan, de wolken pakten zich samen; er viel een regen, alsof de geheele hemel een enkele sluis was, waaruit water stroomde; het was zoo donker, als het anders 's nachts slechts in den diepsten put is. Nu eens gleed hij op het natte gras uit, dan weer viel hij over de gladde steenen, die boven den natten, rotsachtigen grond uitstaken. Alles droop van het water: de arme prins had geen enkelen drogen draad meer aan het lijf. Hij moest over groote steenblokken klauteren, waar het water uit het hooge mos vloeide. Het scheelde niet veel, of hij was in onmacht gevallen. Eensklaps hoorde hij een zonderling gesuis, en nu zag hij voor zich een groote verlichte grot. In het midden daarvan brandde zulk een groot vuur, dat men daarop wel een hert kon braden. En dit gebeurde ook. Het prachtigste hert met zijn hooge horens was aan het braadspit gestoken en werd langzaam tusschen twee afgekapte pijnboomstammen omgedraaid. Een oude vrouw, forsch en sterk, als ware zij een verkleed manspersoon, zat bij het vuur en wierp er het eene stuk hout na het andere op.

«Kom maar naderbij!» zeide zij; «zet u bij het vuur neer, dan kunt ge uw kleeren wat laten drogen.»

«Het tocht hier geducht!» zei de prins en zette zich op den vloer neder.

«Dat zal nog wel erger worden, als mijn zonen thuis komen!» antwoordde de vrouw. «Ge zijt hier in de grot der winden: mijn zonen zijn de vier winden der wereld. Kunt ge dat begrijpen?»

«Waar zijn uw zonen?» vroeg de prins.

«Ja, het is moeilijk, een antwoord te geven, als men ons een dwaze vraag doet,» zei de vrouw. «Mijn zonen doen alles op hun eigen houtje; zij zijn met de wolken daar in de koningszaal aan het raketten!» En daarbij wees zij naar de hoogte.

«O, zoo!» zei de prins. «Ge spreekt overigens vrij barsch en zijt niet zoo vriendelijk als de vrouwen, die ik anders om mij heen heb!»

«O, die hebben zeker niets anders te doen! Ik moet wel streng zijn, als ik mijn jongens in bedwang wil houden; maar dat kan ik, ofschoon het stijfkoppen zijn. Ziet ge die vier zakken hier aan den muur hangen? Daarvoor zijn zij even bang, als gij vroeger voor de roede achter den spiegel! Ik kan de jongens in elkaar buigen, zeg ik u, en dan stop ik ze in den zak; daar maken wij geen komplimenten mee! Daar zitten ze dan en mogen er niet uit, voordat ik het hun toesta. Maar daar hebben we een van hen.»

Het was de noordenwind, die met een ijzige koude binnentrad; groote hagelsteenen kletterden op den grond neer, en sneeuwvlokken dwarrelden in de rondte. Hij droeg een broek en buis van een berenhuid; een muts van zeehondenvel was heelemaal over zijn ooren getrokken; lange ijskegels hingen er aan zijn baard; en de eene hagelsteen na den anderen gleed van den kraag van zijn buis naar beneden.

«Ga niet dadelijk bij het vuur zitten!» zei de prins. «Anders zoudt ge licht winter in uw gezicht en uw handen kunnen krijgen.»

«Winter?» zei de noordenwind en barstte in een luid gelach uit. «Koude is mijn grootste plezier! Maar wat ben jij voor een kereltje? Hoe kom je in de grot der winden?»

«Hij is mijn gast,» zei de oude vrouw, «en als je met deze verklaring niet tevreden bent, dan zal ik je in den zak stoppen! Versta je mij?»

Zie, dat hielp, en de noordenwind vertelde, waar hij vandaan kwam en waar hij bijna een maand geweest was.

«Ik kom van de Poolzee,» zei hij; «ik ben op het Bereneiland met de Russische walrusjagers geweest. Ik zat en sliep op het roer, toen zij van de Noordkaap wegzeilden: als ik nu en dan wakker werd, vloog de stormvogel mij om de beenen. Dat is een kluchtige vogel! Hij klapwiekt met zijn vleugels, houdt deze daarop onbeweeglijk uitgestrekt en vliegt toch voort!»

«Maak het niet te wijdloopig!» zei de moeder der winden. «Je bent dus op het Bereneiland geweest, niet waar?»

«Daar is het prachtig! Daar is een vloer om te dansen, zoo glad als een bord! Half ontdooide sneeuw met een weinig mos, puntige steenen en geraamten van walrussen en ijsberen lagen er in de rondte, evenals reuzenarmen en beenen met beschimmeld groen. Men zou haast denken, dat de zon daarop nooit geschenen had. Ik blies een weinig in den nevel, en nu zag ik een huis, dat van wrakhout gebouwd en met walrushuiden bedekt was; de kant, waaraan het vleesch gezeten had, was naar buiten gekeerd; op het dak zat een levende ijsbeer te brommen. Ik ging naar het strand toe, keek naar de vogelnesten, zag de naakte jongen, die schreeuwden en hun bekken opensperden; nu blies ik in hun kelen, en zoo leerden zij hun bekken dichtdoen. Verderop krioelden de walrussen door elkaar, als levende ingewanden of reusachtige maden met varkenskoppen en ellenlange tanden!»

«Je weet goed te vertellen, mijn zoon!» zei de moeder. «Ik watertand er van, als ik naar je luister.»

«Toen begon de jacht! De harpoen werd in de borst van den walrus geworpen, zoodat een dampende bloedstraal als een fontein over het ijs spoot. Nu dacht ik ook aan mijn spel! Ik blies en liet de torenhooge ijsbergen de booten insluiten. Och! wat floot en wat schreeuwde men; maar ik floot nog luider! De walruslijken, kisten en touwwerk moesten zij op het ijs uitpakken; ik schudde er sneeuwvlokken over heen en liet ze in de beklemd geraakte vaartuigen, met hun vangst naar het zuiden drijven, om daar zout water te proeven. Zij komen nimmer meer naar het Bereneiland toe!»

«Dan heb je heel wat kwaad gedaan!» zei de moeder der winden.

«Wat ik goeds gedaan heb, moeten de anderen maar vertellen!» zei hij. «Maar daar hebben we mijn broeder uit het westen; hem mag ik het liefste van allen lijden; hij ruikt naar de zee en voert een heerlijke koude met zich mee!»

«Is dat de kleine westenwind?» vroeg de prins.

«Zeker is het de westenwind!» zei de oude vrouw. «Maar hij is toch niet zoo klein. Jaren geleden was hij een aardige knaap, maar dat is nu voorbij!»

Hij zag er als een woeste kerel uit, maar hij had een valhoed op, om zich niet te bezeeren. In de hand hield hij een mahoniehouten knots, die hij in de Amerikaansche bosschen afgehakt had. Dit was geen gemakkelijk werk geweest!

«Waar kom je vandaan?» vroeg zijn moeder.

«Uit de maagdelijke bosschen,» zei hij, «waar de waterslang in het natte gras ligt en de menschen overbodig schijnen te zijn!»

«Wat heeft je vandaar weggejaagd?»

«Ik zag in de diepste rivier, zag, hoe deze van de rotsen naar beneden stortte, stof werd en naar de wolken vloog, om den regenboog te dragen. Ik zag den wilden buffel in de rivier zwemmen; maar de stroom voerde hem met zich mee. Hij dreef met een troep wilde eenden, die er in de hoogte vlogen, naar de plaats, waar het water naar beneden stortte. De buffel moest naar beneden; dat beviel mij, en ik blies een storm, zoodat overoude boomen aan splinters barstten en tot spaanders werden.»

«En heb je anders niets gedaan?» vroeg de oude vrouw.

«Ik heb in de savannen allerlei kromme sprongen gemaakt; ik heb de wilde paarden gestreeld en kokosnoten doen afvallen. Ja, ja, ik zou heel wat weten te vertellen! Maar men moet niet alles zeggen, wat men weet. Dat weet ge ook wel, oudje!» En hij gaf zijn moeder zulk een duchtigen kus, dat zij bijna achterover gevallen was. Het was een verschrikkelijk wilde jongen.

Nu kwam de zuidenwind met een tulband en een wuivenden bedouïnenmantel.

«Het is hier vrij koud!» zeide hij en wierp nog wat hout op het vuur. «Ik kan wel merken, dat de noordenwind het eerst van allen thuis gekomen is!»

«Het is hier zoo heet, dat men wel een ijsbeer kan braden!» zei de noordenwind.

«Je bent zelf een ijsbeer!» antwoordde de zuidenwind.

«Wil je in den zak gestopt worden?» vroeg de oude vrouw.—«Ga daar op dien steen zitten en vertel, waar je geweest bent.»

«In Afrika, moeder!» antwoordde hij. «Ik ben met de Hottentotten op de leeuwenjacht geweest in het land der Kaffers. Daar groeit gras in de vlakten, groen als een olijf. Daar liep de struisvogel met mij om 't hardst: maar ik ben toch nog vlugger ter been. Ik ging naar de woestijn met het gele zand; daar ziet het er uit als op den bodem der zee. Ik trof een karavaan aan; men slachtte den laatsten kameel om aan drinkwater te komen; maar het was slechts weinig, wat men kreeg. De zon brandde van boven en het zand van beneden. De uitgestrekte woestijn had geen grenzen. Nu wentelde ik mij in het fijne, losse zand en maakte, dat dit zich tot hooge zuilen opstapelde. Dat was een dans! Ge hadt eens moeten zien, hoe moedeloos de dromedaris daar stond, en hoe de koopman zich den kaftan over het hoofd trok. Hij wierp zich voor mij neer, evenals voor Allah zijn God. Nu zijn zij begraven: er staat een piramide van zand boven hen allen. Als ik deze eenmaal wegblaas, dan zal de zon de beenderen doen verbleeken; dan kunnen de reizigers zien, dat daar vroeger menschen geweest zijn. Anders zal men dit in de woestijn niet gelooven!»

«Je hebt dus niets anders dan kwaad gedaan!» zei zijn moeder. «Marsch! in den zak!» En eer de zuidenwind er op verdacht was, had zij hem om zijn middel beetgepakt en in den zak gestopt. Hij lag op den vloer rond te wentelen, maar zij zette zich op den zak neer, en nu moest hij wel stil blijven liggen.

«Dat zijn vroolijke jongens, die ge hebt!» zei de prins.

«O ja,» antwoordde zij, «en ik weet ze te straffen! Daar hebben we den vierde!»

Dat was de oostenwind; deze was als een Chinees gekleed.

«Zoo! kom je uit je land?» vroeg zijn moeder. «Ik dacht, dat je in den tuin van het Paradijs geweest waart.»

«Daar vlieg ik morgen eerst naar toe!» zei de oostenwind. «Morgen is het honderd jaar geleden, dat ik er geweest ben! Ik kom nu uit China, waar ik zoo om den porseleinen toren gedanst heb, dat alle klokken klingelden. Op de straat kregen de beambten zweepslagen; een bamboes riet werd op hun rug aan stukken geslagen, en dat waren lieden van den eersten tot den negenden graad. Zij schreeuwden: «Hartelijk dank, mijn vaderlijke weldoener!» Maar dat ging hun niet van harte af, en ik klingelde met de klokken en zong: «Tjing, tjang!»»

«Je bent ook altijd ondeugend!» zei de oude vrouw. «Het is goed, dat je morgen naar den tuin van het Paradijs gaat; dat draagt altijd tot je beschaving bij. Drink dan eens ferm uit de wijsheidsbron, en breng een fleschvol voor mij mee!»

«Dat zal ik doen!» zei de oostenwind. «Maar waarom hebt ge mijn broeder uit het zuiden in den zak gestopt? Laat hem er uit! Hij moet mij van den vogel Phoenix vertellen, van dezen wil de prinses in den tuin van het Paradijs altijd hooren, als ik om de honderd jaren een bezoek bij haar afleg. Doe den zak open, dan zijt ge mijn lieve moeder, en dan geef ik u twee zakken vol thee, zoo groen en frisch, als ik ze geplukt heb!»

«Welnu dan, om de thee en omdat je mijn lieve jongen bent, zal ik den zak opendoen!» Dat deed zij, en nu kroop de zuidenwind er uit; maar hij zag er erg neerslachtig uit, omdat de vreemde prins het gezien had.

«Daar heb je een palmblad voor de prinses!» zei de zuidenwind. «Dit blad heeft de vogel Phoenix, de eenige, die er op de wereld was, aan mij gegeven! Hij heeft er met zijn snavel zijn heele levensgeschiedenis gedurende de honderd jaren, die hij geleefd heeft, op geschreven. Nu kan zij het zelf lezen, hoe de vogel Phoenix zijn nest in brand stak en daarin zat en verbrandde, evenals de vrouw van een Hindoe. Wat knetterden de dorre takken! Het was een rook en een damp van belang! Eindelijk ging alles in vlammen op; de oude vogel Phoenix werd tot asch verteerd; maar zijn ei lag gloeiend rood in het vuur; het barstte met een geweldigen knal open, en het jong vloog er uit; nu is deze heer over alle vogels en de eenige vogel Phoenix in de wereld. Hij heeft in het palmblad, dat ik je gegeven heb, een gat gebeten: dat is zijn groet aan de prinses!»

«Laat ons wat gebruiken!» zei de moeder der winden. En nu zetten zij zich allen bij elkander neer, om van het gebraden hert te eten; de jonge prins zat naast den oostenwind; daardoor werden zij al spoedig goede vrienden.

«Zeg mij eens,» vroeg de prins, «wat is dat toch voor een prinses, waarvan hier zooveel gesproken wordt, en waar ligt de tuin van het Paradijs?»

«Wel zoo!» zei de oostenwind, «wilt ge daar naar toe? Welnu, vlieg dan morgen maar met mij mee! Maar dat moet ik u zeggen: sedert Adams en Eva's tijd is geen mensch daar geweest. Ge kent die zeker wel uit uw bijbelsche geschiedenis?»

«Jawel,» zei de prins.

«Indertijd, toen zij verdreven werden, zonk de tuin van het Paradijs in den grond weg; maar hij behield zijn warmen zonneschijn, zijn zachte lucht en al zijn heerlijkheid. De feeënkoningin woont daarin; daar ligt het land der gelukzaligheid, waar de dood nooit komt, waar het heerlijk is! Zet u morgen op mijn rug neer, dan zal ik u meenemen: ik denk, dat dit wel zal gaan. Maar zwijg stil, want ik wil nu slapen!»

En nu gingen zij allemaal slapen.

Reeds vroeg in den morgen werd de prins wakker en was niet weinig verbaasd, toen hij merkte, dat hij zich al hoog boven de wolken bevond. Hij zat op den rug van den oostenwind, die hem stevig vasthield; zij waren zoo hoog in de lucht, dat bosschen en velden, rivieren en zeeën zich als op een landkaart aan hen voordeden.

«Goeden morgen!» zei de oostenwind. «Ge hadt best nog een beetje kunnen blijven slapen, want er is niet veel op het vlakke veld onder ons te zien, of ge moest lust hebben om de kerken te tellen! Die staan als krijtstipjes op het groene bord.» Wat hij het groene bord noemde, waren velden en weiden.

«Het is niet heel beleefd van mij, dat ik uw moeder en uw broers niet goedendag gezegd heb!» zei de prins.

«Als men slaapt, is men verontschuldigd!» beweerde de oostenwind. En daarop vlogen zij nog sneller dan te voren. Men kon het in de toppen van de boomen hooren, want als zij daar overheen vlogen, ritselden alle takken en bladeren; men kon het aan de zeeën en op de meren merken, want waar zij vlogen, stegen de golven hooger, en de groote schepen bogen zich diep in het water evenals zwemmende zwanen.

Tegen den avond, toen het donker werd, zagen de groote steden er bekoorlijk uit; de lichten brandden daar beneden, nu eens hier, dan weer daar, het was, als wanneer men een stuk papier in brand gestoken heeft en al de kleine vonken ziet, waarvan de eene na de andere verdwijnt. En de prins klapte in zijn handen; maar de oostenwind verzocht hem, dit niet te doen en zich liever vast te houden; anders zou hij licht naar beneden kunnen vallen en aan een kerktoren blijven hangen.

De adelaar in de donkere bosschen vloog wel is waar snel, maar de oostenwind vloog toch nog sneller. De kozak reed op zijn klein paard vlug over de vlakte heen, maar de prins ging toch nog vlugger!

«Nu kunt ge den Himalaya zien!» zei de oostenwind. «Dat is het hoogste gebergte in Azië; nu zullen wij spoedig in den tuin van het Paradijs komen!»

Daarop wendden zij zich meer zuidwaarts; al spoedig geurde het daar van specerijen en bloemen; vijgen en granaatappels groeiden in het wild, en aan de wilde wijnstokken zaten blauwe en roode druiven. Hier lieten zij zich beiden neer en strekten zich op het zachte gras uit, waar de bloemen den wind toeknikten, als wilden zij zeggen: «Welkom!»

«Zijn wij nu in den tuin van het Paradijs?» vroeg de prins.

«Neen, nog niet!» antwoordde de oostenwind. «Maar wij zullen er spoedig komen. Ziet ge daar dien rotsachtigen muur en die ruime grot, waarvoor de wijngaardranken als een groot, groen gordijn hangen? Daardoor zullen we er inkomen! Wikkel u in uw mantel; hier brandt de zon, maar nog een schrede verder, en het is ijskoud. De vogel, die daar voorbij de grot heenvliegt, heeft zijn eenen vleugel buiten in den warmen zomer en zijn anderen binnen in den kouden winter!»

«Wel zoo! Is dat dan de weg naar den tuin van het Paradijs?» vroeg de prins.

Nu gingen zij de grot in. Hu! wat was het daar ijskoud! Maar het duurde toch niet lang. De oostenwind spreidde zijn vleugelen uit, en deze schitterden evenals het helderste vuur. O, wat was dat een grot! De groote rotsblokken, waarvan het water afdroop, hingen in de zonderlingste gestalten daaroverheen; nu eens was het er zoo nauw, dat zij op handen en voeten moesten kruipen, dan weer zoo hoog en uitgestrekt, als in de open lucht. Het zag er uit als grafkapellen met stomme orgelpijpen en versteende orgels.

«Wij betreden den weg des doods toch niet, nu wij naar den tuin van het Paradijs toe gaan?» vroeg de prins. Maar de oostenwind gaf hierop niets hoegenaamd ten antwoord, maar wees slechts voorwaarts, en het schoonste blauwe licht straalde hun tegen. De rotsblokken boven hen werden meer en meer een nevel, die er eindelijk als een witte wolk in den maneschijn uitzag. Nu waren zij in de heerlijke, zachte lucht, zoo frisch als op de bergen, zoo geurig als bij de rozen in het dal. Daar stroomde een rivier, zoo helder als de lucht zelf; en de visschen waren als zilver en goud; purperroode palingen, die bij iedere beweging blauwe vonken om zich heen spreidden, speelden onder in het water, en de breede lotusbladeren hadden al de kleuren van den regenboog; de bloem, die daaraan groeide, was een roodachtige gele brandende vlam, waaraan het water voedsel gaf, evenals de olie de lamp bestendig aan het branden houdt; een stevige brug van marmer, maar zoo kunstig en fijn uitgesneden, alsof zij van kant en paarlen gemaakt was, voerde over het water naar het eiland der gelukzaligheid, waar de tuin van het Paradijs bloeide.

De oostenwind nam den prins op zijn armen en droeg er hem naar toe. Daar zongen de bloemen en de bladeren de schoonste liederen uit zijn kindsheid, maar zoo welluidend en liefelijk, als geen menschelijke stem ze hier kan zingen.

Waren het palmboomen of reusachtig groote waterplanten, die hier groeiden? Zulke sappige en groote boomen had de prins vroeger nooit gezien; in lange festoenen hingen daar de wonderlijkste slingerplanten, zooals men ze slechts met kleuren en goud op den rand van oude heiligenboeken, of door de beginletters geslingerd, afgebeeld ziet. Dat waren de zonderlingste samenstellingen van vogels, bloemen en ranken. Dicht daarnaast in het gras stond een troep pauwen met ontplooide, glanzige staarten. Ja, dat was werkelijk zoo! Doch toen de prins daaraan raakte, merkte hij, dat het geen dieren, maar planten waren; het waren groote klissen, die hier als een prachtige pauwestaart schitterden. De leeuw en de tijger sprongen als katten tusschen de groene heggen door, die als de bloemen van den olijfboom geurden; en de leeuw en de tijger waren tam. De wilde boschduif straalde als de schoonste parel en sloeg met haar vleugels tegen de manen van den leeuw aan; en de antilope, die anders zoo schuw is, stond daarnaast en knikte met den kop, alsof zij ook wilde meespelen.

Nu kwam de fee van het Paradijs; haar kleederen straalden als de zon, en haar gelaat was vroolijk als dat van een blijde moeder, wanneer zij recht gelukkig met haar kind is. Zij was jong en schoon, en de bekoorlijkste meisjes, elk met een schitterende ster in het haar, volgden haar. De oostenwind gaf haar het beschreven blad van den vogel Phoenix, en haar oogen fonkelden van blijdschap. Zij nam den prins bij de hand en bracht hem naar haar kasteel, waar de muren kleuren hadden als het prachtigste tulpeblad, wanneer het tegen de zon gehouden wordt. De zoldering zelve was een groote, fonkelende bloem, en hoe meer men daarnaar keek, des te dieper scheen haar kelk. De prins ging naar het raam toe en keek door een der ruiten: daar zag hij den boom der kennis met de slang, en Adam en Eva stonden dicht daarbij. «Zijn die niet verdreven?» vroeg hij. En de fee glimlachte en verklaarde hem, dat de tijd op iedere ruit zijn beeld ingebrand heeft, maar niet, zooals men het gewoonlijk ziet; neen, er was leven daarin; de bladeren der bloemen bewogen zich; de menschen kwamen en gingen, als in een spiegelbeeld. En hij keek door een andere ruit: daar was Jacobs droom, waar de ladder tot aan den hemel reikte; en de engelen met hun groote vleugels zweefden op en neer. Ja, alles, wat er op de wereld gebeurd was, leefde en bewoog zich in de glazen ruiten; zulke kunstige schilderijen kon slechts de tijd er in branden.

De fee glimlachte en bracht hem in een groote, hooge zaal, wier muren doorzichtig schenen te zijn. Hier waren portretten, waarvan het eene gezicht nog mooier was dan het andere. Men zag millioenen gelukkigen, die glimlachten en zongen, zoodat het in ééne melodie samensmolt; de voornaamsten onder hen waren zoo klein, dat zij kleiner schenen dan de kleinste rozeknop, wanneer deze als een punt op het papier geteekend wordt. Midden in de zaal stond een groote boom met hangende, weelderige takken; gouden appelen hingen als sinaasappels tusschen de groene bladeren. Dat was de boom der kennis, van welks vrucht Adam en Eva gegeten hadden. Van ieder blad droop een schitterende, roode dauwdroppel: het was, alsof de boom bloedige tranen stortte.

«Laat ons nu in de boot stappen!» zei de fee; «dan zullen wij eenige ververschingen op het water gebruiken! De boot schommelt en komt niet van haar plaats af; maar al de landen der wereld glijden onze oogen voorbij.» En het was wonderbaar om aan te zien, hoe de geheele kust zich bewoog. Daar kwamen de hooge, met sneeuw bedekte Alpen met wolken en zwarte dennen; de hoorn klonk diep weemoedig, en de herder zong vroolijk in het dal. Daarop bogen de bananen haar lange, hangende takken over de boot neer; zwarte zwanen zwommen er in het water, en de zeldzaamste dieren en bloemen vertoonden zich aan den oever: dat was Nieuw-Holland, het vijfde werelddeel, dat, met een uitzicht op de blauwe bergen, voorbijgleed. Men hoorde het gezang der priesters en zag den dans der wilden, begeleid door het geroffel van trommels en het geschetter van trompetten. De piramiden van Egypte, die zich tot aan de wolken verhieven, omvergevallen zuilen en sfinxen, half onder het zand bedolven, zeilden insgelijks voorbij. Het noorderlicht straalde over uitgebrande vulkanen van het noorden: dat was een vuurwerk, dat niemand kon nabootsen. De prins gevoelde zich hoogst gelukkig: ja, hij zag nog honderdmaal meer, dan wat wij hier vertellen.

«En kan ik hier altijd blijven?» vroeg hij.

«Dat hangt van u zelf af!» antwoordde de fee. «Als ge u niet, evenals Adam, laat verleiden om het verbodene te doen, dan kunt ge hier altijd blijven.»

«Ik zal de appelen van den boom der kennis niet aanraken!» zei de prins. «Hier zijn immers duizenden vruchten, even heerlijk als die.»

«Onderzoek u zelven, en als ge niet sterk genoeg zijt, ga dan met den oostenwind mee, die u hier haar toe gebracht heeft. Hij vliegt nu terug en laat zich in honderd jaren hier niet meer zien; de tijd zal op deze plaats voor u voorbijvliegen, alsof het honderd uren waren: maar het is een lange tijd voor de verzoeking. Iederen avond, wanneer ik van u heenga, moet ik u toeroepen: Kom mee! Ik moet u met de hand wenken,—maar blijf achter! Ga niet mee; want anders zal met iedere schrede uw verlangen grooter worden. Ge komt dan in de zaal, waar de boom der kennis groeit; ik slaap onder zijn geurige, overhangende takken; ge zult u over mij heenbuigen, en ik moet glimlachen; maar als ge een kus op mijn lippen drukt, dan zinkt het Paradijs diep in den grond weg, en het is voor u verloren. De scherpe wind der woestijn zal om u heen suizen, de koude regen op uw hoofd droppelen. Kommer en ellende worden uw deel.»

«Ik blijf hier!» zei de prins. En de oostenwind kuste hem op het voorhoofd en zei: «Wees sterk, dan ontmoeten wij elkander hier na verloop van honderd jaren weer! Vaarwel! Vaarwel!» En de oostenwind spreidde zijn groote vleugelen uit; zij schitterden, evenals het weerlicht in den oogsttijd, of het noorderlicht in den winter.

«Vaarwel! Vaarwel!» klonk het van bloemen en boomen. Ooievaars en pelikanen schaarden zich als fladderende linten in rijen en brachten hem tot op de grenzen van den tuin.

«Nu beginnen wij onze dansen!» zei de fee. «Wanneer ik ten slotte, als de zon ondergaat, met u dans, zult gij zien, dat ik u toewenk; ge zult me u hooren toeroepen: Kom mee! Maar doe dit niet! Honderd jaren lang moet ik het iederen avond herhalen; telkens wanneer die tijd voorbij is, krijgt ge meer kracht; eindelijk denkt ge er volstrekt niet meer aan. Heden avond is het voor de eerste maal; nu heb ik u gewaarschuwd!»

En de fee bracht hem in een groote zaal van witte, doorzichtige leliën; de gele meeldraden in iedere bloem vormden een kleine gouden harp, wier snaren liefelijke tonen van zich gaven. De schoonste meisjes, zwevend en slank, in golvend gaas gekleed, zoodat men haar bekoorlijke gestalte kon zien, zweefden in den dans en zongen, hoe heerlijk het is, te leven, en dat zij nimmer zouden sterven, en dat de tuin van het Paradijs eeuwig zou bloeien.

En de zon ging onder; de geheele hemel werd een en al goud, dat aan de leliën den glans der heerlijkste rozen gaf; en de prins dronk van den parelenden wijn, dien de meisjes hem toereikten, en voelde een gelukzaligheid als nooit te voren. Hij zag, hoe de achtergrond der zaal zich opende, en de boom der kennis stond daar in een glans, die zijn oogen verblindde; het gezang was daar zacht en liefelijk evenals de stem van zijn moeder en het was, alsof zij zong: «Mijn kind, mijn geliefd kind!»

Nu wenkte de fee hem toe en riep vol liefde: «Kom mee! Kom mee!» En hij snelde haar tegemoet, vergat zijn belofte, vergat deze reeds den eersten avond, en zij wenkte en glimlachte. De geur, de heerlijke geur in de rondte werd sterker; de harpen klonken veel liefelijker, en het was, alsof de millioenen glimlachende hoofden in de zaal, waar de boom groeide, knikten en zongen: «Alles moet men kennen! De mensch is de heer der aarde!» En het waren geen bloedige tranen meer, die van den boom der kennis afvielen; het waren roode, fonkelende sterren, die hij meende te zien. «Kom mee! Kom mee!» luidden de bevende klanken, en bij iedere schrede werden de wangen van den prins rooder, vloeide het bloed hem sneller door de aderen. «Ik moet!» zeide hij. «Het is immers geen zonde, het kan geen zonde zijn! Waarom de schoonheid en de vreugde niet te volgen? Ik wil haar zien slapen; er is immers niets aan misdaan, als ik haar maar geen kus geef; en een kus zal ik haar niet geven: ik ben sterk, ik heb een vasten wil!»

En de fee wierp haar schitterende kleeding af, boog de takken weg, en na een oogenblik was zij daarin verborgen.

«Nog heb ik niet gezondigd!» zei de prins, «en ik zal het ook niet doen!» En hierop boog hij de takken ter zijde: daar sliep zij reeds, schoon, zooals slechts een fee in den tuin van het Paradijs wezen kan. Zij glimlachte in den droom, hij boog zich over haar heen en zag tusschen haar oogleden tranen beven.

«Weent ge over mij?» fluisterde hij. «Ween niet, gij bekoorlijke vrouw! Nu begrijp ik het geluk van het Paradijs eerst. Het doorstroomt mijn bloed, mijn gedachten; de kracht van den cherub en van het eeuwige leven voel ik in mijn aardsche lichaam! Al moge het ook eeuwig nacht voor mij worden, een minuut als deze is rijkdom genoeg!» En hij kuste de tranen uit haar oogen; zijn mond raakte den haren aan.

Daar ratelde een donderslag, zoo zwaar en verschrikkelijk, als niemand dien ooit gehoord heeft. En alles stortte ineen; de schoone fee en het bloeiende paradijs zonken al dieper en dieper. De prins zag het in den zwarten nacht wegzinken; als een kleine, lichtende ster straalde het hem heel uit de verte tegen; een doodelijke koude deed hem over zijn geheele lichaam beven; hij sloot zijn oogen en lag een geruimen tijd als dood.

De koude regen viel hem op het gezicht, de scherpe wind blies om zijn hoofd; nu kwam hij weer tot zijn zinnen. «Wat heb ik gedaan!» zeide hij met een zucht. «Ik heb gezondigd, evenals Adam gezondigd, zoodat het Paradijs in de diepte weggezonken is!» En hij deed zijn oogen open; de ster in de verte, die als het gezonken paradijs fonkelde, zag hij nog,—het was de morgenster aan den hemel.

Hij stond op en was in het groote bosch dicht bij de grot der winden; en de moeder der winden zat naast hem; zij zag er kwaadwillig uit en hief haar arm omhoog.

«Reeds den eersten avond!» zeide zij. «Dat dacht ik wel! Als ge mijn jongen waart, dan zoudt ge in den zak moeten!»

«Daar moet hij in!» zei de Dood, een krachtig, oud man met een zeis in de hand en met groote, zwarte vleugelen. «In de doodkist moet hij gelegd worden; maar nu nog niet; ik teeken hem slechts op, doch laat hem nog een poos in de wereld rondzwerven, om zijn zonde te boeten en beter te worden. Ik kom echter eenmaal. Wanneer hij het juist het minst verwacht, stop ik hem in de zwarte doodkist, zet deze op mijn hoofd en vlieg naar de sterren op. Ook daar bloeit de tuin van het Paradijs, en is hij goed en vroom, dan zal hij er binnentreden; maar zijn zijn gedachten boos en is zijn hart nog vol zonde, dan zinkt hij met de doodkist dieper dan het Paradijs gezonken is, en slechts om de duizend jaren haal ik hem terug, opdat hij nog dieper zinke of op de fonkelende ster kome, de fonkelende ster daarboven!»

De kleine Tuk.

Ja, dat was de kleine Tuk. Hij heette eigenlijk niet Tuk, maar toen hij nog niet goed kon praten, noemde hij zich zelf zoo; dat moest Karl beteekenen, en dat is wel goed, als men het maar weet. Nu moest hij op zijn zusje Gustava passen, dat nog kleiner was dan hij, en tegelijkertijd moest hij ook zijn les leeren; maar deze beide dingen wilden niet best samengaan. De arme jongen zat daar met zijn zusje op den schoot, en zong haar al de liedjes voor, die hij kende, en ondertusschen keek bij eens schuins in het geographieboek, dat open voor hem lag; tegen den volgenden dag moest hij al de steden van Seeland van buiten kennen en alles daarvan weten wat men maar weten kan.

Nu kwam zijn moeder te huis, want zij was uit geweest, en nam de kleine Gustava op den arm. Tuk liep ijlings naar het raam toe en las nu zoo ijverig, dat hij zich bijna de oogen uitgelezen had, want het werd gedurig donkerder; maar zijn moeder had geen geld om licht te koopen.

«Daar gaat de oude waschvrouw uit de straat hier dichtbij!» zei zijn moeder, toen zij het raam uitkeek. «De arme vrouw kan zich zelve tenauwernood voortsleepen, en nu moet zij nog een emmer vol water van de bron naar huis dragen. Wees een beste jongen, Tuk, en help de oude vrouw eens!»

En Tuk liep in aller ijl de deur uit en hielp haar; maar toen hij weer in de kamer kwam, was het heelemaal donker geworden, en van licht was er geen sprake. Nu moest hij naar bed toe: dat was een armzalige krib! Daar lag hij nu en dacht aan zijn geographieles en aan Seeland en aan alles, wat de meester verteld had. Hij had wel is waar zijn les nog moeten leeren, maar dat kon hij immers niet. Daarom legde hij zijn geographieboek onder zijn hoofdkussen, want hij had wel eens gehoord, dat dit zeer veel helpen moet, als men zijn les wil leeren; maar men kan zich daarop niet verlaten. Daar lag hij nu en dacht en dacht; en daar was het op eens, alsof iemand hem een kus gaf.—Hij sliep en sliep toch ook niet; het was, alsof de oude waschvrouw hem met haar vriendelijke oogen aankeek en zei: «Het zou jammer zijn, als je je les morgen niet kende! Je hebt mij geholpen, daarom wil ik je nu ook helpen, en onze goede God zal dat altijd doen!»

En eensklaps kriebelde en krabbelde het boek onder het hoofdkussen van Tuk.

«Kikeliki! Ka ka!» Het was een kip, die kwam aanloopen, en deze was van Kjöge vandaan. «Ik ben een Kjögekip!»zeide zij, en daarop vertelde zij, hoeveel inwoners er daar waren, en van den slag, die daar geleverd was, maar die was eigenlijk niet waard om er een woord over te spreken. «Kriebel, krabbel, plomp!» Daar viel wat naar beneden; het was een houten vogel, de papegaai van het vogelschieten te Prästöe. Die zei nu, dat er daar zoo vele inwoners waren, als hij spijkers in zijn lijf had; ook was hij trotsch. «Thorwaldsen heeft vlak naast mij gewoond. Plomp! Hier lig ik heerlijk!»

Maar Tuk lag nu niet meer; eensklaps zat hij te paard. Hop, hop, hop, in galop: zoo ging het voort. Een prachtig gekleed ridder met een schitterenden helm en een wuivenden vederbos hield hem voor zich op het paard, en zoo reden zij door het bosch naar de oude stad Wordingborg; dat was een groote, zeer levendige stad; op het kasteel des konings verhieven zich hooge torens, en een lichtglans stroomde er uit alle ramen; daar binnen was zang en dans, en koning Waldemar en jonge, opgepronkte hofdames dansten met elkander.—Nu werd het morgen, en zoodra de zon opkwam, vielen de geheele stad en het koninklijk kasteel plotseling in elkaar, en de eene toren na den anderen verdween; en eindelijk bleef er nog maar een enkele op den heuvel staan, waar vroeger het kasteel geweest was, en de stad was zeer klein en arm, en de schooljongens kwamen met hun boeken onder den arm en zeiden: «Twee duizend inwoners,» maar dat was niet waar, want zoo veel had zij er niet.

En de kleine Tuk lag in zijn bed; het was hem, alsof hij droomde, en toch ook weer, alsof hij niet droomde; maar er stond iemand dicht naast hem.

«Kleine Tuk! Kleine Tuk!» werd er geroepen: dat was een zeeman, een heel klein mannetje, zoo klein, alsof het een cadet was; maar het was geen cadet. «Ik moet u veelmalen van Korsöer groeten; dat is een stad, die in haar opkomst is, een levendige stad, die stoombooten en postwagens heeft; vroeger noemde men haar altijd leelijk, maar dat is nu niet meer waar.»

«Ik lig aan de zee,» zei Korsöer, «ik heb straatwegen en lusthoven; ik heb een dichter voortgebracht, die geestig en onderhoudend was, en dat zijn ze niet allemaal. Ik wilde eens een schip uitrusten, dat rondom de aarde zou gaan; maar ik deed het niet, ofschoon ik het wel had kunnen doen; en verder ruik ik ook overheerlijk, want dicht bij de poort bloeien de prachtigste rozen.»

De kleine Tuk keek er naar, en het werd hem geel en groen voor de oogen; maar toen nu het kleurenspel voorbij was, was het op eens een begroeide helling dicht aan de baai, en hoog daarboven stond een prachtige oude kerk met twee hooge, spitse torens. Uit de helling sprongen bronnen in dikke waterstralen, zoodat het aldoor plaste, en dicht daarnaast zat een oude koning met een gouden kroon op het witte hoofd; dat was koning Hroar bij de bronnen, dicht bij de stad Roeskilde, zooals men haar tegenwoordig noemt. En over de helling heen in de oude kerk gingen al de koningen en koninginnen van Denemarken hand aan hand, allen met gouden kronen op; en het orgel speelde en de bronnen murmelden. De kleine Tuk zag alles, hoorde alles. «Vergeet de steden niet!» zei koning Hroar.

Op eens was alles weer weg; ja, waar was het gebleven? Het was hem, alsof men een blad in een boek omslaat. En nu stond daar een oude boerin; deze kwam uit Soröe, waar het gras op de markt groeit; zij had een grauw linnen schort over haar hoofd en haar rug hangen; dit was druipnat,—het moest dus zeker geregend hebben. «Ja, dat heeft het!» zeide zij, en nu vertelde zij veel moois uit Holbergs comedies en van Waldemar en Absalom. Maar op eens kromp zij ineen en schudde met het hoofd, het was precies, alsof zij een sprong wilde doen. «Krok, krok!» zeide zij, «het is nat, het is nat; het is doodstil in Soröe!» Nu was zij eensklaps een kikvorsch. «Krok, krok!» en toen was zij weer een oude vrouw. «Men moet zich naar het weer kleeden.» zeide zij. «Het is nat, het is nat! Mijn stad is als een flesch; bij de stop moet men er in, bij de stop moet men er weer uit! Vroeger had ik de heerlijkste visschen, en nu heb ik frissche jongens met roode wangen op den bodem der flesch; dezen leeren daar wijsheid: Hebreeuwsch, Grieksch! Krok!» Dat klonk precies, alsof er kikvorschen kwaakten, of alsof men met groote laarzen in het moeras liep: altijd hetzelfde geluid, zoo eentonig en zoo vervelend, dat de kleine Tuk er van in slaap viel, hetgeen voor hem ook geen kwaad kon.

Maar zelfs in dezen slaap kwam er een droom of wat het anders was. Zijn zusje Gustava met haar blauwe oogen en haar blond gelokt haar was op eens een volwassen, schoon meisje, en zonder dat zij vleugels had kon zij vliegen, en nu vlogen zij over Seeland, over de groene bosschen en de blauwe meren.

«Hoor je den haan kraaien, kleine Tuk? Kukelekuku! De hanen vliegen uit de stad Kjöge op! Je krijgt een kippenhok, een groot kippenhok! Je zult geen honger of gebrek meer lijden! En den vogel zal je schieten, zooals men zegt; je zult een rijk en gelukkig man worden! Je huis zal zich verheffen als de toren van koning Waldemar en rijk versierd zijn met marmeren beeldzuilen, evenals die uit Prästöe. Je begrijpt mij wel! Je naam zal met roem om de heele aarde trekken, evenals het schip, dat van Korsöer had moeten uitloopen, en te Roeskilde ..... «Vergeet de steden niet!» zeide koning Hjoar.— Je zult goed en verstandig spreken, kleine Tuk, en als je dan eindelijk in je graf komt, dan zul je gerust slapen....»

«Alsof ik in Soröe lag!» zei Tuk, en nu werd hij wakker. Het was klaarlichte dag, en hij kon zich zijn droom niet meer herinneren. Dat was echter ook niet noodig; want men mag niet weten, wat er eenmaal zal gebeuren.

Nu sprong hij vlug uit zijn bed en las in zijn boek, nu kende hij op eens zijn geheele les. Maar de oude waschvrouw stak het hoofd in de kamer, knikte hem vriendelijk toe en zei:

«Hartelijk dank, beste jongen, voor je hulp! De goede God moge je schoonen droom vervullen!»

De kleine Tuk wist echter niet, wat hij gedroomd had, maar—de goede God wist het wel.

Kjöge, een stadje aan de Kjöge-baai. «Kjögekippen zien» noemt men, de kinderen door het omvatten van het hoofd met beide handen in de hoogte tillen. Bij Kjöge werd bij den overval der Engelschen in het jaar tusschen dezen en de ongedisciplineerde Deensche landweer een niet zeer roemrijke slag geleverd.

Prästöe, een nog kleiner stadje. Omstreeks honderd schreden daar van daan staat het adellijk kasteel Nysöe, waar Thorwaldsen zich gedurende zijn verblijf in Denemarken gewoonlijk ophield en vele onsterfelijke werken in het aanzijn riep.

Wordingborg, onder koning Waldemar een aanzienlijke plaats, thans een onbeteekenend stadje. Slechts een eenzaam staande toren en eenige overblijfselen van muren wijzen aan, waar het kasteel vroeger gestaan heeft.

Korsöer, aan den Grooten Belt, vroeger, vóór het in zwang komen der stoomvaart, toen de reizigers dikwijls een geruimen tijd op een gunstigen wind moesten wachten, de vervelendste der steden genoemd en door een geestige vaudeville van Heiberg tot het Deensche Schilda gestempeld. Hier is de dichter Baggesen geboren.

Roeskilde (Roesbron, verkeerdelijk Rothschild genoemd), vroeger de hoofdstad van Denemarken. De stad heeft haar naam van koning Hroar en de vele bronnen in den omtrek. In den prachtigen dom liggen de meeste koningen en koninginnen van Denemarken begraven. Te Roeskilde kwamen ook de Deensche stenden bij elkaar.

Soröe, een zeer stil stadje, dat prachtig gelegen en door bosschen en meren omgeven is. Denemarkens Molière, Holberg, stichtte hier een ridderacademie. De dichters Hauch en Ingemann werden hier als professoren aangesteld.

De burinnetjes.

Men zou gezegd hebben, dat er in den eendenvijver iets gewichtigs voorviel; maar er viel niets voor. Al de eenden, die stil in het water lagen of op haar kop daarin stonden,—want dat kunnen ze doen,—zwommen op eens naar den kant toe; men zag in de natte aarde de sporen van haar pooten en hoorde wijd en zijd haar gesnater. Het water, dat nog kort te voren zoo blank en glad als een spiegel was, kwam in hevige beweging. Nog kort geleden had men daarin iederen boom, iederen struik in de nabijheid, het oude boerenhuis met de gaten in het dak en het zwaluwennest, maar inzonderheid den grooten, met bloemen bezaaiden rozestruik gezien; deze bedekte den muur en hing over het water heen, waarin men alles als op een schilderij zag, met dit onderscheid nochtans, dat alles ondersteboven stond; maar toen het water in beweging kwam, ging alles door elkander en was het beeld verdwenen. Twee veeren, die de eenden bij het opvliegen verloren hadden, dreven heen en weer; op eens namen zij een loopje, alsof de wind kwam; maar deze kwam niet, en dus moesten zij blijven liggen, en het water werd weer kalm en effen. De rozen spiegelden er zich weer in af; zij waren verwonderlijk schoon, maar zij wisten het zelf niet, want niemand had het haar gezegd; de zon scheen tusschen de bladeren door, alles verspreidde den heerlijksten geur om zich heen; het was allen te moede evenals ons, wanneer wij van de gedachte aan ons geluk vervuld zijn.

«Hoe schoon is het leven toch!» zei iedere roos. «Slechts één ding zou ik wenschen: de zon te kunnen kussen, omdat zij zoo warm en zoo helder is. Ook de rozen daar beneden in het water, onze evenbeelden, zou ik wel willen kussen, en de lieve vogeltjes beneden in het nest. Ook boven zijn er enkele; zij steken er hun kopjes uit en piepen zacht; zij hebben geen veeren, zooals vader en moeder. Het zijn goede burinnetjes, zoowel die beneden, als die boven zijn!»

De jongen boven en beneden,—die beneden waren echter slechts de weerkaatsing in het water,—waren musschen; haar ouders waren insgelijks musschen; zij hadden het leege zwaluwennest van het vorige jaar in bezit genomen en huisden daarin nu, alsof het haar eigendom was.

«Zijn dat eendekleeren, die daar drijven?» vroegen de jongen van de musschen, toen zij de veeren op het water zagen.

«Als je wilt vragen, doe dan ten minste verstandige vragen!» zei de moeder. «Zie je dan niet, dat het veeren zijn, levende kleerenstof, zooals ik draag en zooals jelui ook eenmaal zult dragen? Maar de onze is fijner. Ik zou overigens wel willen dat we ze boven in het nest hadden; want ze verwarmen lekker. Ik zou wel eens willen weten, waarvan de eenden toch zoo geschrikt zijn; van ons zeker niet; wel is waar zeide ik vrij luid tegen jelui: «Piep!» De rozen moesten het eigenlijk weten; maar die weten niemendal, bekijken zich zelf slechts en geven geur van zich; ik ben deze burinnetjes van gansscher harte moede!»

«Hoor die allerliefste vogeltjes daar boven eens!» zeiden de rozen; «die beginnen nu ook hun best te doen om te zingen, maar zij kunnen het nog niet. Het zal intusschen wel gaan; wat zal dat plezierig zijn; het is wel aardig, zulke vroolijke burinnetjes te hebben.»

Eensklaps kwamen er twee paarden aanrijden om gedrenkt te worden; een boerenjongen reed op het eene; hij had al zijn kleeren uitgetrokken behalve zijn grooten, breeden, stroohoed. De jongen zong als een lijster en reed den vijver in, waar deze het diepst was; en toen hij den rozenstruik voorbijkwam, plukte hij een roos af en stak haar op zijn hoed en nu dacht hij, dat hij er wat mooi uitzag, en reed verder. De andere rozen keken haar zuster na en vroegen zich af: «Waar zou zij wel naar toe gaan?» Maar niemand wist dit te zeggen.

«Ik zou de wijde wereld wel eens in willen,» zeide er een; «maar hier te huis in ons groen is het ook mooi. Den heelen dag schijnt de zon helder en warm, en 's nachts fonkelt de hemel nog helderder; dat kunnen wij door al die gaatjes, die er in zijn, wel zien.» Zij bedoelde de sterren; zij wist het niet beter.

«Wij maken het levendig in den omtrek van het huis,» zei de moeder der musschen, «en het zwaluwennest brengt geluk aan, zeggen de menschen, daarom heeft men ons hier graag. Maar onze burinnetjes! Zoo'n rozestruik tegen den muur aan veroorzaakt vocht. Hij zal wel weggenomen worden; dan groeit hier ten minste misschien nog koren. De rozen deugen nergens toe, dan om er naar te kijken en er aan te ruiken en op zijn hoogst ze op den hoed te steken.

«Jaarlijks, dat weet ik van mijn moeder, vallen zij af. De vrouw van den boer legt ze in en strooit er zout tusschen; dan krijgen zij een Franschen naam, die ik niet kan en ook niet wil uitspreken; zij worden op het vuur gestrooid als zij lekker moeten ruiken. Zie, zoo is haar levensloop; zij bestaan slechts voor het oog en den neus. Nu weet je het!»

Toen de avond viel en de muggen in de warme lucht en in de roode wolken dansten, kwam de nachtegaal en zong voor de rozen, dat het met het schoone eveneens gesteld was als met den zonneschijn in deze wereld, en dat het schoone eeuwig leefde. Maar de rozen dachten, dat de nachtegaal zich zelf bezong, hetgeen men heel goed had kunnen gelooven; want dat het gezang haar gold, daaraan dachten zij niet. Zij hadden er echter veel schik in en dachten er over na, of al de kleine musschen misschien ook nachtegalen konden worden. «Ik heb het gezang van dezen vogel heel goed begrepen,» zeiden de jonge musschen. «Slechts één woord was mij niet duidelijk. Wat beteekent «het schoone?»»

«Dat is volstrekt niets,» hernam de moeder der musschen; «dat is maar iets uiterlijks. Maar op het adellijk kasteel, waar de duiven haar eigen huis hebben en waar iederen dag erwten en gerst voor haar gestrooid wordt,—ik heb zelf met haar gegeten, en dat zullen jelui mettertijd ook wel doen,—op het adellijk kasteel heeft men twee vogels met groene halzen en een kam op den kop; die kunnen hun staart uitspreiden als een groot wiel, en deze heeft allerlei kleuren, zoodat het zien daarvan aan de oogen zeer doet. Deze vogels worden pauwen genoemd, en dat is «het schoone». Als ze maar eens een beetje geplukt werden, dan zouden zij er niets anders uitzien dan wij. Ik zou ze al geplukt hebben, als ze maar niet zoo groot waren.»

145

«Ik zal ze wel eens plukken,» zei de kleine musch, die nog geen veeren had.

In het boerenhuis woonde een jeugdig echtpaar; zij hadden elkander hartelijk lief; zij waren vlijtig en flink; het zag er alles heel knap bij hen uit. Des Zondags vroeg kwam de jonge vrouw de deur uit, plukte een handvol van de mooiste rozen en deed ze in een glas met water, dat zij op de kast neerzette.

«Nu kan ik zien, dat het Zondag is,» zei de man en gaf zijn vrouw een kus. Zij gingen zitten, lazen in het gezangboek en legden hun handen in elkaar; de zon bescheen de frissche rozen en het jonge echtpaar.

«Dat verveelt mij geducht,» zei de moeder der musschen, die uit het nest vlak in de kamer kon zien, en vloog weg.

Zoo ging het ook den volgenden Zondag, want alle Zondagen werden er versche rozen in het glas gedaan; maar de rozestruik bloeide altijd even mooi. De jonge musschen hadden nu veeren en wilden graag meevliegen; maar haar moeder wilde dit niet, en dus moesten zij thuis blijven. Zij vloog, maar, hoe het ook mocht gekomen zijn, zoo veel is zeker: voordat zij er aan dacht, was zij in een strik van paardenharen geraakt, die jongens aan een tak vastgemaakt hadden. De paardenharen trokken zich vast om haar poot heen, als zou deze doorgesneden worden; dat was een pijn, een schrik! De jongens sprongen toe en pakten den vogel op een onzachte manier beet.

«Het is maar een musch!» zeiden zij; doch zij lieten haar toch niet vliegen, maar namen haar mee naar huis; en telkens wanneer zij piepte, gaven zij haar een slag op den snavel.

In het boerenhuis bevond zich juist een oud man, die scheerzeep en waschzeep in vierkante stukken zoowel als in ballen vervaardigde. Het was een rondreizende, vroolijke grijsaard. Toen hij de musch zag, die de jongens meegebracht hadden en waarmee zij, zooals zij zeiden, niet veel ophadden, vroeg hij: «Willen we haar eens heel mooi maken?» Een ijskoude huivering ging de moeder der musschen over de leden. Uit de kast, waarin de mooiste kleuren lagen, nam de grijsaard een doosje met bladgoud, en de jongens moesten eiwit halen, waarmee de musch werd bestreken; nu werd het goud er op vastgeplakt, en de moeder der musschen was nu geheel verguld. Maar zij dacht niet aan het sieraad en beefde over al hare leden. En de grijsaard scheurde van de roode voering van zijn oude jas een lapje af, tandde dit uit, zoodat het er als eene hanekam uitzag, en plakte het den vogel op den kop.

«Nu zal je den goudrok eens zien vliegen,» zei de grijsaard en liet de musch los, die in doodelijken angst wegvloog, door de stralen der zon beschenen. Wat schitterde zij nu! Al de musschen, zelfs een kraai, ofschoon dit al een oude knar was, verschrikten hier niet weinig van; maar zij vlogen toch achter haar aan, om eens te zien, wat voor een vreemde vogel het was.

Door angst en ontzetting aangegrepen, vloog de musch naar huis terug; het scheelde niet veel, of zij viel machteloos op den grond neer: de schaar der vervolgende vogels groeide aan, ja, enkelen deden zelfs een poging, om haar aan te vallen.

«Kijk die eens! Kijk die eens!» schreeuwden zij allemaal.

«Kijk die eens! Kijk die eens!» schreeuwden ook haar jongen, toen zij dicht bij het nest kwam. «Dat is stellig een jonge pauw! Wat heeft hij mooie kleuren; je oogen doen er zeer van, zooals moeder verteld heeft. Piep! Dat is het schoone!» En nu pikten zij met haar kleine snavels naar den vogel, zoodat het hem onmogelijk was, in het nest te komen; hij was zoo uitgeput, dat hij niet eens «Piep!» kon zeggen, laat staan dan: «Ik ben je moeder!» Ook de andere vogels vielen nu op de musch aan, zoodat zij bloedend op den rozestruik neerviel.

«Arm beest!» zeiden alle rozen, «wees maar niet bang: wij zullen je wel verbergen! Leg je kopje maar tegen ons aan!»

De musch spreidde haar vleugels nog eenmaal uit, daarop drukte zij ze vast aan haar lijf en lag dood bij haar burinnetjes, de mooie, frissche rozen.

«Piep!» klonk het uit het nest. «Waar zou moeder toch blijven? Dat is onbegrijpelijk! Het zal toch geen streek van haar zijn en moeten beteekenen, dat wij nu maar voor ons zelf moeten zorgen! Het huis heeft zij ons nagelaten; maar aan wie van ons moet het nu toebehooren, als wij ook familie krijgen?»

«Ja, dat gaat niet, dat je bij mij blijft, als ik vrouw en kinderen krijg!» beweerde de jongste.

«Ik zal wel meer vrouwen en kinderen krijgen dan jij!» zei de tweede.

«Maar ik ben de oudste!» liet de derde er op volgen. Allen werden nu toornig; zij sloegen met de vleugels, pikten met den snavel, en zoo werd de een na de ander uit het nest gegooid. Daar lagen zij nu met haar toorn! Zij hielden de kop op zijde en knipten met de naar boven gekeerde oogen.

Zij konden een weinig vliegen, door oefening leerden zij het nog beter, en eindelijk werden zij het eens over een teeken, om elkaar, wanneer zij elkaar later in de wereld mochten ontmoeten, te herkennen. Het zou in een «Piep!» bestaan en in een driewerf herhaald gekrabbel op den grond met den linkerpoot.

De jonge musch, die in het nest achtergebleven was, verbeeldde zich nu heel wat: zij was immers de eigenares van het huis. Maar deze heerlijkheid duurde niet lang: in den nacht barstte er een hevige brand uit, de vlammen grepen het dak aan, het droge stroo vlamde hoog op, het geheele huis verbrandde en de jonge musch eveneens; de beide andere trouwlustigen echter brachten er het leven gelukkig af.

Toen de zon weer opging en alles er zoo verkwikt uitzag als na een gerusten slaap, waren er van het boerenhuis nog slechts enkele verkoolde, zwarte balken over, die tegen den schoorsteen leunden, die nu geheel op zich zelf stond. Het rookte nog geducht uit het puin; maar daar buiten stond frisch en bloeiend de rozestruik, en spiegelde iedere bloem, iederen tak in het heldere water af.

«O, wat bloeien die rozen daar voor het afgebrande huis toch heerlijk!» riep een voorbijganger uit. «Een bekoorlijker tafereeltje laat zich niet denken. Dat moet ik hebben!»

En deze man kreeg uit zijn zak een boek met witte blaadjes: het was een schilder; en met een potlood teekende hij het rookende huis, de verkoolde balken en den overhangenden schoorsteen uit, en deze helde al meer en meer over; op den voorgrond bevond zich de groote, bloeiende rozestruik; deze leverde een prachtig gezicht op. Om zijnentwil was de teekening ontstaan.

Later op den dag kwamen de twee musschen, die hier geboren waren, voorbij. «Waar is het huis?» vroegen zij. «Waar is het nest? Piep! Alles is verbrand en onze overmoedige zuster ook. Dat heeft zij er nu van, dat zij het nest wou behouden. De rozen zijn er goed afgekomen, daar staan zij nog met haar roode wangen. Die treuren zeker niet over het ongeluk van haar burinnetjes. Ik wil ze niet aanspreken, en het is hier leelijk: zoo denk ik er over!» En weg gingen zij.

Op een prachtigen, helderen herfstdag,—men zou haast gezegd hebben, dat het nog midden in den zomer was,—huppelden op het droge en schoongeveegde voorplein van het ridderkasteel de duiven, zoowel zwarte als witte en bonte; zij schitterden in den zonneschijn. De moeders der duiven zeiden tegen haar jongen: «Schaart je in groepen! Want dat staat veel beter!»

«Wat zijn dat voor grauwe beestjes, die achter ons loopen?» vroeg een oude duif met rood en groen in de oogen. «Kleine grauwe! Kleine grauwe!» riep zij.

«Het zijn musschen, lieve beestjes. Wij hebben altijd den naam gehad, dat wij zoo goedig zijn; daarom zullen we haar ook veroorloven, de korreltjes mee op te pikken; zij vallen ons niet in de rede en krabben zoo aardig met de pooten.»

Ja, zij krabden driemaal met den poot en wel met den linkerpoot en zeiden ook: «Piep!» Daaraan herkenden zij elkaar; want het waren de musschen uit het nest op het afgebrande huis.

«Hier is het heel goed om te eten!» zeiden de musschen. De duiven liepen om elkaar heen, zetten een hooge borst en hadden innerlijk haar eigene meening.

«Zie je die kropduif wel!» zei er een. «Zie je wel, hoe zij de erwten inslikt? Zij neemt er te veel en dat nog wel de beste. Roekoe, roekoe! Wat is dat een leelijk, boosaardig dier! Roekoe, roekoe!»

En aller oogen vlamden van toorn. «Schaart je in groepen! Schaart je in groepen! Kleine grauwe! Kleine grauwe! Roekoe! Roekoe! Roekoe!» Zoo gingen de snavels door elkaar, en zoo zullen zij na duizend jaren nog door elkaar gaan.

De musschen deden haar best met eten; zij luisterden oplettend toe en schaarden zich zelfs mee in het gelid; dit ging haar echter niet goed af. Zij waren verzadigd en verlieten daarom de duiven, spraken allen haar oordeel over deze uit en slopen den tuin in, en toen zij de tuindeur open vonden, huppelde een, die volop verzadigd en daarom overmoedig was, op den drempel. «Piep!» zeide zij, «dat durf ik wel doen!»

«Piep!» zei de andere; «dat durf ik ook wel en nog iets meer!» En zij huppelde de kamer binnen. Er was niemand aanwezig; dat zag de derde, vloog de kamer nog dieper in en riep: «Of heelemaal, of in 't geheel niet! Het is overigens een zonderling menschennest; en wat hebben ze hier neergezet? Wat is dat?»

Vlak bij de musschen bloeiden zoowaar de rozen: zij spiegelden zich in het water af, en de verkoolde balken leunden tegen den vooroverhellenden schoorsteen aan. «Wat is dat? Hoe komt dat in de kamer van het adellijk kasteel?»

En al de drie musschen wilden over de rozen en den schoorsteen wegvliegen, maar zij vlogen tegen een vlakken muur aan. Alles was een schilderij, een groot, prachtig schilderij, dat de schilder naar een schets vervaardigd had.

«Piep!» zeiden de musschen, «het bestaat niet! Het ziet er maar uit, alsof het iets was. Piep! dat is het schoone! Kan jij het begrijpen? Ik niet!» En zij vlogen weg, want er kwamen menschen in de kamer.

Er verliepen jaren en dagen; de duiven hadden dikwijls gekord, die boosaardige dieren; de musschen hadden het in den winter erg te kwaad met de kou gehad en in den zomer vroolijk geleefd: zij waren allemaal verloofd of getrouwd of hoe men het noemen wil. Zij hadden jongen, en ieder hield de hare natuurlijk voor de mooiste en de slimste; de een vloog hierheen, de ander daarheen, en als zij elkaar ontmoetten, dan herkenden zij elkaar aan haar «Piep!» en aan het driemaal herhaald gekrabbel met den linkerpoot. De oudste was een oude vrijster gebleven, die geen nest en geen jongen had; haar lievelingsdenkbeeld was, een groote stad te zien; zij vloog daarom naar Kopenhagen toe.

Men zag daar een groot huis, dat met vele bonte kleuren beschilderd was, dicht bij het kasteel en bij het kanaal, waarin vele met appelen en potten beladen schepen voeren. De ramen waren beneden breeder dan boven, en als de musschen er doorheen keken, dan kwam iedere kamer haar als een tulp met de bontste kleuren en schakeeringen voor. Midden in de tulp echter stonden witte menschen; deze waren van marmer, enkele ook van gips; doch met musschenoogen bekeken, komt dat al zoo wat op hetzelfde neer. Boven op het dak stond een metalen wagen, met metalen paarden bespannen, en de godin der overwinning, die insgelijks van metaal vervaardigd was, bestuurde ze. Het was het museum van Thorwaldsen.

«Wat schittert dat, wat schittert dat!» zei de musch. «Dat zal wel het schoone zijn. Piep! Hier is het echter grooter dan een pauw!» Zij herinnerde zich nog uit haar kinderjaren, wat haar moeder als het grootste onder het schoone erkend had. Zij vloog naar de plaats toe; daar was alles buitengewoon prachtig; op de muren waren palmen en takken geschilderd; midden op de plaats stond een groote, bloeiende rozestruik; deze spreidde zijn frissche takken met de vele rozen over een graf uit. Daar vloog de musch naar toe; want zij zag daar verscheidenen van haar soort. Piep en drie krabbels met den linkerpoot,—zoo had zij het heele jaar door al zoo dikwijls gegroet, maar niemand had haar antwoord gegeven; want die eenmaal gescheiden zijn, treffen elkaar niet alle dagen aan: de groet was haar tot een gewoonte geworden.—Heden echter antwoordden twee oude musschen en een jonge met «Piep!» en een driewerf herhaald gekrabbel met den linkerpoot.

«Wel zoo! Goeden dag! Goeden dag!» Het waren twee ouden uit het nest en nog een kleine uit de familie. «Moeten we elkaar hier ontmoeten? Het is een deftige plaats, maar er is niet veel te eten. Dat is het schoone! Piep!»

En vele menschen kwamen er uit de nevenvertrekken, waar de prachtige marmeren beelden stonden, en begaven zich naar het graf, waarin de groote kunstenaar, die de marmeren beelden vervaardigd had, rustte. Allen stonden in een eerbiedige houding rondom het graf van Thorwaldsen, en enkelen raapten de afgevallen rozebladeren op en staken deze bij zich. Zij waren uit verre landen gekomen: een uit het machtige Engeland, anderen uit Duitschland en Frankrijk. De mooiste dame plukte een der rozen af en verborg deze aan haar boezem. Nu dachten de musschen, dat de rozen hier regeerden en dat het huis om harentwil gebouwd was; dat scheen haar nu wel wat te veel, maar daar de menschen al hun liefde aan de rozen bewezen, wilden zij niet achterblijven. «Piep!» zeiden zij en streken met hare staartjes over den grond en keken met één oog naar de rozen: zij hadden ze nog niet lang bekeken, of zij merkten, dat het de oude burinnetjes waren. En zij waren het werkelijk. De schilder, die den rozestruik bij het afgebrande huis had uitgeteekend, had later de vergunning verkregen, dezen uit den grond te nemen, en had hem toen aan den bouwmeester gegeven, want schoonere rozen had men nooit gezien; en de bouwmeester had hem op het graf van Thorwaldsen geplant, waar hij als beeld van het schoone bloeide en zijn roode, geurige rozebladeren weggaf, om als een herinnering naar verre landen meegenomen te worden.

«Heb je hier in de stad een postje gekregen?» vroegen de musschen.

De rozen knikten; zij herkenden haar grauwe burinnetjes en verheugden er zich over, dat zij ze terugzagen. «Wat is het toch heerlijk, te leven en te bloeien, oude vrienden terug te zien en alle dagen vroolijke gezichten! Het is, alsof het een feestdag was.»—«Piep!» zeiden de musschen. «Ja, het zijn waarlijk de oude burinnetjes: wij herinneren ons haar afstamming van den vijver. Piep! Wat zijn zij in aanzien gekomen! Ja, menigeen gelukt het in den slaap!—Wacht! daar zit een verwelkt blad, dat zie ik heel duidelijk!» En zij pikten er zoo lang aan, totdat het blad afviel. Maar frisscher en groener stond de rozestruik daar; de rozen geurden in den zonneschijn op het graf van Thorwaldsen, aan wiens onsterfelijken naam zij zich verbonden.

Grootmoeder.

Grootmoeder is heel oud, zij heeft vele rimpels in haar voorhoofd en sneeuwwit haar; maar haar oogen, die als twee sterren fonkelen, ja veel schooner nog, hebben een milden en vriendelijken blik, en weldadig is het, er in te staren! En dan weet zij de mooiste sprookjes te vertellen. Zij weet heel veel; want zij heeft veel vroeger geleefd dan vader en moeder; dat is bepaald zeker! Grootmoeder heeft een gezangboek met groote zilveren sloten en leest dikwijls in dit boek; daarin ligt een roos, geheel platgedrukt en verdroogd; deze is niet zoo mooi als de rozen, die zij in een glas heeft staan, maar toch lacht zij haar het vriendelijkst toe, ja, er komen haar zelfs tranen in de oogen! Waarom zou grootmoeder de verwelkte bloem in het oude boek toch zoo aankijken? Weet gij het?—Wel, telkens wanneer de tranen van grootmoeder op de bloem vallen, worden de kleuren weer frisch, de roos zwelt op en vervult de geheele kamer met haar geur, de muren zinken weg, als waren zij slechts nevel, en rondom haar is het groene, heerlijke bosch, waar de zon door het loof der boomen straalt: en grootmoeder—ja, zij is weer geheel jong, zij is een bekoorlijk meisje met blonde lokken, met blozende wangen, schoon en aanminnig, geen roos is frisscher; maar de oogen, die vriendelijke, gezegende oogen,—ja, die behooren nog aan grootmoeder toe.—Naast haar zit een jonkman, rijzig en krachtig, hij reikt haar de roos over, en zij glimlacht,—zoo glimlacht grootmoeder toch niet!—ja, toch wel! Maar hij is verdwenen; vele gedachten, vele gestalten zweven voorbij, de knappe jonkman is verdwenen, de roos ligt in het gezangboek, en grootmoeder,—ja, zij zit daar weer als een oude vrouw en bekijkt de verwelkte roos, die er in het boek ligt.

Nu is grootmoeder dood.—Zij zat in haar leuningstoel en vertelde een uitvoerig, mooi sprookje; zij zeide, dat het sprookje nu uit en dat zij moede was; zij ging met haar hoofd achterover leunen om een weinig te slapen. Men kon haar ademhaling hooren, zij sliep; maar het werd al stiller en stiller, en haar gelaat straalde van geluk en vrede; het was, alsof er zich zonneschijn over haar trekken verspreidde, zij glimlachte weer, en toen zeiden de menschen, dat zij gestorven was.

Zij werd in de zwarte kist neergelegd; daar lag zij, gehuld in het witte linnen, zacht en schoon, en toch waren haar oogen gesloten, maar iedere rimpel was verdwenen; zij lag daar met een glimlachje om de lippen; heur haar was zilverwit en eerwaardig, het was niet akelig om de doode aan te staren, het was immers de lieve, goedhartige grootmoeder. En het gezangboek werd onder haar hoofd neergelegd, dat had zij zelf begeerd, de roos lag in het oude boek; toen begroeven zij grootmoeder.

Op het graf, dicht bij den muur der kerk, plantten zij een rozeboompje; dit zat vol rozen, en de nachtegaal vloog zingend over de bloemen en het graf; binnen in de kerk klonken van het orgel de schoonste psalmen, die er in het oude boek onder het hoofd der overledene stonden. De maan scheen op het graf neer, maar de doode was hier niet; ieder kind kon er 's nachts gerust heengaan en een roos bij den kerkhofsmuur plukken. Een doode weet meer, dan wij levenden met ons allen weten. De dooden weten heel goed, welk een angst zich van ons meester zou maken, als het zonderlinge geschiedde en zij tot ons kwamen; de dooden zijn beter dan wij allen; zij keeren niet weer. De aarde heeft zich boven de doodkist opgehoopt; ook in de doodkist is aarde, de bladen van het gezangboek zijn stof, en de roos met al haar herinneringen is tot stof vergaan. Maar boven haar bloeien frissche rozen, boven zingt de nachtegaal en klinkt het orgel, boven leeft de herinnering aan de oude grootmoeder met de milde, eeuwig jonge oogen.—Oogen kunnen nimmer sterven.—De onze zullen eenmaal grootmoeder weerzien, jong en schoon, zooals zij voor de eerste maal de frissche, roode roos kuste, die nu stof in het graf is.

De schim.

In de warme landen brandt de zon zeer sterk; daar worden de menschen zoo bruin als mahoniehout; ja, in de warmste landen worden zij zelfs tot negers gebrand. Naar deze warme landen was een geleerd man uit de koude streken vertrokken. Deze dacht nu, dat hij daar eveneens kon rondloopen als in zijn vaderland; maar van die meening kwam hij al spoedig terug. Hij en alle verstandige lieden moesten in huis blijven: de luiken en deuren werden den heelen dag gesloten; het had den schijn, alsof allen in huis sliepen of uitgegaan waren. De nauwe straat met de hooge huizen, waarin hij woonde, was echter ook zoo gebouwd, dat de zon er van den ochtend tot den avond in moest schijnen; het was werkelijk onverdraaglijk. De geleerde uit de koude streken was een jong, kundig man; het kwam hem voor, alsof hij in een gloeienden oven zat; dat deed hem veel kwaad: hij werd mager; zelfs zijn schim kromp en werd veel kleiner dan hij in zijn vaderland geweest was; de zon nam ook zelfs dezen mede, en hij begon 's avonds, als zij ondergegaan was, eerst te leven. Het was een aardig tooneel, dit aan te zien: zoodra er licht in de kamer gebracht werd, rekte de schim zich tegen den muur uit, ja nog verder, tot aan de zoldering, zoo lang maakte hij zich; hij moest zich wel uitrekken, om weer tot vroegere krachten te komen. De geleerde ging op het balkon om zich te verfrisschen, en zoodra de sterren aan den prachtigen, helderen hemel te voorschijn kwamen, was het hem, alsof hij weer herleefde. Op al de balkons in de straat,—en in de warme landen is er voor ieder raam een balkon,—vertoonden zich nu menschen; want versche lucht moet men toch hebben, al is men er ook aan gewoon, zoo bruin als mahoniehout te worden; dan werd het boven en beneden levendig; beneden stalden schoenmakers en kleermakers hun goederen op de straat uit; dan bracht men tafels en stoelen, en werden er lichten opgestoken, ja, over de duizend lichten: de een sprak, een ander zong, en de menschen wandelden; er reden rijtuigen, er draafden muildieren, «klingelingling,»—deze dragen namelijk schelletjes aan hun tuig,—er werden lijken met gezang begraven; de kerkklokken luidden; ja, het was werkelijk zeer druk en levendig op de straat. Slechts in één huis, tegenover dat, waar de vreemde, geleerde man woonde, was het doodstil; en toch woonde daar iemand, want er stonden bloemen op het balkon, en deze bloeiden heerlijk in de zonnehitte; en dat hadden zij niet kunnen doen, als zij niet van tijd tot tijd begoten werden, en iemand moest ze toch begieten. Menschen moeten er dus wel wonen. De deur werd ook tegen den avond op een kier gezet; maar dan was het donker, althans in de voorkamer; uit het binnenste van het huis hoorde men muziek. De vreemde, geleerde man vond deze allerprachtigst; doch het was ook wel mogelijk, dat hij het zich maar verbeeldde, want hij vond daar in die warme landen alles voortreffelijk, als er maar geen zon geweest was. De huisheer van den vreemdeling zeide, dat hij niet wist, wie het huis aan den overkant gehuurd had; men zag er geen menschen, en wat de muziek betrof, het kwam hem voor, dat deze verschrikkelijk vervelend was. «Het was, alsof daar iemand een stuk zat in te studeeren, dat hij toch niet goed kon uitvoeren: altijd hetzelfde stuk. ««Ik speel het toch goed!»» denkt hij zeker; maar hij doet het nooit goed, hoe lang hij ook speelt.»

Eens werd de vreemdeling midden in den nacht wakker; hij sliep met de deur van het balkon open; de wind lichtte het gordijn, dat er voor hing, op, en nu scheen het hem toe, alsof er een wonderbare glans van het balkon van het huis aan den overkant afstraalde: alle bloemen vertoonden zich als vlammen in de schoonste kleuren, en midden tusschen de bloemen stond een schoone, slanke maagd. Het was, alsof zij insgelijks licht van zich gaf; het verblindde zijn oogen werkelijk, doch hij had ze wat te wijd opengespalkt en kwam nog maar pas uit zijn slaap. Met een enkelen sprong was hij uit zijn bed; zachtjes sloop hij achter het gordijn;—maar de maagd was weg, de glans was weg, de bloemen gaven geen licht meer van zich, maar stonden daar nog even schoon als altijd; de deur stond op een kier en van binnen deed zich muziek hooren, zoo heerlijk, zoo schoon, dat men zich daarbij werkelijk in liefelijke gedachten kon verdiepen. Het was als een tooverwerk; maar wie woonde daar? Waar was de eigenlijke ingang? Want aan den straatkant en in het steegje had men in het geheele benedenhuis raam aan raam, en daar konden de menschen toch niet altijd doorheen klimmen.

Op zekeren avond zat de vreemdeling op zijn balkon; in de kamer achter hem brandde licht, en dus was het natuurlijk, dat zijn schim zich op den muur van het huis aan den overkant afteekende; ja, daar zat hij tusschen de bloemen op het balkon; en als de vreemdeling zich bewoog, dan bewoog de schim zich ook.

«Ik geloof, dat mijn schim het eenige levende voorwerp is, wat men daar aan den overkant ziet,» zei de geleerde man. «Kijk eens, hoe aardig hij daar tusschen de bloemen zit; de deur staat maar op een kier; nu moest de schim eens zoo slim zijn en naar binnen toe gaan, daar eens rondkijken, dan terugkomen en mij vertellen, wat hij daar gezien heeft. «Ja, je zoudt je daardoor verdienstelijk maken,» zei hij schertsende. «Wees zoo goed en treed binnen! Welnu, zal je ook gaan?» En daarop knikte hij den schim toe, en de schim knikte terug. «Komaan, ga nu maar, en blijf niet weg!» En de vreemdeling stond op, en de schim op het balkon aan den overkant stond ook op; de vreemdeling keerde zich om: ja, als iemand er nauwkeurig op gelet had, dan zou hij gezien hebben, hoe de schim de halfgeopende balkondeur van het huis aan den overkant juist op hetzelfde oogenblik doorging, waarop de vreemdeling naar zijn kamer terugkeerde en het lange gordijn liet zakken.

Den volgenden morgen ging de geleerde man uit, om koffie te drinken en kranten te lezen. «Wat is dat?» zei hij toen hij in den zonneschijn kwam. «Ik heb geen schim meer! Dus is hij gisteravond dan toch werkelijk heengegaan en niet teruggekomen, dat is toch recht verdrietig!»

Hij was hierover geërgerd, doch niet zoozeer omdat de schim weg was, maar omdat hij wist, dat er een geschiedenis was van een man zonder schim;—alle menschen in zijn vaderland waren met deze geschiedenis bekend; en als de geleerde man nu in zijn vaderland terugkwam en zijn eigen geschiedenis vertelde, dan zouden zij zeggen, dat het maar een naäperij van hem was, en dat wilde hij liever niet van zich laten zeggen. Hij zou er daarom maar niet over spreken, en dat was verstandig van hem bedacht.

Toen het avond was, ging hij weer op zijn balkon; het licht had hij wel is waar achter zich gezet, want hij wist, dat de schim altijd zijn heer tot scherm wil hebben; maar hij kon hem niet te voorschijn doen komen. Hij maakte zich klein, hij maakte zich lang; maar er was geen schim en er kwam geen schim. Hij zeide: «Hm, hm!» maar dat hielp niets.

Dat was grievend; maar in de warme landen groeit alles zoo vlug, en na verloop van acht dagen bemerkte hij dan ook tot zijn vurige blijdschap, dat er een nieuwe schim uit zijn beenen groeide, als hij in den zonneschijn kwam; de wortel moest alzoo zijn blijven zitten. Na verloop van drie weken had hij een vrij grooten schim, die, toen hij op de terugreis naar de noordelijke landen was, al meer en meer aangroeide, zoodat hij eindelijk zoo lang en zoo breed was, dat hij er best de helft van had kunnen missen.

Toen de geleerde man weer in zijn vaderland teruggekomen was, schreef hij boeken over het ware, het goede en het schoone, dat er in de wereld is, en er verliepen dagen, en er verliepen jaren,—er verliepen vele jaren.

Daar zat hij op zekeren avond in zijn kamer, toen er zachtjes aan zijn deur getikt werd. «Binnen!» riep hij; maar er kwam niemand binnen; nu deed hij de deur open: daar stond een zoo buitengewoon mager man voor hem, dat het hem wonderlijk te moede werd. Overigens was deze man allerkeurigst gekleed: het moest zeker een deftig heer zijn.

«Met wien heb ik de eer te spreken?» vroeg hij.

«Ja, dat had ik wel gedacht,» zei de deftige heer, «dat ge mij niet zoudt kennen: ik ben zooveel lichaam geworden, dat ik vleesch en kleeren gekregen heb. Ge hebt er zeker nooit aan gedacht, dat ge mij in zulk een toestand zoudt zien? Kent ge uw ouden schim dan niet meer? Ja, ge hebt zeker niet gedacht, dat ik toch zou terugkomen. Het is met mij buitengewoon goed gegaan, sedert ik de laatste maal bij u was; ik ben in alle opzichten zeer vermogend geworden; als ik mij van den dienst wil vrijkoopen, dan kan ik dit.» Hij rammelde met een menigte kostbare sieraden, die aan zijn horloge hingen, en stak zijn hand door den zwaren gouden ketting, dien hij om den hals droeg; en wat fonkelden er aan al zijn vingers diamanten ringen! En alles was echt!

«Ik weet waarlijk niet, wat ik er aan heb!» zei de geleerde man. «Wat moet dit alles beteekenen?»

«Nu, iets gewoons niet!» zei de schim. «Maar ge behoort immers zelf ook niet tot de gewone menschen, en ik ben, zooals ge wel weet, van kindsbeen af in uw voetstappen getreden. Zoodra ge vondt, dat ik rijp genoeg was, om alleen in de wereld voort te komen, ging ik mijn eigen weg; ik verkeer in de gunstigste omstandigheden. Maar er overviel mij een soort van verlangen om u nog eenmaal te zien, voordat ge sterft; ik wilde deze streken weerzien, want men blijft toch altijd aan zijn vaderland gehecht. Ik weet, dat ge een anderen schim gekregen hebt; heb ik aan hem of aan u iets te betalen? Wees maar zoo goed, dit te zeggen.»

«Wat? Ben je het waarlijk?» zei de geleerde man. «Dat is toch iets opmerkelijks! Ik had niet gedacht, dat men zijn ouden schim ooit als mensch zou kunnen weerzien.»

«Zeg mij maar, wat ik te betalen heb,» hernam de schim, «want ik zou niet graag bij iemand schuld hebben.»

«Hoe kun je nu zoo spreken?» vroeg de geleerde man. «Van welke schuld kan hier sprake zijn? Je bent zoo vrij van schuld, als iemand maar wezen kan! Ik verblijd mij van harte over je geluk! Ga zitten, oude vriend, en vertel mij eens, hoe alles in zijn werk gegaan is en wat je daar in die warme landen in het huis aan den overkant gezien hebt.»

«Ja, dat zal ik u vertellen,» zei de schim en zette zich neer; «maar dan moet ge mij beloven, dat ge nimmer tegen iemand hier in de stad, waar ge mij ook moogt aantreffen, zult zeggen, dat ik uw schim geweest ben. Ik heb plan om te gaan trouwen; ik kan best een vrouw onderhouden.»

«Wees maar niet bang,» zei de geleerde man; «ik zal aan niemand zeggen, wie je eigenlijk bent. Hier heb je mijn hand, ik beloof het je, en een man een man, een woord een woord!»

«Een schim een schim, een woord een woord!» zei de schim; want zoo moest deze wel spreken.

Het was overigens uiterst opmerkelijk, hoe hij geheel en al mensch geworden was. Hij was in het zwart gekleed en droeg het fijnste zwarte laken, verlakte laarzen en een hoed, die men in elkaar kon drukken, zoodat het niets anders dan een bol en een rand was, om niet te spreken van hetgeen we reeds weten: van de sieraden, de gouden halsketting en de diamanten ringen. Ja, de schim was bijzonder keurig gekleed, en dat was het juist, wat hem tot een man maakte.

«Nu zal ik u eens het een en ander vertellen,» zei de schim, en toen zette hij zijn voeten met de verlakte laarzen zoo vast als hij maar kon op den arm van den nieuwen schim van den geleerden man neer, die als een poedel aan zijn voeten lag. Dit deed hij of uit hoogmoed, of misschien ook, opdat de nieuwe schim daaraan zou blijven kleven. Maar de liggende schim hield zich kalm en bedaard, om eens goed te kunnen luisteren; hij wilde ook weten, hoe men zich kon losmaken en zijn eigen heer en meester worden.

«Weet ge, wie er in het huis aan den overkant woonde?» zei de schim. «Dat was het heerlijkste van alles: het was de poëzie! Ik ben daar drie weken geweest, en dat heeft dezelfde uitwerking, alsof men drie duizend jaar lang leefde en alles kon lezen, wat er gedicht en geschreven is. Want dat zeg ik, en het is waar: Ik heb alles gezien en ik weet alles.»

«De poëzie!» riep de geleerde man uit. «Ja, deze leeft dikwijls als een kluizenaarster in de groote steden. De poëzie! Ja, ik heb haar een enkel vluchtig oogenblik gezien, maar de slaap stak mij in de oogen; zij stond op het balkon en flikkerde, evenals het noorderlicht flikkert: bloemen met levende vlammen. Vertel, vertel! Je waart op het balkon, je gingt de deur door, en toen....»

«Toen bevond ik mij in de voorkamer,» zei de schim. «Gij zat op het balkon en keekt aldoor maar naar de voorkamer aan den overkant. Daar was geen licht: er heerschte daar een soort van schemering; maar de eene deur na de andere in een reeks van kamers en zalen stond open, en daar was het helder, en de massa licht zou mij gedood hebben, als ik gegaan was tot de plek waar de jonkvrouw zat. Maar ik was voorzichtig; ik gunde mij den tijd, en dat moet men ook doen.»

«En wat zag je nu?» vroeg de geleerde man.

«Ik zag alles! En dat zal ik u vertellen; maar—het is waarlijk geen trots van mijn kant—als vrij man en uit hoofde van de kundigheden, die ik bezit, om niet te spreken van mijn deftigen stand en mijn aanzienlijk fortuin, zou ik toch wel wenschen, dat ge «u» tegen mij zeidet.»

«Neem mij niet kwalijk,» zei de geleerde man; «dat «je» is een oude gewoonte, en die legt men niet zoo gemakkelijk af. Ge hebt volkomen gelijk, en ik zal er aan denken. Maar vertel mij nu, wat ge gezien hebt.»

«Alles,» zei de schim, «want ik zag alles en weet alles.»

«Hoe zag het er dan in de binnenvertrekken uit?» vroeg de geleerde man. «Was het daar als in het koele bosch? Was het daar als in een heiligen tempel? Waren de vertrekken evenals de gesternde hemel, wanneer men op de hooge bergen staat?»

«Alles was er,» zeide de schim; «ik ben er wel is waar niet heelemaal in geweest; ik bleef in de voorkamer in de schemering, maar daar stond ik heel goed. Ik zag alles en weet alles. Ik ben aan het hof der poëzie in de voorkamer geweest.»

«Maar wat hebt ge dan gezien? Gingen door de groote zalen al de goden van den voortijd? Streden daar de oude helden? Speelden daar lieve kinderen en vertelden hun droomen?»

«Ik zeg u, dat ik er geweest ben, en dus begrijpt ge wel, dat ik alles gezien heb, wat er te zien was. Maar als gij er naar toe gegaan waart, dan zoudt ge geen mensch gebleven zijn; maar dat werd ik, en tevens leerde ik mijn innerlijk wezen, mijn aangeborene eigenschappen en de betrekking kennen, waarin ik tot de poëzie stond. Ja, indertijd, toen ik bij u was, dacht ik daarover niet na; maar altijd, zooals ge weet, wanneer de zon op- en onderging, werd ik zoo verwonderlijk lang: in den maneschijn was ik bijna nog duidelijker te onderscheiden dan gij zelf; ik begreep destijds mijn innerlijk wezen niet: in de voorkamer onthulde zich dit aan mij,—ik werd mensch! Rijp kwam ik er weder uit, maar gij waart niet meer in de warme landen. Ik schaamde er mij over, als mensch zoo te loopen, als ik liep; ik had laarzen, ik had kleederen en al dat menschenvernis noodig, dat den eenen mensch van den anderen onderscheidt: ik zocht bescherming,—ja, aan u kan ik het wel toevertrouwen: gij zult het immers in geen boek zetten,—ik zocht bescherming onder de rokken der koekverkoopster; daaronder verschool ik mij; de vrouw dacht er niet aan, hoe veel zij verborg. Eerst 's avonds ging ik uit; ik liep in den maneschijn op de straat rond; ik strekte mij zoo lang als ik was tegen den muur uit; dat kittelde heel plezierig op mijn rug; ik liep naar boven en naar beneden, keek door de hoogste ramen in de zalen en door het dak, waar niemand in kon zien, en ik zag, wat niemand zag, wat niemand mocht zien.—Het is toch eigenlijk een booze wereld! Ik zou geen mensch willen zijn, als het niet eenmaal aangenomen was, dat het wat beteekent, mensch te zijn. Ik zag het allerongeloofelijkste bij vrouwen en mannen en ouders en «die lieve, engelachtige kinderen.» Ik zag, wat geen mensch moest weten, en wat zij allen toch zoo graag willen weten: kwaad bij de naasten. Als ik een krant geschreven had, dan zou zij gelezen zijn; maar ik schreef regelrecht aan de personen zelf, en er ontstond schrik in alle steden, waar ik kwam. Zij werden bang voor mij, en zij hadden mij zoo ontzettend lief! De professor maakte mij tot professor; de kleermaker gaf mij nieuwe kleeren (ik ben daarvan goed voorzien); de muntmeester sloeg munten voor mij; de vrouwen zeiden, dat ik mooi was,—en zoo werd ik de man, die ik nu ben. En nu zeg ik u vaarwel! Hier is mijn naamkaartje. Ik woon aan de zonzijde en ben met regenachtig weer altijd thuis.» En de schim verdween.

«Dat was toch iets opmerkelijks!» zei de geleerde man.

Jaren en dagen verliepen er, en nu kwam de schim terug.

«Hoe gaat het?» vroeg hij.

«Ach!» zei de geleerde man; «ik schrijf over het ware, het goede en het schoone; maar het kan niemand schelen, zoo iets te hooren; ik ben wanhopig; want ik trek mij dit erg aan!»

«Dat doe ik niet,» zei de schim; «ik word dik en vet, en dat moet men trachten te worden. Ge kent de wereld niet; ge wordt ziek daarenboven,—ge moet reizen. Ik ga van den zomer een reis doen: wilt ge mee? Ik zou wel een reismakker willen hebben: wilt ge als schim meereizen? Dat zou mij veel genoegen doen! Ik betaal de reis!»

«Gaat ge een verre reis doen?» vroeg de geleerde man.

«Al naardat men het nemen wil!» zei de schim. «Een reis zal u goed doen. Wilt ge mijn schim zijn? Dan zult ge alles op reis vrij hebben.»

«Dat is toch te dwaas!» zei de geleerde man.

«Maar zoo is de wereld nu eenmaal,» zei de schim, «en zoo zal zij ook blijven!»

Daarop verwijderde hij zich.

Met den geleerden man ging het alles behalve goed; zorg en kommer vervolgden hem, en wat hij over het ware, het goede en het schoone schreef, dat was voor de meesten, wat de muskaatnoot voor de koe is. Hij werd eindelijk ziek.

«Ge ziet er werkelijk als een schim uit!» zeiden de menschen tegen hem, en er ging den geleerden man een huivering over de leden, want hij dacht daarvan het zijne.

«Ge moet naar een badplaats!» zei de schim, die hem een bezoek bracht. «Er is geen ander redmiddel voor u. Ik zal u ter wille van onze oude betrekking meenemen. Ik betaal de reis, en gij maakt de beschrijving daarvan en kort mij daardoor onderweg den tijd wat op. Ik wil de baden gebruiken; mijn baard groeit niet zoo hard, als hij wel moest, dat is ook een ziekte; en een baard moet ik toch hebben. Wees verstandig en neem mijn aanbod aan; wij reizen als kameraden.»

En zij gingen samen op reis. De schim was nu heer en de heer was schim. Zij reden met elkaar, zij wandelden samen, naast elkander, voor en achter elkander, al naardat de zon stond. De schaduw wist altijd de eereplaats in te nemen; dat liet de geleerde man zich echter maar welgevallen: hij had een zeer goed hart en was uiterst mild en vriendelijk. Nu zei de heer op zekeren dag tegen den schim: «Daar we nu op zulk een wijze reiskameraden geworden en tevens van kindsbeen af met elkaar opgegroeid zijn, moeten we eens op onze verbroedering drinken. «Jij» en «jou» klinkt toch vertrouwelijker.»

«Ge zeidet daar iets,» hernam de schim, die nu immers eigenlijk de heer was, «wat zeer welwillend en onbewimpeld gesproken is; ik zal nu even welwillend en onbewimpeld zijn. Gij, die een geleerd man zijt, weet wel, hoe wonderlijk de natuur is. Er zijn menschen, die het niet kunnen verdragen, aan grauw papier te ruiken; zij worden daarvan onpasselijk; anderen gaat het door merg en been, als men met een spijker op een glasruit krast: ik voor mij heb een dergelijk gevoel, als ik u «jij» en «jou» tegen mij hoor zeggen: ik gevoel mij daardoor, evenals in mijn eerste stelling bij u, terneergedrukt. Ge ziet, dat dit een eigenaardigheid is, en geen trots. Ik kan u niet «jij» en «jou» tegen mij laten zeggen; maar ik wil met alle genoegen «jij» en «jou» tegen u zeggen: dan wordt uw wensch ten minste voor de helft vervuld.»

En nu zei de schim «jij» en «jou» tegen zijn vroegeren heer.

«Dat is toch wat erg,» dacht deze, «dat ik «u» moet zeggen, terwijl hij «jij» en «jou» zegt;» maar hij moest het zich laten welgevallen.

Zij kwamen op een badplaats, waar vele vreemdelingen waren, en onder deze een wonderschoone koningsdochter, die de ziekte had, dat zij al te scherp zag, hetgeen iets zeer verontrustends was.

Terstond merkte zij, dat de pas aangekomene een heel ander man was dan de anderen. «Men zegt, dat hij hier is, om aan zijn baard meer groei te geven; maar ik doorzie de eigenlijke reden: hij kan geen schaduw werpen!»

Nu was zij nieuwsgierig geworden, en daarom knoopte zij op de wandeling terstond een gesprek met den vreemden heer aan. Daar zij een koningsdochter was, behoefde zij niet veel komplimenten te maken; daarom zeide zij onverholen tegen hem: «Uw ziekte bestaat daarin, dat ge geen schaduw kunt werpen.»

«Uwe Koninklijke Hoogheid moet reeds op den weg van beterschap zijn,» zei de schim. «Ik weet, dat uw ziekte daarin bestaat, dat ge al te scherp ziet; maar dat is nu voorbij; ge zijt weer hersteld. Ik heb een zonderlingen schim. Ziet ge den persoon, die altijd naast mij loopt, niet? Andere menschen hebben een gewonen schim; maar ik houd niet van het gewone. Men geeft dikwijls aan zijn bedienden fijner laken voor hun livrei, dan men zelf draagt, en zoo heb ik mijn schim zich als een mensch laten kleeden; ja, ge ziet, dat ik hem zelfs een schim gegeven heb. Dat kost heel veel, maar ik houd er van, iets op mijn eigen handje te hebben.»

«Wat?» riep de prinses uit. «Zou ik werkelijk hersteld zijn? Dit bad is het beste, dat er bestaat; het water heeft in onze tijden wonderbare krachten. Maar ik ga hier nog niet vandaan, want nu wordt het eerst amusant; de vreemde prins—want een prins moet het zijn—bevalt mij uitmuntend. Als nu zijn baard maar niet groeit, want dan gaat hij heen.»

Des avonds in de groote balzaal dansten de koningsdochter en de schim te zamen. Zij was licht, maar hij was nog lichter; zulk een danser had zij nog nooit gezien. Zij zeide tegen hem, uit welk land zij was, en hij kende dit land; hij was er geweest, maar destijds was zij afwezig; hij had door de ramen van het kasteel gekeken, zoowel door die van beneden als door die van boven: hij had het een en ander omtrent haar vernomen, en dus kon hij aan de koningsdochter antwoord geven en zinspelingen maken, waarover deze zich niet weinig verwonderde. Hij moest deverstandigste man van de heele wereld zijn; zij kreeg hooge achting voor alles, wat hij wist. En toen zij weer met hem danste, raakte zij op hem verliefd; en dat merkte de schim heel goed, want zij had hem met haar oogen bijna door en door gekeken. Zij dansten nog eens, en het lag haar op de lippen, het tegen hem te zeggen; maar zij was verstandig, zij dacht aan haar land en haar rijk, en aan de vele menschen, waarover zij moest regeeren. «Hij is een schrander man,» zeide zij bij zich zelve, «dat is goed; en hij danst voortreffelijk, dat is ook goed; maar zou hij wel grondige kennis bezitten? Dat is even gewichtig; daarom moet hij ondervraagd worden.» En nu richtte zij terstond zulk een moeilijke vraag tot hem, dat zij zelve daarop geen antwoord zou hebben kunnen geven, en de schim zette een zonderling gezicht.

«Daar kunt ge mij geen antwoord op geven,» zei de koningsdochter.

«Dat heb ik al in mijn kinderjaren geleerd,» zei de schim; «ik geloof zelfs, dat mijn schim, die daar bij de deur staat, er wel antwoord op zou kunnen geven.»

«Uw schim?» riep de koningsdochter uit. «Dat zou iets zeer opmerkelijks zijn!»

«Ik zeg het niet stellig, dat hij het kan,» zei de schim; «maar ik zou het wel haast denken. Hij heeft mij al zoo menig jaar gevolgd en zoo veel van mij gehoord; ik zou het daarom wel haast denken. Maar Uwe Koninklijke Hoogheid vergunne mij, er u opmerkzaam op te maken, dat hij er zoo trotsch op is, voor een mensch door te gaan, dat hij, als hij in een goede luim zal zijn,—en dat moet hij zijn, om een juist antwoord te geven,—geheel als een mensch wil behandeld worden.»

«Dat bevalt mij,» zei de koningsdochter.

En nu ging zij naar den geleerden man, die bij de deur stond, en sprak met hem over de zon en de maan, over de groene bosschen en over de menschen nabij en verre, en de geleerde man antwoordde zeer verstandig en zeer goed.

«Wat moet dat voor een man zijn, die zulk een verstandigen schim heeft!» dacht zij. «Het zou een ware zegen voor mijn volk en mijn rijk zijn, als ik dien koos. Ik zal het doen.»

En zij werden het er al spoedig over eens, de koningsdochter en de schim namelijk; maar niemand mocht er iets van weten, voordat zij naar haar rijk teruggekeerd was.

«Niemand, niet eens mijn schim!» zei de schim; en daarvoor had hij zijn bijzondere redenen.

Zij kwamen in het land, waar de koningsdochter regeerde, als zij thuis was.

«Hoor eens, beste vriend!» zei de schim tegen den geleerden man, «nu ben ik zoo gelukkig en machtig, als maar iemand worden kan; nu zal ik ook iets bijzonders voor je doen. Je moet bij mij op het kasteel wonen, met mij in een koninklijk rijtuig rijden en honderd duizend gulden in het jaar hebben; maar je moet je door elk en een ieder schim laten noemen en moogt het nimmer zeggen, dat je eenmaal mensch geweest bent; en dan moet je jaarlijks eenmaal, wanneer ik op het balkon in den zonneschijn zit en mij laat zien, aan mijn voeten liggen, zooals het een schim betaamt. Want ik moet je zeggen, dat ik met de koningsdochter trouw, en van avond is het bruiloft!»

«Neen, dat is toch te dwaas!» zei de geleerde man. «Dat wil ik niet, dat doe ik niet; dat heet, het geheele land bedriegen en de koningsdochter daarbij! Ik zal aan allen zeggen, dat ik mensch ben en gij schim, en dat ge maar menschenkleeren aanhebt.»

«Dat zou niemand gelooven,» zei de schim, «wees verstandig, of ik laat de wacht roepen!»

«Ik ga regelrecht naar de koningsdochter!» zei de geleerde man.

«Maar ik ga er eerst heen,» zei de schim, «en jij gaat naar de gevangenis toe!» En dit gebeurde; want de schildwachten gehoorzaamden dengene, die, zooals zij wisten, met de koningsdochter zou trouwen.

«Beef je?» vroeg de koningsdochter, toen de schim bij haar binnentrad. «Is er iets voorgevallen? Je moogt vandaag niet ziek worden, thans, nu wij bruiloft zullen houden.»

«Ik heb het vreeselijkste beleefd, wat men kan beleven!» zei de schim. «Begrijp eens—ja, zulke arme schimmehersens kunnen niet veel verdragen!—begrijp eens, mijn schim is krankzinnig geworden; hij verbeeldt zich, dat hij mensch geworden is en dat—begrijp eens!—dat ik zijn schim ben!»

«Dat is verschrikkelijk!» zei de prinses. «Hij is immers in de gevangenis gezet?»

«Dat spreekt vanzelf; ik vrees, dat hij niet meer zal herstellen.»

«Die arme schim!» riep de prinses uit. «Hij is erg ongelukkig; het zou een waarachtige weldaad zijn, hem van zijn leven te verlossen, en als ik er recht over nadenk, hoe het volk in onzen tijd maar al te zeer geneigd is, voor de geringen tegenover de aanzienlijken partij te trekken, dan komt het mij noodzakelijk voor, dat men hem in alle stilte uit den weg ruimt.»

«Dat is toch een harde zaak: want hij is een getrouw dienaar geweest,» zei de schim, en hij deed, alsof hij zuchtte.

«Je bezit een edel karakter!» zei de koningsdochter en maakte voor hem een buiging.

Des avonds was de geheele stad geïllumineerd en werden er kanonnen afgeschoten. En de soldaten presenteerden hun geweren. Dat was eerst een bruiloft! De koningsdochter en de schim kwamen op het balkon, om zich aan het volk te vertoonen en zich nog eenmaal een «Hoera!» te laten toeroepen.

De geleerde man hoorde niets van al deze heerlijkheid,—want hij was al ter dood gebracht.

Het woord *schim* is hier, in strijd met den aard onzer taal, maar in overeenstemming met den van dit sprookje, manlijk genomen.VERT.

Het vlas.

Het vlas stond in bloei; het had allerliefste, blauwe bloempjes, even teer als de vleugeltjes van een mug, en nog fijner! De zon scheen op het vlas, en de regenwolken begoten het; en dat deed daaraan evenveel goed, als het aan kleine kinderen doet, als zij gewasschen worden en dan een kus van hun moeder krijgen; zij worden daardoor veel schooner, en dat werd het vlas ook.

«De menschen zeggen, dat ik bijzonder goed sta,» zei het vlas, «en dat ik heel lang ben; er zal een prachtig stuk linnen van mij komen. O, hoe gelukkig ben ik toch! Ik ben zeker de gelukkigste van alle wezens. Wat heb ik het goed! En er zal zeker wel wat van mij worden. Wat maakt de zonneschijn blij en wat smaakt de regen goed en wat verfrischt hij! Ik ben overgelukkig, ik ben de allergelukkigste!»

«Ja, ja!» zei een paal van de heining. «Je kent de wereld niet, maar wij wel, want er zitten kwasten in ons,» en daarop maakte hij een jammerlijk geluid:

«Snip, snap, snor,
Basselor,
Uit is het lied!»

«Neen! het is niet uit!» zei het vlas. «Morgen schijnt de zon of doet de regen goed. Ik gevoel, hoe ik groei; ik gevoel, dat ik in bloei sta! Ik ben de allergelukkigste!»

Maar op zekeren dag kwamen er menschen; deze pakten het vlas van boven beet en trokken het met den wortel uit; dat deed zeer; het werd in het water gelegd, alsof het verdronken moest worden, en toen kwam het over het vuur, alsof men het wilde braden,—dat was ontzettend!

«Men kan het niet altijd goed hebben!» zei het vlas. «Men moet iets ondervinden, dan weet men wat!»

Maar het liep slecht af; het vlas werd nat gemaakt en gedroogd, gebraakt en gehekeld,—ja, wat wist het, hoe het heette, wat men er al zoo mee deed. Het kwam op het spinnewiel: snor, snor!—Nu was het niet mogelijk, zijn gedachten bij elkaar te houden.

«Ik ben buitengewoon gelukkig geweest!» dacht het bij al zijn pijn; «men moet tevreden zijn met het goede, dat men genoten heeft!—Tevreden! Tevreden! O!» En dat zei het nog, toen het op het weefgetouw kwam;—en zoo werd het een mooi, groot stuk linnen. Al het vlas, tot op den laatsten stengel, ging aan dat ééne stuk op.

«Maar dat is toch zonderling! Dat had ik nooit gedacht! O, wat is het geluk mij toch gunstig! De paal wist werkelijk niet, wat hij bedoelde met zijn:

«Snip, snap, snor,
Basselor!

Het lied is nog volstrekt niet uit! Nu begint het eigenlijk eerst recht! Dat is werkelijk zonderling! Al moge ik ook iets geleden hebben, er is toch ook iets van mij geworden! Ik ben de gelukkigste van alle! Wat ben ik sterk en fijn, wat ben ik wit en lang! Dat is wat anders dan slechts een plant te zijn, al draagt men ook bloemen; men wordt niet verpleegd; en water krijgt men alleen dan, als het regent. Nu word ik verzorgd en verpleegd, de meid keert mij alle morgens om, en uit den gieter krijg ik iederen avond een regenbad; ja, de domineesvrouw heeft zelfs een lofrede op mij gehouden en gezegd, dat ik het beste stuk uit het kerspel ben. Ik kan niet gelukkiger worden!»

Nu kwam het linnen in huis en toen onder de schaar; o, wat sneed en rukte men er aan, wat stak men er met naalden in!—Dat was waarlijk geen plezier; maar van het linnen kwamen twaalf stukken van die soort, welke men niet graag noemt, maar die alle menschen moeten hebben: een geheel dozijn werd daarvan vervaardigd.

«O, kijk eens! Nu ben ik eerst wat gewichtigs geworden. Dat was dus mijn bestemming! Dat is immers een ware zegen! Nu doe ik nut in de wereld, en dat moet men immers, dat is eerst het ware genoegen! Wij zijn twaalf stukken geworden, maar wij zijn toch allemaal een en hetzelfde: wij zijn juist een dozijn! Wat is dat voor een bijzonder geluk!»

Jaren verliepen er,—en nu waren zij heelemaal versleten.

«Eenmaal moet het immers gedaan zijn,» zei ieder stuk. «Ik zou graag wat langer geduurd hebben, maar men moet niets onmogelijks verlangen!»

Nu werden zij in stukken en flarden gescheurd. Zij dachten, dat het nu met hen gedaan was, want zij werden fijngehakt, geweekt en gekookt, ja, zij wisten zelf niet, wat er al zoo met hen gebeurde ... en toen werden zij schoon, wit papier.

«Nu, dat is een verrassing, een heerlijke verrassing!» zei het papier. «Nu ben ik fijner dan vroeger, en nu zal ik beschreven worden. Dat is toch een buitengewoon geluk!»

En er werden werkelijk de mooiste geschiedenissen en verzen op geschreven. De menschen hoorden, wat er op stond; en dat was wijs en goed, het maakte hen veel wijzer en beter; er lag een groote zegen in de woorden op dit papier.

«Dat is meer, dan ik ooit gedacht had, toen ik nog een klein blauw bloempje op het veld was! Hoe kon het mij in de gedachten komen, dat ik eenmaal vreugde en kennis onder de menschen zou verspreiden? Ik kan het zelf nog niet begrijpen, maar het is toch werkelijk zoo! Onze God weet, dat ik daartoe zelf niets gedaan heb, dan wat ik overeenkomstig mijn zwakke krachten voor mijn bestaan doen moest; en toch brengt Hij mij van de eene vreugde en eer tot de andere. Telkens wanneer ik denk: «Uit is het lied!» dan ga ik weer tot iets hoogers en beters over. Nu moet ik zeker op reis gaan en de heele wereld rondgezonden worden, opdat alle menschen mij kunnen lezen. Dat kan niet anders zijn! Dat is het waarschijnlijkste! Ik heb kostelijke gedachten, even vele als ik vroeger blauwe bloemen had! Ik ben het gelukkigste schepsel!»

Doch het papier ging niet op reis, maar het ging naar den boekdrukker toe; en daar werd alles, wat er op geschreven stond, om te drukken gezet tot één boek, ja tot vele honderden boeken, want op deze wijze konden oneindig velen er meer nut en genoegen van hebben, dan wanneer het eenige papier, waarop het geschreven stond, de heele wereld had moeten rondgaan en halverwege versleten was.

162

«Ja, dat is zeker het verstandigste!» dacht het beschreven papier. «Dat is mij niet ingevallen. Ik blijf te huis en word in eere gehouden als een oude grootvader, en dat ben ik immers ook van al deze nieuwe boeken. Nu kan er iets uitgericht worden. Zoo zou ik niet hebben kunnen rondreizen. Op mij heeft diegene neergezien, die het geheel schreef. Ieder woord vloeide regelrecht uit de pen op mij! Ik ben de gelukkigste!»

Daarop werd het papier in een pakje samengebonden en in een ton geworpen, die in het wachthuis stond.

«Na volbrachten arbeid is het goed rusten!» zei het papier. «Het is zeer verstandig, dat men zijn gedachten verzamelt en omtrent datgene, wat er in iemand woont, tot nadenken komt. Nu weet ik eerst zoo recht, wat er op mij staat! En zich zelf te kennen, dat is eerst de ware vooruitgang. Wat zal er nu wel met mij gebeuren? Voorwaarts zal het in allen gevalle gaan; het gaat altijd voorwaarts; dat heb ik ondervonden.»

Nu werd op zekeren dag al het papier op den haard gelegd; het zou verbrand worden; want het mocht niet aan den kruidenier verkocht en voor het inpakken van boter en suiker gebruikt worden: zoo zeide men. En al de kinderen in het huis stonden er om heen, want zij mochten graag papier zien branden; dat vlamde prachtig in de hoogte, en later kon men in de asch de vele roode vonken zien, die heen en weer gingen. De eene na de andere ging uit. Dat noemde men: «De kinderen uit de school zien komen,» en de laatste vonk was de schoolmeester; dikwijls dachten zij, dat deze heengegaan was; maar dan kwam er op hetzelfde oogenblik nog een vonk. «Daar ging de schoolmeester!» zeiden zij. Nu, die weten het wel. Zij hadden maar moeten weten, wie daar ging; wij zullen het te weten komen; maar zij wisten het niet. Al het oude papier, het geheele pakje, werd op het vuur gelegd, en dit ontvlamde al spoedig. «Hu!» zeide het en flikkerde in heldere vlammen op. Nu, dat was juist niet zeer aangenaam; maar toen het geheel in heldere vlammen stond, sloegen deze zoo in de hoogte, als het vlas nooit zijn kleine, blauwe bloemen had kunnen verheffen, en fonkelden, zooals het witte linnen nooit had kunnen fonkelen. Alle geschrevene letters werden voor een oogenblik rood, en alle woorden en gedachten gingen in vlammen op. «Nu stijg ik regelrecht naar de zon op!» sprak het in de vlam, en het was, alsof duizenden stemmen dit eenparig zeiden; en de vlammen sloegen door den schoorsteen en er boven uit. En fijner dan de vlammen, onzichtbaar voor het menschelijk oog, zweefden daar kleine wezens, even groot in getal, als er bloemen aan het vlas gezeten hadden. Zij waren nog lichter dan de vlam, die ze had doen ontstaan; en toen deze uitging en er van het papier slechts de zwarte asch over was, dansten zij nog eenmaal boven deze heen, en waar zij ze aanraakten, daar liepen de roode vonken. «De kinderen kwamen uit de school en de schoolmeester was de laatste!» Dat was een pret, en de kinderen zongen bij de doode asch:

«Snip, snap, snor,
Basselor,
Uit is het lied!»

Maar de kleine onzichtbare wezens zeiden allemaal: «Het lied is nooit uit! Dat is het mooiste van alles. Ik weet het, en daarom ben ik de gelukkigste!»

Maar dat konden de kinderen niet hooren of verstaan, en dat behoefden zij ook niet; want kinderen mogen niet alles weten.

Kinderpraat.

Er was in het huis van zeker rijk koopman een kinderpartij; het waren allemaal kinderen van rijke en aanzienlijke lieden; de koopman was een geleerd man; hij had eenmaal het studentenexamen afgelegd; daartoe spoorde zijn brave vader hem aan, die van den beginne af slechts veehandelaar, maar altijd eerlijk en vlijtig geweest was; de handel had geld opgebracht, en dit geld had de koopman weten te vermeerderen. Verstandig was hij, en een hart had hij ook, maar over zijn hart werd minder gesproken dan over al zijn geld. Bij den koopman gingen de deftige lieden in en uit, zoowel menschen van adellijk bloed, gelijk het heet, als van verstand, maar ook lieden, die beide bezaten, en ook geen van beide. Ditmaal was er daar een kinderpartij, en kinderen zeggen alles, wat hun maar voor den mond komt. Onder anderen was daar een verwonderlijk schoon, klein meisje, maar dit meisje was ontzettend trotsch; dat hadden de dienstboden haar geleerd, en niet haar ouders, want daarvoor waren dit veel te verstandige lieden; haar vader was kamerheer, en dat is iets heel deftigs, dat wist zij wel.

«Ik ben een kamerkind!» zeide zij. Zij had even goed een kelderkind kunnen zijn, want daar kan niemand zelf iets aan doen. Verder vertelde zij, dat zij «geboren» was, en zeide, dat men, als men niet geboren was, ook niets kon worden; het baatte niets, of men al wilde lezen en vlijtig zijn; als men niet geboren was, dan kon men ook niets worden.

«En diegenen, wier namen op «sen» eindigen,» zeide zij, «van die kan volstrekt niets komen! Men moet de handen in de zijden zetten en ze ver van zich houden, die «sens!» en dit zeggende, zette zij haar handen in de zijden en maakte haar ellebogen spits, om te toonen, hoe men dat moest doen; en haar armpjes waren heel poezelig. Het was een allersnoepigst meisje. Maar het dochtertje van den koopman werd over deze taal heel boos; haar vader heette Petersen, en van dezen naam wist zij, dat hij op «sen» eindigde, en daarom zeide zij zoo trotsch, als zij maar kon:

«Maar mijn vader kan voor honderd thalers bonbons koopen en deze midden onder de kinderen werpen! Kan jouw vader dat?»

«Ja, maar mijn vader,» zei het dochtertje van een schrijver, «kan jouw vader en jouw vader en al jelui vaders in de krant zetten! Alle menschen zijn bang voor hem, zegt moeder, want mijn vader is het, die in de krant regeert.»

En het dochtertje zag er daarbij trotsch uit, alsof het een wezenlijke prinses geweest was, die er wel trotsch moest uitzien.

Maar buiten voor de deur, die slechts op een kier stond, bevond zich een arme jongen en keek door de reet. Hij was zoo gering, dat hij niet eens in de kamer mocht komen. Hij had het braadspit voor de keukenmeid omgedraaid, en deze had hem nu vergund, achter de deur te staan en naar de keurig uitgedoste kinderen te kijken, die zulk een plezierigen dag hadden, en dat was al veel voor hem.

«Welk een geluk, een van hen te zijn!» dacht hij, en daarbij hoorde hij, wat er gesproken werd, en dat was wel geschikt, om hem erg mismoedig te maken. Geen enkelen penning hadden zijn ouders te huis, dien zij konden overleggen, om daarvoor een krant te lezen, laat staan dan er een te schrijven!—en wat nog het allerergste was:

de naam van zijn vader en ook de zijne eindigden op «sen» van hem kon dus ook niets komen. Dat was treurig!—Maar geboren was hij toch, dat kon onmogelijk anders zijn.

Dat was nu op dezen avond.

Sedert verliepen er vele jaren, en ondertusschen worden kinderen volwassen menschen.

In de stad stond een prachtig huis, het was opgevuld met louter mooie voorwerpen en schatten; alle menschen wilden het zien, zelfs menschen, die buiten de stad woonden, kwamen naar de stad toe, om het te zien. Wie van de kinderen, waarvan wij verteld hebben, zou dit huis nu wel het zijne noemen? Ja, dat te weten, is natuurlijk heel gemakkelijk! Neen, neen! het is toch niet zoo heel gemakkelijk. Het huis behoorde aan den kleinen, armen jongen, die op den bewusten avond achter de deur gestaan had; van hem kwam toch iets, ofschoon zijn naam op «sen» eindigde,—het was Thorwaldsen.

En die drie andere kinderen?—de kinderen van het adellijk bloed, van het geld en van den hoogmoed?—Ja, het eene heeft het andere niets te verwijten, het zijn gelijke kinderen,—van hen kwam alles goeds, de natuur had hen rijkelijk bedeeld; wat zij indertijd gedacht en gesproken hadden, was niets anders dan kinderpraat.

De stopnaald.

Er was eens een stopnaald, die zich zoo fijn waande, dat zij zich inbeeldde, een naainaald te zijn.

«Past maar goed op, dat ge mij vasthoudt!» zei de stopnaald tegen de vingers, die haar voor den dag haalden. «Laat mij niet vallen! Als ik op den grond rol, dan vindt ge mij stellig niet meer terug, zoo fijn ben ik.»

«Dat zal wel schikken,» zeiden de vingers en pakten haar om het lijf beet.

«Ziet ge, ik kom met gevolg!» zei de stopnaald en trok een langen draad achter zich mee; maar er lag een knoop in dezen draad.

De vingers richtten de stopnaald vlak op de pantoffel der keukenmeid. Daarvan was het bovenleer doormidden gescheurd, en dat moest weer aan elkaar vastgenaaid worden.

«Dat is gemeen werk!» zei de stopnaald. «Ik kom er nooit van mijn leven doorheen. Ik breek, ik breek!» En waarlijk, zij brak. «Heb ik het niet gezegd?» riep de stopnaald uit. «Ik ben te fijn!»

«Nu deugt zij volstrekt niet meer!» zeiden de vingers; maar zij moesten haar toch vasthouden; de keukenmeid liet lak op de naald droppelen en stak daarmee haar doekje van voren vast.

«Ziezoo, nu ben ik een doekspeld!» zei de stopnaald. «Ik wist wel, dat ik in eere zou komen; is men wat, dan wordt men wat!» En daarbij lachte zij in zich zelf; want men kan het een stopnaald nooit aanzien, als zij lacht. Daar zat zij nu zoo trotsch, alsof zij in een staatsiekoets reed, en keek naar alle kanten.

«Mag ik u ook vragen, of ge van goud zijt?» vroeg de speld, die haar buurvrouw was. «Ge ziet er prachtig uit en hebt een eigenaardig hoofd; doch het is maar klein! Ge moet uw best doen om het te laten groeien, want niet iedereen wordt met lak bedroppeld!»

En nu richtte de stopnaald zich zoo trotsch op, dat zij van het doekje afviel en vlak in den gootsteen te land kwam, dien de keukenmeid juist doorspoelde.

«Nu gaan wij op reis!» zei de stopnaald. «Als ik er maar niet bij verloren ga!» En zij ging werkelijk verloren.

«Ik ben te fijn voor deze wereld!» zeide zij, toen zij in de goot lag. «Maar ik weet, wie ik ben, en dat is altijd een klein genoegen!» En de stopnaald behield haar trotsche houding en verloor haar goede luim niet.

166

Er zwommen allerlei voorwerpen over haar heen, spaanders en strookjes van oude kranten. «Kijk eens, hoe zij zeilen!» zei de stopnaald. «Zij weten niet, wat er onder hen ligt! Ik lig hier, ik zit hier vast! Kijk, daar gaat een spaander; die denkt aan niets anders in de wereld dan aan zich zelf. Daar drijft een strootje! O, wat draait en keert het zich naar alle kanten! Denkt toch niet alleen aan u zelf, want dan zoudt ge u licht aan een steen kunnen stooten! Daar zwemt een stukje krant! Wat daarin staat, is al lang vergeten, en toch spreidt het zich uit! Ik zit geduldig en stil! Ik weet, wat ik ben, en dat blijf ik ook!»

Op zekeren dag lag er iets dicht naast haar; dat glinsterde zoo prachtig, en nu dacht de stopnaald, dat het een diamant was, maar het was een glasscherf, en omdat deze glinsterde, sprak de stopnaald haar aan en gaf zich voor een doekspeld uit.

«Ge zijt zeker een diamant?»

«Ja, ik ben zoo iets van dien aard!» En zoo dacht de eene van de andere, dat het iets heel kostbaars was; en zij spraken er over, hoe hoogmoedig de wereld toch was.

«Ik ben bij een juffrouw in den koker geweest,» zei de stopnaald, «en deze juffrouw was keukenmeid; aan iedere hand had zij vijf vingers; maar iets, dat zoo veel verbeelding had, als deze vingers, heb ik nog nooit van mijn leven gezien, en zij waren er toch maar om mij uit den koker te nemen en er weer in te doen.»

«Waren zij dan zoo deftig?» vroeg de glasscherf.

«Deftig?» zei de stopnaald. «Neen, maar hoogmoedig! Er waren vijf broeders, allen geborene «vingers». Zij stonden trotsch naast elkaar, ofschoon zij van verschillende lengte waren. De eerste, Duimelot, was kort en dik, deze had maar één gewricht in den rug en kon maar één buiging maken; maar hij zeide, dat, als hij iemand afgehakt werd, deze niet meer voor den krijgsdienst deugde. Likkepoot, de tweede vinger, kwam zoowel in zoet als in zuur, wees naar de zon en de maan en gaf den druk, als zij schreven. Langeliereboom, de derde, keek al de anderen over het hoofd heen. Ringeling, de vierde, ging met een gouden gordel om het lijf, en Pinkeling, deed volstrekt niets, en daarop was hij trotsch. Pralerij was het en pralerij bleef het, en daarom ging ik heen!»

«En nu zitten we hier en glinsteren!» zei de glasscherf.

Op hetzelfde oogenblik kwam er meer water in de goot; het stroomde over den kant heen en voerde de glasscherf met zich mee.

«Ziezoo, nu wordt zij bevorderd!» zei de stopnaald. «Ik blijf zitten, ik ben te fijn; maar dat is mijn trots, en die is achtenswaardig!» En trotsch zat zij daar en had vele verhevene gedachten.

«Ik zou haast denken, dat ik uit een zonnestraal geboren ben, zoo fijn ben ik! Het komt mij toch ook voor, alsof de zonnestralen mij altijd onder het water zoeken. Ach, ik ben zoo fijn, dat mijn moeder mij niet kan vinden. Als ik mijn oude oog had, dat afgebroken is, dan geloof ik, dat ik zou kunnen schreien; maar ik zou het toch niet doen,—want schreien staat niet deftig!»

Op zekeren dag lagen er een paar straatjongens op den grond en wroetten in de goot, waarin zij oude spijkers, penningen en dergelijke dingen vonden. Het was een smerig werk; maar zij hadden er nu eenmaal schik in.

«Ai!» schreeuwde de een, die zich aan de stopnaald stak, «dat is ook een kerel!»

«Ik ben geen kerel, ik ben een dame!» zei de stopnaald; maar niemand hoorde het. Het lak was er afgegaan en zij was ook zwart geworden, maar zwart maakt slanker, en nu dacht zij, dat zij fijner dan vroeger was.

«Daar komt een eierschaal!» zeiden de jongens, en nu staken zij de stopnaald in de eierschaal vast.

«Witte muren en zelf zwart,» zei de stopnaald, «dat kleedt goed; nu kan men mij toch zien! Als ik maar niet zeeziek word, want dan moet ik braken!»

Maar zij werd niet zeeziek en braakte ook niet.

«Het is een goed middel tegen zeeziekte, als men een maag van staal heeft en dan ook niet vergeet, dat men iets meer is dan een mensch. Nu is de vrees voor zeeziekte geweken. Hoe fijner men is, des te meer kan men verdragen.»

«Krak!» zei de eierschaal; er ging een kruiwagen over haar heen.

«Hemel! Wat drukt dat!» zei de stopnaald; «nu word ik toch zeeziek! Ik moet braken!» Maar zij braakte niet, ofschoon er een kruiwagen over haar heen ging; zij lag zoo lang als zij was op den grond, en zoo moet zij maar blijven liggen.

De oude torenklok.

In het Duitsche land Wurtemberg, waar de acacia's aan den straatweg groeien, waar de appel- en de pereboomen zich in den herfst ter aarde buigen onder den zegen van rijpe vruchten, ligt het stadje Marbach. Al moge dit ook slechts onder het getal der kleine steden behooren, toch ligt het allerbekoorlijkst aan den Neckarstroom, die voorbij dorpen, ridderkasteelen en wijnbergen vloeit, om zijn wateren eindelijk met die van den trotschen Rijn te vermengen.

Het was in den naherfst, het wingerdloof hing wel is waar nog aan den wijnstok; maar de bladeren hadden zich reeds roodachtig gekleurd; geweldige regens vielen er in deze streken, de koude herfstwinden namen in kracht en scherpte toe,—het was juist geen aangename tijd voor arme lieden.

De dagen werden gedurig korter en somberder, en het was donker zelfs buiten onder den vrijen hemel; nog donkerder was het binnen de oude, kleine huizen.—Een van deze huizen keerde zijn gevel naar de straat toe en stond daar met zijn kleine, lage ramen, armoedig en gering; arm was ook de familie, die in het huisje woonde, maar zij was braaf en vlijtig en droeg een schat van godsvrucht in het diepst van het hart. Nog een kind zou de goede God haar schenken; de ure was daar, de moeder lag in wee en smarte. Daar drong het vroolijke, feestelijke klokgelui van den kerktoren tot haar ooren door; het was een plechtige ure, en de tonen der klok vervulden de biddende met geloof; uit het diepst haars harten stegen haar gedachten tot God op, en ter zelfder ure werd haar een zoontje geboren. Zij was van oneindige blijdschap vervuld, en de klok boven in den toren luidde als 't ware haar vreugde over stad en land uit. Twee heldere kinderoogen staarden haar aan, en het haar van den kleine straalde als van goud. Het kind werd op de aarde met klokgelui op den sombren Novemberdag ontvangen; moeder en vader kusten het, en in hun bijbel schreven zij: «Op den tienden November schonk God ons een zoon.» Later werd er nog bijgevoegd, dat deze bij den doop de namen: Johann Christoph Friedrich gekregen had.

En wat werd er nu van het arme knaapje uit het geringe Marbach? Ja, destijds wist niemand dat nog, zelfs de oude torenklok niet, hoe hoog zij ook hing en ofschoon zij het eerst over hem geklonken had,—over hem, die eenmaal het schoone lied van de «Klok» zou zingen.

Welnu, de knaap groeide op, en de wereld groeide met hem op; zijn ouders verhuisden later wel is waar naar een andere stad; maar goede vrienden lieten zij in het kleine Marbach achter, en daarom begaven de moeder en haar zoontje zich op zekeren dag op weg en reden naar Marbach, om er een bezoek af te leggen. De knaap was nog maar zes jaren oud, doch hij wist reeds veel uit den bijbel en vooral uit de psalmen; hij had reeds menigen avond, als hij daar op zijn kleine stoeltje zat, naar zijn vader geluisterd, wanneer deze overluid uit Gellerts fabelen of uit Klopstocks verheven gedicht «De Messias» voorlas; hij en zijn twee jaren ouder zusje hadden heete tranen gestort over Hem, die voor ons allen den dood aan het kruis gestorven is.

Bij dit eerste bezoek te Marbach was het stadje niet veel veranderd; het was immers ook niet lang geleden, dat zij het verlaten hadden; de huizen stonden daar, evenals vroeger, met hun spitse gevels, vooruitspringende muren, de eene verdieping boven de andere uitstekend, en hun lage ramen; alleen op het kerkhof waren er nieuwe graven bijgekomen, en daar, in het gras, dicht bij den muur, stond nu de oude klok; zij was van haar hoogte neergestort, had een barst gekregen en kon niet meer luiden; er was dan ook een nieuwe klok in haar plaats gekomen.

Moeder en zoon hadden het kerkhof betreden. Zij bleven voor de oude klok staan, en de moeder vertelde aan haar zoontje, hoe juist deze klok eeuwen lang een zeer nuttige klok geweest was, hoe zij voor den doop, voor de bruiloft en voor de begrafenis geluid had; zij had van feesten en vreugde en van de verschrikkingen des vuurs gesproken, ja, geheele menschenlevens had de klok uitgezongen. En nooit vergat de knaap, wat zijn moeder hem vertelde; het klonk en zong en weerklonk in zijn borst, totdat hij het er als man moest uitzingen. Ook dat vertelde zijn moeder hem, dat de oude torenklok haar troost en vreugde in haar nooden had toegezongen, en dat zij gezongen en geklonken had, toen hij, het zoontje, haar gegeven werd; en bijna met eerbied beschouwde de knaap de groote, oude klok, hij boog zich over haar heen en kuste haar, hoe oud, gebarsten en verworpen zij daar ook tusschen gras en brandnetels stond.

In aandenken bleef de oude klok bij den knaap, die in armoede opgroeide, lang en mager met roodachtig haar en een gezicht vol zomersproeten: ja, zoo zag hij er uit, maar daarbij had hij een paar oogen, zoo helder en diep als het diepste water. En hoe ging het wel met hem?—Goed ging het met hem, benijdenswaardig goed! Wij vinden hem in de hoogste gunst aan de militaire school opgenomen, zelfs in de afdeeling, waar de zonen der deftige lieden zaten, en dat was immers een eer, heette immers een geluk! Slobkousen droeg hij, een stijve das en een gepoederde pruik; en kundigheden bracht men hem aan, en wel onder het kommando van «Marsch! Halt! Front!»

De oude torenklok had men ondertusschen bijna vergeten; dat zij nog eenmaal naar den smeltoven zou moeten gaan, was vooruit te zien, en wat zou er dan wel van haar worden?—Ja, dat kon men onmogelijk voorspellen, en even onmogelijk was het dan ook, te zeggen, wat van de klok zou klinken, die in de borst van den knaap van Marbach weerklonk; maar een klinkend metaal was zij, en klinken deed zij, zoodat dit geluid zich in de wijde wereld moest verspreiden, en hoe enger het achter de schoolmuren werd en hoe bedwelmender het «Marsch! Halt! Front!» klonk,—des te luider klonk het in de borst van den jongeling, en hij zong het uit in den kring van zijn schoolmakkers, en deze tonen klonken over de grenzen van het land. Maar daarvoor had men hem geen vrijplaats aan de militaire school en ook geen kleederen en voedsel gegeven; hij had immers hier reeds het nummer gekregen voor het pennetje, dat hij zijn zou in het groote uurwerk, waarin wij allen behooren.—Hoe weinig begrijpen wij ons zelf! Hoe zouden dan de anderen, zelfs de besten, ons altijd kunnen begrijpen? Maar juist door de wrijving wordt het edelgesteente geschapen. De wrijving had hier plaats,—zou de wereld het edelgesteente eenmaal erkennen?

In de hoofdstad van den landsheer werd een groot feest gegeven. Duizenden lampen en lichten straalden daar, vuurpijlen stegen er ten hemel op;—die glans leeft nog in de herinnering der menschen, en wel door hem, den kweekeling der militaire school, die indertijd in tranen en in smarte onbemerkt de poging waagde, een vreemden grond te bereiken; hij moest ze verlaten, vaderland, moeder, al zijn dierbaren, of—in den stroom der algemeenheid ondergaan.—

De oude torenklok had het goed; zij stond tegen den muur der kerk te Marbach, goed bewaard, bijna vergeten. De wind bruiste over haar heen en had reeds kunnen vertellen van hem, bij wiens geboorte de klok geluid had, vertellen, hoe koud hij zelf over hem heengewaaid had in het bosch van het naburige land, toen hij, van vermoeienis uitgeput, neergezegen was met zijn geheelen rijkdom, de hoop zijner toekomst: slechts geschreven bladen van «Fiesko;» de wind had van zijn enkele beschermers kunnen vertellen, allen kunstenaars, die bij het voorlezen dezer bladen evenwel wegslopen en zich met het kegelspel vermaakten; de wind had kunnen vertellen van den bleeken vluchteling, die weken, maanden lang in de ellendige herberg doorbracht, waar ruwe vreugde heerschte, terwijl hij van idealen zong.—Het waren moeilijke dagen! Zelf moet het hart lijden en de beproevingen doorstaan, waarvan het wil zingen.

Donkere dagen, koude nachten trokken er ook over de oude klok heen; zij had daar geen hinder van; maar de klok in des menschen borst, zij gevoelt haar treurigen tijd.

Hoe ging het met den jonkman? Hoe ging het met de oude klok?—De klok werd ver weggebracht, verder dan men haar van haar vroegeren hoogen toren af ooit had kunnen hooren; en de jonkman?—Ja, de klok in zijn borst klonk verder dan zijn voet ooit zou wandelen, zijn oog ooit zou zien; zij luidde en luidt nog aldoor over den oceaan, over de gansche aarde heen.—Maar bepalen wij ons voorloopig tot de torenklok! Ook zij verliet Marbach: zij werd voor oud koper verkocht en voor den smeltoven in Beieren bestemd. Maar hoe en wanneer gebeurde dat?—In Beierens koningsstad, vele jaren nadat zij van den toren neergestort was, heette het, dat zij gesmolten was, om gebruikt te worden bij de vervaardiging van een gedenkteeken voor een der verhevenste gestalten van het Duitsche volk en het Duitsche land.

En zie, hoe dit nu toeging;—zonderling en heerlijk gaat het toch in de wereld toe! In Denemarken, op een van die groene eilanden, waar de beukenwouden ruischen en de vele hunebedden ons aanstaren, was een arme knaap geboren; op klompen was hij de deur uitgegaan; aan zijn vader, die op de marinewerven werkte, had hij het middagmaal in een ouden, verschoten omslagdoek gebracht;—dit arme kind was echter de trots van zijn land geworden, hij wist uit marmer voorwerpen te houwen, waarover de geheele wereld verbaasd stond, en juist aan dezen was de eervolle taak opgedragen, uit klei een heerlijk, schoon beeld, voor het gieten in metaal te vormen, het standbeeld van hem, wiens naam zijn vader eenmaal als Johann Christoph Friedrich in zijn bijbel schreef.

Het metaal vloeide gloeiend in den vorm; de oude torenklok, aan wier afkomst en verstomde geluiden niemand dacht,—deze klok vloeide insgelijks in den vorm, en vormde het hoofd en de borst van het standbeeld, zooals het daar nu onthuld staat te Stuttgart voor het oude kasteel, waar hij, dien het voorstelt, eenmaal levend rondwandelde, te midden van strijd en streven, gedrukt door de buitenwereld, hij, de knaap van Marbach, de kweekeling der Karlsschule, de vluchteling, Duitschlands groote, onsterfelijke dichter, die gezongen heeft van den bevrijder van Zwitserland en de door Gods geest aangeblazen maagd van Orleans.

Het was een schoone, zonnige dag; vlaggen wapperden er van torens en daken in het koninklijke Stuttgart; de torenklokken luidden tot feestelijkheid en vreugde; slechts één klok zweeg, maar zij fonkelde dan ook in den helderen zonneschijn, straalde van het gelaat en van de borst der roemrijke gestalte; er waren op dezen dag juist honderd jaren verloopen sedert dien dag, waarop de torenklok te Marbach aan de lijdende moeder troost en vreugde had verkondigd, toen zij het kind ter wereld bracht, arm in het arme huis,—later echter de rijke man, wiens schatten de wereld zegent, hem, den dichter van het edele vrouwenhart, den zanger van het verhevene, van het heerlijke:Johann Christoph Friedrich Schiller.

De Deensche beeldhouwer Thorwaldsen.

Het metalen varken.

In de stad Florence, niet ver van de *Piazzo del Granduca*, heeft men een kleine dwarsstraat, die, geloof ik, *Porta Rosa* genoemd wordt. In deze straat, voor een soort van hal, waar groenten verkocht worden, staat een van metaal kunstig bewerkt varken. Het frissche, heldere water vloeit uit den bek van dit dier, dat door ouderdom zwartachtig groen geworden is; alleen de snuit blinkt, alsof hij gepolijst was, en dat is hij ook door vele honderden kinderen en*lazzaroni* (bedelaars), die hem met hun handen aanpakken en hun mond aan den snuit van het dier zetten, om te drinken. Het is een schilderachtig tooneel, het welgevormde dier door een aardigen, halfnaakten knaap te zien omvatten, die de lippen aan zijn snuit zet.

Iedereen, die te Florence komt, kan de plaats gemakkelijk vinden; hij moet den eersten den besten bedelaar maar naar het metalen varken vragen, en hij zal het vinden.

Het was op een winteravond; de bergen waren met sneeuw bedekt, maar het was maneschijn, en de maan geeft in Italië evenveel licht, als de zon op een somberen winterdag in het noorden, ja, nog meer; want de lucht verruimt ons daar, terwijl in het noorden het koude, grauwe zwerk ons ter neer drukt naar de koude, vochtige aarde, die eenmaal ook op onze doodkist zal drukken.

In den slottuin van den groothertog, onder een dak van pijnhout, waar duizenden rozen in den wintertijd bloeien, had een kleine, in lompen gehulde knaap den geheelen dag gezeten, een knaap, dien men als een beeld van Italië zou kunnen beschouwen, bevallig, glimlachend en daarbij toch lijdend. Hij had honger en dorst; maar niemand gaf hem een aalmoes, en toen het donker werd en de tuin zou gesloten worden, joeg de portier hem er uit. Een geruimen tijd stond hij droomend op de brug, die over den Arno ligt, en keek naar de sterren, die zich tusschen de plaats, waar hij stond, en de prachtige marmeren brug *della Trinità* in het water afspiegelden.

Hij sloeg den weg naar het metalen varken in, knielde halverwege neer, sloeg er zijn armen omheen, zette zijn mond aan den blinkenden snuit en dronk met lange teugen van het frissche water. Dicht daarnaast lagen eenige slabladen en een paar kastanjes, deze werden zijn avondmaaltijd. Niemand anders dan hij was er op de straat; deze behoorde hem alleen toe, en onbeschroomd zette hij zich op den rug van het metalen varken neer, boog zich voorover, zoodat zijne weelderige lokken op den kop van het beest rustten, en voordat hij zich daarvan bewust was, overviel hem de slaap.

Het was middernacht, het metalen varken bewoog zich; hij hoorde het duidelijk zeggen: «Klein kereltje! houd je vast, want nu ga ik loopen,» en weg liep het met hem. Het was een zonderlinge rit. Eerst kwamen zij op de *Piazza del Granduca*, en het metalen paard, dat het standbeeld van den groothertog draagt, begon luid te hinniken, de bonte wapens op het oude raadhuis schenen doorzichtige beelden te zijn, en de David van Michaele Angelo zwaaide met zijn slinger. Overal heerschten leven en beweging. De metalen groepen, die Perseus en den Sabijnschen maagdenroof voorstellen, stonden daar, alsof zij levend waren; een gil van doodsangst ontsnapte er aan hun lippen en deed zich over het prachtige plein hooren.

Bij den *Palazzo degli Uffizi* in de zuilengang, waar de adel zich tot de vastenavondsvreugd verzamelt, bleef het metalen varken staan.

«Houd je goed vast!» zei het dier, «houd je goed vast, want nu gaan we de trap op!» De knaap sprak nog geen woord; half sidderde hij, half was hij gelukkig.

Zij betraden een lange galerij, waar hij vroeger nog al eens geweest was; de muren waren met schilderijen behangen; hier stonden standbeelden en bustes, alles in het helderste licht, alsof het midden op den dag was; maar het prachtigst was het, toen de deur van een der zijvertrekken openging; ja, de heerlijkheid aldaar herinnerde de knaap zich; maar in dezen nacht was alles in zijn hoogsten glans.

Hier stond een naakte, schoone vrouw, zoo schoon, als slechts de natuur en de grootste meester over het marmer haar kunnen vormen; zij bewoog de schoon gevormde ledematen, dolfijnen sprongen aan haar voeten, onsterfelijkheid straalde er uit haar oogen. De wereld noemt dit de Venus di Medici. Aan haar zijden prijkten marmeren beelden, bij welke het leven des geestes den steen doordrongen had; het zijn naakte, schoone mannen; de een wette zijn zwaard: deze werd de slijper genoemd; de worstelende gladiatoren vormden een andere groep; het zwaard werd gewet, en er werd gestreden voor de godin der schoonheid.

De knaap was door dezen glans als verblind; de muren straalden van kleuren; alles was daar leven en beweging. Het beeld van Venus vertoonde zich dubbel; de aardsche Venus was zoo opofferend, zoo vurig, als Titiaan haar aan zijn hart gedrukt heeft. Het was wonderbaar om aan te zien. Het waren twee schoone vrouwen; haar welgevormde, onomsluierde leden strekten zich op de mollige kussens uit, haar borsten verhieven en haar hoofden bewogen zich, zoodat haar weelderige lokken op haar poezelige schouders neergolfden, terwijl haar donkere oogen haar gloeiende gedachten uitspraken; maar geen der beelden waagde het toch, geheel uit de lijst te voorschijn te treden. De godin der schoonheid zelve, de gladiatoren en de slijper bleven op hun plaats; want de glans, die er van de Madonna, Jezus en Johannes afstraalde, boeide ze daaraan vast. De heiligenbeelden waren geen beelden meer: het waren de heiligen zelf.

Welk een glans en welk een schoonheid van zaal tot zaal! De knaap zag ze allemaal; het metalen varken liep immers stapvoets door al deze pracht en heerlijkheid heen. Het eene beeld verdrong het andere; slechts één schilderij prentte zich diep in zijn ziel, en wel inzonderheid door de vroolijke, gelukkige kinderen, die er op stonden,—de knaap had ze eens bij het daglicht begroet.

Velen gaan dit schilderij zeker achteloos voorbij, en toch bevat het een schat van poëzie. Het is Christus, die in de onderwereld neerdaalt; maar het zijn niet de verdoemden, die men om hem heen ziet, neen, het zijn heidenen. De Florentijner Angiolo Bronzino heeft dit schilderij vervaardigd. Het heerlijkst is de uitdrukking van de gezichten der kinderen, het volle vertrouwen, dat zij in den hemel zullen komen; twee kleinen omhelzen elkaar al, een kind strekt de hand naar een ander, dat lager staat, uit en wijst op zich zelf, als wilde het zeggen: «Ik zal wel in den hemel komen!» De ouderen staan onzeker, hopende, maar buigen zich in ootmoedige aanbidding voor den Heer Jezus. Langer dan op een der andere schilderijen rustte de blik van den knaap hierop, het metalen varken stond er voor stil, er werd een nauw hoorbare zucht geslaakt; ontsnapte deze aan het schilderij of aan de borst van het varken? De knaap hief zijn handen naar de glimlachende kinderen op;—daar liep het varken met hem weg, weg door de openstaande voorzaal. «Dank zij je toegebracht, lief beest!» zei de kleine jongen en liefkoosde het metalen varken, dat de trappen met hem afliep.

«Dank zij u toegebracht!» zei het metalen varken. «Ik heb u, en gij hebt mij geholpen, want als ik een onschuldig kind op mijn rug heb, krijg ik de kracht om te loopen! Ja, ziet ge, ik mag zelfs onder de stralen der lantaarn voor het Madonnabeeld komen, maar niet in de kerk. Maar als gij bij mij zijt, kan ik er van buiten door de geopende deur in zien. Klim niet van mijn rug af; want als ge dat doet, dan blijf ik doodliggen, evenals ge mij overdag in de *Porta Rosa* ziet.»

«Ik blijf bij je, trouw beest!» zei de knaap, en zoo ging het in volle vaart door de straten van Florence tot op het plein voor de kerk *Santa Croce*.

De vleugeldeuren sprongen open; lichten straalden er van het altaar door de kerk tot op het eenzame plein.

Een wonderbare lichtglans stroomde van het eene grafmonument in de linkerzijgang af, duizenden beweegbare sterren vormden als het ware een stralenkrans daaromheen. Een wapenbord prijkt er op het graf, een roode ladder op een blauwen grond schijnt als vuur te gloeien; dit was het graf van Galilei. Het monument is eenvoudig; maar de roode ladder op den blauwen grond is een veelbeteekenend zinnebeeld: het is, alsof het dat der kunst is, want hier voert de weg altijd langs een gloeiende ladder naar den hemel. Alle profeten des geestes snellen naar den hemel, evenals de profeet Elia.

Rechts in de gang der kerk scheen iedere beeldzuil op de rijke sarcophagen leven gekregen te hebben. Hier stond Michaele Angelo, daar Dante met den lauwerkrans om de slapen, Alfieri, Macchiavelli: naast elkaar rusten hier de groote mannen, die de trots van Italië zijn. Het is een prachtige kerk, veel schooner, al moge zij ook niet zoo groot zijn, dan de marmeren dom te Florence.

Het was, alsof de marmeren kleederen zich bewogen, alsof de forsche gestalten haar hoofden hooger verhieven en, te midden van gezang en muziek, opkeken naar het bonte, schitterende altaar, waar in het wit gekleede knapen gouden wierookvaten zwaaiden; de sterke geur stroomde uit de kerk op het plein.

De knaap strekte zijn hand naar den lichtglans uit, en terstond snelde het metalen varken weg, hij moest er zich stevig aan vasthouden, de wind suisde hem om de ooren, hij hoorde de kerkdeur op haar hengsels knarsen, terwijl zij dichtging, maar in een oogenblik scheen het bewustzijn hem te begeven, hij gevoelde een snerpende koude en—sloeg de oogen op.

Het was morgen; hij zat, half afgegleden van het metalen varken, dat daar stond zooals het altijd in de straat *Porta Rosa* placht te staan, nog op den rug van het beest.

Angst en vrees vervulden den knaap bij de gedachte aan haar, die hij moeder noemde, en die hem den vorigen dag uitgezonden had, om geld op te loopen; hij had niets; hij had honger en dorst. Nog eenmaal omvatte hij den hals van het metalen varken, gaf het een kus op den snuit, knikte het toe en wandelde toen voort naar een der nauwste straten, tenauwernood breed genoeg voor een beladen ezel. Een groote, met ijzer beslagen deur stond op een kier; hier klom hij een steenen trap met smerige muren en een touw, dat voor leuning diende, op en kwam in een open galerij, die met lompen behangen was; van hier voerde een trap naar de binnenplaats, waar van den waterput groote ijzerdraden naar alle verdiepingen van het huis gespannen waren en de eene emmer na den anderen zweefde, terwijl de katrol knarste en de emmer in de lucht danste, zoodat het water op de plaats naar beneden plaste. Weder voerde een vervallen steenen trap naar boven. Twee matrozen,—het waren Russen,—kwamen vroolijk naar beneden en hadden den armen knaap bijna omvergeloopen. Zij kwamen van hun nachtelijke bacchanaliën terug. Een niet meer jeugdige, maar toch weelderige vrouwengestalte, met prachtig zwart haar, volgde hen. «Wat breng je thuis?» zeide zij tegen den knaap.

«Wees niet boos!» smeekte deze, «ik heb niets, niets hoegenaamd gekregen!»—En dit zeggende, greep hij zijn moeder bij haar japon vast, alsof hij daarop een kus wilde drukken. Zij traden het kamertje binnen; dat zal ik niet beschrijven; slechts zooveel zij daarvan gezegd, dat daarin een pot met een kolenvuur stond, een *marito*, zooals het genoemd wordt. Dezen pot nam zij in den arm, warmde zich de handen en gaf den knaap een duw met haar elleboog. «Ja, zeker heb je wel geld!» zeide zij.

De knaap schreide; zij gaf hem een schop met den voet; nu begon hij nog erger te schreien. «Wil je je wel eens stilhouden, of anders zal ik je een slag op je kop geven!» en zij zwaaide met den vuurpot, dien zij in de hand hield. Het kind viel met een schreeuw op den grond neer. Daar trad een buurvrouw de kamer binnen; ook zij had haren*marito* in den arm. «Felicita! Wat doe je toch met het kind?»

«Het kind is van mij!» antwoordde Felicita. «Ik kan het vermoorden, als ik wil, maar jij niet, Giannina!» en zij zwaaide met haar vuurpot; de andere vrouw hief den haren op om zich te verdedigen, en nu stieten de beide potten zoo geducht tegen elkaar aan, dat scherven, vuur en asch in de kamer rondvlogen;—maar op hetzelfde oogenblik was de knaap de deur uit, de binnenplaats over en het huis uit. De arme jongen liep zoo hard, dat hij eindelijk heelemaal buiten adem was; hij hield bij de kerk, waarvan de groote deur zich des nachts voor hem geopend had, stil, en trad deze binnen. Alles straalde hem toe, de knaap knielde bij het eerste graf aan den rechterkant neer; het was het graf van Michaele Angelo, en al spoedig snikte hij luid. Er kwamen en gingen menschen, de mis werd gelezen, niemand bemerkte den knaap; slechts een achtbare grijsaard bleef staan, keek hem aan—en ging toen verder, evenals de anderen.

Honger en dorst kwelden den kleine, hij was geheel uitgeput en ziek; hij kroop in een hoek tusschen de marmeren monumenten en viel in slaap. Het was tegen den avond, toen hij door iemand wakker gemaakt werd; hij stond op, en dezelfde waardige grijsaard stond voor hem.

«Ben je ziek? Waar hoor je thuis? Ben je hier den heelen dag geweest?» waren enkele der vele vragen, die de grijsaard tot hem richtte. Zij werden beantwoord, en de oude man nam hem met zich mee naar zijn huisje, dat dicht in de nabijheid in een zijstraatje stond. Zij traden een handschoenmakerswerkplaats binnen; een vrouw zat ijverig te naaien. Een klein wit Deensch hondje, zoo kaal geschoren, dat men zijn rooskleurige huid kon zien, sprong op de tafel en maakte voor den kleinen knaap allerlei kunstjes.

«De onschuldige zielen kennen elkaar,» zei de vrouw en liefkoosde den hond en den knaap. De laatstgenoemde kreeg van de goede lieden spijs en drank, en zij zeiden, dat het hem vergund was, den nacht bij hen door te brengen; den volgenden dag zou vader Giuseppe eens met zijn moeder gaan spreken. Hij kreeg een klein, armoedig bed; maar voor hem, die dikwijls op den harden, steenen vloer had moeten slapen, was dit een koninklijke legerstede. Hoe heerlijk sliep hij en hoe droomde hij van de prachtige schilderijen en van het metalen varken!

Vader Giuseppe ging den volgenden morgen uit; de arme jongen was daarover niet blij, want hij wist wel, dat het doel van dit uitgaan was, hem weer naar zijn moeder terug te brengen. De knaap kuste den kleinen vroolijken hond, en de vrouw knikte beiden toe.

En welk antwoord bracht vader Giuseppe nu terug? Hij sprak druk met zijn vrouw, en deze knikte en liefkoosde den knaap. «Het is een ferme jongen!» zeide zij. «Hij kan een ervaren handschoenmaker worden, zooals jij geweest bent, en wat zijn zijn vingers fijn en buigzaam! De Madonna heeft hem tot handschoenmaker bestemd!»

En de knaap bleef in dit huis; de vrouw leerde hem zelf naaien; hij at goed, hij sliep goed, hij werd vroolijk en begon Bellissima—zoo heette het hondje—te plagen; de vrouw hief den vinger dreigend naar hem op, beknorde hem en werd boos.—Dat ging den knaap aan het hart: in gedachten verdiept, zat hij in zijn kamertje. Van daar had men het uitzicht op de straat, waarin huiden gedroogd werden; dikke ijzeren spijlen waren er voor de ramen; hij kon niet slapen; het metalen varken vertoonde zich aldoor aan hem in zijn gedachten, en eensklaps hoorde hij buiten: Knor, knor! Dat was zeker een varken! Hij snelde naar het raam toe, maar er was niets te zien; het was al voorbij.

«Help den signor zijn verfdoos dragen!» zei de signora den volgenden morgen tegen den knaap, toen de jonge buurman, een schilder, vooorbijliep en een schilderdoos benevens een groot, opgerold stuk doek droeg. De knaap nam de doos over en volgde den schilder; zij sloegen den weg naar de galerij in en liepen dezelfde trap op, die hem sedert dien nacht, toen hij op het metalen varken reed, wel bekend was. Hij kende de standbeelden en de bustes, de schoone marmeren Venus en die, welke in kleuren leefde; hij zag de Moeder Gods, Jezus en Johannes weder.

Nu bleven zij voor het schilderij van Bronzino staan, waarop Christus in de onderwereld neerdaalt en de kinderen om hem heen glimlachen in blijde verwachting van den hemel,—het arme kind glimlachte ook, want hier was het inzijn hemel!

«Ga nu maar weer naar huis terug!» zei de schilder, toen de knaap al zoo lang was blijven staan, totdat deze ondertusschen zijn ezel opgezet had.

«Mag ik u eens zien schilderen?» vroeg de knaap. «Mag ik er eens naar kijken, hoe ge het schilderij op dit doek overbrengt?»

«Ik begin nog niet te schilderen!» antwoordde de man en kreeg zijn zwart krijt voor den dag. Snel bewoog zich de hand, het oog mat het groote schilderij, en ofschoon er slechts eenige fijne lijnen zichtbaar werden, stond Christus daar toch reeds zwevend, evenals op het groote schilderij.

«Ga nu toch heen!» zei de schilder, en zwijgend keerde de knaap naar huis terug, zette zich op de tafel neer en—leerde handschoenen naaien.

Maar den heelen dag waren zijn gedachten in de schilderijenzaal, en daardoor prikte hij zich in de vingers, gedroeg zich links, maar plaagde Bellissima toch niet. Toen het avond werd en de huisdeur juist open stond, sloop hij naar buiten; het was nog koud; maar de lucht was helder en als met sterren bezaaid.

Hij wandelde door de straten, die reeds leeg geworden waren, en stond al spoedig voor het metalen varken; hij boog er zich over heen, gaf het een kus op zijn blanken snuit en zette zich op zijn rug neer.—«Gezegend beest!» zeide hij, «wat heb ik naar je verlangd! Wij moeten van nacht nog eens een ritje doen!»

Het metalen varken lag onbeweeglijk, en het frissche water vloeide hem uit den snuit. De knaap zat schrijlings op hem, daar werd er aan zijn kleeren getrokken; hij keek op: Bellissima, de kleine, kaalgeschoren Bellissima blafte, als wilde zij zeggen: «Ziet ge wel? Ik ben er ook! Waarom zet ge u hier neer?»—Geen vurige draak had den knaap zulk een schrik op het lijf kunnen jagen, als de kleine hond op deze plaats. Bellissima op straat, en wel zonder aangekleed te zijn, zooals de oude vrouw het noemde! Wat moest daarvan komen? De hond kwam in den winter slechts buiten de deur, nadat hem vooraf een klein lamsvel aangetrokken was, dat uitsluitend voor hem genaaid was. Dit vel, dat met lintjes en schelletjes versierd was, kon met een rood bandje om zijn hals en onder zijn buik vastgebonden worden. De hond zag er dan uit als een geitje, wanneer het hem in den wintertijd vergund werd, in dit gewaad met de signora te gaan wandelen. Bellissima was buiten en niet aangekleed! Wat moest daarvan komen? Alle phantasieën waren verdwenen, maar toch kuste de knaap het metalen varken en nam Bellissima op den arm; het beest trilde van de kou, daarom liep de knaap zoo hard, als hij maar kon.

«Waar loop je daar mee?» vroegen twee politiesoldaten, die hij tegenkwam en waartegen Bellissima begon te blaffen. «Waar heb je dat hondje gestolen?» vroegen zij en namen het hem af.

«O, geeft het mij terug!» smeekte de knaap.

«Als je het beest niet gestolen hebt, dan moet je thuis maar zeggen, dat het op de wacht kan afgehaald worden!» Zij noemden de plaats en gingen met Bellissima heen.

Dat was een verschrikkelijk geval. De knaap wist niet, of hij in den Arno zou springen of naar huis gaan en alles bekennen; ze zouden hem dan zeker doodslaan, dacht hij.—«Maar ik wil graag doodgeslagen worden, ik wil graag sterven, dan kom ik bij Jezus en bij de Madonna!» En hij ging naar huis, hoofdzakelijk om doodgeslagen te worden.

De deur was gesloten, en hij kon niet aan den klopper raken. Er was niemand op de straat, maar er lag een steen, en daarmee gooide hij tegen de deur aan. «Wie is daar?» werd er van binnen geroepen.

«Ik ben het!» zeide hij. «Bellissima is weg! Doe mij open en sla mij dan dood!»

Er verspreidde zich een algemeene schrik door het huis, inzonderheid bij de signora, over de arme Bellissima. Zij keek terstond naar den muur, waar het gewaad van den hond placht te hangen; het kleine lamsvel hing er nog.

«Bellissima op de wacht!» riep zij luide uit. «Jou ondeugende jongen! Hoe heb je haar de deur uitgelokt? Wat zal zij koud zijn! Dat teere diertje bij die ruwe soldaten!»

De man moest er dadelijk naar toe, de vrouw jammerde, de knaap weende.—Al de huisgenooten kwamen bij elkaar, en onder dezen bevond zich ook de schilder; hij nam den knaap op zijn schoot, hoorde hem uit, en bij brokstukken kreeg hij nu de heele geschiedenis van het metalen varken en de galerij te hooren,—deze was vrij onbegrijpelijk. De schilder troostte den knaap, trachtte de oude vrouw tot bedaren te brengen, maar zij was niet tot bedaren te krijgen, voordat haar man met Bellissima, die onder de soldaten geweest was, aankwam. Dat was een blijdschap! De schilder liefkoosde den knaap en teekende wat voor hem.

O, dat waren heerlijke stukken, kluchtige koppen! En waarlijk, het metalen varken was er ook bij. O, niets kon heerlijker zijn! Met een paar streken prijkte het op het papier, en zelfs het huis, dat er achter stond, was er op afgebeeld.

Wie toch kon teekenen en schilderen, die kon de heele wereld om zich heen verzamelen!

Zoodra de knaap den volgenden dag een oogenblik alleen was, nam hij een potlood in handen, en op den achterkant van een der prenten trachtte hij de teekening van het metalen varken weer te geven. Dit gelukte;—wel was het wat scheef, de eene poot was te dik en de andere te dun, maar het was er toch goed uit te kennen. Hij stond er zelf over verwonderd.—Het potlood wilde niet zoo gaan, als hij wilde; dat merkte hij wel; den volgenden dag stond er weer een metalen varken naast het andere, en dat was honderdmaal beter; het derde was al zoo goed, dat iedereen het er wel uit kon kennen.

Maar het ging slecht met het handschoenen naaien, langzaam met de boodschappen in de stad; want het metalen varken had hem geleerd, dat alles op het papier gebracht kon worden, en de stad Florence is een prentenboek, als men daarin maar wil bladeren. Op de *Piazza della Trinità* staat een slanke zuil en daar bovenop de godin der gerechtigheid met een blinddoek voor de oogen en een weegschaal in de hand. Al spoedig stond zij op het papier, en het was de kleine leerling van den handschoenmaker, die haar daarop geplaatst had. De verzameling van teekeningen groeide aan, maar nog bevatte zij slechts teekeningen van levenlooze voorwerpen; nu liep Bellissima op zekeren dag voor hem heen en weer. «Blijf eens stilstaan!» zeide hij, «dan zal je mooi worden en in mijn verzameling van prenten komen!» Maar Bellissima wilde niet stilstaan, zij moest vast gebonden worden; kop en staart werden nu vastgebonden, zij blafte en maakte sprongen, het touw moest strak aangehaald worden; daar kwam de signora binnen.

«Jou ondeugende jongen! Dat arme beest!» was alles, wat zij kon uitbrengen. Zij duwde den knaap van zich af, gaf hem een schop, joeg hem haar huis uit, hem, die de ondankbaarste deugniet, het ondeugendste kind was, en weenend kuste zij haar kleine, half verworgde Bellissima.

Op hetzelfde oogenblik kwam de schilder de trap op en—hier is het keerpunt in de geschiedenis.

In het jaar werd er te Florence in de *Accademia delle Arti* een tentoonstelling gehouden. Twee schilderijen, die naast elkander opgehangen waren, lokten een menigte toeschouwers tot zich. Op het kleinste was een kleine, vroolijke knaap voorgesteld, die zat te teekenen; voor model had hij een klein, wit, gladgeschoren Deensch hondje; maar het beestje wilde niet stilstaan en was daarom zoowel aan den kop als aan den staart met touw vastgebonden; er was daarin leven en een waarheid, die op iedereen indruk moest maken. De schilder, vertelde men, was een jonge Florentijn, die als kind op de straat gevonden en door een ouden handschoenmaker opgevoed was, en zich zelf het teekenen geleerd had. Een thans beroemde schilder had dit talent in hem ontdekt, toen de knaap bij zekere gelegenheid uit het huis gejaagd werd, omdat hij de lievelinge der signora, het kleine hondje, vastgebonden en voor model gebruikt had.

De handschoenmakersleerling was een uitstekend schilder geworden; dat bewees dit schilderij, dat bewees inzonderheid het grootere, dat er naast hing. Hierop was slechts een enkele levende figuur, een in lompen gekleede, maar mooie knaap, die slapend op de straat zat; hij leunde tegen het metalen varken in de straat *Porta Rosa* aan. Alle toeschouwers kenden deze plaats. De armen van het kind rustten op den kop van het varken; de kleine sliep gerust, en de lantaarn voor het Madonnabeeld wierp een sterk licht op het bleeke, schoone gezicht van het kind.—Het was een allerprachtigst schilderij; een groote, vergulde lijst omgaf het, aan een der hoeken was een lauwerkrans opgehangen; maar tusschen de groene bladeren slingerde zich een zwart lint, en een lang rouwfloers hing er aan.—De jonge kunstenaar was juist in die dagen—gestorven!

179

Tegenover het graf van Galilei bevindt zich dat van Michaele Angelo. Op het monument is zijn buste aangebracht en bovendien drie figuren: de beeldhouwkunst, de schilderkunst en de bouwkunst; dicht daarnaast is het grafteeken van Dante (zijn lijk bevindt zich te Ravenna); op het monument ziet men Italië, dat wijst op het kolossale standbeeld van Dante; de poëzie weent over zijn verlies. Eenige schreden verder ziet men het monument van Alfieri, dat met lauweren versierd is; Italië weent boven zijn graf. Macchiavelli besluit hier de rij der beroemde mannen.

Het vriendschapsverbond.

Zoo even hebben wij een klein reisje gemaakt, en reeds verlangen wij naar een ander. Waar naar toe? Naar Sparta, naar Mycene, naar Delphi? Er zijn honderd plaatsen, bij het noemen waarvan het hart van reislust klopt. Het gaat te paard de bergpaden op, tusschen boomen en struiken door; de enkele reiziger doet zich als een geheele karavaan voor. Zelf rijdt hij met zijn gids voorop, een pakpaard draagt koffer, tent en proviand, een paar gendarmes komen tot zijn bescherming achteraan. Geen logement met zachte bedden wacht hem na de vermoeide dagreis, de tent is dikwijls zijn dak in de groote, woeste natuur, de gids kookt een pilau voor het avondeten; duizenden muggen zwermen om de kleine tent heen, het is een treurige nacht, en morgen voert de weg over sterk gezwollen rivieren; zit vast op uw paard, opdat ge niet door den stroom meegesleept wordt!

Welk loon valt u voor deze bezwaren ten deel? Het grootste en rijkste! De natuur openbaart zich hier in al haar grootheid, iedere plek is historisch, oogen en gedachten zwelgen. De dichter kan het bezingen, de schilder in rijke beelden voorstellen; maar den geur der werkelijkheid, die voor eeuwig in de ziel des aanschouwers binnendringt, vermogen zij niet weer te geven.

In vele kleine schetsen heb ik een poging gedaan om een kleine uitgestrektheid van Athene met zijn omgeving aanschouwelijk te maken, en toch, hoe kleurloos staat het geschetste beeld, hoe weinig geeft het Griekenland weer, dien treurenden genius van het schoone, welks grootheid en kommer de vreemdeling nimmer vergeet.

De eenzame herder boven op de rotsen zou door een eenvoudige vertelling van een zijner levensontmoetingen misschien beter, dan ik door mijne beelden, dengene de oogen kunnen openen, die het land der Hellenen in eenige trekken wil aanschouwen.

Laat hem dan spreken! zegt mijn Muze. Een gebruik, een eigenaardig gebruik moet den herder daar op den berg de stof voor zijn vertelling aan de hand doen, namelijk:

«HET VRIENDSCHAPSVERBOND.»

Ons huis was uit leem samengesteld; maar de deurposten bestonden uit marmeren zuilen, die gevonden waren op de plek, waar men het huis bouwde. Het dak reikte bijna tot aan den grond toe; nu was het zwartachtig bruin en leelijk, maar toen het gemaakt werd, bestond het uit bloeiende oleander- en groene lauriertakken, die achter de bergen vandaan gehaald waren. Rondom onze woning was niet veel plaats; de bergen liepen steil op en hadden een kale, zwarte kleur, aan hun toppen hingen dikwijls wolken, als witte, levende gestalten. Nooit hoorde ik hier een zangvogel, nooit dansten de mannen hier op de tonen van den doedelzak; maar de plaats was geheiligd uit oude tijden, zelfs de naam herinnert daaraan, zij wordt immers Delphi genoemd. De donkere, statige bergen waren alle met sneeuw bedekt; de hoogste, die het langst door het roode schijnsel der avondzon bestraald werd, was de Parnassus; de beek dicht bij ons huis stroomde er van af en was eenmaal ook heilig, nu maakt de ezel haar met zijn pooten troebel, doch de stroom gaat verder en wordt weer helder. Hoe herinner ik mij ieder plekje in zijn heilige, diepe eenzaamheid! Midden in de hut werd vuur aangelegd, en als de heete asch daar hoog en gloeiend lag, werd het brood daarin gebakken. Als de sneeuw zich zoo hoog om onze hut opstapelde, dat zij bijna niet meer te zien was, dan scheen moeder het vroolijkst te zijn, dan hield zij mijn hoofd tusschen haar handen, drukte mij een kus op het voorhoofd en zong de liedjes, die zij anders nooit zong; want de Turken, onze heeren, lieten dit niet toe, en zij zong:

«Op den top van den Olympus, in het nederige dennenbosch, was een oud hert; dof waren zijn oogen van tranen; roode, ja, groene en lichtblauwe tranen weende het. Nu kwam er een reebok voorbij en vroeg: «Wat scheelt er toch aan, dat ge zoo weent, roode, groene, ja, lichtblauwe tranen weent?»—«De Turk is in onze stad gekomen en gebruikt wilde honden bij zijn jacht, een heelen troep!»—«Ik jaag ze over de eilanden,» zei de jonge reebok, «ik jaag ze over de eilanden in de diepe zee!»—Maar voordat de avond daalde, was de reebok verslagen, en voordat de nacht aanbrak, was het hert gedood!»

En als moeder dit zong, werden haar oogen vochtig, en aan haar lange wimpers parelde een traan, maar zij pinkte dien weg en bakte ons brood in de asch. Dan balde ik mijn vuist en zeide: «We zullen de Turken doodslaan!» maar dan herhaalde zij uit het lied: «Ik jaag ze over de eilanden in de diepe zee!—Maar voordat de avond daalde, was de reebok verslagen, en voordat de nacht aanbrak, was het hert gedood!»

Verscheidene dagen en nachten waren wij eenzaam in onze hut geweest; daar kwam vader thuis; ik wist, dat hij voor mij mosselschelpen uit de golf van Lepanto zou meebrengen, of ook een mes, scherp en blinkend. Ditmaal bracht hij ons een kind, een klein, naakt meisje, dat hij onder zijn schaapspels hield; het was in een dierenhuid gewikkeld, en alles, wat de kleine bezat, toen zij zonder deze op den schoot van mijn moeder lag, waren drie zilveren geldstukken, die in haar zwarte lokken vastgemaakt waren. Vader vertelde van de Turken, die de ouders van het kind doodgeslagen hadden; hij vertelde ons zooveel, dat ik er den heelen nacht van droomde.—Vader was zelfs gekwetst, moeder verbond zijn arm, de wond was diep, de dikke schaapspels zat aan het geronnen bloed vastgekleefd. Het kleine meisje zou mij tot een zuster zijn. O, wat was het beeldschoon! De oogen van moeder waren niet vriendelijker dan de hare. Anastasia, zooals zij genoemd werd, zou mijn zuster zijn; want haar vader had zich aan den mijnen verbonden naar oud gebruik, zooals wij dit nog in eere houden. Zij hadden in hun jeugd broederschap gesloten en het schoonste en deugdzaamste meisje uit den geheelen omtrek gekozen, om hun vriendschapsverbond te wijden. Dikwijls hoorde ik van dit zonderlinge, treffende gebruik.

Nu was de kleine mijn zuster; zij zat op mijn schoot, ik bracht haar bloemen en de veeren der vogels, wij dronken samen uit de wateren van den Parnassus en sliepen hoofd aan hoofd onder het laurieren dak der hut, terwijl moeder nog menigen winter van de roode, groene en lichtblauwe tranen zong! Maar nog begreep ik niet, dat het mijn eigen volk was, welks duizendvoudige zorgen zich in deze tranen afspiegelden.

Op zekeren dag kwamen er drie Frankische mannen; dezen waren anders dan wij gekleed. Hun bedden en tenten hadden zij op paarden, en meer dan twintig Turken, allen met sabels en geweren gewapend, vergezelden hen; want ze waren vrienden van den pacha en hadden brieven van vrijgeleide van hem bij zich. Zij kwamen slechts om onze bergen te zien, om in sneeuw en wolken den Parnassus te beklimmen, en de zonderlinge, zwarte, steile rotsen rondom onze hut te bekijken. Zij hadden daarin geen plaats, en konden ook den rook niet verdragen, die onder de zoldering bleef hangen en langzaam door de lage deur naar buiten trok, zij sloegen hun tenten daarom naast onze hut op, braadden lammeren en vogels, schonken zoete, krachtige wijnen in, maar de Turken mochten daarvan niet drinken.

Toen zij wegreisden, vergezelde ik hen een eindweegs, en mijn zusje Anastasia hing, in een bokkevel genaaid, op mijn rug. Een der Frankische heeren zette mij tegen een rots aan en teekende mij en haar uit, precies zooals wij daar stonden; wij zagen er als één schepsel uit;—nooit had ik er aan gedacht, maar Anastasia en ik waren immers één, altijd zat zij op mijn schoot of hing op mijn rug, en als ik droomde, verscheen zij mij in mijn droomen.

Twee nachten later kwamen er andere menschen, met messen en geweren gewapend, in onze hut. Het waren Albaneezen, moedige lieden, zooals moeder zeide. Zij vertoefden slechts korten tijd; mijn zusje Anastasia zat op den schoot van een hunner,—toen zij weg waren, had zij twee en niet meer drie geldstukken in haar lokken. Zij rolden tabak in papiertjes en rookten deze; de oudste sprak over den weg, dien zij moesten inslaan, en was daaromtrent in het onzekere. «Als ik in de hoogte spuw,» zeide hij, «dan komt het op mijn gezicht, als ik naar beneden spuw, dan komt het in mijn baard!»

Maar een weg moest er gekozen worden; zij gingen heen en vader vergezelde hen. Al spoedig daarop hoorden wij schoten,—er deed zich nogmaals een knal hooren; soldaten drongen onze hut binnen en namen moeder, mij en Anastasia gevangen; de roovers hadden hun verblijf bij ons gehouden, vader was hun aanvoerder geweest, daarom moesten wij weg. Ik zag de lijken der roovers, ik zag het lijk van mijn vader, en weende, totdat ik in slaap viel. Toen ik wakker werd, waren wij in de gevangenis; maar de kamer was niet slechter dan die in onze eigen hut; ik kreeg uien en harsachtigen wijn, dien zij uit een geteerden zak schonken: beter hadden wij het te huis ook niet.

Hoe lang wij gevangen bleven, weet ik niet; maar er verliepen vele dagen en nachten. Toen wij vrijgelaten werden, was het het heilige Paaschfeest; ik droeg Anastasia op mijn rug; want moeder was ziek; zij kon slechts langzaam loopen, en het was een heel eind, voordat wij aan de zee, aan de golf van Lepanto kwamen. Wij traden een kerk binnen, die van beelden op een gouden grond straalde; het waren engelen, en dezen zagen er heel lief uit, maar het kwam mij toch voor, dat onze kleine Anastasia er even lief uitzag. Midden op den vloer stond een doodkist vol rozen. «De Heere Jezus ligt daar als een schoone bloem,» zei mijn moeder, en «Christus is opgestaan!»

Alle menschen omarmden elkaar. Ieder hield een brandende kaars in de hand, ik kreeg er zelf ook een, en Anastasia eveneens; de doedelzakken klonken, mannen dansten hand aan hand de kerk uit, en daarbuiten waren vrouwen bezig het paaschlam te braden. Wij werden uitgenoodigd om er deel aan te nemen, en ik ging bij het vuur zitten. Een knaap, ouder dan ik, sloeg zijn armen om mijn hals, kuste mij en zeide: «Christus is opgestaan!» Zoo ontmoetten Aphtanides en ik elkaar voor de eerste maal.

Moeder kon vischnetten breien, dat gaf haar hier bij de golf een goede verdienste, en wij bleven geruimen tijd bij de zee wonen,—de schoone zee, die als tranen smaakte en mij door haar kleuren aan de tranen van het hert deed denken: nu eens was zij immers rood, dan groen, en dan weer blauw.

Aphtanides wist de boot te besturen, en ik zat er met mijn kleine Anastasia in; zij gleed over het water als een wolk door de lucht. Als dan de zon onderging, kleurden zich de bergen met een donkerder blauw, de eene bergketen verhief zich boven de andere, en het verst stond de Parnassus met zijn sneeuw. In de avondzon schitterde de bergtop als gloeiend ijzer; hij zag er uit, alsof het licht van binnen kwam, want lang nadat de zon ondergegaan was, flikkerde hij in de blauwe, heldere lucht; de witte watervogels raakten den waterspiegel met hun vlerken aan; overigens was het hier even stil als bij Delphi tusschen de zwarte rotsen. Ik lag in de boot op mijn rug. Anastasia lag aan mijn borst, en de sterren boven ons fonkelden nog helderder dan de lampen in onze kerk. Het waren dezelfde sterren, en zij stonden op dezelfde plaats boven mij, als toen ik te Delphi voor onze hut zat. Eindelijk kwam het mij voor, alsof ik daar nog was!—Daar plofte er iets in het water, en de boot schommelde hevig; ik gaf een luiden gil; want Anastasia was in het water gevallen, maar even snel sprong Aphtanides haar achterna, en al spoedig daarop reikte hij haar aan mij over! Wij trokken haar kleeren uit, wrongen het water er uit en kleedden haar toen weer aan; dat deed Aphtanides. Wij bleven op het water, totdat de kleeren van Anastasia weer heelemaal droog waren, en niemand kwam iets te weten van den schrik, dien wij met de kleine pleegzuster gehad hadden, aan wier leven Aphtanides nu immers deel had.

De zomer kwam. De zon brandde zoo heet, dat de bladeren der boomen verdorden; ik dacht aan onze koele bergen, aan het frissche water, dat wij daar hadden; ook moeder verlangde daarnaar, en op zekeren avond ondernamen wij de terugreis. Welk een rust, welk een stilte! Wij liepen door den hoogen tijm, die nog geur van zich gaf, ofschoon de zon zijn bladeren verzengd had. Geen enkelen herder ontmoetten wij, geen enkele hut kwamen wij voorbij. Alles was stil en eenzaam; slechts een vallende ster zeide, dat daarboven in den hemel nog leven was. Ik weet niet, of de heldere, blauwe lucht zelf licht van zich gaf, dan of het de stralen der sterren waren; wij herkenden de omtrekken der bergen zeer goed. Mijn moeder legde vuur aan, kookte uien, die zij meegebracht had, en mijn zusje en ik sliepen in den tijm, zonder vrees voor den afschuwelijken Smidraki uit wiens muil vlammen springen, of voor den wolf en den jakhals; moeder zat immers naast ons, en dat was voldoende voor onze veiligheid.

Wij bereikten onze vroegere woonplaats; maar de hut was in een puinhoop veranderd, er moest dus een nieuwe gebouwd worden. Eenige vrouwen hielpen moeder, en binnen weinige dagen waren de muren opgetrokken en was er een nieuw dak van oleander op gezet. Mijn moeder vlocht van huiden en boomschors vele foedralen voor flesschen, ik hoedde de kudde der priesters; Anastasia en de kleine schildpadden waren mijn speelkameraden.

Op zekeren dag kregen wij bezoek van den geliefden Aphtanides; hij verlangde zoo, ons te zien, zeide hij, en hij bleef twee volle dagen bij ons.

Na verloop van een maand kwam hij weer en vertelde, dat hij met een schip naar Patras en Corfu wilde; vooraf echter wilde hij ons vaarwel zeggen; voor onze moeder bracht hij een grooten visch mee. Hij wist zeer veel te vertellen, niet alleen van de visschers aan de golf van Lepanto, maar ook van koningen en helden, die eenmaal Griekenland beheerscht hadden, evenals nu de Turken deden.

Ik heb den rozeboom een knop zien krijgen en gezien, hoe deze zich in dagen en weken tot een bloem ontplooide; hij werd dit, eer ik er aan dacht. Wat was zij groot, schoon en rood! Zoo ging het ook met Anastasia. Zij was een mooi volwassen meisje, en ik een krachtige jongeling. De wolfshuiden op het bed van moeder en van Anastasia had ik zelf afgestroopt van de dieren, die onder mijn schot gevallen waren.

Jaren waren er verloopen. Nu kwam op zekeren avond Aphtanides, slank als een riet, krachtig en bruin; hij gaf ons allen een kus en wist van de groote zee, van Malta's vestingwerken en Egypte's zonderlinge graven te vertellen; het klonk mij wonderbaar in de ooren als een legende der priesters; ik zag met een soort van eerbied tot hem op.

«Wat weet ge veel!» zei ik. «Wat kunt ge aardig vertellen!»

«Gij hebt mij toch eenmaal het schoonste verteld!» zeide hij. «Gij hebt mij verteld, wat mij nooit uit de gedachten gegaan is, van het schoone, oude gebruik, het vriendschapsverbond, dat gebruik, dat ik wel graag zou willen navolgen. Broeder! laat ons beiden ook, evenals de vaders van u en Anastasia gedaan hebben, naar de kerk toe gaan; het schoonste en onschuldigste meisje is Anastasia; zij moet ons wijden! Geen volk heeft toch schoonere gebruiken dan wij Grieken.»

Anastasia bloosde als een jonge roos; mijn moeder gaf Aphtanides een kus.

Op een uur afstands van onze hut, daar, waar op de rotsen losse aarde ligt en eenige boomen schaduw werpen, stond de kleine kerk; een zilveren lamp hing voor het altaar.

Ik had mijn beste kleeren aangetrokken, de witte fustanella viel in rijke plooien langs mijn heupen neer, het roode wambuis sloot mij nauw om de leden, aan den kwast van mijn fez zat zilver, in mijn gordel staken messen en pistolen. Aphtanides had zijn blauwe kleeding aan, zooals Grieksche zeelieden dragen. Op zijn borst hing een zilveren plaat omzet met schitterende steenen, zijn sjerp was kostbaar, zooals slechts de rijke heeren er een dragen. Iedereen kon wel zien, dat ons een plechtigheid wachtte. Wij traden de kleine, stille kerk binnen, waar de avondzon door de deur de brandende lamp en de bonte beelden op den gouden grond bestraalde. Wij knielden op de trappen van het altaar neer, en Anastasia plaatste zich voor ons; een lang, wit gewaad hing los en luchtig om haar schoone gestalte; haar blanke hals en haar borst waren met een ketting van oude en nieuwe munten bedekt; deze vormden een kraag. Haar zwart haar was op het hoofd opgestoken en werd door een klein hoofddeksel van zilveren en gouden munten vastgehouden, die in de oude tempels gevonden waren. Een schooner sieraad bezat geen Grieksch meisje. Haar gezicht fonkelde, haar oogen waren als twee sterren.

Stil baden wij alle drie; daarop vroeg zij ons: «Wilt gij vrienden zijn in leven en dood?»—«Ja!» antwoordden wij.—«Wilt ge u, wat er ook moge gebeuren, dit herinneren: mijn broeder is een deel van mij; mijn geheim, mijn geluk is het zijne; opoffering, volharding, alles in mij behoort hem zoowel als mij?» En wij herhaalden ons «ja!»

Zij legde onze handen in elkaar, drukte ons een kus op het voorhoofd, en wij baden weer zachtjes. Nu trad de priester uit de deur naast het altaar, zegende ons alle drie, en een gezang van de andere allerheiligste heeren klonk achter den muur van het altaar. Het verbond van eeuwige vriendschap was gesloten. Toen wij opstonden, zag ik mijn moeder weenende aan de deur der kerk staan.

Wat was het vroolijk in onze kleine hut en aan Delphi's bronnen! Den avond, voordat Aphtanides zou vertrekken, zat hij peinzend evenals ik tegen de helling der rots aan; zijn arm was om mijn middel geslagen, de mijne om zijn hals; wij spraken over de ellende van Griekenland en over de mannen, die het kon vertrouwen. Iedere gedachte onzer zielen lag duidelijk voor ons beiden open; nu greep ik zijn hand.

«Één ding moet ge nog weten, één ding, dat tot hiertoe slechts ik en God geweten hebben! Mijn geheele ziel is liefde! 't Is een liefde, sterker dan die ik mijn moeder en u toedraag....»

«En wie hebt ge lief?» vroeg Aphtanides, en zijn gezicht en zijn hals werden vuurrood.

«Ik heb Anastasia lief!» zei ik,—en zijn hand beefde in de mijne; hij werd zoo wit als een doek; ik zag het, ik begreep het en ik merkte, dat ook mijn hand beefde; ik boog mij naar hem voorover, drukte hem een kus op het voorhoofd en fluisterde: «Ik heb het haar nooit gezegd, zij heeft mij misschien niet lief!—Broeder! denk er aan, ik zag haar dagelijks; zij is aan mijn zijde opgegroeid, één met mijn ziel!»

«En u zal zij toebehooren!» zeide hij. «Ik mag u niet bedriegen, en ik wil dit ook niet. Ook ik heb haar lief!—Maar morgen vertrek ik. Over een jaar zien wij elkaar weer; dan zijt ge getrouwd, niet waar?—Ik bezit eenig goud, het behoort u toe, ge moet, ge zult het aannemen!» Zwijgend wandelden wij over de rotsen; het was laat op den avond, toen wij voor de hut van mijn moeder stonden.

Anastasia hield ons de lamp toe, toen wij binnentraden, mijn moeder was er niet. Zij keek verwonderlijk weemoedig naar Aphtanides.

«Morgen gaat ge ons verlaten!» zeide zij. «Wat spijt mij dat!»

«Spijt het u?» zeide hij, en er scheen mij in deze woorden een smart te liggen, even groot als de mijne. Ik kon niet spreken; maar hij greep haar bij de hand en zeide: «Onze broeder daar heeft u lief; hij is u dierbaar! Zijn zwijgen bewijst juist zijn liefde.»

Anastasia beefde en barstte in tranen uit; nu zag ik slechts haar, dacht slechts aan haar, sloeg mijn arm om haar middel en zeide: «Ja, ik heb u lief!» Zij drukte haar lippen op de mijne en sloeg haar armen om mijn hals; maar de lamp was op den grond gevallen, het was donker om ons heen, evenals in het hart van den armen Aphtanides.

Voor het aanbreken van den dag stond hij op, kuste ons allen tot afscheid en ging heen. Aan mijn moeder had hij zijn geld voor ons gegeven. Anastasia was mijn verloofde en na verloop van weinige dagen mijn vrouw!

Deze wordt van kippen, rijst en kerrie klaargemaakt.

Het Grieksche bijgeloof laat dit monster uit de onopengesneden maag van geslachte schapen ontstaan, die op het veld geworpen worden.

Een boer, die kan lezen, wordt dikwijls priester, en men noemt hem dan «allerheiligste heer»: de geringere stand kust den grond, dien hij betreden heeft.

Het lucifersmeisje.

Het was snerpend koud, het sneeuwde en begon al donker te worden; het was de laatste avond van het jaar. In deze koude en in deze duisternis liep op straat een klein, arm meisje blootshoofds en barrevoets. Toen zij het huis uitging, had zij wel is waar pantoffels aangehad; maar wat hielp dat? Het waren heel groote pantoffels, die haar moeder tot dusverre gedragen had, zoo groot waren zij. De kleine echter verloor deze, toen zij over de straat heen snelde, omdat er twee rijtuigen verschrikkelijk hard voorbijreden. De eene pantoffel was niet weer te vinden, en de andere had een jongen opgeraapt en snelde er mee weg. Daar liep nu het kleine meisje op bloote voeten, die rood en blauw van de kou waren. In een oud schort droeg zij een heelen voorraad lucifersdoosjes, en een daarvan hield zij in de hand. Niemand had er den heelen dag een van haar gekocht, niemand had haar zelfs een aalmoes gegeven.

Sidderend van koude en honger sloop de arme kleine voort als een beeld van jammer en ellende!

De sneeuwvlokken bedekten haar lang blond haar, dat in prachtige lokken op haar schouders neergolfde; maar daaraan dacht zij niet. Al de ramen waren helder verlicht, en het rook heerlijk naar ganzengebraad; want het was oudejaarsavond. Ja, daaraan dacht zij.

In een hoek, die gevormd werd door twee huizen, waarvan het eene een weinig meer dan het andere vooruitsprong, zette zij zich op haar hurken neer. Haar voetjes had zij naar zich toe getrokken; maar nu werd zij nog kouder, en naar huis durfde zij niet; zij had immers geen enkel doosje lucifers verkocht en bracht geen cent mee. Van haar vader zou zij zeker slaag krijgen, en te huis was het ook koud; boven zich hadden zij slechts het dak, waardoor de wind heenfloot, al mochten de grootste reten ook met stroo en lompen dichtgestopt zijn.

Haar handjes waren bijna geheel van de kou verstijfd. Ach! een enkel lucifertje zou haar wel goed doen, als zij er maar een uit een doosje durfde nemen, dit tegen den muur afstrijken en zich de vingers daaraan warmen. Zij haalde er een uit! O, wat glom, wat brandde dit! Het was een warme, heldere vlam, als een lichtje, toen zij er haar handen bovenhield; het was een wonderbaar lichtje! Het scheen het kleine meisje werkelijk toe, alsof zij bij een groote, ijzeren kachel zat. Wat brandde het vuur daarin, welk een heerlijke warmte gaf het van zich! De kleine strekte haar voeten reeds uit, om ook deze te warmen; maar—daar ging het lichtje uit, de kachel verdween, zij hield slechts een klein stompje van het afgebrande lucifertje in de hand.

Een tweede werd tegen den muur afgestreken; het gaf licht, en waar het schijnsel op den muur viel, werd deze doorzichtig als een sluier; zij kon in de kamer zien. Over de tafel lag een wit tafellaken uitgespreid; daarop stond prachtig porseleinen vaatwerk, en heerlijk dampte de gebraden gans, die met appelen en gedroogde pruimen opgevuld was. En wat nog prachtiger om te zien was; de gans sprong van den schotel naar beneden, waggelde over den vloer, met mes en vork in de borst, en kwam naar het arme meisje toe. Daar ging het lucifertje uit, en nu bleef slechts de dikke, vochtige, koude muur over. Zij stak nog een lucifertje aan. Daar zat zij nu onder den heerlijken Kerstboom; deze was nog grooter en prachtiger dan die, welken zij door de glazen deur bij den rijken koopman gezien had. Duizenden lichten brandden er op de groene takken, en bonte prenten, zooals die, welke er voor de winkelramen te zien waren, zagen op haar neer. De kleine strekte haar beide handjes er naar uit: daar ging het lucifertje uit. De Kerstlichtjes stegen al hooger en hooger: zij zag ze nu als sterren aan den hemel; een daarvan viel naar beneden en vormde een lange, vurige streek.

«Nu sterft er iemand!» dacht het kleine meisje; want haar oude grootmoeder, de eenige, die haar ooit had liefgehad, maar die nu dood was, had haar verteld, dat er, als er een ster naar beneden valt, een ziel tot God opstijgt.

Zij streek weer een lucifertje tegen den muur af, het werd weder helder, en in den glans daarvan stond haar oude grootmoeder, helder en glinsterend, vriendelijk en liefderlijk.

187

«Grootmoeder!» riep de kleine uit. «Och, neem mij mee! Ik weet, dat ge weer verdwijnt, als het lucifertje uitgaat; ge verdwijnt evenals de warme kachel, evenals het heerlijke ganzengebraad en de groote, prachtige Kerstboom!» En zij streek al de lucifers uit het doosje af, want zij wilde haar grootmoeder zoo graag bij zich houden.— En de lucifers schitterden met zulk een glans, dat het helderder werd dan midden op den dag; haar grootmoeder was vroeger nooit zoo mooi, zoo groot geweest; zij nam het kleine meisje op haar arm, en beiden vlogen in glans en vreugde hoog boven de aarde, oneindig hoog; en daar boven was noch koude, noch honger, noch angst, zij waren bij God!

Maar in den hoek, tegen den muur aangeleund, zat in den kouden morgenstond het arme meisje met roode wangen en met een glimlach om de lippen,—doodgevroren op den laatsten avond van het oude jaar. De nieuwjaarszon ging over het kleine lijkje op. Verstijfd zat het kind daar met de lucifers, waarvan een doosje geheel opgebrand was. «Zij heeft zich willen warmen!» zei men. Niemand had er eenig vermoeden van, wat al schoons zij gezien had, in welk een glans zij met haar grootmoeder het nieuwe jaar ingetreden was.

De sneeuwman.

«Het is zoo vreeselijk koud, dat mijn lichaam er van kraakt!» zei de sneeuwman. «Zulk een wind kan iemand wel leven inblazen. En wat zet die gloeiende daar groote oogen op!»—Hij bedoelde de zon, die juist op het punt stond om onder te gaan. «Mij zal zij niet aan het knipoogen brengen, ik zal de stukjes wel vasthouden.»

Hij had namelijk in plaats van oogen twee groote, driehoekige stukjes van een dakpan in het hoofd; zijn mond bestond uit een oude hark, bijgevolg had hij ook tanden in den mond.

Geboren was hij te midden van het gejuich der jongens, begroet door het geschel en het zweepgeknal der sleden.

De zon ging onder, de volle maan kwam op, rond, groot, helder en schoon in de blauwe lucht.

«Daar komt zij weer van een anderen kant!» zei de sneeuwman. Daarmee wilde hij zeggen: de zon vertoont zich weer. «Ik heb haar toch het opzetten van groote oogen afgeleerd! Zij mag daar nu hangen en schijnen, opdat ik mij zelven kan zien. Als ik maar wist, hoe men het moet aanleggen, om van zijn plaats te komen!—Ik zou mij zoo graag eens willen bewegen!—Als ik dit kon, dan zou ik nu daar ginds over het ijs heenglijden, evenals ik de jongens zie glijden; maar ik heb daar geen verstand van, ik weet niet, hoe men loopt.»

«Weg, weg!» blafte de oude kettinghond; hij was een beetje schor en kon het echte «waf, waf!» niet meer uitbrengen; die schorheid had hij gekregen, toen hij nog een kamerhond was en achter de kachel lag. «De zon zal je wel leeren loopen! Dat heb ik verleden winter aan je voorganger en nog vroeger aan diens voorgangers gezien. Weg, weg! En weg zijn ze allemaal!»

«Ik begrijp je niet, kameraad!» zei de sneeuwman. «Moet die daar boven nog leeren loopen?» Hij bedoelde de maan. «Ja, loopen deed zij vroeger wel, toen ik haar goed aankeek, nu komt zij van een anderen kant aansluipen.»

«Je weet niets hoegenaamd!» antwoordde de kettinghond; «maar je komt dan ook nog pas kijken. De persoon, dien je daar ziet, is de maan; die zoo even wegging, was de zon; zij komt morgen terug, zij zal je wel leeren, in de gracht naar beneden te loopen. Wij krijgen spoedig ander weer; ik voel dat al in mijn linker achterpoot; die steekt geweldig;—het weer zal wel veranderen!»

«Ik begrijp hem niet,» zei de sneeuwman; «maar ik heb er een voorgevoel van, dat het iets onaangenaams is, wat hij zegt. Zij, die zulke groote oogen opzette en zich toen wegmaakte, de zon, zooals hij haar noemt, is mijn vriendin niet;—daar heb ik een voorgevoel van!»

«Weg, weg!» blafte de kettinghond, liep driemaal in de rondte en kroop toen in zijn hok om te slapen.

Het weer veranderde werkelijk. Tegen den morgen hing er een dikke, vochtige nevel over den geheelen omtrek; later kwam de ijskoude wind: de vorst pakte iedereen duchtig beet; maar toen de zon opging, welk een pracht! Boomen en struiken waren met rijm overdekt, zij geleken op een bosch vol koralen, alle takken schenen van boven

189

tot beneden met schitterende witte bloemen bedekt te zijn. De vele en fijne takjes, die de bladeren gedurende den zomertijd verbergen, kwamen nu allemaal te voorschijn. Het was als een weefsel van kant, schitterend wit; uit iederen tak stroomde een witte glans. De berk bewoog zich in den wind; deze had leven, evenals alle boomen in den zomer: het was verwonderlijk schoon! En toen de zon scheen, o, hoe schitterde en fonkelde alles toen, alsof er diamanten stof op lag en alsof de groote diamanten op het sneeuwtapijt fonkelden, of men kon zich ook voorstellen, dat er tallooze kleine lichtjes schitterden, witter zelfs dan de witte sneeuw.

«Dat is prachtig!» zei een meisje, dat met een jonkman in den tuin kwam. Beiden bleven in de nabijheid van den sneeuwman staan en bekeken van hier de glinsterende boomen. «Een schooner schouwspel levert de zomer niet op!» sprak zij, en haar oogen fonkelden.

«En zulk een kerel als deze hier, heeft men in den zomer toch ook niet,» antwoordde de jonkman en wees naar den sneeuwpop. «Hij staat daar wat deftig!»

Het meisje lachte, knikte den sneeuwman toe en liep daarop met haar vriend over de sneeuw, die onder hun voeten kraakte, alsof zij op stijfsel liepen.

«Wie waren die twee?» vroeg de sneeuwman den kettinghond. «Jij bent hier al langer dan ik: ken jij ze ook?»

«Of ik ze ken!» antwoordde de kettinghond. «Zij heeft mij gestreeld, en hij heeft mij een been toegeworpen. Die twee bijt ik niet!»

«Maar wat zijn ze?» vroeg de sneeuwman.

«Een minnend paar!» gaf de kettinghond ten antwoord. «Zij zullen naar één hok trekken en samen aan de beenen kluiven. Weg, weg!»

«Zijn die beiden dan ook zulke wezens als jij en ik?» vroeg de sneeuwman.

«Zij behooren tot de heerschappen!» hernam de kettinghond; «maar men weet zeer weinig, als men eerst den vorigen dag ter wereld gekomen is. Dat kan ik aan jou wel merken! Ik ben oud en ook wijs; ik ken allen hier in huis, en ook heb ik een tijd gekend, toen ik niet hier in de koude aan den ketting vastlag. Weg, weg!»

«De koude is heerlijk!» sprak de sneeuwman. «Vertel, vertel! Maar je moogt niet zoo'n leven met den ketting maken; het kraakt in mij, als je dat doet!»

«Weg, weg!» blafte de kettinghond. «Een kleine jongen ben ik geweest, klein en lief, zeiden ze; destijds lag ik op een stoel, die met fluweel overtrokken was, daar ginder in het heerenhuis op den schoot der opperste heerschap, ik werd op mijn snoet gekust, en mijn pooten werden met een fijnen zakdoek afgeveegd, ik heette Ami! lieve, beste Ami! Maar later werd ik hun daar boven te groot, en toen gaven ze mij aan de huishoudster. Het was wel een geringere plaats dan boven, maar het was er plezieriger; want ik werd niet zoo onophoudelijk door de kinderen beetgepakt en geplaagd. Ik kreeg even goed eten als vroeger, ja, nog beter. Ik had mijn eigen kussen, en een kachel was daar; die is in dezen tijd van 't jaar het heerlijkste, wat er bestaat! Ik ging onder de kachel liggen en kon mij daaronder geheel verschuilen. Ach, van die kachel droom ik nog wel eens. Weg, weg!»

«Ziet een kachel er dan zoo mooi uit?» vroeg de sneeuwman. «Lijkt zij wat op mij?»

«Die is juist het tegendeel van jou! Zij is zoo zwart als een raaf en heeft een langen hals. Zij eet brandhout, zoodat het vuur haar uit den mond komt. Men moet dicht bij haar blijven, geheel onder haar, dat is heel aangenaam. Door het raam zal je haar wel kunnen zien.»

En de sneeuwman keek er naar en zag een glimmend voorwerp; het vuur straalde hem daaruit tegen. Het werd den sneeuwman wonderlijk te moede, er maakte zich een zeker gevoel van hem meester, hij wist zelf niet welk, hij kon er zich geen rekenschap van geven; maar alle menschen, als zij geen sneeuwmannen zijn, kennen het.

«Waarom heb je haar verlaten?» vroeg de sneeuwman. Hij gevoelde het, dat het een vrouwelijk wezen moest zijn. «Hoe heb je zulk een plaats kunnen verlaten?»

«Ik moest wel!» zei de kettinghond. «Men gooide mij de deur uit en legde mij hier aan den ketting vast. Ik had den jongsten jonker in zijn been gebeten, omdat hij het been wegnam, waaraan ik kloof, been om been, zoo denk ik er over! Dat nam men mij echter heel kwalijk, en van dien tijd af ben ik aan den ketting vastgelegd en heb mijn stem verloren. Hoor je niet, dat ik schor ben? Weg, weg! Ik kan niet meer zoo praten, als de andere honden. Weg, weg!» Dat was het einde van het lied!

De sneeuwman luisterde echter niet meer naar hem; hij keek steeds maar naar de woning van de huishoudster, in haar kamer, waar de kachel op haar vier ijzeren pooten stond en zich in dezelfde grootte vertoonde als de sneeuwman.

«Wat kraakt het zonderling in mij!» zeide hij. «Zal ik daar dan nooit binnen komen? Het is immers een onschuldige wensch, en die zal zeker vervuld worden. Ik moet er in, ik moet tegen haar aanleunen, al moest ik het raam ook indrukken!»

«Daar binnen zal je nooit komen,» zei de kettinghond, «en als je tegen de kachel aankomt, dan verga je. Weg, weg!»

«Ik ben al zoo goed als weg!» antwoordde de sneeuwman. «Ik zak ineen, geloof ik.»

Den geheelen dag keek de sneeuwman door het raam naar binnen omstreeks het schemeruur begon het er in de kamer nog uitlokkender uit te zien; de kachel verspreidde een heerlijken gloed om zich heen, niet als de maan, niet als de zon; neen, zooals slechts een kachel kan gloeien, wanneer zij iets te eten heeft. Als de deur der kamer openging, sloeg de vlam haar uit den mond,—deze gewoonte had de kachel aangenomen: de roode vlam speelde vlak op het gezicht van den sneeuwman.

«Ik kan het niet meer uithouden!» zeide hij. «Wat staat het haar mooi, als zij de tong zoo uitsteekt!»

De nacht was lang; maar den sneeuwman duurde hij niet lang, hij stond daar in zijn eigene, liefelijke gedachten verdiept, en die vroren, dat het kraakte.

Den volgenden morgen waren de vensterruiten van het benedenhuis met ijs bedekt; zij droegen de schoonste ijsbloemen, die een sneeuwman maar kon verlangen, doch zij onttrokken de kachel aan zijn blik. De ruiten wilden niet dooien; hij kon de kachel niet zien, die hij zich als een bekoorlijk vrouwelijk wezen voorstelde. Het kraakte en knapte in hem en om hem heen; het was juist zulk een vriesweer, als waarin een sneeuwman wel plezier moest hebben. Maar hij had er geen plezier in—hoe zou hij zich ook gelukkig kunnen gevoelen? Hij had immers kachel-heimwee.

«Dat is een ongelukkige ziekte voor een sneeuwman,» zei de kettinghond. «Ik heb ook aan die ziekte geleden; maar ik ben er doorheen geworsteld. Weg, weg!» blafte hij. «We zullen ander weer krijgen!» voegde hij er bij.

Het weer veranderde ook; het begon te dooien.

De dooi nam toe; de sneeuwman nam af. Hij zeide niets, hij klaagde niet.

Op zekeren morgen zakte hij ineen. En zie! daar verhief zich iets, dat veel van een bezemstok weghad, ter plaatse, waar hij gestaan had; om dezen stok heen hadden de jongens hem opgebouwd.

«Ja, nu begrijp ik het, nu begrijp ik het, waarom hij daarnaar juist heimwee had!» zei de kettinghond. «Er zit immers een ijzer om de kachel schoon te maken, aan den stok vast,—de sneeuwman heeft die in zijn lijf gehad! Dat is het, wat zich in hem bewogen heeft; nu is dat voorbij. Weg, weg!»

En al spoedig daarop was ook de winter voorbij.

«Weg, weg!» blafte de schorre kettinghond; maar de meisjes uit het huis zongen:

«Groen van het bosch! kom de knoppen toch uit!
Weiland! trek ras uwe handschoenen uit!
Leeuwrik en koekoek! zingt vroolijk uw lied!
Lente! kom gauw! Och, wacht langer toch niet!
’k Zing met den kwartel, zoo zuiver van slag:
Zonnetjelief! kom toch gauw voor den dag!»

En dan denkt niemand aan den sneeuwman.

De vogel Phoenix.

In den tuin van het Paradijs, onder den boom der kennis, bloeide een rozestruik. Hier, in de eerste roos, werd een vogel geboren: zijn vleugels waren als de stralen des lichts, zijn kleur prachtig en betooverend zijn gezang!

Maar toen Eva van de vrucht van den boom at en zij en Adam uit het Paradijs verdreven werden, toen viel er van het vlammende zwaard van den straffenden cherub een vonk in het nest van den vogel, zoodat het vuur vatte. De vogel kwam in de vlammen om, maar uit het roode ei steeg er een nieuwe, de eenige, de altijd eenige vogel Phoenix op. De sage meldt, dat hij in Arabië zijn nest heeft, waar hij zich zelf om de honderd jaren aan den dood in de vlammen opoffert; maar dan stijgt er een nieuwe Phoenix, de eenige van de wereld, uit het roode ei op.

Ook om ons heen fladdert deze vogel, snel als het licht, heerlijk van kleur en betooverend in zijn gezang. Wanneer de moeder bij de wieg van haar kind zit, rust hij op het hoofdkussen en slaat met zijn vlerken een stralenkrans om het hoofd van het kind. Hij vliegt door de zalen der weelde en verspreidt daar zonneglans; hij gaat ook de nederige stulp niet voorbij en vervult deze met den geur van viooltjes.

Maar de vogel Phoenix is niet alleen Arabië’s vogel; hij fladdert in de schemering van het noorderlicht over Laplands ijsvelden, hij huppelt tusschen de gele bloemen in Groenlands korten zomer. Onder Faluns koperbergen, in Engelands steenkolenmijnen zweeft hij als een stoffige mug, boven het gezangboek, dat in de handen van den vromen arbeider rust. Op het lotusblad glijdt hij de heilige wateren van den Ganges af, en het oog van het Hindoe meisje fonkelt, wanneer zij hem ziet.

Kent ge dien vogel Phoenix niet,—dien vogel van het Paradijs, den heiligen zwaan des gezangs? Op de Thespiskar zat hij als een snappende raaf en sloeg met zijn zwarte vleugels; over IJslands klinkende harp streek hij met den rooden snavel van den zwaan; op Shakespeare’s schouder zat hij als Odins raaf en fluisterde hem in het oor:

onsterfelijkheid! Hij fladderde door de ridderzaal van den Wartburg bij den zangersstrijd.

Kent ge dien vogel Phoenix niet? Hij zong voor u de Marseillaise, en ge kustet de veder, die aan zijn vleugels ontviel; hij kwam in den glans van het Paradijs, en ge wenddet u misschien af en keerdet u tot de musch, die daar zat met goudschuim op de vleugels.

Vogel Phoenix! Ge wordt om de eeuw verjongd, geboren in vlammen, gestorven in vlammen. Uw beeltenis, in goud gezet, hangt in de zalen der rijken; zelf vliegt ge vaak dolend en eenzaam rond—slechts als een sage: «De vogel Phoenix in Arabië.»

In het Paradijs, toen ge onder den boom der kennis in de eerste roos geboren werdt, kuste de Heer u en gaf u uw waren naam: Poëzie!

De rozenelf.

Midden in een tuin groeide een rozeboom. Deze zat vol prachtige rozen; en in een daarvan, de mooiste van alle, woonde een elf. Deze was zoo geducht klein, dat geen menschelijk oog hem kon zien. Achter ieder blad in de roos had hij een slaapkamer. Hij was zoo welgevormd en schoon, als een kind maar zijn kon, en hij had vleugels van de schouders tot aan de voeten. O, welk een geur was er in zijn kamers, en hoe helder en mooi waren de muren! Dit waren immers de lichtroode rozebladeren.

Den heelen dag verheugde hij zich in den warmen zonneschijn, vloog van de eene bloem op de andere, danste op de vleugelen van de vliegende kapel en mat, hoeveel stappen hij te doen had, om langs alle wegen en paden te loopen, die er op een enkel lindeblad zijn. Wat wij de aderen in het blad noemen, hield hij voor wegen en paden. Ja, dat waren onafzienbare wegen voor hem! Voordat hij daarmee klaar kwam, ging de zon onder; hij was er ook te laat meebegonnen!

Het werd koud, de dauw viel en de wind blies; nu was het beste, wat hij doen kon, naar huis toe te gaan. Hij haastte zich, zooveel hij kon; maar de roos had zich gesloten, en hij kon er dus niet inkomen;—geen enkele roos stond er open. De arme, kleine elf schrikte daarvan geducht. Hij was 's nachts nog nooit in de open lucht geweest, maar had altijd zacht en veilig achter de warme rozebladeren geslapen. O, dat zal zeker zijn dood wezen!

Aan het andere einde van den tuin bevond zich, zooals hij wist, een priëel van geurige kamperfoelie; de bloemen daarvan zagen er als groote beschilderde horens uit; in een daarvan wilde hij afklimmen en tot den volgenden morgen slapen.

Hij vloog daarheen. Maar wat zag hij daar? Er zaten twee menschen in het prieel: een jong, knap man en een beeldschoon meisje. Zij zaten naast elkander en wenschten, dat zij nimmer van elkaar behoefden te scheiden. Zij hielden zoo veel van elkaar, veel meer nog dan het beste kind van zijn vader en moeder kan houden.

«Toch moeten wij van elkaar scheiden!» zei de jonkman. «Je broer mag ons niet lijden, daarom zendt hij mij met een boodschap ver over bergen en zeeën heen. Vaarwel, mijn lieve bruid! Want dat ben je immers!»

Daarop kusten zij elkander, en het meisje weende en gaf hem een roos. Maar voordat zij hem deze overreikte, drukte zij er zulk een vasten en innigen kus op, dat de bloem openging. Nu vloog de kleine elf daarin en leunde met zijn hoofd tegen de fijne, geurige muren; hier kon hij goed hooren, dat zij elkaar een laatst vaarwel toeriepen. Hij gevoelde, dat de roos haar plaats op de borst van den jonkman kreeg.—O, wat klopte toch het hart daarbinnen! De kleine elf kon niet in slaap komen, zoo klopte het.

Maar niet lang bleef de roos ongestoord op de borst zitten. De jonkman nam haar er af, en terwijl hij eenzaam in het donkere bosch liep, kuste hij de bloem, o, zoo dikwijls en zoo hartstochtelijk, dat de kleine elf bijna doodgedrukt werd. Hij kon door het blad heen voelen, hoe de lippen van den man brandden, en de roos zelf had zich, als bij de sterkste middagzon, geopend.

Daar kwam een ander man aan, die er norsch en boosaardig uitzag; het was de slechte broeder van het lieve meisje. Deze haalde een scherp mes te voorschijn, en terwijl de jonkman de roos kuste, stak de slechte man hem dood, sneed hem het hoofd af en begroef dit met het lichaam in de zachte aarde onder den lindeboom.

«Nu is hij vergeten en weg!» dacht de slechte broeder; «hij komt nooit meer terug. Een verre reis zou hij doen, over bergen en zeeën; daarbij kan men licht het leven verliezen, en dat heeft hij verloren. Hij komt niet meer terug, en mij zal mijn zuster wel niet naar hem vragen.»

Daarop schoof hij met zijn voet dorre bladeren over de losse aarde heen en keerde in den donkere nacht naar huis terug.

Maar hij ging niet alleen, zooals hij dacht: de kleine elf vergezelde hem. Deze zat in een verdord, ineengerold lindeblad, dat den boozen man, toen hij zijn slachtoffer begroef, in het haar gevallen was. De hoed was nu daar overheen gezet, het was daarin stikdonker; en de elf sidderde van schrik en toorn over de slechte daad.

In den morgenstond kwam de booze man te huis; hij zette zijn hoed af en trad de slaapkamer van zijn zuster binnen. Daar lag het schoone, bloeiende meisje en droomde van hem, dien zij zoo hartelijk liefhad en van wien zij nu dacht, dat hij over bergen en door bosschen ging. En haar booze broeder boog zich over haar heen en lachte hatelijk, zooals slechts een duivel kan lachen. Daar viel het dorre blad uit zijn haar op de dekens neer; maar hij merkte dit niet en ging de kamer uit, om in den morgenstond zelf een weinig te slapen. Maar de elf sloop uit het verdorde blad, zette zich in het oor van het slapende meisje neer en vertelde haar, als in een droom, den verschrikkelijken moord, beschreef haar de plaats, waar haar broeder haar minnaar vermoord en diens lijk onder den grond gestopt had, vertelde van den bloeienden lindeboom, die daar dicht bij stond, en zei: «Opdat ge niet zoudt denken, dat het maar een droom is, wat ik u verteld heb, zult ge op uw bed een verdord blad vinden!» En dat vond zij ook, toen zij wakker werd.

O, welke bittere tranen stortte zij! Het raam stond den heelen dag open, de kleine elf kon gemakkelijk bij de rozen en al de overige bloemen in den tuin komen. Maar hij kon het niet van zich verkrijgen, de bedroefde te verlaten. Voor het raam stond een boompje met maandrozen; in een der bloemen zette hij zich neer en sloeg een blik op het ongelukkige meisje. Haar broeder kwam dikwijls in de kamer en scheen, ondanks zijn booze daad, altijd vroolijk; maar zij durfde geen enkel woord over haar harteleed te zeggen.

Zoodra het donker werd, sloop zij het huis uit, ging in het bosch naar de plaats, waar de lindeboom stond, nam de bladeren van den grond, groef dezen op en vond hem, die vermoord was, terstond. O, wat weende zij en hoe bad zij den goeden God, dat zij nu ook spoedig mocht sterven!

Gaarne zou zij het lijk met zich meegenomen hebben, maar dat kon zij niet. Nu nam zij het bleeke hoofd met de gesloten oogen, kuste den kouden mond en schudde de aarde uit zijn haar. «Dat zal ik behouden!» zeide zij. En toen zij aarde en bladeren op het lijk neergelegd had, nam zij het hoofd en een takje van de jasmijn, die in het bosch bloeide, waar hij begraven was, met zich mee naar huis.

Zoodra zij haar kamer binnentrad, nam zij den grootsten bloempot, die er te vinden was; daarin deed zij het doode hoofd, wierp er aarde overheen en plantte het jasmijntakje toen in den pot.

«Vaarwel! Vaarwel!» fluisterde de kleine elf; hij kon het niet langer verdragen, al deze smart te zien, en vloog daarom naar zijn roos in den tuin toe. Maar deze was uitgebloeid; er hingen nog slechts verdorde bladeren aan den groenen steel.

«Ach, hoe spoedig is het toch met het schoone en goede voorbij!» zei de elf met een zucht. Eindelijk vond hij weer een roos; deze werd zijn huis; achter haar fijne en geurige bladeren kon hij wonen.

Alle morgens vloog hij naar het raam van het ongelukkige meisje; zij stond altijd bij den bloempot en weende. De zilte tranen vielen op het jasmijntakje neer, en terwijl zij met den dag al bleeker en bleeker werd, stond het takje daar gedurig frisscher en groener; de eene scheut sproot na den anderen uit; kleine, witte knoppen bloeiden er, en deze kuste zij. Maar de booze broeder berispte zijn zuster en vroeg haar, of zij gek geworden was. Hij kon het niet dulden en niet begrijpen, waarom zij altijd over den bloempot weende. Hij wist immers niet, welke oogen daarin gesloten en welke roode lippen daarin tot stof geworden waren. En zij boog haar hoofd over den bloempot heen, en de kleine elf van de roos vond haar daar slapende. Nu zette hij zich in haar oor neer, vertelde haar van dien avond in het prieel, van den geur der roos en van de liefde der elfen. Zij droomde overheerlijk, en terwijl zij droomde, ontvlood haar het leven; zij was zacht en kalm ontslapen; zij was bij hem, dien zij liefhad, in den hemel.

En de jasmijn opende haar groote, witte klokjes; zij gaven een bijzonder heerlijken geur van zich; anders konden zij niet over de dooden weenen.

Maar de booze broeder bekeek het prachtig bloeiende boompje, nam het als een erfgoed met zich mee en zette het in zijn slaapkamer dicht bij zijn bed neer; want het was prachtig om aan te zien, en de geur was overheerlijk. De kleine rozenelf ging mee, vloog van bloem tot bloem,—en in elke daarvan woonde immers een kleine ziel,—en deze vertelde hij van den vermoorden jonkman, wiens hoofd nu aarde onder de aarde was, vertelde van den boozen broeder en van de ongelukkige zuster.

«Wij weten het!» zei iedere ziel in de bloemen, «wij weten het! Zijn wij niet uit de oogen en de lippen van den verslagene voortgekomen? Wij weten het! Wij weten het!» En daarop knikten zij heel zonderling met het hoofd.

De rozenelf kon het niet begrijpen, hoe zij zoo kalm konden zijn, en vloog het raam uit naar de bijen, die honing verzamelden, en vertelde haar de geschiedenis van den boozen broeder. De bijen zeiden het tegen haar koningin, en deze beval, dat zij den moordenaar den volgenden morgen met haar allen moesten ombrengen.

Maar in den nacht, die daaraan voorafging,—het was de eerste nacht, die op den dood der zuster volgde,—toen de broeder in zijn bed dicht naast de geurige jasmijn sliep, ging iedere bloemkelk open, en onzichtbaar, maar met giftige angels, kwamen de bloemenzielen te voorschijn en zetten zich in zijn oor neer en vertelden hem akelige droomen, en vlogen over zijn lippen en staken zijn tong met giftige angels. «Nu hebben wij de dooden gewroken!» zeiden zij en vlogen naar de witte klokjes van de jasmijn terug.

Toen het morgen was en het raam der slaapkamer opengezet werd, vloog de rozenelf met de bijenkoningin en den geheelen bijenzwerm naar binnen, om hem te dooden.

Maar hij was al dood; er stonden menschen om het bed heen en zeiden: «De geur van de jasmijn heeft hem gedood!»

Nu begreep de rozenelf de wraak der bloemen en vertelde het aan de koningin der bijen: deze gonsde met haar geheelen zwerm om den bloempot heen. De bijen waren niet te verjagen. Nu nam een man den bloempot weg, en een der bijen stak hem in zijne hand, zoodat hij den bloempot liet vallen: deze brak.

Daar zagen zij een bleeken schedel, en nu wisten zij, dat de doode in het bed een moordenaar was.

De bijenkoningin gonsde in de lucht, zong van de wraak der bloemen en van den rozenelf, en dat er achter het kleinste blad Een woont, die het booze kan vertellen en wreken!

Iets.

«Ik wil iets zijn!» zei de oudste van vijf broeders. «Ik wil nut in de wereld stichten; al moge het ook nog zulk een nederige betrekking zijn, als datgene, wat ik doe, maar wat goeds is, dan is het inderdaad iets. Ik wil baksteenen maken; die kan men niet missen; en dan heb ik werkelijk iets gedaan!»

«Maar iets, dat veel te weinig beteekent!» sprak de tweede broeder. «Datgene, wat je wilt doen, is zoo goed als niets: dat is werktuigelijke arbeid en kan even goed door een machine verricht worden. Neen, dan zou ik liever metselaar zijn, dat is ten minste iets, dat wil ik worden; dat is een stand in de maatschappij. Daardoor wordt men een gildebroeder, een burger, daardoor krijgt men zijn eigen vaandel, zijn eigen herberg, ja, als alles naar wensch gaat, zal ik knechts kunnen houden, word ik baas, en zal mijn vrouw juffrouw genoemd worden; dat is toch iets!»

«Dat is toch eigenlijk niets!» zei de derde; «dan behoort men toch niet tot den deftigen stand, en er zijn velen in een stad, die allen ver boven een metselaarsbaas staan. Men kan wel een braaf man zijn; doch men behoort als «baas» toch maar tot diegenen, die men den «gemeenen» man noemt. Neen, dan weet ik wat beters! Ik wil architect worden, mij op het gebied der kunst begeven en tot de hooger geplaatsten in het rijk des geestes behooren. Wel is waar moet ik van meet af aan beginnen, ja, om het maar ronduit te zeggen, moet ik als krullejongen beginnen, moet ik met een pet rondloopen, ofschoon ik er aan gewoon ben, een zijden hoed te dragen, moet ik voor de knechts jenever en bier halen, en dezen zullen jij en jou tegen mij zeggen, en dat is beleedigend; doch ik zal mij maar verbeelden, dat dit alles slechts voor de grap is! Morgen—dat wil zeggen, als ik knecht ben, dan ga ik mijn eigen weg, de anderen gaan mij niets aan! Ik ga op de teekenacademie, krijg onderwijs in het teekenen, heet architect!—Dat is iets, dat is veel!—Ik kan Weledele Heer, ja Weledelgeboren Heer worden, ja zelfs nog een deftiger titel krijgen, en ik bouw en bouw, evenals de anderen vóór mij gebouwd hebben. Dat is altijd iets, waarop men kan bouwen. Het geheel is iets!»

«Maar ik vind dat iets eigenlijk niets!» sprak de vierde; «ik wil niet in het zog van anderen varen, geen kopie zijn; ik wil een genie zijn, ik wil meer beteekenen dan jelui allemaal met elkaar. Ik ben de schepper van een nieuwen bouwstijl, ik geef het idee voor een gebouw aan de hand, passend voor het klimaat en de materialen van het land, voor de nationaliteit van het volk, voor de ontwikkeling der eeuw, en geef bovendien nog een verdieping toe voor mijn genie!»

«Maar als nu het klimaat en de materialen niet deugen?» zei de vijfde. «Dat zou een onaangename omstandigheid zijn, want zij oefenen hun invloed uit. De nationaliteit kan zich ook zoodanig uitbreiden, dat zij onnatuurlijk en gemaakt wordt; de ontwikkeling der eeuw kan met je op hol gaan, evenals de jeugd dikwijls op hol gaat. Ik zie het al aankomen, dat geen van jelui iets zal worden ofschoon je hetzelf ook denkt! Maar doet, wat je wilt, ik zal je niet gelijk zijn; ik stel mij buiten de zaken, ik wil over datgene redeneeren, wat jelui uitvoert. Aan ieder ding kleeft iets, wat niet juist is, iets verkeerds, dat zal ik opsporen en bespreken; dat is iets!»

Dat deed hij dan ook, en de menschen zeiden van den vijfde: «In hem zit bepaald iets! Het is een schrandere kop! Maar hij. doet niets!»—Doch juist daarom was hij iets!

Zie, dat is maar een kleine geschiedenis, en toch heeft zij geen einde, zoolang de wereld bestaat.

Maar werd er dan verder niets van de vijf broeders?—Dat was immers niets en niet iets!

Laat ons verder hooren!

De oudste broeder, die baksteenen vervaardigde, merkte al spoedig, dat er van iederen steen, als deze gereed was, een kleine munt, al was het er ook maar een van koper, afviel; maar vele koperen penningen, bij elkaar gelegd, maken een daalder, en waar men met zulk een muntstuk aanklopt, hetzij bij den bakker, of bij den slager, of bij den kleermaker, ja, bij allen, daar vliegt de deur open, en men krijgt, wat men moet hebben; zie, dat werpen de steenen af;—enkele verbrokkelden wel is waar of sprongen in tweeën, maar zulke kon men ook wel gebruiken.

Op den hoogen aarden wal, den beschermenden dijk aan de zeekust, wilde een arme vrouw, Margaretha genaamd, een huisje bouwen; zij kreeg al de verbrokkelde steenen en daarbij nog eenige heele, want de oudste broeder bezat een goed hart, al bracht hij het ook niet verder, dan dat hij baksteenen vervaardigde.

De arme vrouw bouwde haar huisje zelf; het was wel is waar klein en bekrompen, het eene raam zat scheef, de deur was te laag en het stroodak had beter gelegd kunnen worden; maar beschutting verleende het toch, en ver over de zee, die met geweld tegen den muur aanklotste, kon men van uit het huisje zien; de zilte golven deden haar schuim over het geheele huis spatten, dat er nog stond, toen hij, die de steenen daarvoor vervaardigd had, al lang dood en begraven was.

De tweede broeder, die had nu meer verstand van het metselen; hij had dit dan ook geleerd. Toen zijn proefjaren als gezel ten einde waren, deed hij zijn ransel om en hief het lied van den handwerksman aan:

«Daar ik jong ben, ga 'k op reis,
Buiten wil ik huizen bouwen,
Gaan van plaats tot plaats in 't rond;
Jonkheid geeft ons zelfvertrouwen.
Keer ik weer in 't vaderland,
't Meisje wacht mij, dat ik min.
'k Word gauw baas! Met vromen zin
Roep ik: Leev' de werkmansstand!»

En baas werd hij dan ook. Toen hij teruggekomen en baas geworden was, metselde hij in de stad het eene huis na het andere, een heele straat, en toen de straat voltooid was, er goed uitzag en de stad tot sieraad strekte, bouwden de huisjes hem weer een huis, dat zijn eigendom zou zijn. Maar hoe kunnen de huizen bouwen? Vraag het hun, en zij zullen u het antwoord schuldig blijven; maar de menschen zullen het woord opvatten en zeggen: «Zeker heeft de straat hem een huis gebouwd!» Klein was het, en de vloer was met leem belegd, maar toen hij met zijn bruid over den leemen vloer danste, werd deze blank en glad, en uit iederen steen in den muur schoot een bloem te voorschijn en versierde de kamer als met het kostbaarste tapijt. Het was een lief huis en een gelukkig echtpaar. Het vaandel van het gild wapperde uit het huis, en gezellen en leerjongens riepen: «Hoera!» Ja, dat was iets! En toen stierf hij: dat was ook iets!

Nu kwam de architect, de derde broeder, die eerst krullejongen geweest was, met een pet geloopen had en boodschappen had gedaan, maar die op de academie geweest en eindelijk tot bouwmeester opgeklommen was, en nu een «Weledelgeboren Heer» genoemd werd.

Hadden de huizen der straat voor zijn broeder, die metselaarsbaas was, een huis gebouwd, naar hem werd de straat genoemd, en het mooiste huis uit de straat werd zijn eigendom; dat was iets, en hij was iets—en dat met een langen titel van voren en van achteren. Zijn kinderen noemde men «jongeheeren en jongejuffrouwen,» en toen hij stierf, was zijn weduwe een «douairière,»—dat is iets! En zijn naam bleef voor immer op den hoek van de straat geschreven staan en leefde in aller mond voort als de naam van een straat,—ja, dat is iets!

Daarop kwam het genie, de vierde broeder, die iets nieuws, iets buitengewoons, en nog een verdieping daarenboven wilde uitvinden; maar deze viel naar beneden en brak zijn nek;—maar hij kreeg een mooie begrafenis met gildevaandels en muziek, bloemen in de courant en op de straat over de steenen heen, en men hield voor hem drie lijkredenen, de een al langer dan de andere, en dat zal hem heel veel plezier gedaan hebben; want hij had graag, dat er over hem gesproken werd; ook werd er een monument op zijn graf opgericht, wel is waar slechts één verdieping hoog, maar dat is toch altijd iets!

Hij was nu gestorven, evenals dit met zijn drie andere broeders het geval was; maar de laatste, die redeneerde, overleefde ze allemaal, en dat was juist, zooals het wezen moest; want daardoor kreeg hij immers het laatste woord, en het was voor hem van zeer veel gewicht, het laatste woord te hebben. «Hij was toch een schrandere kop!» zeiden de menschen.—Maar eindelijk sloeg ook zijn ure; hij stierf en kwam voor de poort des hemels. Daar traden altijd twee te gelijk binnen; hij stond daar met een andere ziel, die er ook graag in wilde, en dit was juist de oude vrouw Margaretha uit het huis op den dijk.

«Dat gebeurt zeker om het contrast, dat ik en deze ellendige ziel hier tegelijkertijd moeten aankomen!» zei de liefhebber van redeneeren. «Wel zoo! Wie ben je; vrouwtje? Wil je er ook in?» vroeg hij.

De oude vrouw maakte een buiging, zoo goed als zij dit kon; zij dacht, dat het Petrus zelf was, die tegen haar sprak. «Ik ben een oude arme vrouw zonder eenige familie, ik ben de oude Margaretha uit het huis op den dijk.»

«Welnu, wat hebt ge op de wereld uitgevoerd?»

«Ik heb waarlijk niets op de wereld uitgevoerd, niets, waarom de poort hier voor mij zou kunnen ontsloten worden. Het zal een waarachtige genade zijn, als men mij vergunt, dat ik door de poort binnentreed!»

«Op welke wijze hebt ge de wereld verlaten?» vroeg hij verder, om toch ergens over te spreken, daar het hem verveelde, daar te staan wachten.

«Ja, hoe ik haar verlaten heb, dat weet ik niet! Gedurende het laatste jaar ben ik ziek en ellendig geweest, en ik heb het zeker niet kunnen verdragen, uit het bed te komen en in vorst en koude zoo plotseling de deur uit te gaan. Het is een strenge winter, maar nu heb ik het immers doorgestaan. Het was eenige dagen stil weer, maar erg koud, zooals ge zelf wel weet; het ijs lag zoover in de zee, als men zien kon; al de menschen uit de stad wandelden over het ijs; daar was, zooals zij zeiden, schaatsenrijden en dans, geloof ik; groote muziek en traktatie was daar ook; de muziek drong tot het armoedige kamertje, waarin ik lag, door. En toen was het zoo tegen den avond; de maan was prachtig opgekomen, maar nog niet in haar vollen glans; ik keek uit mijn bed over de ruime zee heen, en daar buiten, aan den rand van de lucht en de zee, kwam een zonderlinge witte wolk te voorschijn; ik lag en zag de witte wolk aan, ik zag ook het zwarte puntje in het midden van de wolk, dat al grooter en grooter werd; en nu wist ik, wat dat te beteekenen had; ik ben ervaren, ofschoon men dat teeken niet dikwijls ziet. Ik kende het, en een huivering voer mij door de leden.

«Ik heb iets dergelijks al tweemaal van mijn leven gezien, ik wist, dat er een verschrikkelijke storm met een springvloed uit zou voortkomen, die de arme menschen daarbuiten, die nu dronken, rondsprongen en juichten, zou overvallen; jong en oud, de geheele stad was immers buiten; wie zou ze waarschuwen, als niemand daar dit zag en de beteekenis er van wist, hetgeen met mij wel het geval was? Ik kwam mijn bed uit en ging naar het raam; verder kon ik mij van vermoeidheid niet sleepen.

«Toch gelukte het mij eindelijk, het raam open te schuiven, ik zag de menschen buiten op het ijs loopen en springen; ik zag ook de mooie vlaggen, die in den wind wapperden; ik hoorde de jongens hoera! roepen, knechts en meiden zingen; het ging vroolijk toe; maar—die witte wolk met dat zwarte stipje!

«Ik riep zoo hard, als ik maar kon; doch niemand hoorde mij; ik was te ver van de menschen vandaan. Spoedig moest de storm losbarsten en het ijs breken, en dan zouden allen, die er op waren, reddeloos verloren zijn. Zij konden mij niet hooren, ik kon hun geen wenk geven; o, kon ik ze maar op het land brengen! Nu gaf de goede God mij de gedachte in, mijn bed in brand te steken en liever mijn heele huisje te laten verbranden, dan dat zoo velen jammerlijk zouden omkomen.

«Het gelukte mij, voor hen een licht te ontsteken; de roode vlam steeg hoog op,— ja, ik ontkwam gelukkig uit de deur; maar voor deze bleef ik liggen; ik kon niet verder; de vlam kwam naar mij toe; flikkerde uit de ramen, sloeg hoog boven het dak uit; al de menschen buiten op het ijs zagen haar, en allen liepen zoo hard als zij konden, om een arme ter hulp te snellen, die, zooals zij dachten, gevaar liep om levend te verbranden; niet een was er, die niet holde; ik hoorde ze komen, maar ik hoorde ook, hoe het eensklaps in de lucht bruiste, ik hoorde het dreunen als zware kanonschoten; de springvloed hief den ijsvloer op, die in duizend stukken barstte; maar de menschen bereikten den dijk, waar de vonken over mij heenvlogen; ik redde ze allen!—Doch ik heb de koude niet kunnen verdragen en ook niet den schrik, en zoo ben ik hier aan de poort des hemels gekomen; men zegt immers, dat er ook voor zulk een arm mensch als ik ben opengedaan wordt, en nu heb ik immers geen huis beneden op den dijk,—doch dat geeft mij zeker geen toegang!»

Daar ging de poort des hemels open, en de engel bracht de oude vrouw binnen, zij verloor een strootje, een van die strootjes, welke er in haar bed gezeten hadden, toen zij dit in brand stak, om velen te redden, en dat had zich in het zuiverste goud veranderd en wel in zulk goud, dat aldoor toenam en de schoonste bloemen en bladeren voortbracht.

«Zie eens! Dat heeft die arme vrouw gebracht!» zei de engel. «Wat brengt gij? Ja, ik weet het wel, dat ge niets uitgevoerd hebt: niet eens een baksteen hebt ge gemaakt; als ge maar weer kondt teruggaan en het althans zoo ver brengen; waarschijnlijk zou de steen, als ge dien gemaakt hadt, niet veel waard zijn; maar als hij met een goeden wil gemaakt was, dan zou het toch altijd iets zijn; maar ge kunt niet terug, en ik kan niets voor u doen!»

Nu deed de arme ziel, het moedertje uit het huis op den dijk, een goed woord voor hem: «Zijn broeder heeft mij de steenen gegeven, waarvan ik mijn armzalig huis gebouwd heb, en dat was zeer veel voor mij, arme! Zouden nu niet al die halve en heele steenen als één steen voor hem kunnen gelden? Het is een daad van genade! Hij heeft daaraan nu behoefte, en hier is immers de bron van genade!»

«Uw broeder, diegene, dien gij den geringste noemdet,» zei de engel, «diegene, wiens eerlijk werk u het nederigst toescheen, schenkt u zijn hemelsche gave. Ge zult niet teruggewezen worden; het zal u vergund zijn, hier buiten te staan en na te denken, maar er in komt ge niet, voordat ge inderdaad—iets uitgevoerd hebt!»

«Dat zou ik beter hebben kunnen zeggen!» dacht de liefhebber van redeneeren; maar hij sprak dit niet overluid uit, en dat was ten minste al iets!

Het doornenpad der eer.

Er bestaat nog een oud sprookje van «het doornenpad der eer,»—van een schutter, die wel is waar tot eer en waardigheden opklom, maar eerst na vele wederwaardigheden en allerlei strijd.—Wie heeft bij dit sprookje niet aan zijn eigen doornenpad en aan zijn vele «wederwaardigheden» gedacht? Het sprookje en de werkelijkheid grenzen zeer na aan elkander: maar het sprookje heeft zijn harmonische oplossing hier op aarde, de werkelijkheid vindt deze dikwjls eerst aan gene zijde van het aardsche leven en wijst op tijd en eeuwigheid.

De geschiedenis der wereld is een tooverlantaarn, die ons in lichtbeelden op den donkeren grond van het tegenwoordige aanwijst, hoe de weldoeners der menschheid, de martelaars van het genie, het doornenpad van de eer en den roem bewandelen.

Uit alle tijden, uit alle landen stralen deze lichtbeelden ons tegen, elk wel is waar slechts voor eenige oogenblikken, maar toch als een geheel leven, een levenstijd met zijn strijd en zijn zegepraal. Laat ons hier en daar enkelen van deze schare van martelaren beschouwen,—deze schare, waaraan eerst dan een einde komt, wanneer de aarde vergaat.

Wij zien een welbezet amphitheater. Uit de «Wolken» van een Aristophanes gieten de spot en de scherts zich in stroomen over de menigte uit; op het tooneel wordt de merkwaardigste man van Athene, hij, die het schild en de steun van het volk tegen de dertig tirannen was, wordt Socrates belachelijk gemaakt, Socrates, die in het strijdgewoel Alcibiades en Xenophon redde en wiens geest zich boven de goden der oudheid verhief. Hij zelf is hier tegenwoordig; hij is van de bank der toeschouwers opgestaan en te voorschijn gekomen, opdat de lachende Atheners zouden zien, hoe het met de gelijkenis tusschen hem en de karikatuur op het tooneel geschapen was; daar staat hij voor hen, hoog boven hen allen verheven.

Gij, sappige, groene, vergiftige scheerling, en niet gij, olijfboom, werp hier uw schaduw over Athene!

Zeven steden streden om de eer, de geboorteplaats van Homerus te zijn, dat is te zeggen: nadat hij dood was. Beschouwen wij hem gedurende zijn leven!—Hij loopt te voet door de steden en zegt zijn verzen op om te leven; de gedachte aan den dag van morgen doet zijn haar grijs worden!—Hij, de groote ziener, is blind en bewandelt met moeite zijn pad; de scherpe doorn verscheurt den mantel van den dichterkoning!—Zijn gezangen leven nog, en door deze alleen leven de goden en de helden der oudheid.

Het eene beeld na het andere rijst voor ons op uit het Oosten, uit het Westen, zeer ver van elkander, wat tijd en plaats aangaat, en toch altijd een gedeelte van het doornenpad der eer, waarop de distel eerst dan een bloem voortbrengt, wanneer het graf versierd moet worden.

Onder psalmen trekken de kameelen voort, rijk beladen met indigo en andere kostbare schatten, door den heerscher des lands aan hem gezonden, wiens gezangen de vreugde des volks, de roem des lands zijn; hij, dien leugen en nijd in de ballingschap zonden, hij is gevonden,—de karavaan nadert het stadje, waarin hij een schuilplaats vond: een lijk wordt de stadspoort uitgedragen, en de lijkstoet beveelt de karavaan, halt te houden. De doode is juist degene, dien zij zoekt: Firdusi,—het doornenpad der eer is ten einde gewandeld!

De Afrikaan met de plompe gelaatstrekken, de dikke lippen, het zwarte, wollige haar, zit op de marmeren trappen van het paleis in de hoofdstad van Portugal en bedelt; het is de getrouwe slaaf van Camoëns; zonder hem en zonder de koperen munten, die de voorbijgangers hem toewerpen, zou zijn heer, de zanger der Lusiade, van honger sterven.

Tegenwoordig verheft zich een kostbaar monument op het graf van Camoëns.

Een nieuw beeld!

Achter de ijzeren tralies vertoont zich een man, die er doodsbleek uitziet, met een langen, ongekamden baard. «Ik heb een uitvinding gedaan, de grootste sedert eeuwen!» roept hij, «en men heeft mij langer dan twintig jaren hier opgesloten gehouden!»—«Wie is die man?»—«Een krankzinnige!» antwoordt de bewaker der krankzinnigen. «Waar kan een mensch in zijn krankzinnigheid al niet toe komen! Hij verbeeldt zich, dat men zich door stoom kan bewegen!»—Het is Salomo de Caus, de ontdekker der stoomkracht, wiens voorgevoel, in onduidelijke woorden uitgesproken, door een Richelieu niet begrepen werd: hij sterft in het krankzinnigengesticht.

Hier staat Columbus, dien de straatjongens eenmaal vervolgden en bespotten, omdat hij een nieuwe wereld wilde ontdekken,—hij heeft haar ontdekt! Het gejubel klinkt hem bij zijn zegevierende terugkomst van menschenlippen en door kerkklokstonen tegen, maar de klokken van den nijd overstemden deze al spoedig. De ontdekker eener nieuwe wereld, hij, die het Amerikaansche goudland uit de zee deed oprijzen en aan zijn koning schonk, hij wordt met ijzeren ketenen beloond! Hij wenscht deze ketenen in zijn graf mee te nemen; zij leggen getuigenis af van de wereld en van de wijze, waarop tijdgenooten verdiensten schatten.

Het eene beeld na het andere rijst op: het doornenpad van de eer en den roem is overvol.

Hier in den donkeren nacht zit hij, die de bergen der maan gemeten heeft, hij, die in de oneindige ruimte tot sterren en planeten doordrong, hij, de machtige, die den geest der natuur hoorde en het gevoelde, dat de aarde zich onder zijn voeten bewoog: Galilei. Blind en doof zit hij daar, de grijsaard, gefolterd door den doorn van het lijden in de kwellingen der verloochening, tenauwernood in staat om zijn voet op te lichten, denzelfden, waarmee hij eens in de smart zijner ziel, toen men de waarheid verduisterde, op den grond stampte en uitriep: «En toch beweegt zij zich!»

Hier staat een vrouw met een kinderlijk gemoed in geestdrift en geloof,—voor het strijdende leger draagt zij de banier vooruit, en brengt haar vaderland zegepraal en redding. Het gejuich weerklinkt en de brandstapel vlamt: Jeanne d'Arc, de heks, wordt verbrand!—Ja, een latere eeuw spuwt den zwadder der verachting op de witte lelie uit. Voltaire, de sater van het gezonde menschenverstand, zingt van «*La pucelle.*»

Op den Thing te Wiborg verbrandt de Deensche adel de wetten des konings,—zij vlammen hoog op, verlichten de eeuw en den wetgever, werpen een schijnsel van glorie in den donkeren gevangenistoren, waarin de vroegere heerscher over drie koninkrijken, de populaire koning, de vriend der burgers en der boeren, Christiaan de Tweede, vergrijsd, gebogen, met zijn vinger een reet in het steenen tafelblad makende, zit. Vijanden teekenen zijn geschiedenis op. Aan zijn zeven-en-twintigjarige gevangenschap willen wij gedenken, al kunnen wij zijn bloedschuld ook niet loochenen.

Een schip zeilt uit en verlaat het Deensche strand; tegen den mast leunt een man, die voor de laatste maal een blik op het eiland Hveen slaat;—het is Tycho Brahe; hij verhief den naam van Denemarken tot aan de sterren, en men beloonde hem met grieven, met gebrek en verdriet;—hij vertrekt naar een vreemd land. «De hemel welft zich overal boven mij. Wat wil ik meer?» spreekt hij en zeilt weg, de beroemde Deen, geëerd en vrij in een vreemd land!»

«Ach, vrij, al ware het slechts van de duldelooze smarten van het lichaam!» luidt de zucht, die door de tijden heen en tot ons oor doordringt. Welk een beeld! Griffenfeld, een Deensche Prometheus, aan het rotsachtige eiland Munkholm gekluisterd!

Wij bevinden ons in Amerika aan den oever van een der grootste rivieren; een tallooze menschenmenigte heeft zich verzameld: een schip, zoo heet het, zal tegen weer en wind, de elementen trotseerend, kunnen zeilen; Robert Fulton noemt zich de man, die dit vraagstuk denkt op te lossen. Het schip begint zijn tocht; maar eensklaps blijft het stilliggen,—de menigte lacht, fluit en sist, de eigen vader van den man fluit. «Hoogmoed! Dwaasheid! Nu gebeurt er, wat hij verdiend heeft,» heet het; «achter slot en grendel met den waanzinnige!»—Daar breekt een kleine spijker, die voor een oogenblik de machine belemmerde, de roeiriemen bewegen zich weer, de raderen breken op nieuw de kracht van het water, het schip zet zijn tocht voort! De kracht van den stoom verkort de uren tot minuten tusschen de landen der wereld!

Menschengeslacht! begrijpt gij de zaligheid van zulk een minuut van wetenschap, van dit doordrongen zijn des geestes van zijn roeping, dat oogenblik, waarop al de wanhoop, elke wonde, die het doornenpad der eer sloeg,—zelfs die van eigen schuld,—in heil, kracht en klaarheid verandert, de disharmonie zich in harmonie oplost, dat oogenblik, waarop de menschen de openbaring der goddelijke genade gewaar worden!

Op machtige vleugelen zweeft de geest der geschiedenis door de tijden en toont,—bemoedigend en vertroostend, milde gedachten opwekkend,—op een nachtelijk donkeren grond in lichtende beelden het doornenpad der eer, dat niet, evenals in het sprookje, in glans en vreugde hier op aarde, maar verder dan deze in tijd en eeuwigheid eindigt!

De goddelooze koning.

Er was eens een goddelooze koning; al zijn denken en streven was slechts daarop gericht, alle landen der wereld te veroveren en alle menschen vrees in te boezemen; te vuur en te zwaard trok hij rond, en zijn soldaten vertrapten het zaad op de velden en staken het huis van den boer in brand, zoodat de roode vlam de bladeren van den boom verschroeide en de vruchten gebraden aan de verzengde, zwarte boomen hingen. Met een naakten zuigeling op den arm vluchtte menige arme moeder achter de nog rookende muren van haar afgebrande woning; maar hier zochten de soldaten haar ook, en als zij de ongelukkigen vonden, dan gaf dit nieuw voedsel aan hun duivelachtige vreugde; booze geesten hadden niet erger huis kunnen houden dan deze soldaten; maar de koning vond, dat het zoo goed was, dat het zoo moest toegaan. Met den dag groeide zijn macht aan, zijn naam werd door allen gevreesd, en het geluk volgde zijn schreden bij al zijn ondernemingen. Uit de veroverde steden voerde hij onmetelijke schatten weg; in zijn residentiestad werd een rijkdom opgestapeld, die op geen andere plaats zijns gelijke had. Hij liet paleizen, kasteelen en kerken bouwen, en iedereen, die deze prachtige gebouwen en deze schatten zag, riep vol eerbied uit: «Welk een groot koning!» Zij dachten niet aan de ellende, die hij over andere landen en steden gebracht had; zij hoorden de zuchten en de jammerklachten niet, die er uit de in de asch gelegde steden ten hemel opklommen.

De koning beschouwde zijn goud en zijn prachtige gebouwen, en dacht daarbij evenals de menigte: «Welk een groot koning!—Maar ik moet veel meer hebben, veel meer! Geen macht mag met de mijne gelijkstaan, of grooter dan de mijne zijn!» Hij verklaarde daarom den oorlog aan de naburige koningen en overwon ze allen. De overwonnen koningen liet hij met gouden ketenen aan zijn wagen vastbinden, en zoo reed hij door de straten van zijn residentie; als hij aan tafel zat, dan moesten die koningen voor hem en zijn hovelingen op de knieën liggen en zich met de brokken, die hun van de tafel toegeworpen werden, verzadigen.

Eindelijk liet de koning zijn eigen beeldzuil op de publieke pleinen en in de koninklijke kasteelen oprichten, ja, hij wilde ze zelfs in de kerken voor het altaar des Heeren plaatsen, maar de priesters verzetten zich daartegen en zeiden: «O koning! gij zijt groot, maar God is grooter; wij wagen het niet, uw bevel te gehoorzamen!»

«Welaan dan!» riep de koning uit, «ik zal ook God overwinnen!»—En in overmoed en dwazen wrevel liet hij een kostbaar schip bouwen, waarmee hij door de lucht kon zeilen; het was bont en prachtig om aan te zien, als de staart van een pauw, en het was als met duizenden oogen bezet en bezaaid;—maar ieder oog was een geweerloop. De koning zat in het midden van het schip, hij behoefde slechts op een daar aangebrachte veer te drukken, en dan vlogen er duizend kogels naar alle kanten heen, terwijl de vuurwapenen terstond weer op nieuw geladen waren. Honderden arenden werden er voor het schip gespannen, en met pijlsnelheid ging het nu opwaarts naar de zon toe.

Wat lag daar de aarde diep beneden! Met haar bergen en bosschen scheen zij slechts een akker te zijn, waarin de ploeg zijn voren getrokken had; al spoedig geleek zij nog slechts op een platte landkaart met onduidelijke lijnen, en eindelijk was zij geheel in wolken en nevelen gehuld. Gedurig hooger vlogen de arenden, opwaarts in de lucht. Nu zond God een enkelen zijner ontelbare engelen uit; de goddelooze koning schoot duizenden kogels op hem af, maar de kogels stuitten op de schitterende vleugels van den engel af en vielen als gewone hagelkorreltjes neer; maar een bloeddroppel, slechts een enkele, droppelde er van een der witte vleugelen neer, en deze droppel viel op het schip, waarop de koning zat; hij brandde in het schip in, woog als duizend centenaars lood en deed het schip met bliksemsnelheid naar beneden naar de aarde neerdalen; de sterke vleugels der arenden braken, de wind gierde om het hoofd van den koning, en wolken in de rondte,—deze waren immers uit den rook der verbrande steden samengesteld,—vormden zich in dreigende gestalten, als mijlenlange zeekrabben, die haar pooten en haar scharen naar hem uitstrekten, stapelden zich op tot ontzaglijke rotsen met neerrollende, verpletterende blokken, vormden zich tot vuurspuwende draken. Halfdood lag de koning op het schip uitgestrekt, en dit bleef eindelijk met een vreeselijken schok in de dikke takken van een bosch hangen.

«Ik wil God overwinnen!» zei de koning, «ik heb het gezworen, mijn wil moet geschieden!»—En zeven jaren lang liet hij bouwen en werken aan kunstige schepen tot het doorzeilen der lucht, liet bliksemstralen van het hardste staal snijden, want hij wilde den hemelburcht doen springen. Uit al zijn landen verzamelde hij legers, die, als zij man naast man geschaard stonden, een ruimte van verscheidene mijlen besloegen. Het leger ging aan boord van de kunstige schepen, de koning begaf zich naar het zijne;—daar zond God een kleinen zwerm muggen uit. Deze gonsden om den koning heen en staken zijn gezicht en zijn handen; in toorn ontstoken, trok hij zijn zwaard en sloeg om zich heen, maar hij sloeg slechts in de lucht, en de muggen trof hij niet. Nu beval hij, kostbare tapijten te brengen en hem daarin te wikkelen, opdat geen mug hem meer zou kunnen steken, en de dienaren deden, zooals hun bevolen was. Maar een enkele mug had zich op den binnenkant van het tapijt neergezet; van hier kroop zij in het oor des konings en stak hem; het brandde als vuur, het vergif drong in zijn hersenen door; als waanzinnig rukte hij de tapijten van zijn lichaam af en slingerde ze ver van zich weg, verscheurde zijn kleederen en danste naakt in de rondte voor de oogen van zijn ruwe soldaten, welke nu den spot dreven met den krankzinnigen vorst, die God wilde beoorlogen en die door een enkele kleine mug overwonnen was.

Twee hanen.

Twee hanen waren er, de een op den mesthoop, de ander op het dak; hoovaardig waren zij beide; maar wie van hen voerde wel het meeste uit? Zeg ons uw meening daarover eens,—wij behouden toch onze eigen.

De plaats, waarop de kippen liepen, was door een plank van een andere plaats gescheiden, waarop een mesthoop was, en op dezen mesthoop lag en groeide een groote augurk, die het bewustzijn had, dat zij een broeibedplant was.

«Daartoe wordt men geboren,» sprak het in het binnenste van de augurk. «Niet allen kunnen als augurken geboren worden, er moeten ook andere soorten zijn! De kippen, de eenden en al het gedierte van de naburige plaats zijn ook schepselen. Naar den haan, die op de plank staat, zie ik nu op; deze heeft echter een heel andere roeping dan de weerhaan, die zoo hoog geplaatst is en niet eens kan knarsen, laat staan dan kraaien; hij heeft noch kippen, noch kuikentjes, hij denkt slechts aan zich zelf en zweet kopergroen! Neen, die haan op de plank is eerst een haan! Zijn gang is dans, zijn kraaien is muziek! Waar hij komt, daar wordt het iemand terstond duidelijk, wat een trompetter is. Als hij maar hierheen kwam! En al at hij mij ook met huid en haar op, en al moest ik ook in zijn buik begraven worden,—dat zou een zalige dood zijn!» sprak de augurk.

's Nachts werd het een verschrikkelijk weer; kippen, kuikentjes en zelfs de haan zochten beschutting; de wind rukte de plank tusschen de beide plaatsen weg, dat het kraakte; de dakpannen vielen naar beneden, maar de weerhaan zat vast; hij draaide niet eens in de rondte, hij kon niet in de rondte draaien, en toch was hij nog jong, pas gegoten, maar stil en bedaard; hij was oud geboren, begreep volstrekt niets van de vogels, die in de lucht vlogen, de musschen, de zwaluwen,—neen, die verachtte hij; dat waren piepvogels van geringe grootte, gewone piepvogels! De duiven, vond hij, waren groot en blank, en schitterend als paarlemoer, zij zagen er uit als een soort van weerhanen; maar zij waren dik en dom; al haar denken en streven was er slechts op gericht, haar buik te vullen; ook waren zij vervelend in den omgang.

Ook de trekvogels hadden den weerhaan een bezoek gebracht en hem verteld van vreemde landen, van luchtkaravanen en ijselijke rooversgeschiedenissen met de roofvogels; dat was nieuw en interessant, namelijk de eerste maal; maar later, dat wist de weerhaan, herhaalden zij het, vertelden steeds dezelfde geschiedenissen, en dat is vervelend! Zij waren vervelend, en alles was vervelend, met niemand kon men omgang hebben, allen waren laf en bekrompen.

«De wereld deugt niets!» zei hij. «Alles is maar dwaasheid!»

De weerhaan was opgeblazen, en deze eigenschap zou hem zeker bij de augurk interessant gemaakt hebben, als zij het geweten had; maar zij had slechts oogen voor den anderen haan, en die was nu op de plaats bij haar.

De wind had de plank omgeblazen; maar de storm was voorbij.

«Wat zegt ge wel van dat gekraai?» vroeg de haan aan de kippen en de kuikentjes. «Het was een weinig ruw, de elegantie ontbrak er aan.»

En kippen en kuikentjes betraden den mesthoop, en de haan betrad dien ook met een deftigen stap.

«Tuingewas!» zeide hij tegen de augurk, en uit dit eene woord werd haar zijn hooge beschaving duidelijk, en zij vergaf het, dat hij in haar pikte en haar opat.

«Een zalige dood!»

De kippen en de kuikentjes kwamen, en als de een gaat loopen, dan doet de ander het ook; zij klokten en piepten, en zij zagen den haan aan en waren er trotsch op, dat hij van hun soort was.

«Kukelekuku!» kraaide hij, «de kuikentjes worden terstond tot groote kippen, als ik het uitkraai in den kippenren der wereld!»

En kippen en kuikentjes klokten en piepten, en de haan verkondigde een groot nieuws.

«Een haan kan een ei leggen! En weet je, wat er in het ei zit?—In het ei zit een basilisk. Den aanblik van zulk een beest vermag niemand uit te houden; dat weten de menschen, en nu weet je het ook; nu weet je, dat ik een ferme kerel ben!»

Daarop sloeg de haan met zijn vleugels, deed zijn hanekam opzwellen en kraaide weer; en allen huiverden, de kippen en de kleine kuikentjes; maar zij waren er wat trotsch op, dat een hunner zulk een ferme kerel was; zij klokten en piepten, zoodat de weerhaan het wel moest hooren; hij hoorde het dan ook, maar verroerde zich daarbij niet.

«Alles is maar dwaasheid!» zei de weerhaan bij zich zelf. «De haan legt geen eieren, en ik ben er te lui toe; als ik wilde, dan kon ik wel een windei leggen, maar de wereld is geen windei waard. Alles is maar dwaasheid!—Nu mag ik hier niet eens lang meer zitten.»

Dit zeggende, brak de weerhaan af, maar hij sloeg den anderen haan niet dood, ofschoon hij er plan op had, zooals de kippen zeiden. En wat zegt de moraal? «Het is altijd nog beter te kraaien, dan opgeblazen te zijn en af te breken.»

Er bestaat een onderscheid.

Het was in de Meimaand, de wind blies nog koud; maar «de lente is er,» zeiden boomen en planten, bosch en beemd; het wemelde van bloemen, tot zelfs in de boomgaarden, en daar bepleitte de lente zelve haar zaak; zij predikte van een kleinen appelboom: daaraan zat een enkele tak, frisch en bloeiend, met fijne, rozeroode knoppen als bezaaid, die op het punt waren zich te ontsluiten; hij wist zeer goed, hoe schoon dit was, want het zit in het blad zoowel als in het bloed; daarom verwonderde het hem ook niet, toen er een deftig rijtuig voor hem stilhield en de jonge gravin zei, dat een appeltak het prachtigste was, wat men zien kon; het was de lente zelve in haar heerlijkste openbaring. De tak werd afgebroken, zij nam dien in haar fijne hand en beschaduwde hem met haar zijden parasol,—toen reden zij naar het kasteel, waarin zich hooge zalen en prachtige kamers bevonden; heldere, witte gordijnen hingen er voor de ramen, en heerlijke bloemen stonden er in schitterende, doorzichtige vazen, en in een daarvan, die als uit versch gevallen sneeuw gesneden was, werd de appeltak tusschen frissche, lichte beuketakken gestoken; het was een lust om hem te zien.

Nu werd de tak trotsch, en dat is immers menschelijk!

Er kwamen menschen van verschillende soort in de kamer, en al naardat zij iets golden, durfden zij hun bewondering te kennen geven. Eenigen zeiden niets, anderen weer te veel, en de appeltak begreep, dat er een onderscheid tusschen verschillende planten en gewassen bestaat. «Enkele zijn voor den pronk en andere om te voeden; er zijn er ook zulke, die men geheel zou kunnen missen,» dacht de appeltak, en daar hij vlak voor het open raam stond, waaruit hij in den tuin en op het land kon zien, had hij bloemen en planten genoeg om te bekijken en daarover na te denken; daar stonden rijke en arme, eenige zelfs te armoedige.

«Arme, verstooten planten!» zei de appeltak; «er bestaat toch een onderscheid! Hoe ongelukkig moeten zij zich gevoelen, als zij ten minste zoo gevoelen als ik en mijns gelijken. Wel bestaat er een onderscheid; maar dat moet er ook wezen; want anders waren zij immers allemaal gelijk!»

En de appeltak zag met een zeker medelijden inzonderheid op een soort van bloemen neer, die in menigte op de velden en aan de slooten stonden. Niemand maakte er een ruiker van; zij waren veel te alledaagsch, ja, men kon ze zelfs tusschen de straatsteenen vinden. Zij schoten als het ergste onkruid te voorschijn en droegen den leelijken naam: paardenbloemen.

«Arme, verachte plant!» zei de appeltak, «je kunt er niets tegen doen, dat je dien leelijken naam, dien je draagt, gekregen hebt. Maar met de planten is het evenals met de menschen: er moet onderscheid wezen!»

«Onderscheid!» zei de zonnestraal en kuste den bloeienden appeltak, maar kuste ook de gele paardenbloemen buiten op het land; alle broeders van den zonnestraal kusten ze de arme bloemen zoowel als de rijke.

De appeltak had nooit over Gods oneindige liefde jegens alles, wat er leeft en zich beweegt, nagedacht, hoe veel schoons en goeds er verborgen, maar niet vergeten kan liggen,—doch ook dat was menschelijk!

De zonnestraal, de straal des lichts wist het beter: «Je ziet niet ver, je ziet niet duidelijk!—Wat is de verachte plant, die je vooral beklaagt?»

«De paardenbloem!» zei de appeltak. «Nooit wordt daarvan een ruiker gemaakt, zij wordt met voeten getreden; er zijn er te veel van, en als zij in het zaad schieten, dan vliegen zij als klein gesneden wol over den weg en hechten zich aan de kleeren der menschen. Onkruid is het, maar ook dat moet er zijn.—Ik ben er werkelijk zeer dankbaar voor, dat ik niet een van die bloemen geworden ben!»

En over het land huppelde een troep kinderen. Het jongste daarvan was nog zoo klein, dat het door een der oudere gedragen moest worden. Toen het tusschen de gele bloemen in het gras neergezet werd, lachte het luid van vreugde, trappelde met zijn voetjes, wentelde zich in de rondte, plukte slechts de gele bloempjes en kuste ze met een bekoorlijke onschuld. De grootere kinderen braken de bloemen van de lange stelen af, bogen deze rond en schakelden ze aan elkaar vast, zoodat daarvan een ketting ontstond; eerst een voor den hals, toen een, om dien over de schouders en om het lijf te hangen, en toen nog een, om dien op de borst en op het hoofd vast te maken; dat was een pracht van groene schakels en kettingen! Maar de grootste kinderen grepen de uitgebloeide bloem voorzichtig bij den steel vast, waarop de gevederde zaadkroon stond: deze losse, luchtige wollen bloem, die een echt kunststuk is, hielden zij voor den mond, om haar in eens geheel uit te blazen, en wie dat kon, kreeg, zooals grootmoeder zei, nieuwe kleeren voordat het jaar ten einde was.

De verachte bloem was bij deze gelegenheid een profetes.

«Zie je wel?» zei de zonnestraal. «Zie je haar schoonheid, zie je haar macht?»

«Ja, voor kinderen!» antwoordde de appeltak.

En een oude vrouw kwam op het land en groef met haar stomp, bot mes rondom de wortels der plant en haalde deze uit den grond; van eenige van die wortels wilde zij koffie zetten, de andere wilde zij aan den apotheker verkoopen.

«Schoonheid is toch iets hoogers!» zei de appeltak. «Slechts de uitverkorenen komen in het rijk van het schoone! Er bestaat een onderscheid tusschen de verschillende planten, evenals er een onderscheid tusschen de verschillende menschen bestaat!»

De zonnestraal sprak van Gods oneindige liefde, die zich in het geschapene openbaart, en van alles, wat leven heeft, en van de gelijke verdeeling van alle dingen in tijd en eeuwigheid.

«Ja, dat is nu uw meening!» zei de appeltak.

Er kwamen menschen in de kamer, en de jonge schoone gravin kwam ook; zij, die den appeltak in de doorzichtige vaas neergezet had, waar het zonlicht scheen; zij bracht een bloem, of wat het anders wezen mocht, mee, het voorwerp werd door drie of vier groote bladeren verborgen gehouden, die als een zakje daaromheen zaten, opdat geen tocht of windvlaag daaraan schade zou toebrengen, en het werd zoo voorzichtig gedragen, als dit met een appeltak nooit gebeurd was. Voorzichtig werden nu de groote bladeren verwijderd, en men zag de fijne, gevederde zaadkroon van de gele, verachte paardenbloem. Deze was het, die zij zoo voorzichtig afgeplukt had, zoo zorgvuldig droeg, opdat niet een van de vele fijne vezeltjes, waaruit zij bestaat en die los zitten, zou wegwaaien. Ongedeerd droeg zij deze en bewonderde haar schoonen vorm, haar eigenaardig samenstel, haar schoonheid, die zoo in den wind zou verwaaien.

«Zie eens, hoe verwonderlijk liefelijk God haar gemaakt heeft!» zeide zij. «Ik wil haar met den appeltak tegelijk uitschilderen; dezen vinden allen zoo onbeschrijfelijk schoon, maar ook deze arme bloem heeft op een andere wijze even veel van den goeden God gekregen; hoe verschillend zij ook wezen mogen, toch zijn zij beiden kinderen in het rijk der schoonheid!»

De zonnestraal kuste de verachte bloem en den bloeienden appeltak, welks bladeren daarbij schenen te blozen.

Het is stellig waar!

«Dat is een ontzettende geschiedenis!» zei een kip, en zij zeide het in een stadswijk, waar de geschiedenis niet voorgevallen was. «Dat is een ontzettende geschiedenis in het kippenhok! Ik kan van nacht niet alleen slapen! Het is goed, dat er velen van ons op den stok bij elkaar zitten!»—En nu vertelde zij zoo iets verschrikkelijks, dat de andere kippen de veeren te berge rezen en de haan zijn kam liet hangen. Het is stellig waar!

Maar wij willen met het begin beginnen, en dit is in een kippenhok in een andere stadswijk te zoeken. De zon ging onder, en de kippen vlogen op haar stok; een kip met witte veeren en met korte pooten legde haar eieren zeer geregeld en was in alle opzichten een achtenswaardige kip; terwijl zij op den stok vloog, plukte zij zich met den snavel en viel er haar een veertje uit.

«Daar vliegt het weg!» zeide zij, «hoe meer ik mij pluk, des te mooier word ik!» Zij zeide dit op vroolijken toon; want zij was de vroolijkste van al de kippen; overigens was zij, zooals gezegd is, zeer achtenswaardig, en nu viel zij in slaap.

Donker was het in het rond; de eene kip zat naast de andere, maar die, welke het dichtst bij de vroolijke zat, sliep niet; zij hoorde en hoorde ook niet, zooals men immers in deze wereld moet doen, om rustig en kalm te leven; maar aan haar andere buurvrouw moest zij het toch eens vertellen: «Heb je wel gehoord, wat er hier gezegd is? Ik wil geen namen noemen, maar er is hier een kip, die zich de veeren wil uitplukken, om er goed uit te zien! Als ik een haan was, dan zou ik haar verachten!»

Vlak tegenover de kippen zat de uil met de uilenmoeder en de uilenkinderen; die familie heeft scherpe ooren, zij hoorden allen ieder woord, dat de naburige kip sprak; en zij lieten hun oogen rollen, en de uilenmoeder sloeg met de vleugelen en zeide: «Slaat er maar geen acht op! Maar je hebt toch wel gehoord, wat daar gezegd werd? Ik heb het met mijn eigen ooren gehoord, en men moet veel hooren, voordat zij iemand afvallen! Daar is er een onder de kippen, die zoozeer vergeten heeft, wat voor een kip passend is, dat zij al haar veeren uitplukt en het den haan laat zien!»

«*Prenez garde aux enfants!*» zei de uilenvader, «dat is niet geschikt voor kinderooren!»

«Ik zal het toch eens aan den naburigen uil vertellen; dat is een uil, die zeer achtbaar in den omgang is!» antwoordde de uilenmoeder, en daarop vloog zij weg.

«Hu, hu, uhu!» krasten zij beiden in de duiventil van den buurman, zoodat de duiven het hoorden. «Heb je het gehoord? Heb je het gehoord? Uhu: Er is een kip, die zich ter wille van den haan al de veeren uitgeplukt heeft, zij zal wel doodvriezen, als zij al niet doodgevroren is. Uhu!»

«Waar? waar?» kirden de duiven.

«Op de plaats van den buurman! Ik heb het zoo goed als zelf gezien. Het is bijna ongepast, de geschiedenis te vertellen. Het is stellig waar!»

«Gelooft, gelooft ieder woord!» zeiden de duiven en zij kirden de kippen toe: «Er is een kip, ja, eenigen zeggen, dat er twee zijn, die zich alle veeren uitgeplukt hebben, om er niet even als de anderen uit te zien, en om de opmerkzaamheid van den haan te trekken. Dat is een gewaagd spel; men kan dan kou vatten en aan de koorts sterven, en zij zijn beiden gestorven!»

«Wordt wakker, wordt wakker!» kraaide de haan en vloog op de plank; de slaap zat hem nog in de oogen, maar hij kraaide toch: «Drie kippen zijn door een ongelukkige liefde voor een haan gestorven! Zij hadden al haar veeren uitgeplukt! Dat is een verschrikkelijke geschiedenis; ik wil haar niet voor mij zelf houden; zij mag gerust verspreid worden!»

«Laat zij bekend worden!» zeiden de vleermuizen, en de kippen kakelden en de hanen kraaiden: «Laat zij bekend worden! Laat zij bekend worden!» En zoo ging de geschiedenis van kippenhok tot kippenhok, en kwam eindelijk op de plaats terug, vanwaar zij eigenlijk uitgegaan was.

«Vijf kippen,» heette het, «hebben zich alle veeren uitgeplukt, om te toonen, wie van haar van liefde voor den haan het magerst geworden is,—en toen vochten zij duchtig met elkaar en vielen dood neer, tot spot en schande voor haar familie, tot groot verlies van den bezitter!»

De kip, die het losse veertje verloren had, herkende haar eigen geschiedenis daarin natuurlijk niet meer, en daar zij een fatsoenlijke kip was, zeide zij: «Ik veracht die kippen; maar er zijn er verscheidene van dien aard! Zoo iets moet men niet verzwijgen, en ik zal er het mijne toe bijdragen, dat de geschiedenis in de krant komt, dan worden zij door het geheele land bekend, en dat hebben de kippen wel verdiend en haar familie ook.»

Het kwam in de krant, het werd gedrukt, en het is stellig waar; een klein veertje kan wel tot vijf kippen aangroeien!

De elfenheuvel.

Eenige groote hagedissen liepen vlug in de spleten van een ouden boom rond; zij konden elkaar goed verstaan, want ze spraken de hagedissentaal.

«Wat is er een rumoer en een gebrom in den ouden elfenheuvel!» zei een der hagedissen. «Ik heb van het leven al in twee nachten geen oog dicht kunnen doen: ik kon even goed kiespijn hebben, want dan slaap ik ook niet.»

«Daar binnen is iets aan 't handje!» zei een andere hagedis. «Zij laten den heuvel, totdat 's morgens de haan kraait, op vier roode palen staan; hij wordt goed gelucht; en de elfenmeisjes hebben nieuwe dansen geleerd. Daar is iets aan 't handje!»

«Ja, ik heb er met een regenworm van mijn kennis over gesproken,» zei een derde hagedis; «de regenworm kwam regelrecht uit den heuvel, waar hij dag en nacht in de aarde gewoeld had; die had veel en velerlei gehoord; zien kan hij wel is waar niet, dat ellendige dier, maar voelen en luisteren kan hij goed. Zij verwachten vreemdelingen in den elfenheuvel, deftige vreemdelingen; maar wie, dat wilde de regenworm niet zeggen, of hij wist het niet. Al de dwaallichten zijn besteld, om een fakkeltocht te houden, zooals men het noemt; het zilver en goud, waarvan genoeg in den heuvel voorhanden is, wordt opgepoetst en in den maneschijn tentoongesteld.»

«Wie zouden die vreemdelingen wel zijn?» vroegen al de hagedissen. «Wat zou er toch aan 't handje zijn? Hoor eens, hoe het gonst! Hoor eens, hoe het bromt!»

Op hetzelfde oogenblik ging de elfenheuvel open, en nu kwam er een oude elf uittrippelen; het was de huishoudster van den ouden elfenkoning; zij was een verre bloedverwante van de familie en droeg een hart van barnsteen voor het voorhoofd. Haar beenen bewogen zich zoo vlug: trip, trip! Sakkerloot! Wat kon zij trippelen! Zij ging regelrecht naar het moeras naar den nachtuil toe.

«Ge wordt op den elfenheuvel uitgenoodigd, en wel tegen van avond,» zeide zij, «maar wilt ge ons eerst niet een dienst bewijzen en het doen van uitnoodigingen op u nemen? Gij moet ook iets doen, daar gij zelf geen gasten ontvangt. Wij krijgen eenige deftige vrienden, toovenaars, die iets te beteekenen hebben, en daarom wil de elfenkoning zich vertoonen!»

«Wie moeten er uitgenoodigd worden?» vroeg de nachtuil.

«Op het groote bal kan iedereen komen, zelfs menschen, wanneer zij slechts in den slaap spreken of iets dergelijks kunnen doen, wat in onzen geest valt. Maar bij het eerste feest moet er een strenge keuze gedaan worden; wij willen alleen de allervoornaamsten hebben. Ik heb er met den elfenkoning woorden over gehad; want ik dacht, dat wij niet eens spoken konden toelaten. De zeegeest en zijn dochters moeten het eerst uitgenoodigd worden. Zij zullen het wel niet plezierig vinden, op het droge te komen; maar zij zullen wel een natten steen om op te zitten of nog iets beters krijgen, en dan, denk ik, zullen zij voor dezen keer wel niet bedanken. Al de oude demonen van de eerste klasse met staarten, den alruin en de kobolden moeten wij hebben, en dan kunnen wij, dunkt mij, het grafzwijn, het doodenpaard, en den kerkdwerg ook niet weglaten; zij behooren wel is waar tot de geestelijkheid, die niet tot de onzen gerekend wordt; maar dat is slechts hun ambt; zij zijn toch nauw aan ons verwant en leggen druk bezoeken bij ons af.»

«Goed!» zei de nachtuil en vloog weg, om de uitnoodigingen te doen.

De elfen dansten reeds op den elfenheuvel, en zij dansten met sjaals, die uit nevel en maneschijn geweven waren, en dat staat heel mooi voor hen, die daarvan houden. Midden in den elfenheuvel was de groote zaal prachtig opgesierd; de vloer was met maneschijn geschrobd en de muren waren met heksenvet afgewreven, zoodat zij als tulpebladeren in het licht fonkelden. In de keuken waren volop kikvorschen aan het braadspit, slakkehuiden met kindervingers er in, sla van paddestoelen, vochtige muizesnoeten en dolle kervel, bier van het brouwsel der moerasvrouw, fonkelendesalpeterwijn uit grafkelders, alles overheerlijk; verroeste spijkers en kerkramenglas behoorden tot de lekkernijen.

De oude elfenkoning liet zijn gouden kroon met het afschraapsel van tufsteen oppoetsen; het was best tufsteenschraapsel, en het is voor den elfenkoning zeer moeilijk, tufsteenschraapsel te verkrijgen. In de slaapkamer werden de gordijnen opgehangen en met slakkenslijm vastgemaakt. Ja, er heerschte een geducht gegons en gebrom.

«Nu moet er hier met paardenharen en zwijnenborstels gerookt worden, dan geloof ik het mijne gedaan te hebben,» zei de huishoudster.

«Vaderlief!» zei de jongste der dochters; «mag ik nu ook weten, wie de deftige vreemdelingen zijn?»

«Nu ja,» zei hij, «nu moet ik het wel zeggen. Twee van mijn dochters moeten zich op het huwelijk voorbereid houden; twee zullen er zeker trouwen. De oude kobold uit Noorwegen, die in het oude Dovre-gebergte woont en vele klippenkasteelen van veldsteenen en een gouden sieraad bezit, dat beter is dan men wel denkt, komt met zijn beide zonen, die een vrouw moeten uitzoeken, hier naar toe. De oude kobold is een echte, oude, eerlijke Noorweegsche grijsaard, vroolijk en eenvoudig; ik ken hem uit vroegere dagen, toen wij broederschap met elkander dronken; hij was hier om zijn vrouw af te halen; nu is zij dood; zij was een dochter van den koning der krijtrotsen van Möen. Hij nam zijn vrouw op krijt, zooals men pleegt te zeggen. O, wat verlang ik naar den Noorweegschen ouden kobold! Zijn zonen moeten, naar men zegt, nog al ondeugende, neuswijze jongens zijn; maar men kan hun wel ongelijk aandoen, en zij zullen wel beter worden, als zij wat ouder zijn. Ik hoop, dat je hen beleefd zult behandelen!»

«En wanneer komen zij?» vroeg een der dochters.

«Dat hangt van weer en wind af,» zei de elfenkoning. «Zij komen met scheepsgelegenheid hier naar toe. Ik wilde, dat zij over Zweden zouden gaan; maar de oude man had daar geen ooren naar. Hij gaat niet met zijn tijd mee, en dat kan ik niet velen!»

Daar kwamen twee dwaallichtjes aanhuppelen, het eene vlugger dan het andere, en daarom kwam het eene het eerst.

«Zij komen, zij komen!» riepen beiden uit.

«Geef mij mijn kroon en laat mij in den maneschijn staan!» zei de elfenkoning.

Zijn dochters hieven haar sjaals in de hoogte en bogen zich tot op den grond.

Daar stond de grijze kobold van Dovre met de kroon van geharde ijsklompen en gepolijste pijnappels; overigens had hij een berenpels en groote warme laarzen aan; zijn zonen daarentegen liepen met blooten hals en met broeken zonder bretels, want het waren krachtige mannen.

«Is dat een heuvel?» vroeg de kleinste der jongelingen en wees naar den elfenheuvel. «Dat noemen wij bij ons in Noorwegen een gat.»

«Wel, jongen!» zei de grijsaard. «Een gat gaat naar binnen, en een heuvel gaat naar boven. Heb je dan geen oogen in je hoofd?»

Het eenige, wat hun verwondering hier wekte, zeiden zij, was, dat zij de taal konden verstaan.

«Men zou haast denken,» zei de grijsaard, «dat je niet goed uitgeslapen waart.»

En nu gingen zij den elfenheuvel in, waar het waarlijk deftige gezelschap zich reeds verzameld had, en wel met zulk een haast, dat men zou denken, dat zij samengewaaid waren. Maar voor iedereen was het keurig en netjes ingericht. De zeemeerminnen zaten in groote tobben aan tafel; zij zeiden, dat het precies was, alsof zij thuis waren. Allen namen de tafelwetten in acht, alleen de beide kleine Noorsche kobolden niet; deze legden hun beenen op de tafel; want zij dachten, dat alles hun goed stond.

«De voeten van het tafellaken af!» zei de oude kobold, en nu gehoorzaamden zij wel is waar, maar toch niet terstond. De dames, die naast hen aan tafel zaten, kittelden zij met pijnappels, die zij in den zak bij zich droegen, en toen trokken zij hun laarzen uit, om gemakkelijker te zitten. Maar hun vader, de oude kobold van Dovre, was een heel ander man; hij vertelde zoo mooi van de trotsche Noorsche rotsen en van watervallen, die wit schuimend met een gedruisch als donderslagen en orgelgeluid neerstortten; hij vertelde van den zalm, die tegen de neervallende wateren opspringt, als de reus op de gouden harp speelt; hij vertelde van de heldere winternachten, wanneer de bellen der sleden klinken en de jongens met brandende fakkels over het ijs loopen, dat zoo doorzichtig is, dat zij de verschrikte visschen onder hun voeten zien zwemmen. Ja, hij kon zoo vertellen, dat men zag, wat hij beschreef; het was juist zoo, alsof er zaagmolens maalden, alsof er jongens en meisjes liedjes zongen en dansten. En nu gaf de oude kobold aan de oude elf een hartelijken kus. En toch bestonden zij elkaar niet.

Nu moesten de elfen dansen, en dat zoowel eenvoudig als met stampen. Dat ging haar goed af, en toen kwam de kunstmatige dans. O, wat konden zij haar beenen ver uitsteken; men wist niet, waar het einde en waar het begin was, wist niet, wat armen en wat beenen waren; dat ging alles zoo wonderlijk door elkaar; en toen draaiden zij zoo hard in de rondte, dat het doodenpaard en het grafzwijn er misselijk van werden en van tafel moesten gaan.

«Sakkerloot!» zei de oude kobold, «wat kunnen zij die beenen wonderlijk door elkaar haspelen! Maar wat kunnen zij meer dan dansen, de beenen uitstrekken en wervelwind maken?»

«Dat zult ge spoedig te weten komen,» zei de elfenkoning. En toen riep hij de oudste van zijn dochters. Zij was zoo behendig en klaar als maneschijn; zij was de knapste van al de zusters. Zij nam een witten spaander in den mond, en toen was zij geheel verdwenen: dat was haar kunst.

Maar de oude kobold zei, dat hij deze kunst bij zijn vrouw niet zou willen dulden, en hij geloofde ook niet, dat zijn jongens daarvan hielden.

De andere kon zich zelf ter zijde gaan, alsof zij een schaduw had, en die hebben de kobolden niet.

De derde was van een heel andere soort; zij had in de brouwerij der moerasvrouw geleerd, en zij was het, die er verstand van had, elzenhout met glimwormpjes te lardeeren.

215

«Dat zou een goede vrouw zijn,» zei de oude kobold, en daarop knikte hij haar toe.

Nu kwam de vierde; die had een groote harp om te spelen; en toen zij de eerste snaar aansloeg, tilden allen het linkerbeen op; want de kobolden zijn linksch, en toen zij de tweede snaar aansloeg, moesten allen doen, wat zij wilde.

«Dat is een gevaarlijke vrouw!» zei de oude kobold; maar zijn beide zonen gingen den heuvel uit, want nu hadden zij er genoeg van.

«En wat kan uw dochter, die nu volgt?» vroeg de grijze kobold.

«Ik heb geleerd, Noorwegen lief te hebben,» zeide zij, «en nimmer zal ik trouwen, als ik niet naar Noorwegen kan gaan.»

Maar de jongste der zusters fluisterde den grijsaard toe: «Dat is maar, omdat zij uit een Noorweegsch lied gehoord heeft, dat, als de wereld vergaat, de Noorsche klippen toch als gedenksteenen zullen blijven staan, en daarom wil zij er naar toe, want zij is erg bang voor den dood.»

«Wel zoo!» zei de oude kobold, «was het zoo gemeend? Maar wat kan de zevende en laatste?»

«De zesde gaat voor de zevende!» zei de elfenkoning, want hij kon goed rekenen; maar de zesde wilde niet recht voor den dag komen.

«Ik kan de menschen slechts de waarheid zeggen,» zeide zij. «Om mij bekommert niemand zich, en ik heb er genoeg mee te doen, mijn lijkkleed te naaien.»

Nu kwam de zevende en laatste, en wat kon die? Ja, die kon sprookjes vertellen, en wel zooveel, als zij maar wilde.

«Hier zijn mijn vijf vingers,» zeide de oude kobold; «vertel mij er nu een van elken vinger!»

En zij greep hem om zijn pols vast, en hij lachte, dat hij schudde, en toen zij aan den ringvinger kwam, die een gouden ring om zijn lijf had, alsof hij al wist, dat er een verloving zou plaats hebben, zei de oude kobold: «Houd vast, wat ge hebt; deze hand behoort aan u toe; u wil ik zelf tot vrouw hebben!»

En het elfenmeisje zei, dat het sprookje van den ringvinger en van den pink nog ontbraken.

«Die zullen wij van den winter wel hooren,» zei de oude kobold, «en van den denneboom zullen wij hooren en van den berk en van de geestengeschenken en van den vorst! Gij moet maar vertellen; want daar heeft niemand bij ons zoo goed den slag van!—En dan zullen wij in de steenen kamer, waarin pijnhout brandt, zitten en mee uit de gouden horens der oude Noorweegsche koningen drinken; de reus heeft mij een paar gegeven; en als wij daar zitten, dan komt de heks een bezoek afleggen; zij zingt voor u al de liedjes der herdersmeisjes in het gebergte. Dat zal vroolijk worden! De zalm zal tegen den waterval opspringen en met zijn staart tegen de steenen muren aanslaan; maar hij komt er toch niet in!—Ja, het is plezierig wonen in het lieve, oude Noorwegen! Maar waar zijn de jongens?»

Ja, waar waren die? Zij liepen op het veld rond en bliezen de dwaallichtjes uit, die zoo goedhartig geweest waren om den fakkeltocht te brengen.

«Waarom loop je toch zoo rond te dwalen?» vroeg de oude kobold. «Ik heb mij een moeder voor je genomen, nu kun jelui een van de tantes nemen.»

Maar de jongens zeiden, dat zij het liefst een redevoering wilden houden en op de verbroedering drinken; in trouwen hadden zij geen lust.—En nu hielden zij redevoeringen, dronken op hun verbroedering en deden de nagelproef, om te bewijzen, dat zij hun glazen leeggedronken hadden. Later trokken zij hun jassen uit en legden zich op de tafel neer, om te slapen, want zij maakten geen omslag. Maar de oude kobold danste met zijn jonge bruid de kamer rond en wisselde laarzen met haar; want dat staat deftiger, dan ringen te wisselen.

«Nu kraait de haan!» zei de oude elf, die het huishouden waarnam. «Nu moeten wij de luiken sluiten, opdat de zon ons niet verbrande!»

En nu sloot de heuvel zich.

Maar buiten liepen de hagedissen in den gebarsten boom op en neer, en de eene zei tegen de andere:

«O! wat is die Noorweegsche oude kobold mij uitmuntend bevallen!»

«Mij bevallen de jongens beter!» zei de regenworm. Maar hij kon immers niet zien, het ellendige dier!

Als er zich in vroegere tijden een spook vertoonde, dan bande de predikant het in den grond; als dit gebeurd was, heide men op deze plaats een paal in. Te middernacht klonk dan het geschreeuw: «Laat los!» De paal werd uit den grond gehaald, en de gebannen geest vloog in de gedaante van een uil weg, met een gat in den linkervleugel. Deze spookvogel werd nachtuil genoemd.

Het is in Denemarken een volksbijgeloof, dat er onder iedere kerk, die er gebouwd wordt, een levend paard begraven moet worden; het spooksel daarvan is het doodenpaard, dat iederen nacht op drie pooten naar het huis toe hinkt, waar iemand moet sterven. Onder enkele kerken werd ook een levend varken begraven; het spooksel daarvan heette het grafzwijn.

De engel.

«Zoo dikwijls een goed kind sterft, daalt er een engel uit den hemel op de aarde neer, neemt het doode kind in zijn armen, spreidt zijn groote, witte vleugelen uit, vliegt over alle plaatsen, die het kind heeft liefgehad, en plukt een handvol bloemen, waarmee hij naar God opstijgt, opdat zij daar nog schooner dan op aarde mogen bloeien. De goede God drukt al de bloemen aan Zijn hart, maar de bloem, welke Hem het liefst is, geeft Hij een kus, en dan krijgt zij een stem en kan in het groote hemelkoor meezingen!»

Dat alles vertelde een engel Gods, terwijl hij een dood kind naar den hemel droeg, en het kind hoorde hem aan, als ware het in den droom; en zij vlogen voort over die plekjes, waar de kleine gespeeld had, en kwamen door tuinen met heerlijke bloemen.

«Welke bloem zullen wij nu meenemen en in den hemel planten?» vroeg de engel.

Daar stond een slank, prachtig rozeboompje, maar een moedwillige hand had den stam geknakt, zoodat al de takken vol half ontplooide knopjes er verdord aan hingen.

«Dat arme rozeboompje!» zei het kind. «Neem het mede, opdat het daarboven bij God moge bloeien!»

En de engel nam het, kuste het kind daarvoor, en de kleine deed zijn oogen half open. Zij plukten van de prachtigste bloemen, maar namen ook het verachte boterbloempje en het wilde vergeet-mij-nietje mee.

«Nu hebben wij bloemen!» zei het kind, en de engel knikte; maar hij vloog nog niet naar God op. Het was nacht, het was doodstil; zij bleven in de groote stad en zweefden in een der nauwe straten rond, waar hoopen stroo, asch en vuilnis lagen; het was verhuisdag geweest. Daar lagen scherven van borden, stukken gips, lompen, oude hoeden en alles, wat als nutteloos weggeworpen was.

De engel wees te midden van deze verwarring naar eenige scherven van een bloempot en naar een klomp aarde, die er uitgevallen was en door de wortels van eene groote, verdorde veldbloem, die niets waard was en die men daarom op straat geworpen had, bij elkaar gehouden werd.

«Die zullen wij nog meenemen!» zei de engel. «Ik zal je vertellen waarom, terwijl wij verder vliegen!»

Zij vlogen voort, en de engel vertelde nu:

«Daar in die nauwe straat, in dien lagen kelder woonde eens een arme knaap; van zijn kindsheid af was hij altijd bedlegerig geweest; als hij het gezondst was, kon hij het kleine vertrek een paar malen op krukken rondloopen: dat was alles. Op enkele dagen in den zomer drongen de zonnestralen gedurende een half uur tot in den kelder door; en als dan de arme knaap daar zat en zich in de zon koesterde en het roode bloed door zijn dunne vingers zag, wanneer hij deze voor de oogen hield, dan heette het, dat hij dien dag uit geweest was. Hij kende het bosch met zijn heerlijk lentegroen slechts daardoor, dat het zoontje van zijn buurman hem den eersten beuketak bracht; dien hield hij boven zijn hoofd en droomde dan, dat hij onder beuken zat, waar de zon scheen en de vogels zongen. Op zekeren lentedag bracht het zoontje van zijn buurman hem ook eenige veldbloemen; onder deze bevond zich toevallig een met den wortel er aan, en daarom werd zij in een bloempot geplant en dicht bij het bed voor het raam geplaatst. De bloem was door een gelukkige hand geplant: zij groeide, kreeg nieuwe scheuten en droeg ieder jaar bloemen. Zij werd de heerlijkste bloemtuin voor den zieken knaap, zijn kleine schat hier op aarde; hij begoot en verpleegde haar, en zorgde er voor, dat zij iederen zonnestraal tot den laatsten, die door het kleine raampje scheen, kreeg; en de bloem zelf groeide in zijn droom; want voor hem bloeide en geurde zij; tot haar wendde hij zich in den dood, toen de Heer hem riep.—Een jaar is hij nu bij God geweest; een jaar heeft de bloem vergeten voor het raam gestaan en is verdord; zij werd daarom bij het verhuizen op den vuilnishoop op de straat geworpen. En dit is de bloem, de arme, verdorde bloem, die wij in onzen bloemruiker opgenomen hebben, want deze bloem heeft meer vreugde verschaft dan de prachtigste bloem in den tuin eener koningin!»

«Maar hoe weet ge dit alles?» vroeg het kind, dat door den engel naar den hemel gedragen werd.

«Ik weet het,» zei de engel. «Want ik was zelf die kleine, zieke knaap, die op krukken liep! Mijn bloem ken ik wel!»

Het kind deed zijn oogen wijd open en keek den engel in het schoone, vroolijke gelaat; en op hetzelfde oogenblik bevonden zij zich in Gods hemel, waar vreugde en zaligheid heerschten. En God drukte het doode kind aan Zijn hart, en nu kreeg het vleugels, evenals de andere engel, en vloog aan zijn hand mee. En God drukte al de bloemen aan Zijn hart; maar de arme, verwelkte veldbloem kuste Hij; en zij kreeg een stem en zong met al de engelen, die Gods troon omzweefden, enkelen dichtbij, anderen om hen heen in groote kringen, gedurig verder en verder, in het oneindige, maar allen even gelukkig. En allen zongen zij, kleinen en grooten, het goede, gezegende kind en de arme veldbloem, die daar verwelkt gelegen had, weggeworpen in het vuilnis, onder het ontuig van den verhuisdag, in de nauwe donkere straat.

De nieuwe kleeren van den keizer.

Daar was eens—'t is al vele jaren geleden—een keizer, die zoo ontzaglijk veel van nieuwe kleeren hield, dat hij al zijn geld uitgaf om mooi gekleed te gaan. Hij bekommerde zich niet om zijn soldaten, hij bekommerde zich niet om den schouwburg, en hield er slechts van, uit rijden te gaan, om zijn nieuwe kleeren te laten zien. Hij had voor ieder uur van den dag een afzonderlijken rok, en, evenals men van een koning zegt, dat hij in den raad is, zoo zei men hier altijd: «De keizer is in zijn kleedkamer!»

In de groote stad, waar hij woonde, ging het zeer vroolijk toe: iederen dag vertoonden zich daar vele vreemdelingen. Op zekeren dag kwamen er ook twee bedriegers; dezen gaven zich voor wevers uit en zeiden, dat zij de mooiste stoffen, die men zich maar kon voorstellen, konden weven. De kleuren en het fatsoen waren niet alleen allerprachtigst, maar de kleeren, welke van die stoffen vervaardigd werden, bezaten de verwonderlijke eigenschap dat zij voor iedereen, die niet voor zijn ambt deugde of die oliedom was, onzichtbaar waren.

«Dat zullen wel prachtige kleeren zijn,» dacht de keizer; «als ik deze had, dan zou ik er achter kunnen komen, welke mannen in mijn rijk voor het ambt, dat zij bekleeden, niet deugen; dan zou ik de verstandigen van de dommen kunnen onderscheiden. Ja, zulke kleeren moeten er terstond voor mij geweven worden!» En hij gaf aan de beide bedriegers veel geld vooruit, opdat zij een begin met hun arbeid konden maken.

Zij stelden nu twee weefgetouwen op en deden alsof zij werkten, maar zij hadden volstrekt niets op deze weefgetouwen. Toch verlangden zij de fijnste zijde en het prachtigste goud: dit staken zij in hun eigen zakken en werkten tot laat in den nacht aan de leege weefgetouwen.

«Ik zou toch wel eens willen weten, hoe ver zij al met de kleeren zijn!» dacht de keizer. Maar het was hem werkelijk bang te moede, als hij er aan dacht, dat diegene, die dom was of niet voor zijn ambt deugde, ze niet zou kunnen zien. Nu geloofde hij wel is waar, dat hij voor zich zelf niets te vreezen had; doch hij wilde toch eerst maar een ander zenden, om eens te zien, hoe het er mee gesteld was. Alle menschen in de geheele stad wisten, welk een bijzondere kracht die kleeren bezaten, en allen waren verlangend om te zien, hoe slecht of hoe dom hun buurman was.

«Ik zal mijn ouden, eerlijken minister naar de wevers toe zenden!» dacht de keizer. «Hij kan het best beoordeelen, hoe de kleeren er uitzien; want hij bezit verstand, en niemand is beter voor zijn ambt geschikt dan hij!»

Nu trad de goede, oude minister de zaal binnen, waarin de beide bedriegers zaten en aan de leege weefgetouwen arbeidden.

«De Hemel beware mij!» dacht de oude minister en spalkte zijn oogen wijd open; «ik kan er niets van zien!» Maar dat zei hij niet.

De beide bedriegers verzochten hem naderbij te komen, en vroegen, of het geen prachtige stof en geen fraaie kleuren waren. Daarop wezen zij naar het leege weefgetouw, en de arme, oude minister spalkte zijn oogen nog wijder op; maar hij kon niets zien, want er was ook niets te zien. «Lieve hemel!» dacht hij, «zou ik nu zoo dom zijn? Dat had ik nooit gedacht, en dat mag niemand weten! Zou ik niet voor mijn ambt deugen? Neen, het gaat niet aan, te vertellen, dat ik de kleeren niet heb kunnen zien!»

«Welnu, ge zegt er niets van,» zei een der wevers.

«O, 't is prachtig, 't is allerkeurigst!» antwoordde de oude minister en keek door zijn bril. «Welk een fijne stof! Welke levendige kleuren!—Ja, ik zal tegen den keizer zeggen, dat het mij best bevalt.»

«Nu, dat doet ons genoegen,» zeiden de beide wevers, en daarop noemden zij de kleuren met name en gaven een verklaring van het zonderlinge fatsoen. De oude minister paste goed op, dat hij hetzelfde zou kunnen zeggen, als hij bij den keizer terugkwam, en dat deed hij ook.

Nu verlangden de bedriegers meer geld, meer zijde en meer goud, dat zij bij het weven moesten gebruiken. Zij staken alles in hun eigen zakken. Op het weefgetouw kwam geen enkele draad; maar zij gingen voort, evenals tot hiertoe, aan het leege weefgetouw te arbeiden.

De keizer zond er al spoedig daarop weer een anderen eerlijken staatsman naar toe, om eens te zien, hoe het met het weven ging en of zijn kleeren haast gereed waren. Het ging met dezen evenals met den eerste: hij keek al en keek al, maar omdat er behalve het leege weefgetouw niets was, kon hij ook niets zien.

«Dom ben ik niet!» dacht de man. «Dus deug ik niet voor mijn ambt. Dat is gek genoeg, maar ik moet dit niet laten blijken!» en zoo roemde hij het kleed, dat hij niet zag, en betuigde hun zijn ingenomenheid met de heerlijke kleuren en het sierlijke fatsoen. «O, 't is allerkeurigst!» zei hij tegen den keizer.

Alle menschen in de stad spraken over de prachtige kleeren.

Nu wilde de keizer ze zelf zien, terwijl ze nog op het weefgetouw waren. Met een geheele schare van uitgelezen mannen, waaronder zich ook de beide eerlijke staatslieden bevonden, die er reeds vroeger geweest waren, ging hij naar de beide listige bedriegers toe, die uit al hun macht weefden, maar zonder draden.

«Is dat niet prachtig?» zeiden de beide oude staatslieden, die er reeds eenmaal geweest waren. «Kijk eens, Uwe Majesteit! welk een keurige stof, welke schitterende kleuren!» En daarbij wezen zij naar het ledige weefgetouw, want zij dachten, dat de anderen de stof wel konden zien.

«Hoe nu?» dacht de keizer, «ik zie niets hoegenaamd! Ben ik dan zoo dom? Deug ik dan volstrekt niet voor keizer? Dat zou het verschrikkelijkste zijn, wat mij kon overkomen.»—«O, het is allerprachtigst,» zei hij daarop overluid. «Het heeft mijn allerhoogsten bijval!» En hij knikte tevreden en keek naar het leege weefgetouw; want hij wilde niet zeggen, dat hij niets kon zien. Het geheele gevolg, dat hij bij zich had, keek en keek, en wist evenmin, wat het er aan had, als al de anderen; maar zij zeiden, evenals de keizer: «O, dat is prachtig!» En zij rieden hem deze nieuwe prachtige kleeren bij gelegenheid van den plechtigen optocht, die er zou gehouden worden, voor het eerst aan te trekken. «Het is heerlijk, prachtig, schitterend!» zoo ging het van mond tot mond; men scheen er overal hoog mee ingenomen te zijn, en de keizer verleende de bedriegers den titel van keizerlijke hofwevers.

Den geheelen nacht, die vooraf ging aan den morgen, waarop de feestelijke optocht zou gehouden worden, waren de bedriegers op en hadden wel zestien lichten opgestoken. De menschen konden zien, dat zij druk bezig waren, de nieuwe kleeren van den keizer af te werken. Zij deden, alsof zij de stof van het weefgetouw afnamen, zij knipten met groote scharen in de lucht, zij naaiden met naalden zonder draden en zeiden eindelijk: «Nu zijn de kleeren klaar!»

De keizer ging er met de voornaamste heeren van zijn hof zelf naar toe, en de beide bedriegers hieven hun eenen arm in de hoogte, alsof zij iets vasthielden en zeiden: «Kijk eens! Hier is de broek! Hier is de rok! Hier is de mantel!» En zoo voort. «Het is zoo licht als spinrag; men zou zeggen, dat men niets aan het lijf had; maar dat maakt er juist het mooie van uit!»

«Prachtig!» riepen al de heeren uit; maar zij konden er niets van zien; want er was ook niets te zien.

«Gelieft Uwe Majesteit thans uw kleeren uit te trekken,» zeiden de bedriegers, «dan zullen wij ze u aantrekken, hier voor den grooten spiegel.

De keizer trok al zijn bovenkleeren uit, en de bedriegers deden, alsof zij hem ieder stuk der nieuwe kleeren, die gereed waren, aantrokken; en de keizer bekeek zich in den grooten spiegel.

«O, wat staan zij goed, wat zitten zij prachtig!» zeiden allen. «Welk een keurig fatsoen, welke schitterende kleuren! Dat is een prachtig pak!»

«Buiten staan ze met den troonhemel, die bij gelegenheid van den plechtigen optocht boven Uwe Majesteit gedragen zal worden,» meldde de opperceremoniemeester.

«Kijk maar eens, ik ben al klaar!» zei de keizer. «Staan ze mij niet goed?» En daarop begaf hij zich nogmaals naar den spiegel want het moest den schijn hebben, alsof hij zijn sierlijke kleeding daarin eens goed bekeek.

De kamerheeren, die den sleep moesten dragen, grepen met de handen naar den grond, alsof zij den sleep optilden; zij deden, alsof zij iets in de hoogte hielden; zij waagden het niet, te laten merken, dat zij niets konden zien.

Zoo ging de keizer in een plechtigen optocht onder den prachtigen troonhemel, en alle menschen op de straat en voor de ramen zeiden: «O, wat zijn de kleeren van den keizer mooi! Wat staan ze hem goed! Welk een langen sleep heeft hij er aan!» Niemand wilde laten merken, dat hij niets zag, want dan zou hij immers niet voor zijn ambt gedeugd hebben of oliedom geweest zijn. Nooit waren de kleeren van den keizer zoozeer bewonderd als dezen keer.

«Maar hij heeft immers niets aan!» zei eindelijk een klein kind. «Hoor de stem der onschuld nu eens aan!» zei zijn vader; en de een fluisterde den ander toe, wat het kind gezegd had.

«Maar hij heeft immers niets aan!» riep eindelijk het geheele volk. Dit trof den keizer; want het kwam hem voor, dat men gelijk had; maar hij dacht bij zich zelf: «Nu moet ik mij goed blijven houden!» En de kamerheeren liepen nog deftiger en droegen den sleep, die er niet was.

De mestkever.

Het lievelingspaard van den keizer kreeg een gouden beslag, een gouden hoefijzer aan iederen poot.

Maar waarom dat?

Het was een verwonderlijk mooi beest, had fijne pooten, schrandere, heldere oogen en manen, die als een sluier over zijn hals neerhingen. Het had zijn meester door kruitdamp en kogelregen gedragen, had de kogels hooren zingen en fluiten, had gebeten, geslagen en meegestreden, toen de vijanden op hem indrongen, was met zijn keizer over het gevallen paard van den vijand heengesprongen, had de kroon van goud, het leven van zijn keizer gered,—en daarom kreeg het paard van den keizer gouden hoefijzers.

Er kwam een mestkever aankruipen. «Eerst de grooten, dan de kleinen,» zeide hij; «maar in de grootte alleen zit het hem niet.» En daarbij strekte hij zijn dunne pooten uit.

«Wat moet je hebben?» vroeg de hoefsmid.

«Een gouden hoefbeslag,» antwoordde de mestkever.

«Och, je bent zeker niet wijs!» riep de smid uit. «Wil je ook een gouden hoefbeslag hebben?»

«Een gouden hoefbeslag, jawel!» zei de mestkever. «Ben ik dan niet even goed als dat groote dier daar, dat opgepast en geroskamd wordt en dat men eten en drinken voorzet? Behoor ik ook niet in den keizerlijken stal?»

«Maar waarom krijgt het paard een gouden hoefbeslag?» vroeg de smid. «Begrijp je dat niet?»

«Begrijpen?—Ik begrijp, dat het een geringschatting van mijn persoon is,» zei de mestkever; «het geschiedt om mij te krenken, en daarom ga ik ook de wijde wereld in.»

«Ga je gang maar!» zei de smid.

«Gemeene kerel, die je bent!» zei de mestkever, en toen ging hij den stal uit, vloog een klein eindje weg en bevond zich al spoedig daarop in een mooien bloemtuin, waar het van rozen en lavendel geurde.

«Is het hier niet allerprachtigst?» vroeg een der kleine insecten, die met hun roode, sterke, met zwarte stipjes bezaaide vlerkjes daarin rondvlogen. «Wat is het hier heerlijk, wat is het hier schoon!»

«Ik ben het beter gewend,» zei de mestkever. «Noem je het hier mooi. Er is niet eens een mesthoop?»

Daarop ging hij verder onder de schaduw van een groote violier: daar kroop een rups.

«Wat is de wereld toch schoon!» zei de rups. «De zon is zoo warm, alles zoo vergenoegd! En als ik eenmaal in slaap val en sterf, zooals zij het noemen, dan ontwaak ik als een kapel.»

«Wat verbeeldt je je wel,» zei de mestkever, «als kapel rond te vliegen? Ik kom uit den stal van den keizer; maar niemand daar, zelfs niet het lievelingspaard van den keizer, dat toch mijn afgelegde gouden schoenen draagt, beeldt zich zoo iets in. Vleugels krijgen! Vliegen! Ja, maar nu vliegen wij!» En hierop vloog de mestkever weg. «Ik wil mij niet ergeren, maar erger mij toch!» zei hij onder het wegvliegen.

Al spoedig daarop streek hij op een groot grasperk neer; hier lag hij een poos; eindelijk viel hij in slaap.

Een stortregen stroomde er eensklaps uit de wolken neer. De mestkever ontwaakte van het rumoer en wilde zich in den grond verschuilen, maar dit gelukte hem niet: hij werd al om en om gekeerd; nu eens dreef hij op den buik, dan weer op den rug, aan vliegen viel niet te denken;—hij twijfelde er aan, of hij wel levend van deze plaats zou wegkomen. Hij lag, waar hij lag, en bleef daar ook liggen.

Toen het weer een weinig tot bedaren gekomen was en de mestkever het water uit zijn oogen weggepinkt had, zag hij iets wits schemeren: het was een stuk linnen, dat op de bleek lag; hij ging er heen en kroop tusschen een plooi van het natte linnen. Daar lag hij wel is waar anders dan op den warmen mesthoop in den stal; maar iets beters was hier niet voorhanden, en daarom bleef hij, waar hij was, bleef er een geheelen dag, een geheelen nacht, en ook de regen bleef. Tegen den morgen kroop hij tevoorschijn; hij ergerde zich over de weersgesteldheid.

Op het linnen zaten twee kikvorschen; hun heldere, oogen straalden van louter plezier. «Wat is het heerlijk weer!» zei de eene, «hoe verfrisschend! En het linnen houdt het water zoo mooi bij elkander; het krabbelt mij in de achterpooten, alsof ik moest zwemmen.»

«Ik zou wel eens willen weten,» zei de andere, «of de zwaluw, die zoo ver rondvliegt, op haar vele reizen in het buitenland een beter klimaat dan het onze gevonden heeft. Zulk een nattigheid! Het is waarlijk, alsof men in een natte sloot lag! Wie zich daarin niet verheugt, heeft zijn vaderland niet lief.»

«Ben je dan niet in den stal van den keizer geweest?» vroeg de mestkever. «Daar is de vochtigheid warm en geurig: dat is mijn klimaat; maar dat kan men niet op reis meenemen. Is er hier in den tuin geen mesthoop, waar personen van een aanzienlijken stand zooals ik zich te huis kunnen voelen en logeeren?»

De kikvorschen begrepen hem niet of wilden hem niet begrijpen.

«Ik vraag nooit tweemaal!» zei de mestkever, nadat hij reeds driemaal gevraagd en geen antwoord gekregen had.

Daarop ging hij een eindje verder en stiet nu op een potscherf, die daar wel is waar niet had moeten liggen, maar zooals zij lag, gaf zij een goede beschutting tegen weer en wind. Hier woonden verscheidene familiën van oorwormen; deze hadden geen hooge eischen,—alleen gezelligheid. De vrouwelijke individuen zijn vol van de teederste moederliefde, en daarom prees ook iedere moeder haar kind als het schoonste en verstandigste.

«Ons zoontje heeft zich verloofd!» zei een moeder. «Het is een beste jongen. Zijn geheele streven is daarheen gericht, eenmaal in het oor van een geestelijke te komen. Zijn verloving bewaart hem voor uitspattingen! Welk een vreugde voor een moeder!»

«Onze zoon,» sprak een andere moeder, «was, zoodra hij uit het ei gekropen was, ook dadelijk in de weer; het is alles leven en vuur aan hem! Hij loopt zich de horens af! Welk een vreugde voor een moeder! Niet waar, mijnheer de mestkever?»

«Je hebt beiden gelijk!» zei de mestkever; en nu verzocht men hem, de kamer binnen te treden, zoo ver hij namelijk onder de potscherf kon komen.

«Nu zie je ook mijn klein oorwurmpje!» zeiden een derde en een vierde van de moeders. «Het zijn lieve kinderen en zij houden veel van een grapje. Zij zijn nooit ondeugend, als zij ten minste geen buikpijn hebben; maar op hun leeftijd krijgt men dat maar al te gemakkelijk!»

Op deze wijze sprak iedere moeder over haar kindertjes, en de kindertjes spraken mee en gebruikten hun kleine scharen, die zij aan den staart hebben, om den mestkever aan den baard te trekken.

«Ja, zij moeten ook altijd wat doen, die kleine schalkjes!» zeiden de moeders. Maar dat verveelde den mestkever; hij vroeg daarom, of hij nog ver van den mesthoop verwijderd was.

«Die is buiten in de wijde wereld, aan gene zijde van de sloot,» antwoordde een oorworm; «zoo ver zal, naar ik hoop, geen mijner kinderen gaan; dat zou mij den dood aandoen!»

«Zoo ver zal ik toch trachten te komen,» zei de mestkever en verwijderde zich zonder afscheid te nemen; want dat staat immers deftig.

Bij de sloot trof hij verscheidene van zijn soort aan, allemaal mestkevers.

«Hier wonen wij!» zeiden zij. «Wij hebben het hier heel gezellig! Mogen wij je ook uitnoodigen, in het vette slijk af te klimmen? De reis is zeker vermoeiend voor je geweest!»

«Zeker!» sprak de mestkever. «Ik was aan den regen blootgesteld en heb op linnen moeten liggen. Ook heb ik scheuren in mijn eenen vleugel, omdat ik onder een potscherf in den tocht gestaan heb. Het is inderdaad een waar genot voor mij, weer eens onder mijns gelijken te zijn.»

«Kom je misschien van den mesthoop?» vroeg de oudste.

«Van heel wat deftiger plaats!» zei de mestkever. «Ik kom uit den stal van den keizer, waar ik met gouden schoenen aan de pooten geboren ben; ik ben op reis ter volbrenging van een geheimen last; doch je moet mij daarover maar niet uithooren, want ik verraad het toch niet.»

Daarop klom de mestkever in het vette slijk af. Daar zaten drie jonge mestkeverinnen; zij meesmuilden, omdat zij niet wisten, wat zij zouden zeggen.

«Geen van de drie is nog verloofd,» zei de moeder; en de jonge dames meesmuilden op nieuw, ditmaal uit verlegenheid.

«Ik heb ze in de keizerlijke stallen niet mooier gezien,» zei de mestkever, terwijl hij uitrustte.

«Bederf mijn dochters niet; spreek niet tegen haar, of het moest zijn, dat je werkelijk plan op een van haar hadt!—Maar dat heb je zeker wel, en ik geef er mijn zegen op!»

«Hoera!» riepen al de andere mestkevers uit, en onze mestkever was nu verloofd. Op de verloving volgde de bruiloft dadelijk; want er bestond geen reden om deze uit te stellen.

De volgende dag verliep zeer aangenaam, de daarop volgende ook nog al; maar den derden dag moest hij reeds op voedsel voor zijn vrouw, misschien zelfs wel voor zijn kinderen bedacht zijn.

«Ik heb mij laten misleiden!» dacht de mestkever; «er blijft mij dus niets anders over, dan ze ook te misleiden!»

Zoo gezegd, zoo gedaan! Weg was hij, den heelen dag bleef hij uit, den heelen nacht bleef hij uit,—en zijn vrouw zat daar als een weduwe. «O,» zeiden de andere mestkevers, «hij, dien wij in de familie opgenomen hebben, is een echte landlooper: hij is weggegaan en laat zijn vrouw ten onzen laste achter!»

«Welnu, dan moet zij maar weer voor een meisje doorgaan,» zei de moeder, «en als mijn kind hier blijven. Schande over den booswicht, die haar verlaten heeft!»

De mestkever was ondertusschen gedurig verder gereisd en op een koolblad over de sloot gezeild. Den volgenden morgen kwamen er twee personen bij de sloot; toen zij hem zagen, tilden zij hem op, draaiden hem om en om, stelden zich beiden heel geleerd aan, inzonderheid een van hen,—een jongen. «Allah ziet de zwarte mestkevers in den zwarten steen, in de zwarte rots! Niet waar, zoo staat er in den Koran geschreven?» Daarop vertaalde hij den naam van den mestkever in het Latijn en verdiepte zich in diens geslacht en aard. De tweede persoon, een oudere geleerde, was er voor, hem mee naar huis te nemen; zij hadden daar, zei hij, even goede exemplaren noodig, en dat— zoo kwam het onzen mestkever voor,—was niet beleefd gesproken, en daarom vloog hij hem plotseling uit de hand. Daar hij nu droge vleugels had, vloog hij een vrij groot eind voort en bereikte den mesthoop, waarop hij plaats nam en zich in den verschen mest begroef.

«Hier is het heerlijk!» zei hij.

Al spoedig daarop viel hij in slaap, en nu droomde hij, dat het lievelingspaard van den keizer doodgevallen was en hem zijn gouden hoefijzers gegeven en de belofte gedaan had, zijn andere twee pooten ook te laten beslaan.

Dat was zeer aangenaam. Toen de mestkever wakker werd, kroop hij te voorschijn en keek eens in het rond. Welk een pracht heerschte er op den mesthoop! Op den achtergrond groote palmen, die zich hoog verhieven; de zon maakte, dat zij doorzichtig schenen, en wat was daaronder een menigte groen en frissche bloemen, rood als vuur, geel als barnsteen, wit als versch gevallen sneeuw!

«Dat is een onvergelijkelijke plantenpracht; dat zal smaken, als het verrot!» zei de mestkever. «Dat is een goede provisiekamer. Hier wonen zeker bloedverwanten; ik zal eens zien, of ik iemand vind, met wien ik omgang kan hebben. Trotsch ben ik; dat is mijn trots!» En nu drentelde hij over den mesthoop rond en dacht aan zijn schoonen droom van het doode paard en de geërfde hoefijzers.

Daar pakte een hand den mestkever eensklaps beet, drukte hem en draaide hem om en om.

De zoon van den tuinman en een vriendinnetje van dezen waren bij den mesthoop gekomen, hadden den mestkever gezien en wilden nu een grapje met hem hebben. Eerst werd hij in een wingerdblad gewikkeld en toen in een warmen broekzak gestopt; hij kriebelde en krabbelde daar naar zijn beste vermogen; daarvoor echter kreeg hij een druk van de hand van den knaap en werd op deze wijze tot bedaren gebracht. De knaap ging daarop met rassche schreden naar den grooten vijver toe, die zich aan het einde van den tuin bevond. Hier werd de mestkever in een ouden, halfgebroken klomp gezet, daarop werd er een stokje voor mast ingestoken, en aan dezen mast bond men den mestkever nu met een wollen draadje vast. Nu was hij schipper en moest zeilen.

De vijver was zeer groot, den mestkever scheen het een oceaan toe, en hij verwonderde zich daarover zoozeer, dat hij op zijn rug viel en met zijn pooten lag te trappelen.

Het scheepje zeilde af; de stroom van het water voerde het mee; maar als deze het te ver van den wal deed afdrijven, dan strooptе een der jongens zijn broek dadelijk op, staptе in het water en haalde het weer aan land terug. Eindelijk echter, juist toen het weer in volle vaart voorwaarts ging, werden de jongens geroepen, dringend geroepen; zij haastten zich om te komen, liepen van het water weg en lieten het scheepje aan zijn lot over. Dit dreef nu gedurig meer van den oever af, gedurig meer naar het midden van den vijver toe; het was verschrikkelijk voor den mestkever, daar hij niet kon vliegen, omdat hij aan den mast vastgebonden was.

Daar kreeg hij bezoek van een vlieg. «Wat is het vandaag mooi weer!» zei de vlieg. «Hier wil ik uitrusten en mij in de zon koesteren. Je hebt het hier heel prettig.»

«Je spreekt naar je verstand! Zie je dan niet, dat ik vastgebonden ben?»

«Ik ben niet vastgebonden,» zei de vlieg en vloog weg.

«Ja, nu ken ik de wereld!» sprak de mestkever. «Het is een booze wereld! Ik ben de eenige fatsoenlijke man op de wereld! Eerst weigert men mij gouden schoenen; vervolgens moet ik op nat linnen liggen en in den tocht staan, en eindelijk dringen zij mij nog een vrouw op! Doe ik daarop een schrede in de wereld en verneem, hoe ik het daar kan krijgen en hoe ik het graag wou hebben, dan komt er een menschenjongen, bindt mij vast en geeft mij aan de woeste golven ten prijs, terwijl het lievelingspaard van den keizer met gouden schoenen rondloopt! Dat ergert mij nog het meest! Maar op deelneming mag men in deze wereld niet rekenen! Mijn levensloop is zeer interessant; maar wat baat het, als niemand dien kent? De wereld verdient het niet, dien te leeren kennen; zij zou mij anders wel gouden schoenen in den stal van den keizer gegeven hebben, toen het lievelingspaard beslagen werd en ik mijn pooten daarom uitstak. Als ik gouden schoenen gekregen had, dan zou ik een sieraad van den stal geworden zijn; nu heeft de stal mij verloren, nu heeft de wereld mij verloren. Alles is uit!»

Maar alles was nog niet uit. Er kwam een schuitje, waarin eenige meisjes zaten, aanroeien.

«Kijk! Daar zeilt een oude klomp!» zei een der meisjes.

«Er zit een diertje aan vastgebonden!» riep een ander uit.

Het schuitje kwam dicht in de nabijheid van het scheepje van onzen mestkever; de meisjes vischten dit uit het water op; een van haar haalde een schaartje uit haar zak, knipte het wollen draadje doormidden, zonder den mestkever eenig leed te doen, en toen zij aan land kwam, zette zij hem in het gras neer.

«Kruip, kruip! Vlieg, vlieg, als je kunt!» zeide zij. «Vrijheid is een heerlijk ding!»

De mestkever vloog op en door een openstaand raam van een groot gebouw; daar viel hij mat en moede neer op de fijne, zachte manen van het lievelingspaard van den keizer, dat in den stal stond, waar het te huis was, evenals dit met den mestkever het geval was. De mestkever klampte zich aan de manen vast, zat een korten tijd doodstil en kwam wat tot kalmte.

«Hier zit ik op het lievelingspaard van den keizer, zit als keizer op hem! Maar wat wilde ik ook weer zeggen? Ja, nu schiet het mij weer te binnen! Dat is een goede gedachte. Waarom krijgt het paard een gouden hoefbeslag? Zoo vroeg de smid mij immers. Nu wordt deze vraag mij eerst duidelijk. Ter wille van mij kreeg het paard het gouden hoefbeslag.»

En nu kwam de mestkever in een goede luim. «Men krijgt een ruimen blik op reis!» zei hij.

De zon wierp haar stralen in den stal op hem neer en maakte het daar licht en vriendelijk.

«De wereld is, wel bezien, toch zoo boos niet,» zei de mestkever, «men moet haar maar weten te vatten!»

Ja, de wereld was schoon, omdat het lievelingspaard van den keizer slechts daarom een gouden hoefbeslag gekregen had, opdat de mestkever zijn ruiter kon zijn.

«Nu zal ik naar de andere kevers toe gaan en hun vertellen, hoe veel men voor mij gedaan heeft: ik zal hun al de onaangenaamheden vertellen, die ik op mijn reis in het buitenland doorgestaan heb, en hun zeggen, dat ik nu zoo lang te huis zal blijven, totdat het paard zijn gouden hoefbeslag afgesleten heeft.

De ijsjonkvrouw.

I.

De kleine Rudy.

Laat ons een bezoek aan Zwitserland brengen, laat ons een reis doen door het bergland, waar de bosschen tegen de steile rotswanden aangroeien; laat ons opklimmen naar de verblindend witte sneeuwvelden en weer neerdalen in de groene weiden, waardoor rivieren en beken voortbruisen met een vaart, alsof zij de zee niet snel genoeg konden bereiken en verdwijnen. Verzengend staat de zon boven het diepe dal, en ook in de hoogte, op de zware sneeuwmassa's brandt zij, zoodat deze met de jaren tot glinsterende ijsblokken samensmelten en zich tot rollende lawinen, tot opeengestapelde gletschers vormen. Twee zulke gletschers liggen er in de breede rotskloven onder den Schreckhorn en den Wetterhorn, bij het bergstadje Grindelwald; zij zijn merkwaardig om bezichtigd te worden, en daarom komen er in den zomer vele vreemdelingen uit de geheele wereld hier naar toe; zij komen over de hooge, met sneeuw bedekte bergen, zij komen ook uit de diepe dalen, en dan moeten zij verscheidene uren klimmen, en terwijl zij klimmen, daalt het dal al dieper; zij zien daarop neer, alsof zij het uit een luchtbol zagen. Boven hen hangen de wolken dikwijls als dikke, zware sluiers om de bergtoppen, terwijl beneden in het dal, waar de vele bruine, houten huizen verstrooid staan, nog een zonnestraal fonkelt en een plekje in het groen te voorschijn doet komen, alsof het doorzichtig was. Daar beneden gonst en suist en bruist het water, daarboven stroomt en babbelt het; het ziet er uit, alsof er zilveren linten over de rotsen naar beneden fladderden.

Aan beide kanten van den weg, die bergopwaarts loopt, staan houten huizen; ieder huis heeft zijn aardappeltuin, en deze is onmisbaar: want vele monden zijn er in die hutten, kinderen zijn hier in menigte, die altijd grage magen hebben; overal komen zij te voorschijn en scharen zich om de reizigers, onverschillig of dezen te voet zijn of in rijtuigen zitten; de geheele kinderschaar drijft hier handel, de kleinen bieden mooi gesneden huisjes te koop aan in den vorm van die, welke men hier in het gebergte bouwt. Al moge het regen of zonneschijn wezen, de kinderen zijn er altijd met hun koopwaren.

Voor omstreeks twintig jaren stond hier dikwijls, maar altijd op eenigen afstand van de andere kinderen, een kleine jongen, die ook handel wilde drijven; hij stond daar, zette een heel ernstig gezicht en hield zijn mars zoo stevig met zijn beide handen vast, alsof hij niet geneigd was, er iets uit te verkoopen; maar juist deze ernst en dat het jongentje zoo klein was, maakte, dat hij de aandacht trok, dikwijls door de vreemdelingen geroepen werd en vaak den meesten aftrek van zijn koopwaren had; de knaap wist zelf niet waarom. Een uur hooger, ook in het gebergte, woonde zijn grootvader, die de fijne, mooie huisjes sneed, en bij den grijsaard in de kamer stond een groote kast met dergelijke gesneden voorwerpen in menigte: notenkrakers, messen en vorken, doozen met boomen en springende gemzen, juist zoo iets aantrekkelijks voor kinderoogen; maar de knaap—Rudy heette hij—keek met meer plezier en verlangen naar de oude buks, die onder den balk aan de zoldering hing; zijn grootvader had hem beloofd, dat hij deze later zou krijgen; maar hij moest eerst groot en sterk worden, om haar te kunnen hanteeren.

Hoe klein de knaap ook was, toch moest hij reeds de geiten hoeden, en als hij een goede geitenhoeder mag heeten, die met de dieren weet te klimmen, dan was Rudy er zeker een; hij klom zelfs een weinig hooger dan de geiten, hij hield er veel van, de vogelnestjes hoog boven in de boomen uit te halen; hij was stoutmoedig en driest, maar glimlachen zag men hem slechts, als hij bij den bruisenden waterval stond of het neerrollen van een lawine hoorde. Hij speelde nooit met de andere kinderen; hij kwam slechts dan met dezen in aanraking, als zijn grootvader hem den berg afzond, om handel te drijven, en van den handel hield Rudy juist niet bijzonder; hij klom liever alleen op de bergen rond, of zat bij zijn grootvader en hoorde dezen van den ouden tijd en van de menschen in het naburige Meiringen, zijn geboorteplaats, vertellen. De menschen daar, zei de grijsaard, hadden er niet van oudsher gewoond; zij waren uit het hooge Noorden gekomen, waar hun stamvaders woonden en Zweden heetten. Rudy beroemde er zich nog al wat op, dat hij dit wist; maar hij leerde ook nog wat van anderen, en deze anderen waren zijn huisgenooten, die tot het dierengeslacht behoorden. Er was een groote hond, die Ajola heette en aan Rudy's vader toebehoord had, en ook was er een kater; deze kater stond bij Rudy vooral hoog aangeschreven; die had hem het klimmen geleerd.

«Kom maar eens met mij op het dak!» had de kater gezegd, en wel duidelijk en verstaanbaar, want als men een kind is en nog niet kan spreken, dan verstaat men de kippen en de eenden heel goed; de katten en de honden spreken ons dan even verstaanbaar toe als vader en moeder, alleen moet men daarvoor nog heel klein zijn; zelfs grootvaders stok kan dan hinniken, en een geheel paard worden met kop, pooten en staart. Bij eenige kinderen houdt dit verstaan later dan bij andere op, en van dezulken zegt men dan, dat zij achterlijk en heel lang kinderen gebleven zijn. Wat zegt men al niet!

«Kom maar eens met mij op het dak, Rudy!» was zeker wel het eerste, wat de kater gezegd en Rudy verstaan had. «Wat de menschen van het naar beneden vallen zeggen, is louter verbeelding: men valt niet, als men er niet bang voor is. Komaan, zet uw eenen poot zoo en uw anderen zoo! Voel eerst met uw voorpooten! Ge moet oogen in uw kop en lenige ledematen hebben! Komt er ergens een kloof, spring dan maar en houd u vast. Zoo doe ik het!»

En zoo deed Rudy het dan ook; daarom zat hij zoo dikwijls op de dakvorst bij den kater, zat met hem in de toppen van de boomen, ja, hoog op den rand van de rots, waar de kater niet kon komen.

«Hooger op!» zeiden boom en struik. «Ziet ge wel, hoe hoog wij kunnen reiken, hoe wij ons vasthouden, zelfs aan den uitersten smallen kant van de rots!»

Rudy bereikte de bergtoppen, dikwijls nog voordat de zon daar kwam, en daar dronk hij zijn morgendrank, de frissche, versterkende berglucht, dien drank, dien slechts de goede God weet klaar te maken en waarvan de menschen alleen maar het recept kunnen lezen, waarin geschreven staat: de frissche geur van de kruiden van den berg, van de kroezemunt en den tijm van het dal.—Alles, wat zwaar is, zuigen de hangende wolken in, en de wind slijpt en wrijft ze over de toppen der dennen heen, de geest van den geur gaat in de lucht over, om haar lichter en frisscher, gedurig frisscher te maken. En dat was Rudy's morgendrank.

De zonnestralen, die zegenbrengende dochters der zon, kusten zijn wangen, en de duizeligheid stond op de loer, maar waagde het niet, hem te naderen, en de zwaluwen van het huis van zijn grootvader, waarop niet minder dan zeven nesten waren, vlogen naar hem en de geiten op en zongen: «Wij en gij! Gij en wij!» Zij brachten groeten van huis, van zijn grootvader, ja, zelfs van de beide kippen, die eenige vogels in huis, waarmee Rudy zich echter nooit inliet.

Hoe klein hij ook was, had hij toch een reis gedaan, en voor zoo'n klein jongetje juist geen kleine reis; hij was in het kanton Walliserland geboren en over de bergen hierheen gedragen; nog kort geleden had hij te voet den naburigen Staubbach bezocht, die als een zilveren lint voor den met sneeuw bedekten, verblindend witten berg, de Jungfrau, in de lucht fladderde. Ook te Grindelwald bij den grooten gletscher was hij geweest; maar dat was een treurige geschiedenis: daar vond zijn moeder den dood, daar was de kleine Rudy zijn kinderlijke vroolijkheid kwijtgeraakt, zei zijn grootvader. «Toen de jongen nog geen jaar oud was, lachte hij meer dan dat hij huilde,» had zijn moeder geschreven; «van dien tijd af, waarop hij in de ijskloof gezeten had, was er een andere geest in hem gevaren.» Zijn grootvader sprak hierover maar zelden; doch men wist het toch overal in het gebergte.

De vader van Rudy was postiljon geweest; de groote hond, die in de kamer van zijn grootvader lag, had hem altijd op zijn tocht over den Simplon naar het meer van Genève vergezeld. In het Rhônedal, in het kanton Walliserland, woonden nog bloedverwanten van vaderszijde van Rudy; zijn oom was een onverschrokken gemzenjager en een welbekende gids.—Rudy was nog maar een jaar oud, toen hij zijn vader verloor, en zijn moeder verlangde nu met haar kind naar haar bloedverwanten in het Berner Oberland terug; haar vader woonde eenige uren van Grindelwald af; hij sneed allerlei houten voorwerpen en verdiende daarmee zoo veel, dat hij kon leven. In de maand Juni ging zij met haar kind, in gezelschap van twee gemzenjagers, over den Gemmi naar Grindelwald toe. Reeds hadden zij het grootste eind afgelegd en waren over den hoogen bergrug tot in het sneeuwveld gekomen, reeds zagen zij het dal met de welbekende houten huizen voor zich liggen en hadden nog slechts een grooten gletscher over te loopen. De sneeuw was versch gevallen en verborg een kloof, die wel is waar niet tot op den diepen grond reikte, waar het water bruiste, maar toch altijd dieper dan een manslengte; de jonge vrouw, die haar kind droeg, gleed uit, viel naar beneden en was verdwenen; men hoorde geen gil, geen zucht, maar men vernam het huilen van een klein kind. Meer dan een uur verliep er, voordat haar beide metgezellen uit de naast bijgelegene huisjes touwen en stokken gehaald hadden, om zoo mogelijk nog hulp te bieden, en na veel inspanning haalde men uit de ijskloof twee lijken te voorschijn, naar het scheen. Allerlei middelen werden er aangewend; het gelukte, het kind in het leven terug te roepen, maar de moeder niet, en zoo kreeg de oude grootvader slechts een kleinzoon in huis, een wees, denzelfden knaap, die meer lachte dan huilde; het scheen echter, alsof hij nu het lachen geheel verleerd had, en die verandering moest zeker in de gletscherkloof plaats gegrepen hebben, in de koude, zonderlinge ijswereld, waar de zielen der verdoemden tot aan den jongsten dag ingekerkerd zijn,—zooals de Zwitsersche boer gelooft.

Als een bruisend water, tot ijs gestold en samengeperst als tot groene brokken glas, ligt de gletscher, het eene groote ijsblok op het andere gestapeld; beneden in de diepte bruist de snelvlietende stroom van gesmolten sneeuw en vloeibaar geworden ijs; diepe holen, groote kloven strekken zich daar beneden uit, het is een zonderling glazen paleis, en hierin woont de ijsjonkvrouw, de gletscherkoningin. Zij, de doodende, de verpletterende, is half een kind der lucht, half de machtige gebiedster der rivier; daarom is zij ook bij machte, zich met de snelheid der gems op den bovensten top van den sneeuwberg te verheffen, waar de stoutmoedige bergbeklimmers eerst trappen in het ijs moeten hakken, om hun voeten neer te zetten; zij zeilt op het dunne dennenrijs den snellen stroom langs, en springt daar van het eene rotsblok op het andere, omfladderd door haar lange, sneeuwwitte lokken en haar blauwachtig groen gewaad, dat als het water in de diepe meren van Zwitserland schittert.

«Verpletteren! Vasthouden! Aan mij behoort de macht!» spreekt zij. «Een schoonen knaap heeft men mij ontstolen, een knaap, dien ik gekust, maar niet doodgekust heb. Hij is weer onder de menschen, hij hoedt de geiten op het gebergte, klimt opwaarts, gedurig hooger, ver van de anderen weg, maar niet van mij! Hij behoort mij toe, ik zal hem halen!»

Zij gaf de duizeligheid bevel, voor haar te handelen; want het was de ijsjonkvrouw in den zomertijd in het groen, waar de kroezemunt groeit, te warm; en de duizeligheid klom op en neer; er verhief zich een, er verhieven zich drie. De duizeligheid heeft vele zusters, een geheele schaar, en de ijsjonkvrouw koos de sterkste van die velen, die buiten en binnen haar taak vervullen. Zij zitten op de balustrades van trappen en torens, zij loopen als katten langs de kanten der rotsen, zij springen over de balustrades heen, slaan in de lucht, als de zwemmer in het water, en lokken haar slachtoffer in den afgrond. De duizeligheid en de ijsjonkvrouw, zij grijpen beiden naar den mensch, evenals de poliep naar alles grijpt, wat er in haar nabijheid komt. De duizeligheid moest Rudy grijpen.

«Ja, dien grijpen!» zei de duizeligheid. «Daartoe ben ik niet in staat! De kat, dat ondier, heeft hem haar kunsten geleerd. Dit menschenkind bezit een eigenaardige macht, die mij van zich stoot, ik vermag hem niet te grijpen, dezen knaap, als hij op de takken boven den afgrond zit, en hoe graag zou ik hem op de voetzolen kittelen of hem een buiteling in de lucht doen maken! Maar ik ben hiertoe niet in staat!»

«Wij zullen het wel gedaan krijgen,» zei de ijsjonkvrouw. «Gij of ik! Ik, ik!»

«Neen, neen,» klonk het om haar heen, alsof het een echo van het gelui der kerkklokken in de bergen was; maar het was gezang, het was een samensmeltend koor van andere natuurgeesten, goede, beminlijke geesten,—het waren de dochters der zonnestralen. Deze legeren zich iederen avond in een kring rondom den bergtop; daar spreiden zij haar rooskleurige vleugelen uit, die met het dalen der zon gedurig schitterender worden en een gloed over de hooge Alpen verspreiden; de menschen noemen dat «Alpengloed.» Als de zon dan gezonken is, verbergen zij zich op de bergtoppen in de witte sneeuw en slapen daar, totdat de zon weer opgaat; dan komen zij op nieuw te voorschijn. Vooral hebben zij de bloemen, de kapellen en de menschen lief, en onder deze laatsten hadden zij zich inzonderheid Rudy uitverkoren.

«Ge vangt hem niet! Ge krijgt hem niet!» zeiden zij.

«Grooter en sterker heb ik er wel gevangen!» zei de ijsjonkvrouw.

Nu zongen de dochteren der zon een lied van den reiziger, wiens mantel de stroom wegvoerde,—de wind nam het hulsel, maar den man niet; «ge kunt hem wel grijpen, maar niet vasthouden, gij kinderen der kracht! Hij is sterker dan wij zelfs zijn! Hij klimt hooger dan de zon, onze moeder, hij bezit het tooverwoord, dat wind en water aan banden legt, zoodat zij hem moeten dienen en gehoorzamen. Gij maakt het zware, drukkende gewicht los, en hij verheft zich hooger!»

Heerlijk klonk het koor, als het gelui eener klok.

Iederen morgen drongen de zonnestralen door het eenige raampje het huis van den grootvader binnen en beschenen het stille kind. De dochters der zonnestralen kusten het; zij wilden den ijskus ontdooien, doen smelten en uitwisschen, dien de koninklijke maagd der gletschers hem gegeven had, toen hij op den schoot van zijn doode moeder in de diepe ijskloof lag en daaruit als door een wonder gered werd.

II.
De reis naar de nieuwe woning.

Rudy was nu acht jaar oud; zijn oom, die aan gene zijde der bergen in het Rhônedal woonde, wilde den knaap tot zich nemen, opdat hij iets zou leeren en beter in de wereld vooruitkomen; dit vond ook zijn grootvader goed en deze liet hem vertrekken.

Rudy nam alzoo afscheid. Behalve zijn grootvader waren er echter nog anderen, wien hij vaarwel moest zeggen, en wel in de eerste plaats Ajola, den ouden hond.

«Uw vader was postiljon en ik was posthond,» zei Ajola. «Wij zijn ontelbare malen heen en weer gereden, ik ken de honden en ook de menschen aan gene zijde der bergen. Veel spreken is nooit mijn zaak geweest; maar thans, nu wij niet lang meer met elkaar te spreken zullen hebben, wil ik iets meer dan anders zeggen; ik wil u een geschiedenis vertellen, die ik al lang geweten heb; ik begrijp haar echter niet, en gij zult haar ook niet begrijpen, maar dat doet er niet toe; zooveel heb ik er althans uit opgemaakt, dat het in de wereld niet heel billijk verdeeld is, noch voor honden, noch voor menschen! Niet allen zijn geschapen om op den schoot te liggen of melk te drinken; ik ben daaraan niet gewoon; maar ik heb zoo'n hondje wel eens in den postwagen zien meerijden en daarin de plaats van een mensch innemen; de dame, wie het beestje toebehoorde, had een fleschje met melk bij zich, waaruit zij het hondje liet drinken; en koekjes kreeg het, maar het snuffelde er op zijn hoogst eens even aan en wilde er niet eens van eten, en daarom at zij de koekjes zelf maar op. Ik liep in de modder naast het rijtuig mee, zoo hongerig als een hond maar wezen kan; ik kauwde op mijn eigen gedachten, en dat was niet zooals het behoort;—maar er moet zooveel anders zijn, dat niet is, zooals het behoort. Zoudt gij op den schoot willen zitten en in het rijtuig rijden? Ik gun het u van harte; Maar zelf kan iemand dit niet gedaan krijgen; ik heb het niet kunnen doen, noch door blaffen, noch door huilen!»

Dat waren de woorden van Ajola, en Rudy omhelsde hem en kuste hem hartelijk op zijn natten snoet; daarop nam hij den kater op zijn arm, maar deze verzette zich hiertegen.

«Ge wordt mij te sterk, en tegen u wil ik mijn klauwen niet gebruiken! Klim maar over de bergen, ik heb u het klimmen immers geleerd! Verbeeld u maar niet, dat ge naar beneden zult vallen, dan blijft ge wel hangen!»

Dit zeggende sprong de kater weg; want hij wilde niet, dat Rudy zou merken, hoe de treurigheid hem in de oogen te lezen stond.

De kippen liepen trotsch in de kamer rond; een had haar staart verloren; een reiziger, die jager wilde zijn, had haar dien afgeschoten; de kerel had de kip voor een roofvogel aangezien.

«Rudy wil over de bergen trekken!» zei de eene kip.

234

«Hij heeft altijd zoo'n haast!» zei de andere, «ik neem niet graag afscheid!» En nu trippelden zij beiden weg.

Ook de geiten zei hij vaarwel, en deze deden een «Mê, mê!» hooren en wilden meegaan: dat was zeer treurig.

Twee flinke gidsen uit de omstreken, die over de bergen naar den anderen kant van den Gemmi wilden, namen Rudy mee; hij volgde hen te voet. Het was een stevige marsch voor zulk een knaap, maar hij had goede krachten, en zijn moed begaf hem niet.

De zwaluwen vlogen een eind mee. «Wij en gij! Gij en wij!» zongen zij. De weg liep over den snelvlietenden Lutschine, die uit vele kleine stroomen uit de zwarte kloof van den Grindelwaldgletscher ontstaat. Als bruggen dienen hier losliggende boomstammen en rotsblokken. Toen zij bij het Ellernwald aangekomen waren, begonnen zij den berg te beklimmen, waar de gletscher zich van den bergrug losgerukt had, en liepen nu over en om ijsblokken heen naar den gletscher toe. Rudy moest nu eens een eindje kruipen, dan weer een eindje loopen; zijn oogen straalden van louter vreugde, en hij trapte zoo vast met zijn met ijzer beslagen bergschoenen, alsof hij bij iederen stap een spoor moest achterlaten. De zwarte aarde, die de bergstroom op den gletscher achtergelaten had, gaf dezen het aanzien, alsof hij beschimmeld was, maar het blauwachtig groene, glasachtige ijs keek er toch doorheen; men moest de kleine meren omloopen, die zich, door blokken ijs ingedamd, gevormd hadden, en op zulk een reis kwam men in de nabijheid van een groot rotsblok, dat waggelend op den rand eener kloof in het ijs lag; dit rotsblok verloor zijn evenwicht, rolde naar beneden en liet de echo's uit de diepe, holle kloven der gletschers naar boven klinken.

Het ging maar steeds bergopwaarts; de gletscher zelf liep in de hoogte als een stroom van woest opeengestapelde ijsmassa's, die tusschen steile rotsen vastgeklemd zaten. Rudy dacht er een oogenblik aan, dat hij, zooals men hem verteld had, met zijn moeder diep beneden in een van deze kille kloven gelegen had, maar al spoedig werden deze gedachten verbannen, en kwam dit hem voor als de andere geschiedenissen, waarvan hij er zoo vele had hooren vertellen. Nu en dan, als de mannen dachten, dat de weg toch wel wat al te bezwaarlijk voor het knaapje was, staken zij hem een hand toe, maar hij werd niet moede, en op het gladde ijs stond hij vast als een gems. Zij betraden nu den rotsgrond en liepen nu eens tusschen naakte rotsen, dan weer tusschen dennen en over groene weiden, telkens door afwisselende nieuwe landschappen; in de rondte verhieven zich de sneeuwbergen, wier namen de «Jungfrau,» de «Mönch» en de «Eiger,» aan ieder kind in die streken en ook aan Rudy bekend waren. Rudy was vroeger nog nooit zoo hoog op het gebergte geweest en had nog nooit de uitgestrekte sneeuwzee betreden; hier lag deze nu met haar onbeweeglijke sneeuwgolven, waarvan de wind nu en dan een vlok wegblies, evenals hij het schuim van de golven der zee wegblaast. De gletschers staan hier, om zoo te spreken, hand aan hand; elke is een glazen paleis voor de ijsjonkvrouw, wier macht en wil het is, te grijpen en te begraven. De zon scheen warm, de sneeuw was verblindend en als met blauwachtig witte, fonkelende diamanten bezaaid. Ontelbare insecten, inzonderheid kapellen en bijen, lagen bij hoopen dood op de sneeuw neer; zij hadden zich te hoog gewaagd, of de wind had ze zoo hoog gedragen, totdat zij van de koude stierven. Om den Wetterhorn hing een dreigende zwarte wolk; zij daalde naar beneden, opgezwollen van hetgeen zij in zich verborg: een orkaan, vernielend, wanneer hij losbarst. De indruk van deze geheele reis, het nachtverblijf hier boven, de latere weg, de diepe rotskloven, waar het water gedurende een tijdruimte, waarbij de gedachten duizelden, de rotsblokken doorgezaagd heeft, prentten zich onuitwischbaar in het geheugen van Rudy.

Een verlaten steenen gebouw aan gene zijde van de sneeuwzee verleende hun gedurende den nacht beschutting; hier vonden zij houtskolen en rijshout; al spoedig was er een vuur aangelegd en het nachtleger gereedgemaakt, zoo goed als het ging; de mannen schaarden zich om het vuur, rookten hun pijpen en dronken den warmen, geurigen drank, dien zij zelf toebereid hadden; ook Rudy kreeg zijn aandeel van den drank, en er werd van het geheimzinnige karakter van het Alpenland, van de zonderlinge, reusachtige slangen in de diepe meren, van het heirleger van nachtspoken verteld, dat den slapende door de lucht naar de wonderbare, drijvende stad Venetië overbracht, van den wilden herder, die zijn zwarte schapen over de weide dreef; al had men deze ook niet gezien, in allen gevalle had men toch het geklingel van hun belletjes gehoord, het schorre geblaat der kudde vernomen. Rudy luisterde nieuwsgierig, maar zonder eenige vrees; deze kende hij niet; en terwijl hij luisterde, kwam het hem voor, alsof hij het spookachtige holle gebrul hoorde; ja, het werd gedurig duidelijker, ook de mannen hoorden het, hielden met hun gesprekken op, luisterden en zeiden tegen Rudy, dat hij niet mocht gaan slapen.

Het was een «föhn,» die geweldige stormwind, die zich van de bergen af in het dal werpt en in zijn woede de boomen knakt, alsof het rietjes waren, die de houten huizen van den eenen oever naar den anderen slingert, evenals wij een stuk op het schaakbord verzetten.

Na verloop van omstreeks een uur zeiden zij tegen Rudy, dat het gevaar nu geweken was en dat hij kon gaan slapen, en vermoeid van de reis, viel hij als op kommando in slaap.

Den volgenden morgen zetten zij hun tocht weer voort. De zon bescheen op dezen dag voor Rudy nieuwe bergen, gletschers en sneeuwvelden; zij waren in het kanton Walliserland gekomen en bevonden zich aan gene zijde van den bergrug, dien men van uit Grindelwald ziet, maar zij waren nog ver van Rudy's nieuwe woning verwijderd. Er vertoonden zich andere kloven, andere weiden, bosschen en rotspaden; ook andere huizen en andere menschen kwamen te voorschijn, maar wat voor menschen? Het waren wangedrochten: zij hadden akelige, bolle, geelachtige gezichten, hun halzen waren zware, leelijke klompen vet, die als zakken naar beneden hingen; het waren kroplijders; zij sleepten zich met moeite voort en keken de vreemdelingen met wezenlooze blikken aan; de vrouwen zagen er vooral afschuwelijk uit. Waren dat de menschen in zijn nieuwe woonplaats?

III.
De oom.

In het huis van den oom, waar Rudy nu woonde, zagen de menschen er, Goddank! uit, zooals hij ze gewoon was te zien; hier was slechts een enkele kroplijder, een arme idioot, een van die beklagenswaardige schepselen, die in hun verlatenheid in het kanton

Walliserland altijd van huis tot huis gaan en in iedere familie een paar maanden blijven; de arme Saperli was juist hier, toen Rudy aankwam.

De oom van Rudy was nog een krachtig jager en verstond bovendien het kuipersambacht; zijn echtgenoote was een kleine, levendige vrouw met een vogelgezicht, oogen als een adelaar en een langen, met haar begroeiden hals.

Alles was hier voor Rudy nieuw, kleederdracht, zeden en gebruiken, zelfs de taal; maar deze zou het oor van den knaap wel spoedig leeren verstaan. Het zag er hier welvarend uit, in vergelijking met zijn vroeger verblijf bij zijn grootvader. De kamer was grooter, de muren prijkten met horens van gemzen en blank gepolijste jachtroeren; boven de deur hing een beeld van de Heilige Maagd, en daarvoor stonden frissche Alpenrozen en een brandende lamp.

Zijn oom was, zooals gezegd is, een der onverschrokkenste gemzenjagers uit den geheelen omtrek en ook een der beste gidsen. In dit huis zou Rudy nu de lieveling worden; wel is waar was er al een, namelijk een oude, blinde en doove jachthond, die nu echter niet meer op de jacht meeging, maar het toch vroeger gedaan had. Men had zijn goede eigenschappen uit vroegere tijden niet vergeten, en daarom werd het beest nu tot de familie gerekend en goed verpleegd. Rudy streelde den hond; maar deze liet zich niet meer met vreemden in, en dat was Rudy immers voor hem; lang bleef hij dit echter niet, hij schoot al spoedig wortelen in het huis en in het hart.

«Hier in het kanton Walliserland is het nog zoo kwaad niet,» zei de oom, «en gemzen hebben wij; die sterven niet zoo spoedig uit als de steenbok; hier is het nu veel beter dan in vroegeren tijd. Hoeveel er ook ter eere van de vroegere dagen verteld wordt, de onze zijn toch beter: de zak is opengemaakt, er gaat een luchtstroom door ons ingesloten dal. Iets beters komt er altijd te voorschijn, wanneer het afgesletene vervalt!» zeide hij; en als zijn oom eens recht in zijn nopjes was, dan vertelde hij van de jaren zijner jeugd en verder op tot in den krachtigsten tijd van zijn vader, toen Walliserland, zooals hij zich uitdrukte, nog een dichtgemaakte zak was, vol zieke menschen, beklagenswaardige kroplijders; «maar de Fransche soldaten kwamen hier, zij waren de beste geneesheeren, zij sloegen de ziekte terstond dood, en de menschen sloegen zij ook dood. Van het slaan hadden de Franschen verstand, zij wisten op meer dan één manier een slag te slaan, en de meisjes hebben er ook verstand van!» Daarbij knikte de oom zijn vrouw, die een geboren Française was, al lachend toe. «De Franschen hebben in de rotsen gehouwen, dat het een lust was om te zien. Den Simplonweg hebben zij in de rotsen gemaakt, zoodat ik nu tegen een kind van drie jaar kan zeggen: «Ga eens naar Italië toe! Houd den grooten weg maar!» En het kind zal goed en wel in Italië aankomen, als het den grooten weg maar houdt!» Daarop zong zijn oom een Fransch lied en riep «Hoera!» en «Leve Napoleon Bonaparte!»

Hier hoorde Rudy voor het eerst van zijn leven vertellen van Frankrijk en van Lyon, de groote stad aan de Rhône; daar was zijn oom geweest.

Er zouden niet vele jaren verloopen, of Rudy zou een uitstekend gemzenjager worden; hij had er veel aanleg toe, zei zijn oom, en deze leerde hem de buks hanteeren, leerde hem het mikken en het schieten; hij nam hem in den jachttijd mee naar de bergen en liet hem van het warme bloed der gemzen drinken, dat den jager de duizeligheid beneemt; hij leerde hem ook, den tijd te onderscheiden, wanneer op de verschillende bergen de lawinen zouden neerstorten, 's middags of 's avonds, al naardat de zonnestralen daar werken; hij leerde hem, op de gemzen en op haar springen acht te geven, zoodat men op de voeten te land kwam en vast bleef staan, en als er in de rotskloof geen steun voor den voet was, dan moest men zich met de ellebogen, met de lendenen en met de kuiten vastklampen, zelfs met den nek kon men zich vastklemmen, als het wezen moest. De gemzen waren slim, zij zetten voorposten uit; maar de jager moest nog slimmer zijn, ze van het rechte spoor afbrengen en op een dwaalweg voeren. Op zekeren dag, toen Rudy met zijn oom op de jacht was, hing deze zijn jas en zijn hoed op den Alpenstok, en de gemzen zagen de jas voor den man aan.

Het rotspad was smal, ja, het was bijna geen pad, maar slechts een smalle uitstek langs den gapenden afgrond. De sneeuw, die hier lag, was half ontdooid, de steenen brokkelden af, als men er op trapte, zijn oom ging daarom plat op zijn buik liggen en kroop zoo voorwaarts. Ieder stukje, dat er van de rots afbrokkelde, viel en stuitte terug, sprong en rolde van den eenen rotswand naar den anderen, totdat het in de diepte tot staan kwam. Omstreeks honderd schreden achter zijn oom stond Rudy op een vooruitspringende vaste rotspunt; van hier zag hij een grooten lammergier door de lucht vliegen en zwevend boven zijn oom blijven staan, dien hij met zijn vleugelslag in den afgrond wilde werpen, om hem tot zijn prooi te maken. Zijn oom had slechts oogen voor de gems, die met haar jongen aan gene zijde van de rotskloof te zien was; Rudy hield zijn blik onafgewend op den vogel gevestigd, hij begreep al, wat deze wilde; daarom stond hij gereed om zijn buks af te schieten. Daar sprong de gems plotseling op, zijn oom schoot, en het dier was getroffen door den doodenden kogel, maar het jong sprong weg, alsof het zijn leven lang aan vluchten en gevaren gewoon geweest was. De groote vogel sloeg, door den knal van het schot verschrikt, een andere richting in; zijn oom wist niets van het gevaar, waarin hij verkeerd had; eerst van Rudy vernam hij dit.

Terwijl zij zich nu in de beste luim op de terugreis bevonden en de oom een lied uit zijn jeugd floot, hoorden zij eensklaps een eigenaardig geluid in de nabijheid; zij keken om zich heen, en nu verhief zich in de hoogte op de helling der rots het sneeuwdek, het bewoog zich in golven als een stuk linnen, wanneer de wind daaronder speelt. De sneeuwgolven braken en losten zich, terwijl zij een oogenblik geleden nog glad en vast als marmeren platen waren, in schuimende, verbolgen wateren op, die als een doffe donderslag dreunden; het was een lawine, die naar beneden stortte, niet over Rudy en zijn oom heen, maar in hun nabijheid, vlak in hun nabijheid.

«Houd je vast, Rudy!» zei de oom, «houd je met alle macht vast!»

En Rudy hield den naasten boomstam omklemd; zijn oom klauterde boven hem tegen den boom op en hield zich daar vast, terwijl de lawine vele voeten van hen af voortrolde; maar de luchtdrukking, de stormvleugelen der lawine, brak boomen en struiken in den omtrek, alsof het slechts dunne rietjes waren, en wierp ze her- en derwaarts heen. Rudy zat op zijn hurken; de boomstam, waaraan hij zich vasthield, was als doormidden gezaagd en de kroon was ver weggeslingerd; daar, tusschen de geknakte takken, lag zijn oom met een verpletterd hoofd, zijn hand was nog warm, maar zijn gezicht niet te herkennen. Rudy stond daar bleek en sidderend; het was de eerste schrik zijns levens, de eerste huivering, die hem over de leden ging.

Laat op den avond kwam hij met de doodstijding in het huis terug, dat nu een huis van rouw werd. Zijn tante vond geen woorden, geen tranen; eerst toen men het lijk thuis bracht, kwam de smart tot uitbarsting. De arme kroplijder kroop in zijn bed; men zag hem den geheelen volgenden dag niet; eerst tegen den avond kwam hij naar Rudy toe.

«Schrijf een brief voor mij!» zeide hij. «Saperli kan niet schrijven! Saperli kan den brief op de post brengen!»

«Een brief van jou?» vroeg Rudy. «En aan wien?»

«Aan den Heer Christus.»

«Aan wien, zeg je?»

En nu keek de idioot Rudy met een geroerden blik aan, vouwde de handen en zeide op een plechtigen en vromen toon:

«Aan Jezus Christus! Saperli zal hem een brief zenden, hem vragen, of Saperli dood mag liggen en niet de man hier in huis.»

Rudy drukte hem de hand en zei: «De brief komt daar niet aan en geeft ons hem niet terug!»

Het viel Rudy niet gemakkelijk, hem de onmogelijkheid daarvan te doen inzien.

«Nu ben je de steun des huizes!» zei zijn tante en pleegmoeder, en Rudy werd dit ook.

IV.
Babette.

Wie is de beste schutter in het kanton Walliserland? Dat wisten de gemzen wel. «Wacht je voor Rudy!» konden zij zeggen. Wie is de knapste schutter? «Dat is Rudy!» zeiden de meisjes, maar zij zeiden niet: «Wacht je voor Rudy!» Dat zeiden de bedaagde moedertjes niet eens, want hij knikte ze even vriendelijk toe als de jonge meisjes. Wat was hij stoutmoedig en vroolijk! Zijn wangen waren door de zon verbrand, zijn tanden frisch en wit, zijn oogen gitzwart; hij was een knappe jongen en twintig jaar oud. Het ijskoude water hinderde hem niet, als hij zwom; als een visch konhij zich in het water wenden en keeren, en klauteren kon hij als een aap, zich aan den rotswand vastklemmen als een slak; goede spieren en zenuwen had hij, en dat toonde hij ook door den sprong, dien hij eerst van den kater en later van de gems geleerd had. Rudy was de beste gids, waaraan men zich kon toevertrouwen; hij zou zich een geheel vermogen als gids kunnen verwerven; het kuipersambacht, dat zijn oom hem ook geleerd had, beviel hem echter niet; zijn lust was de gemzenjacht, en deze bracht hem ook geld op. Rudy was een goede partij, zooals men zeide, als hij maar niet met een meisje boven zijn stand wilde trouwen. Hij was een danser, van wien de meisjes droomden, en dien deze en gene zelfs wakend in haar gedachten omdroegen.

«Mij heeft hij onder het dansen een kus gegeven!» zei Annette van den schoolmeester tegen haar beste vriendin; maar dat had zij niet moeten zeggen, zelfs niet tegen haar beste vriendin. Het gaat niet gemakkelijk, zulke dingen geheim te houden; het is als zand in een zeef, het loopt er doorheen; en spoedig was het bekend, dat Rudy, hoe braaf en goed hij ook was, onder het dansen kuste, en toch had hij niet eens diegene gekust, die hij het liefst had willen kussen.

«Ja!» zei een oude jager, «hij heeft Annette gekust; hij is met A begonnen en zal het heele ABC wel doorkussen!»

239

Een kus onder het dansen was alles, wat de roerige tongen tot dusverre tegen hem wisten in te brengen; hij had Annette wel is waar gekust, en toch was zij niet de bloem van zijn hart.

Beneden in het dal bij Bex, tusschen de hooge walnoteboomen, bij een kleinen, snelvlietenden bergstroom, woonde de rijke molenaar; het woonhuis was een groot gebouw en had drie verdiepingen met kleine torentjes, die met hout bedekt en met zinken platen belegd waren, welke in den zonne- en maneschijn glinsterden. Op het grootste der torentjes stond een windwijzer, een pijl, die een appel doorboord had: dat moest aan het schot van Tell herinneren. De molen zag er netjes en welvarend uit; deze liet zich ook uitteekenen en beschrijven, maar de dochter van den molenaar liet zich niet uitteekenen en beschrijven: zoo zou Rudy ten minste gezegd hebben, en toch stond zij in zijn hart uitgeteekend; haar oogen fonkelden daar, zoo, dat er een waar vuur in was; dat was plotseling zoo gekomen, evenals een andere brand ook plotseling uitbarst, en het zonderlingste van de zaak was, dat de molenaarsdochter, de aardige Babette, er zelf geen vermoeden van had: zij en Rudy hadden nooit een enkel woord met elkaar gesproken.

De molenaar was rijk, en deze rijkdom maakte, dat Babette zeer hoog zat en moeilijk te grijpen was; maar niets zit zoo hoog, of men kan het wel bereiken; men moet maar klauteren; vallen zal men niet, als men het zich maar niet verbeeldt. Deze les was hem reeds in zijn kindsheid ingeprent.

Het trof toevallig eens juist zoo, dat Rudy iets te Bex te doen had; het was daarheen een heele reis; want de spoorweg was destijds nog niet tot stand gekomen. Van de Rhône gletscher langs den voet van den Simplon, tusschen vele afwisselende berghoogten, strekt zich het breede Wallisdal uit met zijn trotsche rivier, de Rhône, die dikwijls buiten haar oevers treedt en over velden en wegen voortstroomt, terwijl zij alles in haar vaart meesleept. Tusschen de stadjes Sion en Saint-Maurice maakt het dal een kromming, buigt zich als een elleboog, en wordt achter Saint-Maurice zoo smal, dat er slechts plaats voor de rivier en voor den smallen weg is. Een oude toren staat hier als schildwacht voor het kanton Walliserland, dat hier eindigt, en ziet over de gemetselde brug naar het tolhuis aan den anderen kant; daar begint het kanton

Waadland, en de naaste, niet ver verwijderde stad is Bex. Hier nu ziet men bij iederen stap, dien men doet, overal weelde en overvloed, men bevindt zich als in een tuin van kastanje- en walnoteboomen; hier en daar komen cipressen en granaatbloesems te voorschijn: er heerscht hier eene zuidelijke warmte, alsof men zich in Italië bevond.

Rudy kwam te Bex aan, deed, wat hij daar te verrichten had, en keek eens in de stad rond; maar geen molenaarsknecht, laat staan dan Babette, kreeg hij te zien.

Het werd avond, de lucht was vervuld met den geur van den wilden tijm en de bloeiende linde; om de met boomen begroeide bergen lag als het ware een schemerende, blauwe sluier verspreid; er heerschte wijd en zijd een stilte, niet die van den slaap of den dood, neen, het was, alsof de gansche natuur den adem inhield, alsof zij gevoelde, dat zij zich stil moest houden, opdat haar beeld op den blauwen grond van den hemel zou gephotographeerd worden. Hier en daar, tusschen de boomen op het groene veld, stonden palen, waarop een telegraafdraad, die door het stille dal gelegd is, rustte; tegen een dier palen leunde een voorwerp, zoo onbeweeglijk, dat men het best voor een boomstam had kunnen houden; het was Rudy, die hier even stil stond, als op dit oogenblik de geheele omgeving; hij sliep niet, nog minder was hij dood, maar evenals er dikwijls groote wereldgebeurtenissen langs den telegraafdraad vliegen,— levensmomenten van gewicht voor den enkele, zonder dat de draad dit door sidderen of door een geluid verraadt,—zoo doortrilden Rudy machtige, overweldigende gedachten: het geluk zijns levens, van nu af zijn bestendige gedachte. Zijn oogen vestigden zich op een punt, een licht, dat tusschen het loof in de woonkamer van den molenaar, waar Babette woonde, te voorschijn kwam. Zoo stil als Rudy hier stond, zou men hebben kunnen denken, dat hij op een gems mikte; maar hij zelf was op dit oogenblik als de gems, die minuten lang, als uit de rots gehouwen, stil kan staan, totdat zij plotseling, wanneer er een steen naar beneden rolt, opspringt en wegsnelt; en zoo ging het met Rudy ook; er rolde een gedachte in hem.

«Nooit versagen!» riep hij uit. «Een bezoek in den molen! Goeden avond, molenaar! Goeden avond, Babette! Men valt niet naar beneden, als men het zich maar niet verbeeldt! Babette moet mij toch eenmaal zien, als ik haar man zal worden!»

Rudy lachte, hij was goedsmoeds en liep naar den molen toe; hij wist, wat hij wilde: hij wilde Babette hebben.

De rivier met den witachtig gelen grond bruiste voort, wilgen en linden hingen over de snelvlietende wateren heen; Rudy liep het pad op naar het huis van den molenaar toe.—Maar, zooals, de kinderen zingen:

«Niemand was er thuis,
Dan 't katjen en de muis!»

De huiskat stond op de trap, kromde den rug en zeide: «Miauw!» maar Rudy had geen ooren naar deze taal; hij klopte aan, niemand hoorde hem, niemand deed de deur voor hem open. «Miauw!» zei de kat. Als Rudy nog een kind geweest was, dan zou hij die taal wel verstaan en begrepen hebben, dat de kat zeide: «Hier is niemand thuis!» Maar nu moest hij naar den molen toe, om te vragen, en daar kreeg hij het bericht, dat de molenaar op reis gegaan was, ver weg naar Interlaken, en dat Babette met hem meegegaan was; daar was een groot schuttersfeest, dat den volgenden morgen begon en acht dagen lang duurde. Menschen uit alle Duitsche kantons zouden daar zijn.

Die arme Rudy, kon men zeggen; hij had geen gelukkigen dag voor zijn bezoek te Bex gekozen, hij kon nu weer terugkeeren; en dat deed hij dan ook en begaf zich over

Saint-Maurice en Sion naar zijn dal, naar zijn bergen toe, maar wanhopen deed hij niet. Toen de zon den volgenden morgen opging, was zijn goede luim al lang opgegaan, deze was nog nooit verdwenen.

«Babette is te Interlaken, vele dagreizen van hier,» zeide hij bij zich zelf. «Het is een verre tocht daarheen, als men den breeden straatweg langs gaat, maar het is niet zoo ver, als men over de bergen klimt, en dat is juist een weg voor een gemzenjager! Dien weg ben ik vroeger ook al eens gegaan, daarboven is mijn vaderland, waar ik als kind bij mijn grootvader gewoond heb; en te Interlaken is een schuttersfeest! Ik wil daarbij zijn, ik wil de eerste zijn, en bij Babette wil ik ook zijn, als ik eerst kennis met haar gemaakt heb!»

Met zijn lichten ransel, waarin zijn Zondagspak zat, op den rug, met geweer en weitasch om den schouder, klom Rudy den berg op, den korten weg, die toch vrij lang was, maar het schuttersfeest was eerst op dezen dag begonnen en zou de geheele week en nog langer duren; gedurende dezen geheelen tijd bleven de molenaar en Babette bij hun bloedverwanten te Interlaken, had men hem gezegd. Rudy liep over den Gemmi heen, hij wilde bij Grindelwald naar beneden klimmen.

Frisch en vroolijk klauterde hij tegen de bergen op en genoot de frissche, lichte, versterkende berglucht. Het dal daalde al dieper en dieper, zijn gezichtskring verruimde zich; hier een sneeuwtop, daar weer eer, en al spoedig de schemerend witte Alpenketen. Rudy kende iederen berg, hij ging op den Schreckhorn af, die zijn witgepoederde vingers hoog in de blauwe lucht steekt.

Eindelijk was hij op den hoogen bergrug; de grazige weiden strekten zich uit naar het dal van zijn vroegere woonplaats; de lucht was licht, zijn hart was licht; berg en dal waren vol bloemen en groen, zijn hart was vol jeugdig gevoel, waarbij geen ouderdom en geen dood te pas komen: leven, heerschen, genieten! Vrij als een vogel, luchtig als een vogel was hij. En de zwaluwen vlogen hem voorbij en zongen, evenals zij in zijn kindsheid gezongen hadden: «Wij en gij! Gij en wij!» Alles was vreugde en blijdschap.

Daar beneden strekte zich de fluweelachtig groene weide uit, bezaaid met bruine houten huizen, de Lütschine gonsde en bruiste. Hij zag den gletscher met zijn glasgroene randen en de smerige sneeuw, zag in de diepe kloven, zag den bovensten en ook den ondersten gletscher. De kerkklokken klonken hem in de ooren, als wilden zij hem een welkom in het land, waar hij zijn jeugd doorgebracht had, toeroepen; zijn hart klopte heviger en breidde zich dermate uit, dat Babette daarin voor een oogenblik geheel verdween, zoo ruim werd zijn hart, zoo vervuld van herinneringen.

Hij liep weer langs den weg voort, waar hij als een kleine jongen met de andere kinderen gestaan en gesneden huisjes verkocht had. Daar boven, achter de dennen, stond het huis van zijn grootvader van moederszijde nog, vreemde menschen woonden nu daarin. Kinderen kwamen hem op den weg te gemoet loopen, zij wilden handel drijven, een bood hem een Alpenroos aan. Rudy nam deze roos als een gunstig voorteeken aan en dacht aan Babette. Al spoedig was hij over de brug, waar de beide Lütschines zich vereenigen; het geboomte wordt hier al dichter, de walnoteboomen geven schaduw. Nu zag hij de wapperende vlaggen, het witte kruis op het roode veld, zooals de Zwitser en de Deen het hebben; en voor hem lag Interlaken.

Dat was een prachtige stad, zooals er geen andere bestond, dacht Rudy, een Zwitsersch stadje in Zondagsgewaad. Dat zag er niet uit als de andere steden, log, een troep zware steenhoopen, vreemd en voornaam; neen, hier zag het er uit, alsof de houten huizen van de bergen in het groene dal geloopen waren en zich langs den helderen, snelvlietenden stroom in het gelid geschaard hadden, wel een weinig ongeregeld, maar toch altijd zoo, dat zij een mooie straat vormden. De prachtigste van alle straten was als het ware uit den grond opgerezen, sedert Rudy hier als knaap geweest was; het scheen hem toe, alsof zij ontstaan was uit al de lieve huisjes, die zijn grootvader gesneden had en waarmee de kast te huis opgevuld was, alsof deze zich daar neergezet hadden en krachtig opgegroeid waren, evenals de oude kastanjeboomen. Ieder huis was een hotel, zooals het genoemd werd, met uitgesneden houtwerk om de ramen en den gevel, met een vooruitspringend dak, keurig en sierlijk, en voor ieder huis was een bloemtuin aan den kant van de met steenen geplaveide straat; langs deze stonden de huizen, maar slechts aan den eenen kant; zij zouden anders de frissche, groene weiden aan het gezicht onttrokken hebben, waarin de koeien rondliepen met klokjes om den hals, die als op de hooge Alpen klonken. De weiden waren door hooge bergen omgeven, die in het midden als het ware op zijde traden, zoodat men zeer duidelijk den schitterenden, met sneeuw bedekten berg, de Jungfrau, de schoonst gevormde van alle Zwitsersche bergen, kon zien.

Welk een menigte opgepronkte heeren en dames uit vreemde landen, welk een gewemel van landlieden uit de verschillende kantons! Ieder schutter droeg zijn schietnummer in een krans op den hoed. Hier was muziek en gezang, lieren, trompetten, geschreeuw en rumoer. Huizen en bruggen waren met zinnebeelden en verzen versierd; er wapperden vaandels en vlaggen, de buksen deden haar geknal onafgebroken hooren, en de schoten waren in Rudy's ooren de mooiste muziek. Hij vergat in deze bonte verwarring Babette geheel, ofschoon hij toch om harentwil hier naar toe gegaan was.

De schutters begonnen nu met het schijfschieten. Rudy stond al spoedig onder hen en was de behendigste, de gelukkigste van allen; altijd was zijn schot raak.

«Wie zou toch die vreemde jonge jager zijn?» vroeg men. «Hij spreekt het Fransch, dat zij in het kanton Walliserland spreken.»—«Hij weet zich ook heel goed in ons Duitsch te doen verstaan,» zeiden enkelen.—«Als kind moet hij hier in de omstreken te Grindelwald gewoond hebben,» wist een der jagers te vertellen.

En vol leven was deze vreemde jongeling: zijn oogen fonkelden, zijn blik en zijn arm waren zeker, daarom raakte hij ook. Het geluk geeft moed, en moed had Rudy immers altijd. Al spoedig had hij hier een kring van vrienden om zich verzameld, men eerde hem, ja, men bewees hem hulde,—Babette was hem heelemaal uit de gedachten gegaan. Daar klopte een hand hem op den schouder, en een zware stem sprak hem in de Fransche taal aan.

«Zijt ge uit het kanton Walliserland?»

Rudy keerde zich om en zag een rood, vergenoegd gezicht, een dik man: het was de rijke molenaar uit Bex; met zijn gezet lichaam verborg hij de teedere, lieve Babette, die echter al spoedig te voorschijn kwam kijken met haar fonkelende, donkere oogen. Het had den rijken molenaar gestreeld, dat het een jager uit zijn kanton was, die de beste schoten deed en door al de anderen geëerd werd. Nu, Rudy was wel een gelukskind: datgene, waarom hij hierheen vertrokken was, maar nu zelf bijna vergeten had, dat zocht hem op.

Als landslieden elkaar ver van hun vaderland ontmoeten, dan knoopen zij een gesprek aan en maken kennis met elkander. Rudy was door zijn schoten de eerste van het schuttersfeest, gelijk de molenaar te Bex de eerste door zijn geld en zijn goeden molen was. Zoo drukten de beide mannen elkaar de hand, hetgeen zij vroeger nooit gedaan hadden; ook Babette stak Rudy onbeschroomd de hand toe, en hij drukte haar hand en keek haar met een onafgewenden blik aan, zoodat zij daardoor hevig bloosde.

De molenaar vertelde van den langen weg, dien zij hierheen gereisd hadden, en van de vele groote steden, die zij hadden gezien; zij hadden naar zijn meening een verre reis gedaan en waren met de stoomboot, met den spoortrein en ook met de diligence gereisd.

«Ik ben den kortsten weg gegaan,» zeide Rudy. «Ik ben over de bergen gekomen; geen weg is zoo hoog, of men kan dien wel langs.»

«Maar ook den nek breken!» zei de molenaar. «En gij ziet er mij juist naar uit, alsof ge den nek nog eens zoudt breken, zoo stoutmoedig als ge zijt!»

«O, men valt niet naar beneden, als men het zich maar niet verbeeldt!» zei Rudy.

De bloedverwanten van den molenaar te Interlaken, waarbij de molenaar en Babette te logeeren waren, noodigden Rudy uit, een bezoek bij hen af te leggen: hij was immers uit hetzelfde kanton als de molenaar. Dat was voor Rudy een gewenscht aanbod, het geluk was hem gunstig, gelijk het altijd dengene gunstig is, die op zich zelf bouwt en bedenkt, dat «God ons de noten geeft, maar ze niet voor ons kraakt.»

Rudy zat daar bij de bloedverwanten van den molenaar, alsof hij ook tot de familie behoorde, en een glas werd er leeggedronken op het welzijn van den besten schutter; Babette klonk ook mee, en Rudy bedankte voor den toost.

Tegen den avond wandelden allen langs de prachtige huizen onder de oude walnoteboomen, en er waren daar zoo vele menschen en zulk een gedrang, dat Rudy Babette zijn arm moest aanbieden. Hij verheugde er zich zoozeer over, dat hij menschen uit Waadland aangetroffen had, zei hij. Waadland en Walliserland waren naburige kantons, die met elkaar op een goeden voet stonden. Hij sprak deze blijdschap zoo hartelijk uit, dat Babette zich niet kon weerhouden, hem daarvoor de hand te drukken. Zij liepen naast elkaar, als waren zij oude kennissen; zij sprak en vertelde, en het ging haar heel goed af, meende Rudy, zooals zij het belachelijke en overdrevene in de kleeding en den gang der vreemde dames deed uitkomen; zij deed dit volstrekt niet om te spotten, want er konden rechtschapen, ja, lieve, goede menschen onder zijn, dat wist Babette wel, zij had immers zelf een petemoei, die zulk een deftige Engelsche dame was. Voor achttien jaren, toen Babette gedoopt werd, was deze petemoei te Bex geweest; zij had Babette de kostbare doekspeld gegeven, die zij op haar borst droeg. Tweemaal had de petemoei geschreven, en dit jaar had Babette gedacht haar en haar dochters hier te Interlaken te ontmoeten; deze dochters, waren ongetrouwd en al oud, dicht bij de dertig, zei Babette,—zij telde immers nog maar achttien jaren.

Haar kleine mond stond geen oogenblik stil, en alles, wat Babette zei, klonk Rudy in de ooren als dingen van het uiterste gewicht, en hij vertelde weer, wat hij te vertellen had, hoe dikwijls hij te Bex geweest was, hoe goed hij den molen kende en hoe dikwijls hij Babette gezien had, terwijl zij hem waarschijnlijk nooit had opgemerkt; en onlangs, toen hij in den molen geweest was en wel met vele gedachten, die hij niet kon uitspreken, waren zij en haar vader afwezig, ver weg, maar toch niet zoover, dat men niet over den muur zou hebben kunnen klimmen, die den weg lang maakte.

Ja, dat zei hij, en hij zei veel meer; hij zei, hoe graag hij haar mocht lijden,—en dat hij ter wille van haar en niet ter wille van het schuttersfeest gekomen was.

Babette zweeg bij dit alles; het was haar, alsof hij haar te hoog ophemelde.

Terwijl zij daar voortliepen, daalde de zon achter den hoogen rotswand neer. De Jungfrau stond daar in pracht en glans, omgeven door den boschrijken krans der naburige bergen. Alle menschen bleven staan en sloegen de schoonheid der natuur gade; ook Rudy en Babette vermeiden zich daarin.

«Nergens is het schooner dan hier!» zei Babette.

«Nergens!» zei Rudy en keek Babette aan.

«Morgen moet ik naar huis terug!» zei hij eenige oogenblikken later.

«Kom ons te Bex eens opzoeken!» fluisterde Babette. «Het zal vader zeker genoegen doen.»

V.
Op den terugweg.

O, hoeveel had Rudy te dragen, toen hij den daaropvolgenden dag over de hooge bergen naar huis terugkeerde. Ja, hij had drie zilveren bekers, twee mooie buksen en een zilveren koffiekan; deze kan zou goed te gebruiken zijn, als hij een huishouden opzette; maar dat alles was nog niet het gewichtigste: iets gewichtigers, machtigers droeg hij of droeg hem over de hooge bergen naar huis. Het weder was echter ruw, grauw en regenachtig; de wolken hingen als een rouwfloers op de berghoogten neer en omhulden de stralende toppen. Uit het bosch klonken de laatste bijlslagen, en langs de helling van den berg rolden boomstammen, die er, van de hoogte af gezien, als dunne stokjes uitzagen, maar met dat al de stevigste scheepsmasten waren. De Lütschine bruiste haar eentonige accoorden, de wind suisde, de wolken zeilden. Daar kwam er eensklaps een jong meisje naar Rudy toe; hij had haar niet eer bemerkt, voordat zij vlak in zijn nabijheid was; zij wilde insgelijks over de rotsen klimmen. De oogen van het meisje oefenden een eigenaardige kracht op hem uit; hij was wel gedwongen, haar aan te kijken.

«Hebt ge een minnaar?» vroeg Rudy, want al zijn gedachten draaiden om de liefde heen.

«Ik heb er geen!» antwoordde het meisje en lachte; maar het was, alsof zij de waarheid niet sprak. «Maken we geen omweg?» zeide zij. «Wij moeten meer links houden, dan is de weg korter.»

«Jawel, om in een ijskloof neer te storten!» zei Rudy. «Kent gij dien weg misschien beter en wilt gij gids zijn?»

«Ik ken den weg heel goed,» zei het meisje, «en ik heb mijn gedachten bij elkaar. De uwe zijn zeker wel beneden in het dal, hierboven moet men aan de ijsjonkvrouw denken; zij houdt niet van de menschen, zegt men.»

«Ik ben niet bang voor haar!» zei Rudy. «Zij heeft mij weer terug moeten geven, toen ik nog een kind was; ik zal mij thans niet aan haar overgeven, nu ik ouder ben!»

En de duisternis nam toe, de regen viel neer, en het begon te sneeuwen.

«Geef mij uw hand,» zei het meisje, «ik zal u bij het klimmen behulpzaam zijn,» en hij voelde, dat hij door ijskoude vingers aangeraakt werd.

«Gij mij bijstaan!» zei Rudy. «Nog heb ik de hulp van een vrouw niet noodig om te klimmen!» En hij liep sneller voort, van haar weg; de sneeuwstorm hulde hem als in een sluier, de wind gierde, en achter zich hoorde hij het meisje lachen en zingen; het klonk heel zonderling. Dat moest een spookgezicht zijn, dat in den dienst der ijsjonkvrouw was; Rudy had daarvan hooren spreken, toen hij, destijds nog een knaap, bij de reis over de bergen hier boven den nacht doorbracht.

De sneeuw viel dunner, de wolk lag onder hem, hij keek om, er was niemand meer te zien; maar hij hoorde gelach en gezang, en dit klonk niet, alsof het uit een menschelijke borst voortkwam.

Toen Rudy eindelijk de bovenste bergvlakte bereikte, vanwaar het pad naar beneden naar het Rhônedal voerde, zag hij in de richting van Chamouny, in de heldere, blauwe lucht twee heldere sterren staan; deze glinsterden en fonkelden, en hij dacht aan Babette, aan zich zelf en aan zijn geluk, en het werd hem bij deze gedachte warm.

VI.
Het bezoek in den molen.

«Wat zijn dat prachtige dingen, waar je mee thuis komt!» zei de oude pleegmoeder, en haar zonderlinge arendsoogen fonkelden, zij draaide haar mageren hals nog sneller dan gewoonlijk in allerlei zonderlinge bochten. «Je hebt geluk, Rudy! Ik moet je een kus geven, beste jongen!»

En Rudy liet zich kussen, maar op zijn gezicht stond te lezen, dat hij zich in het onvermijdelijke, in dit kleine huiselijke lijden schikte.

«Wat ben je mooi!» zei de oude vrouw.

«Maak mij dat niet wijs!» zei Rudy en lachte,—maar het deed hem toch plezier.

«Ik zeg het nogmaals!» sprak de oude vrouw, «het geluk loopt je mee!»

«Ja, daarin zoudt ge wel eens gelijk kunnen hebben!» zei hij en dacht aan Babette.

Nog nooit had hij zulk een verlangen gehad om naar het diepe dal te gaan.

«Zij moeten nu al thuis zijn!» zei Rudy bij zich zelf. «Het is al twee dagen over den tijd, waarop zij terug zouden zijn. Ik moet naar Bex toe.»

Rudy ging naar Bex toe, en in den molen waren zij te huis. Hij werd goed ontvangen, en groeten van hun familie te Interlaken hadden zij voor hem meegebracht. Babette sprak niet veel, zij was geducht stil geworden; maar haar oogen spraken, en dat was voor Rudy voldoende. Het scheen, alsof de molenaar, die anders graag het hoogste woord had,—hij was er aan gewoon, dat men altijd om zijn invallen en woordspelingen lachte, hij was immers de rijke molenaar,—toch liever de jachtavonturen van Rudy hoorde vertellen, en deze sprak van de zwarigheden en de gevaren, die de gemzenjagers op de hooge bergtoppen door te staan hadden, hoe zij langs de onzekere sneeuwhellingen, die door weer en wind als het ware aan den kant der rotsen vastgekleefd zijn, en over de gevaarlijke bruggen moesten kruipen, die de sneeuwstorm over diepe kloven geslagen heeft. De oogen van den stoutmoedigen Rudy fonkelden, terwijl hij van het jagersleven vertelde, van de slimheid der gemzen en haar stoute sprongen, van den hevigen orkaan en de rollende lawinen; hij merkte het wel, dat hij bij iedere nieuwe beschrijving den molenaar gedurig meer voor zich innam, en vooral gevoelde deze zich bijzonder aangetrokken door hetgeen hij van den lammergier en den koningsadelaar vertelde.

Niet ver weg, in het kanton Walliserland, was een arendsnest, dat zeer kunstig onder een hooge vooruitspringenderots gebouwd was; in dit nest bevond zich een jong, maar dit was er niet uit te krijgen. Een Engelschman had Rudy eenige dagen geleden een heele hand vol goud aangeboden, als hij hem den jongen arend levend wilde bezorgen, «maar alles heeft zijn grenzen,» zei Rudy, «de arend is niet te krijgen, het zou een dwaasheid zijn dat te beproeven.»

De wijn vloeide en de gesprekken vloeiden, maar de avond was veel te kort, kwam het Rudy voor, en toch was het na middernacht, toen hij van dit eerste bezoek terugkeerde.

Het licht straalde nog een korten tijd door het raam van den molen door de groene boomtakken heen; uit het geopende luik in het dak kwam de kamerkat naar buiten en langs de dakgoot kwam de keukenkat aanloopen.

«Wil ik je eens een nieuwtje vertellen?» zei de kamerkat. «Hier in huis heeft een heimelijke verloving plaats gehad. De oude molenaar weet er nog niets van; Rudy en Babette hebben elkaar den heelen avond op de voeten getrapt; mij trapten zij tweemaal, maar ik mauwde toch niet; want dat zou de aandacht getrokken hebben.»

«Ik zou toch gemauwd hebben!» zei de keukenkat.

«Wat in de keuken gaat, gaat niet in de kamer!» zei de kamerkat. «Ik ben echter nieuwsgierig, wat de molenaar zal zeggen, als hij de verloving verneemt.»

Ja, wat zou de molenaar er wel van zeggen? Dat zou Rudy ook wel graag geweten hebben, maar lang wachten, voordat hij dit vernam, kon hij niet. Toen de omnibus eenige dagen later over de Rhônebrug tusschen Walliserland en Waadland voortratelde, zat Rudy daarin, goedsmoeds evenals altijd, en verdiepte zich in liefelijke gedachten over het jawoord, dat hij dien zelfden avond nog dacht te krijgen.

En toen de avond daar was en de omnibus denzelfden weg terugreed, zat Rudy er ook in; maar in den molen liep de kamerkat met nieuwtjes rond.

«Weet je het al, jij, die altijd in de keuken zit?—De molenaar weet nu alles. Maar dat heeft een mooien afloop gehad! Rudy kwam hier tegen den avond, en hij en Babette hadden veel met elkaar te fluisteren en heimelijk te spreken, zij stonden in de gang voor de kamer van den molenaar. Ik lag aan hun voeten, maar zij hadden noch oogen noch gedachten voor mij. «Ik ga, zonder mij langer te bedenken, naar je vader toe.»—«Wil ik meegaan?» vroeg Babette; «dat zal je moed geven.»—«Ik heb moed genoeg,» zei Rudy, «maar als jij er bij bent, dan moet hij wel vriendelijk zijn, of hij wil of niet.»—Daarop traden zij binnen. Rudy trapte mij geducht op den staart! Rudy is erg onhandig; ik mauwde, maar noch hij noch Babette hadden ooren om dit te hooren. Zij deden de deur open en traden de kamer samen binnen. Ik liep voorop; ik sprong op een stoel, want ik kon immers niet weten, hoe Rudy zich misschien zou verweren. Maar de molenaar verweerde zich, hij gaf een duchtigen schop en zei: «De deur uit en den berg op naar de gemzen!» Daarop mag Rudy nu mikken en niet op onze Babette!»

«Maar wat spraken zij met elkaar? Wat zeiden zij?» vroeg de keukenkat.

«Wat zij zeiden?—Alles werd er gezegd, wat de menschen zoo plegen te zeggen, als zij verliefd zijn: «Ik heb haar lief, en zij heeft mij lief! En als er melk voor een in de kan is, dan is er ook melk voor twee!»—«Maar zij zit je te hoog!» zei de molenaar, «zij zit op zand, op goudzand, zooals je weet, je zult haar niet bereiken!»—«Niets zit zoo hoog, of men kan het wel bereiken, als men maar wil!» antwoordde Rudy; want hij is een onverschrokken man.—«Maar het arendsnest kan je toch niet bereiken, zooals je zelf onlangs gezegd hebt: Babette zit nog hooger!»—«Ik neem ze allebei!» zei Rudy.—«Ik zal je Babette geven, als je mij het levende arendsjong geeft!» zei de molenaar en lachte, dat de tranen hem langs de wangen liepen. «Maar nu bedank ik je voor je bezoek, Rudy! Bezoek mij morgen weer, morgen is er niemand thuis. Vaarwel, Rudy!»—En Babette zei hem ook vaarwel, maar zoo klagend als een klein katje, dat zijn moeder nog niet kan zien. «Een man een man, een woord een woord!» zei Rudy. «Ween niet, Babette! ik zal het arendsjong brengen!»—«Je zult den nek breken, hoop ik!» zei de molenaar, «en dan zijn wij van je bezoeken ontslagen!»—Dat noem ik een duchtigen schop! Nu is Rudy weg en Babette zit te huilen; maar de molenaar zingt Duitsch, dat heeft hij laatst op zijn reis geleerd. Ik zal er maar niet treurig over zijn, want dat baat toch niets!»

«Maar zoo is er dan toch altijd nog mogelijkheid op!» zei de keukenkat.

VII.
Het arendsnest.

Van het rotspad af klonk het gezang, lustig en krachtig, het wees op een goede luim en een onversaagden moed; het was Rudy; hij ging zijn vriend Vesinand opzoeken.

«Je moet mij behulpzaam zijn! Wij nemen Nagli mee, ik moet het arendsjong boven aan den kant van de rots uit het nest halen.»

«Zou je dan niet eerst het mannetje uit de maan halen? Dat zal even gemakkelijk gaan!» zei Vesinand. «Je schijnt in een goede luim te zijn!»

«Dat ben ik ook! Ik denk er aan te gaan trouwen!—Maar om ernstig te spreken, ik zal je zeggen, hoe het met mij gesteld is.»

En al spoedig wisten Vesinand en Nagli, wat Rudy wilde.

«Je bent een onverschrokken kerel!» zeiden zij. «Maar dat gaat niet! Je zult den nek breken!»

«Men valt niet naar beneden, als men het zich niet verbeeldt!» zei Rudy.

Te middernacht rukten zij met stokken, ladders en touwen op; de weg liep tusschen boomen en struiken door, over naakte rotsen, steeds opwaarts, opwaarts in den donkeren nacht. Het water bruiste beneden, het water stroomde boven, vochtige wolken dreven eraan de lucht. De jagers bereikten den steilen kant der rots, hier werd het donkerder, de rotswanden kwamen bijna tegen elkander aan, en slechts hoog in de smalle kloof was de lucht te zien; dicht naast hen, onder hen lag de diepe afgrond met het bruisende water. Het drietal zat op de rotsen, zij wilden het aanbreken van den dag afwachten, als de arend uitvloog; de oude moest eerst doodgeschoten worden, voordat zij er aan konden denken, zich van het jong meester te maken. Rudy zat daar op zijn hurken, zoo stil, alsof het een stuk van de rots was, waarop hij zich bevond, het geweer met den gespannen haan hield hij voor zich om te schieten, zijn blik vestigde zich onafgebroken op de bovenste kloof, waar het adelaarsnest onder de overhellende rotsen verborgen zat. De drie jagers moesten lang wachten.

Maar nu kraakte en suisde het hoog boven hen; een groot, zwevend voorwerp verduisterde de lucht om hen heen. Twee buksloopen mikten, terwijl de zware arendsgestalte uit het nest vloog;—er viel een schot, een oogenblik bewogen zich de uitgespreide vleugels, daarop streek de vogel langzaam neer, en het was, alsof hij door zijn grootte en met zijn wijd uitgespreide vleugels de geheele kloof wilde beslaan en de jagers in zijn val met zich meesleepen. De arend viel in de diepte naar beneden, boomtakken en struiken braken door den val van den vogel.

Nu kwamen de jagers in beweging; drie van de langste ladders werden aan elkaar vastgebonden,—deze zouden wel lang genoeg zijn; men zette ze op de uiterste vaste punt neer, op den rand van den afgrond, maar zij waren niet lang genoeg, en de rotswand liep hooger op en was daar, waar het nest zich onder den vooruitspringenden top verborg, glad als een muur. Na eenige beraadslagingen werd men het daaromtrent eens, dat twee aan elkaar gebonden ladders van boven in de kloof neergelaten en deze wederom in verbinding met de drie van beneden neergezette gebracht moesten worden. Met groote moeite sleepte men de twee ladders naar boven en maakte boven de touwen vast; de ladders werden over de vooruitspringende rots heengeschoven en hingen daar zwevend boven den afgrond; Rudy zat reeds op de onderste sport. Het was een ijskoude morgen; nevels stegen er uit den donkeren afgrond op. Rudy zat daar, evenals een vlieg op den waggelenden stroohalm zit, dien de een of andere vogel bij het bouwen van zijn nest op den rand van den hoogen fabrieksschoorsteen verloren heeft; maar de vlieg kan meevliegen, als de stroohalm loslaat, doch Rudy kon slechts zijn nek breken. De wind suisde om hem heen, en beneden in den afgrond bruisten de wateren van den ontdooienden gletscher, het paleis der ijsjonkvrouw.

Nu bracht hij de ladder in een schommelende beweging, evenals de spin zich schommelt, wanneer zij, aan haar langen, zwevenden draad hangende, iets wil vastgrijpen, en toen Rudy ten vierden male het boveneind der van beneden neergezette, aaneengebonden ladders aanraakte, had hij dit gegrepen; zij werden met een zekere en krachtige hand samengevoegd, maar zij waggelden en klapperden geweldig.

De vijf lange ladders, die tot aan het nest reikten en loodrecht tegen den rotswand aanstonden, schenen een waggelend riet te zijn, en nu kwam het gevaarlijkste werk nog aan; er moest geklauterd worden, zooals de kat kan klauteren, maar Rudy had daar juist verstand van, want de kat had het hem geleerd; hij bemerkte niets van de duizeligheid, die in de lucht achter hem zweefde en haar poliepenarmen naar hem uitstrekte. Thans stond hij op de bovenste sport der ladder en bemerkte, dat hij hier nog niet hoog genoeg kon reiken, om in het nest te zien, alleen met de hand kon hij eraan komen; hij probeerde, hoe vast de onderste, dikke, in elkaar gevlochten takken zaten, die het onderste gedeelte van het nest vormden, en nadat hij een dikken en vasten tak beetgepakt had, hief hij zich van de ladder naar boven, leunde over den tak heen en had nu zijne borst en zijn hoofd over het nest gebogen; hier stroomde hem een verstikkende stank van aas tegen; in het nest lagen lammeren, gemzen en vogels, die tot verrotting overgegaan waren. De duizeligheid, die geen invloed op hem kon oefenen, blies hem de giftige uitwasemingen in het gezicht, opdat hij verward en bedwelmd zou worden, en beneden in de zwarte, gapende diepte op de voortstroomende wateren zat de ijsjonkvrouw zelve met haar lange, witachtig groene haren en staarde hem aan met oogen als twee buksloopen.

«Nu vang ik u!»

In een hoek van het arendsnest zag hij, groot en forsch, het jong van den arend zitten, dat nog niet kon vliegen. Rudy vestigde zijn oogen daarop, hield zich met alle kracht met één hand vast en wierp met zijn andere den strik om den jongen arend heen; gevangen was hij, levend gevangen; zijn pooten staken in het touw, en Rudy wierp den strik met den vogel over den schouder, zoodat het beest een heel eind beneden hem hing, terwijl hij zich aan een neerhangend touw vasthield, totdat zijn voeten de bovenste sport van de ladder weer aanraakten.

«Houd je vast! Denk maar niet, dat je naar beneden kunt vallen, dan val je ook niet!» Dat was de oude les, en deze volgde hij op, klauterde, was overtuigd, dat hij niet zou vallen, en hij viel ook niet.

Nu deed zich een krachtig en vroolijk gezang hooren. Rudy stond met zijn arendsjong op de vaste rotsen.

VIII.
Welke nieuwtjes de kamerkat wist te vertellen.

«Hier is het verlangde!» zei Rudy, terwijl hij bij den molenaar te Bex binnentrad, een groote mand op den grond neerzette en den doek, die er overheen lag, oplichtte. Twee gele oogen met zwarte randen kwamen er uitkijken, fonkelend en wild, als wilden zij zich vastbranden en vastbijten, waar zij heenkeken; de korte, krachtige snavel was tot bijten opgesperd, de hals was rood en met stoppels bezet.

«Het arendsjong!» riep de molenaar uit. Babette gaf een luiden gil en deinsde terug; maar zij kon toch haar oogen noch van Rudy noch van den arend afhouden.

«Je laat je niet licht door iets afschrikken!» zei de molenaar.

«En gij houdt altijd woord!» zei Rudy. «Ieder heeft zijn eigenaardigheid!»

«Maar waarom heb je den nek niet gebroken?» vroeg de molenaar.

«Omdat ik vasthield!» antwoordde Rudy, «en dat doe ik nog! Ik houd Babette vast!»

«Maak eerst maar, dat je haar krijgt!» zei de molenaar en lachte; en dat was een goed teeken, dat wist Babette.

«We moeten hem uit de mand halen,—het is om razend te worden, zooals hij ons aankijkt! Maar hoe heb je hem weten te krijgen?»

Nu moest Rudy vertellen, en de molenaar zette gedurig grooter oogen op.

«Met je moed en je geluk kan je wel drie vrouwen onderhouden!» zei de molenaar.

«Ik dank u!» riep Rudy uit.

«Maar Babette heb je nog niet!» zei de molenaar en klopte den jongen Alpenjager schertsend op den schouder.

«Weet je het nieuwste nieuwtje al, dat er in den molen is?» zei de kamerkat tegen de keukenkat. «Rudy heeft ons het arendsjong gebracht en neemt Babette daarvoor in ruil. Zij hebben elkander een kus gegeven en hebben het den ouden molenaar laten zien. Dat is zoo goed als een verloving. De oude man was goed gemutst; hij hield zijn klauwen binnen, deed zijn middagdutje en liet de twee bij elkaar zitten vrijen; zij hebben elkaar zooveel te vertellen, dat zij met Kerstmis nog niet klaar zullen zijn!»

Zij kwamen met Kerstmis ook niet klaar. De wind stuwde de bruine bladeren op; de sneeuw stoof in het dal, evenals op de hooge bergen; de ijsjonkvrouw zat in haar trotsch kasteel, dat gedurende den wintertijd in grootte toeneemt; de rotswanden stonden daar met ijzel bedekt, en dikke ijskegels, zwaar als olifanten, hingen daar naar beneden, waar de rotsstroom in den zomer zijn watersluier laat waaien; ijsguirlandes, uit phantastische ijskristallen samengesteld, hingen fonkelend aan de met sneeuw bepoederde dennen. De ijsjonkvrouw reed op den suizenden wind over de diepste dalen heen. Het sneeuwdek strekte zich heelemaal tot aan Bex uit, de ijsjonkvrouw kwam ook daarheen en zag Rudy in den molen zitten, hij zat dezen winter meer in huis, dan anders zijn gewoonte was, hij zat bij Babette. Den volgenden zomer zou er bruiloft gehouden worden; zijn ooren suisden hem vaak, zoo druk spraken zijn vrienden daarover. In den molen was zonneschijn, de schoonste Alpenroos gloeide er, de vroolijke, glimlachende Babette, schoon als de naderende lente, de lente, die alle vogels doet zingen van zomertijd en bruiloft.

«Wat zitten die twee toch altijd bij elkander en steken hun hoofden bij elkaar!» zei de kamerkat. «Nu heb ik genoeg van hun gemauw!»

IX.
De ijsjonkvrouw.

De lente had haar sappige, groene guirlandes van walnote- en kastanjeboomen ontplooid; zwellend slingerden zij zich van de brug bij Saint-Maurice tot aan den oever van het meer van Genève langs de Rhône, die met een geweldige vaart voortstroomt van haar bron onder den groenen gletscher, het ijspaleis, waarin de ijsjonkvrouw woont, en vanwaar zij zich door den scherpen wind laat opstuwen tot op het hoogste sneeuwveld, om daar te rusten op haar sneeuwzetel; daar zat zij en staarde met een doordringenden blik in de diepste dalen neer, waar de menschen ijverig in beweging waren, evenals mieren op de steenen, die de zon beschijnt.

«Geesteskrachten, zooals de kinderen der zon u noemen!» zei de ijsjonkvrouw. «Wormen zijt gij! Een rollende sneeuwbal,—en gij, uw huizen en uw steden zijn verpletterd en verdwenen!» Hooger verhief zij haar trotsch hoofd en keek wijd en zijd met oogen, die van dood en verderf straalden. Maar uit het dal deed zich een rollen hooren, rotsen liet men springen: dit was menschenwerk! Wegen en tunnels voor spoorwegen werden er aangelegd.

«Zij wroeten als mollen in den grond,» zeide zij; «zij graven gangen onder de aarde, van daar dat geknal als van geweerschoten. Als ik mijn kasteelen verzet, dan druischt het sterker dan het geratel van den donder!»

Uit het dal steeg een dikke rook op, die zich voorwaarts bewoog als een fladderende sluier, een wuivende pluim der locomotief, die op den nog pas geopenden spoorweg zijn stoet voorttrok, deze kronkelende slang, wier ledematen wagens aan wagens zijn. Pijlsnel vloog zij voorwaarts.

«Zij beschouwen zich daar beneden als heeren, die geesteskrachten!» zei de ijsjonkvrouw. «De macht der natuurkrachten is toch grooter dan de hunne!» Zij lachte, en het dreunde in het dal.

«Daar rolt een lawine naar beneden!» zeiden de menschen.

Maar de kinderen der zon zongen nog luider van de menschengedachte, die de zee aan banden legt, bergen verzet, dalen effent; de menschengedachte, die de beheerscheres der natuurkrachten is. Omstreeks dezen tijd trok over het sneeuwveld, waar de ijsjonkvrouw zat, een gezelschap van reizigers; de menschen hadden zich met touwen aan elkaar vastgebonden, opdat zij als 't ware een grooter lichaam zouden vormen op de gladde ijsvlakte aan den rand van den diepen afgrond.

«Wormen!» zei de ijsmaagd. «Gij, de beheerschers der natuurkrachten!» En zij wendde den blik van het gezelschap af en keek gramstorig in het diepe dal, waar de spoortrein voortbruiste.

«Daar zitten zij, de gedachten! Zij zitten in de macht der natuurkrachten! Ik zie ze, elk en een ieder!—de een zit trotsch als een koning alleen! Ginds zitten zij op een hoop! Daar slaapt de eene helft! En als de stoomdraak stilhoudt, dan stappen zij er uit en gaan allen huns weegs! Deze gedachten verspreiden zich in de wereld!» En zij lachte.

«Daar rolt weer een lawine!» zei men beneden in het dal.

«Ons bereikt zij niet!» zeiden er twee, die op den rug van den stoomdraak zaten; «twee harten en één slag,» zooals het heet. Het waren Rudy en Babette; ook de molenaar was er bij.

«Als bagage!» zei hij. «Ik ben er bij als het noodige aanhangsel!»

«Daar zitten die twee!» zei de ijsjonkvrouw. «Vele gemzen heb ik verpletterd, millioenen Alpenrozen heb ik geknakt en gebroken, zelfs de wortels spaarde ik niet! Ik wisch ze uit, die gedachten, die geesteskrachten!» En zij lachte.

«Daar rolt weer een lawine!» zei men beneden in het dal.

X.
De petemoei.

Te Montreux, een der naastbijgelegen steden, die met Clarens, Vevay en Crin een krans om het noordoostelijke gedeelte van het meer van Genève vormen, woonde de petemoei van Babette, de Engelsche, deftige dame met haar dochters en een jeugdigen bloedverwant; zij waren daar nog slechts kort geleden aangekomen, maar de molenaar had ze reeds bezocht, hun de verloving van Babette medegedeeld en van Rudy en het arendsjong, van het bezoek te Interlaken, in één woord de geheele geschiedenis verteld, en deze had haar in de hoogste mate verblijd en haar ten zeerste voor Rudy en Babette en ook voor den molenaar ingenomen; alle drie moesten eens overkomen, en daarom gingen zij er dan ook naar toe. Babette zou haar petemoei, de petemoei zou Babette zien.

Bij het stadje Villeneuve, aan het einde van het meer van Genève, lag de stoomboot, die, na een vaart van een half uur van daar naar Vevay, ten zuiden van Montreux, aanlegt. De kust alhier is door de dichters bezongen; hier onder de walnoteboomen, aan het diepe, blauwachtig groene meer zat Byron en schreef zijn welluidende verzen van den gevangene in het donkere rotsachtige kasteel Chillon. Daar, waar Clarens zich met zijn treurwilgen in het water afspiegelt, wandelde Rousseau, terwijl hij van Heloïse droomde. De Rhône stroomt onder de hooge, met sneeuw bedekte bergen van Savoye voort; hier, niet ver van haar oorsprong, ligt in het meer een klein eiland; dit is zoo klein, dat het van de kust gezien, een vaartuig op het water schijnt te zijn. Het eiland is een rotsgrond, dien een dame voor omstreeks honderd jaren met steenen liet indammen, met aarde bedekken en met drie acaciaboomen beplanten; deze overschaduwen nu het geheele eiland. Babette was verrukt over deze plek, deze scheen haar de schoonste op den geheelen tocht, daar moest zij naar toe, het moest daar verwonderlijk schoon zijn, dacht zij. Maar de stoomboot voer voorbij en legde aan, waar zij moest aanleggen en wel te Vevay.

Het kleine gezelschap wandelde van hier verder tusschen de witte, door de zon bestraalde muren, die de wijngaarden voor het bergstadje Montreux omgeven, waar de vijgeboomen het huis van den boer beschaduwen, laurierboomen en cipressen in de tuinen groeien. Halverwege op den berg stond het huis, waarin de petemoei woonde.

De ontvangst was hartelijk. De petemoei was een vriendelijke vrouw met een rond, glimlachend gezicht; als kind was zij zeker een echt engelenkopje van Raphaël geweest. Nu was zij een oud engelenhoofd, met weelderige zilverwitte lokken. Haar dochters waren lieve, mooie, lange en slanke meisjes. De jonge neef, dien zij meegebracht hadden, was van het hoofd tot de voeten in het wit gekleed, had blond haar en zulke lange roode bakkebaarden, dat er wel genoeg was voor drie heeren; hij bewees Babette terstond de grootste opmerkzaamheid.

Rijk gebonden boeken, muziek en teekeningen lagen er op de groote tafel verspreid; de deur, die naar het balkon voerde, stond open en gaf het uitzicht op het schoone, uitgestrekte meer, dat zoo blank en stil was, dat de bergen van Savoye met steden, bosschen en sneeuwtoppen zich daarin afspiegelden.

Rudy, die anders overmoedig, vroolijk en opgewekt was, gevoelde zich hier volstrekt niet thuis; hij bewoog zich, alsof hij op erwten over een gladden vloer liep. Wat viel de tijd hem lang, wat ging deze langzaam voorbij, als in een tredmolen! En nu werd er een wandeling gedaan! Dat ging even langzaam en vervelend; Rudy had wel twee schreden vooruit en een achteruit kunnen doen, om met de anderen in den stap te blijven. Zij wandelden naar Chillon, het oude, sombere kasteel op het rotsachtige eiland, alleen om de foltertuigen te zien, de gevangenissen, de verroeste kettingen in de rotsachtige muren, de steenen britsen voor de ter dood veroordeelden, de valluiken, waardoor de ongelukkigen naar beneden geworpen en op ijzeren spitse pennen opgevangen werden. Dat alles te zien noemden zij een genoegen. Een gerechtsplaats was het, die door Byrons gezang in de wereld der poëzie opgenomen is. Rudy had slechts gevoel voor de gerechtsplaats; hij stak het hoofd uit een der groote steenen vensterramen en keek neer in het diepe, blauwachtig groene water en naar het kleine eiland met de drie acacia's; daarheen wenschte hij zich wel verplaatst te zien, vrij van het geheele pratende gezelschap; maar Babette was bijzonder vroolijk gestemd. Zij had zich uitstekend geamuseerd, zeide zij; de neef, vond zij, was een alleraardigst mensch.

«Ja, een echte lafbek!» zei Rudy; en dit was de eerste maal, dat Rudy iets zei, wat haar niet beviel. De Engelschman had haar een klein boekje tot aandenken aan Chillon gegeven, het was Byrons gedicht: «De gevangene van Chillon,» in het Fransch vertaald, zoodat Babette het kon lezen.

«Het boek kan wel heel mooi zijn,» zei Rudy, «maar de keurig gekleede mijnheer, die het je gegeven heeft, staat mij niet aan.»

«Hij zag er net uit als een meelzak zonder meel!» zei de molenaar, en lachte om zijn eigen aardigheid. Ook Rudy lachte en zei, dat hij er juist zoo over dacht.

XI.
De neef.

Toen Rudy eenige dagen later een bezoek in den molen kwam afleggen, vond hij daar den jongen Engelschman; Babette was juist bezig, hem gekookte forellen voor te zetten, die zij zeker zelf met peterselie versierd had, opdat zij er recht smakelijk zouden uitzien. Maar dat was volstrekt niet noodig geweest. Wat wilde de Engelschman hier? Wat had hij hier te doen? Door Babette getrakteerd en onthaald te worden?—Rudy was jaloersch, en dat deed Babette plezier; het deed haar genoegen, al de zijden van zijn karakter te leeren kennen, de sterke zoowel als de zwakke. De liefde was haar nog een spel, en zij speelde met het hart van Rudy, en toch was hij,—dat moet gezegd worden,—haar geluk, haar geheele leven, haar voortdurende gedachte, het beste en heerlijkste, dat zij op deze wereld bezat; maar hoe meer zijn blik zich verduisterde, des te meer lachten haar oogen, zij had den blonden Engelschman met de roode bakkebaarden wel een kus willen geven, als zij daardoor had kunnen bewerken, dat Rudy razend werd en wegliep; dat zou haar juist een bewijs zijn, hoe lief hij haar had. Maar dat was niet goed van Babette; doch zij was immers nog maar negentien jaar oud. Zij dacht weinig daarover na en dacht er nog minder aan, dat haar gedrag door den jongen Engelschman licht anders zou kunnen opgevat worden, dan het voor de eerbare verloofde dochter van den molenaar paste.

Daar, waar de straatweg van Bex onder de met sneeuw bedekte rotsachtige hoogte loopt, die in de landstaal Diablerets heet, stond de molen, niet ver van een snelvlietenden bergstroom, die witachtig grijs was evenals zeepsop. Deze bracht den molen echter niet in beweging, het groote molenrad werd door een kleineren stroom in de rondte gedraaid, die aan den anderen kant der rivier van de rots naar beneden stortte en, door een steenen dam tot nog grootere kracht en vaart gedreven, in een bassin van balken, een breede leiding of goot, over den snelvlietenden stroom gevoerd werd. Deze goot was zoo rijk aan water, dat zij overliep en de houten rand een natten, slijkerigen weg aanbood aan dengene, wien het in de gedachte mocht komen, langs dezen den molen spoediger te bereiken, en dezen inval had een jongmensch, de Engelschman. In het wit gekleed als een molenaarsknecht, klauterde hij des avonds naar den overkant, geleid door het licht, dat er uit de kamer van Babette stroomde. Klauteren echter had hij niet geleerd, en het scheelde dan ook niet veel, of hij was hals over kop in het water gevallen, maar hij kwam er gelukkig nog met doornatte mouwen en een smerige broek af; nat en met slijk bedekt kwam hij onder het raam van Babette; hier klom hij in de oude linde en begon de stem van den uil na te bootsen, want een anderen vogel kon hij niet nazingen. Babette hoorde dit en keek door de dunne gordijnen naar buiten; toen zij den witten man echter zag en wel kon begrijpen, wie dit was, klopte haar hartje van schrik, maar ook van toorn. Zij blies in aller ijl het licht uit, onderzocht of de pennen wel op de ramen zaten, en liet hem nu huilen, zoo veel hij maar wilde.

Het zou verschrikkelijk zijn, als Rudy nu hier in den molen was!—Maar Rudy was niet in den molen, neen, wat nog erger was, hij stond vlak onder de linde. Er werd luid gesproken, het waren toornige woorden, er kon wel een vechtpartij, misschien zelfs moord en doodslag van komen.

Babette deed in haar angst het raam open, riep Rudy en verzocht hem heen te gaan; want zij kon het niet dulden, dat hij daar bleef, zeide zij.

«Je duldt niet, dat ik hier blijf!» riep hij haar toe, «het is dus afgesproken werk! Je verwacht goede vrienden, betere dan ik ben! Schaam je, Babette!»

«Je bent onuitstaanbaar!» zei Babette. «Ik haat je!» En zij weende. «Ga heen, ga heen!»

«Dat heb ik niet verdiend!» zei hij en ging heen; zijn wangen en zijn hart brandden als vuur.

Babette wierp zich op haar bed neer en weende.

«Ik heb je zoo lief, Rudy! En je kunt zoo iets slechts van mij denken!»

Zij barstte in tranen uit, en dat was goed voor haar, want anders zou zij zeer bedroefd geworden zijn; nu kon zij den slaap vatten, den verkwikkenden slaap der jeugd slapen.

XII.
Booze machten.

Rudy verliet Bex, hij sloeg den weg naar huis in, klom op de bergen in de frissche verkoelende lucht, waar de sneeuw lag, waar de ijsjonkvrouw heerscht. De boomen stonden diep onder hem en zagen er uit, alsof zij aardappelenloof waren, de dennen, de struiken werden kleiner hier boven, de Alpenrozen groeiden naast de sneeuw die in afzonderlijke strepen lag, evenals linnen op de bleek. Een blauwe gentiaan, die op zijn weg stond, verbrijzelde hij met zijn geweerkolf.

Hoogerop vertoonden zich twee gemzen; de oogen van Rudy fonkelden, zijn gedachten namen een nieuwe vlucht; maar hij was er niet dicht genoeg bij om een zeker schot te kunnen doen; hij klom hooger op waar slechts een enkel grascheutje tusschen de rotsblokken groeide; de gemzen liepen rustig op het sneeuwveld; hij verhaastte zijn schreden. De wolkennevel daalde diep om hem neer, eensklaps bevond hij zich voor den steilen rotswand: de regen begon neer te stroomen.

Hij voelde een brandenden dorst, hitte in zijn hoofd, koude over al zijn leden; hij greep naar zijn veldflesch, maar deze was ledig; hij had er niet aan gedacht, haar te vullen, toen hij tegen de bergen opstormde. Hij was vroeger nooit ziek geweest, maar nu had hij het gevoel van zulk een toestand; hij was moede, hij gevoelde neiging om zich neer te leggen, verlangen om te slapen, maar overal stroomde de regen neer; hij deed een poging om weer tot zich zelven te komen. Zonderling sidderden en dansten de voorwerpen voor zijn oogen; daar bespeurde hij eensklaps, wat hij hier nog nooit gezien had, een nieuw, allerliefst huisje, dat tegen de rotsen aangebouwd was; voor de deur stond een jong meisje; hij zou haast gezegd hebben, dat het Annette van den schoolmeester was, die hij eenmaal onder het dansen gekust had; maar het was Annette niet; toch had hij het meisje vroeger al eens gezien, misschien wel bij Grindelwald, op dien avond, toen hij van het schuttersfeest te Interlaken terugkeerde.

«Hoe komt ge hier zoo verzeild?» vroeg hij.

«Ik ben hier te huis. Ik hoed mijn kudde!»

«Uw kudde? Waar graast die dan? Hier heeft men immers slechts sneeuw en rotsen.»

«Ge weet er ook wat van, wat hier is!» zei het meisje en lachte. «Hier achter ons, beneden, is een heerlijke weide! Daar loopen mijn geiten! Ik bewaak ze zorgvuldig! Geen enkele verlies ik; wat van mij is, blijft van mij!»

«Gij zijt stoutmoedig!» zei Rudy.

«Gij ook!» antwoordde het meisje.

«Hebt ge melk in huis, geef mij dan te drinken; want ik heb een ondraaglijken dorst!»

«Ik heb wat beters dan melk!» zei het meisje, «en dat zal ik u geven. Gisteren waren hier reizigers met hun gids; zij vergaten een half fleschje wijn, zooals ge zeker nooit geproefd hebt, zij zullen het wel niet terughalen; ik drink er niet van, drink gij er maar van!»

En het meisje haalde den wijn, goot dien in een houten beker en reikte dezen aan Rudy over.

«Dat smaakt lekker!» zei hij. «Nog nooit heb ik zulken verwarmenden, vurigen wijn geproefd!» Zijn oogen fonkelden; een leven, een gloed vervulde hem, alsof iedere zorg, iedere druk verdween; de frissche menschennatuur ontwaakte in hem.

«Maar het is Annette toch!» riep hij uit. «Geef mij een kus!»

«Ja, geef mij den mooien ring, dien ge aan den vinger hebt.»

«Mijn verlovingsring?»

«Ja, juist dien!» zei het meisje en schonk op nieuw wijn in den beker, dien zij hem aan de lippen zette, en hij dronk. Er stroomde levensvreugde in zijn bloed; de geheele wereld behoorde hem toe, dacht hij, waarom zou hij zich afpijnigen! Alles is geschapen, opdat wij het genieten, opdat het ons gelukkig make! De stroom des levens is de stroom der vreugde; door dezen gedragen te worden, dat is gelukzaligheid. Hij keek het meisje aan, het was Annette wel en toch Annette niet, en nog minder de spookgestalte, zooals hij het noemde, die hem bij Grindelwald tegengekomen was. Het meisje hier op den berg was frisch als de witte sneeuw, bloeiend als de Alpenroos en snelvoetig als een geitje; maar toch uit Adams rib geschapen, evenals Rudy. Hij sloeg zijn armen om de schoone heen en staarde haar in de verwonderlijk heldere oogen; slechts een seconde duurde deze blik, en in deze seconde.... ja, wie verklaart het, wie geeft het in woorden weer?—was het het leven des geestes of des doods, dat hem vervulde?—werd hij opgeheven of zonk hij in de diepe, doodende ijskloof, gedurig dieper. Hij zag de ijswanden als een blauwachtig groen glas, oneindige kloven gaapten er in de rondte, en het water stroomde naar beneden, helder, vlammend in witachtig blauwe vlammen. De ijsmaagd kuste hem: het was een kus, die hem van het hoofd tot de voeten deed huiveren; een kreet van smart ontsnapte er aan zijn lippen, hij rukte zich los, waggelde,—en het werd nacht voor zijn oogen, maar hij deed ze weer open. Booze machten hadden haar spel met hem gedreven.

Verdwenen was het Alpenmeisje, verdwenen de beschermende hut, het water stroomde langs den naakten rotswand neer, sneeuw lag er rondom; Rudy beefde van de koude, hij was tot op zijn hemd doornat, zijn ring was verdwenen, de verlovingsring, dien Babette hem gegeven had. Zijn buks lag in de sneeuw naast hem, hij raapte haar op en wilde haar afschieten; maar zij weigerde. Vochtige wolken legerden zich als vaste sneeuwmassa's in de kloof, de duizeligheid zat daar en loerde op haar machtelooze prooi, en beneden in de kloof klonk het, alsof er een rotsblok naar beneden stortte, dat alles verbrijzelde en met zich meesleepte, wat het in zijn val wilde ophouden.

Maar in den molen zat Babette en weende; Rudy was er in geen zes dagen geweest, hij, die in het ongelijk was, hij, die haar om vergiffenis moest vragen, dien zij van ganscher harte liefhad.

XIII.
In den molen.

«Wat gaat het toch wonderlijk bij de menschen toe!» zei de kamerkat tegen de keukenkat. «Nu zijn zij weer van elkaar af, Babette en Rudy. Zij weent, en hij denkt zeker niet meer aan haar.»

«Dat bevalt mij niet!» zei de keukenkat.

«Mij ook niet!» zei de kamerkat, «doch ik zal het mij maar niet aantrekken! Babette kan zich immers met dien roodbaard verloven! Maar die is hier ook niet meer geweest, sedert hij op het dak wilde klimmen!»

Booze machten drijven haar spel om ons en in ons; dat had Rudy wel eens gehoord en veel daarover nagedacht; wat was er in hem en om hem heen gebeurd daar op den berg? Waren het spoken of koortsachtige droomen? Hij had vroeger noch koorts, noch eenige andere ziekte gekend. Maar toen hij Babette veroordeelde, had hij een blik in zijn eigen binnenste geslagen. Hij had de wilde jacht in zijn hart, den heeten orkaan, die daar huisgehouden had, nagespeurd. Zou hij aan Babette ook alles kunnen biechten, iedere gedachte biechten, die in de ure der verzoeking bij hem tot daad zou kunnen worden? Haar ring had hij verloren, en juist door dit verlies had zij hem teruggekregen. Zou zij hem alles kunnen opbiechten? Het was, alsof zijn hart zou breken, als hij aan haar dacht; hoevele herinneringen rezen er niet bij hem op! Hij zag haar, alsof zij bij levenden lijve voor hem stond, lachend als een moedwillig kind; menig vriendelijk woord, dat zij uit de volheid haars harten gesproken had, drong als zonnestralen in zijn borst door, en al spoedig was alles daarin slechts zonneschijn bij de gedachte aan Babette.

Ja, zij moest hem alles kunnen biechten, en zij zou dit ook doen.

Hij ging naar den molen toe en kwam tot de biecht. Deze begon met een kus en eindigde daarmee, dat Rudy de zondaar bleef; het was afschuwelijk van hem! Zulk een wantrouwen, zulk een heftigheid kon hen beiden in het ongeluk storten. Ja zeker, dat kon! En daarom hield Babette hem een kleine boetpredikatie, waarin zij zelf schik had en die haar zeer goed afging, doch op één punt had Rudy gelijk: de neef der petemoei van Babette was een lafbek; zij wilde het boek verbranden, dat hij haar gegeven had, en zij wilde niet het minste bezitten, dat haar aan hem kon herinneren.

«Nu is het gevaar voorbij!» zei de kamerkat. «Rudy is weer hier, zij verstaan elkaar, en dat is toch het grootste geluk, zeggen zij.»

«Ik hoorde van nacht van de rotten,» zei de keukenkat, «dat het grootste geluk is, vetkaarsen te eten en volop spek te hebben. Wie moet men nu gelooven, de rotten of het verliefde paar?»

«Geen van beiden,» zei de kamerkat, «dat is altijd het veiligste!»

Het grootste geluk van Rudy en Babette, de schoonste dag, zooals zij hem noemden, de trouwdag, was ophanden.

Maar niet in de kerk te Bex zou de trouwplechtigheid plaats hebben, niet in den molen zou er bruiloft gehouden worden; de petemoei wilde, dat de bruiloft in haar huis zou gevierd worden en dat de trouwplechtigheid in de mooie kleine kerk te Montreux zou plaats vinden. De molenaar stond er op, dat deze wensch zou vervuld worden; hij alleen wist, wat de petemoei voor de jonggehuwden bestemd had; zij zouden van haar een bruidsgeschenk krijgen, dat wel waard was, dat men zich naar haar wil schikte. De dag was bepaald. Reeds den avond te voren zouden zij naar Villeneuve vertrekken, om den daarop volgenden dag tijdig naar Montreux te rijden, opdat de dochters der petemoei de bruid aan haar toilet zouden kunnen helpen.

«Hier in huis zal er toch ook wel wat lekkers afvallen,» zei de kamerkat; «als dit niet gebeurt, dan geef ik geen miauw voor de heele geschiedenis!»

«Hier zal wel gesmuld worden!» zei de keukenkat. «Er zijn eenden geslacht, duiven geplukt, en een heele reebok hangt er aan den muur. Ik watertand er al van, als ik daaraan denk! Morgen begint de reis!»

Ja, morgen!—Op dezen avond zaten Rudy en Babette voor de laatste maal als verloofden in den molen.

Buiten gloeiden de Alpen, luidden de avondklokken en zongen de dochteren der zon: «Moge het beste geschieden!»

XIV.
Nachtelijke droomgezichten.

De zon was ondergegaan, de wolken daalden in het Rhônedal tusschen de hooge bergen, de wind blies uit het Zuiden, een wind, die uit Afrika kwam, streek over de hooge Alpen heen, een orkaan, die de wolken scheurde, en toen de wind voorbijgespoed was, werd het een oogenblik doodstil; de gescheurde wolken hingen in phantastische groepen tusschen de met boomen begroeide bergen, over den snelvlietenden Rhônestroom; zij hingen in gestalten als de dieren der voorwereld, als de zwevende adelaar der lucht, als de huppelende kikvorschen der moerassen; zij daalden op den snelvlietenden stroom neer, zij zeilden op dezen en zeilden toch in de lucht. De stroom voerde een ontwortelden boom met zich mee, in het water vertoonden zich wervelende kringen; het was de duizeligheid, meer dan een, die er op den voortbruisenden stroom draaiden; de maan verlichtte de sneeuw op de bergtoppen, de donkere bosschen en de witte wonderbare wolken, de nachtgezichten, de geesten der natuurkrachten; de bergbewoner zag ze door de vensterruiten, zij zeilden daar beneden bij scharen voor de ijsjonkvrouw uit; deze kwam uit haar gletscherkasteel, zij zat op het brooze schip, op den ontwortelden boom; het gletscherwater droeg haar den stroom af tot in het open meer.

«De bruiloftsgasten komen!» suisde het in lucht en water.

Gezichten buiten, gezichten binnen. Babette droomde een wonderbaren droom.

Het kwam haar voor, alsof zij met Rudy getrouwd was, en wel sedert vele jaren. Hij was op de gemzenjacht, en zij was te huis in haar woning, en daar zat de jonge Engelschman met den rooden baard bij haar! Zijn oogen waren zoo welsprekend, zijn woorden een toovermacht, hij stak haar de hand toe, en zij moest hem volgen. Zij verlieten het huis. Het ging gedurig meer naar beneden! Het was Babette te moede, alsof er een last op haar hart drukte, die gedurig zwaarder werd; het was een zonde tegen Rudy, een zonde tegen God; en eensklaps stond zij daar verlaten, haar kleederen waren door de doornen gescheurd, haar lokken waren grijs geworden, zij keek in haar smart naar boven, en op den rotswand zag zij Rudy;—zij strekte haar armen naar hem uit, maar waagde het niet, te roepen of te bidden. Dat zou haar ook niet gebaat hebben, want al spoedig ontdekte zij, dat hij het niet was, maar slechts zijn jas en zijn hoed, die op den Alpenstok hingen, dien de jagers zoo neerzetten, om de gemzen te misleiden. En in grenzenlooze smart jammerde Babette: «O! was ik maar op mijn trouwdag, mijn gelukkigsten dag, gestorven! Mijn God dat zou een genade, een groot geluk geweest zijn! Dan zou het beste geschied zijn, wat mij en Rudy zou hebben kunnen weervaren! Niemand kent zijn toekomst!» En in haar smart stortte zij zich in de diepe rotskloof naar beneden. Er sprong een snaar, er klonk een weemoedige toon...

Babette ontwaakte, de droom was voorbij en vergeten,—maar zij wist toch nog, dat zij iets verschrikkelijks en van den jongen Engelschman gedroomd had, die zij in verscheidene maanden niet gezien, aan wien zij niet gedacht had. Zou hij misschien ook te Montreux zijn? Zou zij hem op de bruiloft te zien krijgen? Een lichte schaduw gleed er over haar fijnen mond, haar wenkbrauwen trokken zich te zamen; maar al spoedig daarop speelde er een glimlachje om haar lippen, schoten er vreugdestralen uit haar oogen; buiten scheen de zon zoo heerlijk, en den volgenden dag was het de bruiloft van haar en van Rudy.

Rudy was al in de woonkamer, toen zij deze binnentrad, en spoedig daarop ging men naar Villeneuve. Beiden waren zoo overgelukkig, en ook de molenaar; hij lachte en was in de beste luim; hij was een goed vader en een eerlijke ziel.

«Nu zijn wij heeren en meesters hier in huis!» zei de kamerkat.

XV.
Besluit.

Het was nog geen avond, toen de drie vroolijke menschen Villeneuve bereikten en daar hun middagmaal hielden. De molenaar zette zich in den leuningstoel neer, rookte zijn pijp en deed een kort dutje. Het jonge bruidspaar liep gearmd de stad uit en ging den straatweg langs onder de met struiken begroeide rotsen langs het blauwachtig groene, diepe meer; het sombere Chillon spiegelde zijn grauwe muren en zijn logge torens in den helderen vloed af; het kleine eiland met de drie acacia's lag nog dichter bij: het zag er uit als een bloemruiker op het meer.

«Het moet daarboven verrukkelijk schoon zijn!» zei Babette. Zij had weer heel veel lust om daar naar toe te gaan, en deze wensch kon terstond in vervulling komen; aan den oever lag een schuitje; het touw, waarmee het was vastgebonden, was gemakkelijk los te maken. Men zag niemand, dien men vergunning kon vragen om het te gebruiken, en zoo stapten zij dan zonder verder beraad in het schuitje. Rudy had er wel verstand van, de roeiriemen te gebruiken.

De roeiriemen grepen als vinnen van een visch in het water, dat zoo buigzaam en toch zoo sterk is, dat een rug tot dragen en een mond tot verslinden heeft, dat vriendelijk glimlacht, de zachtzinnigheid zelve is, en toch schrik inboezemt en sterk tot verbrijzelen is. Een schuimend zog vertoonde zich achter het schuitje, dat beiden in weinige minuten naar het eilandje overbracht, waar zij aan land stapten. Hier was niet meer plaats dan voor een dans voor twee personen.

Rudy draaide met Babette een paar malen in de rondte; daarop gingen zij hand in hand op de kleine bank onder de neerhangende acacia's zitten, keken elkaar in de oogen, en alles in het rond straalde in den glans der ondergaande zon. De dennenbosschen der bergen kleurden zich paarsachtig rood als bloeiend heidekruid, en waar de boomen ophielden en de steenen te voorschijn kwamen, daar gloeiden deze, alsof de rots doorzichtig was; de wolken aan den hemel fonkelden als rood vuur, het geheele meer was als het frissche, gloeiende rozeblad. Langzamerhand rezen de schaduwen langs de met sneeuw bedekte bergen van Savoye naar boven en kleurden ze zwartachtig blauw; maar de bovenste toppen fonkelden als gloeiende lava, zij vertoonden een oogenblik uit de vormingsgeschiedenis der bergen, toen deze massa's zich gloeiend uit den schoot der aarde verhieven en nog niet afgekoeld waren. Rudy en Babette meenden, zulk een Alpengloed nog nooit gezien te hebben. De met sneeuw bedekte Dent du midi had een glans als de schijf der volle maan, wanneer zij aan den horizon oprijst.

«Zooveel schoonheid! Zooveel geluk!» zeiden beiden.—«De aarde heeft mij niets meer te geven!» zei Rudy. «Een avond als deze is toch een geheel leven! Hoe dikwijls gevoelde ik mijn geluk, zooals ik het nu gevoel, en dacht, hoe gelukkig ik zou geleefd hebben, al kwam er nu ook aan alles een einde! Hoe heerlijk is deze wereld! En de dag liep ten einde, maar een nieuwe begon, en het kwam mij voor, alsof deze nog schooner was! Hoe oneindig goed is God, Babette!»

«Ik gevoel mij zoo van heeler harte gelukkig!» zeide zij.

«Meer heeft de aarde mij niet te geven!» riep Rudy uit.

En de avondklokken klonken van de bergen van Savoye, van de Zwitsersche bergen; in het Westen verhief zich in den gouden glans het zwartachtig blauwe Juragebergte.

«God geve je het heerlijkste en het beste!» zei Babette.

«Dat zal Hij doen!» zei Rudy. «Morgen zal ik het hebben! Morgen ben je geheel de mijne, mijn eigen, lief vrouwtje!»

«Het schuitje!» riep Babette plotseling uit.

Het schuitje, dat hen moest terugbrengen, was losgeraakt en dreef van het eilandje weg.

«Ik zal het wel terughalen!» zei Rudy, trok zijn jas en zijn laarzen uit, sprong in het meer en zwom het schuitje met krachtige slagen achterna.

Koud en diep was het heldere, blauwachtig groene ijswater van den gletscher van het gebergte. Rudy keek in het water neer; slechts een enkele blik, en het was hem, alsof hij een gouden ring zag rollen, glinsteren, fonkelen,—zijn verlovingsring kwam hem in de gedachten, en de ring werd grooter, breidde zich in een fonkelenden kring uit, en hierin schitterde de heldere gletscher; diepe kloven gaapten er in het rond, en het was, alsof het water geluid gaf als een klokkenspel en van witachtig blauwe vlammetjes fonkelde; in een oogenblik zag hij, wat wij met vele woorden moeten zeggen. Jonge jagers en jonge meisjes, mannen en vrouwen, die eenmaal in de kloven der gletschers neergezonken waren, stonden hier levend met een open en glimlachenden mond, en diep beneden klonken de kerkklokken van weggezonken steden; de gemeente knielde onder de gewelven der kerk, stukken ijs vormden de orgelpijpen, de rotsstroom speelde op het orgel; de ijsjonkvrouw zat op den helderen, doorzichtigen grond, zij hief zich naar Rudy op, kuste zijn voeten, en een ijskoude huivering ging hem door de leden, een electrieke schok—ijs en vuur! Men kan tusschen deze bij de kortstondige aanraking geen onderscheid merken.

«Gij zijt de mijne!» klonk het om hem en in hem. «Ik kuste u, toen ge nog klein waart, op uw mond!—Nu kus ik u op uw teenen en op uw hielen, nu behoort ge mij geheel toe!»

En hij verdween in het heldere blauwe water.

Alles was stil, de kerkklokken verstomden, de laatste tonen verdwenen met den glans aan de roode wolken.

«De mijne zijt gij!» klonk het in de diepte; «de mijne zijt gij!» klonk het in de hoogte.

Wat is het heerlijk van liefde tot liefde, van de aarde naar den hemel te vliegen.

Er sprong een snaar, er klonk een rouwtoon, de ijskus des doods overwon het vergankelijke; het voorspel eindigde, opdat het levensdrama zou kunnen beginnen, de wanklanken losten zich in de schoonste harmonie op.

Noemt ge dat een treurige geschiedenis?

Die arme Babette! Zij verkeerde in een nameloozen angst. Het schuitje dreef gedurig verder weg. Niemand aan den vasten wal wist, dat het bruidspaar naar het kleine eilandje gevaren was. De wolken daalden, de avond was donker. Alleen, wanhopig, jammerend stond zij daar. Een onweder hing boven haar, de eene bliksemstraal na den anderen fonkelde over het Juragebergte, over Zwitserland en over Savoye heen; van alle kanten schoten er bliksemstralen, van alle kanten deden zich donderslagen hooren, zij rolden in elkaar, minuten lang. De bliksemstralen hadden vaak den glans der zon, men zag iederen wijnstok, evenals op den tijd van den middag, en terstond daarop was alles weer in duisternis gehuld. De bliksemstralen sloegen in het meer in, zij flikkerden van alle kanten, terwijl het gedreun, door de echo's weerkaatst, nog heviger werd. Op het land trok men de schuitjes op den oever; alles, wat leven had, zocht beschutting! En nu stroomde de regen neer.

«Waar zouden Rudy en Babette toch in dit onweer zijn?» zei de molenaar.

Babette zat met gevouwen handen, met het hoofd in den schoot, sprakeloos van smart; zij weende, zij jammerde niet meer.

«In het diepe water!» sprak zij bij zich zelve. «Diep beneden is hij onder den gletscher!»

Het kwam haar in de gedachten, wat Rudy van den dood van zijn moeder en van zijn redding verteld had, toen hij als een lijk uit de kloof van den gletscher gedragen werd. «De ijsjonkvrouw heeft hem weer.»

Er kwam een bliksemstraal, even verblindend als zonneschijn op de witte sneeuw. Babette sprong op; het meer verhief zich op dit oogenblik als een vlammende gletscher, de ijsjonkvrouw stond daar vol majesteit, blauwachtig bleek, stralend, en aan haar voeten lag het lijk van Rudy. «Hij behoort mij toe!» zeide zij, en ver in het rond zag zij weer niets anders dan duisternis en voortbruisende wateren.

«Hoe wreed!» jammerde Babette. «Waarom moest hij juist sterven, nu de dag van ons geluk aanbrak? God, mijn God! verlicht mijn verstand! Straal in mijn hart! Ik begrijp Uw wegen niet! Ik tast rond in de besluiten van Uw almacht en wijsheid!»

En God verhoorde haar bede. Een gedachtebliksem, een genadestraal, haar droom van den afgeloopen nacht, levendig als deze geweest was, kwam haar weer voor den geest; zij herinnerde zich de woorden, den wensch, dien zij uitgesproken had omtrent datgene, wat voor haar en Rudy het beste zou zijn.

«Wee mij! Was dat de kiem der zonde in mijn hart? Was mijn droom een leven der toekomst, welks snaar ter mijner redding moest breken? Ik ellendige!»

Jammerend zat zij daar in den donkeren nacht. Door de diepe stilte schenen de woorden van Rudy nog te klinken, de laatste, die hij hier sprak: «Meer heeft de aarde mij niet te geven!» Zij klonken in de volheid der vreugde, zij werden herhaald in diepe smart.

Jaren zijn er sedert verloopen. Het meer glimlacht, zijn oevers glimlachen; de wijnstok krijgt zwellende druiven; stoombooten met wapperende vlaggen jagen voorbij, plezierbootjes met hun gezwollen zeilen vliegen over den waterspiegel als witte vlinders; de spoorweg over Chillon is geopend en voert diep het Rhônedal in. Aan ieder station stappen vreemdelingen uit; zij houden hun in rood gebondene reisboeken in de hand en lezen daarin, wat zij al zoo merkwaardigs te zien hebben. Zij bezoeken Chillon, zij zien buiten in het meer het kleine eiland met de drie acacia's, en lezen in het boek van het bruidspaar, dat daar op een avond van het jaar langs voer, van den dood van den bruidegom en: «eerst den volgenden morgen hoorde men aan den oever het wanhopige jammeren der bruid.»

Maar het reishandboek vertelt niets van het stille leven van Babette bij haar vader, niet in den molen,—want daar wonen nu andere menschen,—maar in het mooie huis in de nabijheid van den spoorweg, uit welks ramen zij nog menigen avond over de kastanjeboomen naar de sneeuwbergen kijkt, waarover Rudy zich eenmaal voortspoedde; zij ziet des avonds den Alpengloed, de kinderen der zon legeren zich op de hooge bergen en herhalen het lied van den reiziger, wien de wervelwind den mantel afrukte, het hulsel ontnam, maar niet den man.

Hier is rozenglans op de sneeuw van den berg, rozenglans in ieder hart, waarin de gedachte woont: «God laat het beste voor ons geschieden!» Maar het wordt ons niet altijd geopenbaard, zooals het Babette in haar droom geopenbaard werd.

De nachtegaal.

In China, moet je weten, is de keizer een Chinees en allen, die hij om zich heen heeft, zijn ook Chineezen. Het is nu al vele jaren geleden, maar juist daarom is het de moeite wel waard, de geschiedenis eens te hooren, voordat zij vergeten wordt. Het keizerlijk paleis was het prachtigste van de wereld, geheel en al van fijn porselein, zeer kostbaar, maar zoo broos, zoo gevaarlijk om er aan te raken, dat men zich zeer in acht moest nemen. In den tuin zag men de wonderlijkste bloemen, en aan de prachtigste waren zilveren klokjes vastgebonden, die altijd bengelden, opdat men niet zou voorbijgaan, zonder op de bloemen te letten. Ja, alles was in den tuin van den keizer keurig ingericht. En hij strekte zich zoo ver uit, dat de tuinman zelf het einde daarvan niet wist. Als men maar steeds verder ging, dan kwam men in het heerlijkste bosch met hooge boomen en diepe meren. Het bosch strekte zich tot aan de zee uit, die blauw en diep was; groote schepen konden tot onder de takken der boomen voortzeilen, en in deze boomen woonde een nachtegaal, die zoo prachtig zong, dat zelfs de arme visscher, die toch drukke bezigheden had, met werken ophield en luisterde, als hij 's nachts uitgevaren was, om zijn net uit te werpen, en dan den nachtegaal hoorde. «Och, och! wat is dat mooi!» zei hij; maar hij moest op zijn zaken acht geven en vergat den vogel daardoor. Maar als deze den volgenden nacht weer zong en de visscher daarheen kwam, dan zei hij hetzelfde weer.

Uit alle landen der wereld kwamen er reizigers naar de stad van den keizer en bewonderden deze, en vooral het paleis en den tuin. Maar als zij den nachtegaal hoorden, dan zeiden zij toch allen: «Dat is nog het mooiste van alles!»

De reizigers vertelden daarvan, als zij weer thuis kwamen; en de geleerden schreven vele boeken over de stad, het paleis en den tuin. Maar ook den nachtegaal vergaten zij niet: deze werd het hoogst gesteld; en zij, die verzen konden maken, schreven de prachtigste gedichten over den nachtegaal in het bosch bij de diepe zee.

Deze boeken werden door de geheele wereld verspreid, en enkele daarvan kwamen ook den keizer in handen. Deze zat op zijn gouden stoel en las; ieder oogenblik knikte hij met het hoofd, want het deed hem genoegen, de prachtige beschrijvingen van de stad, het paleis en den tuin te lezen. «Maar de nachtegaal is nog het mooiste van alles!» stond daar geschreven.

«Wat is dat?» riep de keizer uit. «Den nachtegaal ken ik niet eens! Is er zulk een vogel in mijn keizerrijk en zelfs in mijn tuin? Dat heb ik nog nooit gehoord! Dat ik zoo iets eerst uit boeken moet vernemen!»

En hierop riep hij zijn kamerheer. Deze was zoo voornaam, dat hij, als iemand, die minder dan hij was, tegen hem wilde spreken of hem naar iets vragen, niets anders ten antwoord gaf dan: «P!» en dat beteekent niets.

«Er moet hier een uiterst merkwaardige vogel zijn, die nachtegaal genoemd wordt!» zei de keizer. «Men zegt, dat deze het mooiste van alles in mijn groot rijk is. Waarom heeft men mij daarvan nooit iets gezegd?»

«Ik heb hem vroeger nooit hooren noemen!» zei de kamerheer. «Hij is nooit ten hove voorgesteld.»

«Ik wil, dat hij heden avond in het paleis komt en voor mij zingt!» zei de keizer. «De heele wereld weet, wat ik heb, en ik weet het niet.»

«Ik heb hem vroeger nooit hooren noemen!» zei de kamerheer. «Ik zal hem zoeken, ik zal hem vinden!»

Maar waar zou hij te vinden zijn? De kamerheer liep alle trappen op en neer, door zalen en gangen, maar geen van allen, die hij ontmoette, had over den nachtegaal hooren spreken. En de kamerheer keerde naar den keizer terug en zei, dat het zeker een verzinseltje moest zijn van hen, die boeken schreven. «Uwe Keizerlijke Majesteit kan niet begrijpen, wat er al zoo geschreven wordt! Dat zijn verdichtselen en iets, wat men de zwarte kunst noemt.»

«Maar het boek, waarin ik dit gelezen heb,» zei de keizer, «is mij door den grootmachtigen keizer van Japan gezonden; en het kan dus geen onwaarheid zijn. Ik wil den nachtegaal hooren! Hij moet heden avond hier zijn. Hij bezit mijn hoogste genade! En als hij niet komt, dan moet het geheele hof met stokslagen gestraft worden, wanneer men den avondmaaltijd genuttigd heeft!»

«Tsing pe!» zei de kamerheer en liep nogmaals alle trappen op en neer, door al de zalen en gangen; en het halve hof liep mee, want zij wilden niet graag stokslagen krijgen. Nu werd er aan ieder gevraagd naar den merkwaardigen nachtegaal, dien de heele wereld kende, maar aan het hof niemand.

Eindelijk troffen zij een klein, arm meisje in de keuken aan, dat tegen hen zei: «Och, hemel! den nachtegaal ken ik heel goed! O, wat kan die zingen! Iederen avond mag ik de restjes van de tafel aan mijn arme, zieke moeder brengen; zij woont aan het strand, en als ik terugkom, moe ben en in het bosch uitrust, dan hoor ik den nachtegaal zingen! Daarbij komen mij de tranen in de oogen, en het is mij, alsof mijn moeder mij kuste!»

«Beste meid!» zei de kamerheer, «ik zal je een post in de keuken bezorgen en de vergunning, den keizer te zien eten, als je ons naar den nachtegaal kunt brengen, want deze is tegen van avond aan het hof ontboden!»

En zoo liepen zij met hun allen het bosch in, waar de nachtegaal placht te zingen; het halve hof was er bij. Toen zij een eindje geloopen hadden, begon er een koe te loeien.

«Ziezoo!» zeiden de hovelingen, «daar hebben we hem! Wat zit er toch een stem in zoo'n klein beestje! Ik moet dit vroeger zeker als eens meer gehoord hebben.»

«Neen, dat is een koe, die loeit!» zei het meisje. «We zijn nog ver van de plaats verwijderd.»

Nu kwaakten de kikvorschen in het moeras.

«Prachtig!» riep de Chineesche hofprediker. «Nu hoor ik hem; het klinkt precies als kleine kerkklokken.»

265

«Neen, dat zijn kikvorschen!» zei het meisje. «Maar nu denk ik, dat we hem gauw zullen hooren.»

Daar begon de nachtegaal te zingen.

«Dat is hij!» zei het meisje. «Hoort! Hoort! Daar zit hij!» En hierbij wees zij naar een kleinen, grauwachtigen vogel boven in de takken.

«Hoe is 't mogelijk?» zei de kamerheer. «Zoo had ik hem mij niet voorgesteld! Wat ziet hij er eenvoudig uit! Hij heeft zeker zijn kleur verloren, doordat hij zoo vele deftige heeren om zich heen ziet!»

«Lieve nachtegaal!» zeide het meisje overluid; «onze genadige keizer verlangt, dat ge voor hem zingt.»

«Met het meeste genoegen!» antwoordde de nachtegaal en zong daarop, dat het een lust was om te hooren.

«Het klinkt precies als glazen klokjes!» zei de kamerheer. «En kijk dat kleine keeltje eens, hoe het op en neer gaat!Het is zonderling, dat wij hem vroeger nooit gehoord hebben. Hij zal aan het hof zeker wel veel opgang maken!»

«Moet ik nog eens voor den keizer zingen?» vroeg de nachtegaal, die dacht, dat de keizer er ook bij was.

«Mijn voortreffelijke kleine nachtegaal!» zei de kamerheer, «ik heb het genoegen, u heden avond tot een feest ten hove uit te noodigen, waar ge Zijne Keizerlijke Majesteit door uw verrukkelijk gezang ongetwijfeld zult betooveren.»

«Dit laat zich het best te midden van het geboomte hooren!» zei de nachtegaal; maar hij ging toch mee, toen hij hoorde, dat de keizer het wenschte.

In het paleis was alles in orde gebracht. De wanden en de vloeren, die van porselein waren, fonkelden in den glans van vele duizenden gouden lampen; de prachtigste bloemen, die goed konden klingelen, waren in de gangen neergezet. Daar was een geloop en gedraaf, en alle klokjes klingelden zoo, dat men zijn eigen woorden niet kon verstaan.

Midden in de groote zaal, waar de keizer zat, was een gouden stok geplaatst: daarop moest de nachtegaal zitten. Het geheele hof was er, en de kleine keukenmeid had vergunning verkregen, om achter de deur te staan, daar zij nu den titel van een werkelijke hofkeukenmeid gekregen had. Allen waren in feestgewaad gedost, en allen keken naar den kleinen, grauwachtigen vogel, dien de keizer toeknikte.

De nachtegaal zong zoo prachtig, dat den keizer de tranen in de oogen kwamen en langs de wangen biggelden; en nu zong de nachtegaal nog mooier: het ging hem zoo recht van harte. De keizer was zoo verrukt, dat hij zei, dat de nachtegaal zijn gouden pantoffel om den hals moest dragen. Maar de nachtegaal bedankte hiervoor: hij was al genoeg beloond.

«Ik heb tranen in 's keizers oogen gezien, dat is voor mij de grootste schat! De tranen van een keizer hebben een bijzondere kracht! God weet het, ik ben genoeg beloond!» Daarop zong hij weer met zijn liefelijke, prachtige stem.

«Dat is de beminnelijkste coquetterie, die ik ken!» zeiden de dames in de rondte, en toen namen zij water in den mond om daarmee te klokken, als iemand tegen haar sprak. Zij meenden, dat zij dan ook nachtegalen waren. Ja, de lakeien en de kameniers lieten berichten, dat ook zij tevreden waren; dat wil veel zeggen, want die zijn het moeilijkst te voldoen. In één woord, de nachtegaal vond algemeenen bijval.

Hij zou nu aan het hof blijven, zijn eigen kooi hebben en de vergunning krijgen, er overdag tweemaal en 's nachts eenmaal uit te komen. Hij kreeg daarop twaalf bedienden, die allen een zijden draadje om een van zijn pooten gebonden hadden, waaraan zij hem stevig vasthielden. Er was volstrekt geen plezier in zulk een wandeling.

De geheele stad sprak over den merkwaardigen vogel, en als twee elkaar, ontmoetten, dan zei de een niets anders dan «Nacht!» en dan zei de ander: «Gaal». En dan zuchtten zij en begrepen elkaar. Ja, elf kinderen werden er naar hem genoemd; maar niet een van hen had eenig geluid in zijn keel.

Op zekeren dag kreeg de keizer een groot pakket, waarop geschreven stond: «De nachtegaal.»

«Daar hebben we nu een nieuw boek over onzen beroemden vogel!» zei de keizer. Maar het was geen boek, maar een klein kunstwerk, dat in een doosje lag: een kunstmatige nachtegaal, die op den levenden moest gelijken, maar overal met diamanten, robijnen en saffieren als bezaaid was. Zoodra men den kunstmatigen vogel opwond, kon hij een der stukken, die de werkelijke vogel zong, zingen: en dan bewoog zijn staart op en neer en fonkelde van zilver en goud. Om zijn hals hing een klein lint, en daarop stond geschreven: «De nachtegaal van den keizer van Japan is arm, bij dien van den keizer van China vergeleken.»

«Dat is prachtig!» zeiden allen; en de persoon, die den kunstmatigen vogel gebracht had, kreeg dadelijk den titel van Keizerlijken Opper-Nachtegaalbrenger.

«Nu moeten zij eens samen zingen. Wat zal dat een mooi duet worden!»

En zoo moesten zij samen zingen; maar het eene gezang paste niet goed bij het andere, want de werkelijke nachtegaal zong op zijn wijze en de kunstmatige vogel bracht geluid voort door het ronddraaien van een cilinder. «Het is zijn schuld niet,» zei de muziekmeester; «hij blijft goed in de maat en zingt geheel volgens mijn methode!» Nu moest de kunstmatige vogel alleen zingen. Hij vond evenveel bijval als de werkelijke, en daarbij kwam nog, dat hij er veel mooier uitzag: hij fonkelde als armbanden en doekspelden.

Drie-en-dertig maal zong hij één en hetzelfde stuk en was nog niet moe. De aanwezigen zouden hem graag nog eens gehoord hebben, maar de keizer beweerde, dat nu ook de levende nachtegaal eens iets moest zingen.—-Maar waar was die? Niemand had gemerkt, dat hij door het openstaande raam naar zijn groene bosschen weggevlogen was.

«Wat is dat?» riep de keizer uit. En al de hovelingen waren geërgerd en beweerden, dat de nachtegaal een heel ondankbaar beest was. «Den besten nachtegaal hebben we toch!» zeiden zij; en zoo moest dan de kunstmatige vogel weer zingen, en dat was de vier-en-dertigste maal, dat zij hetzelfde stuk te hooren kregen. Zij kenden het met dat al toch niet van buiten; want het was veel te moeilijk. En de muziekmeester prees den vogel hemelhoog; ja, hij verzekerde, dat hij beter dan een levende nachtegaal was, niet alleen wat zijn veeren en de vele prachtige diamanten betreft, maar ook innerlijk.

«Want ziet ge, Mijne Heeren! en bovenal gij, Uwe Majesteit! bij den werkelijken nachtegaal kan men nooit berekenen, wat er zal komen; maar bij den kunstmatigen vogel is alles bepaald! Men kan het verklaren, men kan hem opendoen en het aan de menschen begrijpelijk maken, hoe de cilinders zitten, hoe zij omdraaien, en hoe het een uit het ander volgt.»

«Zoo denken wij er ook over!» zeiden allen, en de muziekmeester kreeg de vergunning, den vogel den volgenden Zondag aan het volk te laten zien. Het moest hem ook hooren zingen, beval de keizer. En het volk hoorde hem; en het werd zoo uitgelaten, alsof het zich aan thee bedronken had, want dat is Chineesch. Nu zeiden allen: «O!» en hielden hun wijsvinger in de hoogte en knikten daarbij. De arme visschers echter, die den werkelijken nachtegaal gehoord hadden, zeiden: «Dat klinkt niet onaardig; de zangwijzen gelijken ook op elkaar; maar er ontbreekt toch iets aan, ik weet niet wat.»

De werkelijke nachtegaal werd uit het land verbannen.

De kunstmatige vogel had zijn plaats op een zijden kussen dicht bij het bed van den keizer; al de geschenken, die hij gekregen had, lagen om hem heen, en in den titel was hij tot een «Keizerlijken Kamerzanger» geklommen, in den rang tot nummer één aan de linkerzijde. Want de keizer rekende die zijde voor de voornaamste, waar het hart zit, en het hart zit ook bij een keizer links. En de muziekmeester schreef een werk van vijf-en-twintig deelen over den kunstmatigen vogel; dit was zoo geleerd en zoo lang, vol van de allermoeilijkste Chineesche woorden, dat alle menschen zeiden, dat zij het gelezen en begrepen hadden; want anders zouden zij immers dom geweest zijn en stokslagen gekregen hebben.

Zoo ging het een geheel jaar door. De keizer, het hof en al de andere Chineezen kenden het gezang van den kunstmatigen vogel nu heelemaal van buiten. Maar juist daarom beviel het hun ook het allerbest; zij konden zelf meezingen, en dat deden zij dan ook. De straatjongens zongen: «Tititi, tititi!» En de keizer zong het insgelijks. Ja, dat was allerprachtigst!

Op zekeren avond echter, toen de kunstmatige vogel overheerlijk zong en de keizer te bed lag en daarnaar luisterde, ging het van binnen in den vogel «Knap!» Daar sprong iets! «Rrrrr!» alle raderen liepen in de rondte, en toen stond de muziek stil.

De keizer sprong dadelijk uit zijn bed en liet zijn lijfarts roepen; maar wat kon die er aan doen? Toen lieten zij den horlogemaker halen, en na veel praten en bekijken kreeg hij den vogel een beetje in orde; maar hij zeide, dat hij ontzien moest worden, want de pennetjes waren afgesleten, en het was onmogelijk, er nieuwe zóó in te zetten, dat de muziek goed bleef gaan. Nu heerschte er een diepe treurigheid! Slechts eenmaal in het jaar mocht men den kunstmatigen vogel laten zingen, en dat was bijna nog te veel. Maar dan hield de muziekmeester een korte toespraak vol vreemde woorden en zeide, dat hij even goed was als vroeger; en toen was hij ook even goed als vroeger.

Nu waren er vijf jaren verloopen, en het land werd in diepe treurigheid gedompeld. De Chineezen hielden in den grond allen veel van hun keizer, en nu was hij ziek en zou het wel niet lang meer maken, zei men. Er was al een nieuwe keizer gekozen, en het volk stond buiten op de straat en vroeg aan den kamerheer, hoe het met hun ouden keizer ging.

«P!» zeide hij en schudde met het hoofd.

Koud en bleek lag de keizer in zijn groot, prachtig ledekant; het geheele hof dacht, dat hij dood was, en ieder van hen liep weg, om den nieuwen keizer te begroeten. De kamerdienaars liepen naar buiten, om daarover te praten, en de kameniers hadden een groote koffievisite. In al de zalen en gangen was laken neergelegd, opdat men geen voetstap zou hooren, en daarom was het er stil! Maar de keizer was nog niet dood; stijf en bleek lag hij in het prachtige ledekant met de lange fluweelen gordijnen en de zware gouden kwasten; in de hoogte stond er een raam open, en de maan scheen daardoor heen op den keizer en den kunstmatigen vogel.

De arme keizer kon tenauwernood ademhalen; het was, alsof er iets op zijn borst zat; hij deed de oogen open, en nu zag hij, dat het de dood was, die op zijn borst zat en zich zijn gouden kroon opgezet had en in de eene hand zijn gouden sabel, in de andere zijn prachtig vaandel hield. En uit de plooien van de groote, fluweelen bedgordijnen kwamen wonderlijke hoofden kijken: enkele leelijk, andere liefelijk en vriendelijk. Dat waren al 's keizers booze en goede daden, die hem aanstaarden, terwijl de dood hem op het hart zat.

«Herinnert ge u dit?» fluisterde de een na den ander. «Herinnert ge u dat?» En dan vertelden zij hem zoo veel, dat hem het zweet van het voorhoofd gutste.

«Dat heb ik niet geweten!» zei de keizer. «Muziek! Muziek! De groote Chineesche trommel!» riep hij, «opdat ik niet alles behoef te hooren, wat zij zeggen!»

En zij gingen voort, en de dood knikte als een Chinees bij alles, wat er gezegd werd.

«Muziek! Muziek!» schreeuwde de keizer. «Och, kleine, prachtige gouden vogel! Zing toch, zing toch! Ik heb u immers goud en kostbaarheden gegeven; ik heb u zelfs mijn gouden pantoffel om den hals gehangen. Zing toch, zing toch!»

Maar de vogel hield zich stil, er was niemand om hem op te winden, en anders zong hij niet; maar de dood ging voort, den keizer met zijn groote, holle oogen aan te staren; en stil was het, akelig stil.

Daar deed zich op eens van den kant van het raam het heerlijkste gezang hooren: het was de kleine, levende nachtegaal, die buiten op een tak zat. Hij had van de ziekte van zijn keizer gehoord en was daarom gekomen, om hem troost en hoop toe te zingen. En terwijl hij zong, werden de spooksels gedurig bleeker en bleeker; het bloed begon gedurig sneller en sneller door 's keizers zwakke leden te vloeien, en zelfs de dood luisterde en zei: «Zing door, kleine nachtegaal! Zing door!»

«Wilt ge mij dan de prachtige gouden sabel geven? Wilt ge mij het mooie vaandel geven? Wilt ge mij de kroon van den keizer geven?»

En de dood gaf ieder kleinood voor een lied; en de nachtegaal ging nog steeds met zingen voort; hij zong van den stillen akker Gods, waar de witte rozen groeien, waar de vlier geurt, en waar het frissche gras door de tranen der achterblijvenden bevochtigd wordt. Nu kreeg de dood verlangen naar zijn tuin en zweefde, als een koude, witte nevel, uit het raam.

«Dank, dank!» zei de keizer. «Gij hemelsche, kleine vogel! Ik ken u wel! Ik heb u uit mijn land verjaagd! En toch hebt gij de booze gezichten van mijn bed weggezonden, den dood van mijn hart verdreven! Hoe kan ik u daarvoor beloonen?»

«Ge hebt mij beloond!» zei de nachtegaal. «Ik heb aan uw oogen tranen ontlokt, toen ik de eerste maal zong: dat vergeet ik nimmer! Dat zijn juweelen, die een zangershart verheugen! Maar slaap nu en word weer frisch en sterk! Ik zal u iets voorzingen!»

En hij zong,—en de keizer viel in een zoete sluimering. O, hoe mild en weldadig was die slaap!

De zon scheen door het raam naar binnen, toen hij gesterkt en gezond ontwaakte. Geen van zijn bedienden was nog teruggekomen, want zij dachten, dat hij dood was; alleen de nachtegaal zat nog bij hem en zong.

«Altijd moet ge bij mij blijven!» zei de keizer. «Ge moet nu maar zingen, als ge zelf wilt, en den kunstmatigen vogel sla ik in duizend stukken.»

«Doe dat niet!» zei de nachtegaal. «Hij heeft immers het goede gedaan, zoo lang als hij kon. Behoud hem, evenals tot hiertoe! Ik kan in het paleis mijn nest niet bouwen en daar wonen; maar laat mij komen, als ik zelf lust heb; dan zal ik 's avonds op den tak daar bij het raam zitten en iets voor u zingen, opdat ge vroolijk kunt worden en tevens leert nadenken. Ik zal van de gelukkigen zingen en van hen, die in lijden zijn. Ik zal van het kwade en van het goede zingen, dat om u heen verborgen blijft. De kleine zangvogel vliegt ver in de rondte, naar den armen visscher, naar den nijveren landman, naar iedereen, die ver van u en uw hof verwijderd is. Ik heb uw hart liever dan uw kroon, en toch heeft die kroon een stralenkrans van heiligheid om zich heen!—Ik zal dus komen en iets voor u zingen!—Maar dan moet ge mij één ding beloven!»

«Alles!» zei de keizer en stond daar in zijn keizerlijk gewaad, dat hij zelf aangetrokken had, en drukte de sabel, die zwaar van het goud was, aan zijn hart.

«Om één ding smeek ik u! Vertel aan niemand, dat ge een kleinen vogel hebt, die u alles zegt; dan zal het nog beter gaan!»

Nu vloog de vogel weg.

De bedienden kwamen binnen, om naar hun dooden keizer te kijken,——ja, daar stonden zij, en de keizer zei: «Goeden morgen!»

Dit is in het oorspronkelijke dubbelzinnig, daar «gaal» in het Deensch «krankzinnig» beteekent.

Een geschiedenis.

In den tuin bloeiden al de appelboomen; zij hadden zich gehaast, bloesems te krijgen, voordat hun bladeren ontsproten; en in den tuin gingen al de eendjes wandelen, en ook de kat; zij bakerde zich in de zon en likte den zonneschijn van haar eigen poot af. En als men een blik op de velden sloeg, wat stond daar het koren heerlijk te prijken, en wat was alles onbeschrijfelijk prachtig, en wat was er een getjilp en een gekwinkeleer van al de kleine vogeltjes, alsof het een groot feest was, en dat was het ook, want het was Zondag. De klokken luidden en al de menschen gingen in hun beste kleeren naar de kerk en zagen er vergenoegd uit; ja, aan alles was iets vroolijks; het was een dag, zoo warm en gezegend, dat men wel zeggen kon: De goede God is toch onbeschrijfelijk goed voor ons menschen!

Maar binnen in de kerk stond de dominee op den preekstoel en sprak heel luid en toornig; hij zei, dat de menschen allemaal goddeloos waren, God zou ze daarom straffen, en als ze stierven, dan zouden de boozen allemaal in de hel komen, om eeuwig te branden. Hij wees er met nadruk op, «dat hun worm niet zou sterven en hun vuur niet uitgebluscht worden, dat zij nimmer rust zouden vinden!»

Dat was vreeselijk om aan te hooren, en hij zei dit op zulk een toon van overtuiging; hij beschreef hun de hel als een verpeste plaats, waarheen al het ontuig uit de geheele wereld samenvloeit,—daar was geen andere lucht, dan de heete brandende zwavelvlam, daar was geen grond, zij—de boozen—zonken en zonken al dieper en dieper bij een eeuwig stilzwijgen!—Het was reeds vreeselijk daarvan te hooren; want de dominee sprak het uit het volle hart, en al de menschen in de kerk waren daarover ontzet.

Buiten intusschen zongen al de vogeltjes zoo vroolijk, en de zon scheen zoo warm, het was alsof ieder bloempje zei: «God! Gij zijt zoo onbeschrijfelijk goed voor ons allen!»—Ja, buiten was het volstrekt niet, zooals de dominee preekte.

Dien zelfden avond bij het naar bed gaan keek de dominee zijn vrouw aan en zag, dat zij peinzend en in gedachten verdiept zat.

«Wat scheelt er aan?» vroeg hij haar.

«Ja, wat mij scheelt?» zeide zij. «Dit scheelt mij, dat ik mijn gedachten niet goed weet te verzamelen, dat ik datgene, wat je vandaag in de kerk gesproken hebt, niet goed kan begrijpen, «dat er zoovele goddelooze menschen zijn en dat zij eeuwig zullen branden!» Eeuwig! Ach, wat is dat lang!—Ik ben maar een mensch, een zondares voor God, maar ik zou het niet over mijn hart kunnen krijgen, zelfs den snoodsten zondaar eeuwig te laten branden, en hoe zou God dit dan kunnen, die zoo oneindig goed is, en die immers weet, hoe het booze van buiten en van binnen komt? Neen ik kan het mij zoo niet voorstellen, ofschoon gij het zegt!»

Het was herfst, de boomen lieten hun bladeren vallen, de ernstige, strenge dominee zat aan de legerstede van een stervende; een vrome, geloovige vrouw sloot de oogen: het was de echtgenoote van den dominee.

«Als er iemand rust in het graf en genade voor zijn God vindt, dan zal zij het wel zijn!» zei de dominee; hij vouwde haar handen en las een psalm voor de overledene.

Men droeg haar ten grave; twee groote tranen biggelden er langs de wangen van den strengen man, en in de pastorie was het stil en ledig: de zon des huizes was uitgebluscht, zij was huiswaarts gegaan.

Het was nu nacht, een kille wind blies over het hoofd van den dominee; hij sloeg de oogen op, en het was hem, alsof de maan in zijn kamer scheen, maar deze scheen niet. Een gestalte was het, die voor zijn bed stond, hij zag den geest van zijn overleden vrouw; zij keek hem zoo innig bedroefd aan; het was, alsof zij iets tegen hem wilde zeggen.

De dominee richtte zich terstond in zijn bed op en strekte de armen naar haar uit. «Zoo is dan ook aan u de eeuwige rust niet vergund! Ge lijdt, gij, de beste, de vroomste!»

De doode knikte bevestigend met het hoofd en legde de hand op de borst.

«En ben ik bij machte om u de rust in het graf te schenken?»

«Ja!» luidde het antwoord.

«En op welke wijze?»

«Geef mij een haar, maar een enkel haar van het hoofd van den zondaar, wiens vuur nimmer zal uitgebluscht worden; van dien zondaar, dien God tot eeuwige pijn in de hel zal werpen.»

«Ja, zoo gemakkelijk moet gij verlost kunnen worden, gij reine en vrome!» zeide hij.

«Volg mij dan!» zei de doode. «Het is ons vergund. Aan mijn zijde zweeft ge, waarheen uw gedachten maar willen: voor de menschen onzichtbaar, dringen wij hun geheimste vertrekken binnen,—maar met vaste hand moet ge hem opsporen, die tot eeuwige kwelling uitverkoren is, en voor het hanengekraai moet hij gevonden zijn!»

Snel, als door de gevleugelde gedachten gedragen, bevonden zij zich in de groote stad, en van de muren der huizen straalden hun in vlammend schrift de namen der doodzonden tegen: hoogmoed, gierigheid, dronkenschap, wellust, in één woord de geheele zevenkleurige boog der zonde.

«Ja, daarbinnen, zooals ik wel dacht, zooals ik wel wist,» zei de dominee, «daarbinnen wonen zij, die voor het eeuwige vuur bestemd zijn!»—En zij stonden voor het prachtig verlichte portaal, de breede trappen prijkten met tapijten en bloemen, en door de feestelijk versierde zalen ruischte de dansmuziek. De portier, in zijde en fluweel gekleed, stond met zijn grooten, met zilver beslagen stok aan den ingang.

«Ons bal kan zich met dat van den koning meten!» zei hij en wendde zich verachtelijk tot de gapende menigte, die op de straat stond; wat hij dacht, bleek genoegzaam uit zijn gedragingen en bewegingen. «Schooiers, die daar alles staat aan te gapen, bij mij vergeleken ben je allemaal kanalje!»

«Hoogmoed!» zei de doode, «ziet ge hem?»

«Dien daar?» antwoordde de dominee. «Het is immers maar een arme gek, een dwaas, en niet voor de kwellingen van het eeuwige vuur bestemd.»

«Maar een dwaas!» klonk het door het geheele huis van den hoogmoed; dat waren zij daar allen.

Zij zweefden tot binnen de vier kale muren van den gierigaard. Mager als een geraamte, van koude sidderend, hongerig klampt de grijsaard zich met al zijn gedachten aan zijn geld vast; zij zagen hem koortsachtig van zijn ellendige legerstede opspringen en een lossen steen uit den muur nemen, daar lagen gouden munten in een oude kous; zij zagen hem zijn gescheurden rok, waarin de goudstukken genaaid waren, angstig betasten, en zijn vochtige vingers sidderden!

«Die is ziek! Dat is waanzinnigheid, een droevige waanzinnigheid, door angst en booze droomen omgeven!»

Zij verwijderden zich snel en kwamen voor de kribben der misdadigers; in lange rijen sliepen de ongelukkigen naast elkander. Als een wild dier sprong er een uit zijn slaap op en stiet een afschuwelijken gil uit, hij gaf zijn kameraad met den elleboog een duchtigen stoot in de ribben, en deze keerde zich slaperig om, zeggende:

«Houd je mond, onmensch, en slaap!—Dat is hier iederen nacht!...»

«Iederen nacht!» herhaalde de ander. «Ja, iederen nacht komt hij en kwelt mij!—In mijn drift heb ik dit en dat gedaan, met een boos hart ben ik geboren, dit heeft mij ten tweeden male hier gebracht; maar als ik kwaad gedaan heb, dan onderga ik daarvoor immers mijn straf.—Er is echter één ding, dat ik niet bekend heb. Toen ik de laatste maal hier uitkwam en het huis van mijn vroegeren heer voorbijging, toen kookte het in mij, omdat mij een en ander in de gedachten kwam,—en ik streek een lucifer zoo wat tegen den muur af; alles verbrandde, de hitte kwam daarover, zooals zij menigmaal over mij komt. Ik hielp zelf redden, vee en meubelen. Niets levends verbrandde er dan een troep duiven, die in het vuur vlogen, en de kettinghond, waaraan ik niet gedacht had. Men hoorde hem te midden van den brand huilen, en... dit huilen hoor ik nog altijd, als ik wil slapen, en als ik in slaap gevallen ben, dan komt de hond groot en ruw, en legt zich op mij neer, en huilt, en drukt mij, en kwelt mij!—Hoor dan toch, wat ik je vertel! Snorken kan je; den heelen nacht snork je, maar ik nog geen kwartier!»—En het bloed kwam den verhitten gevangene in de oogen, hij wierp zich op zijn kameraad en sloeg hem met zijn gebalde vuist in het gezicht.

«De booze Matz is weer eens dol geworden!» heette het nu in de rondte, en de andere misdadigers grepen hem, worstelden met hem, drukten hem krom, zoodat zijn hoofd tusschen zijne knieën zat, en daar bonden zij dit vast, zoodat het bloed Matz bijna uit de oogen en uit alle poriën kwam.

«Gij doodt hem, den ongelukkige!» riep de dominee uit, en terwijl hij zijn hand beschermend over dengene uitstrekte, die reeds te zwaar boette, veranderde het tooneel. Zij vlogen door rijke zalen en arme kamertjes; wellust en nijd, alle doodzonden liepen hun voorbij; een engel van het strafgericht las hun schuld, hun verdediging; deze was wel is waar niet schitterend, maar zij werd voor God gebracht, voor dien God, die in het harte leest en alles weet en kent, het booze, dat van binnen en van buiten komt, dien God, die de genade en de liefde zelf is.

De hand van den dominee beefde, hij waagde het niet, haar uit te strekken, hij had den moed niet, een enkel haar uit het hoofd van den zondaar te trekken.—En de tranen vloeiden hem uit de oogen als een stroom der genade en der liefde, welks verkoelende wateren het eeuwige vuur der hel uitbluschten.

Daar kraaide de haan.

«Barmhartige God! Geef Gij haar den vrede, dien ik haar niet heb kunnen verschaffen!»

«Dien heb ik nu!» zei de doode. «Het was een hard woord, uw wanhoop aan de menschheid, uw somber geloof aan God en Zijn schepping, dat mij naar u toe dreef! Leer de menschen kennen! Zelfs in de boozen leeft een deel van God, dat de vlam der hel uitbluscht en overwint!»

De dominee voelde een kus op zijn lippen, er verspreidde zich een schemering om hem heen; de heldere zon van God scheen in de kamer, waar zijn vrouw, levend, vriendelijk en vol liefde, hem uit een droom wakker maakte, die hem door God gezonden was!

Twaalf met de diligence.

Het was snerpend koud; de sterren fonkelden aan den onbewolkten hemel; geen windje was er aan de lucht.

«Bom!» daar werd een oude pot tegen de voordeur van den buurman geworpen. «Piefpafpoef!» daar knalde een pistool; men begroette het nieuwe jaar! Het was oudejaarsavond! Nu sloeg de torenklok twaalf slagen!

«Ratatatatata!» De diligence kwam aanrijden en hield voor de stadspoort stil. Zij bracht twaalf personen mee; al de plaatsen waren bezet.

«Hoera! Hoera!» riepen de menschen in de huizen der stad, waar de oudejaarsavond gevierd werd en men met klokslag van twaalven het gevulde glas omhoog hief, om het nieuwe jaar het welkom toe te roepen.

«Een gelukkig nieuwjaar!» heette het. «Een mooie vrouw! Veel geld! Geen verdriet en geen smart!»

Dat wenschte men elkaar van weerskanten toe, en daarop klonk men met de glazen, zoodat het een geducht gerinkel gaf,—en voor de stadspoort hield de diligence met de vreemde gasten, de twaalf reizigers, stil.

En wie waren deze vreemdelingen? Ieder had zijn reispas en zijn bagage bij zich; ja, zij brachten zelfs geschenken mee voor mij en voor u en voor alle menschen, die er in het stadje woonden. Wie waren zij, wat wilden zij en wat brachten zij?

«Goeden morgen!» riepen zij den schildwacht toe, die bij den ingang van de stadspoort stond.

«Goeden morgen!» antwoordde deze, want de klok had immers twaalf uur geslagen.

«Uw naam? Uw beroep?» vroeg de schildwacht aan hem, die het eerst uit de diligence stapte.

«Kijk dat zelf maar in den pas na!» antwoordde de man. «Ik ben ik!» En het was ook een flinke kerel, die een berenpels en laarzen met bont gevoerd aanhad. «Ik ben de man, waarop zeer veel menschen hun hoop bouwen. Kom morgen bij mij, dan zal ik je een nieuwjaarsgeschenk geven! Ik werp penningen en daalders onder de menschen, ja, ik geef ook bals, een en dertig bals, want meer avonden kan ik daarvoor niet afstaan. Mijn schepen zijn vastgevroren, maar in mijn kantoor is het warm en gezellig. Ik ben koopman, heet Januari en breng slechts rekeningen met mij mee.»

Nu stapte de tweede uit. Dit was een lustige kwant; hij was directeur van een komedie, directeur van gemaskerde bals en van alle vermakelijkheden, die men zich maar kan voorstellen. Zijn bagage bestond uit een groote ton.

«Uit de ton,» zei hij, «zullen wij op vastenavond de kat jagen. Ik zal jelui het leven wel prettig maken en mij zelf ook; alle dagen vroolijk! Ik heb juist niet lang te leven, van den heelen troep den kortsten tijd: ik word namelijk maar acht-en-twintig dagen oud. Somtijds voegen zij er nog wel eens een dag aan toe,—maar dat kan mij weinig schelen. Hoera!»

«Ge moogt niet zoo schreeuwen!» zei de schildwacht.

«Och kom! Ik mag wel schreeuwen,» riep de man uit. «Ik ben prins Carnaval en reis onder den naam Februari.»

Nu stapte de derde uit de diligence; deze zag er als de verpersoonlijkte vasten uit, maar hij zette een hooge borst; want hij was familie van de «veertig ridders» en bovendien een weerprofeet. Maar dat is geen vet postje, en daarom roemde hij ook de vasten. In een knoopsgat droeg hij ook een ruikertje van viooltjes, maar deze waren zeer klein.

«Maart! Maart!» riep de vierde hem achterna en klopte hem op den schouder; «ruik je niets? Gauw de wachtkamer in; daar drinken ze pons, je lievelingsdrank, ik kan het hier buiten al ruiken. Komaan, mijnheerMaart!»

275

Maar het was niet waar; de vierde wilde hem slechts den invloed van zijn naam laten voelen en hem eens beetnemen, want daarmee begon April zijn levensloop in de stad. Hij zag er over 't algemeen zeer vroolijk uit; werken deed hij maar heel weinig; maar des te meer maakte hij feestdagen. «Als het maar wat bestendiger in de wereld was,» zei hij; «maar nu eens is men goed, dan weer slecht geluimd, al naar het valt; nu eens regen, dan weer zonneschijn! Ik ben ook zoo'n soort van een agent van een verhuurkantoor, ook een aanspreker; ik kan lachen en huilen, al naar het te pas komt. In mijn koffer heb ik een zomertoilet, maar het zou heel dwaas zijn, dit aan te trekken. Hier ben ik nu!»

Na hem stapte er een dame uit het rijtuig. Juffrouw Mei noemde zij zich. Zij droeg een zomertoilet en overschoenen, een lindebladgroene japon en anemonen in het haar, en daarbij rook zij zoo geducht naar de muskus, dat de schildwacht moest niezen. «Op uw gezondheid en Gods zegen!» zeide zij; dat was haar groet. Wat zag zij er allerliefst uit! En zangeres was zij, geen operazangeres, ook geen kermiszangeres, neen, zangeres van het bosch: zij doolde het frissche, groene bosch door en zong daar voor haar eigen plezier.

«Nu komt de jonge vrouw!» riepen ze binnen in het rijtuig, en nu stapte de jonge vrouw, die er fijn, fier en lief uitzag, er uit. Men kon het haar, mevrouw Juni, wel aanzien, dat zij het gewoon was, door luie slaapkoppen bediend te worden. Op den langsten dag van het jaar gaf zij een groote partij, opdat de gasten tijd zouden hebben om de vele gerechten, die er op de tafel stonden, te nuttigen. Zij had wel is waar haar eigen equipage; maar zij reisde toch met diligence, evenals de anderen, omdat zij wilde toonen, dat zij niet hoogmoedig was. Maar zonder gezelschap was zij niet; haar jongere broeder Juli was bij haar.

Dit was een welgedane jongeling, op zijn zomersch gekleed en met een stroohoed op. Hij had maar weinig bagage bij zich, omdat dit bij een hevige warmte te lastig is; daarom had hij zich slechts van een zwembroekje voorzien, en dat is niet veel.

Daarop kwam de moeder zelf, mevrouw Augustus, fruitverkoopster in het groot, eigenares van een menigte vischvijvers, een landhuishoudkundige in een groote crinoline; zij was dik en had het warm, maar toch pakte zij alles aan en bracht de arbeiders op het land zelf bier. «In het zweet uws aanschijns zult gij uw brood eten!» zeide zij, «dat staat in den bijbel. Later komen de pleziertochtjes, dans en spel in het groen en de oogstfeesten!» Zij was een knappe huishoudster.

Na haar stapte er weer een man uit het rijtuig, een schilder van beroep, mijnheer September; die moest naar het bosch; de bladeren moesten van kleur wisselen; maar hoe schoon werd alles, als hij het wilde; al spoedig prijkte het bosch in rood, geel of bruin. De schilder floot als een lijster, was een ervaren kunstenaar en slingerde de bruinachtig groene hopranken om zijn bierglas. Dat sierde het glas op, en van opsieren hield hij veel. Daar stond hij nu met zijn verfpot: dat was zijn heele bagage!

Op hem volgde de landeigenaar, die aan het beploegen en bezaaien van den grond, maar ook aan het jachtvermaak dacht; mijnheer October had een hond en een geweer bij zich en noten in zijn weitasch. Hij had veel bagage bij zich, zelfs een Engelschen ploeg, hij sprak over landhuishoudkunde, maar door het hoesten van zijn buurman hoorde men daar niet veel van.

Mijnheer November was het, die zoo hoestte, terwijl hij uit het rijtuig stapte. Deze had heel veel last van verkoudheid; hij snoot zijn neus aldoor en toch, zeide hij, moest hij de dienstmeisjes vergezellen en ze in haar nieuwen dienst brengen; die verkoudheid, dacht hij, zou wel weer overgaan, als hij maar aan het houthakken ging, en hout moest hij zagen en hakken, want hij was meesterknecht bij een houtkooper. De avonden bracht hij met het snijden van hout voor schaatsen door; want hij wist wel, zei hij, dat men over eenige weken behoefte aan deze soort van schoenen zou hebben.

Eindelijk kwam de laatste passagier te voorschijn, het oude moedertje December met een stoof onder den arm; de oude vrouw had het koud; maar haar oogen fonkelden als twee heldere sterren. Zij droeg een bloempot in de hand, waarin een kleine dennenboom geplant was. «Dien boom wil ik opkweeken, dan kan hij groeien en groot worden tegen den Kerstavond, van den vloer tot hoog aan de zoldering reiken en opschieten met vlammende lichten, gouden appelen en uitgesneden figuurtjes. De stoof geeft evenveel warmte als een kachel; ik haal het sprookjesboek uit mijn zak en lees daaruit overluid voor, zoodat alle kinderen in de kamer stil en de figuurtjes aan den boom vroolijk worden, en de kleine engel van was op de uiterste punt zijn gouden vleugelen uitspreidt, van zijn groenen zetel afvliegt en kleinen en grooten in de kamer kust, ja, ook de arme kinderen, die buiten op de straat staan en het Kerstlied van de ster van Bethlehem zingen.»

«Ziezoo! Nu kan de diligence wegrijden,» zei de schildwacht. «Wij hebben ze alle twaalf. De bijwagen kan voorkomen.»

«Laat de twaalf eerst bij mij binnenkomen!» zei de kapitein, die de wacht had, «de een na den ander! De passen houd ik hier; zij zijn ieder voor een maand geldig; als deze verstreken is, zal ik het gedrag op den pas aanteekenen. Mijnheer Januari! mag ik u maar verzoeken, nader te komen?»

En mijnheer Januari kwam nader.

Als er een jaar verloopen is, zal ik u eens zeggen, wat die twaalf u, mij en ons allen gebracht hebben. Nu weet ik het nog niet, en misschien weten zij het zelf niet eens,— want het is een zonderlinge tijd, waarin wij leven.

Domme Hans.

Diep in het binnenste van het land stond een oud ridderkasteel; daarin woonde een oude grondeigenaar, die twee zonen had, die zich zoo knap en geleerd waanden, dat de helft al voldoende geweest zou zijn. Dezen wilden nu naar de hand van de koningsdochter dingen, want de prinses had openlijk laten aankondigen, dat zij dengene tot echtgenoot zou kiezen, die zijn woorden het best klaar had.

Beiden bereidden zich nu volle acht dagen daarop voor; dit was een lange, maar toch ook voldoende tijd, die hun vergund was; want zij waren in het bezit van voorloopige kundigheden, en hoezeer deze te stade komen, weet iedereen. De een kende het heele Latijnsche woordenboek en bovendien nog drie jaargangen van het dagblad van het stadje van buiten, en wel zoo, dat hij alles van voren naar achteren en van achteren naar voren, al naar men het wilde, kon opzeggen. De ander had zich de gildewetten in het hoofd geprent en kende van buiten, wat iedere gildemeester moet weten, waarom hij dacht, dat hij over staatszaken mee kon spreken en daarover ook een duit in het zakje leggen. Bovendien had hij nog ergens verstand van: hij kon rozen en andere bloempjes en arabesken op wapenrustingen borduren, want hij was ook vindingrijk en kunstvaardig.

«Ik krijg de koningsdochter!» riepen zij allebei, en zoo gaf hun oude vader ieder van hen een prachtig paard. Hij, die het woordenboek en het dagblad van buiten kende, kreeg een zwart paard; hij, die met de gildewetten bekend was, kreeg een wit paard, en daarop smeerden zij de hoekjes van hun mond met traan in, opdat deze heel buigzaam zou worden.

Al de bedienden stonden beneden op het voorplein en waren er getuigen van, hoe zij te paard stegen, en als bij toeval kwam ook de derde broer er bij, want de oude grondeigenaar had eigenlijk drie zonen, maar niemand telde dezen derden broer bij de andere broers, omdat hij niet zoo geleerd als deze was, en men gaf hem dan ook gewoonlijk den naam van dommen Hans.

«Wel zoo!» zei domme Hans, «waar moet je naar toe? Je hebt je Zondagskleeren immers aangetrokken.»

«Naar het hof van den koning, om de koningsdochter door praten te krijgen. Weet je dan niet, wat er in het geheele land bekend gemaakt is?» En nu vertelden zij hem alles.

«Wel drommels! Dan ben ik ook van de partij!» riep domme Hans; maar zijn broers lachten hem uit en reden weg.

«Vader,» zei domme Hans, «ik moet ook een paard hebben. Wat krijg ik een lust in trouwen! Als zij mij neemt, dan neemt zij mij, en als zij mij niet neemt, dan neem ik haar,—krijgen zal ik haar toch!»

«Houd met die dwaze praatjes op!» zei de grijsaard. «Jou geef ik geen paard. Je kunt immers niet spreken, je hebt je woorden immers niet klaar; neen, je broers zijn andere kerels!»

«Welnu,» zei domme Hans, «als ik geen paard kan krijgen, dan neem ik den bok; die behoort mij zoo goed als toe, en dragen kan hij mij ook!»

Zoo gezegd, zoo gedaan. Hij zette zich schrijlings op den bok, drukte zijn hakken in diens zijden, reed weg en vloog den grooten straatweg als een stormwind langs. Hei, hop, dat was een tocht. «Hier kom ik!» schreeuwde domme Hans en zong, zoodat het wijd en zijd in den omtrek weerklonk.

Maar zijn broers reden hem langzaam vooruit; zij spraken geen woord, zij moesten eens over al de goede invallen nadenken, die zij voor den dag zouden brengen; want dat moest alles keurig uitgedacht zijn.

«Heidaar!» schreeuwde domme Hans, «hier ben ik! Kijkt eens, wat ik op den straatweg gevonden heb!» En hij liet hun een doode kraai zien, die hij gevonden had.

«Domoor!» zeiden de broers, «wat wil je daarmee beginnen?»

«Met de kraai?—Die wil ik aan de koningsdochter geven!»

«Ja, doe dat maar!» zeiden zij, lachten en reden verder.

«Hei, hop! Hier ben ik! Zie eens, wat ik nu gevonden heb. Dat vindt men niet alle dagen op den straatweg!»

En de broers keerden zich om, ten einde te zien, wat hij nu weer kon gevonden hebben. «Domoor!» zeiden zij, «dat is immers een oude klomp, waarvan het bovengedeelte nog wel ontbreekt; wil je dat ook aan de koningsdochter geven?»

«Zeker wil ik dat!» antwoordde domme Hans, «het wordt al mooier en mooier! O, het is allerprachtigst!»

«Wat heb je nu dan weer gevonden?» vroegen de broers.

«O,» zei domme Hans, «dat is niet om te zeggen! Wat zal de koningsdochter blij zijn!»

«Ba!» zeiden de broers, «dat is immers slijk, dat uit de sloot komt.»

«Zeker is het dat!» sprak domme Hans, «en wel van het fijnste soort. Kijk maar, het loopt iemand tusschen de vingers door!» En daarbij vulde hij zijn zak met het slijk.

Maar zijn broers reden voort, zoodat keisteentjes en vonken om hen heen sprongen, daardoor kwamen zij ook een uur vroeger dan domme Hans aan de stadspoort. Daar kregen al de vrijers nommers terstond na hun aankomst, en werden in het gelid geschaard, zes op iedere rij, en zoo dicht op elkaar gedrongen, dat zij hun armen niet konden bewegen; dat was wijselijk zoo ingericht, want anders zouden zij elkaar zeker wel het vel over de ooren getrokken hebben, alleen omdat de een voor den ander stond.

De geheele volksmenigte stond rondom het koninklijk kasteel in dichte massa's op elkaar gedrongen tot aan de ramen toe, om de vrijers door de koningsdochter te zien ontvangen; telkens wanneer er een van hen de zaal binnentrad, stond hij met zijn mond vol tanden.

«Die past mij niet!» sprak de koningsdochter. «Voort! Weg met hem!»

Eindelijk kwam de beurt aan dien van de broeders, die het woordenboek van buiten kende, maar hij wist het niet meer; hij had het heelemaal vergeten, terwijl hij daar in het gelid geschaard stond; en de planken van den vloer kraakten en de zoldering der zaal was van louter spiegelglas, zoodat hij zich zelf op het hoofd zag staan, en bij ieder raam stonden drie secretarissen en een oppersecretaris, en ieder van hen schreef alles op, wat er gesproken werd, opdat het terstond in de krant zou komen en voor een kleinigheid op de hoeken der straten verkocht worden. Het was ontzettend, en daarbij hadden zij de kachel zoo geducht opgestookt, dat het er gloeiend warm was.

«Het is hier verschrikkelijk heet!» zei de vrijer.

«Dat is ook zoo; maar mijn vader braadt vandaag ook jonge haantjes!» zei de koningsdochter.

Op zulk een gesprek was hij niet voorbereid geweest; geen woord wist hij te zeggen, ofschoon hij iets geestigs had willen zeggen.

«Die past mij niet!» zei de koningsdochter. «Voort! Weg met hem!» En hij moest de deur uit.

Nu trad de andere broer binnen.

«Wat is het hier ontzaglijk heet!» zeide hij.

«Dat is ook zoo; maar wij braden vandaag jonge haantjes!» merkte de koningsdochter aan.

«Wat? Bra....? Wat?» zeide hij, en de secretarissen schreven: «Wat? Bra....? Wat?»

«Die past mij niet!» zei de koningsdochter. «Voort! Weg met hem!»

Nu kwam domme Hans aan; hij reed op den bok regelrecht de zaal binnen. «Wat is het hier gloeiend heet!» zeide hij.

«Dat is zoo; maar ik braad ook jonge haantjes!» antwoordde de koningsdochter.

«Wel, dat treft goed!» hernam domme Hans, «dan kan ik wel een kraai mee braden.»

«Met alle genoegen!» zei de koningsdochter; «maar hebt ge iets waarin ge kunt braden? Want ik heb geen pot of pan.»

«O, dat heb ik wel!» zei domme Hans. «Hier is kookgereedschap met een tinnen beugel,» en nu haalde hij den klomp voor den dag en legde er de kraai in.

«Dat is een deftige maaltijd,» zei de koningsdochter, «maar waar moeten wij de saus vandaan krijgen?»

«Die heb ik in mijn zak!» zei domme Hans. «Ik heb zoo veel, dat ik er zelfs wel wat van kan weggooien!»—En nu goot hij wat slijk uit zijn zak.

«Dat bevalt mij!» zei de koningsdochter. «Gij weet antwoord te geven, en gij weet te spreken, en u wil ik tot man hebben! Maar weet ge wel, dat ieder woord, dat wij spreken en gesproken hebben, opgeschreven wordt en morgen in de krant komt? Bij ieder raam staan, zooals ge ziet, drie secretarissen en een oppersecretaris, en deze oude oppersecretaris is nog de ergste, want hij kan niets begrijpen!» En dat zeide zij maar, om dommen Hans angst aan te jagen. En de secretarissen grinnikten en spatten daarbij ieder een inktvlek op den vloer.

«Zoo! Dat is dus de voornaamste!» zei domme Hans. «Welnu dan zal ik aan den oppersecretaris het beste geven!» En dit zeggende keerde hij zijne zakken om en wierp hem het slijk vlak in het gezicht.

«Dat was slim bedacht!» zei de koningsdochter. «Dat zou ik niet hebben kunnen doen; maar ik zal het wel leeren!»

Domme Hans werd koning, kreeg een vrouw en een kroon en zat op een troon, en dat hebben wij versch uit de krant van den oppersecretaris en de secretarissen,—maar op hen valt geen staat te maken!

Drie springers.

De vloo, de sprinkhaan en de hup-op wilden eens zien, wie van hen wel het hoogst kon springen. Nu noodigden zij de heele wereld uit en wie nog meer wilden komen, om die pracht mee aan te zien. Het waren drie duchtige springers, die in de kamer bijeenkwamen.

«Ik geef mijn dochter aan hem, die het hoogst springt!» zei de koning. «Want het zou te gierig zijn, als deze lui voor niet moesten springen.»

De vloo kwam het eerst voor; zij had zeer beschaafde manieren en groette naar alle kanten, want zij had damesbloed in haar aderen en was er aan gewoon, slechts met menschen om te gaan; en dat deed zeer veel af.

Toen kwam de sprinkhaan; deze was wel is waar veel zwaarder; maar hij had toch een knappe figuur en droeg een groene uniform. Bovendien beweerde deze persoon, dat hij in het land van Egypte tot een zeer oude familie behoorde, en dat hij daar hooggeschat werd. Hij was van het veld genomen en in een kaartenhuis van drie verdiepingen gezet, alle samengesteld van kaartebladen, waarvan de bonte kant naar binnen gekeerd was. Daar waren zoowel deuren als ramen, en wel in het lichaam van hartenvrouw uitgesneden. «Ik zing zoo,» zeide hij, «dat zestien inlandsche krekels, die van der jeugd af gezongen en toch geen kaartenhuis gekregen hadden, van ergernis nog magerder werden, dan zij al waren, toen zij mij hoorden!»

Allebei, de vloo en de sprinkhaan, deden behoorlijk uitkomen, wie zij waren, en dat zij dachten, dat zij wel met een prinses konden trouwen.

De hup-op zei niets; maar men vertelde van hem, dat hij des te meer dacht; en toen de bulhond hem alleen maar besnuffeld had, wilde hij er wel voor instaan, dat de hup-op van eene goede familie en van het borstbeen van een echte gans gemaakt was. De oude raadsheer, die drie ridderordes voor zijn stilzwijgen gekregen had, verzekerde, dat de hup-op met de gave der voorzegging bedeeld was; men kon aan zijn been onderkennen, of men een zachten of een strengen winter zou krijgen; en dat kan men niet eens aan het borstbeen van hem, die den kalender schrijft, zien.

«Ik zeg maar niets!» zei de oude koning, «ik ga altijd maar stil mijn gang en denk er het mijne van!»

Nu was het om den sprong te doen. De vloo sprong zoo hoog, dat niemand het kon zien; nu beweerden zij, dat zij in 't geheel niet gesprongen had. Dat was toch schandalig!

De sprinkhaan sprong maar half zoo hoog; maar hij sprong den koning vlak in het gezicht, en deze zei, dat zoo iets afschuwelijk was.

De hup-op stond lang stil en bedacht zich: eindelijk begon men te gelooven, dat hij niet kon springen.

«Als hij maar niet ongesteld geworden is!» zei de bulhond, en toen besnuffelde hij hem weer. Ritsch! daar sprong hij met een kleinen scheeven sprong op den schoot der prinses, die laag op een gouden voetbankje zat.

Nu zei de koning: «De hoogste sprong bestaat daarin, naar mijn dochter op te springen, want daarin ligt het fijne van de zaak. Maar er behoort een goede kop toe, om daar op te komen. En de hup-op heeft getoond, dat hij een goeden kop heeft.»

En daarom kreeg hij de prinses.

«Ik heb toch het hoogst gesprongen!» zei de vloo. «Maar dat doet er niet toe! Laat haar het ganzebeen met het stokje en het pik maar hebben. Ik heb toch het hoogst gesprongen! Maar er behoort in deze wereld een groot lichaam toe, om gezien te kunnen worden.»

En daarop ging de vloo in vreemden krijgsdienst, waar zij, naar men zegt, gedood moet zijn.

De sprinkhaan zette zich buiten in de sloot neer en dacht er over na hoe het eigenlijk in de wereld toegaat. En hij zei ook: «Een groot lichaam behoort daartoe! Een groot lichaam behoort daartoe!» En toen zong hij zijn eigen, droefgeestig lied, en daaraan hebben wij deze geschiedenis ontleend, die toch wel niet waar zou kunnen zijn, al is zij ook gedrukt.

Een kinderspeelgoed, van het been van een ganzeborst, een houtje en pik vervaardigd.

De waterdroppel.

Ge zult toch wel weten, wat een vergrootglas is, zoo'n rond brilleglas, dat alles honderdmaal grooter maakt dan het is? Als men het in de hand neemt en voor zijn oog houdt en daardoor een droppel water uit den vijver bekijkt, dan ziet men meer dan duizend zonderlinge diertjes, die men anders nooit in het water waarneemt. Maar zij zijn er toch in, en het is geen zinsbedrog. Het ziet er bijna uit als een bord vol krabben, die door elkander rondspringen, en wat zijn zij woedend! Zij rukken elkaar armen en beenen, stukken en brokken af, en toch zijn zij op hun wijze vroolijk en vergenoegd.

Nu was er eens een oud man, dien alle menschen Kriebel-Krabbel noemden; want zoo heette hij. Hij wilde altijd het beste van iedere zaak hebben, en als dit volstrekt niet ging, dan nam hij het door tooverij.

Daar zit hij nu op zekeren dag en houdt zijn vergrootglas voor de oogen en bekijkt een waterdroppel, die uit een waterput genomen was. Maar wat kriebelde en krabbelde het daarin! Al de duizenden kleine diertjes huppelden en sprongen, verscheurden en verslonden elkaar.

«Maar dat is toch afschuwelijk!» zei de oude Kriebel-Krabbel; «kan men ze er dan niet toe brengen, in rust en vrede te leven, zoodat iedereen zich slechts met zich zelf bemoeit?» Hij peinsde en peinsde, maar het wilde niet gaan, en hij moest dus tooveren. «Ik moet hun een kleur geven, zoodat zij duidelijker te zien zijn!» zeide hij, en nu goot hij iets, dat er als een droppeltje rooden wijn uitzag, in de waterdroppel; maar het was heksenbloed van de fijnste soort, die er bestaat. En nu werden al de zonderlinge diertjes heelemaal rozerood; het zag er uit als een stad vol naakte, wilde mannen.

«Wat heb je daar?» vroeg een andere oude toovenaar, die geen naam had; en dat was juist het fijne van hem.

«Ja, als je kunt raden, wat dat is,» zei Kriebel-Krabbel, «dan zal ik het je geven. Maar het is niet gemakkelijk te verklaren, als men het niet weet.»

En de toovenaar, die geen naam had, keek door het vergrootglas. Het zag er daarin werkelijk uit als een stad, waarin al de menschen zonder kleeren rondliepen! Het was afgrijselijk! Maar nog afgrijselijker was het, te zien, hoe de een den ander duwde en stiet, trapte en beet. Wat beneden was, moest naar boven, en wat boven was, moest naar beneden. Zie, zie! Zijn been is langer dan het mijne! Bah! Weg daarmee! Daar is er een, die een puistje achter zijn oor heeft. Maar dat doet hem zeer, en daarom moet het nog meer zeer doen. Zij hieuwen op hem los, rukten aan hem, en verslonden hem om dat puistje. Daar zat er een zoo stil als een meisje en wenschte slechts naar rust en vrede. Maar nu moest zij voor den dag! Zij duwden haar, trokken haar in de rondte en verslonden haar.

«Dat is kluchtig!» zei de toovenaar.

«Ja. Maar wat denk je wel, dat het is?» vroeg Kriebel-Krabbel. «Kan je het verklaren?»

«Nu, dat kan men toch wel zien!» zei de ander. «Dat is immers Parijs of een andere groote stad;—want ze gelijken allemaal op elkaar. Een groote stad is het!»

«Het is putwater!» zei Kriebel-Krabbel.

Een blad van den hemel.

Hoog boven in de ijle, heldere lucht vloog een engel met een bloem uit den tuin van den hemel. Terwijl hij de bloem kuste, viel er een heel klein blaadje af, kwam in den weeken grond midden in het bosch neer, schoot terstond wortelen en groeide tusschen andere planten op.

«Dat is een kluchtig ding, dat daar staat,» zeiden de planten. En niemand wilde haar als zijn gelijke erkennen, noch distelen noch brandnetels.

«Dat zal zeker een soort van tuinplant zijn,» zeiden zij, en nu werd de plant als tuingewas bespot.

«Waar wil je naar toe?» vroegen de hooge distelen, wier bladeren allemaal met stekels gewapend zijn.

«Je strekt je nog al ver in het rond uit. Dat is een dwaasheid! Wij staan hier niet om je te dragen!»

De winter kwam, de sneeuw bedekte de plant; maar van haar kreeg het sneeuwdek een glans, alsof zij ook van beneden door zonlicht doorstroomd werd. Toen het voorjaar kwam, vertoonde zich een bloeiend gewas, zoo heerlijk, als geen ander in het bosch.

Nu verscheen de botanische professor, die het zwart op wit had, dat hij datgene was, waarvoor hij zich uitgaf. Hij bekeek de plant, hij proefde haar; maar zij stond niet in zijn plantenleer; het was hem niet mogelijk te ontdekken, tot welke soort zij behoorde.

«Dat is een bastaardsoort!» zei hij. «Ik ken haar niet. Zij is niet in het systeem opgenomen.»

«Niet in het systeem opgenomen?» zeiden distelen en brandnetels. De hooge boomen, die in de rondte stonden, zagen en hoorden het, doch zeiden niets,—noch kwaad noch goed, en dat is altijd het verstandigste, als men dom is.

Nu kwam er door het bosch een arm, onschuldig meisje: haar hart was rein, haar verstand groot door het geloof; haar geheele erfdeel was een oude bijbel; maar uit de bladen van dien bijbel sprak Gods stem tot haar: «Als de menschen ons kwaad willen doen, dan heet het immers van Jozef: «Gij hebt wel kwaad tegen mij gedacht, maar God heeft het ten goede gedacht.» Als wij onrechtvaardig lijden, als wij miskend en bespot worden, dan klinkt het woord van hem, den reinste, den beste, van hem, dien zij bespotten en aan het kruis nagelden, ons tegen: «Vader! vergeef het hun, want zij weten niet, wat zij doen!»» Het meisje bleef voor de zonderlinge plant staan, wier groene bladeren heerlijk en verkwikkend geurden, wier bloemen in den helderen zonneschijn als een veelkleurig vuurwerk straalden, en uit elke kwam een geluid, als verborg zij de diepe bron der melodieën, die duizenden jaren niet vermogen uit te putten. Met vrome aandacht bekeek zij al deze heerlijkheid Gods, zij boog een der takken naar zich neer, om de bloem goed te kunnen bekijken en haar geur te kunnen genieten. Het werd helder in haar verstand; het deed haar harte goed; gaarne zou zij een bloem afgeplukt hebben; maar zij kon het niet van zich verkrijgen, haar af te breken: zij zou immers spoedig bij haar verwelken; het meisje nam slechts een enkel blaadje en legde dit te huis in haar bijbel; daar lag het frisch, altijd groen en onverwelkt.

Tusschen de bladen van den bijbel lag het bewaard; met den bijbel werd het onder het hoofd van het meisje gelegd, toen zij na verloop van eenige weken in haar doodkist lag met den heiligen ernst des doods op het vrome gezicht, alsof het zich in het aardsche stof afspiegelde, dat zij nu voor haar God stond!

Maar buiten in het bosch bloeide de zonderlinge plant; zij zag er bijna als een boom uit, en alle trekvogels bogen er zich voor.

«Wat zijn dat nu weer voor vreemde kunsten!» zeiden de distelen en de klissen. «Zoo doen wij hier te lande toch nooit!»

De zwarte slakken uit het bosch spuwden op de bloem.

Toen kwam de zwijnenhoeder. Deze verzamelde distelen en struiken, om daarvan asch te branden. De geheele zonderlinge plant met al haar wortelen kwam in zijn bezit. «Zij moet ook nuttig worden,» zei hij, en zoo gezegd, zoo gedaan!

Maar sedert jaar en dag leed de koning van het land aan de diepste zwaarmoedigheid; hij was vlijtig en arbeidzaam, maar het hielp hem niets; men las hem diepzinnige, geleerde geschriften voor, men las de oppervlakkigste, de lichtzinnigste, die men maar vinden kon,—het baatte niets! Nu zond een van de wijsten der wereld, tot wien men zich gewend had, een bode af en liet zeggen, dat er toch een middel was, om hem leniging te verschaffen en hem te doen herstellen: «In het eigen rijk van den koning groeide in het bosch een plant van hemelschen oorsprong; zoo en zoo zag zij er uit; men kon zich niet vergissen.»

«Zij is zeker door mij uitgetrokken,» zei de zwijnenhoeder, «en al lang tot asch vergaan, maar ik wist niet beter!»

«Wist ge niet beter? O, welk een diepte van onkunde!» En deze woorden kon de zwijnenhoeder in zijn zak steken; hem en geen ander golden zij.

Geen blad was er meer te vinden, het eenige lag in de doodkist der overledene, en daarvan wist niemand iets.

En de koning zelf wandelde in zijn mismoedigheid naar de plaats in het bosch toe.

«Hier heeft de plant gestaan!» zei hij. «Het is een heilige plaats!»

En de plaats werd met een gouden hek omgeven, en een schildwacht werd er bij geposteerd!

De botanische professor schreef een lange verhandeling over de hemelsche plant, en daarvoor werd hij in goud beslagen, en dit verguldsel stond hem en zijn familie zeer goed; en dat was het verblijdendste van de heele geschiedenis; want de plant was verdwenen, en de koning bleef mismoedig en bedroefd,—«maar dat was hij vroeger ook,» zei de schildwacht.

Made in the USA
Las Vegas, NV
13 August 2021